中国现代文学编年史

（1895—1949）

总主编　刘勇　李怡

第九卷　1937—1941

本卷主编　李怡　孙伟

文化艺术出版社
Culture and Art Publishing House

图书在版编目（CIP）数据

中国现代文学编年史. 第九卷 / 刘勇, 李怡总主编. —北京:
文化艺术出版社, 2014.12
ISBN 978-7-5039-5926-4

Ⅰ. ①中… Ⅱ. ①刘… ②李… Ⅲ. ①中国文学—现
代文学史—1937～1941 Ⅳ. ①I209.6

中国版本图书馆CIP数据核字(2014)第277255号

中国现代文学编年史 · 第九卷

总 主 编　刘　勇　李　怡
本卷主编　李　怡　孙　伟
责任编辑　王　红　潘　艳
封面设计　姚雪媛
出版发行　文化艺术出版社
地　　址　北京市东城区东四八条52号　（100700）
网　　址　www.whyscbs.com
电子邮箱　whysbooks@263.net
电　　话　（010）84057666（总编室）84057667（办公室）
　　　　　（010）84057691—84057699（发行部）
传　　真　（010）84057660（总编室）84057670（办公室）
　　　　　（010）84057690（发行部）
经　　销　全国新华书店
印　　刷　国英印务有限公司
版　　次　2016 年 1 月第 1 版
印　　次　2016 年 1 月第 1 次印刷
印　　张　26.25
字　　数　300千字
开　　本　710 毫米 × 1000 毫米　1/16
书　　号　ISBN　978-7-5039-5926-4
定　　价　60.00元

本卷主编简介

李怡 1966年生，重庆人。文学博士。北京师范大学文学院教授、博士生导师，《现代中国文化与文学》学术丛刊主编，兼任中国现代文学研究会副会长、中国当代文学研究会理事，中国郭沫若研究会副会长，中国闻一多研究会副会长，海峡两岸梁实秋研究会副会长，四川鲁迅研究会会长。主要从事中国现代诗歌、鲁迅及中国现代文艺思潮研究。出版学术专著《中国现代新诗与古典诗歌传统》、《现代四川文学的巴蜀文化阐释》、《七月派作家评传》、《现代：繁复的中国旋律》、《大西南文化与新时期诗歌》、《阅读现代——论鲁迅与中国现代文学》、《为了现代的人生——鲁迅阅读笔记》、《中国现代诗歌欣赏》、《日本体验与中国现代文学的发生》等。先后成为教育部新世纪人才支持计划入选者、2005年全国百篇优秀博士论文获奖者。

孙伟 1983年生，山东曹县人。文学博士、博士后，现供职于《中国社会科学》杂志社。研究方向为鲁迅研究和革命文学。在《鲁迅研究月刊》、《齐鲁学刊》、《创作与评论》等刊物发表论文多篇。

总序：中国现代文学编年史的理论价值和实践意义

刘 勇 李 怡

奉献在读者诸君面前的这一套《中国现代文学编年史》，是北京师范大学中国现当代文学学科点牵头编撰的中国现当代文学系列编年史著之一，仅“现代”部分，组织编写的时间就历时五年之久，加之先前已经推出的《中国当代文学编年史》，总体时间更在八年以上，如今总算初具规模，可以说是大体完成了我们对于中国现当代文学历史的一种表述。

编年史，顾名思义也就是以时间为经、以事件为纬的历史记录方式。编年史的写作，中外并见，既是中国自己的一种传统，也是西方古典时代就存在的叙述方式，古罗马历史学家李维(Titus Livius，公元前59年—公元17年）的《罗马自建城以来的历史》、塔西佗（Tacitus，约公元55年—120年）的《编年史》和中国的《春秋》、《左传》及《资治通鉴》等都属于著名的编年史经典。《春秋》被称作是中国现存最早的一部编年体史书，《左传》被誉为中国古代最早的一部叙事详尽的编年体史书，《资治通鉴》则是我国现存编年体史书中影响最大的一部。文学编年史的写作始于现代人的自觉探求，历史学家陈寅恪建议文学研究不妨借鉴“史家长编之所为”，“能尽取当时诸文人之作品，考定时间先后，空间离合，而总汇于一书”。[①] 这就是文学编年史。武汉大学陈文新教授任总主编的《中国文学编年史》由湖南人民出版社2006年出版，著述上至周秦，下迄当代，共分十八卷，每卷约80万字，总计1400万字。这是我国第一部系统完整、涵盖古今的编年史，其中於可训主持的现当代部分也是迄今最详尽的中国现当代文学编年通史。进入2013年，更有钱理群主编的《中国现代文学编年史》、刘福春的《中国新诗编年史》等面世，有学者据此而称是“又一次文学史写作的高潮到来了”。当然，是不是真的掀起“高潮”还可以继续观察，但是，中国学者试图以新“编年”方式入手发现文学的“新历史”则是毫无疑问的。

中国现当代文学编年史的出现首先是中国现当代文学在新时期以来持续不断的“重写”工程的有机组成部分。中国现当代文学史的写作，曾经分别在1950、1980、1990年代出现过三次大的高潮。20世纪50年代是响应教育部将“中国新文学”纳入大学中文系课程的需要，以王瑶的《中国新文学史稿》、丁易的《中国现代文学史略》及刘绶松的《中国新文学史初稿》为代表；20世纪80年代伴随着改革开放、思想启蒙的大潮，“重写文学史”蔚然成风，如果说唐弢、严家炎主编的《中国现代文学史》是承上启下的成果，那么钱理群、吴福辉、温儒敏、王超冰的《中国

① 陈寅恪：《元白诗笺证稿》，上海古籍出版社1978年版，第9页。

现代文学三十年》则是开拓创新的展示，其他如黄修己《中国现代文学发展史》、郭志刚等主编《中国现代文学史》、杨义《中国现代小说史》、严家炎《中国现代小说流派史》、朱寨《中国当代文学思潮史》等等构成了文学史写作的繁盛景观；20世纪90年代文学史写作更加多元化，继续追踪文学研究动态的《中国现代文学三十年》修订版、陈思和主编《中国当代文学史教程》分别成为中国现代文学、中国当代文学史著的经典之作，洪子诚《中国当代文学史》则开启了关注文学生产体制的新格局。进入新世纪之后，文学史的写作基本上沿袭了20世纪90年代的多元化方向，不断拓展新的叙述空间，范伯群的《中国现代通俗文学史》第一次系统勾勒了雅文学主流之外的通俗文学的世界，孟繁华、程光炜的《中国当代文学发展史》标志着当代文学历史化的最新成果。

中国现当代文学史之所以值得"拓展"乃是因为"以论代史"依然在很大的程度上影响了我们的文学史叙述。作为20世纪80年代中后期以来"重写文学史"的潮流的继续表现，中国现当代文学编年史也和"重写文学史"思潮一样充满"拨乱反正"的意味，经过多少年"以论代史"的干扰，我们对于"文学"历史的诸多基本情况——作家作品与期刊图书出版的基本情况本身其实是相当隔膜的，仅仅是"论"的展示并不足以揭示文学的历史演进，不足以还原文学历史的真相，"编年史"的价值可能正在这里，它力求将文学的发展还原为一系列最基本的文学现象的素朴的呈现，尽可能真实地告诉我们究竟"发生了什么"。《中国新诗编年史》的著者刘福春先生曾经感慨说，目前出版的中国新诗史，算上全部有名目的诗歌出版物，也不到他所掌握的数量的一半，如此比例的研究基础，实在令人质疑不断。所以，从进入中国新诗研究的那一天开始，刘福春先生就另辟蹊径，将主要的精力置于中国新诗原始材料的搜集、整理和勘探、分析之中，先后为我们推出了《中国现代文学总书目·诗歌卷》、《中国当代新诗编年史（1966–1976）》、《中国新诗书刊总目》等系列著作，一步一个脚印地为我们积累了中国新诗历史的点滴史料，刚刚由人民文学出版社隆重推出的《中国新诗编年史》可以说就是这数十年心血的结晶，中国新诗终于有了自己厚重的档案和家谱，不能不说这真是中国现代文学界的一件大事。

当然，随着当代文学持续不断的发展，随着现代文学领域不时出现对"新文学主流"、"雅文学主流"、"白话文学主流"的"独占"历史的质疑，文学史写作似乎也出现了一种逾越边界或者说模糊边界与范围的可能，以至于引发了另外一类疑虑：仅仅只有百年历史的中国现当代文学，是否应该不断扩大我们的写作面积？是不是以时间为线索的编年史写作就成了可以收罗一切文学现象的框架？

其实，正如我们从来也不曾有过放弃主观思想认识的历史叙述一样，文学史的写作从来都不可能是不偏不倚、客观中性的材料完善工作，因为材料本身就是一个永远无法真正完结的活动，何况对于同样的材料，如何挑选、如何陈述依然是一种"态度"的结果，史料与史识的协调配合才是文学史写作的应有之义。从这个意义上看，所谓“重写文学史”并不就是叙述范围的不断扩大——从新文学扩大到旧文学，从雅正文学扩大到通俗文学，从各种可见的“地上文学”扩大到犄角旮旯里的“地下文学”……编年史的出现也不能够简单理解为是这一“扩军”过程的理所当然的产物。

在我们看来，现代文学史的重写从来都是史识与史实的同时建构，对“以论代史”的突破最终依靠的并不只是一大堆的史料，同时也需要更坚实有力的、更具有启发意义的历史思想。在透过新的思想扩大我们的认知范畴之后，在新的认识框架拓展了文学视野之后，等待我们的工作恰恰是回过头来，切实把握中国现代文学的新的历史内涵与特点，重新确立现代文学的经典，重新梳理现代文学的历史逻辑，重新解释现代文学自己的传统。在新的历史经典的构建之中，所谓的“多元标准”并不意味着毫无原则地容纳一切，“多元”并不能够成为没有标准的理由。正如温儒敏先生所指出的那样：“基本的价值标准放弃了，表面上似乎包容一切，结果呢，此亦一是非，彼亦一是非，公说公有理，婆说婆有理，连起码的学术对话也难于进行，只好自说自话。过去是一个声音太过单调，全都得按照某种既定的政治标准来研究，学术创造的通道被堵上了；现在则放开了，自由多了，但如果缺少基本的评判标准，‘多元化’也只落下个众声喧哗，表面热闹，却无助于争鸣砥砺，还会淹没那些独特的学术发现。”[①]

① 温儒敏：《谈谈困扰现代文学研究的几个问题》，《文学评论》2007年第2期。

最近几年，出现在我们视野中的有价值的文学编年史都不是原始材料的无限罗列，其中显然包含了著者诸多深刻的学术思想与良苦的学术用心。中国新诗尤其是当代中国诗歌常常受制于各种“非艺术”的社会事件，包括政治生活事件，也包括私人生活事件，“以论代史”的诗歌史不过是将文学艺术注解为一系列国家形势的反映，而总是忽略这些国家大事背后的异样人生与复杂生态。刘福春敏锐地注意到了这种缺失，所以他的《中国新诗编年史》将大量的篇幅花在“文学周边”的一些事件或者活动上，比如某些文坛官司的来龙去脉，还有不少的作家日记，有张光年日记、陈白尘日记、郭小川日记等等，这些日记折射出当时诗人的生活状态和遭遇，这些表面看来好像跟诗人的创作没有关系——他哪天做检讨了、哪天被谈话了——但实际上这就是真实的中国诗歌的生存，我们就是在这样的状态中生存下来的。这都是今天诗歌的生态环境，是当代文化、当代文学非常重要的场景。在这个意义上，刘福春先生的编年史其实又可以说是中国诗歌的生态景观汇编，是中国诗歌的生态史。当我们的史家能够将诗歌发展的生态环境和作家的文字创作联系在一起，寻找两者之间的很好的映衬、说明，“还原”出我们诗歌发展百年来非常重要的细节时，这些细节带给我们的就不再是一些干枯的文字符号，而是以新的思想智慧烛照我们发现历史的道路，是以论者的思想高度吸引我们重新进入历史情境，感同身受地体验中国新诗的时代与氛围。这样的处理和安排，显然又是一般的文学史所不容易做到的。钱理群主编的《中国现代文学编年史》不仅仅以副标题的形式特别标明这并非一部泛泛的文学大事记，而是“以文学广告为中心”的相当个人化的历史叙述，在“总序”中，更有明确的思想提示：“更重要的是，全书条目的选择与叙述，都暗含着我们对现代文学发展的一些基本关系的持续关注，如文学与时代政治、社会、经济问题的关系，文学与出版、教育、学术……的发展，等等，都形成了我们的历史叙述中的内在线索，看似散漫无序、时断时续，但有心的读者是不难看出其间的蛛丝马迹的。”“‘个人文学生命史’应该是文学史的主体，某种程度上文学史就是由一个个具体的个人文学生命的故事连缀而成的。文学史就是讲故事，而且是带有个人生命体温的故事。”①

那么，文学编年史到底是什么呢？在我们看来，它应该是目前文学史研究最基本的文学发展史料的有机组织。与一般的文学史论著不同，它主要通过文献史料本身的整理铺排来展示历史的过程；与一般的史料汇编不同，其中依然包含着编著者对历史的理解和认识——虽然不是那种长篇大论的思想定义和概念阐述，但却应该包含着或者说提示着编著者对历史内在逻辑的理解。

这种理解归根结底就是对文学“谱系”的一种梳理和解读。

从文学史到编撰史，从学术史到接受史，从思潮史到编年史，中国现代文学研究不断拓展，寻找历史“谱系”的价值也越发引人注目。所谓“谱系”，就不是将历史看作乱七八糟的无序堆砌，

① 钱理群：《中国现代文学编年史总序》，载《中国现代文学编年史——以文学广告为中心（1915—1927）》，北京大学出版社2013年版，第3-5页。

而是承认在纵横交错、四方融汇、相互关联之中，有着清晰的某种变化发展的流脉。留意于这些事物之间的互动关系，立体地观照事物多层面的复杂关联，方能深刻地揭示事物自身的特质。

近年来，随着西方尼采、福柯的学说在中国大陆学界的深入研究，“谱系”这一概念开始广泛出现在各类人文社会学科的研究著作和论文当中，特别是对于西方“谱系学”理论的大量译介和运用，反映出人们打破以往将历史看成是一个既定的、有目的性、连续性的过程，期望在具体历史情境中去探索不同社会的冲突、博弈关系，重新解释历史的努力。根据福柯自身对于“谱系学”的解释，他所谓的谱系学就是要“将一切已经过去的事件都保持在它们特有的散布状态上；它将标示出那些偶然事件，那些微不足道的背离，或者，完全颠倒过来，标识那些错误、拙劣的评价以及糟糕的计算，而这一切曾经导致那些继续存在并对我们有价值的事情的诞生；它要发现，真理或存在并不位于我们所知和我们所是的根源，而是位于诸多偶然事件的外部”。[①] 以往的历史研究把历史看成是一个具有本质意义、连续性的东西，我们可以从中推演出历史的起源和发展脉络，但是“谱系学”则注重历史背后的断裂、差异和偶然性，反对一味地追问历史规律和逻辑性，关注世界中一些边缘存在和历史本身的丰富性。简而言之，福柯的“谱系学”是对于历史的一致性和规律性的反拨和拒斥。

① [法]米歇尔·福柯：《尼采·谱系学·历史学》，苏力译，载汪民安、陈永国编《尼采的幽灵：西方后现代语境中的尼采》，社会科学文献出版社2001年版，第121页。

与西方的"谱系学"不同，中国自古以来就有着自己关于谱系的知识，并且已经在中国古代文学、史学、哲学的研究当中被广泛运用，体现了中国古代对于谱系的理解和对于世界的认知。根据汉语大词典出版社1993年版《汉语大词典》对于"谱系"一词的考察，中国对于谱系一共有三种解释：第一种解释是记述宗族世系或同类事物历代系统的书。《隋书·经籍志二》曾有"今录其见存者，以为谱系篇"。第二种是指家谱上的系统。明代归有光著《朱夫人郑氏六十寿序》，中间写道："至于今四百余年，谱系不绝"，清代顾炎武《同族兄存愉拜黄门公墓》诗云"才名留史传，谱系出先公"，章炳麟在《驳康有为论革命书》一文中："而文化语言，无大殊绝，《世本》谱系，犹在史官，一日自通于上国，则自复其故名，岂满洲之可与共论者乎？"第三种解释则是指物种变化的系统。①

相较于现代西方福柯的那种强调发现历史的复杂性和差异性、解剖政治、分析权力的"谱系学"而言，中国的谱系研究更加注重历史性、秩序性、考据性，通常是为了加固传统礼教、秩序和价值观，突出某种伦常观念和文化理念，使其更好地延续传承，强调文化上的一致性和连续性。同样是以历史本身和其中的事物为对象，西方的谱系研究强调其中的断裂、差异性，中国的谱系研究则看重其中的联系性、关联性。这其实是对于认知的两种态度和方法，一方面，一般的"谱系"是指事物在历时的演变

① 《汉语大词典》，汉语大词典出版社1993年版。

过程或共时的相互关联中，同根同源、共生互养而又共同发展、相互影响的系统；另一方面，在这个系统的生成、发展过程中，又充斥着边缘性、偶然性、异质性的因素，这些因素同样决定了历史和事物系统最后的形成和形态，两种谱系的研究方法实质上都是一种对于还原历史的努力。

我们认为，抛开传统“谱系学”中那些僵化的礼教秩序和道统价值观，中国式的谱系学对于历史“变中有常”的认识依然具有明显的文学史建构价值：我们既要从传统的僵化理念中解放出来，不断发现新的历史细节，辨析各种矛盾与偶然，同时，这一切的努力并不意味着我们就此放弃对包含其中的历史性质与历史方向的寻觅。

变中有常的中国谱系学理念，在很大程度上可以成为我们文学编年史构建的基础理论。我们需要尊重历史过程的种种偶然、种种“变量”，需要对这些变化的细节做出尽可能详尽的梳理，同时，处理这些历史材料的方式又不应当是漫不经心的，对于晚清至20世纪的文学发展，我们显然存在自己的理解和观察，我们有必要通过对历史材料的呈现来传达我们的基本认识。当然，这样一来，我们也就绝不会认为，中国现代文学的历史编年，只能以我们的方式进行，因为，出于不同的历史认知，当然也就存在不同的历史编年模式，未来的中国现当代文学编年，肯定会在多种形态的共生与对话中走向成熟，共同推进中国现当代文学研究的发展。

北京师范大学中国现当代文学学科创建于新中国成立之初，

至今已历时半个多世纪，如果追踪本学科重要学者李何林先生的学术活动，更可以上溯到20世纪30年代。新中国成立后，我校叶丁易先生的《中国现代文学史略》与王瑶先生的《中国新文学史稿》、刘绶松先生的《中国新文学史初稿》并称为三部最有影响的新文学史教材；同时，随着新中国文学的发展，我们又适时展开了追踪研究，是国内最早开设当代文学课程的单位之一，1979年由郭志刚教授等主编的《中国当代文学初稿》在国内产生了很大影响。从叶丁易到郭志刚，我们参与了中国现当代文学史写作的两个主要阶段，至20世纪90年代以降，以王富仁教授为代表的学者更积极地投入到“重写文学史”的理论建构之中，并不断有文学史著问世。今天，我们学科点组编的《中国当代文学编年史》已经出版，《中国现代文学编年史》马上就要付印，这可以说代表了新一代学科同仁对于中国现当代文学历史研究的新的努力和开拓，虽然我们的这些努力还显得稚嫩、笨拙，这样规模的编年史著也难免疏漏多多，但究竟是在我们理解的学科发展的方向上迈出了有意义的一步。但愿我们所有的努力和所有的疏漏一起都能够成为中国现当代文学史研究的新的基础，在不断的借鉴和不断的反省批判中实现新的学术突破。

本套《中国现代文学编年史》丛书共11卷，历述自晚清1895年1月至新中国第一次文代会召开前夕的1949年6月半个世纪的文学历史。内容包括文学发展的社会历史背景、主要作家行踪、文学活动、文学思潮、文学出版、主要文学作品的基本情况，书后附录整个编年史涉及的主要人物索引，便于读者进一步查证，也列出了我们著述所使用的主要参考文献，有兴趣的读者可以就此进一步拓展、探究。担任各卷主编的主要是北京师范大学中国现当代文学学科点的老师，鉴于1942年以后战争年代中国文学发展特殊的地域性，为了更准确地把握中国现代文学的这种时代特征，我们特别约请了重庆与四川从事现代文学研究的两位学者加盟。在本书完成的过程中，还有许多博士和硕士研究生同学积极参与其间，在查阅资料方面，他们付出了大量的心血。经过四年多的精诚努力，如今总算定稿完成，作为主编，我们要深深感谢所有这些学科点同事、学界同仁以及各位同学的辛勤付出，在当今，为这样一个浩大而又并不一定讨好的“集体工程”而孜孜工作，需要多么难能可贵的奉献精神！在本丛书出版之际，我们要向这些令人尊敬的学者致以诚挚的谢意！

2015年盛夏于北京师范大学

导言：中国现代文学的第三个十年

李 怡

中国现代文学的第三个十年，一般被称作战争时期文学，从抗战到内战，连续不断的战火硝烟弥漫了大中国，给这一时期的中国文学熏染上了一层浓浓的火药味。但是，战争之于文学究竟意味着什么呢？长期以来，我们秉承着“启蒙/救亡”的二元模式，将战争视作全民“救亡”的肇始，有“救亡压倒启蒙”的著名判断，又断定文学艺术的生成更多地受惠于精神世界的“启蒙”，而“救亡”的需求则很可能与文学本身的目标背道而驰，所以归根结底，战争时期的中国文学一定会走向衰落，远离艺术的方向。

这样的论述曾经久久地占据了文学史的主页，然而，随着最近十余年来文献史料的日益丰富，人们恰恰在这些战争的废墟中发掘出了不少令人惊艳的文学现象，诸如上海孤岛文学的历史贡献，西南联大校园作家群体的出现，沦陷区作家的特殊探索，还有诸多经典作家（例如巴金、老舍、沈从文）的艺术新变等等，中国现代文学的丰富岂是“文学之外”的力量所能轻易“压倒”的？那么，我们该如何来解释这一段历史，如何认识战争之于文学的影响呢？在我看来，最根本的一条就在于，我们不能将所谓的“战争”简单等同于敌对势力的拼杀搏斗，把“战争”想象为民族与民族之间或阵营与阵营之间的极端行为，而人类一切正常的生存活动、精神活动都被彻底排斥了。

其实，战争时期的生态丰富而复杂，它不是简化恰恰是加强了中国作家精神世界的多样性，进入到第三个十年的中国现代文学，不仅没有退步反倒是取得了长足的发展，走向了真正的成熟。

一

中国，从经过“辛亥革命”进入“现代”体制的那一天起，就不断向我们展示一个基本的现实：国家整体的政治变动始终扮演着决定人们物质生存和精神活动的绝对主导的角色。从 20 世纪 20 年代到 30 年代，尽管文学自身的逻辑已经成为我们可以清晰辨认和详加追问的对象，但是国家整体的巨大事变依然是历史改变的不容分说的力量，尤其在乾坤颠倒、沧海横流的时刻，“文学”更可能支离破碎，不得不卷入更大的社会变迁的漩涡。

这当然是指 1937 年“七七”卢沟桥事变，正是发生在华北交通枢纽的这一场战斗标志着全面抗战时代的到来，而在此之前导致东北沦陷的 1931 年的“九一八”事变、导致华北自治的 1935 年的华北系列“事件”，都还只是局部中国的历史遭遇。自 1937 年的“七七”至 1945 年的“八一五”，是“八年抗战”的艰难岁月，自 1945 年至 1949 年，则是“国共内战”的全面展开，中国现代文学在民国时期的最后十二年，竟然完全被战火硝烟所笼罩。

一般说来，战争肯定会肢解和动摇固有的文学空间，包括它业已形成的传播市场、读者群落乃至精神氛围，国家紧急状态下的精神产品的导向与管控方式都迫使写作者不得不一再改变自己的习惯和趣味，甚至压缩和牺牲创作的自由，正因为如此，战争时期的中国文学曾经被新中国的国家意识形态渲染为以民族抗战和民主进步为主旨的文学，而延安精神则是其理所当然的至高代表，相反，一些海外学者也不时以“凋零论”描述之，其实正反双方的论据都如出一辙，“战争”主题成了筛选文学作品的唯一过滤器，而“战争周边”的更为丰富和多样的文学现象或者说广义战争年代中人的多样化生存形态却被一再遮蔽。要全面理解民国时期最后十二年的中国文学，需要我们在一个更为广阔的背景上解读“战争与人”的相互关系。

如果说文学终究也属于人的一种生存体验的产物，那么现代中国历史上范围最大、影响最深的一次生存状态的挑战就莫过于这十二年的战争岁月了。中国现代意义的国家体制和社会形态出现在辛亥革命之后，虽然历经过坎坷与动荡，至 1930 年代依然出现了某种程度的稳定局面，至少作为文学生存和发展的出版传播市场已经成型，而相当数量的作家也分别在教育机构与文稿市场中获得了相对优厚的生存待遇，这都是现代文学在第二个十年走向成型的重要基础。然而，席卷南北的中日战争却一度破坏了这样的稳定的格局。

从1927年到抗战爆发之前的十年间，图书出版量呈逐年上升趋势，几乎天天有新书出版，1936年，图书出版达到该期最高峰，据王云五推算，当年共出书9438种。[①] 战争打乱了这一发展势头，使战区内各书局出版业务都停顿下来，图书出版量跌入低谷，作为1930年代出版中心的上海仅在“八一三”战火中，被毁的印刷企业就达200家左右，1937年全市印刷业的年营业额只及1928年的一半。[②] 以当时几个大的出版机构为例，商务印书馆1937年的营业额是1936年的86%，1938年又下降到67.44%，其所受损失居全行业之首，[③] 世界书局印刷总厂被日军所占领，500多万册图书为日军劫掠，开明书店损失资产达80%以上，总办事处、编译所、货栈均被日军炮火摧毁，所有图版纸型及数百万册存货毁于一旦，开明书店从此几乎一蹶不振。[④]

不过，中国的出版事业与文学生产却没有就此停滞不前，战争碰撞出激情，迁徙开拓出空间，在毁灭中奋发再生，文学的生存能力有时远远超出人们的预想。除了破坏，民族战争也鼓励着新的期刊的不断诞生，虽然它们很可能生命短暂，但仅就品种而言，却大大地超过了此前的任何一个阶段。据统计，中国人文杂志创刊于1918年以前的约11种，创刊于1918年8月—1926年12月的约61种，1927年9月—1937年6月的猛增到226种，而创刊于1937年7月—1949年5月的则达到约358种。[⑤] 战时的图书出版中，文学类书籍恰恰在数量上最大，1941年度就占全年总出版量的28%，1942年为41.7%，至1943年上半年则占到45.8%。[⑥] 看来，战争之于文学的影响真的是多样而复杂！

对于文学创作来说，其复杂多样首先又作用于作家的生存。“靠卖稿维持生活

---

① 陈刚：《中国近代图书市场研究》，《编辑学刊》1995年第2期。

② 彭明主编：《中国现代史资料选辑》第五册，中国人民大学出版社1989年版，第297页。

③ 汪家熔：《抗日战争时期的商务印书馆》，《出版史料》1987年第4期。

④ 王久安：《开明书店纪事》，见中国近代现代出版史编纂组编《中国近代现代出版史学术讨论会文集》，中国书籍出版社1990年版。

⑤ 刘增人：《试论现代人文期刊的历史及特征》，《出版发行研究》2002年第2期。

⑥ 潘公展：《出版趋势的过去与将来》，引自《国民政府重庆陪都史》，西南师范大学出版社1993年版，第341页。

的作家们底生活秩序，也就完全破坏了。为着工作，为着生活，他们不能不离开安定的故居。”[①] 所谓民国“黄金十年”中逐步建立起来的相对稳定优裕的自由撰稿人—学院化生存方式告一段落，这些“知识精英”不得不汇入南逃西迁的流亡队伍，国破家亡，妻离子散，居无定所，通货膨胀，入不敷出，教职与写作都再难为他们提供一处安宁的生活，兼职、焦虑、为生计奔波成了许多作家的生存常态。大后方中心城市重庆多次发起声援贫病作家以及保障作家权益的运动，提出了“千字斗米”的吁请，《云南日报》发表过《提高教授待遇》的社论，昆明《民国日报》出现过《救救教授》的短评。待抗战胜利，内战的阴霾又接踵而至，国家金融政策的失败导致了难以估量的社会大恐慌，原本属于高收入阶层的知识分子又一次成为币制改革的牺牲品，生活水平降至历史新低。这些始料未及的生存转折改变了中国作家看取世界的方式，丰富了他们的人生经验，自然，也调整了他们的艺术趣味。

所谓“复杂”，指的便是这种转折意义的多样性，既有人对战争意义的领悟，如对国家民族的新的认同——从五四新文化运动一路行进而来的现代知识分子，曾经以“个人”对“国家”的警惕和反抗作为某种主导性的诉求，又有人对自我生存意义的发现，在不同的生活条件下，人的自我感知方式大不相同，如果说精英阶层的生存不断营造出贵族式的文化理想，那么平民化的现实则逼迫人们看见日常生活的苦难，并在苦难中重新摸索历史的真义和方向。“国民党各级政府的贪污腐化，青年学生的爱国热忱，都促使‘士大夫们’有较多的机会睁开眼睛看现实。现实不断地教育他们，使他们由自命清高转变为对国民党政府的鄙视，由不问时事转变为关心民族命运的前途。”[②] 当然，脚踏实地的受难的人生也给人启示，正如冰心所说：“我渐渐的爱了重庆，爱了重庆的‘忙’，不讨厌重庆的‘挤’，我最喜欢的还是那些和我在忙中同工的兴奋的人们，不论是在市内，在近郊，或是远远的在生死关头的前线。”“在这里我又看见一种力量，就是支持了三年多的骆驼般的力量。”[③] 破除“学院”与“精英”的藩篱，在突进现实人生同时反省自己的精神

---

① 以群：《关于抗战文艺活动》，《文艺阵地》1卷2期，1938年5月1日。

② 冯至：《昆明往事》，《新文学史料》1986年第1期。

③ 冰心：《摆龙门阵——从昆明到重庆》，《冰心选集》第2卷，四川人民出版社1984年版，第145页。

世界，这就是胡风在抗战时期的文学感受："文艺创造，是从对于血肉的现实人生的搏斗开始的。"在现实人生的搏斗中，作家"不会是善男信女式的忏悔，而是创作实践里面的一下鞭子一条血痕的斗争。一切伟大的作家们，他们所经受的热情的激荡或心灵的苦痛，并不仅仅是对于时代重压或人生烦恼的感应，同时也是他们内部的，伴着肉体的痛楚的精神扩展的过程"。[①] 这是现代中国文学的一种新的品格。

二

当然，这种种的转折也不是一次性完成的，并且在纵向的时间进程之中，还包含了横向的不同区域的"意义"，由此而构成了 1937—1949 年间中国文学的多重时空内涵，这是此前的中国文学未曾有过的。

首先是文学在抗战前后的意义流变。抗战初期，民族情绪高涨，"文学"常常就是一种国家民族情感的宣导，战地通讯、报告文学、街头剧、朗诵诗涌现，"文章下乡，文章入伍"口号传响，集体创作方式流行。随着战局的相对稳定，文学表现的广度与深度又逐步恢复，以"抗战"为题材的创作演进为"在抗战时期"的创作；而"在抗战时期"的创作也继续受制于战争局势的影响，包括日军对西南地区的进攻及对大后方中心城市的大轰炸都直接影响到文学发展的物质基础与艺术形式，如 1940 年 7 月英国政府慑于日本压力，一度关闭被称作中国"抗战输血管"的滇缅公路，大后方电影制作的物资运输中断，大批电影演员转向戏剧舞台，同时连续数年的狂轰滥炸也严重破坏了印刷出版业，利用轰炸间歇期——冬春"雾季"开展雾季戏剧演出就成了理所当然的文艺大事件。

其次是延安文化发展对文学思想的重要影响。因为抗战，延安特区获得了在国民党的专制秩序中暂时生存的机会，因为敌后根据地的发展壮大，延安文化经验——一种以军事斗争为绝对服从目标的文化政策为毛泽东等人所提炼和总结，其最高成果便是 1942 年 5 月的《在延安文艺座谈会上的讲话》。在《讲话》精神的指导下，共产党根据地内部展开了积极的文学实验，并有意识地在更大的范围内

① 《胡风评论集》(下)，人民文学出版社1984年版，第18、21—22页。

加以宣讲传播。作为与国民党统治区域的比照，延安以自己的开明与信仰的力量吸引了大批国内作家与文学青年，艾青、田间、萧军、丁玲、何其芳、成仿吾、柯仲平、周而复……这些知识分子在经历了或迅捷或曲折的思想蜕变之后，纷纷成为新的世界观与文学观的服膺者，创作追求为之一变，于现代中国文学的固有格局中另辟蹊径，积累着新的思想与艺术的能量。

第三是内战期间各种文学思想的交错生长。抗战胜利搁置了人们的民族情怀，放大了各派政治力量逐鹿中原的理想，知识分子继续在政治斗争的夹缝中挣扎谋生。“八年的烽烟已稀，八年的流亡生活结束，该是令人欢欣鼓舞的了吧。但我回到重庆，却看见人们仍然深锁愁眉。是八年的痛苦压缩了人们的心？是祖国的前途使人感到迷茫？即使是庆祝胜利的探照灯光柱在山城的夜空上交叉照耀，也唤不起人们的热情。”①“在胜利后的一年间，是全中国具有正义感的文人最痛苦最伤心的阶段，他们的痛苦并不是为自己吃不饱，穿不暖，或者找不到房子住而发牢骚；他们是眼睁睁地看到中国在苦难中得到解放，在苦难中成长，如今前功尽弃，又恢复到了苦难时代，而且比过去更要危险，更要穷困，更要没有救药。”②诗人闻一多遇刺于昆明，小说家萧军深陷哈尔滨《文化报》事件，显然，战争远未结束，只是它不仅体现在军事战场，也渗透在更大的政治空间，辐射力之广，足以抵达中国的南北边疆。一方面，富有正义感的作家继续在国民党统治区域书写时政讽刺，如《马凡陀的山歌》，另一方面，新的意识形态已经在文化思想领域积极扩张，实施着对文坛的整顿与廓清。1948 年 3 月，中共华南局香港工作委员会领导的《大众文艺丛刊》出版，连续推出声色俱厉的批判檄文，颇有扫清文坛之势，值得注意的是，其作为发刊词的《致读者》开宗明义：“这不是一个同人的刊物而是一个群众的刊物。”以“群众”的名义宣告现代文学基本精神——同人精神的结束，莫不就是一个弃旧布新的标志？当然，在抗战胜利之初，也曾有知识分子沉浸于“文艺复兴”的美好憧憬，“欧洲的文艺复兴终结了中世纪的漫长的黑暗时代，开启了新的世界，新的时代，发现了‘人’，一步步走向民主。在文艺上，和在科学、政治、经济上，都同样的有了一个新的面貌，新的理想，新的立场，新的成就”。“中

① 王文琛编：《作家在重庆》，重庆出版社1983年版，第17页。

② 谢冰莹语，引自刘心皇《中国现代文学史话》，台北正中书局1971年版，第770页。

国今日也面临着一‘文艺复兴’的时代。文艺当然也和别的东西一样，必须有一个新的面貌，新的理想，新的立场，然后方才能够有新的成就。”“抗战胜利，我们的‘文艺复兴’开始了；洗荡了过去的邪毒，创立着一个新的局势。我们不仅要承继了五四运动以来未完的工作，我们还应该更积极的努力于今后的文艺复兴的使命；我们不仅为了写作而写作，我们还觉得应该配合着整个新的中国的动向，为民主，为绝大多数的民众而写作。”“本刊愿意尽自己的一部分的力量，为新的中国而工作，为中国的文艺复兴而工作，为民主的实现而工作。”[①] 问题在于，在政党政治的残酷搏杀之中，“民众”、“民主”之类的概念本身就暧昧多义起来，所谓“文艺复兴”又怎么容易获得一个足够清晰的方向呢？

至于战争之于中国地域的条块分割，则是众所周知的事实：国统区、中共解放区、东北沦陷区、华北沦陷区、孤岛上海以及台湾殖民区，在不同的区域之间，有着完全不同的政治统治、法律形态、经济基础与文化根基，中国现代文学的留存、中外文化的相互关系大相径庭，原本一体化的现代“民国文学”由此分离，不仅是生存空间的区分，更是思想观念和艺术趣味的割裂，要深入细致地梳理这些文学现象，就有必要适当跳出我们先前的完整统一的“民国（中国）文学史”视野，在更为复杂的文化逻辑中予以辨析。例如解放区文学之于苏联文化思维的引入，日本文化对台湾殖民区的塑造，中日文化在东北沦陷区的结合，中国传统文化在华北沦陷区“殖民语境”中的谋生，自然，也有“民国（中国）文学”在孤岛上海的余存。总之，我们需要在充分理解当时大中国文学板块分裂的基础上，重新辨认各自的思维逻辑。例如，考察沦陷区文学就不能套用国统区文学的一脉相承的“民国逻辑”，而应该注意那些特别的事实：“在日占区，由国家、民族关系决定的主宰和被主宰的中心—边缘结构，将中华民族的文化置于被殖民的边缘状态，不断加深着人们遭主宰、受胁迫、被殖民等边缘体验。正是这种边缘结构、边缘状态、边缘体验的同一指向性使乡土文学、通俗文学、女性文学等都成为日占区中国作家创作和生存方式。”[②]

---

① 郑振铎：《发刊词》，《文艺复兴》1946年1月1卷1期。

② 黄万华：《抗战时期沦陷区文学及其研究》，《文学评论》2004年第4期。

三

除开这些因空间分割而扩展出的新的复杂内涵外，现代中国文学在民国时期的最后十二年依然开拓和深化了一系列固有的主题。

例如文学的“民族性”主题。虽然今天关于中国现代文学与现代文化的历史叙述都不断追溯到鸦片战争以降的民族危机问题，但是不得不承认的一个事实是，在以“个人”发现为旗帜的五四新文化传统之中，国家民族情怀作为文学直接呈现的主题往往并不显明，加之现代独裁政治也不时借民族之名行专制之实，将“民族主义”混同于“国家主义”，知识分子阵营尤其是左翼知识分子阵营对此保持高度的警惕和戒备就理所当然了。20 世纪 30 年代，与国民党渊源深厚的“民族主义文学运动”就由此遭到了左翼文学的抵制和批判，而在左翼领导层提出“国防文学”的口号之后，也引来了鲁迅、胡风等知识分子的强烈反对，中国固有的专制独裁格局让知识分子的左、中、右都难以认同在一个统一的国家民族理念与组织形式下。只有抗战时代的国家现实危机才真正打破了这些意识形态的壁垒，让“民族”命运成为了跨越党派和阶层的共同信念。因为抗战，中国于 1938 年 3 月成立了第一个一统全国的文学组织——中华全国文艺界抗敌协会，具有国共两党背景的知识分子及大量的中间派作家都团结在了这一组织的周围。“过去中国文艺界虽有过几次全国性的组织，但是因种种原因不能一致，总不能有良好的成果。现在情势已完全不同了。全国上下，已集中目的于抗敌救亡，在最高领袖精诚领导之下，抗敌形势，日益坚强，政治上的统一战线日益巩固，除了甘心媚敌出卖民族的汉奸，已无一不为亲密的战友，无一不为民族的力量。”[①] 在组织形式的全国性认同之外，更有跨越政治倾向的创作交流，20 世纪 30 年代的政治藩篱有所突破，如国民党宣传部主办的《文艺月刊》、《文艺先锋》、《文化先锋》上，也出现了大量自由主义作家甚至左翼作家的身影，同样是以民族主义为旗帜，抗战时期的“战国策派”显然比 20 世纪 30 年代的“民族主义文学”更具影响，文学的“民族性”主题显然具有更大的“政治正确性”。

除了文学主题的民族性，各种政治力量还试图在“民族形式”这样的话语中包

① 《中华全国文艺界抗敌协会发起旨趣》，原载《文艺月刊》1938年4月1日第9期。

含更为丰富的内容。1939、1940 两年中，文艺界展开了有关民族形式的论争，参与讨论的文章众多，牵涉作者面甚广。这场讨论源起于 1938 年 10 月毛泽东在中共六届六中全会上的报告《中国共产党在民族战争中的地位》，其中提出了“马克思主义具体化”及“中国作风和中国气派”的设想，由此引发了延安地区关于如何利用旧形式创造新的民族形式的讨论。1940 年 3 月以后，讨论转入国统区，由于向林冰发表《论“民族形式”的中心源泉》一文而引起了较大的争论，如何看待民间旧形式的价值，如何评价五四以来的新文艺，如何正确认识中外文化遗产，一时间众说纷纭。不过其中大多数的意见依然倾向于对中外文学遗产的综合性接受，反对偏于一隅的极端态度。只有胡风《论民族形式问题》一文公开标明自己坚决捍卫五四新文学传统的不妥协态度，并主动与大多数的调和言论区别开来。今天看来，这场名为“民族形式”的讨论其实回避了最关键性的核心概念：何谓“民族”，又何谓“形式”？其主要的着力点还在新与旧、中与外的关系之上，而这恰恰又是近代以后我们长期悬而未决的老问题，非一时一地所能解决，于是，剩下的问题就成了：如何立论本身是一回事，而谁在提出这个问题、推动这样的讨论又是一回事，甚至是更为重要的事情。我们看到的是，中国共产党在整个讨论中扮演了最积极最活跃的角色，他们很好地借助了这场讨论为自己重塑了当代中国文化发展的领导者形象，最大程度地扭转了第一次国共内战以来的不利的社会文化地位。相反，作为“民族主义”话语的一惯的利用者，国民党的声音与理论却几乎未能进入讨论的中心，不得不在这一场意味深长的论争中自居边缘，或许现代文化与现代文学的分水岭已经在此浮现：毛泽东等中国共产党人正是从“民族形式”论争的成功中大获信心，进而发出了《在延安文艺座谈会上的讲话》，而国民党却在自己长期经营的“民族话语”中遭遇挫败，逐渐丧失了文化思想的影响力。

当然，丰富的抗战时期的文学也不会局限于一个“民族性”问题。除了民族战争的烽火硝烟与政治搏杀的炙人气息，日常人生的主题依然存在，并且将在新的形势下发展深化。抗战初期的激情平静之后，“抗战八股”开始受到一些人的质疑。1938 年 12 月 1 日，梁实秋在《中央日报》副刊《平明》上发表《编者的话》，特别申明：“与抗战有关的材料我们最为欢迎，但是与抗战无关的材料，只要真实流畅，也是好的……至于空洞的‘抗战八股’，那是对谁也没有益处的。”虽然“无关抗战”一说颇为敏感，因此而遭到了“文协”同人的诸多批判，然而认真检点这些批评之辞，在承认当时抗战文学题材狭隘这一方面，却与梁实秋并无二致。1939 年后，沈从文连续发表《一般与特殊》、《新的文学运动与新的文学观》、《文学运动的重造》，1940 年朱光潜发表《流行文学三弊》，1942 年施蛰存发表《文学之贫困》，都一再提醒文学自身的价值，也可以说代表了文学界存在的一种声音。

事实也是如此，从抗战到内战，虽然战争的主题格外醒目，但文学向着社会文化、世态人心、生命内核不断开掘的深度与广度却有增无减。七月派作家的小说与诗歌多以“抗战”为题，但其中却充满了对中国现实忧患的反思和对生命原始强力的探寻；中国新诗派的创作也“与抗战有关”，但更大的关联却在人的生命深处，西方现代主义艺术在云南边地的文学中继续盛开绚丽的花朵，连沈从文也跳出了湘西山水的明净，为我们掂量着生命的厚实；返乡的四川作家如巴金、沙汀、艾芜则开始了反思之旅，前者迷离于人性的困扰，后者挖掘区域生存的黑暗，而郭沫若复活的诗情贯注于历史剧的写作，除了抗战与愤世，其中同样充满他对中华原始文化的激情式憧憬；茅盾重新关注着女性、五四与有产阶级，萧红、师陀与孙犁继续乡村抒情，但都是各自灵魂深处的乡村，或者是深处的疼痛，或者是飘摇的诗意；大量的讽刺文学问世，昭示我们一个基本的现实：战争的灾难并没有能够转移人们现实批判的目光，对当下问题的面对和思考还是永恒的话题；困居孤岛的张爱玲在都市男女的精神内部体验生存的苍凉，钱钟书透过战时的生存诊断文明的疾病，华北沦陷区的诗人利用文字营造古典的氛围，如此“化古”的方式似乎也暗示着某种文化的抵抗……尽管有战火的催赶，中国作家却都找到了自己的一方天地。不仅如此，进入 20 世纪 40 年代的这些作家，相当部分人近中年，五四时代的青春浪漫之气已然远去，取而代之的是一份中年的成熟，中国现代文学就此步入了“中年写作”的时期。

“年轻的人想着三十年前的月亮该是铜钱大的一个红黄的湿晕，像朵云轩信笺上落了一滴泪珠，陈旧而迷糊。老年人回忆中的三十年前的月亮是欢愉的，比眼前的月亮大，圆，白；然而隔着三十年的辛苦路往回看，再好的月色也不免带点凄凉。”张爱玲《金锁记》里这一段文字到今天已几成经典，其中所包含的中年心态几乎可以作为一个时代文学的精神写照，尽管当时作家本人才 21 岁，但文学进入“中年”却属于一种整体的氛围与趋势。

中年期的现代文学有了一份稳健与自信，不仅现代汉语的写作基本成熟，非文白杂糅的五四所能比拟，就是外来艺术的诸般形态——古典主义、浪漫主义、现实主义、现代主义也已完整纳入，中外文学有了平等对视、并驾齐驱的机会。

中年期的现代文学又是沉思者的文学，不仅沉思战争，沉思当前的社会人生，沉思就要步入晚景的生命奥秘，也会沉思作家自己，回味曾经走过的创作之路，新的艺术蜕变在此发生，例如巴金，例如茅盾，例如沈从文。当然，政治家也在总结，在重新规划文学与政治的关系，富有远见的毛泽东通过《讲话》为解放区的文学实践谋划出了“民国之后”的文学，而反应滞迟的国民党提出新的文化政策以至“戒严”却已是政权沦丧、退居台湾之后了。

从这个意义上说，民国最后十二年的中国文学，并没有因为战争的干扰而消歇、凋零，相反，它获得了长足的发展，进入了自五四以来的真正的成熟期与收获期。

目录

1937年

七月

1 日，李韵如的短篇小说集《爬山虎》由文周出版社出版，共收入 9 篇小说。

老向的短篇小说集《民间集》由北平民间社出版，被列入“民间丛书”之三，共收入 15 篇小说，卷首有序文两篇。

老舍的中篇小说《我这一辈子》，沙汀的短篇小说《轮下》，叶圣陶的短篇小说《乡里善人》，碧野的短篇小说《出奔》，茅盾的《〈窑场〉及其他》，欧阳凡海的《论〈日出〉》和《读〈栗子〉》，王任叔的《德国法西斯主义的文艺学》，五城康雄著、陈琳译的《对于中日文坛交流的希望》，浦鲁斯蒂著、李健吾译的散文《春天的门限》，育珂摩尔著、鲁彦译的小说《七个人中间的那一个》等发表于《文学》第 9 卷第 1 号。

茅盾的《〈窑场〉及其他》认为葛琴的中篇小说《窑场》与短篇小说集《总退却》虽然幼稚生硬，但却是可以激动心灵的，其中的“事实”都是由作者从生活中观察积累而来的。

老舍的《我这一辈子》讲述了“我”坎坷磨难的一生。“我”由学徒变为裱糊匠，后又做巡警，在衙门口站岗，给当官的护院。年过 50 岁之时，儿子去世，“我”只好回到家里，靠打零工养活家人。小说于 1947 年 1 月由上海惠群出版社出版。

碧野的《出奔》讲述了大青山下一个名叫“七里堤”的农民在日本帝国主义的压迫下，提着镰刀出奔，往可以容人活下去的地方冲去。反映了农民生活极端贫困，不得不起来反抗的情形，是当时中国农民生存状况的真实写照。

玲君的诗集《绿》由上海新诗社出版，被列入“新诗社丛书”之三。

卞之琳的诗《白螺壳》、冯至的诗《给几个死去的朋友》、徐迟的散文《理想树》、孟实的书评《桥》、常风的书评《春风秋雨》、林徽因的戏剧《梅真同他们（第三幕）》、老舍的小说《杀狗》发表于《文学杂志》第 1 卷第 3 期。

钦文的散文《小把戏》发表于《宇宙风》第 44 期。

钱颖、张庚的剧本《爱与恨》由上海杂志社出版，该剧改编自俄国作家陀思妥耶夫斯基的《罪与罚》。

陈独秀的《实庵字说（五）》、王平陵的《浮尸》发表于《东方杂志》第 34 卷第 13 号；周楞伽的《溃灭》发表于《东方杂志》第 34 卷第 14 号。

[德] 康德著、李长之译的《关于优美感与壮美感的考察》连载于《文艺月刊》第 11 卷第 1 期。同时还刊载了老舍的小说《兔》和天白的诗歌《我走了》。

2 日，季英的《诗坛的丰灾》、绝吾的《诗人的良心》、尹雪曼的《现实的诗》发表于《大公报 · 文艺副刊》的"外行人论新诗"板块。

王时风的诗歌《小伙子》、罗洪的《雨夜》、罗烽的《〈呼兰河边〉后记》发表于《申报》第五版文艺专刊。

3 日，《日出》首映。《大公报》称其为震动全国文坛的社会讽刺佳剧，也是荣获"大公报二十五年度文艺奖金"的第一杰作。

河北电影院播放白杨主演的《社会之花》。

4 日，《大公报》第 4 版刊出邵力子题为《国民意识的进步》的讲话，探讨了话剧、电影、国语的发展建设问题，认为熊佛西的国民意识的建立要"拥护国家民族的需要，而牺牲个人的成见"。

5 日，《大公报》第 1 版广告推出一批由文化生活出版社出版的新书，有萧军的《十月十五日》，蹇先艾的《盐的故事》，靳以的《远天的冰雪》，端木蕻良的《憎恨》，巴金的《砂丁》，邵可侣著、郑绍文翻译的《腓尼基与巴力斯坦》。

宋之的的杂文《我们要争取演剧的自由》发表于《新演剧》第 1 卷第 3 期。

雪韦的《关于〈烟苗季〉》发表于《中流》第 2 卷第 8 期。

6 日，艾青写作《复活的土地》，后收入《北方》集。

7 日，卢沟桥事变发生。北平近郊的日军以在卢沟桥龙王庙一带进行军事演习时一名士兵失踪为由，要求进入宛平城搜查，受到当地驻军国民党第 29 军冯治安师吉星文团的拒绝。日军对宛平城和卢沟桥进行炮轰，向中国守军发动攻击。29

军官兵奋起抵抗，史称“七七事变”。由此抗日战争正式拉开了序幕。

周恩来率领的中共代表团去庐山时路经上海，在贵州路中国饭店会见了中共上海办事处（于1936年9月建立）负责人潘汉年与中共上海地下组织负责人刘晓。周恩来针对上海的工作作出重要指示：日本帝国主义全面侵略中国已不可避免，思想上要有足够准备；要依靠群众力量，把抗战变成真正的抗战；职工运动、学生运动、妇女运动等都要围绕坚持抗战这个总任务，放手发动群众，组织群众；要充分开展抗日民族统一战线工作；要以文化界为基础，搞好上层进步人士的统战工作等。

上海剧作者协会在东方饭店召开集会，会间闻悉“七七事变”发生，参会者指定由于伶与陈白尘起草两份电报，以上海剧作者协会和上海戏剧工作者的名义，向守卫卢沟桥的将士表达慰问与支持。

8日，中共中央和中国工农红军为日军发动卢沟桥事变发表通电，宣告：“平津危急！华北危急！中华民族危急！只有全民族实行抗战，才是我们的出路！”号召全国同胞、政府与军队团结起来，组成抗日民族统一战线，抵御日本侵略。

《大公报》第13版刊登上海电影文化界发起的关于“撤销租界电影戏剧检查权运动”，参加者有电影制片会工会、戏剧联谊社等16个团体，抵制租界对于影片和戏剧上演的种种束缚和限制。

9日，中国工农红军以毛泽东、朱德、彭德怀、贺龙、刘伯承、徐向前等人的名义，分别向国民党、南京国民政府、29军、平津两市领导人发出通电，提出实行全国总动员，守卫平津与华北，同时表示愿意将红军改名为国民革命军，受命作为抗日先锋，与日本侵略军决一死战。

《大公报》第3版刊登“卢沟桥事件”社评，称日军有心挑衅，放肆要挟，我方态度为可避就避，绝不孟浪，然而退避应该有限度，屈让应该有界限，如果不涉及丧权辱国之条件，国人自亦不愿事态扩大。

上海文化界人士洪深、郑振铎、叶灵凤、胡愈之、胡仲持、萨空了、周寒梅、应云卫等140多人集会，决议组织文化界救国团体，并给蒋介石、宋哲元等人致电，请求力保国土。

曹禺的《日出》在青岛市礼堂（后为市南会堂）上演，此剧由《民报》副刊编辑孟超倡议排练，杜宇和赵星火执导。

10日，周恩来在大光明咖啡馆会见了夏衍和中共上海办事处负责人潘汉年。周恩来指示夏衍留在上海做统战工作。周恩来指出："抗日战争不是很快能够结束的，今后，在一个相当长的时间内，你要在国民党统治区域工作，做宣传工作、统战工作。当然你可以编杂志、办报、写文章，但一定要争取公开，只有公开合法，才能做统一战线的工作。宣传和统战，都是党的重要任务。"

李白凤的诗《八个如云的幻想》和徐迟的剧本《假面跳舞会》发表于《新诗》第2卷第3、4期合刊。

张光宇主编的《新生画报》创刊。

新华影业公司摄制的《青年进行曲》上映。该剧由史东山导演，田汉编剧，主题歌《追悼歌》由冼星海作曲。该剧号召青年奋起斗争，保家卫国，誓死不当亡国奴。

11日，何其芳的《我和散文——我是怎样写起散文来的呢》发表于《大公报》第11版散文特刊。

由中国文艺协会、剧团联谊社、笔会、新闻记者公会、电影制片业公会、采访记者联谊社、漫画作家协会、青年妇女俱乐部、蚁社、艺社、英文作家协会、中国电影教育协会上海分会等16个团体发起，组织成立了"上海文化界撤销租界电影戏剧检查权运动会"，并且发表宣言，要求国民党政府"即日向租界当局严加交涉，撤销租界上这种侵害中国统治权的非法机关"。推举周剑云、周寒梅、宋之的、阿英、鲁少飞等为理事。

12日，《大公报》第4版刊登关于"上海文化界组救国团体"的消息，沪文化界洪深、胡愈之、郑振铎等人参与，推选蒋介石、汪精卫等人为救国团体代表，当时捐款百余元，慰劳29军守城兵士，并致电表示誓为后盾。随后社会各界纷纷筹款劳军。本版同时刊载"我国文化团体退出世教会议"的消息，声称中国各界文化团体退出世教会议，并表示下届会议如再有伪满列席，则永不参加。

13日，高寒的《在抗战建国过程中的中国文艺》、希仁的《献诗》、晓阳的《胜利在我们的笔尖上》发表于《文化岗位》创刊号。

14日，陈敬容的《望子的归来》和兰风萼的《九尽杨花开》发表于《大公报·文艺副刊》。

上海世界语协会在宁波同乡会会所举行了柴门霍夫世界语《第一书》出版50周年纪念会。300多名各地世界语工作者济济一堂，高唱世界语歌曲《希望》和《黎明》。

15日，中共代表将《中国共产党为公布国共合作宣言》交给国民党中央，强调只有我们民族内部的团结才能战胜日本帝国主义的侵略，同时重申中共愿意取消苏维埃政府，改称特区政府；取消红军番号，改编为国民革命军等4项保证。

蔡天心的短篇小说《东北之谷》和莎寨的短篇小说《四月的苜蓿风》发表于《文丛》第1卷第5期。

《东北之谷》以东北人民抗击日本侵略者为题材，背负着国仇家恨的朱龙老大受了伤，不愿意连累队伍，把最后一颗子弹射向敌人后，用刺刀对准了自己的胸膛。

《四月的苜蓿风》讲述了穷苦农民被迫抢夺财主家苜蓿的故事。春荒折磨着农民，李财主家田里的苜蓿宁可用来喂牛也不给穷人保命。终于在一个夜晚，春杏爸等一伙人杀死了苜蓿地看守，随后成百上千的穷人蜂拥进苜蓿地，掀起了抢苜蓿的风潮。

周楞伽的小说《旱年》，黎锦明的小说《理想的丧钟》，傅东华的散文《乡谊》，[美]亨利·温德著、大华烈士译的小说《闻声的耳》发表于《中国文艺》第1卷第3期。

中国剧作者协会在上海成立。"中国剧作者协会"是为了适应抗日救亡形势发展的要求，由原"上海剧作者协会"扩大改组而成。协会决定集体创作三幕剧《保卫卢沟桥》，崔嵬、凌鹤、宋之的等17人担任执笔，冼星海、周巍峙等负责作曲，夏衍、郑伯奇、张庚等负责整理，阿英起草该剧的《代序》；初稿完成后，洪深、唐槐秋、袁牧之、金山等19人负责组织导演团，于伶担任舞台监督；辛汉文、阿英、陈白尘、于伶、瞿白音等7人担任筹备演出委员。上海著名编导、演员100多人参加。同年8月7日到12日正式上映公演，演出时盛况空前，引起热烈反应。随后，这种集体编导的方式遂成为抗战初期戏剧界的风尚。"八一三"战争爆发之后，该协会与上海戏剧联谊社共同发动组织上海戏剧界救亡协会，成为新协会的重要力量。

16日，李辛犁的散文《当》和柳林的散文《疟疾》发表于《大公报·文艺副刊》第12版。

上海业余实验剧团在卡尔登戏院上演话剧《太平天国》。该剧由贺孟斧导演，陈白尘编剧，应云卫担任舞台监督，演员包括赵丹、陶金、吕复、魏鹤龄、王为一等。

17日，中国共产党代表周恩来、秦邦宪、林伯渠与国民党代表蒋介石、张冲、邵力子等在庐山进行会谈。中共代表发出以合作宣言作为两党合作的政治基础的提议。蒋介石发表谈话，讲道：“如果战端一开，那就是地无分南北，年无分老幼，无论何人，皆有守土抗战之责任，皆应抱定牺牲一切之决心。”

陈望道、张仲实、王芸生、谢六逸、邵宗汉、钱亦石、顾执中等上海书报杂志编辑界知名人士50余位在蜀腴菜社聚会，决议筹建上海编辑人协会，并致电国民政府，提出“严饬前线不得退让，亟起全面抗战”的要求。

沈逸千、张文元、俞建硕三位画家在大新公司画厅举办慰劳前线将士画展，展期10天，内容包括“冀察摄影”、“华北写生”和“大众漫画”3个部分。

18日，司徒乔的《当前的大道》发表于《大公报·文艺》第11版艺术特刊。

鲁迅先生纪念委员会在上海举行成立大会，蔡元培（周建人代）、郑振铎、宋庆龄（许广平代）、周建人、许钦文、洪深、陈望道、台静农等40余人出席会议，公推宋庆龄为鲁迅先生纪念委员会主席。会议决定了周年纪念程序、举办纪念鲁迅学术奖金、建鲁迅铜像、分别在上海和北平设立鲁迅纪念办事处、准备纪念文集等事项。

聂耳逝世两周年纪念会在上海大戏院举行，文化界人士、青年学生和工人2000多人参加。全场齐唱挽歌：“听千万人唱着你谱写的雄歌，你应在九泉含笑，对着惊心的噩耗，望着无际的波涛，你可知救国的友人，今朝，带着破碎的心，在向你凭吊。”

19日，蒋介石针对卢沟桥事变发表谈话，讲道：“临到最后关头，惟有坚决牺牲，吾人只准备应战，而并非求战。”

闻一多离开北京南下。第二年9月携家眷到达昆明，住在小西门福寿巷姚宅。

20日，茅盾的《关于〈武则天〉》发表于《中流》第2卷第9期。他认为《武则天》的作者宋之的的“主观目的虽有其论据，但客观的效果却打了他们的嘴巴。我们不应讳言其失败，更不应以观众欢迎为烟幕而不自觉其失败”。同期还刊登了杜渐的《论〈武则天〉》。

张志让、张仲实、郑振铎等编辑的《中华公论》月刊出版。王统照的杂文《反映着时代精神》发表于创刊号。

中国剧作者协会召开会议，推马彦祥和于伶负责筹组“战时移动演剧队”。“八一三”事变后，袁牧之、宋之的、崔嵬、陈波儿、贺绿汀等组成了战时移动演剧队，奔赴前线进行演出活动，受到了各地抗日将士以及社会人士的热烈欢迎，“战时移动演剧队”被称誉为“文化战斗的游击队”。

21日，单郤的《陷》和徐转蓬的《烧炭人》发表于《大公报·文艺副刊》第12版。

22日，魏精忠的《〈日出〉的演出》发表于《大公报》第13版。此文从《日出》一剧的内容入手分析，认为该剧“处处针砭中国现实社会的卑陋”，是比“《雷雨》更有意义的悲剧”。

国民党以统一救亡运动为由组织“上海各界抗敌后援会”，并规定：“所有合法团体皆应加入本会一致行动，不得再有任何其他救国性质的团体和单独行动。”中共上海地下组织建议上海人民自己组织救亡团体，虽然在组织上加入“上海各界抗敌后援会”，成为团体的会员，但是在活动上依然保持独立自主性。

23日，白朗的《杀害》和布德的《火炬》发表于《大公报·文艺副刊》第12版。

范长江的《卢沟桥畔》发表于天津《大公报》。

24日，明星影片公司摄制的《马路天使》在金城大戏院首映。该片由袁牧之担任编导，赵丹、周璇、魏鹤龄、赵慧深担任主演。影片的插曲《天涯歌女》、《四季歌》由田汉作词，周璇演唱。

25日，《大公报》第13版推出诗歌特刊，发表了何其芳的《云》，苏金伞的《雕刻》，赵萝蕤的《循环》，辛笛的《客心》，曹葆华的《初夏作三章》，孙毓棠的散文诗《死的鸟》，朱紫的诗评《读〈诗与真〉》，[英]莎士比亚作、梁宗岱译的诗歌《商籁》，[日]荻原朔太郎作、陈琳译的诗论《最近日本诗坛的动向》等。

郭沫若化名“Young Patming”搭乘加拿大的“日本皇后号”离开日本返回中国。离开日本的前夜，郭沫若用鲁迅的《惯于长夜过春时》原韵创作七律《归国杂吟》，在途中创作七绝《黄海舟中》。

上海编辑人协会正式成立，谢六逸担任主席，顾执中、胡愈之、萨空了、张仲实、金仲华、茅盾、洪深、陶亢德、郑振铎等31人为理事，周木斋、欧阳予倩、夏征农、邵宗汉等9人为候补理事。

大公戏剧电影读者会为了赈济各省灾区，在蓬莱大戏院举行联合公演。大夏剧社、上海剧社、量才剧社、四十年代剧社等30多个戏剧团体参演，并且还邀请了郎毓秀、李丽莲以及国防歌曲播音同志会业余歌咏团、晓邦舞蹈社协助演出。

26日，瘦鹃的诗歌《卢沟桥之歌》发表于《申报》第4版。

27日，郭沫若几经周折抵达上海，郁达夫、刘海粟、叶灵凤、倪贻德在码头迎接，夏衍代表中共党组织安排他暂住沧州饭店。早晨船还未抵达上海时，郭沫若作诗一首："此来拼得全家哭，今往还将遍地哀。四十六年余一死，鸿毛泰岱早安排。"到上海后接受记者采访时，他又出示诗一首："又当投笔请缨时，别妇抛雏断藕丝。去国十年余泪血，登舟三宿见旌旗。欣将残骨埋诸夏，哭吐精诚赋此诗。四万万人齐蹈厉，同心同德一戎衣。"

广州艺协剧团、峰社、蓝白剧社等 14 个剧团在广州青年会举行联合公演，剧目主要是国防剧。

28 日，上海文化界救亡协会成立。该协会是文化界抗日民族统一战线组织，它以上海文学、戏剧、电影、音乐、美术、教育等各方面的爱国人士和进步人士为主体，蔡元培、潘公展、胡愈之、茅盾、巴金、欧阳予倩等 83 人担任理事。该会有团体会员 73 个，个人会员 251 人。它的团体成员有上海戏剧界救亡协会、上海战时文艺协会、上海漫画界救亡协会等。协会设有总务、经济、组织和宣传 4 个部。

冯玉祥创作诗歌《献身》，后收入《冯玉祥诗选》。

29 日，北平沦陷。宋哲元逃往保定。日本在北平组织治安维持会，江朝宗为委员长。

抗战剧社在陕西志丹县成立。志丹县广大干部得知"七七事变"后，为了能让广大人民普遍了解日本帝国主义的侵略暴行，激励人民的抗日斗志，特成立"抗战剧社"。该社除了每周定期公演抗日剧目外，还开展各种化装宣传，以戏剧表演的灵活方式紧密配合抗日斗争。

30 日，天津失陷，日军侵占大沽。

电影界工作人协会（包括电影职工、艺术创作人员及电影制片者）在上海成立。欧阳予倩、蔡楚生、金山、沈西苓、柯灵、白杨、史东山等 39 人被选为常务委员。与此同时，在该协会下成立中国电影界救亡协会（后改名为中国电影界救亡委员会）。两个协会一致发出号召，倡议电影工作者以实际行动为抗战服务。8 月 8 日，又成立上海电影编剧导演人协会，该协会的主要任务是配合电影界工作人协会，审查、批判和供应剧本，以促进电影的生产。

国民政府发表声明撤销对郭沫若的"通缉令"。

31 日，救国会"七君子"沈钧儒、章乃器、邹韬奋等获释出狱。

上海文化界救亡协会召开首届理事会，会上推选胡愈之、谢六逸、顾执中、萨空了、欧阳予倩、周剑云等 15 人为常务理事。

本月

中共中央指示刘晓、冯雪峰等组成 3 人团，负责主持上海党的工作。为了加强对抗日救亡运动的领导，在 3 人团的领导下，成立了群众运动委员会，即“群委”。

李劼人的长篇小说《大波》（下）由上海中华书局出版。

沙汀的短篇小说集《土饼》、《苦难》由上海文化生活出版社出版。

程朱溪的短篇小说集《紫色炸药》由北京中华书局出版，被列入“中国文艺社丛书”，收 8 篇小说。

罗洪的短篇小说集《儿童节》由上海文化生活出版社出版，收 6 篇小说。

穆木天的诗集《流亡者之歌》由上海乐华图书公司出版。

王一心的诗集《一心诗集》和张不拔的诗集《哪里是太阳》由上海北新书局出版。

路易士的诗集《火灾的城》由上海新诗社出版。

郑子健的散文集《滇游一月记》和盛成的散文集《意国留踪记》由上海中华书局出版。

钟谷人编的报告文学集《某国人在中国》由上海宇宙风社出版。

范长江的报告文学集《塞上行》由上海大公报馆出版，全书分“短文选”和“行纪”2 部分，“短文选”收 5 篇，“行纪”收 6 篇，书前有胡政之的序和作者的自序。

鲁迅的杂文集《且介亭杂文》、《且介亭杂文二集》、《且介亭杂文末编》由上海三闲书屋出版。

《且介亭杂文》收录创作于 1934 年的杂文 36 篇，有序言。由于时代环境的缘故，作品多借史书、史实等影射现实。约有一半篇章涉及文艺问题，其中关于“拿来主义”、对旧形式利用的辩证分析、对木刻的评论、对文学大众化问题的研究尤为精深。《论“旧形式的采用”》、《拿来主义》、《门外文谈》、《中国人失掉了自信力了吗》是其中的名篇。

《且介亭杂文二集》收录创作于 1935 年的杂文 48 篇，有序言和后记。作品多谈论思想文化问题，涉及面广泛。该集中有长篇论文《〈中国新文学大系〉小说二集序》，但更多的是序言、杂感之类的文章。由于国民党当局对舆论的控制，所以作者不得不使用迂回战术，文章多曲笔。《后记》中写道："这是带着枷锁的跳舞"。

《且介亭杂文末编》由许广平编定，有许广平的后记，收创作于 1936 年的杂文 35 篇。该集中有的文章讥刺时政，针砭时弊，指责当局；有的文章专谈关于文艺运动的问题，比如对有关"国防文学"与"民族革命战争的大众文学"的论争的意见；有 9 篇书序，如《白莽作〈孩儿塔〉序》等。

鉴于有的评论家认为鲁迅的杂文是"杂感"，并没有真正的文艺价值，徐懋庸在《鲁迅的杂文》中认为："他（鲁迅）是凡有写作，连有的翻译，虽然体式不同，题材各异，但总要使其对社会有斗争的意义的。他不想住'象牙塔'，也不想进'学士院'，他把文艺性，学术性的作品，也摆在'十字街头'，兼做斗争的武器。""鲁迅的杂文以及诗和散文，也跟他的短评一样表现着他的一贯思想，发挥着他的辛辣的批评，准对着他要攻击的现实。他写的论文，并不是为了要得博士学位，学者头衔，他作的诗，并不是为了要附庸风雅，甚至于他写忆旧的散文，也不是为了'忆旧而忆旧'的，这的确是鲁迅和别的无'感'而作的作家不同之点，而正是他自己的一切作品所共通之点。""鲁迅的将一生大半的精力用于写'杂文'，并不是没出息，也不是患了欲罢不能的'死症'，他是，实在从'杂文'这种作品里发见了'扫荡秽丑'的力量，而有意提倡，实践的。"并且他将鲁迅杂文的艺术特点归结为"理论的形象化"、"语汇的丰富和适当"、"造句的灵活"、"修辞的特别"等。①

洪深的剧本集《走私》由上海一般书店出版，被列入夏征农主编的"每月文艺丛刊"之六，收有《鸨》、《多年的媳妇》、《咸鱼主义》、《走私》等 4 部独幕剧，另有作者的自序《最近的个人的见解》。

章泯的剧本《叶儿》由上海新演剧社出版，被列入"新演剧小丛书"。

朱双云的剧本《卧薪尝胆》、《巾帼英雄》由汉口各界抗敌后援会印。

张道藩的剧本《最后关头》由南京国华印书馆出版。

由中国剧作者协会会员集体创作、章泯等 16 人执笔的剧本《保卫卢沟桥》由上海戏剧时代出版社出版。此剧是"抗战戏剧"的第一个剧本，全剧不仅是连续性的三幕剧，而且还可以看作单独的三个独幕剧。三幕的题目分别为：第一部"暴

① 徐懋庸：《鲁迅的杂文》，《徐懋庸选集》第3卷，四川人民出版社1984年版，第5-10页。

风雨的前夕”，第二部“卢沟桥是我们的坟墓”，第三部“全民的抗战”。

吴清友的《资本主义发展的不平衡律》由生活书店出版。

通俗文化社编辑的《给文学青年》由上海通俗文化社出版，收入“通俗文化丛书”。收有王梦野的《文艺创作与生活实践》，任钧的《怎样写诗歌》，章泯的《怎样写剧本》等7篇介绍文学创作方法的文章。

中国文化建设协会编的《十年来的中国》由北京商务印书馆出版。收录有傅东华的《十年来的中国文艺》和洪深的《十年来的中国戏剧》。《十年来的中国文艺》分为：小引——北伐前后的革命文学——清党运动与普罗文学——民族主义文艺的理论——现实主义与超现实主义——国难后的两大潮流——鲁迅逝世与西安事变之影响——结论。在《十年来的中国戏剧》中洪深认为十年来的中国剧作是“十年来中国人民的情绪与思想的历史”。十年来的中国戏剧可划分为三个阶段：1.“对于人生的不平事作呼号”；2.“从攻击现存社会中的丑恶，渐渐转而攻击现存社会本身的丑恶”；3.“抗敌与民族自救”。十年来的中国戏剧在技巧上也有了进步。

语文社编的《通俗化问题讨论集》第一集由上海新知书店出版。

Montgomery 著、李葆贞译的长篇小说《绿庐小孤女》由上海商务印书馆出版。

[日]德富芦花等著、缪崇群译的散文集《日本小品文》由昆明中华书局出版。

“七七事变”后，老舍由于担心日军侵占青岛，中断了《病夫》和《小人物自述》两部长篇小说的创作，受聘到齐鲁大学文学院担任国文系主任，于8月底全家迁往济南。

北平失陷后，陈荒煤流亡到南京，与荣高棠、姚时晓、张瑞芳等组织“北平学生移动剧团”在山东一带进行活动，后来改名为“山东教育厅北平学生移动团”，到徐州、河南一带进行活动。

艾青离开上海到达武汉，之后去临汾、西安。

北京大学南迁，周作人没有离京南下。次月，周作人给陶亢德信里写道：“寒家系累甚重，交通又不便，只好暂苦于此”，“现在只以北京大学教授资格蛰居而已”，“有同事将南行，曾嘱其向王教长蒋校长代为同人致一言，请勿视留北诸人为李陵，却当作苏武看为宜”。

谢冰莹行迹走遍南北，她开办救护人员训练班，发动妇女到抗战前线救助伤兵，同时依旧从事文学创作活动。

八月

1日，“七君子”沈钧儒、章乃器、邹韬奋等人由苏州抵沪，上海爱国知名人士百余人到火车站迎接。

《卢沟桥事件画刊》由良友图书印刷公司出版。

凌叔华的短篇小说《八月节》、杜衡的小说《移植》、孙毓棠的诗《暴风雨》、何其芳的散文《树阴下的默想》、朱东润的散文《说“衙内”》、孟实（朱光潜）的《〈谷〉和〈落日光〉》、鹤西的《谈〈桥〉与〈莫须有先生传〉》、张骏祥的《过去一年中的纽约戏剧》、钱钟书的《中国固有的文学批评的一个特点》、平伯的《无题》发表于《文学杂志》第1卷第4期。

紫石译的《嫌疑》发表于《东方杂志》第34卷第15号。

王统照为《文学》第9卷第2号撰写《编后记》，呼吁作家们要“正视这血淋淋的‘现实’的时期，用组织巧妙的文字传达出悲壮的精神，激发读者的勇气”。同期还刊出王西彦的短篇小说《生意经》，叶圣陶的散文《书桌》，王任叔的评论《评〈谷〉及其他》，[俄]屠格涅夫著、彭慧译的小说《海上的火灾》。

[英]T.S.Eliot著、朱文振译的小说《某女史小像》和[挪威]Henrik Ibsen著、苏薇译的戏剧《小约而夫》发表于《文艺月刊》第11卷第2期。

上海文化界张志让、萨空了、艾思奇、顾执中等人在《卢沟桥浴血抗战特刊》发表《文化界一致主张全面抗战》的声明。

2日，上海文化界救亡协会与中国文艺协会上海分会在蜀腴川菜社设宴欢迎回国的郭沫若，潘公展、胡愈之、欧阳予倩、傅东华、钱俊瑞等30多人出席，宴上郭沫若谈话之时“热情冲动，声泪俱下”。

潘汉年陪同夏衍与郭沫若会面，并要夏衍担任郭沫若的助手，协助筹办具有文化界抗日民族统一战线性质的《救亡日报》。

3日，上海文化界救亡协会举行第二次常务理事会议，会议讨论确定该协会的工作大纲，推举由胡愈之等人起草协会对于时局的宣言。宣言讲道：“今日全国人民不论男女老少、贫富贵贱，已经定下最大决心，愿意团结”，“为捍卫国家而牺牲到底”。

4 日，上海电影编剧导演人协会成立，夏衍、欧阳予倩、阳翰笙、史东山、蔡楚生等 9 人当选为理事。该协会规定主要任务为配合电影界工作人协会，审查、评论和供应剧本，督促国防电影大量生产。

上海戏剧界在南市蓬莱大戏院日夜场间加演《保卫卢沟桥》，以欢迎归国的郭沫若和刚出狱的“七君子”。

5 日，张天翼的杂文《战与和》发表于《中流》半月刊第 2 卷第 10 期。

曹禺的《原野》由上海业余实验剧团搬上舞台进行表演。由应云卫担任导演，主演为魏鹤龄、舒绣文。

郭沫若、茅盾、巴金、郑伯奇、王任叔等 50 多位文艺界知名人士一起联名致电南开大学校长与河北女子师范学院院长，对两所学校遭遇日机轰炸表示慰问，对日军侵占平津提出抗议。

7 日，上海戏剧界在“七七事变”后，为宣传抗日救亡而选举夏衍、洪深、于伶、陈白尘、宋之的、阿英等 16 人集体创作的第一部抗战剧本三幕剧《保卫卢沟桥》在上海蓬莱大戏院正式上映公演。此剧是优秀的抗敌剧目，演出后引起空前热烈的反响。

8 日，上海文化界救亡协会组织 2000 多人集会，庆祝“七君子”出狱。

上海国民歌咏救亡协会成立。协会常委会成员有冼星海、何士德、麦新等。“八一三”事变发生后，又成立了国民歌咏救亡协会战时服务团，会址设在浦东大楼。

广东戏剧协会借广州女青年会召开成立大会，80 多人到会，胡春冰、罗海沙等 15 人当选为理事。

9 日，瘦鹃的《平津哀歌》、笑愁的《神圣抵抗》、溪南的《安全土》、望尘的《幽禁这〈屈辱的和平〉》、陈洪海的《伟大的先驱》、张垲和朱承熙的《今日之歌》发表于《申报》春秋副刊。

10 日，金丁的《论芦焚的〈谷〉》发表于《光明》第 3 卷第 5 号。

南京新闻界在大华戏剧院进行募捐公演，演出田汉的《卢沟桥》。观众情绪激昂，观众中有刚出狱的“七君子”。次日起，该剧在首都、国民、新都三戏院各演一天。

上海文化界的郭沫若、茅盾、巴金、王任叔、宋之的、王统照等 60 多人，向北平文化界同人致电，勉励再接再厉，抗敌到底。

12 日，上海闸北、虹口的居民纷纷撤离，茅盾全家由于缺少劳动力和交通工具而不能搬离。

沈从文、朱光潜、杨振声、梁宗岱、赵太侔夫妇等一批清华、北大的教师离开北平，转经天津南下。

13 日，日军侵略上海，“八一三”事变发生，“淞沪抗战”爆发。

老舍从青岛返回济南，任教于齐鲁大学。这是老舍人生中第二次到齐鲁大学。第一次是 1930 年 7 月至 1934 年 6 月，整整 4 年时间。在这期间，老舍创作出大量作品，如长篇小说《猫城记》、《离婚》、《牛天赐传》、《大明湖》，同时他还在主编的《齐大月刊》上发表了长篇散文《一些印象》，其中《济南的冬天》成为广被赞颂的名篇。这次由于受到战争局势的影响，他只在齐鲁大学住了 3 个多月，1937 年 11 月 15 日离开。在此期间，老舍一边给各家杂志报刊写一些宣传抗战的短文，一边阅读各种传记和小说，摘录出一些名言佳句激励自己，与之同时他还怀抱着强烈的爱国之情参加了山东省和济南市的中共地下党组织发动的一系列抗日救国运动。

从本日起连续 3 天，上海游艺界救亡协会分别在华东、富星、中西等电台举行筹募救国款联合播音，参加播音的剧种有越剧、苏滩、平剧、弹词等。

14 日，上海文化界救亡协会所属的电影工作人协会、留日同学救亡协会、编辑人协会等百余个团体举行联席会议，共同商讨抗日救亡工作。会议决定致电张治中，并且委托市商会转交支援物资，以慰劳抗日将士。

《大公报》上海版增出临时晚刊，每天半张。同年 11 月 11 日停刊，一共出了 91 天。

上海漫画界以中华全国漫画家协会为基础，成立了上海漫画界救亡协会。

15 日，梅君达的《悲剧的起源及其三大作者》和文治平的《喜剧的成长与莫里哀》发表于《文艺》（抗战戏剧专号）第 5 卷 1、2 期。

《金箭》月刊在成都创刊。

16 日，郭沫若的散文《由日本回来了》发表于《宇宙风》第 47 期。

开明书店的编辑、出版、发行部门和为开明书店印刷书刊的美成印刷厂，遭遇日军炮轰，损失资产 80% 以上。开明书店于 9 月下旬迁至汉口，后又迁至重庆。中华书局、商务印书馆、世界书局等在战火侵袭中也遭受重大损失。

上海文艺界同人组成战时服务团，由欧阳山尊等 7 人担任理事，分为总务、宣传、联络 3 股力量开展工作。

上海市教育界战时服务团成立。王造时担任主席，陈科美、章益、陶百川、潘公展等参加。下设总务、组织、宣传、交际等8组。同月18日，服务团发电慰问前方抗敌将士。

17日，上海话剧界救亡协会成立。郑伯奇担任主席，欧阳予倩、洪深为副主席，马彦祥为秘书长，于伶、辛汉文、陈白尘等为常务理事。

上海市民营无线电播音业同业公会给上海公共租界工部局致函，抵制工部局禁止广播电台播送时事消息。

19日，《抗战》三日刊创刊。邹韬奋担任主编。后受到租界当局干扰，从同年9月9日的第7号起改名为《抵抗》。同年11月16日第27号又恢复原名，从第30号起迁至汉口出版。到1938年7月3日为止，一共出版86期。

《新中华报》第二版刊登“作家丁玲史沫特列等组织西北战地服务团出发前线”的消息。消息称在延安各界15日晚举行的欢送晚会上，毛泽东在致辞中高度评价了战地服务团的作用。丁玲也作了发言。

20日，芦焚的小说《无名氏》和刘白羽的散文《行军报告》发表于《文丛》第2卷第3期。

上海话剧界救亡协会在卡尔登戏院召开大会，会上决定成立13个救亡演剧队，并确定了各队队长人选，要求他们分头做好准备工作，从速赶赴各地，进行抗日救亡的宣传演剧活动。第一队：队长马彦祥、宋之的；第二队：队长洪深、金山；第三队：队长应云卫、郑君里、徐韬；第四队：队长应云卫、陈鲤庭、瞿白音；第五队：队长左明；第六队：队长李实；第七队：队长丁洋；第八队：队长刘斐章；第九队：队长不详；第十队：队长辛汉文、王惕予；第十一队：队长侯枫；第十二队：队长凌鹤、于伶；第十三队：队长陈铿然。

救亡演剧队是为了使戏剧工作者迅速适应抗日救亡的形势，由上海话剧界救亡协会主持成立的13个救亡演剧队的统称。其成员大多都是进步戏剧工作者，其中有不少著名的导演、演员和作家。演剧队成立之后即奔赴上海街头、学校、电台和难民收容所展开抗日救亡的宣传工作，并在全国各地进行抗日救亡宣传活动。其中5个队于1938年8月集中在武汉，和其他进步文艺团体一起正式组编为“抗敌演剧队”。在艰苦的环境里，各演剧队进行了广泛的宣传活动以及理论学习、艺术观摩等，创作并演出大量反映全民抗日斗争的街头剧、活报剧及独幕剧，其中最受欢迎的有《三江好》、《最后一计》、《放下你的鞭子》、《生路》等，具有强烈的现实性、战斗性和鼓动性。演剧队还在他们途经的浙江、江苏、安徽、河南等7个省以歌唱、漫画、杂耍、演讲等形式开展广泛的群众性文艺宣传活动，并且协助军队和地方当局进行调查工作，积极为抗战服务。演剧队的活动在抗战前期为促进抗战文艺运动的蓬勃开展做出了重要贡献。

21日，中苏签订互不侵犯条约。

受上海文化界救亡协会国际宣传委员会的委托，郭沫若起草《中国文化界告国际友人书》，谴责日本帝国主义的侵略行为，请全世界人民"协同防止"战祸蔓延。

24日，《救亡日报》正式在上海创刊。

《救亡日报》是抗战期间有着广泛影响的重要报纸，是上海市文化界救亡协会的机关报。郭沫若担任报社社长，夏衍担任主笔，阿英担任主编，组成了统一战线性质的编委会，成员有巴金、茅盾、郭沫若、王任叔、阿英、夏衍、张天翼、邹韬奋、郑振铎、胡愈之等人。上海沦陷后，发行至11月22日停刊。1938年1月1日在广州复刊。后又迁至桂林。1941年初皖南事变后，被迫停刊。1945年抗战胜利后迁回上海，改名为《建国日报》，同年10月24日被国民党当局勒令停刊。它的副刊内容侧重文艺，编者提倡多样的文艺形式和短小通俗的风格，有墙头小说、街头剧、大鼓、木刻、歌曲等。它的副刊编辑还组编多种特辑，如"消灭汉奸特辑"、"'九一八'特别增刊"、"怎样组织民众特辑"、"鲁迅先生逝世周年纪念特辑"等。该报文艺副刊发表了茅盾的《炮火中的洗礼》（1937年8月24日第1号），郭沫若的《前线归来》（1937年9月12日第14号），郑振铎的《战时教育问题》（1937年9月23日第25号），穆木天的《我们需要文艺批评》（1937年9月25日第27号）等。《救亡日报》还刊有大量上海抗战文艺活动的消息，为我们研究抗战文艺活动，特别是戏剧运动，提供了不少第一手材料。

上海教育界人士组成的教育界救亡协会成立，王造时、潘公展、刘湛恩、黎照寰等人担任理事。

25日，根据国共两党达成的协议，中共中央军委将中国工农红军主力部队改编为国民革命军第八路军，并发布命令，任命朱德为总指挥，彭德怀为副总指挥，叶剑英为参谋长，任弼时为政治部主任。9月11日，国民政府军事委员会把八路军改称为第十八集团军，总指挥部改为总司令部。

中共中央将原来秘密的中共上海办事处变为公开的八路军驻上海办事处，李克农担任办事处负责人，刘少文担任秘书长。八路军驻上海办事处成立后，继续开展上层人士的统战工作，出版由孙冶方主编的机关刊物《内地通讯》。

由于战事原因，《文学》、《中流》、《译文》、《文丛》不能出版，4本杂志合编为小型文艺周刊《呐喊》在上海创刊。编者在《本刊启事》中写道："沪战发生，文学、文丛、中流、译文等四刊物暂时不能出版，四社同人当此非常时期，思竭绵薄，为我前方忠勇之将士，后方义愤之民众，奋其秀笔，呐喊助威，爰集群力，合组此小小刊物。"该刊是上海文艺界救国宣传刊物，由文学社、文季社、译文社、中流社合编，由文化生活出版社、上海杂志公司、开明书店、立报馆等代售。从第3期起改名《烽火》，于同年9月5日重新出版，期数另起。初为周刊，自第13期起改为旬刊，并迁至广州出版。1938年11月出至第20期终刊，共出22期。上海版署"编辑人茅盾，发行人巴金"，迁至广州后改版署"编辑人巴金，发行人茅盾"。该刊刊登小说、诗歌、散文、速写、报告、杂感、漫画、木刻。撰稿人除编者外，还有刘白羽、王统照、胡风、田间、靳以、郑振铎、骆宾基等。第7期为《鲁迅先生周年祭》，景宋、王统照、郑振铎等写了纪念诗文。创刊号上发表有王统照的《夜深沉》，靳以的《我的话》，巴金的《一点感想》，茅盾的《写于神圣的炮声中》等。

26日，上海"八一三"战事之后，郭沫若等人组织"文艺界战时服务团"，白朗、周立波、林林等走上街头为难民募捐。

四川省抗敌后援会抗敌歌咏团成立，廖育群担任团长。

茅盾的《对于时事播音的一点意见》发表于《救亡日报》。

29日，中国农村经济研究会发表《战时乡村服务工作纲要》。

巴金的诗歌《给死者》，王统照的《冲动与镇定》，靳以的《我们的血》，黄源的小说《俘虏》发表于《呐喊》第2期。

30日，上海《救亡日报》刊载《中国诗人协会抗战宣言》，抗战宣言上称："目前最迫切的任务，就是将我们的诗歌，武装起来"，"我们要用我们的诗歌"，"吼出弱小民族反抗强权的激怒"，"歌唱出民族战士们英勇的战绩"，"暴露出敌人蹂躏我民族的暴行"，"描写出在敌人铁蹄下的同胞们的牛马生活"。

《〈宇宙风〉、〈逸经〉、〈西风〉非常时期联合旬刊》在上海创刊，此刊为抗战爆发后，《宇宙风》、《逸经》、《西风》停止正常出刊后的联合出版刊物，同年 10 月 30 日终刊，共出 7 期。该联合旬刊内容几乎全是有关宣传抗战的，主要包括时事报道评述、通讯报道等几个方面，除此之外还有一些与抗战相关的其他文章、漫画等。在文风上，该刊仍旧保持原来 3 种刊物庄谐杂出、注重趣味和性灵的特点。

诗刊《高射炮》在上海创刊，王亚平、征军、戴何易担任主编。

穆木天的《加强团结加强我们后方的文艺建设工作》，晓阳的《血的教训——记念荡口镇的战士们》，立明的《"通俗化"与"地方化"》发表于《文化岗位》第 1 卷第 2 期。

31 日，文化界救亡协会募集大批慰劳品，到各医院慰问伤兵。

郑振铎、茅盾、胡愈之、邹韬奋等联名给国民党中央执行委员会宣传部长邵力子致电，对上海当局指使公共租界工部局扣留《救亡日报》、《抗战》、《呐喊》等进步刊物表示抗议。

成都话剧宣传团在成都大光明电影院预演章泯等编的大型抗战话剧《保卫卢沟桥》，参演者达 130 多人，反响热烈。

本月

第 18 集团军西北战地服务团（简称为"西战团"）在延安成立。该团是抗战期间中国共产党领导的一个部队建制的文艺宣传组织，由陕甘宁边区文艺界抗敌协会与第 18 集团军总政治部联合组建而成，丁玲、吴奚如分别担任正副主任。15 日，延安各界为该团赴前方工作举行欢送晚会。毛泽东莅会，并在会上发表致辞，指出："我们要从文的方面武的方面夹攻日本帝国主义"。19 日，由该团主办的团刊性刊物《战地》在延安《新中华报》上创刊，并发表《行动纲领》、《西北战地服务团成立宣言》、《出发前致全国爱国人士电》等。该团于 1937 年 9 月前往晋东南前方总部，在第二年的秋天曾经一度回到延安休整，后又开赴晋察冀边区。1944 年重返延安，1944 年 5 月结束其历史使命。该团长期转战于各敌后抗日根据地，用多样的文艺形式进行抗日宣传活动，积极推动边区文艺运动，既是文艺演出队，又是群众工作队。该团的宣传工作在动员全国各界群众奋起抗日、鼓舞军民对敌斗争方面发挥了积极的作用，在全国产生了很大影响，也引起国外人士的关注。史沫特莱曾多次对该团的消息进行报道。该团在边区办过其他小型刊物，如由邵子南负责的战地社曾经出版过《歌创造》、《诗建设》，提倡街头诗运动。此外，丁玲主编过《西北战地服务团丛书》10 种等。

《中国诗坛》月刊在广州创刊，其前身是《广州诗坛》。中国诗坛编委会编辑，蒲风、雷石榆等先后担任主编。在广州沦陷前夕，1938 年 9 月停刊。1946 年在广州复刊。此刊的编者和作者大多为广东人，多是"中国诗歌会"成员。

欧阳山的短篇小说集《饥寒人》由上海北新书局出版。

李乃文的短篇小说集《火箭》由浙江绍兴民国印刷所出版，收 5 篇小说。

罗烽的短篇小说集《呼兰河边》由上海北新书局出版，被列入"文艺新刊"，收 13 篇小说，书末有后记。

耶草的短篇小说集《春潮》由上海初霞出版社出版，收 12 篇小说。

金剑啸的长诗《兴安岭的风雷》由上海夜哨丛书出版社出版，被列入白朗、金人主编的"夜哨丛书"之四，书末附有悄吟（萧红）、萧军、罗烽、舒群等人为纪念作者而写的文章。

任钧创作诗歌《起来，黄帝的子孙们》，后收入永祥印书馆 1946 年 1 月出版的《任钧诗选》。

蒋山青的诗集《山青诗草》（第 1 卷叙事诗辑）由汉口山川书屋出版，收诗 28 首。

郭沫若的散文集《沫若近著》，曹聚仁的散文集《文思》，何家槐的散文集《稻粱集》由上海北新书局出版，其中郭、曹的散文集被列入"文艺新刊"。曹聚仁的《文思》收入 80 篇散文和文艺评论，是作者 1935 年至 1937 年间写的作品。

许钦文的散文集《无妻之累》、陶亢德编的报告文学集《失地记痛》由上海宇宙风社出版，其中《失地记痛》被列入"宇宙丛书"之五。

田风等人的散文集《卢沟桥之战》由上海杂志公司出版。

田军、靳以等人的散文集《兴安岭的风雪》由上海联华书局出版。

胡怀琛的散文集《萨坡赛路杂记》由上海广益书局出版。

曹禺的剧本《原野》由上海文化生活出版社出版。剧本出版之后遭到冷遇，当时的评论很少，而且贬多褒少。内中南卓于 1938 年写的《评曹禺的〈原野〉》是比较有影响力的一篇评论。内中南卓肯定了曹禺的《原野》在"技巧的卓越"上保持了作家"一贯的优点"。但批评指出其主要问题是"模仿前人的成作"，"外来成分占了上风”，认为这些问题给剧作思想和人物描写带来了一些消极影响。[①]抗战后期，杨晦在其长篇论文《曹禺论》中认为《原野》是“曹禺最失败的一部作品”。但是也有人给予《原野》充分的肯定，如1942年《女声》第6期的《剧评》中就有一篇未署名的文章认为：“如果说……《原野》中的英雄仇虎能够代表年轻的中国人的灵魂的话，中华民族正是年轻而有着无限希望的。”《原野》中描写的“一个多么英勇而悲壮的故事”是对于所有“有血性的人”都具有鼓舞作用的，“人间有恨才能有爱，无自由，莫如死”。此文章还认为《原野》可以促使那些甘愿苟且偷生于敌人铁蹄蹂躏之下更甚至于屈膝投降的人获得醒悟重生：“现在‘世道衰危’，‘人心不古’，竟有许多愿意苟活偷生，只要链子上嵌镶了珠翠跟宝石，锁在链子里边讨活也是好的人，看了《原野》之后，这些人也许会有一点惭愧吧？”1947年唐弢在短文《〈原野〉重演》中讲道：“几年以来，大江南北，多少剧团演过《原野》，多少人读过《原野》。”他认为其原因是“这个剧本里有戏，群众看起来过瘾，这个剧本里有生活，顾盼左右，仿佛就在身边，让人看起来恐惧和欢喜。”“是百看不厌的剧本。”[②]

凌鹤的剧本《黑地狱》由上海戏剧时代出版社出版，被列入“戏剧时代丛书”之三，书前有田汉的序，书末有作者后记。

龚啸岚的剧本《文天祥殉国记》由汉口抗敌宣传工作团印。

周扬的《艺术与人生——车尔尼雪夫斯基的艺术与现实之美学的关系》发表于《希望》创刊号。

[苏]A. 亚非诺干诺夫著、尤兢（即于伶）译的戏剧《西班牙万岁》由上海生活书店出版。

[日]古田太次郎著、伯峰译的散文集《死亡忏悔》由上海文化生活出版社出版，列入巴金主编的“文化生活丛刊”第22种。

丁玲、吴奚如率领八路军西北战地服务团，经过一个多月的时间到达太原，该团的成员主要有王玉清、陈明、陈克寒、袁勃、戈矛、张天虚、余建亭等。

中共上海地下组织重建党的文化工作委员会。

---

① 内中南卓：《评曹禺的〈原野〉》，《文艺阵地》第1卷第5期，1938年6月16日。

② 唐弢：《〈原野〉重演》，上海《大公报》1947年8月29日。

重庆救国会下属重庆市文化界救亡协会（简称文救会）成立演剧队，由萧崇素负责。

上海电影界人士陈白尘等 30 多人组成影人剧团，先后到成都、重庆进行救亡话剧演出。

上海漫画界救亡协会派出抗日漫画宣传队赶赴外地，由叶浅予担任队长。

郭沫若回国后，除了会见文化界朋友与同人之外，两个月间还分别与军政界人士冯玉祥、叶剑英、汪精卫、张发奎、陈诚、陈公博、周至柔、孙科、钱大钧、薛岳、邵力子、张群等会面。9 月 24 日郭沫若接受了蒋介石召见，《在轰炸中来去》详细描述了这次会面。

曹聚仁在上海闸北战场以记者身份深入前线报道。上海沦陷后，他又到台儿庄，以中央通讯社战地特派员的身份做战地采访，足迹遍布整个东战场。

李广田在“卢沟桥事变”后，跟随济南一中迁往泰安。年底又离开泰安，由河南到湖北，在郧阳停留半年时间，后又徒步行走两月进入四川。李广田流亡历时两年时间，写有《流亡日记》，对此历程有详细描述。

老舍为了宣传抗日，向京韵大鼓名家白云鹏、张小轩等学习写鼓词。

沈从文离开北京，转经天津、烟台、济南、南京、武汉、长沙等地，到达大后方，后又回到湘西。

田间从日本回国，从上海到武汉，又由武汉到临汾，参加八路军的“西北战地服务团”，担任战地记者。

徐懋庸离开上海去武汉，年底至临汾。次年 3 月和钟敬之等人经过林伯渠同意到延安。

中共代表团到南京后，对田汉在 1935 年被捕入狱和保释就医的事件进行调查，恢复了田汉的党组织关系。田汉回到上海，受到郭沫若、夏衍以及戏剧界人士的热烈欢迎。

九月

1 日，徐中玉的《吩咐》发表于《东方杂志》第 34 卷第 16、17 号。

里林的剧本《毒》由上海燎原书店出版。

上海编辑人协会主办的《文化战线》出版。

《战时联合旬刊》在上海创刊，由《国民周刊》、《妇女生活》、《世界知识》、《中华公论》联合出版。

3日，在中共地下党领导下，由22个流离失所的儿童组成的进步戏剧团体“孩子剧团”在上海成立。吴新稼（吴莆生）任团长，后迁至武汉，在周恩来、郭沫若等领导下，积极从事演戏活动，配合民族革命战争，先后演出街头剧《放下你的鞭子》、儿童剧《仁丹胡子》和《捉汉奸》等。1939年1月迁至重庆，继续从事抗日宣传活动，同年9月由林犁田（许翰如）任团长。后又演出过石凌鹤的《乐园进行曲》、张天翼的《猴儿大王》等剧。1942年9月被国民党收编，团员相继离去。

5日，《战时妇女》五日刊创刊。

全民通讯社在太原成立，李公朴担任社长。

上海文化界救亡协会发表告市民书，号召市民们要组织起来，持久抗战。

王统照的《上海战歌》、刘白羽的《家乡》、周文的《说和做》、茅盾的《战神在叹气》发表于《烽火》创刊号。

8日，《光明・战时号外》第1号在上海出版。洪深、沈起予担任编辑。刊载有绮雨（沈起予）的《没收敌人在华财产及其租界》、周扬的《在后方我们也是在前线》、尤兢的街头剧《皇军的伟绩》、郭沫若的《一二八炮手》等。

9日，蔡元培、胡适、宋庆龄等联名吁请世界各国文化界援助中国抗战。

10日，史良、何香凝、胡兰畦、姜平等组织战时壁报工作服务团，以便及时报道抗战消息。

11日，文艺周刊《七月》在上海创刊，发表胡风、端木蕻良、萧红、萧军、艾青、胡愈之、丽尼、曹白等人的诗歌、散文。

《七月》由胡风担任主编，“七月社”自筹经费印行，发行人为费慎祥。1937年9月25日出版第3期后，因胡风离沪休刊。后迁移至武汉复刊，改为半月刊，卷期另起。1937年10月16日发行第1集第1期，由汉口生活书店出版。1938年7月16日发行至第3集第6期时迫于武汉战局再度休刊。后迁至重庆出版，由上海杂志公司和华中图书公司先后发行。《七月》从第5集起改为月刊，但经常不能按期发行。1941年9月出版第7集第1、2期合刊终刊。1945年改出《希望》。《七月》前后共计35期。刊物的主要撰稿人有胡风、艾青、田间、曹白、丘东平、绿原、萧军、萧红、舒芜、聂绀弩、S.M.（阿垅）、丁玲、曾卓、鲁藜、邹荻帆、舒群、罗烽、周而复、贾植芳、刘白羽、柏山、吴奚如、端木蕻良等。

《七月》是抗战时期在国统区产生了较大影响的文艺刊物。发表在武汉《七月》第 1 期上的《愿和读者一同成长——代致辞》一文，明确提出了抗日战争中刊物在“意识战线”上的任务以及刊物与时代、人民的关系。“中国的革命文学是和反抗日本帝国主义的斗争（五四运动）一同产生，一同受难，一同成长。”“这个战争就不能是一个简单的军事行动，它对于意识战线所提出的任务也是不小的。”“在神圣的火线后面，文艺作家不应只是空洞地狂叫，也不应作淡漠的细描，他得用坚实的爱憎真切地反映出蠢动着的生活形象。在这反映里提高民众底情绪和认识，趋向民族解放的总的路线。文艺作家底这工作，一方面将被壮烈的抗战行动所推动，所激励，一方面将被在抗战热情里面涌动着、成长着的万千读者所需要，所监视。”围绕在该刊周围的一批作家，用自己的创作实践与文学理论发展形成了一个艺术流派，即“七月派”。该派的风格特征尤其体现在诗歌、报告文学、短篇小说上，代表作有艾青的诗歌《向太阳》、《雪落在中国的土地上》，田间的诗歌《给战斗者》，丘东平的报告文学《一个连长的战斗遭遇》、《第七连》，曹白的报告文学《这里，生命也在呼吸》，S.M. 的报告文学《闸北打了起来》，路翎的短篇小说等。

据《胡风回忆录》记载：“上海沉浸在抗战热潮中……大家激动着，时间空空地度过了。这时候，听到有人发起了‘投笔从戎’运动，某某作家签了名的消息。但这个运动并没有扩大到我和与我接近的这些人里面来。因而想到，应该把大家的激动感情转移到实际工作里面，写些东西。《呐喊》篇幅太小，这些人也不愿为它提起笔的。我也打算弄个小刊物，接近的人都表示高兴。鲁迅曾帮助北新书局的店员费慎祥办了个联华书店，这时候他也无事可做，愿意负责印刷和发行。于是，确定了《七月》这个小周刊的出版。刊名是复印了鲁迅的笔迹的，唯一的表示纪念的意思。”“共出了三期：第一期（9 月 11 日）；第二期（9 月 18 日）；第三期（9 月 25 日）。”“内容完全集中在抗日斗争和抗日战争这一点上。当然，希望是和群众的生活结合在一起的斗争和战争的反映，如曹白、柏山、萧军、萧红、胡兰畦等的散文。希望是从这个斗争，这个战争触发起来的感情表现，如艾青和我的诗，如李桦、力群等人的木刻。至于和这个斗争，这个战争相关的具体人物，只要最后是站在抗日战线内，尤其是为抗日而牺牲的，就不管他从前的经历如何，都不惜暂时给以肯定，如萧军和端木蕻良所记的两个人，我毫无所知，只好由作者们负责了。我们的抗战和国际反法西斯战线是互相联系的，如对中苏互不侵犯条约的欢呼，关于国际作家大会的报导，就是这个历史大潮的反映。至于抗议日本政府迫害致力于中日民间文化交流的进步作家，那意义就更直接了。”“由于内容基本上是反映了实际生活和斗争，而不是捏造的胜利故事，这个小周刊得到了饥渴中的读者的欢迎。”“商业联系和邮路受到阻碍，伤害刊物很难发到外地去，作者又纷纷离开上海。我决定把《七月》移到武汉去出版。友人们觉得在上海停掉很可惜，希望在上海也同时出下去。但人力财力都照顾不过来，只好停掉了”。①

上海文化界救亡协会开始在交通部国际电台举办抗日讲座。郭沫若、钱俊瑞、胡愈之等先后发表演讲。

12 日，骆滨基（骆宾基）的报告《救护车里的血》、靳以的《我们的国家》，胡风的长诗《同志》、王统照的《集中与分散》等发表于《烽火》第 2 期。

13 日，五日刊《战线》在上海创刊。章汉夫、艾思奇等编辑。

上海文化界救亡协会给国民党政府致函，要求释放政治犯。

15 日，《文艺》第 5 卷第 3 期出版，该期为抗战诗歌特辑。冯乃超的《诗歌的宣言》发表于该期。

怒吼剧社在重庆成立。陈叔亮、余克稷、章功叙等为发起人。1938 年，中华全国抗敌协会迁渝并且下设重庆分会，怒吼剧社成为其骨干剧团，多次组成演剧队巡回演出于重庆市郊。它演出了许多反映抗战现实的独幕话剧，后又多次演出大型话剧如《黑地狱》等，积极广泛地宣传抗日。抗战胜利后，由于主要成员相继离去，剧社于 1948 年解散。

16 日，上海《救亡日报》在大标题“战时的电影界”下发表了庶山的《银色的战士何处去》，沈西苓的《我们要申诉》，且同的《日本的“华北事变”新闻片》。沈西苓讲道：“在救亡阵线中，文化界最弱的一环是电影。”他谈到了存在的问题，但“我们的血在沸着，我们的心在动着，我们头脑时时在计划着”。“我们切望着各界给我们的援助，领导文化部分的当局有具体的计划，使我们得效命前途，工作有方”！

① 胡风：《胡风回忆录》，人民文学出版社1993年版，第73、75—76页。

上海战时普及教育服务团成立。

18日，冯乃超、罗荪、蒋锡金创办宣传抗战的综合性杂志《战斗》旬刊。

锡金的朗诵诗《老家》和胡绳《新的“九·一八”》发表于《大公报》第4版。

臧克家的诗《抗战的火苗》、王亚平的诗《八月的黄浦江》、绮雨（沈起予）的《除国防建设外别无建设》发表于《光明·战时号外》第3期。

黄自作曲、韦翰章作词的抗日救亡歌曲《九·一八》发表于《救亡日报》文艺副刊。

华南绘画界救亡协会在广州举办华南抗敌绘画展览会，随后又到广东几个县和广西的梧州、柳州等地展出。华南绘画界救亡协会创办有两个刊物——《漫画战线》和《广州漫画》。

上海文化界救亡协会为纪念“九一八”事变6周年，联合全市40多个救亡团体，组成了3000余人的宣传队，奔赴各难民收容所、伤兵医院、里弄，进行抗日救亡宣传。

19日，骆宾基的报告《“我有右胳膊就行”》、王统照的诗《死与生》、茅盾的《今年的“九一八”》、黄源的《西站行》等发表于《烽火》第3期。

上海文化界救亡协会宣传部、上海编辑人协会、上海各界抗敌后援设计委员会召开编辑人和著作人会议，商讨战时出版界动员计划草案。该草案发表于《文化战线》第4期。

20日，《大公报》第2版发表郭沫若的《抗战与觉悟》。同期第4版发表杨朔的报告《东沙岛》和光未然的歌词《抗日合唱》。

上海漫画界救亡协会主办的《救亡漫画》在上海创刊。王敦庆主编，鲁少飞发行。编委成员有丁聪、华君武、叶浅予、鲁少飞、万籁鸣、蔡若虹、张仃、张光宇、张乐平等。同月成立“漫画宣传队”，其全称是“上海市各界抗敌后援会宣传委员会、漫画界救亡协会漫画宣传队第一队”。有叶浅予、张乐平、胡考、特伟等8人参加，叶浅予领队。

《立报》出版创刊两周年纪念特刊，发表了巴金、胡愈之、欧阳予倩等人的文章。

郭小川参加八路军，开始了他的战士生涯。

21日，《大公报》第4版“战线”板块发表蓝枫的诗歌《鲜血赞》，念兹的报告文学《到徐家棚去》。

苏州危急。叶圣陶带着夫人、妹妹、胡墨林以及至善、至美、至诚、夏满子从苏州新居离开，至杭州和绍兴，后在武汉和家人相聚，年底抵达宜昌。

22日，国民党中央通讯社发表延搁两个多月的《中共中央为公布国共合作宣言》。

日本友人绿川英子加入中国文化界的抗战活动,发表致日本世界语者的公开信。

23日，蒋介石发表《对中国共产党宣言的谈话》，承认了中国共产党的合法地位。由此宣告了国共两党第二次合作，抗日民族统一战线正式形成。

24日,崔家瑞的《我们需要战时文艺》发表于《大公报》第4版“战线”板块。

上海伶界联合会国难后援会为募集救国公款以及救济难民、救护伤兵、慰劳将士等各款项，举行大规模平剧会串播音。

25日，陶行知主持的《生活教育》改名为《战时教育》，迁至武汉出版。

宋庆龄的《国共统一运动感言》发表于《救亡日报》第1版。

上海文化界救亡协会组织部召开各团体会员联席会议，钱俊瑞作形势报告。

战地服务队成立。它是周恩来根据毛泽东制定的抗日民族统一战线方针，和国民党方面在庐山进行谈判时讨论确定建立的大型的文化政治工作机构。

26日，聂绀弩的《死的教训》发表于《大公报》第4版“战线”板块。

骆宾基的报告《在夜的交通线上》、巴金的《给山川均先生》、夏蕾的诗《八月的风暴》、黎烈文的速写《三个伤兵》等发表于《烽火》第4期。

《国民公报》出版《怒吼剧社第一次公演特刊》，刊登了余克稷的《关于〈保卫芦沟桥〉的演出》，这是重庆自有话剧以来，第一次对演出进行全面介绍的文章。

27日，小方的报告文学《血战居庸关》发表于天津《大公报》。

28日，胡绳的《信念与力量》发表于《大公报》第4版。

国际新闻供应社在上海成立。

斯诺的《红星照耀下的中国》开始在《文摘战时旬刊》第5期连载，至1938年1月第9期载完。

29日,光未然的战时街头剧《难民曲》发表于《大公报》第4版“战线”板块。

金人的《关于通俗文艺的几个疑问》发表于上海《救亡日报》。

30日，熊佛西的《抗战时期的戏剧》发表于《大公报》第3版，探讨了抗战时期戏剧的形式和创作的标准，文章认为抗战戏剧应该有计划、有目的、有鼓动人心的作用。

本月

陕北公学正式成立。成仿吾任校长。毛泽东、李富春、艾思奇等人兼课。1941年并入延安大学。成仿吾关心学员的思想和生活，被学员称为“妈妈校长”。在陕北公学期间，成仿吾和徐冰合译《共产党宣言》，发表了《半年来的陕北公学》、《陕北公学的新阶段》等文，并且创作《毕业上前线》、《陕北公学校歌》、《西北青年进行曲》等歌词。

郭沫若的散文集《抗战与觉悟》由大时代出版社出版。

梁穆的散文集《华北——魔手下的地狱》由上海杂志公司出版。

张兆培著、于在春编辑的《张君兆培纪念集》出版，书中附有照片，收入张兆培在江苏省立太仓师范时所写的国文习作和其他诗文、书信手稿以及其亲属、友人的纪念文字等，书前有编者写的序。

张天翼与蒋牧良离开上海，由浙赣经南昌到长沙。临行前，冯雪峰嘱咐其在湖南文化界进行统战工作，宣传抗日救亡运动。

胡风路经南京抵达武汉。

周立波、周扬、艾思奇、何干之等人撤离上海，计划经南京赴延安。路经西安时，八路军驻西安办事处负责的同志安排周立波与舒群去华北前线担任战地记者，并委派周立波为史沫特莱的翻译。

端木蕻良去临汾民族抗日大学文学系任教，次年他担任重庆复旦大学教授。

何其芳返回家乡后，在四川省立万县师范学校担任教职。他和杨吉甫一起在《川东日报》上合编《川东文艺》周刊。次年年初，何其芳又转到成都，任教于成属联中，并和卞之琳、方敬等创办半月刊《工作》。

贫病折磨下的叶紫和陈子展一家结伴离开上海，途经南京时遭遇日机轰炸，与陈子展一家失散。后从南京乘船去武汉，于中秋节后离开武汉到湖南。

张我军任北京大学工学院日文系教授。

施蛰存任云南大学副教授。

十月

1日，柯灵主编的《民族呼声》周刊在上海创刊，共出7期。

《科学画报战时特刊》在上海创刊，由中国科学出版社出版，中国科学图书仪器公司发行。

萧乾的《创作四试》发表于《人世间》月刊第2卷第1期。

白朗的《神刀纪三小传》和胡绳的《教育自己》发表于《大公报》第4版“战线”板块

欧阳予倩的独幕剧《曙光》发表于《东方杂志》第34卷第18、19号。

2日，中国共产党与国民党达成协议，将湘、鄂、赣、闽、浙、皖等8省的红军游击队12000余人统一整编为“国民革命军陆军新编第四军”，叶挺任军长，项英任副军长。

罗烽的《祖国的海岸》、杨朔的报告文学《南海的烽烟》发表于《大公报》“战线”第15号。

3日，汉口版《大公报》文艺副刊创刊。1938年3月6日停刊。

巴金的《给山川均先生》发表于《大公报》“文艺”第372期。

王统照的诗歌《阿利曼的坠落》、靳以的诗《他们是五百个》、艾芜的诗《我怀念宝山的原野》、芦焚的杂感《事实如何》、周文的报告《京沪途中》发表于《烽火》第5期。

林娜的《展开通俗化运动》发表于上海《救亡日报》。作者说：“过去对于通俗化问题的讨论，我觉得有一个很普遍的缺点，大部分都只注意到一般理论的检讨，而忽视了实际去干”，“我是主张尽量利用旧形式来装新内容的”，“我们不能一定说是用土话写对，也不能说一定要用普通话对，这需要看情形而定”。

郭沫若、田汉、欧阳予倩、于伶等与周信芳、高百岁、余素琴等座谈，商讨旧剧如何适应抗战形势问题。郭沫若、欧阳予倩等主张采用历史上民族御敌的故事编成新评剧来鼓舞人民的抗日斗志，周信芳畅谈了多年来所企望的改良旧剧的愿望，田汉作了长篇总结发言。

4日，茅盾的《街头一瞥》发表于《国闻周报》战时特刊第3期。

郁达夫的《文化界在抗战中的任务》发表于《救亡日报·文艺副刊》第 36 号。

念渠的诗歌《送出征》、家瑞的《再论文化工作者的游击战争》、张爽的报告文学《我们的行列》发表于《大公报》“战线”第 16 号。

5 日,《大公报》“战线”第 17 号推出报告文学专号,收有贺轩的《复活了的洛阳》、筱泉的《在通州反正》、志业的《西安的民众怒吼了》等。

金坚的《前线去》发表于《申报》战时青年副刊。

6 日，上海战时文艺协会成立。上海战时文艺协会是由上海文化界救亡协会文艺组的报告文学者协会、诗人协会、文艺界战时服务团合并而成。主席戴平万作了报告后，周钢鸣、关露、林林、金丁相继发言。会议决定文艺协会分总务、写作、出版三部。会议讨论的问题有：一、负责撰写报告文学小册子、通俗小册子、电台播音；二、文艺的通俗化问题；三、派关露代表协会慰问受伤的人；四、与内地文艺工作者联络；五、纪念鲁迅逝世一周年的工作。

宇飞的诗歌《燃起来武汉的火把》、胡绳的《更远的打算》、子冈的速写《在军医院》发表于《大公报》“战线”第 18 号。

7 日,高永青的诗歌《永定河》、黄既的《建立全民文学》、刘梦秋的《且说王标》、光未然的《目前的歌咏运动》发表于《大公报》“战线”第 19 号。

8 日,梦梅的诗歌《一条心》和许晚成的《意大利青年之动态》发表于《申报》战时青年副刊。

光明大戏院上演由阳翰笙编剧、王瑞麟导演的四幕悲剧《前夜》，连演三天。此剧暴露了汉奸出卖民族的丑恶行为，表现了青年锄奸救国的正义感。

郑用之的《全面抗战与戏剧》、王瑞麟的《戏剧救亡中的群众剧演出》、阳翰笙的《关于〈前夜〉》发表于《大公报》第 4 版。

9 日,衷若霞的《卢沟桥》、徐盈的《八月八——一段辛酸的回忆》、薏冰的《战时诗歌的理论和实践》发表于《大公报》“战线”第 20 号。

阿英的《再论抗战的通俗文学》开始在上海《救亡日报》刊载,11 日登完。作者说:“从抗战通俗文学的内容方面说，我们主要的任务，是在充分说明全面的持久的抗战的意义，克服广大读者的在战争期间所发生的不正确的心理，发动他们积极的组织起来参加抗敌救亡的工作，以保障战争的最后胜利。在作家方面，于整个的战争，必须有辩证的理解，时时刻刻地，随着战争的发展与需要，配合的写作能以适应的作品，以增强巩固抗战的力量。通俗的抗战文学与战争，与非常时期的政治形势，与战时的大众生活因素，不能有时刻的分离。”

10日，《大公报》第1版刊登《国庆之辞》，纪念辛亥革命。第4版文艺副刊发表了凌叔华的《汉阳伤兵医院访问记》和靳以的《短简——上海通讯》。

《烽火》第6期刊登骆滨基的报告《阿毛》、佘荼的报告《掘战壕的行列》、摘梅的通讯《在湖南》、佚名的《在投奔前线的途中》。该期推出的“双十节特辑”刊载王统照的诗歌《她只有二十六年》、鲁彦的《今年的双十节》、赵家璧的《明年的双十节》、靳以的《双十节》。

夏衍的短剧《咱们要反攻》刊登于《救亡日报》。

梦梅的《双十新语》发表于《申报》战时青年副刊。

王统照在《文学》第9卷第3号发表启事，声明“脱离《文学》的编辑关系”。

11日，罗烽的《一条军裤》发表于《大公报》第4版“战线”板块。

劳渔的《给青年》发表于《申报》战时青年副刊。

12日，周宕冥的速写《在杨家滨》和高兰的《东北——我的母亲》发表于《大公报》“战线”第22号。

佘孟耀的《全面抗战与全民抗战》发表于《申报》战时青年副刊（连载至13日）。

13日，《大公报》“战线”第23号刊登江如之的《黄浦江》，白卫的《怒吼了长沙》，子冈的报告文学《在日本宪兵司令部》（连载至16日）。

上海国民救亡协会宣传团离沪。团长何士德，团员有孟波、朱幸意、张元等，共17人。宣传团去内地的路线是浙—赣—粤—桂—湘。他们表示要将救亡歌声带到内地去。

14日，张洛蒂的朗诵诗《永定河上的血债》和舒为群的《黎明之前》发表于《大公报》“战线”第24号。

许晚成的《德国青年之劳动服务》发表于《申报》战时青年副刊。

15日，穆木天的《展开我们的诗歌的阵线》和赫公的《最后的降旗》发表于《大公报》“战线”第25号。

16日，胡风编辑的《七月》第1集第1期出版。胡风的诗歌《敬礼》、邹荻帆的诗歌《江边》、萧红的散文《失眠之夜》和《天空的点缀》、曹白的《这里，生命也在呼吸》和《在明天……》、柏山的《苏州一炸弹》、端木蕻良的《记孙殿英》、黄慕缙的《用羞耻换取生命》、萧军的《王研石（公敢）君》、刘白羽的《逃出北平》、陈舒风的《步行传信记》、路野的《日本掉头》、焕甫的国际文坛报告《炮火下的第二次国际作家大会》、胡风的国际文坛报告《忆矢崎弹》、田军的短评《不是战胜，就是灭亡》发表于该期。该期还设有“鲁迅先生逝世周年纪念特辑”，收有绀弩的《人与鲁迅》、胡风的《即使尸骨被炸成了灰烬》、萧军的《周年祭》、萧红的《在东京》、柏山的《“活的依旧在斗争”》、端木蕻良的《哀鲁迅先生一年》。

老舍的《战鼓：半汉奸》发表于《宇宙风》第49期。

胡绳的《重提通俗化问题》、夏照滨的《火炬照着了郑州》、该报编者的《“战时文艺”口号的提出》发表于《大公报》“战线”第26号。

周立波与舒群、史沫特莱从西安出发，到战区各地考察。18日到太原，受到周恩来的接见。月底到达设在五台山下的八路军前方总司令部，受到朱德、彭德怀、任弼时的接见。11月15日，在万安八路军总部驻地访问彭德怀。

17日，《烽火》第七期为鲁迅逝世周年推出“鲁迅先生周年祭”专栏，同人在《纪念鲁迅先生》中说：“想到逝去的鲁迅先生，我们的心情是沉重的。失掉这一个我们大家敬爱的老人，中国的青年失去了一个最能爱护他们的友人；文艺界失去了一个伟大的导师；民族解放运动中失去了一个热烈的战士；人类解放运动中失去了一个勇敢的先驱。一年前我们的巨大的损失至今还不曾得到补偿，而且这缺陷一时恐怕也不能够被填补了。”“自由平等的新中国的实现便是纪念我们的伟人鲁迅先生的最好的纪念碑了。”郑振铎在《忆冲锋的老战士鲁迅先生》中写道：“我们仿佛还听见他的亲切的呐喊，在鼓励着新入伍兵的杀敌的勇气。这使我们增加了无限的杀敌的勇气！”该期还刊载有景宋（许广平）的《周年祭》、王统照的《又一年了》、孟十还的《念鲁迅先生》、克夫的《没有做成的“二三事”》、黄源的《〈鲁迅先生纪念集〉》、方之中的《鲁迅先生没有死》、骆宾基的报告《拿枪去》。

18日，上海市文化界救亡协会的《鲁迅逝世周年纪念宣传大纲》发表于上海《救亡日报》。《大纲》最后写道：对于鲁迅，“尤需我们学取的，是鲁迅的韧战的精神”。“目前虽然全面抗战，但由于统一战线部分的软弱，还留下能‘妥协’的因素，与懦弱的幻想；而民族的生路，却惟有‘抗战到底’一条。妥协与幻想，是只有断送民族的生命的。鲁迅的‘韧战’精神，正是保障抗战的最后胜利的唯一条件。”并且认为这“是我们目前急迫的任务”。

19日，毛泽东在延安陕北公学鲁迅逝世周年纪念大会上讲话，提出“学习鲁迅精神”的号召，并指出构成“鲁迅精神”的三个特点：“他的政治远见”，“他的斗争精神”，“他的牺牲精神”。讲话的记录稿以《鲁迅逝世周年纪念大会上的演说》为题发表于1938年11月上海出版的《文献》杂志第2期。

在上海举行的鲁迅逝世周年纪念会上，冯雪峰发表题为《鲁迅与中国民族及文学上的鲁迅主义》的演讲。冯雪峰在发言中说：“惟有秉着对于民族的伟大的爱而为中国民族战斗着的鲁迅先生，才能拥有着中国民族的战斗传统，而达到历史的真理。惟在中国民族的解剖中达到了中国民族的出路，只有争得不是牛马，也不是奴隶，从未有过的第三种的‘人’的时代——这历史的真理的鲁迅先生，才必然要达到惟有无产者大众才有将来的这历史的真理。”在发言中，冯雪峰还总结了鲁迅“将文学作为主要的武器而为中国民族作战的三十年中间”所完成的历史任务，即“他击退数千年来一直毒害着中国人的灵魂的、中国腐烂的和僵死的文化，却将中国文化中的优良的要素和战斗的传统，将那在野蛮的封建的黑暗的压榨下，人类所仅能艰难地产生的中国民族文化中的真真人类的、世界的精神的传统，和新兴的无产者大众联结起来，而使中国民族文化有着人类的、世界的出路，同时也就使新兴的无产者大众接受着自己民族的这一份遗产。鲁迅将世界的文化，世界革命的文学导引给中国大众，使中国民族和世界的文化接近，并且也将中国民族的大众的战斗的文学送给了世界文学。鲁迅先生是中国革命的知识分子的代表，是中国战斗的知识青年和文艺青年的马首，有了他，中国现代的文学者就有了自己战斗的目标和旗帜，不但团结在文学上而奋斗着，而且一起地认识了中国民族的历史及其真实的出路，而和人民大众的战斗联系在一起，为着中国民族出路及新的人民大众文化而奋斗着”。此外，冯雪峰还概括了鲁迅文学创作特色，认为这些文学特色包括“独创了将诗和政论凝结于一起的‘杂感’”；“历史的真实和民族的爱的一致”的现实主义以及“艺术的大众主义”。冯雪峰将鲁迅的这些文学特征称为“鲁迅主义”，并号召中国的文学运动必须走鲁迅的道路，“我们战斗着，像鲁迅先生似的韧战下去，终能达到我们所战斗的目标”。①

鲁迅先生纪念委员会编选的《鲁迅先生纪念集》出版。内容有中外报刊刊登的

① 冯雪峰：《鲁迅论》，《雪峰文集》第4卷，人民文学出版社1985年版，第9—15页。

鲁迅逝世消息和纪念文章;团体和个人发来的唁电、挽联;鲁迅年表、鲁迅著译书目;鲁迅逝世和治丧经过等。

胡风的《关于鲁迅精神的二三基点》和萧军的《谁该入“拔舌地狱”？》发表于《大公报》“战线”第28号。

巴人的《超越鲁迅——为鲁迅逝世二周年纪念作》发表于《申报·自由谈》,提出要学习鲁迅的“不避强权，不避强敌，不依附于富贵而歪曲事实，敢说，敢笑，敢作，敢为”的精神，将自己的力量贡献给抗战。同期还发表郑振铎的专论《鲁迅先生的治学精神》。

鹰隼（阿英）的纪念文章《守成与发展》发表于《译报·大家谈》。他指责《文汇报·世纪风》上的作者不该写“鲁迅风”似的杂文,还不点名地批评了巴人,说“有人在‘抽抽乙乙’作碎感”。这篇文章引起了关于“鲁迅风”的论争。

上海《救亡日报》出版“鲁迅先生逝世周年纪念特辑”，内有景宋的《纪念鲁迅与抗日战争》、郑振铎的《“失去了的导师”》、巴金的《深的怀念》、周建人的《鲁迅先生小的时候》等。

上海文化界救亡协会与上海战时文艺家协会会员郭沫若、王统照、王馥泉、巴金、包天笑等联合发起聚会，100余人到会。沈衡山、郭沫若、胡愈之、郑振铎、王馥泉、巴金、陈望道七人组成主席团。郑振铎报告筹备经过，沈衡山、郭沫若、田汉、黎烈文等相继演说。发言者从鲁迅精神谈到文艺界思想以及组织上存在的不足。大会决定组织文艺界救亡协会。临时提议有：一、敦促商务印书馆从速出版《鲁迅全集》；二、邀请现有一切文艺作家及团体为文艺界救亡协会会员；三、请政府即日宣布与日绝交。

20日,萧红的《逝者已矣》、白朗的《弃儿》、刘梦秋的《鲜红的血液中》发表于《大公报》“战线”第29号。

阿英的《题外的文章》发表于《译报·大家谈》，向巴人提出质问：模仿鲁迅的风气是否太盛？这种倾向的增长是否会有害？如有害，应不应表示抗议？如鲁迅还在，是否会依旧写从前那样的杂文？同时要求巴人作“进一步的反省”，“不妨有则改之，无则加勉”。巴人在22日的《申报·自由谈》上发表了《题内的话》来反驳阿英，认为模仿是创作必要的过程。“在今天，我以为对于鲁迅的学习，还不够深入，还不够扩大！没有守成，即想发展，那是取消鲁迅的企图，这正是鹰隼先生所要做的。”

21日，《文艺月刊·战时特刊》创刊号出版。徐仲年主编。汪辟疆、宗白华、商章孙、王平陵等任编委。1938年元旦由南京迁至汉口，同年8月16日又迁至重庆，出至第51期终刊。该刊在《创刊话》中写道："文艺工作者应该尽其所能，实现智力与劳力的协作，特别注意于国家新生命的发扬光大，务必做到使人民与政府结成一体，使战争与文化，打成一片。”

王统照的寓言《幽灵夜话》发表于《文学》第9卷第4号“前哨”。

高兰的诗歌《吊天照应》和彭慧的《炮火下的一家》（22日连载）发表于《大公报》“战线”第30号。

22日，穆木天的《诗歌朗诵和高兰先生的两首尝试》发表于《大公报》“战线”第31号。

24日，《烽火》第8期发表陆蠡的小说《秋稼》、王统照的诗歌《徐家汇所见》、刘白羽的杂感《战争已经展开了》、周文的报告《慰劳》、力群的报告《从湖州归来》。

白朗的《馈赠》发表于《大公报》文艺副刊。

韬奋的专论《文化工作与国民动员》发表于《申报》，赵邦鑅的《抗战通信》发表于该报战时青年副刊。

25日，流金的《离散之前》和高兰的诗歌《缝衣曲》发表于《大公报》“战线”第33号。

王统照的《抗战中的文艺运动》发表于《救亡日报·文艺副刊》第57号。

26日，夏焕新的《非常时期的青年》发表于《申报》战时青年副刊。

27日，舒野的诗歌《汕头，你抬起头来》和刘念渠的街头剧《募捐的时候》发表于《大公报》第4版“战线”板块。

郭我力的《救亡与求学》发表于《申报》战时青年副刊。

28日，萧红的《八月之日记》（29日、11月3日连载）和崔峨的《漫画的新要求》发表于《大公报》“战线”第36号。

赵慰祖的《全面抗战下的最后胜利》发表于《申报》战时青年副刊。

30日，白朗的《我迟疑地走下扶梯》发表于《大公报》第4版“战线”板块。

31日，芦焚的《光荣的死》和流金的《平津道上》发表于《大公报》“战线”第39号。

郑振铎的《失书记》、、孙钿的长诗《给敏子》、待晴的《在伤兵医院》、慧珠的报告《在伤兵医院中》发表于《烽火》第 9 期。

陈望道的专论《从"悲哀的文学"说到大众的教育》发表于《申报》,郭我力的《铁蹄下的学生情况》发表于战时青年副刊。

上海《救亡日报》出版《八百战士专页》(一),刊有郭沫若的《由四行想到四川》、林林的《八百勇士礼赞》等诗文。11 月 1 日，出版《八百战士专页》(二)，刊有田汉的《敬献我死守闸北之忠勇将士》等 7 首诗。11 月 2 日,出版《八百战士专页》(三)，刊有艾芜的小说《八百勇士》和白华的《为四行仓库谢团殊死战咏》等。

本月

《铁马剧》社团在武汉成立。负责人胡绍轩,成员有甘运衡、张惠良等 50 余人。该社宗旨是从事抗战宣传。1938 年 8 月因胡绍轩重病而停止活动。

西北战地服务团在延安成立。团长丁玲，副团长舒群、周立波，团员有田间、史轮、邵子南、戈予、巍峙等二三十人，大都是抗大学生、文艺青年。该团本月出发前往山西、陕西两省的十几个县进行文艺宣传。其任务是扩大抗日民族统一战线，为抗日民族解放战争服务。后来又深入到晋察冀。他们采用话剧、歌剧、京剧、大鼓、说书、双簧、地方小调、快板等多种文艺形式进行宣传活动。

郑振铎的诗集《战号》由上海生活书店出版。收录作者 1925 年至 1937 年 7 月期间的作品，共 20 首。书前有著者献词，书末附著者跋。共分 3 辑，第一辑是对中华民族热爱的抒发，第二辑中的诗作抨击国民党的不抵抗政策，第三辑则是为抗日战士创作的悲壮战歌，有极强的感染力。

沙千里的《七人之狱》由生活书店出版。

巴金的《控诉》由上海烽火社出版。

郭沫若的《抗战与觉悟》由上海大时代出版社出版。

汪漫铎的《风暴剧集》由上海平沙社出版。

田汉的《卢沟桥》由成都协美印刷局出版。

宋之的的《烙痕》、多幕剧《罪犯》由上海杂志公司出版。《罪犯》本写于 1935 年 7 月，原名《谁之罪》，上演时改名为《罪犯》。

[英]哈代著、王实味译的中篇小说《还乡》由上海中华书局出版，被列入“现代文学丛刊”。

十一月

1日，老舍的《友来话北平》发表于《宇宙风》第50期。

郭沫若的散文集《在轰炸中来去》由上海文艺研究社出版。

东平的小说《暴风雨的一天》,苏金伞的诗歌《我们不能逃走》,胡风的诗歌《血誓》，萧红的散文《火线外〈二章〉》，萧军的散文《上海三日记》，曹白的《受难的人们》，端木蕻良的《记一二・九》，绀弩的《游吕菊芬》，柏山的《一・二八的两战士》，胡兰畦的《“我的枪……”》，李立的随感《事实教育》，惕生的随感《“奴隶”之争在今天》,骆方的陕北通讯《走向战斗着的黄土层上》,孙陵的陕北通讯《十月十日在延安》,罗衣寒的《记鲁迅先生周年祭》,曹白、欧阳山、艾青的“战讯”(《从上海寄到武汉》、《从广州寄到武汉》、《从杭州寄到武汉》)发表于《七月》第2期。

茅盾的《关于苏联影片〈克隆期达海军〉》和高兰的《向八百壮士致敬礼》发表于《大公报》“战线”第39号。

《中苏文化》抗战特刊创刊，刊载孙科的《庆祝苏联十月革命中对于总理遗教的回想》，克昂的《苏联国防的民众组织》，赵康的《争取对日全面抗战的胜利》。

《时调》诗歌半月刊在武汉创刊。创刊号有冯乃超的《宣言》,号召“诗人们,起来，保卫我们的家乡！”《编余语》曰：“我们的工作”是“救亡歌曲的制作，国防诗歌的创作，通俗诗歌、歌谣、民间俗曲的编撰，希望诗歌运动有好的展开，也想叫诗歌工作者能在救亡运动中多尽些力”。主要撰稿人除了编者外，还有冯乃超、艾芜、杜谈、蒲风等，多为原“左联”或中国诗歌会成员。该刊重视诗歌大众化和诗歌朗诵活动。1938年3月出至第五期终刊。

故都的《小菊》发表于《东方杂志》第34卷第20、21号。

2日,《大公报・文艺战线》十日刊发行创刊号，胡绍轩编辑。第4版“战线”板块发表蓬麦哲的诗歌《你们，八百个！》和刘荒的诗歌《歌壮士》。

3日,孙诚的《晚会——延安的双十之夜》和萧红的《八月之日记(二)》发表于《大公报》第4版”战线”板块。

艾芜在《救亡日报》发表《从文艺通俗化说到战时文艺》,5日刊完。文章认为:“把通俗化的文艺,和纯艺术的文艺,对立起来,我觉得这是不对的。我们做通俗的作品,并非丢开艺术的制作，来降格干的事情，而是文艺本身要通俗化，才有它的远大前途。”文章批评“现在还有不少人怀疑,作品通俗化了,会失掉好些艺术性,因而,便无意之间，把艺术作品和通俗作品，对立起来。其实，这是‘短视’”。

岑巧闰的《现代的中国青年》发表于《申报》战时青年副刊。

上海文艺界召开文艺界救亡协会成立大会，通过组织大纲，发表成立宣言。郭沫若、田汉、王统照、巴金、陈望道、郑振铎、欧阳予倩、戴平方、谢六逸、傅东华、王馥泉在6日上海《大公报》发表声明：“我们对于本月三日在新雅成立之文艺界救亡协会并未预闻。”

4日，毅云的诗歌《歌八百神将》发表于《大公报》第4版“战线”板块。

5日,光未然的诗歌《怒吼吧！武汉！》,里安的速写《襄安行》发表于《大公报》“战线”第43号。

林剑星的《抗战和服务》发表于《申报》战时青年副刊。

7日，林珏的小说《老骨头》、蔡仪亭的《一个苦力的日记》、巴金的《给日本友人（一)》、芦焚的杂感《但愿如彼》、靳以的《火中的孤军》发表于《烽火》第10期。

赵力行的《抗战》发表于《申报》战时青年副刊。

8日,穆木天的诗歌《今天我真是欢喜得若狂》、龙贤关的《连县的大众也怒吼》发表于《大公报》“战线”第44号。

刘育才的《胜利在我们的掌握中》发表于《申报》战时青年副刊。

9日，柳风的诗歌《金门！你怒吼起来吧！》和杨朔的《夜车》(10日连载)发表于《大公报》“战线”第45号。

10日,叶圣陶与章雪村唱和的词作在《文学》末期刊出,编者加以《感奋词钞》的标题并加附记：“于调孚偶见雪村圣陶唱酬之作，乱离忧愤，情见于辞，而慷慨激昂，应不让稼轩独步。”

白朗的《西行散记》发表于《大公报》“战线”第46号。

林剑星的《拒绝和平》发表于《申报》战时青年副刊。

11日，高兰的朗诵诗《给姑娘们》、鲁黎的诗歌《金门岛，我的家乡！》、萧军的《关于武汉的"文艺组织"》发表于《大公报》"战线"第 47 号。

12 日，上海沦陷，淞沪会战结束。

念慈的《游击战与民众组织》（连载至 13 日）发表于《申报》战时青年副刊。

李侃的报告文学《鸭绿江桥》发表于《大公报》第 4 版"战线"板块。

13 日，刘诚的《救亡歌咏大会记》和周剑琴的《流亡曲》发表于《大公报》第 4 版"战线"板块。

14 日，碧野的小说《夜行军》，田间的《诗二首》(《"自由"向我们来了……》、《我们应该生活得光明些》),王统照的诗歌《忆金丝娘桥》,邹荻帆的诗歌《死之颂》，孙钿的散文《我没有忘掉》，唐弢的《中国在斗争着》发表于《烽火》第 11 期。

刘育才的《加强了我们胜利的信心》发表于《申报》战时青年副刊。

由文区各文化团体联合组织的陕甘宁边区文化界救亡协会在延安成立。艾思奇、柯仲平分别当选为正副主任。协会内部先后设立诗歌总会、文艺突击社、戏剧救亡协会等组织，广泛深入地开展多种文化活动，曾多次派团赴敌后工作。1938 年 10 月，创办文艺刊物《文艺突击》。1940 年 2 月，该会主办的《中国文化》月刊在延安创刊。

15 日，田间的诗歌《胜利在笑着》和碧野的《磁州的一日夜》发表于《大公报》"战线"第 50 号。

《妇女文化战时特刊》在武汉汉口创刊，由妇女文化月刊社编辑发行。

16 日，蓬麦哲的诗歌《武汉烽火》、魏东明的《流亡者的哀歌》发表于《大公报》"战线"第 51 号。

老舍的《停薪留职》发表于《宇宙风》第 51 期。

《七月》第 3 期开始连载萧军的长篇小说《第三代》（第三部），"第一段因为从上海走出忘记带来。如今就从二段刊起"（作者语），连载至 1938 年 1 月 1 日第 6 期，未刊完。同期还刊登有田间的诗歌《战争的抒情小诗》，艾青的诗歌《他起来了》，胡风的诗歌《给怯懦者们》，端木蕻良的《寄在战争中成长的文艺火枪手们》，东平的《叶挺印象记》、《吴履逊和季子夫人》，曹白的《烽烟杂记》，草明的《我是那样接近敌人的》，冼群的剧本《反正》，辛人的上海通讯《洛阳桥》，姚烽的北平通讯《从捕杀网里脱出》等。

《中苏文化》第 1 卷第 2 期发表冯玉祥的《庆祝苏联十月革命廿周年》、司徒华的《中国奋斗的前途》、含沙的《四行仓库的八百壮士》等。

田汉、马彦祥主编的《抗战戏剧》在汉口创刊。从第2卷第1期起洪深加入编辑，并改为每月两期合刊。出至第2卷4、5期合刊停刊，共出13期，终刊时间不详。《创刊词》说："戏剧在一切的文化领域中、在一切的宣传教育的方法上，是动员民众最有效最适合的方法。为了动员广大的民众力量以争取民族抗战的胜利，我们必须充分地运用戏剧，充分地发挥戏剧的效能。在一切力量为了抗战、一切力量集中于抗战铁则之下，不可否认的，戏剧也必须成为抗战的一个力量。在民族抗战中，戏剧运动只有一个特殊的途径任务，就是：动员全民族，为中华民族的生存，起来抗战。"该刊是在抗战初期影响最大的一份戏剧刊物，撰稿人除编者外，还有欧阳予倩、洪深、沈西苓、阳翰笙、陈白尘、宋之的等戏剧家。重要文章有田汉的《戏剧艺术家的志节问题》、史东山的《抗战中的戏剧》、胡绳的《迅速地，具体地反映现实》、波儿的《对救亡移动剧团的建议》、刘巍的《抗战时期的戏剧运动》等；剧本有田汉的《卢沟桥》、欧阳予倩的《梁红玉》、宋之的的《黄浦月》等30多篇。第一、二期开辟"特辑"，组织洪深、穆木天、阳翰笙等以"抗日时期戏剧运动"为题进行探讨。洪深的《战时的戏剧》认为当前要解答的是："(一)我们现在放下戏剧，去替军队作事？(二)醉生梦死地演戏赚钱？还是(三)把戏剧作宣传工具，拿戏剧来帮忙抗战？这三条路我们应当走哪一条路。"他对前两种道路进行了批判，认为应该"用惯了的技术，拿来帮助抗战"。在论及怎么教育观众，打动观众的问题时，他认为"只有一个条件，就是：要用事实，用故事，不要用宣传"。穆木天在《我对抗战戏剧所要求的三点》中认为抗战时期的戏剧：应当"认真地捉住大众的生活"、"成为大众的娱乐"、"加强诗歌和音乐的要素"。阳翰笙的《抗战戏剧运动应做到几件事》认为："抗战时期的戏剧运动，最中心的任务是：运用戏剧这件武器来动员广大民众力量，起来热烈的拥护抗战。"要达到这一任务须"有计划有组织的集体才能胜任"、"从室内移到室外，从城市普遍到乡村，从舞台发展到露天，街头，路口"等四点。

宋之的的《黄浦月》、阳翰笙的《塞上风云》(第3期续完)、田间的《卢沟桥》(第4期续完)发表于《抗战戏剧》创刊号。

17日，国防最高会议决定：国民党中央党部、国民政府迁至重庆办公。

李剑萍的诗歌《送征夫》、王珏的《连云港上的火》发表于《大公报》第4版"战线”板块。

18日,艾芜的《别上海》和左荧的速写《新乡烽火》发表于《大公报》第4版”战线”板块。

19日，由于南京受到侵华日军威胁，南京国民政府正式宣布迁都重庆。军委会留守南京、武汉，准备固守南京。

《大公报》“战线”第54号发表穆木天的《抗战文艺中的讽刺》,玄默的诗歌《不是没有钱》，堵述初的《平教剧团在长沙》。穆木天在《抗战文艺中的讽刺》中针对抗战期间“讽刺”没有用的论调，认为“在这个抗战期间中，她的游击的任务，是不能抹杀的”，并且认为“诗歌，戏曲，小说，在这个时期中，都应当有讽刺的作品”。

刘育才的《假装老妪》发表于《申报》战时青年副刊。

20日,高兰的诗歌《我们的天堂》、雪立的《在小红庙》(22日连载)发表于《大公报》“战线”第55号。

21日,吴世昌的《古城的陷落》发表于《大公报》第4版文艺副刊。流金的《忆绥远》、白朗的《这群人们(上)》(24日连载)发表于该期“战线”第57号。

骆滨基的《大上海的一日》、茅盾的《“非常时代”(一)》、巴金的《给日本友人(二)》发表于《烽火》第12期。

22日，黄风的《抗战后的桂林》发表于《大公报》第4版”战线”板块。

林语堂在美国纽约作《鲁迅之死》，对鲁迅一生做出评价。林语堂在文中称鲁迅为“战士”:“战士者何？顶盔披甲，持矛把盾交锋以为乐。不交锋则不乐，不披甲则不乐，即使无锋可交，无矛可持，拾一石子投狗，偶中，亦快然于胸中，此鲁迅之一副活形也。德国诗人海涅语人曰，我死时，棺中放一剑，勿放笔。是足以语鲁迅。”①

23日，流金的《忆绥远》发表于《大公报》第4版”战线”板块。

24日,《新中华报》第三版推出“特区文艺”版，发表徐行白的《特区“文协”成立大会记》和理丝的《这个也有用处》。

25日，张慧的诗歌《抗战歌图》、刘巍的诗歌《船上》、鲁杰的《论抗战中的

① 林语堂:《鲁迅之死》,《林语堂选集》(下),中国广播电视出版社1990年版,第4页。

歌咏运动》发表于《大公报》“战线”第 59 号。

武昌 40 余位戏剧工作者举行座谈会，主席杨锦昱、胡绍轩，座谈抗战戏剧问题，具体包括戏剧在抗战中的重要作用，抗战戏剧的内容、形式、街头剧的特征等。

26 日，方之中的《战壕里》（连载至 27 日）发表于《大公报》第 4 版“战线”板块。

27 日，艾明的《南昌剧运》发表于《大公报》第 4 版“战线”板块。

28 日，李欣的《这一回》发表于《大公报》第 4 版文艺副刊。

29 日，光未然的诗歌《拓荒歌》和杨朔的报告文学《乡信》发表于《大公报》“战线”第 62 号。

30 日，罗烽的《重逢》发表于《大公报》“战线”第 63 号（12 月 1 日连载）。

本月

蒲风的诗集《抗战三部曲》，雷石榆的《国际纵队》，素庵的《咆哮》由诗歌出版社出版。

萧剑的《战歌》由青年作家协会出版。

林克多的散文集《从陕北到晋北》由上海大时代出版社出版。

郭沫若、曹聚仁等著的《前线归来》由民光书店出版。

朱企霞的《秋心集》由上海北新书局出版。

林君谋的《战士家书》由上海千秋出版社出版。

长江等著的《西线风云》由上海大公报出版。

杨村彬的《战歌》由长沙中华平民教育促进会出版。

阿英主编的《抗战文艺小丛书》由上海抗战出版部出版，至次年 1 月，共出两种：郭沫若的《在轰炸中来去》和谢冰莹的《军中随笔》。

上海青年作家协会出版《救亡文库》，共两种：杜君谋的《战士家书》和徐迟的《三大都会的毁灭》。

《烽火小丛书》由重庆烽火社出版，至 1940 年 7 月，共出 10 种。

夏衍的三幕话剧《上海屋檐下》由戏剧时代出版社出版。又名《重逢》。剧作以时雨时晴的黄梅季节天气作背景，通过描写上海一幢普通弄堂房子五户人家灰色而痛苦的生活，反映了抗战爆发前夕的社会气候和“这个畸形社会中的一群小人物”的喜怒哀乐。这五家中有沦落风尘而无力反抗的施小宝；有盼望儿子借酒浇愁的老报贩李陵碑；有贫病交困的失业职员黄家楣；有安贫乐命与世无争的小学教师赵振宇；作为全剧主线的是二房东林志成、杨彩玉一家。杨彩玉的前夫匡复因革命被捕入狱多年，她生活无着中嫁给丈夫的朋友林志成。七年后匡复突然归家，这三人形成了一系列的戏剧冲突，最后匡复忍痛出走。剧作深刻地描绘了这五家人的穷困生活处境和颓败的精神面貌。这是一出悲剧，但并不令人窒息。当饱尝人世沧桑之苦的革命者匡复近乎绝望时，他从孩子们的歌声中得到了启迪和勇气。金山在此剧的导演手记中指出：“剧中真正的主人翁是孩子”，孩子们的歌声“让当时的观众听到些将要到来的时代的脚步声音”。（夏衍：《谈〈上海屋檐下〉的创作》。）戏剧在众人合唱的《勇敢的小娃娃》歌声中落幕，给人以黑影中的一线光明。

《上海屋檐下》是夏衍戏剧创作的突破，是现实主义力作。在当时风靡“情节戏”、“服装戏”和“抗战八股”的戏剧界，吹进一股清新空气。剧作发表后，原定上海业余实验剧团排演，史东山执导，赵丹等主演，后因“八一三”事变中断。抗战期间曾在后方一些地区演出。

抗战小文库，1937 年 10 月至 11 月由上海大时代出版社出版。其中有郭沫若的《抗战与觉悟》，欧阳予倩的三幕剧《青纱帐里》，石决明的《假使日本受了经济封锁》，[苏]P.A. 班夫琳珂著、碧泉译的《日苏未来大战记》等。

十二月

1日，老舍的《大时代与写家》发表于《宇宙风》第53期。

洪深的《风雨同舟》发表于《东方杂志》第34卷第22、23、24号。

陈淬茗的《朝夕不忘的高粱》发表于《大公报》第4版“战线”板块。

易庸的《怎样打破抗战戏剧的剧本荒》和荒煤的《常感到剧本的恐慌》发表于《抗战戏剧》第1卷第2期。

蓬麦哲的诗歌《归来啊,北平！》、田军的《“清血”工作》、端木蕻良的《八·一三抗战的特质》、王春江的《河上别》、萧红的《一条铁路底完成》、辛人的散文《弱者的强处》、田间的散文《一九三七年七月底海》，以及冉洮曲、萧雨、曼倩、吴健、于方简、史锜的关于伤兵的报告六篇——《他们战斗了以后》、欧阳凡海的旅行通讯《中国人与中国人之间》、唐其罗的皖北通讯《沙喉咙的故事》、力群的安庆通讯《杜妹的罪行》、心一的汉口通讯《送别记》等发表于《七月》第4期。

2日，冰莹的小说《笔》和高兰的诗歌《武汉！你祖国的心脏！》发表于《大公报》“战线”第65号。

4日,老舍的散文《三个月来的济南》发表于汉口《大公报》(连载至12月6日)。又刊于1938年1月2日的《战地通讯》第9期。

李朴园为编剧的国防三幕剧《烽火》，光未然为编剧的《五月的鲜花》在维多利纪念堂上演。

5日，沙汀的短篇小说《出征》发表于成都《战旗》旬刊第1期。

罗烽的长诗《明天，我回到故乡去》发表于《大公报》“文艺”第381期。

8日，穆木天在《大公报·战线》第69号发表《大众化的诗歌旧调子》。文章认为:“一种诗歌形式的产生,是有她的时代背景的。新的时代,要有新的文艺样式。一种文艺样式，就如同一个人一样，有他的寿命，有他的生和死，有他的少年期，成年期，老年期的。文艺样式要随着社会的变迁而变迁的。”

9日，《译报》创刊。夏衍等编辑。由于日本人的干涉，12月20日第12期后被迫停刊。

流金的纪念“一二·九”运动的文章《给一二·九运动中的朋友们》(连载至10日)发表于《大公报》第4版“战线”板块。

11 日,《群众》周刊在汉口创刊,成员主要是原中国诗歌会成员,有穆木天、蒲风、蒋锡金等人。该刊是中国共产党在抗日战争时期，在国民党统治区公开出版发行的刊物，受中共中央长江局领导。1938 年年底，改在重庆出版，受中共中央南方局领导。1946 年 6 月，又改在上海出版。该刊致力于诗歌大众化和朗诵运动，主张诗歌工作者投身抗日救亡服务，诗歌“要尽量地抒发我们抗战的感情”。在抗战初期很有影响。1947 年出至第 14 卷第 9 期被迫停刊。

碧野的《太行山边》(连载至 13 日) 发表于《大公报》第 4 版“战线”板块。

12 日，东平的《忆猎鹿》发表于《大公报・文艺》第 382 期。

拓荒剧团举行抗战戏剧座谈会。田汉、阳翰笙、应云卫参加，演讲内容以《展开戏剧这路线——戏剧的游击战》为题，于 1938 年 1 月 16 日发表于《抗战戏剧》。文章认为在民族生存的关口，戏剧应该采取的路线是“戏剧的游击队”。戏剧工作者的任务就是“散到每一个乡村中去，组成戏剧的游击队”，通过戏剧的方法，“使两湖的人民起来保卫两湖！使华中的同胞起来保卫华中！使每位中华民族的儿女都起来为中华民族的自由解放而斗争”。阳翰笙的《怎样领导戏剧的游击队？》里讲到要领导好戏剧运动的游击队，要“教育好自己”，从提高政治水准、创作好的剧本、组织民众等方面去努力。应云卫认为“要到乡下去演戏,要有整个计划”、“注重土话,'大众语”等。

13 日，日军谷寿夫部队率先从中华门攻入南京，在雨花台一带枪杀伤兵和难民。随后，在华中派遣军司令松井石根和第六师团长谷寿夫的指挥下，日本军人展开了烧杀淫掠的大屠杀。日军在侵占南京的最初 40 余天中，进行大规模集体屠杀 28 起，被射杀、火烧、活埋的中国人有 19 万余人；以其他方式被杀害的中国人达 15 万人以上,合计杀害中国人民 34 万余人,制造了惨绝人寰的“南京大屠杀”。抗战胜利后，松井石根被远东国际法庭处以死刑，谷寿夫被引渡回中国，判处死刑。

14 日,日本指使王克敏,并纠集天津、华北各省汉奸“维持会”,在北平成立伪“中华民国临时政府”。同时，成立伪“新民会”，王克敏为会长。该会宗旨是所谓“维持新政权”，“参与反共战线”等。

田间的诗歌《寄祖国讴歌底同志》和彭华的《我们受责备了！》发表于《大公报》“战线”第 74 期。

15 日,方之中的《峴苏线上》(连载至 16 日) 发表于《大公报》第 4 版“战线”

板块。

16日，柏山的小说《一个义勇队员的前史》、黄明的行军通讯《雨雪中行进》，西圣的行军通讯《关于八路军的种种》，艾青的旅行通讯《西行》，沈镇衍等的通讯《我们怎样生活的？》，耳耶的《记一个朋友底谈话》，萧红的《一九二九年底愚昧》，丁玲的剧本《重逢》，杨士博和冼群的《关于〈反正〉二件》，端木蕻良的《文学的宽度，深度和强度》，劲草的随感《奇闻二章》，奚如的《通讯：从山西寄到武汉》等发表于《七月》第5期。同期还刊登了胡风的《论战争期的一个战斗的文艺形式》（连载至第6期）。文章认为因为报告文学是在抗日战争时期迅速发展起来的，所以，一提到报告文学，“我们就模糊地感觉得到它底性质：和日本帝国主义底凶暴和侵略结合着，和人民大众底生活苦难结合着，和人民大众争取民族解放的血泪结合着”。同时，作者针对当时报告文学创作的几个误区和不足进行了论述：一、过多的平铺直叙以致“十分之八九是贫弱无力的”。文章认为报告文学应该要有“提要钩玄”，“得跃马而过的地方应该跃马而过，应该留恋的地方还是要尽量留恋，应该盘桓的地方还是要尽量盘桓。与其详细地叙述堆积在车站上的行李和拥挤着的人群，倒不如用力地写一写在那里被挤散了孩子的痛苦的母性。”二、“情绪的饱满不等于狂叫”。作者认为，文章的情绪固不可少，“但我们所要求的情绪，一定是附着在对象上面的，也就是‘和’对象‘一同’放射的东西。作者可以哭泣，可以狂叫，可以有任何种类的情绪激动，不但可以，而且还是应该的，但他却不能把他底哭泣他底狂叫照直地吐在纸上，而是要压缩在凝结在那使他哭泣使他狂叫的对象里面”。三、“要歌颂也要批判”。作者认为“歌颂也罢，批判也罢，只是我们想在对象中间强调的侧面不同，而且，无论你要强调的是哪一面，要说出对象底真实来这一任务却是相同的”，反对只歌颂而不敢批判的作品。四、“我们幸运地生在这个战争与革命的时代里面，我们幸运地在养育着伟大作品底‘胚胎’”，并且认为“将来的伟大的‘民族革命战争史’，非得有这样成长起来的灵魂和这样积集起来的底稿就无从出现的”。

《中苏文化》第1卷第3期发表赵康的《全面抗战的新阶段》、杨宪吾的《日本侵华的主要将领》、含沙的《南口战幕》等。

17日，光未然的《街头剧的演出方法》发表于《大公报》“战线”第77号。

18日，纪滢的《序高兰朗诵诗集》（20日、21日连载）发表于《大公报》“战线”第 78 号。

汀（沙汀）的杂文《用不着忏悔》发表于《大声周刊》第 7 期。

19 日，靳以的书信《上海书简》发表于《大公报》第 4 版文艺副刊。

22 日，魏东明的《这里也不是桃源——南狱通信》发表于《大公报》第 4 版“战线”板块。

24 日，臧克家的诗歌《从军行》和弋金的《海河之夜》发表于《大公报》“战线”第 83 号。

25 日，日本在上海成立新闻检查所，强迫各报接受检查，《申报》、《大公报》、《时事新报》、《国闻周报》等抗拒检查，自行停刊。不久，《申报》、《大公报》在汉口、重庆、香港等地复刊。

《大公报》第 4 版刊登胡绳的《地无分南北》、刘念渠的《新与旧的携手》、沈钧儒的《游击战与最后胜利》等文，为抗日军队募捐。

鲁迅原作、田汉编剧、洪深导演的《阿 Q 正传》在天声舞台上演。

全国话剧界在汉口大光明戏剧联合公演，目的是为华北义勇军募捐，演出剧目是《最后的胜利》。

26 日，八路军总部派周立波担任前来根据地考察的美国海军陆战队情报官伊凡斯・卡尔逊的翻译。周陪同卡尔逊从洪洞出发，到晋察冀边区访问。31 日在山西沁县访问刘伯承。

27 日，武汉文化界抗敌协会在市党会客室举行理事会。钟期森为执行主席。该协会成立于 12 月 19 日。理事会选举常务理事 7 名，还议定了各部负责人。音乐方面是马丝白、梁韬，美术方面是宋一痕，电影方面是郑凌生，戏剧方面是阳翰笙、朱双云，文艺方面是钟期森、胡风、冯乃超等。

28 日，胡风的《大众化问题在今天》发表于泥土社的《剑・文艺・人民》。

31 日，中华全国戏剧界抗敌协会在汉口成立。张道藩、田汉、阳翰笙、洪深等 97 人为理事，张道藩、洪深、田汉等 25 人当选为常务理事。协会下设总务、话剧、歌剧、杂剧、编译 5 个部，分别由朱双云、田汉、洪深、陈立夫、阳翰笙任部主任。参加协会的剧种有话剧、京剧、楚剧、汉剧、川剧、滇戏、桂戏、粤戏、河南梆子等。《宣言》称：“在这样盛大的开始，敢举数点告我全国同志：第一，‘我们的团结定为着抗战’，第二，‘只有抗敌使我们团结’，第三，‘我们虽不是技术上论者，但我们相信中国戏剧艺术必因和抗敌任务结合能摒弃过去的积弊开拓新的境地’，第四、中国‘已经是文明世界重要的一环，他的命运不仅影响其他主要国家，尤其给世界被奴役，被侵略的国家以绝大的暗示’”。①

协会要求全国戏剧界团结一致，以戏剧为民族解放战争服务，并定每年10月10日为全国戏剧节。1938年5月协会会刊《戏剧新闻》月刊在汉口创刊。吴漱予等人负责编辑。1938年下半年协会迁往重庆。协会在各地设有分会，其中以重庆、桂林分会影响最大。第一届戏剧节在武汉举行，演出话剧《全民总动员》。1939年元旦，为纪念协会成立一周年，戏剧界举行火炬游行，并演出由《自由魂》、《民族公敌》、《群魔乱舞》、《怒吼吧，中国！》、《最后的胜利》等剧组成的组剧《抗战建国进行曲》。同年10月，又组织了15个话剧团体及8个平、川、汉、楚剧团举行庆祝第二届戏剧节的演出活动，演出了《法西斯细菌》、《中国万岁》、《民族光荣》、《残雾》、《古城的怒吼》、《一年间》、《上海屋檐下》、《包得行》等多部大型话剧。此外，有京剧、马戏、傀儡戏、歌舞等节目，总计演出170场，观众达10万人次。1939年后，由于政治形势发生变化，协会活动日趋减少，但每逢戏剧节时仍举行纪念演出。1945年抗日战争胜利，该协会停止活动。

本月

南京陷落前，《南京人报》被迫停刊。张恨水携家眷前往安庆，暂避潜山，月底只身乘船抵汉口。

战歌社成立，这是延安最早的群众性诗歌组织，由陕甘宁边区文化界救亡协会领导，柯仲平兼任社长。成立会有20多位诗人参加。后来包括抗大、陕北公学和各机关团体的诗歌爱好者纷纷加入，建立8个分社。战歌社编辑并油印《新诗歌》（后又办了同名铅印刊物）。

文学旬刊《战旗》创刊，葛乔、沙汀、周文为编辑。仅出1期。

青子的短篇小说集《虹霓集》由商务印书馆出版。

克锋的诗集《赴战壮歌》由诗歌出版社出版。

---

① 载1938年1月1日《抗战戏剧》第1卷第4期。

周钢鸣的《抗战后方歌咏》由黎明书局出版。

长江等著的散文集《西北线》由星星出版社出版。

常乃德的《蛮人之出现》由中华书局出版。

沈益士的《段砚斋杂文》由东厂胡同协合印书局出版。

李黎初编著的《陕北印象记》由延安解放社出版。

冰莹等著的《闸北的血史》由时代史料保存社出版。

张泽厚的《失了祖国保护的人群》由星星出版社出版。

郭沫若的《忠告日本政治家》由上海文艺研究社出版。

司马文森的《战时文艺通俗化运动》由黑白丛书社出版。

周寒梅的《抗战与游艺》由商务印书馆出版。

司马文森的《战时文艺通俗化运动》由黑白丛书社出版。

洪深的戏剧《米》由汉口华中图书公司1937年12月出版，1938年2月再版，1941年4月重庆4版，为"抗战戏剧丛书"之一。

尤兢编选的《抗战报告剧》由上海杂志公司出版。

张道藩的《杀敌报国》由长沙国立戏剧学校出版。

冼群的《反正》由长沙国立戏剧学校出版。

骆文宏的《疯了的母亲》由长沙国立戏剧学校出版。

李庆华执笔，张逸生、谢重开参加创作的《觉悟》由长沙国立戏剧学校出版。

阳致文的《梁村的恐怖》(又名《中华民族的儿女》由宜宾业余戏剧研究社出版。

老舍应游国恩、冯玉祥邀请赴武昌，开始写作鼓词等通俗文艺作品，宣传抗日。

因福建省保安处军统特务以"文救协会有异党分子活动"相威胁，郁达夫愤而辞去文救协会所有职务，并登报声明。

阮章竞到太行山革命根据地任地方游击队指导员。随后任八路军太行山剧团政治指导员、艺术指导员和团长，并开始从事剧本写作。

1938年

一月

1 日,《救亡日报》在广州复刊。该报于 1937 年 8 月 24 日在上海创刊。郭沫若在复刊词《再建我们的文化堡垒》中，回顾了《救亡日报》从上海创刊到被迫中止的过程，说明了在广州复刊的意图，表示要“继续着以往的步骤，加紧地向前奋斗，总之救亡就是我们的旗帜，抗战到底就是我们的决心，民族复兴就是我们的信念，凡是抗敌救亡的都是我们的战友”，“我们要在文化立场上摧毁敌人的鬼蜮伎俩，肃清一切为虎作伥的汉奸理论，鼓荡起我们的民族忠贞之气，发动起大规模的民众力量，以保卫华南门户，保卫祖国，保卫文化”。李煦寰发表论文《救亡日报的复刊》，文章指出救亡日报“是革命的先进分子主办的刊物，也是目前广大的革命民众要求的刊物”。文章盛赞《救亡日报》的复刊“就是中国社会必能再生的象征”。此外，蒲风的《抗战声中的新诗歌运动—— 一九三七年中国诗坛鸟瞰》在粤版复刊号即第 87 号上发表，文章主要回顾了 1937 年中国新诗发展状况的五个方面，并断言“我们必得这样说，今后我们的新诗歌运动已迈进了历史上空前的全盛期”。该期还发表欧阳山的散文《遐想》，沈西苓的杂感《留香港杂感》等作品。该报撰稿人主要有茅盾、夏衍、何香凝、李公朴、郁风、穆木天、沙汀、雷石榆、姚潜修等。

黄操良的《到农村去做什么》、赵康的《敌人占领区域的抗战工作》、含沙的《马队长精神不死》等发表在《中苏文化》第 1 卷第 4 期。

综合性通俗文艺半月刊《抗到底》在汉口(此处据《大典》说在武昌,第九期云“本刊已于二十七年一月奉汉口市政府……”,因此判定是汉口而不是武昌。)创刊。《抗到底》半月刊社编辑出版，1至9期由老向（王向辰）主编，从5月16日第10期起改由何容任主编，汉口三户图书印刷社印刷，华中图书公司总经售。7月25日出至第13、14期合刊因日机轰炸休刊。同年9月20日第15期在重庆复刊，改由《抗到底》半月刊社发行,王向辰为发行人,生活书店代售。1939年12月20日，出至第26期停刊。另有号外“讨汪特刊”一册。

该刊《发刊词》写道：“《抗到底》这个半月刊，创办伊始，篇幅有限，可是力求实效，愿望无穷。我们希望这里边的每一篇文章，甚至每一个字，都有炸弹般的力量，炸碎敌人的阵垒。所有的作家，学者，与全体抗战爱国的同胞，只要有‘多写一个字，多增一分抗力’的热诚，便都是本刊的合作者。我们希望登载各种不同体裁的文字，得到无量数的读者，也就是希望得到无量数的战士。”表示“我们要根绝妥协，永不屈服，抗战到底。我们不说大话，但绝对不说软话。不说于抗战无益的话，更不为谁造消闲趣话。我们愿以血为墨，使文字化为武器，赠与全国的同胞。……本刊在一方面愿对忠诚的同胞加以鼓励激发，在另一方面愿趋近畏战主和的人们高呼：‘倡言妥协的假抵抗者是准汉奸，真正抗日者必要抗到底！’”，最后“我们服从领袖的指导，我们拥护领袖的主张，我们的言论要抗到底，我们的行动也是抗到底”。老舍撰文《是的，抗到底！》号召：“觉悟了吧，自救救国别无办法，只有抗战到底呀！”

该刊以通俗的形式宣传抗日，所刊作品题材多样，有评论、诗歌、小说、剧本、报告、散文、曲艺、歌曲、图画、书信等。主要撰稿人有冯玉祥、老舍、老向、何容、冰莹、安娥、赵望云、徐中玉、徐旭生、孙晋武、李去非、思慕、张含清、穆木天、苏子涵等。冯玉祥、老舍撰稿尤多，几乎每期都有。所载较重要的作品有冯玉祥的诗歌，老舍的京剧《新刺虎》、长篇小说《蜕》、论文《是的，抗到底！》和《事情要大家做》,冰莹的散文《忆太仓》,老向的《抗日三字经》,徐旭生的剧本《征兵》等。第3期为《抗日负伤将士作品专号》，刊登负伤将士写的评论、记述、诗歌、字画、书信和照片。第5期为《抗日通俗文学专号》,编者认为编发通俗文艺是“教育士兵、动员民众”的急切需要，也是“文章下乡，文章入伍”的具体体现。

该刊第1期发表了冯玉祥的诗歌《可爱的伤兵》、冰莹的散文《忆太仓》、张含清的《时代的烦闷》、老向的《你是不是麻木的？》、阜东的《伤兵医院见闻记》等。

戏剧半月刊《抗战戏剧》第 4 期出版，刊出“戏剧界抗敌协会特辑”，刊载《中华全国戏剧界抗敌协会成立宣言》、易庸的论文《抗战剧运全国性组织的再建立》、秋涛的《中华全国戏剧界抗敌协会成立经过》、张道藩的《戏剧界的团结》、阳翰笙的《我的祝辞》、田汉的《祝中国剧坛伟大的团结》等文章。本期刊载的戏剧有田汉的《土桥之战》、《芦沟桥》，凌鹤的《再上前线》、《火海中的孤军》、《保卫浦东》，舒非的《民族公敌》，欧阳予倩的《梁红玉》，李增援的《盲哑恨》，尤兢的《我们打冲锋》，阳翰笙的《塞上风云》，沈西苓的《在烽火中》，集体创作的《三江好》，荒煤的《打鬼子去》。

田间的诗歌《给战斗者》、胡风的《续论战争期的一个战斗的文艺形式》发表于《七月》第 1 集第 6 期。同期还刊载了萧军的《第三代（长篇连载 5 续）》、艾青的散文《忆杭州》、辛人的《谈公式化》、东平的《第七连》、耳耶的《失掉南京得到无穷》、陶雄的《某城防空纪事》、宋之的的《纪伤兵》、草明的《遭难者底葬礼》、萧军的《两种教育底结果》、狄耕的上海通讯《铁门外与铁门内》、孙钿的上海通讯《污暴的行进》、位忞的随感《由戴名世想起》、曹白的《战讯：从上海寄到武汉》等。

林率的《下山》发表于《东方杂志》第 35 卷第 1 号。

2 日，宁婴的诗歌《跟你来个决斗》和郭沫若的《饥饿就是力量》发表于《救亡日报》第 88 号。

救亡呼声社全体社员在民教馆举行茶话会，郭沫若等 100 余人到会。会上，制定了该社年内的工作纲领。

广州文艺界在太平支馆举行新年文艺座谈会，到会者有郭沫若、祝秀侠、林林、林焕平、蒲风、黄鲁等 50 余人。会上讨论了“文化界统一问题”和“一年来的文艺运动检讨”。

3 日，白羽的诗歌《铁甲列车》、李若川的诗歌《归国吟》、于立群的文章《看到广东难民的感想》、华应申的论文《上海新文字运动的复兴》（连载至 5 日）、蓝波的论文《抗战诗歌之路》发表于《救亡日报》第 89 号。

4 日，雷石榆的诗歌《日本的心脏麻痹了》发表于《救亡日报》第 90 号。

雷石榆（1911—1996），笔名纱雨、杜拉，广东台山县人。1933 年赴日本留学，参加中国左翼作家联盟东京分会，主编《东流》、《诗歌》，并用日文进行诗歌创作。

广州文艺界在新亚酒店西餐部举行联欢会，欢迎由沪来粤的文化人士。参加者有郭沫若、茅盾、夏衍、吴永刚、汪馥泉等30余人。

5日，蒲风的诗歌《可憎的肥鸭子》、雷石榆的诗歌《粉碎矮寇向南犯》、姚潜修的《为了孩子们的欢笑——寄贺一九三八年元旦》发表于《救亡日报》第91号。

6日，华丁的诗歌《让你的声音飘荡》、雷石榆的诗歌《华南我们保护你》、夏衍的《上海还在战斗》、林焕平的《抗战期中的文化运动》发表于《救亡日报》第92号。

广州文化界救亡协会宣传部主持的文艺界座谈会在知用中学礼堂举行。茅盾、萨空了等发表演讲。

郭沫若在岭南大学礼堂演讲，指出“抗战愈持久愈展开，于我国愈有利，现在我们已达到消耗目的”。

7日，郭沫若在中国青年记者学会重庆分会欢迎席上作题为《日本在崩溃途中》的演讲。

8日，张素波的诗歌《抗战的前途光芒》、茅盾的《还不够“非常”》、林林的《谈报告文学》、雷石榆的《亡国顺民证》发表于《救亡日报》第94号。

9日，那沙的诗歌《在风暴中歌唱》发表于《救亡日报》第95号。

茅盾离开广州去长沙，11日到长沙。13日由田汉发起，长沙文化界在远东咖啡馆召开茶话会，欢迎茅盾及其他近期来湘文化人士。会间，田汉作报告，徐特立、茅盾、易君左、孙伏园、林庚白、左舜生、崔高秋、吴觉先、黄源等先后发言。

10日，梁梦鹤的诗歌《保卫大广东》和华丁的诗歌《新年的礼物》发表于《救亡日报》第96号。

郭沫若的《沫若抗战文存》由上海明明书局出版。著者在书前《小序》中介绍本书：“这里所收的短文十五篇，除去已经成为单行本的《在轰炸中来去》以外，可以说是我从日本回来后作品的‘全集’。因为都是在抗战中热情奔放之下，忽忽写就的。”著者还在《小序》中指出，书末附录的是曾在《宇宙风》刊载过的归国日记《由日本回来了》。书中收《我们为什么抗战？》、《告国际友人书》、《理性与兽性之战》、《到浦东去来》、《由“有感”说到气节》、《不要怕死》、《希望不要下雨》、《忠告日本政治家》、《抗战与觉悟》、《前线归来》、《全面抗战的再认识》、《“侵略日本”的两种姿态》、《持久抗战的必要条件》、《日本的过去，现在，未来》、《关于华北战局所应有的认识》等文章。

11日，中共长江局机关报《新华日报》在汉口创刊，潘梓年任社长，华岗任总编辑。汉口沦陷后该报于同年10月25日迁往重庆，出至1947年2月28日被国民党当局强迫停刊。该报是中共在抗战和解放战争初期，在国统区公开出版的唯一报纸，在9年1个月18天的时间里，先后出版3231号。

《发刊词》表示："本报更将尽其所能为巩固与扩大抗日民族统一战线而效力。本报愿将自己变成一切抗日的个人，集团团体，党派的共同的喉舌；本报力求成为全国民众的共同的呼声；同时本报将无情地抨击一切有害抗日与企图分裂国内团结之敌探汉奸及托派匪徒之阴谋。务使实现地无分南北东西，人无分老幼男女之铁一般坚固的团结，并且在这个团结之中，各种力量能够互相帮助互相扶持，共同负责共同发展，四万万五千万人民的坚固团结，将成为牢不可破的新的长城。"

副刊《团结》同时发行，出至同月15日，由于稿件太多，暂停出版。1月24日复刊。撰稿人有适夷、辛人、冯玉祥、黄巍等。编者在《开场白》指出，"保障这次民族抗战胜利的基础条件是全民族的团结一致"，而"如何打击亲日汉奸，托派匪徒的阻扰战事，破坏团结，是抗战的重要工作，是每一个战士所应最先努力的工作"。正是基于这样的原因，"产生于这抗战时期的我们这日报的副刊，就取名为'团结'"。同时，还指出了具体的任务："一、报告并讨论救亡工作的经验；二、介绍抗战中的实际知识；三、批判各种错误言论，揭发汉奸托匪破坏团结的阴谋；四、回答读者所提出的各种各样的问题"。此外"刊载革命导师，党国领袖的嘉言启语，也刊载些文艺作品，随笔杂感"。

副刊《星期文艺》于同月16日创刊，星期文艺社编，每星期日发行。编者在《致读者》表明编刊宗旨：给读者"在紧张的工作以后，在理论的探讨或逻辑的方式上"，"有一点关于培养情绪，提高意志的食粮，能够注意一下关于培养情绪，提高意志的工作"，用形象的思维来"补助理论的思维底不足或枯燥"。接着又谈了刊载的内容："五千多字的小篇幅，能够发表些什么呢？但是我们想，文艺上具体问题（在这里当然不想展开系统的文艺理论或全面的文艺运动问题），例如应该指明的倾向或应该注释的论点，可以短警地提出意见；应该介绍或警告的文艺作品，也可以短警地提出批判；至于短小的诗歌、报告、速写、通讯等，也未始不能从一个小的视角反映出民族战争大潮里的人生面相来。我们还想每次有一幅木刻或漫画，几则关于文艺事业的简报，以及和读者间的关于文艺理论、文艺作品、文艺工作的通讯讨论。”并表示：“希望工作底进展能够使本刊底内容逐渐充实，能够使本刊底方针逐渐得到修改完善。希望一切作家底助力和批判，希望一切读者底助力和批判。到《星期文艺》成了读者自己底《星期文艺》的时候，我们底工作才算得到酬报了。”该期发表了艾青的《我们要战争——直到我们自由了》，符真的《大沽口外》以及黄明的《打老婆过日子的人》等。

1942年“九一八”纪念日在日报第4版创办《新华副刊》。在《编者的话》中指出：《新华副刊》是“一个文化性的综合的副刊”，希望“这副刊能够名副其实的做到，一方面是在反法西斯的激烈战斗中文化武器的担当者，一方面又是一切读者在工作与战斗之余的‘文化公园’”。当日发表的作品有郭沫若的散文《蚯蚓》。

牧梓的诗歌《世界上最神勇的士兵》、楚涛的诗歌《保卫华南》、杨邨人的《文化运动深入农村去》发表于《救亡日报》第97号。

12日，王庆葳的诗歌《大时代之曲》、陈残云的诗歌《火的赞美》和散文《抗战诗歌的意识问题》发表于《救亡日报》第98号。

13日，林渊的诗歌《安息吧，年轻的伙伴！》、雷石榆的诗歌《学生，战士！》、蒲风的《纪念诗作者温流》发表于《救亡日报》第99号。

14日，“文协”成都分会成立。

杨任的诗歌《献给台鲜两民族》、雷石榆的《创作方法上的两个问题》发表于《救亡日报》第100号。

15日，穆木天的讽刺诗《一定受了帝国主义的津贴了！》、适夷的杂文《不是空话》、于立群的散文《一个素描》、端木的散文《木刻爱好》发表于《新华日报》副刊《团结》。

郭沫若的《致华南的朋友们》、蒲风的《紧急抗议》、丁克的报告文学《在日本的牢狱里》、东平的报告文学《陕北——中国革命的耶路撒冷》发表于《救亡日报》第101号。

广州文艺界在留东学会举行座谈会。胡春冰、陈达人、杨邨人、欧阳山、草明、祝秀侠、郁风、雷石榆、夏衍等28人到会。会上提出“希望文艺界的朋友全体动员建立强健的统一战线，配合着政府武装民众的口号”，并对过去几年的广州文艺界进行了回顾和总结。

16日，东平的《在抗日民族革命高潮中为什么没有伟大的作品产生？》发表于《七月》第 7 期。东平的论文是一封答塔斯社社长的回信，信中对问题进行了解答。这篇论文引起讨论。在第 8 期、第 11 期，分别发表了周行的《关于“在抗日民族革命高潮中为什么没有伟大的作品产生”》和倪平的《向着伟大作品的进行》等。周行提出“作者是否可以游离实际生活”、“抗战文艺运动是否必须排斥一些老作家”等问题，认为中国现在没有伟大的作品是因为“战争还正在进行中，大家，连文艺工作者在内，都正在忙于更直接的出全力去抢救那垂危的祖国，没有好好的执笔的机会，甚至也没有好好的构思的机会。在这时候，他们只能抓住现实的某一片断，用最单纯最直接的形式把它反映出来”，并且预言，“未来的伟大的史诗，也正是由它们发展而成的”。倪平在《向着伟大作品的进行》中提出要“突进生活的真实”，要“单纯化典型化”，要“从概念化繁琐化脱出”，指出文学工作者“必须了解与现实生活紧密地结合着的‘报告’这一新形式的战斗的任务”，“必须把握着创作过程与生活过程的复杂关系”，“必须要学习抓住生活的能力”。该期还发表了史萍的小说《田梨先生》、黄既的小说《严玉邦》、梅林的童话《人和狗》、艾青的诗歌《雪落在中国的土地上》、林间的《同蒲某站》、耳耶的《母亲们》、东平的《我们在那里打了败仗》、萧红的《〈大地的女儿〉与〈动乱时代〉》等。

《抗战以来的文艺活动动态和展望（座谈会记录）》也发表于《七月》第 7 期。与会者有艾青、东平、聂绀弩、田间、胡风、冯乃超、端木蕻良、萧红、适夷、王淑明等，主要讨论抗战后的文艺动态、新形式的产生、作家与生活以及今后文艺的工作方向。

冯玉祥的诗歌《丁树本》、老舍的《事情要大家做》、老向的《好样儿的游击队》、杨春生的《从西战场归来》、李代的《风·雪·西战场》发表于《抗到底》第 2 期。

金之的诗歌《给日本的士兵们》、南齐的诗歌《荒原铁马》发表于《救亡日报》第 102 号。

《中苏文化》第 1 卷第 5 期刊载黄操良的《动摇中的日本社会》、古占的《日本战时的金融动员》、阳瀚笙的电影剧本《八百壮士》等。

曹聚仁的战地纪行《杭州陷落前后》、陈瘦竹的独幕剧《复仇》发表于《东方杂志》第 35 卷第 2 号。

18 日，雷石榆的诗歌《沙漠上的英雄》和胡危舟的《街头剧演出的条件》发表于《救亡日报》第 104 号。

汕头新文字协会在广州成立，并在《救亡日报》第104号发表《汕头新文字协会成立宣言》，指出协会是“普及教育，扫清文盲，提高文化水平，奠定抗战思想的最好工具”，“新文字工作者的联合和加紧推行的事，是当前必要的任务”。协会表示誓愿实现“拥护政府抗战到底”、“肃清一切汉奸理论”、“尽量推行新文字，扫清文盲”、“打倒日本帝国主义者”。

19日，新波的诗歌《花开的时节》和陈残云的诗歌《中国在歌颂中》发表于《救亡日报》第105号。

20日，黄达才的诗歌《给唐家湾的壮丁》和黄鲁的诗歌《亚细亚夜曲》发表于《救亡日报》第106号。

任天马的报告文学集《活跃的肤施》由汉口上海杂志公司出版。共收有《开场白》、《云阳镇上》、《初到肤施》、《丁玲女士》等21篇报告文学，附录两篇陕北通讯《生活一天一天更快乐》和《陕北公学》。

21日，嘴拙的诗歌《祭十安哥》和姚潜修的报告文学《无限伤心历战区——叶肇将军访问记》发表于《救亡日报》第107号。

23日，黄鲁的诗歌《真理的出征》和安娥的诗歌《给女兵》发表于《救亡日报》第109号。

25日，《文汇报》在上海创刊。严宝礼创办，徐铸成主笔。《文汇报》雇请英国人克明作发行人，并在创刊号上，以克明的名义发表《为本报创刊告读者》，比较委婉地表达了抗日爱国宗旨，表示要“本着言论自由的最高原则”，“打破有闻必录之传统观念”。因宣传抗日爱国，次年5月被迫停刊。1945年8月18日复刊，号数另起。同年9月6日，续出第478号。1947年5月24日被封。1948年9月9日迁至香港出版，号数另起。1949年6月迁回上海复刊，续出第1087号。

杨任的诗歌《欢迎我们的十万》和陆诒的通讯报道《彭德怀谈前线战况》发表于《救亡日报》第111号。

郭沫若的《郭沫若谈抗战形势》发表于《新华日报》第15号第4版。

阳翰笙的四幕历史剧《李秀成之死》由汉口华中图书公司出版。

26日，延安战歌社举行第一次诗歌朗诵会。毛泽东参加。战歌社在本月30日开会，对此次朗诵会进行检讨和自我批判。4月20日《战地》第1卷第3期刊载《关于诗歌民歌演唱晚会》，认为“那天的晚会，在我们的自我批判下，一致承认是失败的”。首先，“新诗歌直到现在还未能唤起普遍的注意”，“人民对诗歌及民歌都冷淡”；其次，“关于朗诵理论也还未展开有力的讨论”；再次，“诗的语言，不够大众化”。

安娥的诗歌《走出了上海》和茅盾的《这时代的诗歌》发表于《救亡日报》第112号。

27日，林林的小说《无名指》和陈炳熙的诗歌《归来呵！咱们的兄弟》发表于《救亡日报》第113号。

28日，《抗战日报》在长沙创刊。田汉任主编。《创刊之词》中写道：“《抗战日报》是八·一三事变中在上海创刊而现在广州复刊的《救亡日报》的姊妹刊”，同时，阐明了与《救亡日报》同样的办报宗旨：“那是团结各方力量，特别是文化界的力量，援助政府抗战。”田汉的《张治中将军印象记》，茅盾的《第二阶段》，常任侠的《长沙后方医院访问记》等发表于创刊号。

田间的诗歌《中国底春天在号召着全人类》和辛石的诗歌《六年》发表于《新华日报》副刊《团结》。

29日，中华全国电影界抗敌协会在汉口成立。大会通过章程，选举张道藩、方治、罗刚、史东山、温涛、应云卫、田汉、费穆、蔡楚生、袁牧之、陈波儿、张石川、周剑云等72人为理事。《新华日报》为此出版成立大会特刊，刊载阳翰笙的《今后的一点希望》，史东山的《中国电抗会成立大会前言》，郑用之的《筹备工作述略》等文章以及成立宣言。

《中华全国电影界抗敌协会成立大会宣言》指出：日本在侵略战争中，借助电影“已屡屡运用无耻的说教来执行了宣传的任务”，“配合了他们军部底意旨，武装了自己，来服役于侵略底战争”。事实上，从九一八到现在，“日本底电影已成为一种麻醉观众的毒物”，成了“侵略的教科书”，成了“飞机大炮以外的别动之武器”。然而，“回顾我们自己，则不能不说是相形见绌的”。接着检讨中国电影事业在配合抗战中存在的一些缺点和问题，电影在斗争的作用上，“我们就不能不惭愧着力量的微薄”；“国防电影的呼声虽曾热烈地提出”，但“实际的效果却渺小得可怜”。此外，一部分电影企业家“还在传奇剧底生意眼里打转”；电影从业员也“只有他们私人的活动”。而这一切都是因为“我们没有坚强组织，不能坚强地团结起来”，因为“我们底自我教育不够，我们的研究精神也不够，而在行动上，在这个大时代中，我们底步伐也不够整齐，不够紧张”。当务之急是“我们得承认过去的弱点，把握现在的使命，推动未来的工作。同时我们得坚强地团结起来，用同一的意志趋向同一的战斗目标”。最后表示：“我们要每一个电影从业员锻炼成民族革命战争中的勇敢的斗士。将自己献给祖国，将自己的工作献给神圣的抗战”；“我们要使每一张影片成为抗战底有力的武器。使它深入军队，工厂和农村中去，作为训练民众的基本的工具”；“我们要建立一个新的电影底战场。集中了我们底人才，一方面以学习的精神来提高自身底教育，又一方面以集体的行动来服务抗战宣传”。

林林的诗歌《献在一·二八烈士的坟前》发表于《救亡日报》第 115 号。

钱亦石在上海逝世。

钱亦石（1889—1938），原名城，字介磐，笔名啸秋、史庐、谷荪、白沙、石颠、巨涛、楚囚等。湖北咸宁县人。共产党湖北党部早期创始人，著名教育家、理论家、社会活动家，被董必武称为“红色教育家”。

30 日，黄鲁的诗歌《祈战的歌》发表于《救亡日报》第 116 号。

东平的《两个青年的吵架——速写》、冯乃超的《作家与生活》、适夷的《摄影机的叫吼——看了抗战特辑第三集》发表于《新华日报》副刊《星期文艺》第 2 期。

广东文学会在广州知用中学礼堂举行成立大会。胡春冰任主席。夏衍、罗海沙、胡春冰、杨邨人、欧阳山、祝秀侠、林娜、林林、孔仲南、钟天心、周钢鸣、黄石公、雷石榆、林焕平、郁风等 15 人为理事。

31 日，周钢鸣的《报告文学者的任务》发表于《救亡日报》第 117 号。论文从两个方面论述：一、报告文学者与一般作家的任务的区别；二、报告文学者与新闻记者的任务。同期还刊载有任启珊的旧体诗歌《读华振中将军谈话感赋三首》和阿克的《更广泛地传播战时读物》。

本月

丁玲的作品选集《苏区的文艺》由上海南华出版社出版，收有短篇小说《一颗没有出膛的枪弹》、《东村事件》和独幕话剧剧本《重逢》。

丁东平执笔，欧阳山、草明、东平、邵子南、于逢等集体创作的中篇新体小说《给予者》由读书生活出版社出版。

席征庸编著的故事集《战地血花》由长沙中华平民教育促进会出版，为“农民抗战丛书”之一。盛行的《战地血花》在1945年由上海大志出版社发行。

郭沫若的诗集《战声集》由广州战时出版社出版，为“战时小丛书”之一。

黄峰编著的《长征时代》由上海光明书店出版。

廉臣的《从东南到西北：红军长征时代的真实史料》由明月出版社出版。

赵君辉的《红军十年》由上海新生出版社出版。全书分37个章节，从“红军突起”、“上井冈山”等开始，以“平型大捷”结束。介绍从1920年中国共产党建党前夕到1937年平型关大捷期间，中国共产党和红军的成长历程。

季云的《西战场上》由汉口战时文化出版社出版，为“战时文化丛书”之一。

夏忠道的《民族仇恨》（上集）由重庆民族文化社出版。

长江的报告文学集《西线风云》（增订）由汉口生活书店出版。

陈思明的抗战报告文学集《西战场速写》由上海生生书店出版。

田丁的通讯报道集《在火线上——东南线》由汉口大时代书店出版。

赵家欣的特写集《今日的厦门》由明明图书印刷公司出版。为“福建省抗敌后援会厦门分会宣传工作团抗战文学丛书”之一。书前有蒲风的《序》，书中收有《今日的厦门》、《撤退！搬家》、《抗敌宣传队街头宣传记》等13篇文章。

丁里、宋之的、崔嵬等集体创作，崔嵬、王震之执笔的三幕剧《八百壮士》由汉口上海杂志公司出版，为“大时代文库”第2种。

沈西苓的戏剧集《烽火》由广州一般书店出版，是旅冈主编的“国防戏剧丛刊”之一，收《烽火》、《大家去从军》和《罗店秋月》3个剧本。

尤兢（于伶）的报告剧集《我们打冲锋》由汉口大众出版社出版，是“抗战戏剧丛书”之一。

光未然的街头剧集《街头剧创作集》由汉口扬子江出版社出版。

阿英编选的话剧总集《抗战独幕剧选（初集）》由汉口大众出版社出版。

张平群改译、瞿白音改订的独幕剧《最后一计》由武昌战争丛刊社出版，为抗战丛刊社编辑的“抗战戏剧丛书”第4种。

林语堂著、丁镜心译的《中国与中国人》由上海战时读物编译社出版。书前有《赛珍珠夫人序》，书末附录有《论中国抗战》、《论最后胜利》和《肚子与文化》。

[美]埃德加·斯诺著、汪衡译的《二万五千里长征》由上海复旦大学文摘社出版。

[美]埃德加·斯诺著、胡仲持和冯宾符等译的《西行漫记》由上海复社出版。

二月

1日，陶雄的小说《大王与小鬼》，萧军的散文《他们等待我去复仇》，曹白的《杨可中》，奚如的《夜底洪流》，汝尚的《当南京被虐杀的时候》，王天基的散文《流亡之前》，俞棘的散文《失去了健康的悲哀》，逸明的旅行通信《轰炸下的长江路》，葛琴的浙江通信《在江边》，郐契尔的山西通信《晋西人民是怎样动员起来？》，田间的《论我们时代底歌颂》，丁玲、路丁、柏山、张庚寄胡风的书信（《从临汾寄到武汉》、《从上海寄到武汉》、《从上海寄到武汉》、《从武汉寄到武汉》），力群的速写《"他们全开到前线去了！"》，周行的《关于"在抗日民族革命高潮中为什么没有伟大的作品产生"》等发表于《七月》第8期。

魏晋的诗歌《给香山》、何思敬的《论抗日的全民文化》、杨邨人的《提高救亡戏剧的艺术性》发表于《救亡日报》第118号。

《抗到底》推出"抗日负伤将士作品专号"，收录林志鸿的《东战场我军失利的关键》、《请注意前方看护》，扬鼎如的《死而后已》，徐光国的诗歌等。

安娥的话剧集《高粱红了》由汉口上海杂志公司出版，为"大时代文库"第3种，共收录《青纱帐起》、《高粱红了》、《暴风雨之前》和《太阳上升》4个剧本。田汉在序中写道："这是一个以现在还进行着的民族解放斗争的血史，做题材的长篇歌剧"，书的封面署"诗剧"。

徐讦的《犹太的彗星》、罗洪的《逃难哲学》发表于《东方杂志》第35卷第3号。

2日，歌雷的诗歌《抗日营地》、穆木天的《关于诗歌朗读》、陈任我的《不是"洁身自好"的时候》、渥丹的《词儿连写问题》发表于《救亡日报》第119号。

3日，白鹤的小说《记程委员》、林焕平的诗歌《废历新年》、张清水的诗歌《誓言》发表于《救亡日报》第120号。

张罗的诗歌《你们五个殉难者》和江涛的《流亡知识分子问题》发表于《新华日报》副刊《团结》。

4日，中华全国文艺界抗敌协会临时筹备会举行会议，老舍、穆木天、阳翰笙、彭芳草、楼适夷等20余人出席，会议推定老舍、楼适夷、王平陵、冯乃超等11

人起草会章，调查国内外作家，从事组织“文协”的工作。

陈炳熙的诗歌《咱们伸出了正义的手》、斐琴的诗歌《回光反照》、陈残云的《谈永久的主题》、克锋的报告文学《一个胡须的战士》发表于《救亡日报》第121号。

5日，雷石榆的《未来派的再认识》发表于《救亡日报》第122号。

6日，雷石榆的诗歌《殖民地的野火》、凌回的诗歌《歌颂你》、林焕平的《关于剧本的单调》、郁达夫的书信《短简》、夏衍的《推荐！〈王老五〉》发表于《救亡日报》第123号。

罗荪的杂文《人体写生的实验》、丁玲的《答三个未见面的女同志》、马耳的《忆中垣君》发表于《新华日报》副刊《星期文艺》第3期。

7日，立波的散文《晋北途中所见》发表于《救亡日报》第124号“本报特稿”。同期还刊载了追悼钱亦石先生的特辑，收有敬涛的诗歌《哭亦石兄》、冯和法的《钱亦石先生的教言》、夏衍的《这岗位要大家来填补——悼钱亦石先生》等。此外，还发表了窦隐夫的诗歌《今年是战略反攻年》。

8日，穆木天的诗歌《在南国守住你们的岗位》、茅盾的《第二阶段》、窦隐夫的书信《陕北零鸿》、草明的《现成的标语》、欧阳山的《广拉旧方案该修正的七点（上）》（9日连载）发表于《救亡日报》第125号。

9日，钢鸣的《守住我们底岗位》、夏衍的《反对“不求甚解”》、于立群的《病中的沫若先生》、田汉的书信《近况》发表于《救亡日报》第126号。

10日，[美]爱特伽·斯诺著、王厂青和林淡秋等译的《西行漫记》在上海复社出版。同年4月10日再版，10月10日3版，11月10日4版。书前有著者《序》和《译者附记》。全书分《探寻红色的中国》、《到红色首都去的路上》、《在保安》、《一个共产党员的来历》、《长征》、《西北的红星》、《到前线去的路上》、《在红军中（上）》、《在红军中（下）》、《战争与和平》、《回到保安去》、《回到白色区域》等12章。著者在《序》中说：“从严格的字面上的意义来讲，这一本书的一大部分也不是我写的，而是毛泽东、彭德怀、周恩来、林伯渠、徐海东、徐特立、林彪这些人——他们的斗争生活就是本书描写的对象”，同时还表明了自己的立场：“作一番公平的、客观的无党派之见的报告。”

12日，《群众》周刊推出“反侵略运动专号”，黄源的《欢迎“中国友人”——鹿地亘》载于此期，此外还转载了任弼时的《山西抗战的回忆》一文。

13日，奚如的《冷与热——随感》、罗荪的小说《新乐桥》、茅盾的《关于大众文艺》发表于《新华日报》副刊《星期文艺》第4期。茅盾的文章对《大众读物丛刊》中赵景深作的大鼓词《八百好汉死守闸北》进行评论，认为该大鼓词“忽略了民间文艺的几个基本要素”，“第一是故事的逐步展开，秩序井然；第二是主角和配角的分明，并且以故事系于人物，即以人物为骨而以故事的发展为肉；第三是抒情和叙事错综溶合，抒情之中有叙事，叙事之中有抒情”。同时还指出“《八百好汉》的又一重大的缺点是太死板地守着所有的报纸记载”，作者认为利用旧形式“不是活剥了形式过来，而是连它特有的技巧也学习之，变化之，且更精炼之”。

安娥的诗歌《难儿进行曲》和于立群的《献给小朋友们》发表于《新华日报》“国际反侵略宣传周儿童日特刊”。

15日，孙钿的诗歌《我们的雪天》和适夷的《流亡青年问题》发表于《新华日报》副刊《团结》第24期。

16日，“全国文艺界抗敌协会”举行第6次筹备会，茅盾、老舍、王平陵、冯乃超、陈西滢、胡秋原、楼适夷、沙雁等14人参加。会上通过草章、缘起等文件，决定定期由筹备人列名邀请武汉文艺界开会，以成立正式筹备会。

《中苏文化》第1卷第6、7期合刊刊载了约克的《评关于游击战的几种错误认识》，金云峰的《抗日青年到军队中去》，含沙的《洪流》等。

老舍的长篇小说《蜕》（连载）、冯玉祥的诗歌《上海游击队》、张含清的《铁的时代和铁的人生》、老向的《反攻吧，中国！》发表于《抗到底》第4期。

张向荣的诗歌《游击队之歌》和李舒的《淮矿一夜》发表于《新华日报》副刊《团结》第25期。

鹿地亘的诗歌《送北征》、《颂香港》，倪受乾的诗歌《夜行列车》，东平的散文《我认识了这样的敌人——难民W女士的一段经历》，张藤的散文《寄给古城里的姐姐》，言武的小说《一个转变》，奚定怀的前线通讯《最前线某站》，刘白羽的山西通讯《光荣牌》，胡风的《关于鹿地亘》，欧阳凡海的《关于小说朗读》，雪韦、沙可夫、柯仲平合著的《关于诗歌朗诵：实验和批判》，鹿地亘、力群、周文的战讯（《从广州寄到武汉》、《从太湖寄到武汉》、《从成都寄到武汉》）等发表于《七月》第9期。欧阳凡海的《关于小说朗读》，提倡小说朗诵，认为它是说书和谈故事的一个发展，是抗战文艺大众化的新形式。

柯仲平(1902—1964),云南宝宁人。诗人。在短诗创作上,柯仲平取得重要成就,其特点是紧密结合时代,反映人民要求,情感真挚动人,语言朴素简明,豪迈粗犷而富有召唤力和战斗性。

戴子钦的《林先生》发表于《东方杂志》第35卷第4号。

19日,武汉文化界抗敌协会成立。100余人参加。段公爽、胡风、阳翰笙、光未然、冯乃超等25人被选为理事。

茅盾的《"战时如平时"解》发表于《新华日报》副刊《团结》第28期。

20日,李辉英的《开封的一夜》、适夷的《泪血洒开自由花——介绍苏联影片〈血花〉》、黎嘉的《诗人,你们往哪里去?——批评》发表于《新华日报》副刊《星期文艺》第5期。黎文对鸥外鸥、柳木下、黄鲁、欧罗巴、胡明树、杨起等自许为"少壮诗人"派的诗人们最近创办的诗刊《诗群众》提出批评,认为他们与抗战"似乎没有多少关系"。他们的宣言,"只是混杂的抄袭着未来派(意大利的未来派和俄国的未来派同样的被抄袭)以及日本早日没落了的'新感觉派'的玩意儿而已","少壮诗人派的所谓'学习未来派',只不过是模仿着未来派的皮毛,而成了'摩登的形式主义者'",希望"'少壮诗人'派的诗人们的危险的政治倾向,能很快的克服过来"。并提醒他们:在伟大的民族革命战争中,"诗人们的诗篇,也必须是帮助这神圣的战争的。这种帮助抗战的诗篇,必须是坚实的,具体的,朴质的"。

21日,孙钿的诗歌《夜》和臧克家的散文《孩子们举起了火炬》(22日连载)发表于《新华日报》副刊《团结》第29期。

南桥的《童年回忆》、憾庐的《孤岛杂记》、苏茹的《南游记乱》、高语罕的《烽火归来》(续55期)、方家达的《人在死亡线上》、李国钦的《美国的舆论》、冰莹的《大学生活的一断片》、刘西渭的《中国人的别致》、穆时英的《英帝国的前哨:香港》发表于《宇宙风》第61期。

戏剧文协邀请文化工作者召开座谈会,检讨剧作《血祭上海》。到会者有周扬、朱光、艾思奇、沙可夫、吕骥、任白戈、左明、徐一心、郑义、向仲华、罗叔平、柯仲平、孙强、叶蠖生等20余人。《血祭上海》为纪念"一·二八"而作,是朱光、左明、沙可夫、徐一心、黄天和任白戈集体创作,原为五幕剧,题为《黄阿毛》,后来由左明提议改为四幕剧,题为《血祭上海》。座谈会摘要发表在4月5日的《战地》第2期。该剧"着重在表现工人怎样为民族而光荣的牺牲,知识分子的参加抗战和汉奸的破坏”，“这剧本和目前政治形势没有冲突，相当正确”。艾思奇认为“这戏的缺点是失去真实性”。柯仲平指出：“这剧本的缺点，是由于作者把民族统一战线的公式运用到戏剧上，没有适当的将‘一二八’作为历史上的一个发育阶段来处理。”

23日，适夷的诗歌《胜利的歌——祝空军》和绮思的《从一个车夫说起》（24日连载）发表于《新华日报》副刊《团结》第31期。

24日，全国文艺界抗敌协会筹备大会在汉口正式成立，推选老舍、冯乃超、曾虚白、胡风、王平陵、崔万秋、陈西滢、凌叔华、老向、穆木天、马彦祥、楼适夷、沙雁、陈纪滢等20余人为正式筹备员，预定3月6日召开成立大会。

25日，《新华日报》第4版发表《庄严热烈的文艺阵线——记全国文艺界抗敌协会筹备大会》的特写，报道了大会的经过。

27日，《新华日报》副刊《团结》第35期推出《追悼钱亦石先生专号》，发表了董必武的《我所认识的钱亦石先生》、潘梓年的《追悼我们的战士》、思慕的《忆亦石》、张铁生的《悼钱亦石先生！》、凌青的《悼我们的队长》等纪念文章。

28日，程漠的论文《抗战戏剧现阶段应取的路向——一个建议》发表于《新华日报》副刊《团结》。

本月

教育部民众读物编审委员会编著的故事集《胡阿毛》由武汉正中书局出版，是“非常时期民众读物”第2集。

喻营长等著、王平编辑的《战士的手记》由汉口自强出版社出版，收录有《战士的手记》、《第七连》、《排长胡玉政》、《八百个》、《夜行军》、《青纱帐》、《一双手》等7篇。

陆诒的通讯集《前线巡礼》由汉口大路书店出版。《序》中说：“这本书虽取名前线，其实所写的是前线一部分即西北线的景象。”

李光的《红军是怎样锻炼的：我的红军生活回忆》由广州抗日旬刊社出版。

闽侯、林纪衡编著的《全面抗日血战史》由上海印书馆出版印刷，记述从卢沟桥事变到淞沪陷落的战事。

长江等著的报告文学集《西北战云》由大众出版社出版。全书收有《走向西战场》、《从娘子关出雁门关》、《平绥线上的失败》、《哭绥远》、《西北线上》、《血战居庸关》、《察哈尔的陷落》、《南口迂回线上》、《可痛的张家口》、《退守晋东》、《晋北血战的回忆》、《退出太原城》、《山西的外战线》等13篇报告文学，此外还选录有林彪的《平型关战斗的经验》、洛甫的《把山西成为北方游击战争的战略支点》和陆诒的《彭德怀谈前线战况》。

长江、罗平等著的报告文学集《瞻回东战场》由汉口生活书店出版，5月再版，是长江主编的"抗战中的中国"丛刊之三。共收录长江、罗平、许华、林娜、王莹等创作的16篇报告文学。

张一望编选的报告文学集《沦陷前后的上海》由汉口群力书店出版，介绍了"八一三"抗战前后上海的情况。编者在《序》中写道："我愿意用这本小册子给这个具有历史意义的暴行留下一点不灭的痕迹"，"记载下一点二十世纪中人类可耻的兽行"。

周钢鸣的《怎样写报告文学》由上海生活书店出版，为"青年自学丛书"第3辑。

章氏国学讲习会编选的《太炎文录续编（1—4册）》由苏州章氏国学讲习会出版。

丁玲等著、陈文杰编选的话剧集《救亡戏剧》由战时读物编译社出版。3月再版，5月3版。收有丁玲的《重逢》、宋之的的《黄浦月》、丽尼、荒煤的《七·二八之夜》、沈西苓的《罗店血战》、凌鹤的《火海中的孤军》等5个剧本。前言指出收入剧本的3个特点："大部还是根据抗战后所发生的事实"、"剧情简明生动，场面不大，易于上演，尤富于舞台效果"。

宋之的的戏剧集《旧关之战》由汉口生活书店出版。收录《黄浦江边》、《旧关之战》两个独幕剧。著者在《序》中写道："《黄浦江边》是上海救亡演剧队第一队同仁集体创作，《上海战争》的第三幕，由我执笔的。"

胡春冰编选的《抗战戏剧选》由怒吼出版社出版，书前有编者的《论抗战剧作（代序）》。

［美］斯诺著、邱瑾译的《西北散记》由汉口战时读物编译社出版。该书译自斯诺的系列报道，内容包括《抗日大学参观记》、《人民抗日剧社的演剧》、《"小鬼"——少年先锋队》、《红军战斗员的生活》、《保安生活散记》、《红军唯一的外国顾问》等。其中《红军战斗员的生活》讲述了作者亲眼所见红军战士的日常生活情况，

以及他们与中国其他军队的不同之处，澄清了某些歪曲事实的污蔑之词。在《红军唯一的外国顾问》中，作者描述了红军中的外国顾问李德，指出他在指挥红军时所犯下的两大错误：不与1933年秋在福建起事的十九路军联合；第五次反围剿时战略上的失策。

生活书店以“世界名著译丛”名义翻译出版或重版马克思主义经典著作。

晋察冀边区文救会召开“创作问题座谈会”，聂荣臻、彭真出席并讲话，邓拓作《三民主义、现实主义与文学创作诸问题》的报告。

三月

1日，艾青的诗歌《北方》，田间的诗歌《晚会》，侯唯动的诗歌《斗争就有胜利》，曹白的《初春偶笔》，东平的《并不是节外生枝》，里火的《忆郑桂林》，汝尚的《魔掌下的两战战士》，增援的剧本《一家人》，胡风的《关于创作的二三理解》，大漠笔录的《毛泽东论鲁迅》，萧英的旅行通信《船上》，柳林的河北战区通信《一支游击队的发生》，李林的山西战区通信《鸟视晋西北》，欧阳凡海的延安通信《一个缝工的欢喜》，W.Phillips等著、何封译的《最近的革命文学问题》等发表于《七月》第10期。

冯玉祥的诗歌《击沉敌舰》、《打麻将》，穆木天的大鼓词《密山县日本强盗屠杀路工》，老向的《抗日三字经》，老舍的京剧《新刺虎》发表于《抗到底》第5期。该期为“抗日通俗文艺专号”。

威岭的《抗日青年团结起来》、黄操良的《日本统治阶级的内部矛盾》、陈廉贞的《“天堂”的失掉与再得》等发表于《中苏文化》第1卷第8期。

戴望舒的散文《都德的一个故居》、宋春舫的《到巴黎去》、陈小翠的《半生之回顾》、春风的《忆北平的旧岁》发表于《宇宙风》第62期。

石佛的《送烧饼的女孩》、沈沦的《卖鸡》发表于《东方杂志》第35卷第5号。

5日，《战时戏剧》在成都创刊。熊佛西的《戏剧运动与长期抗战》、叶琳的哑剧《反侵略》、周彦的独幕剧《生死关头》发表于《创刊号》。围绕抗战与戏剧的关系，周彦、熊佛西、杨村彬、陈樾山、刁士衡等进行了讨论。

适夷的《歌咏与抗战》发表于《新华日报》副刊《团结》第39期。

6 日，黄一修的《诗歌朗诵运动》发表于《新华日报》副刊《团结》第 40 期。

7 日，锡金的诗歌《为高尔基复仇》、冯乃超的杂文《肃清真理和正义的刽子手》、适夷的杂文《他们干下了什么》、罗荪的《消灭屠杀文化的凶手》发表于《新华日报》副刊《团结》第 41 期。

9 日，郁达夫应郭沫若之邀，赴武汉参加军委会政治部第三厅的抗日宣传工作。

11 日，徐迟的《谈死》、郭子雄的《我与牛津》、金梁的《风话八则》、憾庐的《春天与鸟语》、姚苡的《南国锁话》、唐健燕的《香港初印象》、何适的《衡阳被空袭记》、金刚的《退出青岛》、陆丹林的《题手册》、张孟昭的《忆家乡——无锡》、李国钦的《美国与远东问题》、未羊的《与君约略话故乡》、果轩的《我的邻居》、吴永的《庚子西狩丛谈》、济生的《我的父亲——一个硬汉》发表于《宇宙风》第 63 期。

13 日，集体创作的小说《华北的烽火》（连载至第 2 部），舒群的《爆发》，林林的报告诗二首《送邓南遮出殡》《为高尔基复仇》，新华的《怎样写通讯》发表于《救亡日报》第 158 号。

刘荒的诗歌《五台游击区的射击手》、适夷的《抗战中的新生活运动》、黄巍的《离开临汾的前夕》发表于《新华日报》副刊《团结》第 45 期。

14 日，蒋牧良的小说《突破》、华丁的诗歌《我归来了，广州！》、孙陵的《梦中底青岛——陕行随记之四》、穆木天的《关于抗战大鼓词》（15 日连载）发表于《救亡日报》第 159 号。

15 日，《弹花》月刊在武汉创刊。赵清阁主编，华中图书公司发行。出 5 期后迁至重庆，改为双月刊，又出 5 期后停刊。1939 年复刊，每半月出 1 期，由正中书局经售。1940 年 9 月出至第 3 卷第 8 期终刊，前后共出 20 期。该刊主要撰稿人有老舍、郭沫若、王平陵、老向、赵清阁、穆木天、左明、冯玉祥、卢冀野、胡绍轩、路易士、应云卫、徐飞白、沙雁等。创刊号发表《我们的话》："事实会告诉我们：真的艺术是真的人生和真的社会，换言之，是真的现实之具体的表现。目前中国社会，已经到了生死存亡的关头，站在民族战争的大时代：阵容上，不分前线与后方；作战上，不分军队与民众；动员上，除了人力与物力还要加上精神，文艺就是精神动员的有力因子之一。被侵略民族为要求生存而抗战，是神圣的，是有真实性的；惟有充分表现这种真实性的文艺才是目前真正的艺术，才有它历史的不朽性。敌人的奸淫掳掠，烧杀凶横，我们可以写；将士的慷慨赴义，壮烈牺牲，我们可以写；人民的琐尾流离，饥寒疾苦，我们可以写；甚而至于汉奸土劣贪官污吏之不知人间羞耻的丑态，都是我们描写的对象。希望能够给后人比‘扬州十日’‘嘉定屠城’更深刻的血一般的遗迹，不独希望它可以发扬目前的士气，并且希望它可以换作未来的人心。抗战高于一切，克敌是共同的要求。……希望我们从事文艺工作的同人，也能够蠲除成见，群策群力，把笔尖一齐向外，对准我们的敌人。……使本刊成为共同的园地，共同促其文艺抗战的使命，象征那子‘弹’开放的‘花’。”创刊号刊载有老舍的论文《我们携起手来》，王平陵的小说《最后的敬礼》，胡绍轩的小说《第七号人头》，赵清阁的剧本《把枪尖瞄准了敌人》，高尔基著、辛生和赵天合译的剧本《伊格·布里珂夫》，路易士的诗《家在江南》，丁韬的诗《四过汨罗》，甘运衡的散文《弹花的文艺》，晓风的报告文学《星荆道上前进录》。

含沙的抗战长篇小说《抗战》由上海金汤书店出版。

雷辛的小说《赭褐色的铁流》和蒲风的书信《在新的生活中》发表于《救亡日报》第160号。

16日，舒群的诗歌《友人将去了——送立波》、陆无涯的报告诗《火，烧热了我们！》、郭沫若的散文《长沙哟，再见！》、雪华的书信《陕北短简》发有于《救亡日报》第161号。

翦伯赞的《中国抗战与苏联》、克昂的《苏联人民又一次斩断侵略者的魔手》、徐敏的《社会主义经济的发展》发表于《中苏文化》第1卷第9期。

李同愈的《热海之夜》、孙福熙的《亲爱的五妹》发表于《东方杂志》第35卷第6号。

冯玉祥的诗歌《寇军旅团长》、《总理逝世十三周年纪念》，老向的散文《义勇军的母亲》发表于《抗到底》第6期。

张庚的《戏剧的旧概念和新概念》、维特的独幕剧《自卫》、陈明中的两幕剧《血债》、集体创作的独幕剧《再上前线》、陈白尘的四幕剧《汉奸》发表于《抗战戏剧》第1卷第8期。

《七月》第11期出版祝贺“文协”成立特辑，刊载有陈绍禹的《“用笔来发动民众捍卫祖国”》、博古的《祝中华全国文艺界抗敌协会》、奚如的《感想和希望》、辛人的《为“扫除病根”而斗争》、魏孟克的《从量到质的集中》等；此外还刊载了［日］鹿地亘的《使人哭泣——关于战时日本文学：其一》，［日］池田幸子的小说《西崑的故事》，贾植芳和张土方的旅日生活回忆《记忆》、《从牢狱到病房》，S.M. 的阵地特写《咳嗽》，奚如的速写《运输员》，吴组缃的旅行通信《差船》，俞棘的福州通信《第一颗炸弹》，周文的成都通信《三月十二日在成都》，尹庚的《战讯：从贵溪寄到武汉》，倪平的《向着伟大作品的进行》和曹靖华的《重版〈铁流〉记》等。

17 日，全国文艺界抗敌协会第二次筹备会在汉口中国文艺社举行。马彦祥主持。通过大会成立宣言暨文电，推定大会工作人员，并将各项印刷文件分寄全国作家，决定同月 27 日为大会成立日期。

窦隐夫的诗歌《小兄弟之歌》，朱白水的《关于诗歌朗诵——一个实验底批判和意见》，艾伦堡作、苏迟译的小说《司令官华尔特死了》发表于《救亡日报》第 162 号。

18 日，杨文兵的诗歌《保卫福建歌》、白朗的《寄白薇》、臧云远的报告文学《西战场的浴血抗战》发表于《救亡日报》第 163 号。

臧克家的诗歌《血的春天》、适夷的散文《纪念三一八》发表于《新华日报》副刊《团结》第 49 期。

20 日，文艺半月刊《战地》在汉口创刊。丁玲、舒群主编。战地社发行，汉口上海杂志公司经售。1938 年 6 月 5 日停刊。1940 年 3 月终刊，共出 5 卷。该刊内容有论文、小说、剧本、诗歌、散文、报告、通讯、杂感、歌曲、速写和木刻等。在创作方面，除连载罗烽的长篇小说《满洲的囚徒》外，还有白朗、舒群、李辉英、朱烈轲等人的短篇小说；臧克家、季琳、陶华等人的诗歌；杨朔、杨林等人的报告、通讯和速写；剧本有陈渭的《一个游击队员》，张客的《游击队的开始》，凌鹤的《夜之歌》，塞克的《争取最后胜利》，夏野士的《守住我们的家乡》，倪平的《北平之夜》等；有关抗战文艺运动的论文，有艾思奇的《文艺创作的三要素》，丰子恺的《谈抗战歌曲》，冯乃超的《文艺统一战线的基础》等。该刊还就诗朗诵、抗战演剧、民歌演唱和通俗文艺等问题进行过讨论，穆木天、沙可夫、柯仲平等分别撰写文章。此外，周扬、罗荪、成仿吾、王西彦等都曾在该刊发表过作品。

罗烽（1909—1991），辽宁沈阳人。原名傅乃琦。作家。1929 年加入中国共产党。1935 年加入左联。曾任陕甘宁边区文化工作委员会秘书长、中共东北局宣传部委员、东北文艺家协会代主任、中共旅大特区委员会文委书记。建国后，历任东北人民政府文化部副部长兼秘书长，东北文联第一副主席，中国作协第一、二届理事、顾问。著有短篇小说集《呼兰河边》，中篇小说集《粮食》，剧本《台儿庄》、《总动员》，并创办《文艺》、《夜哨》周刊。

周扬在《战地》创刊号发表《我所希望于〈战地〉的》，他希望编者能够“把战地的活生生的材料，战地的气息，随着这刊物，带给我们，带给广大的读者。这应是一个以战地为中心的刊物，战地通信和速写应占它的主要的篇幅”。“目前有两种读物最被欢迎：一是抗战的指导理论，一是战争情况的真实报道。前者告诉大家抗战应该怎样进行，后者告诉他们抗战正在怎样进行。通信、报告、速写属于后者，又包含有前者的意义。……《战地》应该尽量多登这一类的作品，不要怕它的技巧上的幼稚和不成熟”。“《战地》必须建立一个广大的通信网，在东战场，北战场，西战场，都要有它的通信员。一面先约定几位在战地上的熟识的朋友经常写稿，一面再作公开的广泛的征求。要使他们成为《战地》的最可靠的撰稿人，要使陌生的名字经常不断地大量地在《战地》上出现”，要“组织一个‘战地社’，把战时的文艺青年组织起来，发动一些青年作家到战地去。到战地去应当成为目前作家中间的一个运动，《战地》做这个运动的推动者”，要“鼓励和帮助青年作家到战地生活中去试炼”，要“从战地选拔和培养出一些作家来”，还要“设法在战区或近后方成立《战地》分社，在军队中间，特别是在军队里的政治工作人员中间发展通信员”，“训练新作家，是《战地》的一个重大的任务”。

林林的诗歌《朋友，我去了》和白薇的报告文学《从北平来》发表于《救亡日报》第165号。

天行编的报告文学《东北记痛》由汉口华中图书公司出版，为抗战丛书第3辑。

陈樾山的剧本《打渔杀家》发表于《战时戏剧》第1卷第2期。

南昌文化界抗敌后援会成立，王造时、罗隆基、程希孟等参加。

21日，集体创作的小说《华北的烽火》第三部在《救亡日报》第166号连载。

立波的报告文学《从河北归来》发表于《新华日报》(22日连载)。

许钦文的自传体散文《从故乡至无妻之累》、陆丹林的散文《组织民军的工作》、书尾的《搬家初感》、戴敦复的《中正营里学当兵》、郑康伯的《后方小品》、春风的《七载烽火忆辽阳》、钱景雪的《南京上海二十日记》、凡罗的《探险受惊记》、徐远之的《梧州无恙》、何本秀的《香港华侨的动态》、周新的《关于未来之世界大战》

发表于《宇宙风》第 64 期。

22 日，全国文艺界抗敌协会第三次筹备会举行，商讨成立大会筹备事宜，确定于 27 日召开成立大会，将请国民党要人出席演讲，并拟在各大报刊发行特刊。

26 日，常任侠的诗歌《保育苦难的孩子》、《武汉戏剧界为保育儿童公演》，阳翰笙的《大家来拥护这神圣的工作》，田汉的《戏剧的荣光——为汉口市剧业剧人保育战时儿童公演》发表于《新华日报》。

27 日，中华全国文艺界抗敌协会在汉口总商会宣告正式成立。当日，《新华日报》在头版头条发表社论《全国文艺界抗敌协会成立大会》。文章首先肯定了中国文艺家“在苦难的环境，前仆后继，奋发前进，始终没有一时一刻忘却他的时代的民族的职责”，肯定了“抗战的八个月以来，许多文艺家肩着他的巨笔，跟随着前线的将士，英勇地参加了浴血的苦斗”，对全民族团结抗战起了关键作用。但是，文章又指出“文艺家们从未因为阶级，集团，世界观，艺术方法论的不同，未能调合在一起，他们为民族自由的斗争仅只是各自为战”，因此“文协”的成立就显得非常重要和及时，“这是一个中国文艺史上的盛举，值得我们来欢欣鼓舞的”。并希望“文协”能够“改变作家的生活，采纳流行于大众间的旧的形式的长处，并且结合起旧的为大众所爱好的通俗作家，充实他们的意识，增加通俗作品的创造”。此外，第 4 版还推出《中华全国文艺界抗敌协会成立大会特刊》，发表了邵力子的《警告全国文艺界》，吴组缃的《我对于全国文艺界统一战线的几点管见》，王平陵的《参加筹备以来》，奚如的《我的祝贺》，何云的《文艺到战壕里去》等。郭沫若为“文协”成立题词：“统一文艺阵线巩固精神国防”。

次日，《新华日报》第 3 版以《全国文艺界空前大团结》为题，报道了“文协”成立概况。文章开头盛赞“文协”成立的巨大意义：“这是中国历史上空前的，也是抗战进程中最值得欢欣鼓舞的盛举！”在总商会的礼堂里，主席台前悬挂着两行标语：“拿笔杆代枪杆，争取民族之独立。寓文略于战略，发扬人道的光辉。”中间悬着“拥护最高领袖抗战到底”的横额。包括日本反战作家鹿地亘夫妇在内的 500 余人到会，“大会推蔡元培、周恩来、罗曼·罗兰、史沫特莱等十三人为名誉主席团，主席团为邵部长、冯副委员长、郭沫若、陈铭枢、田汉、张道藩、老舍、胡风等十余人，并由王平陵、冯乃超等八人组织大会秘书处。来宾王明、方治、张廷休、罗果夫、爱泼斯丹等五十余人。由老向司仪，行隆重的开会典礼”。

并为追悼阵亡将士默哀3分钟。大会先由总主席邵力子致开幕词："今日能不分殄域的聚集全国文艺作家于一堂，这是非常兴奋的，希望能真诚团结起来，在抗战的总目标之下共同努力，本会的成立，目的亦即在此。"接着由王平陵报告筹备经过，宣读了广州、长沙、延安各地致大会的贺电。陈立夫先生的代表张廷休致词。中央党部武汉办事处代表方治先生致词说："向来国内文艺作家，都是天各一方，现在因为抗战爆发，而携手一堂，大家所以能团结在一起，是因为'共信'已经建立了起来。这'共信'，就是在这个时候，大家都要求救国家，救民族。"日本反侵略作家鹿地亘也登台作了演说，胡风作翻译，并作简单介绍。他说："在民族解放斗争中的中国，我能参加中国文艺作家这么一个大场合，我的感想实在很多。到了武汉以后，曾亲切的看到中国政府，已成为民众的政府，中国的军队，已是真正民众的军队。可是在日本呢，军队离开了民众，政府成为威胁人民利益的政府。我曾会见中国的当局，他们曾很诚挚地告诉我，打倒日本军事的法西斯，单靠军事还不够的，要靠日本的文化界以及反侵略同志共同起来努力。听了这些话，使我大受感动。关于日本军人的战略，他们的旧法，总是集中力量攻那一点，同时另外又要攻击这一点。这是非常可笑的，在中国广大的土地上，他们的兵力，将不能集中，他们如果专顾了前面，后方的中国民众又要起来，要以日本做举国的兵力，来从事侵略战争，则日本民众也就要更顺利的起来打他们。中国今日，正向着世界上最进步的民主化大道前进！今天的战争，民众力量是最基本的决定力量。最后要向诸位致意，中国应与日本的人民，以及反侵略的文化人，携手起来！"

周恩来在会上发表演讲："今天到会场后最大的感动，是看见了全国的文艺作家们，在全民族面前，空前的团结起来。这种伟大的团结，不仅仅是在最近，即在中国历史上，在全世界上，如此团结，也是少有的！这是值得向全世界骄傲的！诸位先知先觉，是民族的先驱者，有了先驱者不分思想、不分信仰的空前团结，象征我们伟大的中华民族，一定可以凝固地团结起来，打倒日本帝国主义！这是第一点感想。其次希望作家多多取材前线将士的英勇奋斗，与战区敌人的残暴，后方全民众动员的热烈，一定可以发扬举国同仇敌忾，加强战胜敌人的信心！第三，在今天抗战过程中，我们还负有建国的任务。文学家应分布各战场，各内地，更多接触内地的人民生活，同时要承继祖先遗下的优秀文艺传统。第四，不仅是对抗战文艺，民族文艺，即对世界文艺，也负有重大的责任。总理昭示我们，要我们迎头赶上，一定要能与世界进步的文艺联系起来，使我们的文艺在世界上也有辉煌的地位！”郭沫若也进行激情演讲：“我们要牺牲一己自由求民族之自由，牺牲一己生命求民族之生命，不单鞠躬尽瘁，死而后已，还要鞠躬尽瘁至死不已！”此外，冯焕章、张道藩、陈真如等发言。冯焕章谈到了通俗化问题；张道藩强调：“团结必须精诚，便是化除成见，消灭私心。”陈真如则指出“文艺家最无政治色彩而对政治的推动力则最大”。

中午12点，全体与会者去普海春聚餐。老舍在宴会上宣读《中华全国文艺界抗敌协会宣言》，《宣言》指出，在短短二十年的新文艺运动史上，中国内忧外患，文艺界“向来本着不逃避不屈服的精神，以笔为武器，争先参加了抗敌工作”。现在，“对国内，我们必须喊出民族的危机，宣布暴日的罪状，造成全民族严肃的抗战情绪生活，以求持久的抵抗，争取最后的胜利”。《宣言》指出：“旷观世界，今日最伟大的事业，是铲除侵略的贼寇，维持和平；内察国情，今日最伟大的行动，是协力抗日，重整山河。”因此，《宣言》号召全国文艺工作者，“须负起自己的责任，而我们又必须在分工合作、各尽所长的原则下，倾尽个人的心血，完成这神圣的使命”。为达此目的，《宣言》呼吁全国的文艺工作者：“必须把力量集聚到一处，筑起最坚固的联合阵营，放起一把正义之火。”此后，盛成以法语朗读《告全世界文艺家书》，老向朗读《向蒋委员长及抗敌将士致敬电》，孙师毅朗读《致日本被压迫作家书》。

会议通过《中华全国文艺界抗敌协会简章》。

会议推举老舍、郭沫若、茅盾、巴金、田汉、沈从文、曹禺、丁玲、胡风、张天翼、郁达夫、邵力子、冯玉祥、陈铭枢、老向、成仿吾、王平陵、马彦祥、穆木天、盛成、冯乃超、张道藩、楼适夷、胡秋原、姚蓬子、吴组缃、陈西滢、陈纪滢、华林、沙雁、胡绍轩、徐蔚南、郑振铎、朱自清、曹聚仁、黎烈文、许地山、夏衍、曹靖华、张恨水、沈起予、施蛰存、谢六逸等45人为首届理事，周扬、吴奚如、孔罗荪、罗烽、舒群、曾虚白、吴漱予、立波、丘东平、艾芜、欧阳山、荒原、宗白华、梁宗岱等15人为候补理事。周恩来、于右任等为名誉理事。老舍任总务部主任，主持日常工作。会议还通过了请全国作家写士兵读物百种案、组织作家前线慰劳队及慰劳空军难民儿童案、组织全国文艺通讯网案、设立通俗文艺工作委员会案、向文化界捐献书报输送前线案、组织文艺周会案、创办机关志案等8项提案。后来，文协出版机关刊物《抗战文艺》。文协于 1945 年 5 月停止活动。

30 日，苏艾的《诗歌朗诵在广州》和林路的《歌咏工作者的路》发表于《新华日报》副刊《团结》。

本月

巴金的《激流三部曲》第二部《春》由上海开明书店出版。巴金在该书的《序言》中谈到这部小说时写道："我在阴郁沉闷的空气中做过不少的恶梦。这小说里也有着那些恶梦底的影子。我说过我在写历史。时代的确前进了。但年轻儿女底挣扎还是存在的。我为那些男女青年写下这部小说。"希望读者看到尾声里的那句话"春天是我们的"，暗示前途是光明的，未来是我们的。

冯玉祥的《冯玉祥抗战诗歌选》由上海怒吼出版社出版，是"抗战小丛书"之一。收有《补袜子》、《马赛工人》、《侵略者》、《抢机器》、《老太太》、《太困难》、《孩子团》等。

冯玉祥的《抗战诗歌集》由汉口三户图书印刷社出版。收有《吊佟赵》、《姓殷的》、《给吾爱儿洪国》、《九八》、《战利品》、《缴械》、《吴淞口大战》等。前有何容、吴组缃的序及作者自序。何容在《序》中写道："冯先生作诗，同他做别的工作一样，是以抗战救国为目的。他不歌咏风花雪月，也不抒发个人的烦恼哀愁；他所写的多半是抗战中的悲壮的事迹与忠烈的人物。他的诗没有一首言之无物，更没有一首是消极悲观的；句句是实，行行激壮，每一首都能使人兴奋，使人感动。"

陆蠡的散文集《竹刀》由上海文化生活出版社出版。为巴金主编的文学丛刊第 5 集，分上下两册。收有《溪》、《竹刀》、《秋》、《庙宿》、《嫁衣》、《灯》、《网》、《讥》和《苦吟》等，是作者 1936 年 9 月至 1937 年 4 月间的作品。书末有后记、附记。

天虚的《行进在西线——从太原到临汾》由汉口大众出版社出版，为抗战动员丛刊之一。记述了抗战初期著者在西北战地服务团生活工作的实况。著者在《后记》中写道："《行进在西线》，是《征途上》的继续，是西北战地服务团和我在西北战地服务团的第二时期的生活和工作的纪实。"

杨振欧的《逃遍了半个中国》由上海中学生书局出版，记述作者在抗战时期逃难中的沿途见闻，为"战时小丛书"之一。

长江主编的报告文学集《芦沟桥到漳河》由汉口生活书店出版，为长江主编的“抗战中的中国”丛刊之一。收有长江的《中原杂感》、《芦沟桥畔》、《保定前方》，小方的《保定以北》、《保定以南》、《平汉北段的变化》，士焯的《平汉前线》，无畏的《保定抗战经过》，章雅声的《漳河安阳的形势》，从周的《漳河线的防御战》等。

陈国柱主编的报告文学集《抗战中之粤桂》由武汉华南出版社出版。

郭兰馨的报告文学《烽火下的萍踪》由广州大公社出版部出版，为“大公社丛书”之一。收有《离开上海前后》、《从宁波到金华》、《在浙赣铁路上》、《过南昌至九江》、《武汉的六日》、《粤汉路巡礼》和《广州与香港》等。

黄源的报告文学集《随军生活》由汉口大众出版社出版。

李萍编的报告文学集《怒吼了华南》由广州胜利出版社出版，为“华南丛书”之一。该书内容和陈国柱编、华南出版社同月出版的报告文学集《抗战中之粤桂》相同。收有《抗战中的苍梧》、《飞机翼下的广州》、《广州现状》、《我们是铁的队伍》、《广西杂录》、《救亡运动在广西》、《梧州战时政训工作团》、《我们的军容》等。其中《广西杂录》由12篇特写组成。

廉臣的报告文学《随军西征记》由汉口生活书店出版。

梁人的报告文学《女间谍》由上海小型出版社出版。介绍“欧战时以凶狠闻名的博士姑娘和协约国的女间谍杜巴茜”（《前言》）以及玛泰哈丽、莎莲儿、史塔白等的故事。

彭启一的报告文学集《火线下的上海》由广州晨光出版社出版。

王耀辰编选的报告文学集《战地随笔》由广州亚东图书馆出版，1938年5月再版。有关书中的主要内容，编者在《序》中写道：“这里共收集了抗战文字二十篇，都是美丽的描画，生动的记载。……其中不仅有叫人鼓舞兴起的事实，还有引人伏首啜泣的东西呢！”

韦白洪编选的报告文学《游击线上》由汉口星星出版社出版。收有《中国抗日游击战的展开》、《平汉线的游击战》和《平郊抗日游击战的经过》。

夏衍等著的报告文学集《今日之上海》由汉口现实出版社出版。

夏衍的报告文学集《血写的故事》由上海黎明书局出版。

徐盈的抗战通讯报道集《抗战中的西北》由汉口生活书店出版，是长江主编的“抗战中的中国”丛刊之一。

徐盈的报告文学集《鲁闽风云》由汉口生活书店出版，1938年5月粤再版，是长江主编的“抗战中的中国”丛刊之一。收有徐盈的《今日的山东》,列岛的《鲁东风云》,老舍的《三个月来的济南》,赵家欣的《金门惨案》,正安的《陷落时的金门》和《金门沦陷的前因后果》。

依行编选的报告文学集《敌寇暴行录》由抗敌救亡出版社出版，收有短篇报道23篇。

尹若编著的报告文学集《日本兵自白》由汉口大众出版社出版，收有《两个俘虏的自白》、《日本俘虏访问记》、《两位日本的新朋友》、《敌军班长阵中日记》、《敌兵阵中日记》、《日兵死尸上捡获的信》、《访问两个日本俘虏》和《八路军的俘虏工作》。

张一正的报告文学《东京牢狱中》由汉口黎明书局出版，记述了作者1937年4月到11月在日本留学期间遭受迫害的经过。

周钢鸣的报告文学集《摇班到烽火》由广州离骚出版社出版。

孙桐岗等著述、乘风编选的抗战通讯报道集《空中英雄》由汉口自强出版社出版。该书以白鲁的诗歌《飞将军》代序。

张国威主编的《放下你的鞭子》由广州战时读物编译社出版。收有《放下你的鞭子》、《我们打冲锋》、《咱们要反攻》、《再上前线》、《在烽火中》、《打鬼子去》、《盲哑恨》和《东北小景》等8个剧本。在《放下你的鞭子》后附吕骥作曲、崔嵬作词的《九一八小调歌谱》。

蒲风的《抗战诗歌讲话》由诗歌出版社出版，讲述了抗战时期诗人的任务、抗战诗歌创作、抒情诗和诗歌大众化等问题。

萧军第一次到达延安，很快随“西北战地服务团”到达西安，在此与萧红离异。后经兰州去成都，任《新民报》副刊主编，并积极参加抗日救亡活动。

四月

1日，国民党军事委员会政治部第三厅在武汉成立。郭沫若任厅长。三厅下设五、六、七处，田汉任第六处处长。军委政治部还规定了艺术工作者必须遵循的五项信条：一、要提高政治军事的认识和训练；二、要磨炼本身的技术，提高艺术水平；三、要以身作则，艺术风格与人格要保持一致；四、要努力使艺术大众化；五、艺术工作者要团结一心，协同一致，为争取抗战胜利服务。在中共领导下，三厅聚集了阳翰笙、胡愈之等人。

《中苏文化》第 1 卷第 10 期刊载赵康的《风起云涌的游击战》，克昂的《敌人占领区域内之抗日反汉奸的斗争》，金云峰的《我们的前线和后方》等。

孙陵、臧云远主编的文艺月刊《自由中国》在汉口创刊，由自由中国社发行，刊登了《中华全国文艺界抗敌协会发起趣旨》。爱国将领冯玉祥将军为本刊特书“自由中国，创刊纪念”8 个大字。郭沫若为本刊题词“要建设自由的中国”。创刊号刊载的小说有老舍的《浴奴》、刘白羽的《在艰辛里生长》、罗烽的《娄德嘉兄弟》、孙陵的《国境线上》、湘潮的《长征的故事》（连载）；诗歌有臧云远的《中华民族在战斗着》；散文有白朗的《我踟蹰在黑暗的僻巷里》、奚如的《忆柳林镇》；速写有丁玲的《彭德怀速写》、北鸥的《在敌人的后方》；随感、杂文、论文有田汉的随感《关于写实主义》、陈伯达的杂文《争取中国的自由与创造自由的中国》、周扬的论文《抗战时期的文学》、何干之的论文《从历史发展中看中国应走的方向》、艾思奇的论文《哲学的现状和任务》、张申府的学术讲座《哲学的必要》；报告文学有杨朔的《西战场上》、铁弦的《上海——苦斗着的孤岛》、碧野的《战士的母亲》、王西彦的《料车上的家庭》。

碧野（1916—2008），原名黄潮洋。广东大埔人。现代作家、散文家。著有散文集《在哈萨克牧场》、《情满青山》和《月亮湖》等。

吴组缃的诗歌《你们二十四个》，冯玉祥的诗歌《临沂大胜》，陈铭枢的《我的艺术人生观》，老向的小调《灾童哭五更》、《画十城》等发表于《抗到底》第 7 期。

周而复的《我怀念着南京》、傅仲涛的《生活的回忆》、李长之的《怀想猫》、憾庐的《孤岛杂记》、金起元的《夜忆钱江桥》、郁影的《乡思中漫谈常熟》、沙浪的《福州如此》、因明的《上海佬在香港》、郭慕鸿的《爪哇见闻》、缺名的《三月来的长沙临大》、志坚的《战场中救护工作的一夜》等发表于《宇宙风》第 65 期。

唐苏平的一幕剧《教训》发表于《东方杂志》第 35 卷第 7 号。

梅志的童话《香烟的故事》，艾青的诗歌《乞丐》，田间的诗歌《给 V.M.》，邹荻帆的诗歌《给鹿地亘》，[日] 鹿地亘的诗歌《听见了呀！》，绀弩的散文《延安的虱子》，萧军的随感《做买卖》，S.M. 的随感《血肉二章》，力群的抗日英雄特写

《张培梅》，塞克、端木蕻良、萧红、绀弩集体创作的三幕剧《突击》，苏民的定西通讯《"稀烂路"上的生灵》，谢挺宇的鄂西通讯《茶馆听训记》，辛人的武汉通讯《神经病的女人》等发表于《七月》第12期。

2日，郭沫若的《日寇的残酷心理之解剖》发表于《新华日报》第3版。

3日，戈原的诗歌《莫误了这一念差》和穆之的《提高大众文化水准和充实大众文化食粮》发表于《新华日报》副刊《团结》第57期。

5日，刘白羽的《游击中间》由广州上海杂志公司出版，为"战地生活丛刊"第3种，收有《八个壮士》、《抢枪》、《袭击》、《一个俘虏来的东北人》、《在 × 村》等5篇文章，书末有《后记》。

文艺半月刊《战地》第1卷第2期出版，刊载小说有罗烽的长篇《满洲的囚徒》（连载）、舒群的《婴儿》、赫公的《尸友》；诗歌有成仿吾的《给毕业的同志们》、洪遒的《这是战争底第一个春天》、夏伯的《武装啊上前线》；散文有周扬等的《戏剧座谈会摘要》、徐其的《战后的一页》、张松如的《弃儿记》；剧本有张客的《游击队的开始》。

7日，政治部第三厅组织的"武汉各界第二期扩大宣传周"在武汉总商会开幕。政治部长陈诚、副部长周恩来、秘书长张历生、中宣部长邵力子、厅长郭沫若、处长田汉等到会。当日《新华日报》刊出由"文协"主编的《武汉各界第二期抗战扩大宣传周特刊》，发表有郭沫若的《鲁南胜利之外因》、王平陵的《光荣的台儿庄大战》、罗荪的《我们要争取更多更大的胜利》、适夷的诗歌《胜利的春天》等。此后一周内分别举行文字宣传日、演讲日、歌咏日、美术日、戏剧日、电影日和游行日。

10日，鲁迅艺术学院在延安成立。鲁艺是由中共创立，以"培养抗战艺术干部；研究正确的艺术理论；整理中国艺术遗产；建立中国新的艺术"为目的的综合学校，有戏剧、音乐、美术3系，并预备成立文学系。课程方面分"必修、专修、选修三种。必修的科学有社会主义、辩证法、中国问题、中国文艺运动、苏联文艺、艺术论等。专修的是各系专门的课目。……选修的有外国语言，也可以选别系的课。"（据4月19日《新华日报》副刊《团结》邓友民的报道《鲁迅艺术学院访问记》。）

姜季辛的《东京之狱》由汉口华中图书公司出版，为武汉留日同学会日本问题研究丛书第6种。

欧阳予倩的9场新歌剧《梁红玉》由汉口上海杂志公司出版。

冯玉祥的诗《汉奸》、郭沫若的《女子是人类好的一半》、老舍的《至女友××函》、王平陵的《为抗战而写作》、老向的通俗小调《日本叹十声》、应云卫的论文《战斗的戏剧》、沙雁的散文《忆红谷庄》、锡金的诗《伟大的开始》、沙蕾的诗《参加全国文艺协会有感》、司巴的诗《凤》、赵清阁的剧本《一起上前线》、高尔基的《伊格布里珂夫》（连载）、向曙的小说《焚身成仁》、王水的《忆从戎北战场一角》（连载至第3期）、张罗的《流亡武汉散记》、何暄的报告文学《新乡素描》发表于《弹花》第1卷第2期。

11日，许钦文的散文《福州的妇女》和徐迟的散文《兵荒马乱中做父亲》发表于《宇宙风》第66期。该期为《宇宙风》迁广州前在沪出版的最后一期。主编憾庐在同期刊载的《迁移和留别的话》中对此作了说明："宇宙风要迁移到广州去，这一期是离沪纪念特大号，为在沪刊行的最后一期"。关于迁刊的理由，编者说："广州的印刷和纸张都比上海好"，此外"那边时常有轰轰炸炸的声响，可以震动震动人们的心肺；那边的水土比上海好，风景比上海佳"。此外还发表有黄嘉音的《再会吧，宇宙风！》、郑适我的《春来忆江南》、君平的《绿杨城郭是扬州》、石田的《忆故乡杭州》、沈有乾的《不记日子的日记》、易名的《友情与疏远》、春风的《辗转在封锁线上》、杨力行的《逃难杂感》、白云的《还乡记》、姚苡的《海陆丰剪影》、安迪的《惠北特写》、黄若耶的《时局动乱中的香港》、屠仰慈的《渔妇之殓》、书尾的《妹妹的胖病》、曼如的《巴塞罗纳的事变》、杨善同的《施乐:〈西行漫记〉》等。

12日，电影月刊《抗战电影》在武汉创刊。唐纳主编，伊明、刘念渠编辑，华中图书公司发行。唐纳撰《发刊词》，仅见1期。阳翰笙、史东山、刘念渠、应云卫等撰文就"国防电影之建立"进行讨论，刊有"电影界抗敌协会"成立专辑和田汉、郑用之、罗静予等人的文章以及适夷、袁丛美的影评。

15日，陈文杰编著的抗战初期台儿庄战役的通讯报道集《歼敌台儿庄》由汉口群力书店出版。

张申府的《我相信中国》由汉口上海杂志公司出版，为救亡文存之一，是著者抗战初期创作的有关政治、文化、哲学等方面的杂文集。

冯玉祥的诗歌《当兵》和焦风的《中国字拉丁化和国语的统一》发表于《新华日报》副刊《团结》第66期。

16日，茅盾主编的文艺刊物《文艺阵地》在汉口创刊。该刊是抗战期间国统区重要的文艺刊物。初由茅盾在香港编辑，后来迁至上海、重庆出版。出至1942年11月第7卷第4期，被迫停刊。1943年11月至1944年3月出版《文阵新辑》3辑，文艺阵地社出版，生活印刷所印刷，生活书店总经售。该刊《发刊辞》说明了创刊缘起和办刊宗旨："朋友们都有这样的意见：我们现阶段的文艺运动，一方面须要在各地多多建立战斗的单位，另一方面也需要一个比较集中的研究理论、讨论问题、切磋、观摩，——而同时也是战斗的刊物。文艺阵地便是企图来适应这需要的"。"这阵地上，立一面大旗，大书'拥护抗战到底，巩固抗战的统一战线'"。创刊号刊载张天翼的小说《华威先生》，王亚平的《反抗的铁流》，林林的《炸弹片》、《战尸的愁郁》，力扬的《听歌——再给M君》，适夷的《"福州有福"》，叶圣陶的《从疏忽转到谨严》，周文的《文艺活动在成都》，周行的《我们需要展开一个抗战文艺运动——一个紧急的动议》，李南桌的《广现实主义》，以群的《日本文坛的丑相》，微明的短评《祝全国文艺家的大团结》，仲方的《"战斗的生活"进一解》，以群的《深入生活底核心》，陆定一的报告文学《一件并不轰轰烈烈的故事》，老舍的京剧剧本《忠烈图》，茅盾的书评《〈给与者〉》，玄珠的评论《〈飞将军〉》、《时调》，李育中的《玛耶阔夫斯基八年祭》和[苏]P.巴武列林柯著、张郁廉译的《国防文学》等。

李南桌的《广现实主义》提出了自己对于"现实主义"的独特见解："作家是脱不开现实的，——不管他自己怎样的想"，"我们无须乎抱着一种什么主义；只要是一个作家，广义的说来，他必定是一个现实主义者，不管他自己如何不愿意别人如何不愿意。如果我们非要一个'主义'不可，那么就要最广义的'现实主义'吧"！

张天翼的短篇讽刺小说《华威先生》塑造了典型的人物形象华威先生，引起关于抗战文学暴露与讽刺问题的论争。林焕平在1938年4月24日的《救亡日报》发表《读〈文艺阵地〉》对此进行肯定。李育中在1938年5月10日的《救亡日报》发表《幽默、严肃和爱——读张天翼的〈华威先生〉》，高度评价小说"写得好，写得合时"，是"一个精巧的短篇"，"其基调却仍然是张天翼从来所一贯用惯的，那就是诙谐与讽刺，这两点作者是成功了"。文中将张天翼与老舍进行比较，说"老舍油滑，与天翼嘲讽，是各取了一面的长处，如果说老舍笑后有点泪，那末天翼在使人笑了以后，却显出了一点冷酷，或是漠视"。

《中苏文化》第1卷第11期发表许颐的《西班牙人民在血斗中》，黄操良的《日益陷入泥沼的日本蛮牛》，冯玉祥的《台儿庄》等。

萧蔓若的《撤退的某一夜》发表于《东方杂志》第35卷第8号。

老向的《赔了本儿》、《光儿亭》，王亚平、一石的抗日军歌《我们是中国兵》，李去非的《从汉口到六安》发表于《抗到底》第8期。

17日，"文协"派郁达夫、盛成去台儿庄慰问，携"还我山河"锦旗一面和《告慰台儿庄胜利将士书》1万份。

20日，琼瑶生于四川成都。

克锋的《战士的歌》由诗歌出版社出版，分4辑，收有《冲锋》、《包冲连》、《失去左手的战士》等33首诗歌，附录歌曲5首。

李辉英的小说《福地》，凌鹤的剧本《夜之歌》，穆木天的《关于通俗文艺》发表于《战地》第1卷第3期。穆木天在《关于通俗文艺》中说："文艺通俗化，就是要利用各种旧有的形式装上新的内容，而由之提高大众的文化的水准……如张恨水一些人的小说，如果是有新的内容的话，我们并不否定它对于抗战会发生很有力的推动力，但是，若认为那是通俗的，则颇有问题了"。并指出"一个通俗文艺工作者，是必须向着进步的现实主义去努力"，通俗文艺"第一，就是要有大众性，第二，就是要艺术的真实性"。该期还刊载季琳的诗歌《美丽的山城》，倪受乾的诗歌《黄河之恋》，舒非的《关于抗战演剧》等。

21日，汉口文艺界在德明饭店招待英国诗人奥登和小说家伊栗伍特。奥登即席创作十四行诗《中国士兵》，田汉以旧诗一首和之。

26日，《七月》编辑部召开座谈会，讨论旧形式的利用问题。胡风、艾青、绀弩、欧阳凡海、吴组缃等人出席。座谈会纪要发表在《七月》第3集第1期。

27日，江横的《丁玲访问记》发表于《新华日报》第4版。

28日，文艺刊物《弹花》第1卷第3期出版，刊载素昧的小说《货舱里的女英雄》、安娥的诗歌《歌手》、胡经富的诗歌《弹花颂》、张罗的诗歌《忆江南》、老向的通俗小调《审俘虏》、王平陵的散文《黄鹤楼上》、姚宝贤的《敌国的妇女》、沙雁的散文《我告诉父亲不要逃》、张道藩的剧本《杀敌报国》、赵清阁的剧本《血债》、张吻源的《抗战文艺的趋势》、雁朋的《流亡曲》、金梦月的报告文学《霸沟线上杀敌记》、骆闻天的通讯《寄自西战场》等。

29日，《七月》编辑部举行座谈会，讨论"现时文艺活动与《七月》"的话题。胡风、端木蕻良、冯乃超、适夷、奚如、辛人、萧红、宋之的、艾青、[日]鹿地亘等参加。

30日，汪芝仁编选的《台儿庄上的胜利前后》由上海现代出版社出版。

本月

舒群的短篇小说集《战地》由上海北新书局出版，收有《农家姑娘》、《奴隶与主人》、《战地》、《小包裹》和《孤儿》等14篇小说。

东方国民文库编辑委员会编辑的诗歌集《曼殊雅颂4》由长春满日文化协会出版，满洲图书株式会社印刷，为东方国民文库第4编，收有郑孝胥、许汝棻、罗振玉等36人的诗歌290余首。

冯玉祥的《诗歌近作集》由三户图书社出版。分3辑，书前有吴组缃的序和作者自序。

骆匡栋的散文集《生活片断》由上海劳工读书社出版。

杨季生的《元剧的社会价值》由贵阳文通书局出版。

水甫编的《抗战小品文》由汉口人民出版社出版。

赵秩琳编著的《李宗仁将军传》由上海大时代书局出版，为大时代人物丛书之一。

陶菊隐的《蒋百里先生传》由上海中华书局出版。

熊琦的《郭沫若先生最近言论》由广州离骚出版社出版。

鲁公编选的《血战台儿庄》由民族出版社出版。

杨纪的《沪战秘话》由汉口黎明书局出版。

夏衍的报告文学集《包身工》由广州离骚出版社出版。

伯夷编选的报告文学集《血债》由广州热血书店出版。

陈诚、陆诒等著的报告文学集《台儿庄血战记》由现代出版社出版。

曹乃珉编译的报告文学集《沦陷区域的非人生活》由广州新生书局出版，为大时代小丛书之一。

苏凡改编的国防四幕话剧《敌忾同仇》由中外出版社出版。

啸珑编选的《抗战独幕剧选》(二集)由汉口大众出版社出版。收有丁玲的《重逢》，舒非的《民族公敌》，宋之的的《黄浦月》，凌鹤的《再上前线》，荒煤的《打鬼子去》，余上沅等的《流亡者之歌》等6个剧本。

王铁民等的戏剧集《最佳抗战戏剧选》由广州怒吼出版社出版。收有凌鹤的《杀敌去》，王铁民的《新的“一致”》，沈西苓的《烽火》、《大家去从军》，李朴园的新平剧《李服膺伏法记》。

阳翰笙的四幕话剧《塞上风云》由汉口华中图书公司出版。1940 年 1 月再版，次年 2 月三版，为抗战戏剧丛书之四。

中山日报社图书出版委员会主编的《抗战文艺论》由广州中山日报社出版，为中山日报社抗敌丛书第 1 辑第 6 种。收有胡春冰的《抗战进展中文艺作家的任务》，黎觉奔的《论当前需要的文艺》，周行的《论战争与文艺》等 14 篇有关抗战文艺问题的论文。书末附有 1937 年 2 月 28 日的《广州文艺座谈会记录》。

五月

1 日，《宇宙风》迁至广州出版。第 67 期推出“南迁纪念号”，由十日刊变为半月刊，每逢 1 日、16 日出版。该期发表了陈衡哲的随笔《妇女问题随笔》（连载至 68 期完）、陆丹林的《字与画》、冯玉祥的《我的生活（八）》（连载）、周作人的《关于范爱农》、老舍的《一封信》、谢冰莹的《嘉定城巡礼》、丰子恺的《告缘缘堂在天之灵》、李长之的《昆明杂记》、臧克家的《救亡在关东》等。

韬实的《援助中国抗战的国际工人运动》、老向的《大众化的抗战文化》、陈羲伯的《豫西北的战局》发表在《中苏文化》第 1 卷第 12 期。

《新青年》旬刊在浙江创刊，仿《青年杂志》刊发了本社同仁的《告新青年书》，为抗战呼吁奔告。

《众生》半月刊在上海创刊。马彬和任主编。刊发琴歌的报告文学《八百孤军赏给我一支苹果》。

林之英编选的通讯报道集《鲁南大会战》由上海中外编译社出版。

包时、吴元坎、吴铁翼、徐苏灵合著的三幕国防话剧《泰山鸿毛》由重庆上海戏剧工作社出版，为上海戏剧工作社丛书之一。

老向的抗日通俗故事《李小姐计杀倭寇》、冯玉祥的诗歌《四二九空战大捷》、陈铭枢的《民族精神歌》、邓长耀的大鼓词《全面抗战》、孙晋武的《兵之礼赞》、何容的《记模范伤兵李德荣》、徐旭生的剧本《征兵》发表于《抗到底》第 9 期。

东平的小说《一个连长底战斗遭遇》(16 日第 14 期连载)、陶雄的小说《0404 号机》、艾青的诗歌《北方诗草》、袁勃的诗歌《五月的歌》、田间的诗歌《儿童节》、林稍的诗歌《春之歌》、一文的散文《金底故事》、辛人的《关于公式化的二三问题》、曹白的通信《迎鹿地夫妇底出现》、池田幸子的通信《复曹白》、冯夷的行军通讯《在王老婆山上》、邹荻帆的鄂西通讯《木厂夜话》、天蓝的延安通讯《我们十四个》等发表于《七月》第 3 集第 1 期。此外还刊登了关于“宣传·文学·旧形式的利用”的座谈会记录，出席者有胡风、绀弩、吴组缃、欧阳凡海、艾青、奚如、鹿地亘、池田幸子。

茅盾主编的文艺刊物《文艺阵地》第 1 卷第 2 期出版，刊载 [日] 鹿地亘的《日本军事法西主义与文学》，萧红的散文《记鹿地夫妇》，以群的《关于抗战文艺活动》，杜埃的《旧形式运用问题》，刘白羽的《疯人(速写)》，草明的小说《梁五底烦恼》，茅盾的短评《“五四”的精神》、《“深入”一例》，玄珠的短评《浪漫的与写实的》，微明的短评《所谓时代的反映》，锡金的长诗《中国的春天》，思慕的随笔《东游漫忆》，天虚的报告《雪山道中》，丰子恺的杂感《还我缘缘堂》，茅盾的书评《八百壮士》、《新刊三种》等。杜埃在《旧形式运用问题》中对旧形式利用问题的两种观点进行评判，即“一种是说旧形式根本不能适合新内容。一种是说旧形式能够完全容纳新内容”，“总结起来说，第一种见解，是取消了旧形式在现阶段抗日战争的新启蒙运动中的重要作用，把旧形式看做是新内容绝对对立而永不相容的东西，这是不对的。第二种见解是把旧形式看作是个十全十美的东西，把旧形式适应的效能性无条件地夸大”。然后论者提出：“所以，我们对于这一问题，应该辩证地去理解，应该灵活地去运用，通过它而扩大抗日新文化的教育影响，把落后的极大多数的人民慢慢地引导到民族解放的新文化熔炉里。”

沈沉的《风波》发表于《东方杂志》第 35 卷第 9 号。

《烽火》此日于广州复刊，骆滨基的《一星期零一天》，茅盾的《苏嘉路上》，田间的《周围》发表于此刊物第 13 期。

2 日，彭湃的诗歌《我们已拔出自卫的钢刀》和夏衍的《粤汉途中——手简之一》发表于《救亡日报》第 207 号。

友联剧社在武昌青年会公演 3 个独幕剧《复活》、《菱姑》和《反正》。

3 日，溪隐编著的通讯报道集《东线风云》由广州新中国出版社出版。

林焕平的诗歌《五月》和叶文津的《告别南国》发表于《救亡日报》第208号。

4日，中华全国文艺界抗敌协会会报《抗战文艺》在汉口创刊。协会抗战文艺编辑委员会编辑，编委会由当时文艺界抗日民族统一战线各方面的33位作家代表组成，协会出版部出版。第1卷第1期至第4期为3日刊，每逢4、7、10日出版。从第1卷5期开始，改为周刊，周六出版，篇幅也相应增加1倍。同时编辑部也随抗敌协会迁至新会址。此后由于战火烧至武汉，协会被迫迁至重庆。会刊从第2卷第5期开始，在重庆复刊。第6卷第1期起改为月刊。1945年抗战胜利后，中华全国文艺界抗敌协会改成中华全国文艺协会。《抗战文艺》于1946年5月在重庆终刊。前后历时8年，共出版71期。

《抗战文艺》第1卷第1期《发刊词》首先盛赞“文艺——在中国民族解放斗争的疆场上，一位身经百战的勇士！……它为着痛苦的民众，呼出悲怒的叫号，它为着神圣的祖国，争取前途的光明！它号召着战斗，它报告着到来的希望。”《抗战文艺》是在中华全国文艺界抗敌协会的“基石”上树起的“一杆进军的大旗”，号召“全中国的文艺工作者，为着强固文艺的国防，首先强固起自己阵营的团结，清扫内部一切纠纷和摩擦，小集团观念和门户之见，而把大家的视线一致集注于当前的民族大敌。其次把文艺运动和各部门的文化的艺术的活动作密切的机动的配合，谋均衡的普遍的健全的发展。并且我们要把整个的文艺运动，作为文艺的大众化的运动，使文艺的影响突破过去的狭窄的智识分子的圈子，深入于广大的抗战大众中去！”并指出“《抗战文艺》要肩负起这个巨大的责任，反映这一运动，推动这一运动，沟通这一运动，发扬这一运动，集合全国文艺工作者的巨大的力量，成为全国文艺工作者行进中的道标，使文艺这一坚强的武器，在神圣的抗战建国事业中肩负起它所应该肩负的责任！”创刊号还发表有老舍的小说《人同此心》，适夷的论文《纪念“五四”——为大众的文化而战斗》，穆木天的论文《“五四”文艺的战斗性》，以群的前线通讯《台庄一勇士》。

黄季陆在第五路军设立的诗歌奖金获奖人选揭晓，获奖者是庄重和章文龙。黄季陆邀请留居武汉的诗人举行座谈会。会间，穆木天、臧克家分别朗诵庄重和章文龙的诗歌。高兰朗诵自作诗。锡金、王莹、高兰分段朗诵瞿秋白翻译的普希金的诗歌《茨冈曲》。

《救亡日报》第209号推出“五四运动纪念特辑”，发表有舒湮文的《“五四”

忆刘群》，汪馥泉的《五四·学生·日寇·抗战建国》，潘梓年的《继承“五四”的光荣传统》等。

5日，武汉文化界抗敌协会针对周作人等参加“更生中国文化建设座谈会”的卖国行径，通电全国文化界，将其驱逐出文化界。电文说：“全国文化界公鉴：倭寇谋我，不仅侵占我土地、攫夺我经济，尤在永远奴役我中华民族。欲达此目的，必先毁灭我数千年传统之文化而代以奴才文化。此抗战以来，我全体文化界同人所深深痛感者。故皆淬励奋发，誓歼蛮魔。乃阅最近大阪《每日新闻》内载所谓‘更生中国文化建设座谈会’，内容记倭寇对我民族施行‘精神奴化’之一幕丑剧。参加此剧之其他汉奸，原不足责。所可异者，素以新文学权威著称之周作人及钱稻荪等，于北平陷落以后，不即避地远引，应如何深藏自珍，另图报国，或静候国军收复失地，乃竟靦不知耻，不惜葬送过去之清名，公然附和倭寇、出卖人格。照片赫然，言论俱在，当非枉诬。诚我文化界之耻辱，亦国民中之败类者。请援鸣鼓而攻之义，声明周作人钱稻荪及其他参与所谓‘更生中国文化建设座谈会’诸汉奸，应即驱逐出我文化界以外，藉示精神制裁。至各汉奸通敌叛国之罪责，俟诸政府明正典刑可也。尚希我文化界及爱国同胞一致主张，是所至盼。武汉文化界抗敌协会叩微”。

瞿秋白的《乱弹及其他》由上海霞社校印出版。该书曾由鲁迅在瞿秋白遇害后编辑，分上、下两编。上编包括《乱弹》，收有短篇小说《“矛盾”的继续》，诗歌《“向光明”》和杂文《世纪末的悲哀》、《吉诃德的时代》、《一种云》等；下编包括“论中国文学革命”（收5篇论文）、“论大众文艺”（收《大众文艺的问题》、《再论大众文艺答止敬》、《我们是谁》、《欧化文艺和大众化》4篇论文）、“论文辑存”（收《请脱去“五四”的衣衫》、《“自由人”的文化运动》等15篇）及“译文补遗”（收《高尔基和第二次的世界大战》、《新土地》两篇）四部分。

韩尚义的报告文学集《战时一童军》由汉口上海杂志公司出版。

为慰劳空军在4月29日击落敌机，文协派沙雁前往航空委员会敬献锦旗，上书“横扫长空”4字。

文艺半月刊《战地》第1卷第4期出版，刊载丑方迹的小说《哑子》、陶华的诗歌《五月》、耿星华的诗歌《回去到滹沱河畔》、杨朔的报告文学《雪花飘在满洲》、塞克的剧本《争取最后胜利》、丰子恺的《谈抗战歌曲》。

何其芳的《关于〈国仇〉》发表于《战时戏剧》第 1 卷第 5 期。

6 日，天啸的诗歌《东北，我的故乡》和穆木天的《对抗战歌曲的要求》发表于《救亡日报》第 211 号。

7 日，鲁彦的小说《炮火下的孩子》（连载至第 3 期）、鲁黎的报告文学《在五一节兵工厂的晚会里》、郁达夫的通讯《平汉陇海津浦的一带》、姚雪垠的论文《论现阶段的文学主题》、平林的歌谣《难童谣》发表于《抗战文艺》第 1 卷第 2 期。

8 日，陈纪滢召集文艺界朋友在家中开会。碧野、李辉英、黑丁、罗荪、高兰、丽尼、锡金、田涛等参加，讨论将“七七事变”以来的重要战绩以及后方情况，通过诗歌、小说、剧本等形式进行创作，并计划分册出版。

9 日，张天翼邀请长沙文艺工作者在民众俱乐部的儿童图书馆举行座谈会，商讨在长沙成立全国文艺界抗敌协会长沙分会事宜。蒋牧良、朱人鹤、伏笑雨、易傑、契萌、周涛、生力等参加。会间主要讨论了会员资格、组织和工作等问题。拟将委员会分三股：总务、组织和出版。研究分会设立通俗文艺研究会、儿童文艺研究会、写作研究会和戏剧研究会。为促使湖南文协分会早日成立，还推举张天翼、朱人鹤和伏笑雨为筹备员。

10 日，李冰炉的独幕话剧集《战地夜景》由重庆生存出版社出版，收有《战地夜景》、《汉奸相》和《火柴》3 个剧本。

《自由中国》第 1 卷第 2 号出版。刊载的小说有姚雪垠的《白龙港》、李辉英的《慌乱的城池》；散文有邢桐华的《东京狱中漫忆》；杂文有艾思奇的《批评不是诡辩》、周扬的《略谈爱国主义》、张申府的《新启蒙运动的一个应用》；论文有郁达夫的《战时的文艺作家》、潘梓年的《继承五四的光荣传统》、陈伯达的《论抗日文化统一阵线》、北鸥的《保卫祖国的文化》；诗歌有臧克家的《过武胜关》、臧云远的《海灯》；速写有冰莹的《一个热烈的集会》、天虚的《二十世纪的爬虫》；杨朔的《毛泽东特写》。此外还推出特辑《抗战以来文艺的展望》等。

锡金的诗歌《疯妇人》、平陵的《在抗战中建立文艺的基础》、向林冰的论文《通俗读物编刊社的自我批判》、老舍的《通俗文艺散谈》等发表于《抗战文艺》第 1 卷第 3 期。

11 日，林英强的散文诗三首《阵中手记》、《射击手歌》和《庐龙塞上》，叶文津的诗歌《南归·北上》，蒲风的《读〈铁蹄下的歌手》发表于《救亡日报》第 216 号。

刘火子的诗《热情的祖国》，杨朔的《潼关之夜》，田间的诗《中国在射击着》发表于《烽火》第 14 期。

李辉英、柳依、黑丁、曾克启程去鲁东前线。

12 日，紫秋的诗歌《将带给你英雄的战绩》，臧克家的《前线与后方》，郭沫若的《把精神武装起来》发表于《救亡日报》第 217 号。

13 日，老舍的《新洋片词》和罗洪文的《我们不爱战争》发表于《救亡日报》第 218 号。

14 日，《给周作人的一封公开信》发表于《抗战文艺》第 1 卷第 4 期，茅盾、郁达夫、老舍、冯乃超、王平陵、胡风、胡秋原、张天翼、丁玲、舒群、奚如、夏衍、郑伯奇、邵冠华、孔罗荪、锡金、以群、适夷等 18 人署名，共同谴责其参加日本侵略者在北平召开的“更生中国文化座谈会”的叛国行为。全文如下：

作人先生：

去秋平津沦陷，文人相继南来，得知先生尚在故都。我们每听到暴敌摧残文化，仇害读书青年，便虑及先生的安全。更有些朋友，函电探问；接先生覆书，知道决心在平死守。我们了解先生未能出走的困难，并希望先生作个文坛的苏武，境逆而节贞。可是，由最近敌国报章所载，惊悉先生竟参加敌寇在平召集的“更生中国文化座谈会”，照片分明，言论具在，当非虚构。先生此举，实系背叛民族，屈膝事仇之恨事，凡我文艺界同人无一人不为先生惜，亦无一人不以此为耻。先生在中国文艺界曾有相当的建树，身为国立大学教授，复备受国家社会之优遇尊崇，而甘冒此天下之大不韪，贻文化界以叛国媚敌之羞，我们虽欲格外爱护，其如大义之所在，终不能因爱护而即昧却天良。

我们觉得先生此种行动或非出于偶然，先生年来对中华民族的轻视与悲观，实为弃此就彼，认敌为友的基本原因。埋首图书，与世隔绝之人，每易患此精神异状之病，先生或且自喜态度之超然，深得无动于心之妙谛，但对素来爱读先生文学之青年，遗害正不知将至若何之程度。假若先生肯略察事实，就知道十个月来我民族的英勇抗战，已表现了可杀不可辱的伟大民族精神；同时，敌军到处奸杀抢劫，已表现出岛国文明是怎样的肤浅脆弱；文明野蛮之际于此判然，先生素日之所喜所恶，殊欠明允。民族生死关头，个人荣辱分际，有不可不详察熟虑，为先生告者。

我们最后一次忠告先生，希望幡然悔悟，急速离平，间道南来，参加抗敌建国工作，则国人因先生在文艺上过去之功绩，及今后之奋发自赎，不难重于以爱护。否则惟有一致声讨，公认先生为民族之大罪人，文化界之叛逆者，一念之差，忠邪千载，幸明辨之！

同期还刊载有厂民的诗歌《榴花》、何容的歌谣《战壕小调》、碧野的速写《“同志”和农民们》、郁达夫的杂感《日本的娼妇与文士》、以群的论文《扩大文艺的影响》、马耳的介绍《抗战中来华的英国新兴作家（W.H. 奥登、C. 伊栗伍特）》等。

珂玲的小说《五月的火花》和以群的报告文学《五个俘虏》发表于《救亡日报》第 219 号。

15 日，中华全国戏剧界抗敌协会会报《戏剧新闻》在汉口创刊。

《抗战以来文艺的展望（上）》发表于《救亡日报》（16 号连载）第 220 号。执笔者有郭沫若、老舍、张申府、潘梓年、夏衍、臧云远、郁达夫、吴奚如、北鸥。全文共分四个部分：一、抗战以来文艺的特征；二、抗战以来文艺工作者的成果；三、抗战以来文艺工作者的任务；四、中国文艺的前途。

由大众报社、时调社、抗到底社、通俗读物编刊社等发起，武昌青年会召开座谈会，讨论大众文艺问题。

16 日，韬实的《国防经济建设的基本法则》、黄操良的《苏联舆论下的中国抗战》、冯玉祥的《四二九空战大捷》等发表在《中苏文化》第 2 卷第 1 期。

姚雪垠的短篇小说《“差半车麦秸”》、老舍的大鼓词《王小赶驴》、契萌的速写《后方一角》、土犀的速写《晚唱队》、碧野的报告文学《滹沱河之战》、王亚军的报告文学《我们在农村》、骆宾基的《在庙宇里》、戈宝权的《苏联剧坛近讯》、南桌的《关于“文艺大众化”》、玄珠的书评《“孤岛”文化最近的阵容》、林焕平的《评〈黄花岗〉》以及《〈鲁迅全集〉发刊缘起》、《〈鲁迅全集〉总目提要》等发表于《文艺阵地》第 1 卷第 3 期。

戈宝权（1913—2000），笔名葆荃、北辰、苏牧。江苏东台人。清华大学肄业。外国文学研究家、翻译家。

苏子涵的短篇小说《老人曾瑞祥》、安娥的诗歌《孩子们的队伍》、征庸的故事诗《流亡曲》、老向的大鼓词《模范伤兵李德荣》、徐中玉的随笔《柿子》、何容的《怎样使文章下乡》等发表于《抗到底》第 10 期。

老向的大鼓词《鲁南大胜》、马文珍的散文诗《北平秋兴》、冯玉祥的《我的生活（九）》、茅盾的《我的小学时代》、钦文的《万里寻妻记》、罗念生的《马拉松之役》、老舍的《记“文协”成立大会》等发表于《宇宙风》第 68 期。

东平的小说《一个连长的战斗遭遇》、黄既的小说《银地上》、艾青的诗歌《向太阳》、庄涌的诗歌《颂徐州》、孙钿的诗歌《迎着初夏》、曹白的《从黑暗的海里来》、S.M. 的速写《三等射手》、萧红的随笔《无题》、端木蕻良的随笔《燃烧》、羽田的前线通讯《春在嘉山》、绀弩的鄂西通讯《寂寞的故乡》、凡海的杂感《两个剧本的读后感》、力群的杂感《太原西郊的碉堡》、张元松翻译的罗曼・罗兰的论文《艺术与行动：论列宁》发表于《七月》第 3 集第 2 期。

英国女诗人 Nym Wales 的《后方国防论——生产合作事业》在《众生》刊发。文章认为生产的合作组织是中国最后胜利的关键。

托尔斯泰著、庄泽宣译的《太贵了》、唐锡如的《佟义集》发表于《东方杂志》第 35 卷第 10 号。

17 日，黄药眠的诗歌《延安之夜歌》、方家达的散文《我怀念南京》、孙陵的《一篇别人假托的文章——佐藤富子的〈我的丈夫郭沫若〉》发表于《救亡日报》第 222 号。

18 日，许侠的杂感《旅港杂感》和穆木天的《中国化与世界化》发表于《救亡日报》第 223 号。

19 日，钢鸣的诗歌《无花的梦》，周白月的散文《拾烂的锦堂叔》，叶文津的《武汉巡礼》发表于《救亡日报》第 224 号。

20 日，罗烽的中篇小说《莫云与韩尔谟少尉》由汉口上海杂志公司出版，为战地生活丛刊第 8 种。

田涛的《黄河北岸》由汉口上海杂志公司出版，为战地报告丛刊第 2 种。收有《一　流亡进孙殿英的游击队里》、《二　第一次轰炸》、《三　一夜周旋》、《四　艰苦的行军》、《五　宿营》、《六　病号车上》和《七　赴涉县途中》等 7 篇。

叶文津的《要加强前线的政治工作——访前线归来的郁达夫先生》发表于《救亡日报》第 225 号。

舒群的小说《血的短曲之一》，臧克家的《武汉我重见到你》，洪遒的诗歌《我底笔我要磨亮你》，侯唯动的诗歌《蒙古牧歌》，以群的散文《台儿庄战场散记》，叶紫的《回到乡村》，同岗的《文学被蒙上了耻辱》，王西彦的报告文学《被毁灭了的台儿庄》，夏野士的短剧《守住我们的家乡》，[日]鹿地亘著、魏孟克翻译的《文学的感想》（续至6期完），[日]池田幸子的日记《武汉行》发表于文艺半月刊《战地》第1卷第5期。

21日，舒群的小说《血的短曲之二》，鲁黎的诗歌《想念家乡》，力扬的诗歌《“白面包与肉类是有毒的”》，田涛的速写《某夜》，秋涛的通讯《最悲惨的一幕》，张春桥的通讯《汉奸吉思恭》，白澄的通讯《长沙分会在筹备中》，云壮的报告文学《五十七条好汉》，姚雪垠的论文《通俗文艺短论》，座谈会记录《怎样编制士兵通俗读物》，罗果夫作、戈宝权译的《中国文学在苏联》等发表于《抗战文艺》第1卷第5期。

杨朔的《成仿吾先生》、田间的《星期》、方伯玉的《回乡》、巴金译的《一个国际志愿兵的日记》发表于《烽火》第15期。

22日，《新华日报》发表社论《抗战期中言论与出版自由》。社论指出：“我们的胜利，不单是要靠兵力，尤其是要靠民力。民力的发展”，“是要由民权自由的增进中发展出来”。因此“言论出版的自由，是增进民权的第一步，同时也就是发展民力的第一步”。文章接着回顾了“八一三”抗战以来，在言论出版自由方面开创了一个较好的局面，成为“支持抗战的民众力量所由发展的源泉”。然而“不幸近来各地发生不少不经法定手续查禁出售抗战书报的混乱现象”。文章指出，不能以“要统一”为借口，来“夺去人民的自由”，应该看到，“凡支持抗战，加强抗战力量的言论，应当有完全的自由”。“我们要求抗战言论的完全自由！要求目前混乱状态的查禁书报迅速停止！要求抗战建国纲领，尤其是其中的第二十六条在最短时期促其实现！”此外，本月5月14日，该报就发表社论《查禁书报问题》，在查禁书报问题上，阐明了自己的立场。“对于现有书报加以清理和整饬，以至部分的查禁，我们觉得是不应当反对的。”但“不幸的是，目前我们所知道的被查禁”的是“于抗战有帮助，对统一战线有功绩的书报”，因此，对于书报查禁提出建议：“第一、国民党中央党部宣传部会同国民政府军事委员会政治部第三厅，在最短期间根据抗战建国纲领第二十六条，把现有各种书报加以审查，明白指出应予禁售书报的名称，分发各省各县党政机关及全国书业公会与文化团体或机关，以资遵行。

第二、由中央政府颁布一个法令或公告，各地地方党政机关对未经明令禁售的书报，不得任意查禁，如有认为须予禁售而未经明令指出的书报时，应先行呈请核准后方得查禁。第三、在查禁办法没有确定以前，各地地方当局不得‘自由’行动。第四、各地行政机关，由中央指定某一机关，负查禁书报的专责，除此以外的党政机关不得滥用职权，以统一书报的检查。第五、被查禁的书籍应先通知著作人，作者有依法申辩之权。”

张禾草的诗歌《烽火遍地之春》，李励文的散文《暮春江南——忙中小记之一》，郭沫若的《答小朋友们》，Aiatic 作、仲逸译的书评《评〈西行漫记〉(一)》(连载至 30 日)发表于《救亡日报》第 227 号。

广东文学会在丰宁路女青年会举行文艺座谈会。夏衍主持讨论“战时文学的性格”问题。

24 日，《救亡日报》第 229 号推出《诗歌节纪念特辑》。编者在《我们的祝词》中表明发起诗歌节的缘起：“我们中国今日也在这天来举行诗歌节的纪念，这正如妇女节劳动节一样，虽然这些节日都不发生在中国，但它有国际性的意义。中国诗歌工作者们，碰到这一天——五月的诗歌节，是多么感着无限的兴奋与欢畅。”同期还发表有雷石榆的诗歌《特异的纪念碑》，芦荻的《庆祝“诗歌节”》，胡危舟的《诗歌节，我将来再庆祝你！》，克锋的诗歌《欢迎你》，黄宁婴的诗歌《呼召》。

25 日，张申府主编的《战时文化》半月刊在武汉创刊。

王家齐的三幕话剧《鸽子姑娘》由汉口上海杂志公司出版，为大时代文库第 8 种。

林林的诗歌《写给周作人》、蒲风的《关于纪念中国诗歌日》、穆木天的《名著的通俗化》发表于《救亡日报》第 230 号。

《抗战戏剧》第 2 卷第 1 期出版，刊载的剧本有集体创作的活报剧《同心合力打东洋》，严恭的三幕剧《当夫子去》，赵明、吕复合作的独幕剧《荣誉大队》，尹克灵的独幕剧《生路》，老舍的京剧《烈妇殉国》，姚少沧的独幕剧《黄鱼泛》，颜一烟的独幕剧《渡黄河》。论文有洪深的《在斗争中成长》，常任侠的《演员与观众的联系》，凌鹤的《抗战戏剧之大众化的实践问题》，未明的《国防戏剧的新任务》。

26 日，毛泽东发表《论持久战》。

征军的诗歌《春在亚细亚的原野》和任钧的书信《成都来简》发表于《救亡日报》。

27 日，荻原的政治讽刺诗《墨索理尼为什么要人娶妻生子？》和劳难的《文艺战线的三个纵队——介绍“文艺阵地”·“七月”·“战地”》发表于《救亡日报》。

28日，西北战地服务团以战地社名义在西安《国风日报》上创办的文学副刊《西北文艺》三日刊创刊。8月“西战团”撤回延安前停刊。

王平陵的诗歌《觉醒罢！出卖祖国的奴役！》，艾青的朗诵诗《反侵略！——给日本的士兵大众》，黑丁的速写《饥饿》，何家槐的随笔《同情的援助》，蓬子的杂文《敌人屠刀下的思想与学术》，李辉英的通讯《出发聊城的途中》，一文的杂记《负伤的战士》，穆木天的论文《抗战文艺运动的据点》，[日]鹿地亘的论文《关于“艺术和宣传”的问题》等发表于《抗战文艺》第1卷第6期。

29日，草根的短篇小说《出发》(30日连载)，司马文森的诗歌《失去的家园》，夏衍的《论近卫内阁的改造》，[日]杉木平助作、林林译的《日本人与日本文学》发表于《救亡日报》。

30日，浙江文化界抗敌协会总会在金华成立。

李励文的诗歌《如果广东明天有战争》和巴金的《西班牙在前进中》发表于《救亡日报》。

沙雁的小说《白袖圈》，石涵的诗歌《爱情在战地上》，冯玉祥的诗歌《夜袭》，徐飞白的大鼓词《勇士段云清》，老舍的随感《话剧中的表情》，老向的随笔《遗失之稿》，赵清阁的散文《慰问一群可怜的孩子》，刁劲波的散文《忆前线一夜记》，晓风的杂感《触目两件痛心的事》，穆木天的《调整文化队伍》，左明的独幕剧《王八蛋才逃》，[法]罗曼·罗兰作、陈廷瓒译的短剧《总有一天来到》发表于《弹花》第1卷第4期。

31日，中华全国文艺界抗敌协会在汉口中山公园召开会议，潘梓年、胡风、奚如、宋之的、田涛、臧克家、穆木天、徐盈、老舍、老向、端木蕻良、萧红、艾青、王平陵、臧云远等47位作家参加。

任钧的诗歌《上海，我怀念着你！》和陈绍禹的特稿《欢迎世界学联代表团》发表于《救亡日报》第236号。

本月

鲁迅先生纪念委员会编辑的《鲁迅全集》由上海复社出版。

鲁迅的《集外集拾遗》由上海鲁迅全集出版社出版，收有鲁迅 1909 年至 1936 年间创作但未收入其他各集的杂文。

李辉英的中篇小说《北运河上》由汉口大众出版社出版，为抗战动员丛刊之一。

中学生社编的短篇小说集《有志者》由上海开明书店出版，为中学生杂志丛刊之三。收有茅盾的《有志者》、凌叔华的《一个故事》、施蛰存的《祖坟》、王统照的《游离》、圣陶的《一桶水》、徐盈的《一个工人》和《萤》、靳以的《独生者》等 8 篇。

骆宾基的短篇小说集《大上海的一日》由广州烽火社出版，为烽火小丛书第 5 种。收有《救护车里的血》、《"我有右胳膊就行"》、《在夜的交通线上》、《难民船》、《拿枪去》、《大上海的一日》和《一星期零一天》。

教育部民众读物编审委员会编著的故事集《牛贩子却敌》由武汉正中书局出版，为非常时期民众丛书第 1 集第 2 册。

王健先（王统照）的诗歌集《横吹集》由上海烽火社出版，为烽火小丛书第 3 种。收有《上海战歌一》、《上海战歌二》、《上海战歌三》、《死与生》、《阿里曼的坠落》、《又一年了（为鲁迅先生周年祭作）》、《她只有二十六年》、《伙伴，你应该闻到这一阵腥风！》、《徐家汇所见》、《失路人》、《忆金丝娘桥》和《多谢那一夜的炮声》等 12 首。

张载人编选的《楚歌集》由浙江永康新力周刊社出版。

碧野编选的《太行山边》由汉口大众出版社出版，为抗战动员丛刊之一，分为"太行山边"、"道清线东"两部分。

田汉的《战地巡历》由广州战时出版社出版，为战时小丛书之十一，收有《京沪征尘》、《战士之死》、《敬献我死守闸北之忠勇将士》、《赠张向华将军》、《纪念鲁迅逝世周年》等 5 篇诗歌以及《从闸北归来（附诗三首）》、《月夜访大场战线（附诗三首）》、《前线巡历》、《从民族战争谈到儿童剧》、《应如何轰击出云舰》、《忆古久列》和《敌兵阵中日记》等 7 篇文章。

阿英的《抗战期间的文学》由上海战时出版社出版。

李辉英的《北运河上》由汉口大众出版社出版。

梅英编选的《长江战地通讯专集》由重庆开明书店出版。

独立出版社编选的《日寇燃犀录》由汉口独立出版社出版。

杨凌霄编选的《空军战斗实录》由广州群力书店出版。

原景信编著的《陕北剪影》由新中国出版社出版。

阿英的《抗战期间的文学》由战时出版社出版，为战时小丛书之七。

茅盾、叶圣陶、楼适夷、宋云彬主编的《少年先锋（第一卷合订本）》由汉口大路书店出版发行，分“讲坛”、“时事讲解”、“社会科学讲话”、“救亡工作座谈”、“文艺杂话”、“军事科学知识”、“新文字”、“报告和特写”、“小说”、“随笔·杂感·诗歌”、“歌曲”、“漫画”、“读者园地”、“信箱”、“题辞”、“讨论”、“封面”等17类，该书为《少年先锋》杂志1至6期的合辑。

萧三的《伟大的鲁迅》由广州战时出版社出版，为战时小丛书之五，收有萧三的《纪念鲁迅逝世一周年》和浩然的《鲁迅先生逝世一周年》。

向愚编选的《抗战文选（1）》由战时出版社出版。

吴乃礼的散文集《江南韵事》由北京佩文斋出版。

王云五等主编、汪馥泉选注的《古今名人日记选》由长沙商务印书馆出版，为中学国文补充读本第1集。

马彦祥据法国沙都（Victor Shardou）八场戏剧《祖国（Patrie）》改编的五幕话剧《古城的怒吼》由汉口华中图书公司出版，为抗战戏剧丛书之五。

赵文光主编的国际戏剧选集《再上前线》由广州新群出版社出版。书前有胡风的《怎样实践抗战戏剧（代序）》，收有左军、鲁冬、净寒集体创作的独幕剧《再上前线》、钱晓云的三幕剧《当晚上八点钟的时候》、陈渭的独幕剧《一个游击队员》、徐韬的报告剧《八百壮士》、维特的一幕两场剧《自卫》等。

乡村救亡宣传团集体创作，洪深、徐萱执笔的抗战独幕话剧《死里求生》由汉口生活书店出版。

尤兢的二幕话剧《血洒晴空——飞将军阎海文》由汉口大众出版社出版，为抗战戏剧丛书之五。

王震之、崔嵬创作的独幕话剧集《顺民》由汉口生活书店出版，收有《顺民》、《血祭九一八》和《保卫上海》3个剧本。

张季纯的独幕话剧集《塞外的狂涛》由汉口大众出版社出版，为抗战戏剧丛书之四，收有《塞外的狂涛》、《塞北的风》和《群力》3个剧本。

杨晋豪的论文集《青年创作指导》由长沙商务印书馆出版。该书涉及"创作方法"、"创作的准备工作"、"作者应抱的态度"以及"创作与思想"、"创作与情绪"、"创作与想象"、"创作底题材、体裁"等问题，系统阐述文章创作的各个方面。

司马文森的专论集《文艺通讯员的组织与活动》由汉口大众出版社出版，为抗战建国丛书之一。

杨晋豪的《怎样写抗战文艺》由广州战时出版社出版，为战时小丛书之九，讲述了作家在抗战时期的任务及抗战文艺的题材、创作方法等问题。

端木蕻良和萧红到武汉。

菲律宾中外记者战地访问团抵达汉口访问，并与"文协"谈话，预备将中国抗战中的新作品介绍到菲律宾。

六月

1日，向愚编选的《抗战文选（六）》由战时出版社出版，收有陈绍禹、任弼时、董必武、周恩来、郭沫若等人有关抗战的著作19篇、通讯报道4篇、抗战史料10篇和杂品8篇。

王平陵的《新贵人》发表于《东方杂志》第35卷第11号。

冯玉祥的诗歌《过木兰山》、艾生的大鼓词《跨海征东》、阜东的《三个符号》、老向的《我们的抗战力量》、沙雁的《评抗日三字经》、景林的通讯《陕公生活》等发表于《抗到底》第11期。

《中苏文化》第2卷第2期刊载吕振羽的《目前国际局势的认识》、韬实的《抗战中的工业建设》、克昂的《论武装民众》等。

巴金的《给一个敬爱的友人（一）》、芜军的《搭车》、司马文森的《祝福》等发表于《烽火》等16期。

萧乾的小说《刘粹刚之死》、艾青的诗歌《"这是我们的"》、王亚平的诗歌《失地上的故事》、李育中的《四月的香港》、李石锋的《旅途杂记》、适夷的《不安》、田间的《我们的管理员朱文三》、齐同的随笔《伟大不是喊出来的》、思慕的随笔《樱花和梅雨——东游漫忆之三》、白嘉的速写《小北路的血债》、黑丁的报告文学《行进在太行山》、茅盾的《大众化与利用旧形式》、探马的《成都的通俗文学运动》、周文的《谈四川戏》、祝秀侠的《现实主义的抗战文学论》、玄珠的《质的提高与通俗》、仲方的《利用旧形式的两个意义》、若南的短评《文化工作的危机》、茅盾的书评《突击》,微明的书评《〈游击中间〉及其他》,宜生的书评《每日“精神食粮”在“孤岛”》等发表于茅盾主编的文艺刊物《文艺阵地》第1卷第4期。

祝秀侠在《现实主义的抗战文学论》提出要提高抗战文学的“质”。“目前对于抗战文学，有一个要求，就是：质的提高”，并指出“现实是复杂的，多方面的，抗战文学反映抗战的现实，也应该是复杂的，多方面的”。“要反映整个战时中国的现实，必须从各方面去表现它”，即不仅要反映前方战场，也要反映抗战的后方，“描写前方抗战的现实，为什么不描写后方抗战的现实呢”？“前方与后方不过是战时整体的两面，都有同样的重要”。“这样，抗战期间的文学，要表现抗战，要反映国难，便不能忽视了抗战社会的背景，历史发展的诸因素”。在表现方法上，论者说：“现实主义的抗战文学该是客观认识与主观感情的统一”。论文还就“题材积极性”问题提出了自己的看法：“积极性须站在作品的现实性的条件下而发展的。就是积极性必须依附于现实的真实本质的方向上面，不是单由观念所决定。”同时，论文还论及抗战文学的文学性问题：“现实主义的抗战文学：第一，是不能不有‘艺术性’的”；“第二，现实主义的抗战文学须有‘典型性’”。茅盾在《大众化与利用旧形式》中针对“利用旧形式”问题表明了自己的立场：“既是说‘利用’，当然不是无条件的接受。此时切要之务，应该是研究旧形式究竟可以被利用到如何程度，应该是研究并实验如何翻旧出新，应该是站在赞成的立场上来批评那些试验的成绩；皇皇然担忧于新文学之将遭殃，不免是扯淡而已。”

S.M.的《闸北打了起来》(连载至第3集第4期)、东平的《向敌人的腹背进军》、奚如的《“拉着了中国华盛顿底耳朵”》、凡海的《从“我爱”说起》、力群的《微山湖》、庄涌的诗歌《给十四万八千六百七十九》、端木蕻良的《寄民族革命大学同学》、丁玲的《序〈呈在大风沙里奔走的岗卫们〉》、苏民的鲁西前线通讯《伪装三日》、尹休的晋东前线通讯《夜攻旧关》、徐中玉的《为争取“文学的技术武装”而奋斗》(讨论)等发表于《七月》第3集第3期。

3日，姚雪垠的书信体报告文学集《战地书简》由汉口上海杂志公司出版。全书分“我们的游击队”、“捉放汉奸”、“进诸城”、“教育篇”、“民运篇”、“民运续篇”、“诸城之战”、“百尺河战斗小记”、“矛盾在增涨着”、“破裂”、“长征”等11个部分。

5日，陈白尘的小说《慰劳》、覃子豪的诗歌《废墟之外》、田间的诗歌《向国民宣告》、定云方的诗歌《雨》、力群的随笔《在太湖的山间》、侍桁的通讯《生命的战斗》、之东的通讯《抗战文艺工作在边区》、老向的杂文《关于抗日三字经》、胡秋原的杂文《为书报仇》、冯乃超的演讲辞《抓住战斗的中国民族这个崭新的形象》、适夷的论文《答鹿地亘》等发表于《抗战文艺》第1卷第7期。

覃子豪（1911—1963），现代诗人、诗歌评论家。学名覃基。四川广汉人。主编《自立晚报》的《新诗周刊》。参加创办蓝星诗社，任社长，主编《蓝星诗周刊》、《蓝星诗季刊》等。他担任过台湾中华文艺函授学校诗歌班班主任，培养了不少青年诗人。他与纪弦就新诗创作问题展开论战，批判台湾新诗西化的主张，主张中国新诗应坚持民族主义精神。

朱烈轲的小说《血债》、李雷的诗歌《祭》、彭桂萼的诗歌《野火》、倪平的剧本《北平之夜》、朱绛的《推进歌咏的通俗化运动》发表于文艺半月刊《战地》第1卷第6期。朱绛在论文中提出“歌咏通俗化运动大纲”，第一，“歌词的通俗化”：“不要用古典”、“不要咬古文”、“宜短不宜长”、“韵脚要响亮”、“多采用方言”；第二，“歌谱通俗化”；第三，“教唱的通俗化”；第四，“指挥的通俗化”。

6日，舒群的报告文学集《西线随征记》由汉口上海杂志公司出版，为战地生活丛刊第6种。

10日，友联剧团在武昌青年会举行两次公演，剧目为该团新作《战争与和平》、《炸药》、《芦苇港》等。

11日，张天虚的报告文学集《征途上》由汉口上海杂志公司出版，为战地生活丛刊第5种。内容是作者在抗战期间随同西北战地服务团从延安到太原途中的见闻。

臧克家的诗歌《送战士》、锡金的诗歌《望江南》、紫墟的报告文学《在伤兵医院》、张天虚的报告文学《杀过单城集》、安娥的报告文学《“孩子们到四川去了”》、贺绿汀的论文《从“学院派”古典派形式主义讲到目前的救亡歌曲》、沙雁的论文《抗战文艺的题材》、蓬子的《文艺的“功利性”与抗战文艺的大众化》发表于《抗战文艺》第1卷第8期。

12日，木刻界抗敌协会在汉口成立。

15日，由鲁迅纪念委员会编辑的《鲁迅全集》（20卷本）在上海由鲁迅全集出版社出版。张宗麟等主持出版发行工作。许广平、王任叔负责编校。黄幼雄、胡仲持负责出版。陈先明负责发行。共出三个版本：甲种纪念本、乙种纪念本和普及本。编印全集的意义曾在《启示》中予以说明："目的在扩大鲁迅精神的影响，唤醒国魂，以争取光明。"全书分20卷，第1卷收《坟》、《呐喊》和《野草》；第2卷收《热风》、《彷徨》、《朝花夕拾》和《故事新编》；第3卷收《华盖集》、《华盖集续编》和《而已集》；第4卷收《三闲集》、《二心集》和《伪自由书》；第5卷收《南腔北调集》、《准风月谈》和《花边文学》；第6卷收《且介亭杂文》、《且介亭杂文二集》和《且介亭杂文末编》；第7卷收《两地书》、《集外集》和《集外集拾遗》；第8卷收《会稽郡故书杂集》和《古小说钩沉》；第9卷收《嵇康集》和《中国小说史略》；第10卷收《小说旧闻钞》、《唐宋传奇集》和《汉文学史纲要》；第11卷收《月界旅行》、《地底旅行》、《域外小说集》、《现代小说译丛》、《现代日本小说集》和《工人绥惠略夫》；第12卷收《一个青年的梦》、《爱罗先珂童话集》和《桃色的云》；第13卷收《苦闷的象征》、《出了象牙之塔》和《思想·山水·人物》；第14卷收《小约翰》、《小彼得》、《表》、《俄罗斯的童话》和《附：药用植物》；第15卷收《近代美术思潮论》和《艺术论》；第16卷收《壁下译丛》和《译丛补》；第17卷收《艺术论》、《现代新兴文学的诸问题》、《文艺与批评》和《文艺政策》；第18卷收《十月》、《毁灭》、《山民牧歌》、《坏孩子和别的奇闻》；第19卷收《竖琴》和《一天的工作》；第20卷收《死魂灵》。包括鲁迅先生创作的杂文、小说、论文以及翻译和编校的作品。书末附有作者"自传"、"鲁迅先生年谱"、"鲁迅译著书目续编"以及鲁迅的名号、笔名和许广平的《鲁迅全集编校后记》。

陈白尘的戏剧集《汉奸》由汉口华中图书公司出版，为抗战戏剧丛书之六，收有四幕剧《汉奸》和三幕剧《芦沟桥之战》。

中国文艺社由汉口迁至重庆。

16日，文艺半月刊《红茶》在上海创刊。胡山源主编，红茶文艺社出版。1939年2月终刊，共出17期。胡山源在《红茶的由来》中说明了办刊缘起："在这孤岛之上，我辈文人假使绝无发泄之处，实在耐不下，一般读者假使没有略可快心的读物，也有些过不来，我们总必得要有一种适应双方面的刊物"，因此创办《红茶》，文中又指出："红茶中有普洱，有乌龙等的门类，《红茶》中当然也有小品文、诗歌、小说等等的门类。"

卢梦殊的《夜袭》发表于《东方杂志》第35卷第12号。

韬实的《抗战中发展农村经济的途径》、徐敏的《以中国青年的团结来团结世界青年》、鲁彦的《伤兵旅馆》等发表于《中苏文化》第2卷第3期。

何容的大鼓词《汉奸定计害汉奸》、老向的《惨痛的北平》、苏子涵的通讯《五月的成都》、明凡的《吕玉兰捐躯救国》等发表于《抗到底》第12期。

沙汀的小说《防空——在"勘察加"的一角》、蒋必舞的长诗《天柱山的争夺》、易河的《李瑞仙》、适夷的《春天的感觉》、田间的《一个祖国的儿子》、符金生的《晋南途中杂记》、戈宝权的《高尔基博物馆》、思慕的随笔《卖"烧鸟"的诗人——东游漫忆之四》、落繁的报告文学《保长的本领》、野渠的报告文学《伤兵未到以前的一个后方医院》、周行的《再论抗战文艺创作活动》、红海的《泉州文艺界最近的活动》、茅盾的书评《北方的原野》、南卓的《评曹禺的〈原野〉》发表于《文艺阵地》第1卷第5期。

南卓在《评曹禺的〈原野〉》中说:"作者有一个一贯的优点,就是技巧的卓越。"并指出，作者对于技巧的重视，一方面"人物性格，对话，都同剧情一起一点一点的向前推移，进行，开展，直到他的大团圆"；另一方面，"也就是因为作者太爱好技巧了，使得他的作品太像一篇戏剧"。此外，论者还指出了曹禺"有一个癖好，就是模仿前人的成作。《原野》很明显的同欧尼尔的《琼斯皇（The Emperor Jones）》非常相像"。"其余，仇虎去谋害焦大星一段，则脱胎自莎士比亚的《马克白（Macbeth）》"，"还有仇虎用故事的形式将他同焦大星的关系讲清，这是模仿《八大锤》的'断臂说书'"。同时,论文还对剧中人物形象作了简单分析。在思想上，论文指出："至于在《原野》中所见到的思想那可以说是不大清晰的——而且有点杂乱，原因是作者从技巧出发，模仿的作品太多，外来的成分占了上风，影响到思想表现的不一致。"最后，论文作了小结："总起来看，《原野》是太接近欧美的作品了。……不管怎样，这种情形在文艺上却是一个严重的失败"，并"希望他有新的更惊人的表现——但我们不希望他停留在移植技巧的阶段上"。编者在本期《文艺阵地》的《编后记》中对沙汀的小说《防空——在"勘察加"的一角》作简单点评："沙汀的这篇小说是他慎重生产下的惊人的收获；带点'幽默'味，但是愈咀嚼其味愈苦，我们觉得如果在这时代也还不废'幽默'的话，那一定须是这样真正能寄沉痛于幽默的作品。"

胡风、徐中玉纪念高尔基的文章《高尔基底殉道与我们》、《今天，我们应该从高尔基学习什么？》，孙钿的诗歌《我们在前进》，曹白的散文《我在“五・九”》，欧阳凡海的《抗战后的中国文艺运动及其现状》，田奇与艾青的文艺问答《怎样才能读懂新诗？》，辛人的文化时评《蚁业杂草》，L. 休士的玛德里通讯《玛德里在笑着》，宋之的的四川通讯《重庆到成都》，李乔的昆明通讯《堪察加上的昆明》，周文、尹庚的战讯（《从成都寄到武汉》、《从广丰寄到武汉》），S.M. 的《我写〈闸北打了起来〉》，鲁迅先生纪念委员会的《鲁迅全集发刊缘起》等发表于《七月》第 3 集第 4 期。

18 日，刘白羽的小说《火》，柯仲平的诗歌《游击队像猫头鹰》，艾青的诗歌《忏悔吧，周作人！》，徐盈的通讯《冲取联络线》，鲍雨的通讯《扬州的日兵在自杀》，彭慧的报告文学《后方的乡村》，高尔基作、包泉译的《高尔基致孙中山先生书》，罗荪的《高尔基论中日战争》，戈宝权的《回忆高尔基》以及中华全国文艺界抗敌协会的两篇宣言:《为敌机轰炸广州告世界友人书》和《为时局告同胞书》发表于《抗战文艺》第 1 卷第 9 期。

《新华通讯集（第四集）》由汉口新华日报馆编辑出版，为新群丛书第 9 种。收有《救亡干部训练问题》、《肃清汉奸与巩固团结》、《援助西班牙击败国际法西主义》等 34 篇社论，书末附有《子健同志给陈周秦三同志的信》。

立波的《战地日记》由汉口上海杂志公司出版，为大时代文库第 11 种，分《晋北途中》、《晋西归程记》和《信》3 部分。

陕甘宁边区文化界救亡协会在延安举办高尔基被害两周年纪念大会。推举成仿吾、周扬、艾思奇等 7 人为主席团成员。成仿吾致开幕词。吴亮平、周扬等先后发表演讲。

《新华日报》推出《高尔基逝世两周年特刊》，发表了郭沫若的诗歌《高尔基万岁》，戈矛的《高尔基永远活在大众的心灵里》，戈宝权译的《高尔基致中山先生书》。

20 日，全国文协西安分会在西安民教馆成立。“文协”西安分会成立宣言表示：“文艺是社会的喇叭，革命的前哨，自然使命是非常重大的，不是松散的个人所能担负得起，所以更需要迅速的团结。”宣言回顾了全国文协发起的旨趣，表示“同人等以此自誓谨本以上所说努力作去……最后胜利必归于我”。会上推举秦镜、刘熹亭、王法一、聂文蔚、张志诚、田霞村等 21 人为理事。

《自由中国》第1卷第3号出版。刊载有郭沫若的论文《抗战与文化》，郁达夫的论文《战时的小说》，潘梓年的论文《目前文化运动的基本概念》，李南桌的论文《"意识"与"象形"》，天虚的小说《王疤脸和小朱》，谢挺宇的小说《黑牢红流》，臧云远的诗《麦海上的战云》。同时还推出"高尔基逝世二周特辑"、"报告特辑"等。

23日，文艺半月刊《西北文艺》在西安创刊。全国文协西安分会编辑委员会编辑，全国文协西安分会出版部出版，西安和记印书馆印刷。创刊号刊载《中华全国文艺界抗敌协会西安分会特辑》。发表了分会发起旨趣、分会成立宣言以及筹备经过、分会简章等。田霞村、李风、雷一鸣等42人共同发起成立的中华全国文艺界抗敌协会西安分会，在《发起旨趣》中说："在这我们民族生死的境地——胜利与失败的决斗时期，我们文艺界的各位兄弟，自应负起我们对国家应负的特殊任务，以锋利的'笔枪'来揭露敌人的阴谋和残杀我同胞奸淫我妇女掠夺我财产的暴行，以唤起我全民而发动我自卫战斗力量"，表示"我们决不能像以往那样睡在象牙塔里过那幽闲的生活，我们更不能躲到防空壕里干什么为文艺而文艺的勾当"，"反之，我们要跳出象牙塔，离开防空壕，走上民族解放的伟大战场，我们要摆掉为文艺而文艺的错误观念，确定我们为抗敌而文艺的动向，给这人类败种以严重打击"。"总之，我们今后的从事文艺是以笔杆当作枪杆去杀敌，而再来建设我们那理想中的自由平等幸福的新中国"。此外，《创刊号》还刊载霞村的《怒吼吧：西北的文艺工作者》，黄星的《关于同一青年》，星云的报告文学《六个俘虏》，毕寿的诗歌《长夏颂》以及《中华全国文艺界抗敌协会西安分会为响应全国青年抗敌总会统一西北青年并建立分会告西北青年书》。

25日，老向的抗日鼓词《江晓凤舍身诱敌》、马彦祥的短论《旧剧抗战》、徐中玉的通讯《文艺活动在重庆》、李乔的报告文学《活捉铁乌龟》、刘白羽的论文《对于文艺工作的一个建议》、宋之的的独幕喜剧《出征》、适夷的短论《批评的贫乏》、胡风起草的《致伦敦国际作家保障文化自由协会大会电》发表于《抗战文艺》第1卷第10期。

26日，"文协"举行常务理事会。老舍、邵力子、冯乃超、穆木天、楼适夷、老向等参加，通过了数项议案。

27日，陈克寒的报告文学集《八路军学兵队》由汉口上海杂志公司出版，为战地生活丛刊第8种。

30 日，华林的《文艺家的风格及其影响》、左明的《农村宣传剧的理论和实践》、卢冀野的散文《北湖》、胡绍轩的小说《恨》、素昧的小说《她疯了》、谷剑尘的独幕剧《紫金山下》、冯玉祥的诗《抄后路》、曹雪松的诗《祖国进行曲》、柔冰的诗《长警号》、石涵的诗《战场幽歌》、沙坪的杂感《西线归来》、崔焕瓒的报告文学《血泊中的罗王车站》、金冶心的杂记《沦陷后的种种》、朱司晨的随笔《岛国浸沉在黑夜中》发表于《弹花》第 1 卷第 5 期。

本月

梅英的长诗《北国招魂曲》由四川内江民新书局出版，为文化动员丛书之一。书前有林梦幻的《序〈北国招魂曲〉》，李冰炉序及著者自序。

臧克家的抗战诗集《从军行》由汉口生活书店出版。收有 1937 年至 1938 年创作的《我们要抗战》、《从军行》、《从军去》、《伟大的交响》、《换上了戎装》、《抗战到底》、《保卫大徐州》、《通红的火把》、《血的春天》、《伟大的空军》、《别潢川》、《武汉，我重见到你》、《过武胜关》和《兵车向前方开》等 14 首诗歌。

克锋、青鸟的诗歌合集《解放集》由广州诗歌出版社出版。收有克锋的《中华进行曲》、《炮火下思母》等 12 首；青鸟的《我的故乡》、《解放曲》等 14 首。书前有青鸟的《让我们在胜利中携手高歌合唱》（代序）、克锋的《答青鸟兄》及《献诗》。

张亚珠的《著述与闲谭》由汕头铸字局印刷。收有散文、游记 24 篇。

张周的《中华儿女》由汉口上海杂志公司出版，为战地报告丛刊之六。

李辉英著的《军民之间》由汉口上海杂志公司出版。

张庆泰的《在西战场》由汉口上海杂志公司出版，为战地报告丛刊之三。记述了抗战初期八路军在山西地区战斗的情况。

梅林的《烟台烽火》由汉口华中图书公司出版。

克逊的《谜样的山东》由汉口大众出版社出版，为抗战动员丛书之一。

李宗仁的《镇南关到山海关》由南宁民团周刊社出版。

新华日报馆编选的《新华通讯集（第 1 集）》由汉口新华日报馆出版。

大风等的《保卫祖国的领空》由中国的空军出版社出版。

朱宝铮编选的《我军英勇抗战事迹》（第 1 辑上册）由长沙拔提书店出版，辑选了 1937-1938 年间发表在报刊上的抗战通讯报道。

曾克编选的报告文学集《在汤阴火线》由汉口上海杂志公司出版，为战地报告丛刊 7。

左明的独幕话剧集《到明天》由汉口海燕出版社出版，收有《到明天》、《六年后的九一八》、《王八蛋才逃》和《梦游北平》4 个剧本。

罗烽的三幕话剧《国旗飘扬》由汉口战时戏剧丛书社出版，为新演剧社战时戏剧丛书之一。书前有《战时演剧丛书缘起》。

章泯的独幕话剧集《家破人亡》由汉口新演剧社出版，为战时戏剧丛书之一。

杨荫深的《中国文学史大纲》由商务印书馆出版。

全国文协自武汉迁往重庆。

公木西渡黄河到延安。

沙汀、何其芳等到延安。

七月

1 日，《星洲日报》半月刊创刊。编者在《创刊旨趣》中说明了创办半月刊的动机："(一) 抗战已到第三期，时局日益紧张，国际关系日益复杂，除在日报社论栏，将每日最新的材料，加以述评外，认为每半月间仍有比较作一总括述评之必要；(二) 许多国际问题，和欧美各国名著，是需要给较有研究兴趣的人们看的……；(三) ……负起这发表研究心得交换内外意见的使命。"并表示"奉行中央颁布的抗战建国纲领为最高原则"，"一任作者自由论述或批评"，坚持客观公正，"尽可能限度内减少主观的判断"；在选材上，"除政治问题外，特别注重欧美各国名著名论的介绍"，以及南洋各界社会经济教育文化的研究报告，"以供海内外热心研究南洋问题的人们交换意见及参考，期于南洋文化前途，稍尽绵力"。

石光的通讯报道集《鲁北烟尘》由汉口上海杂志公司出版，为战地报告丛刊之一。

王平陵的《最后的忏悔》发表于《东方杂志》第 35 卷第 13 号。

徐盈的小说《征兵委员》、庄涌的诗歌《七月周年献词》、沅君的诗歌《撤退》、思慕的随笔《供奉猫鬼的浪人——东游漫忆之五》、骆宾基的速写《戏台下的风波》、漆林的《谈贵阳》、马子华的报告文学《九宿桥之晨》、陈白尘的四幕剧《魔窟》(连载至 16 日)、周文的《唱本·地方文学的革新》、李南桌的《论“差不多”和“差得多”》、S.Y(刘盛亚)的《德国文艺近况鸟瞰》、A·加博尔作、周行译的《“报告文学”的本质与发展》发表于《文艺阵地》第 1 卷第 6 期。

周文在《唱本·地方文学的革新》中针对“旧形式利用”的问题提出自己的主张:“把‘旧形式的利用’这口号改为‘地方文学的革新’”,因为“第一,今天利用旧形式的问题是重要的。但单单提出‘旧形式的利用’是不够的。因为这有过分看重形式的一面,而忽略内容一面的危险”;“第二,旧形式文学,实际考察起来,其实大都是地方的文学”;“第三,文学大众化这口号已提出多年了,但实际能够做到的实在有限得很,这是不可否认的事实。我看只有方言文学,地方文学的提出,才能实际得到解决……要真正彻底实现大众化,文学工作者非和民众一起去彻底的了解他们不可,这样,在进行地方文学的革新运动才有可能”。总之,“‘地方文学的革新’的内容包含了这几项要素:形式革新,内容革新,方言土话,而最重要是和民众生活密接的”。

艾青的诗论《诗论掇拾》(连载至第 4 集第 1、2 期)和诗歌《人皮》发表于《七月》第 3 集第 5 期。本期刊出“纪念七月七日特辑”,发表了七月社的致辞《在七月七日》、庄涌的诗歌《祝中原大战》、欧阳凡海的《回想七·七一周年,同时谈到现在的问题》、辛人的《从再建苏联文学的介绍工作说起》、徐盈的《舟车一年》等。此外还刊载有倪受乾的《我怎样退出南京的?》、王西彦的报告文学《四个鸡蛋》、[日]鹿地亘的《文学杂论——答张秀中·楼适夷诸先生》、曹白的散文《喘息》、柏山的散文《贺绿芸君的脱险》、羽田的前线通讯《血战宣店子》、甘棠的陕川旅行通讯《古栈道上》、晨归的湖南通讯《动员菩萨》、张永桢的湖南通讯《某保长》等。鹿地亘的《文学杂论》分“‘黑面包’和‘糖果’”、“关于大众底‘可能性’”、“艺术形式底形成问题”、“关于文化发展底不平衡”4 个方面。

郁达夫的《黄河南岸》,郭沫若的《诗两章》(《偶成》、《题〈石墨留真〉册》),一文的《血的记忆》,巴金的《给一个敬爱的友人(二)》等发表于《烽火》第 17 期。

2 日,《抗战文艺》第 1 卷第 11 期出版保卫大武汉专号(上)(专号分上下两期)。发表有蓬子的论文《英勇壮烈的抗战一周年》、端木蕻良的杂文《为保卫大武汉而控诉》、锡金的独幕剧《他们在码头上》、适夷的特写《江上》、徐盈的杂文《不要说空话》、罗荪的报告《“太平盛世”》、植山的报告文学《怀乡病与难民》、北鸥的论文《保卫武汉和典型性格的创造》、舒群的诗歌《遥念——致马当的海军学友》、覃子豪的诗歌《水雷》、邵冠华的诗歌《大武汉》、胡绍轩的童谣《盘里糕》等。

9日,《抗战文艺》第1卷第12期出版保卫大武汉专号(下),发表有舒舍予(老舍)的小说《敌与友》和论文《保卫武汉与文艺工作》、叶圣陶的随笔《抗战周年随笔》、郁达夫的杂文《我们只有一条路》、以群的论文《保卫武汉与今后的文艺工作》、宋之的的杂文《从保卫大武汉说起》、凌鹤的街头剧《到胜利之路》、洪遒的诗歌《献给祖国》、罗烽的诗歌《总动员》、任钧的诗歌《谢谢敌人》、一夫的报告文学《遣散》等。

楼适夷赴长沙，协助张天翼筹备“文协”长沙分会。

10日，“文协”在汉口中山公园举行游园会，参加者有老舍、老向、罗荪、马耳、胡风、马彬以及日本的鹿地亘夫妇等。

11日,上海剧艺社在上海法租界成立。主要成员有阿英、于伶、顾仲彝、陈西禾、黄佐临、李健吾等。

12日，宋之的、章泯、葛一虹等10余人赴重庆。

14日，王鲁彦由长沙抵汉口。

15日，文学半月刊《青年作者》在上海创刊。上海青年作者社编辑、发行，同年10月出至第5期终刊。撰稿人有巴金、赵景深、白薇等作家及其他青年作家。该刊内容包括小说、散文、报告文学、通讯、剧本、诗歌、译文等。

16日，茅盾主编的文艺半月刊《文艺阵地》第1卷第7期出版。发表有刘白羽的报告文学《行军中……》、天虚的《火网里——鲁苏皖豫突围记之一》、史徒的《关于岂明先生》、兢之的诗歌《他们六个》、邹荻帆的诗歌《农场》、任钧的诗歌《“民族复兴根据地”》、思慕的随笔《大学生和学生街——东游漫忆之六》、李同愈的小说《一个汉奸的成长》、流金的速写《黑夜的游龙》、樊康的报告《六棵手榴弹》、司马文森的《死难者——广州在轰炸中之二》、王亚平的《上巴河宿营》、茅盾的书评《〈台儿庄〉》、陈白尘的四幕剧《魔窟》(连载)等。史徒的《关于岂明先生》分“老人的胡闹”、“两个鬼”、“分久必合合久必分”、“生活之艺术”、“亲日派”等方面，具体剖析了周作人的作品、行为，探讨了周作人的思想和心理，批评其出席“更生文化座谈会”的叛国行为，并表示：“我们诚恳的希望，最低限度岂明先生要保持并爱护他光荣的过去，不要再做一个‘文’‘行’分家的榜样。”

茅盾的《论加强批评工作》发表于“文协”会报《抗战文艺》第 2 卷第 1 期。论者强调批评家加强自身学习的重要性，“加强批评工作——这一呼声，在我想来，应当是‘一石打双鸟’的；一方面是对于作品多作批评，另一方面应当是对于批评家本身的工作也多作批评，即所谓‘自我批评’”，“批评家也还得向生活学习”。“我有时倒以为批评家的权威如果缩小些，也许反于作家有利。说得直落些，就是：批评家劝作家不要写自己不熟悉的事，也该自劝不要批评自己所不熟悉的事。”论者还就批评家的任务发表了自己的看法：“文艺作品不能只是反映了半面的‘现实’。抗战中随时发生的问题多得很呢，每一个问题都有它光明的一面以及黑暗的一面。如何而能克服了那黑暗的一面，或者为什么而终于不能克服那黑暗的一面；这才是必须描写出来的焦点。批评家的任务也就在说明或指出这些‘如何’与‘为什么’，使作家们不但明白了什么是不必要写，并且还知道了什么是必须写以及怎样写”，“批评家号召了作家们写新的光明，紧接着必须号召作家们同时也写新的黑暗。”最后论者作了小结：“所以，加强批评工作，必先充实批评家本身的‘内容’。现在谁也感到文艺的批评工作做得太不够，然而这‘不够’，依我看来，倒不是批评家们说话太少，而是抓住了对象来说切实的话太少，而是批评家们向生活学习——向种种学习的功夫太不够。”同期还刊载有覃子豪的报告文学《从彭泽归来的人》、吴蔷的报告文学《小小的胜利》、安娥的随笔《江上歌声》、D · 特里瓦尔原作、高寒译的《西班牙战争中的诗人们》、周文的通讯《最近成都的文艺活动》、王亚平的诗歌《麦穗黄的时候》、常任侠的论文《绘画·音乐·戏剧》、田庄的通讯《临大长征剪影》等。

柏山的小说《某看护底遭遇》，倪平的小说《北中国的炬火》，丁玲的散文《到前线去》，S.M. 的散文《在雨中走着》，凡海的散文《并不是梦》，天蓝的诗歌《G.F. 木刻工作者》，贾植芳的独幕悲剧《家》，尹庚的哑剧《胜利的游击队》，[苏]G · 季米特洛夫作、张原松译的《反法西斯主义斗争中的革命文学》，碧茵的旅行通讯《豫西行》，郭易光的鄂东通讯《欺骗》等发表于《七月》第 3 集第 6 期。

黑丁的《袭击》、杨朔的《风陵渡》发表于《东方杂志》第 35 卷第 14 号。

17 日，聂耳逝世 3 周年纪念追悼会在汉口光明大戏院举行。

21 日，品之编辑的通讯报道集《胜利的退却——徐州突围》由南宁广西民团周刊社出版。收有长江、海萍、陆诒等人关于徐州突围的通讯报道 7 篇。

22 日，宋之的、章泯、葛一虹等 10 余人赴渝。

23 日，“文协”会报《抗战文艺》第 2 卷第 2 期出版，发表了徐旭生的独幕剧《军民合作》、穆木天的论文《担负起我们的开拓者的任务来》、王平陵的通讯《重庆——美丽的山城》、丁行的小说《抽签》、高兰的诗歌《鸡公山！你多么年青》、紫墟的特写《我们的招待》、元留的报告文学《愉快的行程》、应清的报告文学《水》等。

穆木天在《担负起我们的开拓者的任务来》中要求文艺工作者“必须以开拓者自任”，“担负起我们的开拓者的任务来”。为“使我们的开拓者的任务有力地完成起来起见，我们必须把我们的组织活动健全起来”，“必须是很机敏地，而且是很有力地，去把握住在抗战建国中的一切的政治上的，军事上的，社会上的问题，而且是要很机敏地，很有力地，用他的作品给表现出来”。

25 日，魏中天的散文《小杂感》和歌雷的诗歌《悼陈柱天》发表于《救亡日报》第 290 号。

通俗文艺刊物《抗到底》出版 13、14 两期合刊，刊载了虚生的《我们对于旧瓶装新酒的看法》，论者整理了通俗读物编刊社及其他文艺工作者座谈会发言，主张文艺大众化、通俗化，要为救亡工作作贡献，认为“旧瓶装新酒是要利用旧日民间习用的形式，给他们灌输新知识。……体裁，词汇，语法，情调，以至于观念，还全是次要的问题。问题的中心，却在于我们所描写的是哪一类的生活”。合刊还刊载了冯玉祥的诗歌《七七》，徐中玉的《梦到山东原野》，老向的大鼓词《七七献金》，贾午的通讯《山中抗战生活杂话》等。

26 日，中华全国文艺界抗敌协会在汉口举行晚会。20 余人参加。会议决定总会在必要时迁往重庆，由老舍代表总务部，蓬子代表出版部筹备迁移事宜。在迁渝前，会报《抗战文艺》仍在汉口出版，由冯乃超临时负责编辑工作。

通俗读物编刊社、大众报社等在武昌共同发起“通俗文化问题讨论会”，蓬子代表中华全国文艺界抗敌协会参加。

夏衍的《关于电影的偶感》发表于《救亡日报》第 291 号。文章谈及作者对卡通片和新闻片的看法。

27 日，草根的小说《我们生长在这里》、王亚平的诗歌《野鸡山之战》、苏英的《我们要文艺批评》发表于《救亡日报》第 292 号。

29 日，中华全国文艺界抗敌协会在汉口举行《泥脚日本》的作者阿特丽女士欢迎会。老舍、胡秋原、邵力子、胡风、白薇等 30 人参加。老舍致辞。

鲁萍的诗歌《月光光》和魏中天的《又是小杂感》发表于《救亡日报》第 294 号。

30 日，文赛闵的剧本集《毁家纾难》由汉口华中图书公司出版，为抗战丛书第 8 辑。收有独幕剧《毁家纾难》、《毒针》、《保卫芦沟桥》和街头剧《抗战的交流》。

徐中玉的论文《悲剧的胜利》、老舍的随笔《别武汉》、梅林的小说《刘伟棠先生一家人》、黄药眠的诗歌《我怀恋着莫斯科》、金克木的书评《正义的呼声与同情的反响——介绍一个世界语刊物〈远东使者〉》、适夷的杂文《回到武汉》、王余杞的通讯《"七七"周年在新都》、应清的报告文学《冲过第二道拦阻线》等发表于《抗战文艺》第 2 卷第 3 期。

本月

国民党制定"战时图书杂志原稿审查办法"和"修正抗战期间图书杂志审查标准"，并决定设立中央图书杂志审查委员会及各省图书杂志审查处，以加强对出版物的统制。

《抗战》三月刊和《全民》周刊合并的《全民抗战》在汉口创刊。邹韬奋等主编。

王云五等主编，胡怀琛、杨荫深选注的《民歌选》由长沙商务印书馆出版，为中国国文补充读本第 1 集。辑选了各地已出版的歌谣集中的作品 200 首，分"家庭歌"、"情歌"、"时令歌"、"滑稽歌"、"杂歌"等 5 类。

梅英编著的诗词散文合集《新酿集》由四川内江兴中书局出版，分新酿正集、新酿外集、新酿附集三部分。作者有梅英、卢冀野、老向、冯玉祥、田汉、叶圣陶、鲁迅、郭沫若、老舍、郁达夫、曹聚仁、丰子恺和吴研因等人。

谢冰莹的《新从军日记》由汉口天马书店出版，为作者 1937 年 9 月到 11 月创作的通讯报道集。

张均编选的《周作人代表作选》由上海全球书店出版，为当代名人创作丛书。收有《关于鲁迅》、《论骂人文章》、《谈鬼论》、《谈油炸鬼》、《谈养鸟》和《北平的春天》等 59 篇杂文小品。

陶亢德主编的《北平一顾》由宇宙风社出版。

丰子恺编著的《漫文漫画》由汉口大陆书店出版。

田间的《呈在大风砂中奔走的岗卫们》由汉口生活书店出版。

徐州突围编辑委员会编辑的《徐州突围》由汉口生活书店出版。收有42篇关于徐州突围的通讯报道。

新演剧社主编、舒非创作的独幕剧《民族公敌》由汉口新演剧社出版，为抗战戏剧丛书之一。收有《两兄弟》、《谣言》、《壮丁》、《我们的空军》、《民族公敌》和《高压下》6个剧本。

吴新稼的儿童独幕剧《帮助咱们的游击队》由生活书店出版，为大众抗敌剧丛12。

苏雪林的《青鸟集》由长沙商务印书馆出版，为现代文艺丛书之一。收有文艺评论、已故作家印象记以及个人写作经验等24篇文章。

韬奋的《激变》由生活书店出版，分时评、专论、随笔、信箱4部分。收有"八一三"全面抗战以来，作者在3、4月份发表在《抗战三日刊》、《救亡日报》、《申报》等报刊的文章。

苏雪林的《蠹鱼集》由长沙商务印书馆出版，为现代文艺丛书之一。收有《九歌与河神祭典关系》、《原人的坟墓与巨人》、《子虚赋里的猎马》、《鸟的崇拜》、《清代男女两大词人恋史的研究》、《陆放翁评传》和《文以载道》等7篇文学论文。书末附有《顾太清评传》。

时甫编译的《欧美现代作家自述》由长沙商务印书馆出版。收有高尔基、梅德林、叶芝、托马斯曼等12位作家有关文学创作问题的谈话。摘译自法国的《文学新闻》、英国的《万人周报》、苏联的《文学杂志》等报刊杂志。每篇谈话前都有作家小传。

穆木天于本月中旬赴昆明。抵昆明后负责筹备昆明"文协"分会。

萧红赴重庆。

八月

1日，茅盾主编的文艺半月刊《文艺阵地》第1卷第8期出版。刊载有陆定一的《晋东南军中杂记》，李南桌的论文《抗战与戏剧》，吴蔷的小说《激流下》，邹荻帆的诗歌《江》，茅盾的短评《关于士兵读物》、《不要误解了报告文学》、《从作品中看"群众工作"》，韩北屏的诗歌《西去的洪流》，罗洪的小说《还站在边缘上的小刘》，柳林的小说《转变》，司徒宗的报告文学《一次经历》，李润湖的报告文学《反侵略的火炬在星洲》，任钧的诗歌《“救国专家”颂》，欧阳山的书评《评〈未死的兵〉》，玄珠的书评《〈大众抗敌剧丛〉》，茅盾的书评《〈怎样写报告文学〉》等。

李南桌在论文《抗战与戏剧》中认为：“自从抗战以来，许多文化部门都暂时的受到相当的阻碍——但戏剧却成了一个特殊的例外。由于它有宣传，教育，输送文化，种种的功能，使它在短期间内获得长足的进展”，但仍有许多问题，“第一个碰到的问题是经济条件的限制”；“第二个问题是一般观众水准的低下”；“第三个问题便是舞台的大部分还是皮簧，汉调，花鼓……以及旁的许多地方戏的世界，这种现象会使许多人气愤……旧剧还有一个优于新剧的长处就是演技是纯中国式的”；“第四个问题是剧本的贫乏”。论文还就戏剧中的“三一律”发表了自己的看法:“许多旧的规律都要重新考虑,若干新的法则需要从头创立。就陈腐的‘三一律’来说,除掉‘时间的一致’因为事件发展的紧凑可能性反倒比以前大了一点之外,‘地点的一致’很明显的是不可能的。”总之，“抗战使我们的戏剧很有超出以往一切成果的可能”。茅盾在短评《不要误解了报告文学》中提出一般文学青年对报告文学认识的偏差：“他们目前所写的，正是报告文学。但他们写作的那时，就存了这样的心思：因为‘我还没有够熟练的技巧，不能写小说，所以先来写报告’。这是把报告误认为比小说低级的东西了，而且特别误以为在技巧上报告是‘理合’比小说低些了。”论者还指出了另外一种误解：“‘我还没有把握到现实的全面，我对于复杂的事象还认辨不清……’，他们以为报告只是一件曾经发生过的事实的披了艺术外衣的新闻记事……这样的误解，表面上似乎是十分注重文艺的思想因素的，但实际上是取消了报告文学的思想因素。”

斯塔尔的小说《困兽之斗》、庐面的诗剧《爱情与革命》、和岚的诗歌《七月的火》、宜民的诗歌《西北文艺工作者——抗战的前哨军》、冷厂的连载长篇小说《黑龙江上》发表于《西北文艺》第1卷第2期。

李辉英的《火花》、卢梦殊的《保卫桑梓》发表于《东方杂志》第35卷第15号。

5日,《见闻》半月刊创刊，由宇宙风社发行。

7日,延安举行“街头诗运动日”,发表《街头诗运动宣言》,称街头诗运动是“使诗歌服务于抗战，创造大众诗歌的一条大道”。

10日，陕甘宁边区文协战歌社、西北战地服务团战地社联合发表的《街头诗歌运动宣言》及田间、史轮等的《街头诗选》发表于《新华日报》副刊《动员》。

宋之的的抗战五幕话剧《旗舰出云号》由汉口上海杂志公司出版，为大时代文库第 12 种。

13 日，胡风的论文《民族战争中的国际主义》发表于《抗战文艺》第 2 卷第 4 期。同期还刊载有 S.M. 的杂写《战地小景》，丰子恺的随笔《"佛无灵"》，安娥的报告文学《抢救孩子去》，王莹的小品《日记一页》，［日］鹿地亘的《我底略历》，［美］史沫特莱的杂记《俘虏》，［西班牙］巴利欧作、马耳译的报告文学《巴塞龙那上空的"黑鸟"》，彭慧的通讯《滇池岸上》，绿川英子的特写《赵老太太会见记》，［苏］凯林作、铁弦译的《西班牙的革命作家别尔加曼》，［德国］E.Weinert 作、马利亚译的《国际纵队歌》，［法］N.Babas Varof 作、马耳译的诗《哀悼》，马耳的诗《怀念》等。

16 日，茅盾的论文《八月的感想——抗战文艺一年的回顾》和王西彦的小说《仇恨的生长》发表于《文艺阵地》第 1 卷第 9 期。同期还刊载有王亚平的诗歌《钱塘江水吼》，杨蔚秋的诗歌《忆故乡——海丰》，思慕的随笔《"善跪的动物"》，萧蔓若的散文《铜梁风景》，韩北屏的诗歌《年青的红枪手》，S.Y（刘盛亚）的随笔《卍字旗下》，柳林的速写《老英雄》，周文的新童话《长期磕头的故事》，金在镕的报告《第一次夜行军》，玄珠的书报述评《〈河内一郎〉》、《〈大上海的一日〉》、《从西北到西南》，劳难的《论"文艺兵"的"战术"》，邹荻帆的诗歌《给年轻的歌手们》，李乔的手记《旅途中》等。

茅盾的《八月的感想——抗战文艺一年的回顾》，提出抗战文艺要"写人"，创造"典型形象"。"现在众所诟病的'差不多'，批评家所指出的'不够深入'与未能创造典型人物，我以为大半是为了这本末倒置的缘故。一篇作品产生的过程，总得是先有'人'，——这是生活体验观察的结果，'人'在作家心中成熟而定形的时候，'故事'的轮廓也就构成；即使是把某一历史事件作为背景的作品，也不能不先有'人'。"论者主张不仅要歌颂美好事物，也要写丑恶："作家的笔尖因此不但要扫荡敌人，也要扫荡汉奸，——贪污土劣以及不知自好的包办主义者，为虎作伥的托派。""一个作家用对于丑恶的无比的憎恨与忿怒写出来的暴露作品，其反应一定是积极的，二十年来的新文艺已经证明了！"论文还指出："从'事'转到'人'可说是最近半年来的一大趋势。"同时，论文对张天翼的《华威先生》进行

评论 :“那样典型的出现，而且引起了普遍的注意，而且更引起了青年作家对于隐伏在光明中的丑恶的研究和搜索，——这也是最近半年文坛的新趋向。”论者认为文艺有着教育意义，而且文艺也具有斗争性，“文艺的教育作用不仅在示人以何者有前途，也须指出何者没有前途;而且在现实中，那些没有前途的，倘非加以打击，它不会自己消灭，既有丑恶存在，便不会没有斗争，文艺应当反映这些斗争又从而推进实际的斗争”。

罗洪的《活教育》发表于《东方杂志》第 35 卷第 16 号。

《文艺月刊》战时特刊第 2 卷第 1 期刊载老舍的《轰炸》、王平陵的《中国文艺界的幸运》、郭沫若的《挽歌》。

19 日，紫秋的《回到广州》和征军的诗歌《生？死？》发表于《救亡日报》第 315 号。

克昂的《保卫武汉与四川》、邵力子的《苏日冲突与世界和平》、赵康的《八一三抗战的一周年》发表于《中苏文化》第 2 卷第 4 期。

20 日，诗歌刊物《战歌》在昆明创刊。徐嘉瑞、溅波、罗铁鹰创办。光曙救亡诗歌社编辑。原为月刊，后改为不定期刊。1941 年 1 月出至第 2 卷第 3 期被迫终刊，共出 9 期。

茅盾的《也谈谈“周作人事件”》，丰子恺的《大奸灭亲》、《有纸如牢》，雨田的《我怀念这城市》，骆宾基的《失去了巢的人们》发表于《烽火》第 18 期。

22 日，林英强的散文《女射击兵》，江昭然的诗歌《起来了，我们这未死的一群！》，Rikardo Niles 作、余荻译的散文《我们为全世界的孩子们而斗争》，钟敬文的旧体诗四首《自乐平至梧州舟中》、《谒柳柳州祠》、《苍梧遇陈达夫教授》和《答式湘兄》发表于《救亡日报》第 318 号。

适夷、锡金和马耳到广州，计划办小型文艺刊物《大地》，拟于“九一八”纪念日创刊。

26 日，《中苏文化》第 2 卷第 5 期发表韬实的《粉碎出卖中国的英日谈判》、拔一的《苏联电影事业的新阶段》、克昂的《怎样建立正确的军民关系》。

本月

《星岛日报》在香港创刊。胡文虎发行。附有《虎报》、《晚报》、《周报》。

李韵如的长篇小说《三年》由北京燕生印刷社印刷。

谷斯范的短篇小说集《大时代的插曲》由上海珠林书局出版。收有《不宁静的城》、《断了轨道的列车》、《韵子》和《在甘泉宿店》等。

芦焚的小说集《野鸟集》由上海文化生活出版社出版，为巴金主编的文学丛刊第 5 集之一。收有《末路》、《宝库》、《春梦》、《烈亚先生的泪》和《寻金者》5 篇小说。

罗淑的短篇小说集《生人妻》由上海文化生活出版社出版，为巴金主编的文学丛刊第 5 集之一。收有《生人妻》、《橘子》、《刘嫂》和《井工》4 篇小说，附录《纪念一个友人》、《关于罗淑》和《忆罗淑》3 篇回忆文章。

须旅编选的《在祖国的原野上》由广州战时青年社出版，为战时青年丛书之一。所收文章均取自《战时青年》。

曼虹的随笔、杂感集《东西南北》由中国文化协社出版。

老舍的《三四一》由重庆艺术研究会出版，为中国文艺社主编的抗战文艺丛书之一。该书还有重庆独立出版社同年 11 月的版本。收有《王小赶驴》、《张忠定计》和《打小日本》3 篇大鼓书词；《新刺虎》、《忠烈图》、《王家镇》和《薛二娘》四出二黄戏；《兄妹从军》一篇小说，故书名“三四一”。

丁玲、奚如编著的独幕话剧集《西北战地服务团戏剧集》由广州上海杂志公司出版，为战地生活丛刊第 10 种。收有《忻口之战》、《小英雄》、《参加游击队》、《脱去伪装》、《捉汉奸》、《台儿庄的插曲》和《重逢》等 7 个剧本。

顾一樵的五幕剧《白娘娘》由长沙商务印书馆出版。

刘益之的二幕剧《阎海文》由柳州中国空军出版社出版，为丁布夫主编的空军戏剧丛书第 1 种。

于伶的四幕剧《女子公寓》由上海剧艺社出版，为剧本丛书之一。

“文协”会员老舍、蓬子、胡秋原、老向、何容、冰莹、魏孟克、宋之的、葛一虹、萧红、卢冀野、罗烽、白朗、梅林、端木蕻良、赵清阁等先后抵渝。

九月

1日，端木蕻良的《诗的战斗历程》发表于《文艺阵地》第1卷第10期。同期还刊载李育中的诗歌《今之渔家》，温功义的小说《柴》，李南桌的论文《再广现实主义》，战时文艺工作团集体创作、欧阳山执笔的三幕剧《敌人（1）》（连载至第1卷第12期），S.Y（刘盛亚）的《德国的求乞者》（卍字旗下之二），文俞的速写《果档前》，周文的《神经错乱病》，林焕平的随笔《一件小事》，中泽的随笔《又多了几堆黄土》，高凉的报告《要密》，任钧的诗歌《“文明”和“野蛮”》、《我要回到上海去》，司徒宗的《火花（江南的故事）》，齐同的杂感《山城》，玄珠的书报述评《〈北运河上〉》、《〈中华儿女〉》、《〈南洋周刊〉及其他》等。

端木蕻良在《诗的战斗历程》中以热情的笔调，简单阐述了自己的诗歌观，综述了对中国新诗发生、发展的看法，并对“湖畔诗派”，徐志摩、郭沫若、蒋光慈、殷夫、艾青等中国新诗诗人以及一些外国诗人进行简单评价。“在中国诗的形式（为了它的抒情作用和政治作用）做到了广泛的应用，赋，比，兴，刺，风，咏叹，感怀，哀诉，歌哭，题记，感铭，纪行，赞颂，口号——它存在了讽刺诗，叙事诗，朗诵诗，抒情诗的每个姿式”。论者认为初期新诗，“不管是这个可珍贵的罗曼蒂克运动，表现在诗的领域里，到后来不知被什么样的一种《蕙的风》带进了肉的氛围，而在徐志摩的《别拧我，疼！》的惨叫声中，结束了它的早期的命运”，“这时期徐志摩便担当了第一个诗人的任务，发挥着并不‘民主’的爱欲，来抒写着低能的情感”，论者认为“这一代，诗的主要的斗争信条是反封建桎梏，反礼教束缚，而诗的形式和描写技术总是在尝试和追求之间徘徊着。而当小说的领域已在《狂人日记》的写出之后，奠定了它的写实主义的大路的时候，徐志摩却游离了觉醒的资产阶级的开明的任务，专门去做某种情欲的皈依者了。《我不知道风向什么方向吹！》他说得委婉而动听，但是他睡着了”，而“这期间，歌颂‘个人意志’的权利与价值的，是郭沫若;这个表现在《星空》那首诗上”。接着论者论及所谓的“新写实主义”，认为“新的社会斗争要求武装的共同建筑在大众语言的广大基础的活的语言，用民众的习语来传达民众的感情”，“这期间，蒋光慈便是这样的一个出色的作家。殷夫，他们以殉教者的精神完成了他们的光辉的事业，但也就在刀锋下被割断了才能”。论者认为：“诗的斗争性由于它本身是最初的国民艺术之一”，是“由于它的文字的节省，反映的具象化，而且它能够以最细微的或最粗豪的笔触抒写出情愫的各面”。对于当前诗歌，论文提出“当前诗的营养已经到达可以哺育出完成的作品的地步”，而“这时期以优秀的作品，《大堰河——我的保姆》来开始，从人道主义的爱走到了阶级的爱的诗作家艾青，是显著地突出了一般作品的水准，他做到把情绪提炼了，凝固了，再揉和了的才能的匠人”。

李南桌在《再广现实主义》中博采中外文学案例阐明自己关于现实主义、浪漫主义、写实主义、象征主义的看法：“文艺上的‘现实’，决不止是限于简单的直接的有形的东西，而是非常繁复，非常曲折的。”“‘古典主义’的特色可以说是在规范的，形式的着重”；“‘浪漫主义’的特色，则正相反，是在同那些既成的规范的搏斗”。“‘写实主义’的发展比较的是更密切的适应着社会的发展的。”象征主义可分为三类，“第一类是品格剧，寓言，童话（一部分）——特色是把一些品格给人格化了，使他们之间发生斗争，纠葛，来象征的那些抽象的元素间所发生”；“第二类就是普通所谓象征主义的东西了”；“第三类——也可以说是最高级的象征；最好的代表是歌德的《浮士德》”。论者最后作了小结：“古典的，浪漫的，写实的，象征的，从纵的方面看，是一整部文艺史；从横的方面综合起来看，或者是一个表现全现实的一个较全的方法。”

张春风的《没有归宿的人们》发表于《东方杂志》第 35 卷第 17 号。

2 日，《中苏文化》第 2 卷第 6 期发表黄操良的《注意敌人最近的政治阴谋》、正明的《苏联外蒙与日本》、爱伦堡的《西班牙的灾难和幸福》等。

9 日，《中苏文化》第 2 卷第 7 期发表陆明的《欢迎孙会长归团并论中苏关系》、韬实的《任锡曼的调停能解决捷克问题吗》等。

11 日，陕甘宁边区文艺界抗敌协会（简称“文抗”）在延安成立。丁玲、林山、田间、成仿吾、沙汀、任白戈、周扬、柯仲平、雪苇、刘白羽以及各文艺团体代表为执行委员。1939 年 2 月创办机关刊物《文艺战线》月刊。

16 日，夏衍的独幕剧《赎罪》发表于《文艺阵地》第 1 卷第 11 期。同期还刊载刘白羽的随笔《父与子》，蒋必舞的诗歌《火窟中漫步》，梢龄的诗歌《记马排》，杨朔的报告《火并》，净泉的小说《稻场上》，茅盾的书报述评《〈阳明堡底火战〉》、《〈小说与民众〉》、《〈黄河北岸〉》，骆滨基的报告《意外的事》，思慕的随笔《“阿帕脱”和“德帕脱”的风光》，吴蔷的速写《夜宿二十里铺》，S.Y（刘盛亚）的随笔《死刑底判决》，萧蔓若的《我们给一群魔恶围困》等。

《中苏文化》第2卷第8期发表韬实的《九一八事变与国联》、赵康的《九一八的七周年》、黄操良的《在日寇铁蹄蹂躏下的“满洲”》等。

《西风副刊》创刊。黄嘉德任编辑。林语堂任顾问编辑。西风月刊社发行。内容涉及国际关系、世界大势时局、军备战争、各国民族性、风俗人情以及社会状况等，为抗战提供了大量的参考资料与信息。

李同愈的《大时代的小角色》发表于《东方杂志》第35卷第18号。

17日，“文协”出版《抗战文艺·武汉特刊》第1号。内有《为“保卫大武汉一日”征稿启事》，号召大家积极写稿，为保卫武汉尽力。同时还刊载了奚如的《文学家底位置在何处》、柏山的《“这也是工作”》、罗衣寒的《秋夜杂写》等。

23日，《中苏文化》第2卷第9期刊载韬实的《不绝如缕欧洲和平》、克昂的《论民众运动的统一》、S·kent的《苏联的新闻事业》等。

24日，政治部第三厅将各地来武汉的救亡演剧队和其他戏剧团体改组成9个抗敌演剧队和4个抗敌宣传队，分派到各个战区开展工作。

《抗战文艺·武汉特刊》等2号推出徐盈的杂记《“九一八”在武汉》、舒群的小说《血的短曲之四》、丁克的杂文《你们别再教训我们》、立波的通讯《九华山下》、任钧的诗歌《姑娘我赞美你》等。

25日，苏子涵的《新型通俗文学的创造》、老向的《抗日富贵词》、亦五的散文《忆仙鹤》、何容的大鼓词《弃家从军》发表于《抗到底》等15期。

30日，谊社编选的抗战第一年文艺作品集《第一年》（1937年1月至1938年7月）由上海谊社出版部出版，分“小说、报告、通讯”、“独幕剧”、“诗歌”3编。收有骆宾基的《一星期零一天》、白朗的《清偿》、艾芜的《八百勇士》、沈西苓的《在烽火中》、丁玲的《重逢》、郑振铎的《芦沟桥》、胡风的《敬礼》、巴金的《给死者》、郭沫若的《人类进化的驿程》、艾青的《向太阳》、穆木天的《全民族总动员》、王统照的《上海战歌》等50余人的70多篇作品。作者还有姚雪垠、张天翼、杨朔、郑伯奇、臧克家、柳倩等。书前有夜风的序，书末附茅盾的《抗战文艺一年的回顾》。本书作品来自《呐喊》、《烽火》、《光明》、《七月》、《救亡日报》等50余种报纸杂志。

《中苏文化》第2卷第10期发表韬实的《捷克已经完了吗》、赵康的《中原会战的紧急关头》、朱剑侬的《中国之持久抗战必获最后胜利》。

31 日，郭大力、王亚南合译的《资本论》三卷由上海读书出版社出版，是《资本论》第一部中文全译本。

延安影剧团成立。袁牧之、李肃、物印咸等为负责人，由八路军总政治部领导。

本月

张均编辑的《达夫代表作选》由上海全球书店出版，为当代名人创作丛书之一。分上下两部，上部收有《碧浪湖的秋夜》、《出奔》和《过去》等 11 篇小说；下部收有《闽游滴沥》、《北平的四季》、《春愁》。

张均编辑的《丁玲代表作选》由上海全球书店出版，为当代名人创作丛书之一。共收有小说、散文 15 篇。选自《文化批判》、《文季月刊》、《小说月报》、《东方杂志》等刊物。书末附有作者的《我的创作生活》和《我的创作经验》。

安娥的诗歌集《燕赵儿女》由上海生活书店出版，分为“战士之声”、“燕赵儿女”、“逃亡线上”、“古城的回忆”4 辑。收有《献给女战士》、《抗战的歌手》、《燕赵儿女》、《逃出了封锁线》、《好汉坡》和《大地》等 17 首诗歌。

巴金的散文集《梦与醉》由上海开明书店出版，分 4 辑。收有《死》、《梦》、《醉》、《路》、《生》、《关于“何为”》、《关于“死之忏悔”》、《关于“生人妻”》、《纪念一个友人》、《春月之死》、《忆春月》和《一个英雄的葬仪》等 12 篇散文。

中国文艺社主编的卢冀野的《炮火中流亡记》由重庆艺文研究会出版，为抗战文艺丛书之一。

胡绍轩的《第七号人头》由重庆艺文研究会出版，为抗战戏剧丛书之一。收有一幕三场新型剧《我们不做亡国奴》和三幕舞台剧《第七号人头》两个剧本。

李冰炉翻译的戏剧集《两击耳光》由重庆生存出版部出版。收有赛林孟尔棘的《两击耳光》、独幕剧《奴隶的两副面孔》、独幕剧《母亲》等 9 个剧本。均据英译本译出，原著者名及国别大多未作注明。书末附译者创作的独幕剧《大家捐钱》、独幕剧《父与子》和街头剧《鬼子，你烧不掉我们火热的心！》。

十月

1 日,《文艺阵地》第 1 卷第 12 期出版，刊载有茅盾的短评《伟大的十月》、《新生前的阵痛》、《暴露与讽刺》，蒋必舞的长诗《哭，扭断你的小颈子》，黑丁、曾克合作的独幕剧《游击队的母亲》，齐同的《新年（山城小集之二）》，李南桌的论文《论典型》，力群的《“胖专员”和“糊县长”》，周文的速写《雨中送出征》，李乔的报告文学《禹王山的争夺战》，袁水拍的诗歌《梯形的石屎山街》，李辉英的报告文学《战地掘壕记》，沉默的报告文学《沉默的工作》，玄的书报述评《〈大时代的插曲〉》、《〈在汤阴火线〉》、《西北高原·东南海滨》等。

茅盾在《暴露与讽刺》中指出：“现在我们仍旧需要‘暴露’与‘讽刺’”，而“暴露的对象应该是贪污土劣，以及隐藏在各式各样伪装下的汉奸——民族的罪人。我们要用艺术的手腕描画出他们的面目行径，使得他们在广大的民众前无可遁形，使得广大的民众能够在种种暗角里抓出他们来示众！一个作家写他的暴露的对象时，应当是烈火似的憎恨”！“讽刺的对象应该是一些醉生梦死，冥顽麻木的富豪，公子，小姐；一些风头主义的‘救国专家’，报销主义的‘抗战官’，‘做戏主义’的公务员……讽刺的笔尖挑开了他们生活的内幕，刺激起他们的久已麻痹了的羞耻的感觉，使得民众对于那些天天见惯了因而不觉奇怪的糜烂泄沓的生活，有了憬觉和厌恶。讽刺作者的笔触是冷峭的，但他的心是热的，他是希望今日被他讽刺的对象明日会变成被他赞扬的对象。”论者认为：“对于丑恶没有强烈的憎恨的人，也不会对于美善有强烈的执着；他不能写出真正的暴露作品。同样，没有一颗温暖的心的，也不能讽刺。悲观者只能诅咒，只在生活中找寻丑恶;这不是暴露，也不是讽刺。没有使人悲观的讽刺与暴露。”

《抗战文艺·武汉特刊》第 3 号发表了乃超的短论《日本的“文坛总动员”》、辛劳的诗歌《五月的阳光》、东平的通讯《宣扬“皇道”者的行列》、塞克的剧本《远征长崎》（连载至第 4 号）等。

欧阳山的《一个广州人底迷惑》发表于《东方杂志》第 35 卷第 19 号。

金满城的《忠于文艺忠于抗战》、老向的《论瓶与酒》、老舍的随感《我为什么离开武汉》、左明的剧本《军火船》、尤玄的小说《为民族牺牲的美丽》、赵天的旅记《汉川行》（连载至第 2 卷第 3 期）、谭新民的诗《快伸出你热情奔放的手》发表于《弹花》第1卷第6期。

《文艺月刊》第2卷第4期刊载方殷的《他微笑了》、吴漱予的《宣传及其它》、萧曼若的《失了一个幼年中国的主人》。

丰子恺的《警钟》、刘火子的诗《笔》、孙钿的《奴隶》、巴金的《在轰炸中过的日子》发表于《烽火》第19期。

2日，由中苏文化协会四川分会、通俗读物编刊社、中华全国文艺界抗敌协会等文化团体发起的"文化座谈会"举行第一次座谈。讨论题目为"抗战文化之检讨"。"文协"代表蓬子主持。魏猛克作题为《抗战以来的中国文艺界》的报告。

5日，谢康寿的通讯报道集《潢川之行》由南宁广西民团周刊社出版。收有《潢川之行》、《六安炸弹》、《太临奔波》和《洪水疾行》。

8日，《抗战文艺》随"文协"迁往重庆复刊出版第2卷第5期。刊载了蓬子的论文《一个最实际的问题》、S.M.的小说《一个汉奸底死》、冰莹的报告文学《亳州一老妇》、田涛的小说《残余的两个和一个》、姚雪垠的随笔《离散》、宋之的的杂文《关于维持会之类》、伍禾的长诗《檄日本飞行士》、植田的随笔《机器沉默的时候》、万迪鹤的杂文《一件小事》等。

10日，诗歌季刊《新诗刊》在上海创刊。新诗刊社编辑出版。主要撰稿人有陈君藩、薏敏、芷蘅、梁燕、漪漪等。1939年1月第2期终刊。

《中苏文化》第2卷第11期"国庆纪念号"刊载孙科的《抗战建国与世界和平》、克昂的《今年的国庆纪念节》、威岭的《跃进中的新中国》等。

《西北文艺》第1卷第4期发表《中华全国文艺界抗敌协会西安分会国庆日告西北文艺工作者书》、壁军的论文《抗战文艺与文艺》、村夫的街头剧《汉奸的忏悔》、罗家的独幕剧《敌人占领的地方》等。

毛泽东在中国共产党第六届中央委员会第六次全体会议上作《中国共产党在民族战争中的地位》的报告，后发表于1938年11月25日《解放》周刊第57期。在报告中，毛泽东首次提出"民族形式"的问题，主张把"国际主义的内容和民族形式"结合起来，创造"新鲜活泼的，为中国老百姓所喜闻乐见的中国作风和中国气派"。

文艺"民族形式"的论争主要发生在国统区。1940年的讨论最为热烈。郭沫若、茅盾、胡风、艾青、沙汀、向林冰、葛一虹、陈伯达、艾思奇、柯仲平、何其芳、张天翼、光未然等参加。“文协”、戏剧春秋社、《文学月报》、《新华日报》等就此问题多次召开座谈会，讨论涉及小说、诗歌、戏剧以及音乐等多种文艺形式。其中向林冰和葛一虹的交锋最为激烈，两人的观点也最具代表性。向林冰在《论“民族形式”的中心源泉》、《封建社会的规律性与民间文艺的再认识——再论民族形式的中心源泉之一》、《民间文艺的新生——再论民族形式的中心源泉之二》、《新兴文艺的发展与民间文艺的高扬——再论民族形式中心源泉之三》、《民族形式的三个源泉及其从属关系——再论民族形式的中心源泉之四》等文章中极力强调民间文艺是“民族形式”的源头之水，并以此否定“五四”所开创的新文学传统。葛一虹在《关于民族形式》、《民族遗产与人类遗产》、《民族形式的中心源泉是在所谓“民间形式”吗？》等文章中则针锋相对地提出“五四”新文学才是民族形式最恰当的代表，对民间文艺持全面否定态度。向林冰完全肯定民间文艺的价值，无视新文学对文艺发展作出的不可忽视的功绩，有其褊狭之处。葛一虹对民间文艺全盘否定，也有失客观公允，对于“五四”新文学不加分析地完全赞同，也是不可取的态度。“五四”新文学在外来文学的影响下，关注当时中国人的现实处境和切身感受，既表达了肯定个体价值的现代价值观念，也表现了迥异于前人的独特审美感受，其划时代的开创之功在中国文学的发展演变过程中有里程碑的意义。民间文艺是中国人长期生活在九州大地上审美经验的载体，蕴含着民族集体记忆的核心密码，是新文学发展道路上必须研究参照的母体。“五四”新文学和民间文艺在新文学发展的路途中不是互不相容的对立面，而是滋润新文学成长的双子星座。文学的核心价值在于传达出个体生命对于时代最为别致的审美感受，在此之前的文学传统，不管是外来的，还是本土的，都服务于这个最根本的目的。

在多次座谈会之后，文艺“民族形式”的论争也开始走向深入。郭沫若、茅盾、胡风等人跳出“民族形式”的中心源泉问题，关注现实生活对文艺最直接的影响。这样就把问题引入到真正的文学本体上来了。

文艺的“民族形式”是伴随着“五四”新文学发生而产生的问题，并且一直延续至整个二十世纪乃至当下。“五四”新文学强调关心平民、关心大众，但其先锋文学的姿态注定是大众无法理解的。三十年代，“大众化”的问题开始被关注。左翼文学致力于做大众代言人，描写他们的疾苦。抗日战争爆发，要求凝聚全民族的力量抵御外侮。文艺界对于如何将自己的声音传达到底层表现出了极大热情。文艺的“民族形式”在这一特殊的历史环境下被推上极其重要的位置。政治力量关注的是如何将自身的主张获得更多人的认同，文艺家在此时无暇更多顾及文艺本身的规律和价值，更多地从文学之外的角度去思考文艺的何去何从。文艺的“民族形式”问题并没有得到根本解决，甚至讨论也没有进入到多么深入的层面。五十年代的新民歌运动；六十年代的样板戏；八十年代的“寻根文学”；九十年代的“中华性”等都是这一问题的延续。到了当下，对于这一问题，我们仍有必要继续进行深入思考。

11日，《烽火》第20期刊载了骆滨基的《落伍兵的话》、杨朔的《征尘》、罗洪的《这个时代》、一文的《一份报纸》等。

15日，《抗战文艺》第2卷第6期出版，刊载了魏猛克的论文《抗战以来的中国文艺界》、梅林的小说《憎恶》、老舍的《制作通俗文艺的苦痛》、适夷的通讯《文艺工作者在广州》、万迪鹤的小说《复仇的心》、右家的报告文学《七月廿八号》、吴蔷的随笔《在颖桥寨》等。魏猛克的《抗战以来的中国文艺界》是代表文协研究部在重庆文化座谈会上的发言记录稿，文章从“作家们的动态”、“创作上的倾向”、“通俗文学的重新提出”、“大众作家的发现”等几个方面作了论述。

《抗战文艺·武汉特刊》第4号发表以群的短论《加强前线的文艺工作》、洛军的报告《第一次出击》等。

16日，《文艺突击》在延安创刊。先后由陕甘宁边区文化界救亡协会和中华全国文艺界抗敌协会延安分会编辑出版。1939年6月15日出至新1卷第2期终刊，共出6期。刘白羽的小说《战斗着》、卞之琳的《钢盔的新内容》发表于创刊号。

《文艺新潮》在上海创刊。万叶书店出版发行。1940年5月1日出至第2卷第7号终刊，共出版19期。时值鲁迅先生逝世两周年，创刊号封面冠以“鲁迅纪念特辑”6个大字，刊载了以《论中国的木刻》为题辑录的鲁迅致李桦的7封信、林之材的散文《用工作来纪念鲁迅先生》、王任叔的《鲁迅先生的第一篇小说》等。

艾芜的小说《两个伤兵》发表于《文艺阵地》第2卷第1期。该期为《鲁迅先生逝世两周年纪念特辑》，刊载了景宋的《鲁迅和青年们》，连山的《鲁迅先生和他的先生》，王任叔的《鲁迅先生的艺术观》，适夷的《鲁迅先生之死》，郑振铎的《鲁迅的辑佚工作》，李南桌的《关于鲁迅先生》，张季纯的街头儿童剧《打日本》，臧克家的诗歌《我们这十四个》，茅盾的短评《“宽容”之道》、《……有背于中国人现在为人的道德》、《谨严第一》、《韧性万岁》，阿宁的《香港果菜小贩义卖速写》，金丁的报告文学《离山前后记》，锡金的书评《〈蒙古的少女〉》，袁水拍的诗歌《一九三八的秋雨》等。

王任叔的《鲁迅先生的艺术观》从三个方面论述了鲁迅的艺术观，首先是“艺术的功利主义”，“鲁迅先生踏进文艺园地的第一步，便是抱着个功利的目的”。而“在这里，鲁迅先生的艺术底功利观，是辩证法的，不是机械论的”，“鲁迅先生的艺术的功利观，是站在社会学的见地上的”。第二，是“艺术的宽容”，文章中说：“鲁迅先生虽然拿着这‘艺术的武器’，但他决不乱砍人，除非那临阵脱逃的叛徒，死守封建壁垒的余孽。对于一切向前进行的，活动着的文艺作者，他是给予他以非常多的鼓励”。第三，“真理与阶级性”。文章指出“阶级，战斗与现在，这就构成鲁迅先生的历史的现实主义的全部艺术哲学。但在多阶级的社会里，鲁迅先生决不主张以一个阶级的艺术来统一其他阶级的艺术”。

嘉桂（郭风）在《文艺月刊·战时特刊》第2卷第5期发表《失掉了家的》。同期还刊载巴人的《团歼之夜》、王平陵的《怎样写抗战剧本？》、江涛的《夜渡》、砀叔的报告文学《失去手掌的长发》、史痕的《全国音乐家动员起来》，最后附有熊务民和赵越共同创作的歌曲《白山黑水吟》。

废言的《在山城中》发表于《东方杂志》第35卷第20号。

老向的《贤母训女》、苏子涵的《忠节烈》、何容的《抗日保国》、李代的《错误》发表于《抗到底》第16期。

19日，“文协”联合重庆各文化团体在重庆社交会堂举行纪念鲁迅逝世二周年纪念大会。主席邵力子致辞。老舍代表“文协”发表演讲。

“文协”武汉办事处与鲁迅先生纪念委员会在汉口青年会举行鲁迅逝世二周年纪念活动。活动由张季鸾、周恩来、郭沫若、胡愈之、陶行知、田汉、潘梓年、冯乃超、叶以群、陈纪滢、舒群、安娥等发起。周恩来在会上讲话。

《新华日报》第4版发表一系列“鲁迅先生逝世两周年纪念”的题词和文章。

巴人在《申报·自由谈》发表《超越鲁迅——为鲁迅逝世二周年纪念作》。

《中苏文化》第2卷第12期发表克昂的《鲁迅先生逝世的二周年》、魏冰的《鲁迅先生的精神不死》、田鹏的《中苏互助之可能与必要》等。

20日，时代戏剧社编选的《时代戏剧》（第3集）由上海时代剧社出版。

22日，《抗战文艺》第2卷第7期推出“鲁迅先生逝世二周年纪念特辑”，发表有魏猛克的《纪念鲁迅》、端木蕻良的《衷心的纪念》、方殷的《一面旗帜》、沈起予的《学习“固执”的精神》、宋之的的《反省自己纪念鲁迅》、梅林的《鲁迅先生以乳和血养育青年》、老舍的《鲁迅先生逝世二周年纪念》、蓬子的《继承鲁迅精神》等。此外还刊载有陶雄的小说《张二姑娘》、罗荪的通讯《告别武汉》、锡金的诗歌《广州即景三章》、菲洛的诗歌《从梦中来》、师田手的文学报告《火车头》等。

24日，郭沫若率三厅工作人员撤离武汉。

25日，武汉失守。

陈汝惠的杂文集《断章取义集》由新流书店出版。

29日，顾颉刚的论文《我们怎样写作通俗读物》发表于《抗战文艺》第2卷第8期。同期还刊载了舒群的散文《访学友》，老向的抗日鼓词《毛脉厚》，台静农的报告文学《鲁迅先生的一生》，周文的杂文《“学习鲁迅精神”》，魏伯、碧野的《射击手》等。

30日，老舍的杂感《兔儿爷》、丁玲的《略谈改良平剧》发表于《弹花》第2卷第1期。同期还刊载有董文的《文艺与政治握手》、人一的随笔《用血纪念鲁迅》、老向的大鼓词《忍辱报仇》、热冰的长诗《游击队在挺进》、赵清阁的剧本《上了老子的当》、穆木天的歌词《好男儿》、胡沙的散文《冲锋》等。

31日，中华全国文艺界抗敌协会主办的通俗文艺讲习会开班。学员有22人，多是各机关职员。

穆木天的《对于目前云南文艺工作的检讨》、秋帆的《介绍〈少年读物〉》、高寒的《忠实于自己》发表于《文化岗位》第1卷第3、4期合刊。

本月

孙席珍的中长篇新体小说《战争中》由上海文化励进社出版。本书还有上海现代书局1930年4月出版本。

周文的中长篇新体小说《烟苗季》由上海文化生活出版社出版，为巴金主编的文学丛刊第4集之一。

沙雁的短篇小说集《要塞退出的时候》由重庆艺文研究会出版，为中国文艺社主编的抗战文艺丛书之一。收有《塞上血》、《要塞退出的时候》、《追》、《河寨》、《青纱帐》、《白袖圈》和《征人的哀怨》。

江枚的歌谣集《抗战时令歌谣》（上下册）由汉口大众文化丛书社出版，为江凌主编的大众读物之十二、十三。

宋子亢的《浙东前哨》由青抗社出版，为青年抗敌丛书 3。

朱民威的《江南前线》由重庆艺文研究会出版，为中国文艺社主编的抗战文艺丛书之一。内容为作者 1938 年春在皖南等地的见闻。

古丁的杂文集《一知半解集》由月刊满洲社出版。

何其芳的《刻意集》由上海文化生活出版社出版，为巴金主编的文学丛刊第 5 集。收有短篇小说《王子猷》、剧本《夏夜》和长篇小说《浮世绘》片段等。

陈白尘的四幕剧《魔窟》由重庆生活书店出版。

赵清阁的戏剧集《血债》由重庆艺文研究会出版，为抗战戏剧丛书 4。收有独幕舞台剧《血债》、《把枪尖瞄准了敌人》，街头剧《一起上前线》、《最后关头》和《报仇雪耻》。

唐纳的三幕话剧《中国万岁》由香港大公报代办部出版。

谭正璧编的《诗词入门》由上海中华书局有限公司出版。此书据谢无量的《诗学指南》和《词学指南》略加删节编成。

[日]青木正儿著、江侠庵译的《南北戏剧源流考》由长沙商务印书馆出版，为王云五主编的国学小丛书之一。

十一月

1 日，《文心》杂志创刊。文心出版社发行。

《文艺月刊》第 2 卷第 6 期刊载王平陵的《中国到自由之路》、沙雁的《复活了枯黑的生机》、任军的《江边》等。

张天翼的小说《新生》发表于《文艺阵地》第 2 卷第 2 期。同期刊载的诗歌有锡金的《晴空》，任钧的《校长会议与午睡问题》，邹荻帆的《走向北方》、《山道上》，蒋必舞的《夏之夜》，讷维的《海珠桥》等。还刊载有黑丁的报告文学《我们在潢川》，东平的报告文学《截击》，S.Y 的随笔《卍字旗下》，杜埃的随笔《市街》，玄的书报述评《〈战地书简〉》、《士兵读物两种》、《“孤岛”的新刊》，子久的小说《发光的旗》等。茅盾在《编后记》中对张天翼的小说《新生》作了短评：“《新生》是《华威先生》以后的一篇观察深刻的作品，它警告一些意识上被旧时代旧生活缚得紧紧的苦闷中的知识分子，他们虽然受了血的刺激，要求‘新生’了，但不知不觉中思想上会与‘某种汉奸’起了共鸣。这里的心理描写是很细腻而精密的。”

周正仪的《一个神秘的游击队》发表于《东方杂志》第35卷第21号。

丁玲的《马辉》、周扬的《十月革命与中国知识界》发表于《文艺突击》第1卷第2期。

4日，重庆文化座谈会举行第4次座谈。讨论题目为《今后之外交政策》。蓬子代表“文协”参加。

重庆戏剧界在冠生园举行宴会，欢迎唐纳由上海取道香港来渝。

“文协”出版部在会所召开临时座谈会。姚蓬子、黄芝冈、魏孟克、老舍、宋之的、葛一虹、梅林、王平陵、端木蕻良、戈宝权、向林冰等16人参加。讨论题目为《建立沦陷区域的文艺工作》，方殷记录，交孟克整理。整理稿发表于26日出版的《抗战文艺》第2卷11、12期合刊。

5日，端木蕻良的小说《螺蛳谷》发表于《抗战文艺》第2卷第9期。同期还刊载安娥的报告文学《他是我们敌人吗》，厂民的诗歌《挥起正义的利剑》，蓬子的时论《扫除“和平”主义与失败主义》，丁行的战地报告《沉寂中的前线》，洪露的通讯《戏剧列车在汉口街头》，萧林的通讯《紧张了的宜昌》，[苏]柯尔佐夫作、立波译的《意大利法西斯蒂在瓜达拉哈拉的遭遇》等。

6日，“文协”举行茶话会，招待通俗文艺讲习会学员及该会近日来重庆的理事与会员。50余人出席。张道藩、徐旭生致辞。

7日，《中苏文化》推出“苏联十月革命二十一周年纪念特刊”，刊载侯外庐的《中山先生论苏联》、葛一虹的《十月革命与苏联演剧》、叶文雄的《苏联的新女性》等。

10日，虚生的《通俗文艺的三个必要条件》、老向的《募寒夜》、苏子涵的《出征》、何容的《王德胜放步哨》发表于《抗到底》第17期。

13日，方殷、梅林、袁勃、猛克等发起的诗歌座谈会在“文协”会所举行第一次座谈会，讨论组织问题并检讨一年来的抗战诗歌。

15日，“中苏艺术研究会”在重庆成立。宋之的、葛一虹、戈宝权、姚蓬子等参加成立大会，推选戈宝权、葛一虹为该会负责人。

胡景伊、沈兹九、沈钧儒等邀请文化界同人召开座谈会，决定具文呈请当局，请求实施二次参政会通过的撤销图书杂志审查决议案，并推举代表张申府等办理。

16日，《文艺阵地》第2卷第3期出版，刊载何其芳的报告文学《从成都到延安》，S.Y的《纽仑堡纪游（卍字旗下之六）》，Kazis Vidikauskas作、马耳译的诗歌《给中国兵士》，谷柳的小说《干妈》，欧阳山的随笔《从歌声听出欲望》，草明的随笔《清算》、《戏看完了以后》，王亚平的诗歌《血战亭子山》，齐同的《文艺大众化提纲》，黎烈文的短论《田间剧的提倡》，予矛的《"后方"的昆明》，厂民的诗歌《铁马在召唤》，[匈牙利]K.Barta作、马耳译的《匈牙利的近代作家们》，向林冰的《关于"旧形式运用"的一封信》，黎觉奔的随笔《"延安虽然没有春天"》，周冷的速写《胡队长》，玄的书报述评《〈军民之间〉》、《〈到明天〉》、《〈诗时代〉》等。

向林冰在《关于"旧形式的运用"的一封信》对《文艺阵地》第1卷第3期发表的仲方的论文《利用旧形式的两个意义》中的观点表示异议。首先，"所谓'旧瓶装新酒'本为'旧形式运用'的拟语，而仲方先生则分之为二，似可不必。当然，以内容与形式的辩证关系，拟为'酒'与'瓶'，不是全面正确的；但此乃一切的拟语或定义之共同特征"。其次，"仲方先生对于旧'形式'特别强调'利用'的意义，本社同人未敢苟同。因所谓'利用'，显系实用主义的观点"，"本社在工作的初期，本系采用'利用'的观点的，后因在工作中体验到'必要性'与'必然性'、'服从'与'征服'、'因袭'与'创造'、'宣传教育'与'文化建设'等范畴的对立统一关系，于是乃改用'运用'一词以别于实用主义者的观点"。

白屋的《乱世的猫》、吉力的《救火者的工作》、以太的《美子的悲哀》、宇文节的《向广德行进》发表于《文艺新潮》第1卷第2期。

柳青的《烽火边的人民》，卞之琳的《慰劳信》发表于《文艺突击》第1卷第3期。

郭嘉桂的散文《守着荒寂的山》、柏森的独幕剧《出卖祖茔的子孙》、丁明的《静穆的南宁》、屈岫的《血的堑壕》、覃子豪的诗歌《伤兵的灰军膻和手杖》、蒋白芙的《握手》、管君翔的《嘴角上的血花》、江涛的《流亡一年》、王平陵的《展开沦陷区的文艺宣传》等发表于《文艺月刊·战时特刊》第2卷第7期。

方安译的《逃路》发表于《东方杂志》第35卷第22号。

20日，李密林的小说《完成第一次的战斗》发表于《抗战文艺》第2卷第10期。

同期还刊载浣生的论文《面对着文化界的困难》，黄芝冈的论文《我对于“旧形式”的几点意见》，乃超的通讯《从武汉撤退》，陈瘦竹的散文《武汉人》，任钧的诗歌《他们在街上走过》、《托洛茨基和猫》，巴夫的报告文学《衡阳上空夜战》，萧英的通讯《长坂坡在狞笑》等。

何容的《论宣传》，老向的《当家书》，冯玉祥的《近作五首》，苏子涵的《送郎出征》发表于《抗到底》第18期。

26日，《抗战文艺》第2卷第11、12期合刊出版，刊载有由孟克整理成文的11月4日“文协”出版部召开的临时座谈会的记录《建立沦陷区域的文艺工作》，黄药眠的四幕剧《端午节》，徐盈的散文《忆密林》，徐中玉的论文《论我们时代的诗歌》，方殷的诗歌《握手吧——你们和我们》，李希达的通讯《逃亡》，邵子南的报告文学《伤兵》，罗荪的书评《同情的滥用》，罗衣寒的通讯《孤岛上的文人与文坛》，M·Brovin作、高植译的《托尔斯泰百一零年诞生纪念》，何容的抗日通俗故事《义训报国》等。

本月

巴金的《爱情三部曲》由上海开明书店出版。该书还有1936年4月上海良友图书印刷公司出版本。

拓荒的长篇小说《少女忏悔录》由上海新地书店出版。

萧乾的长篇小说《梦之谷》由上海文化生活出版社出版，为巴金主编的现代长篇小说丛书之七。

芦焚的散文集《江湖集》由上海开明书店出版。收有《痛》、《死》、《河》、《程耀先》、《虹庙行》、《山行杂记》、《谷之夜》、《鼠》和《行脚人》。

[日]青木正儿著、隋树森译的《中国文学概说》由上海开明书店出版。

毛泽东在延安鲁迅逝世周年纪念大会上的讲话记录稿《鲁迅逝世周年纪念大会上的演说》发表于《文献》第2期。

巴金抵达桂林。

叶圣陶应武汉大学文学院院长陈通柏之邀赴武大任教。

十二月

1 日，丁玲的《略谈改良平剧》、杨朔的小说《肉的堡垒》发表于《文艺阵地》第 2 卷第 4 期。同期刊载陈残云的诗歌《清晨小曲》、官冰灵的诗歌《九月》、锡金的两幕剧《横山镇》(连载至 2 卷 5 期)、欧阳山的随笔《卖香烟的女孩子》、杜埃的随笔《老园主》、马耳的《荷兰复兴期诗人“荷兰之狮”百年纪念》、彭慧的小说《九秀峰下》、任钧的《“安哥拉”的点和线》、林焕平的书评《〈总动员〉》等。

唐锡如的《芦滩上的一夜》发表于《东方杂志》第 35 卷第 23 号。

《中苏文化》第 3 卷第 1、2 期合刊载有孙科的《纪念十月革命加强中国抗战胜利的信念》、葛一虹的《论活报剧》、效厂的《送寒衣》等。

《文艺月刊》第 2 卷第 8 期载有何容的《旧瓶释疑》、马文珍的《横吹曲》、沙雁的《魁楼》。

丁敏的朗诵剧《死囚牢里》发表于《战地》第 5、6 期合刊。

梁实秋在《中央日报》副刊《平明》发表《编者的话》。文章写道：“现在抗战高于一切，所以有人一下笔就忘不了抗战，我的意见稍为不同，于抗战有关的材料，我们最为欢迎，但是与抗战无关的材料，只要真实流畅，也是好的，不必勉强把抗战截搭上去。至于空洞的‘抗战八股’，那是对谁都没有益处的。”

此论一出，立刻引起激烈争论。《新蜀报》、《抗战文艺》等刊物于 12 月中旬发表多篇论文就此问题展开讨论。罗荪、宋之的、陈白尘、安娥、巴人、金满城、陶亢德、老舍等相继参与进来。罗荪在《“与抗战无关”》中指出，抗战“已然成为中华民族生死存亡的主要枢纽，它波及的地方，已不仅限于通都大邑，它已扩大到达于中国底每一个纤维”。接下来，宋之的的《谈“抗战八股”》，安娥的《“无关”与“有关”》等文章继续从这一观点进行阐发，认为当下的中国已经不存在与抗战无关的人和事，中国的一切都不可能脱离抗战而单独存在。金满城的《替梁实秋辩护》，将抗战文学进行广义和狭义的区分，“广义的有关抗战，乃谓在抗战期中，中华民国领土内一切行动而言”，“狭义的有关抗战，指属于士兵生活，战场描写，鼓吹抗战，标语口号”。该文认为，梁实秋所说的“与抗战无关”应从广义的抗战来看。在接下来的论争中，巴人、罗荪等继续批判梁实秋的这种“与抗战无关论”，实际是对敌的妥协行为，对当时的抗战具有消极的负面影响。沈从文、朱光潜、施蛰存等相继发表文章，强调文学不能沦为当下政治或商业的奴仆，要忠于文艺本身。郭沫若、茅盾、冯雪峰等人则认为文艺不能和现实分开，它们是不可分割的。这种分歧其实也是“与抗战无关”论争的延续。

参与“与抗战无关”论争的主要论文有：

1938 年 12 月 1 日，梁实秋的《编者的话》发表于《中央日报》。

1938 年 12 月 5 日，罗荪的《“与抗战无关”》发表于《大公报》。

1938 年 12 月 6 日，梁实秋的《“与抗战无关”》发表于《中央日报》。

1938 年 12 月 10 日，宋之的的《谈“抗战八股”》和姚蓬子的《什么是“抗战八股”》发表于《抗战文艺》第 3 卷第 2 期。

1938 年 12 月 11 日，陈白尘的《地瓜与抗战》和罗荪的《再论“与抗战无关”》发表于《国民公报·星期增刊》。

1938 年 12 月 12 日，安娥的《“无关”与“有关”》发表于《新蜀报》。

1938 年 12 月 13 日，金满城的《替梁实秋辩护》发表于《新蜀报》。

1938 年 12 月 14 日，水（张恨水）的《老板与厨子——也谈谈“与抗战无关”》发表于《新民报》。

1938 年 12 月 19 日，沈起予的《复芝冈兄》发表于《新蜀报》。

1939 年 1 月 7 日，芝（黄芝冈）的《抗战文艺当把握建国意识》发表于《抗战文艺》第 3 卷第 4 期。

1939 年 1 月 21 日，荪的《强调现实主义》发表于《抗战文艺》第 3 卷第 5、6 期合刊。

1939 年 1 月 22 日，沈从文的《一般或特殊》发表于《今日评论》第 1 卷第 4 期。

1939 年 2 月 14 日，吉力的《梁实秋的“自由”》发表于《文汇报·世纪风》。

1939 年 3 月 1 日，亢德的《关于“无关抗战的文字”》发表于《鲁迅风》第 7 期。

1939 年 3 月 8 日，巴人（王任叔）的《一个反响——关于〈关于“无关抗战的文字”〉》发表于《鲁迅风》第 8 期。

1939 年 3 月 8 日，九戒（王任叔）的《“无关”而“有关”》发表于《文汇报·世纪风》。

1939 年 4 月 1 日，梁实秋的《梁实秋告辞》发表于《中央日报》。

1939 年 4 月 5 日，苗埒的《从“无关抗战的文字”谈起》发表于《鲁迅风》

第 12 期。

1939 年 4 月 12 日，王任叔的《不必补充》发表于《鲁迅风》第 13 期。

1939 年 4 月 16 日，巴人的《开展文艺领域中反个人主义斗争》发表于《文艺阵地》第 3 卷第 1 期。

1940 年 7 月 10 日，朱光潜的《流行文学三弊》发表于《战国策》第 7 期。

1942 年 10 月 25 日，沈从文的《文学运动的重造》发表于《文艺先锋》第 1 卷第 2 期。

1942 年 11 月 10 日，施蛰存的《文学之贫困》发表于《文艺先锋》第 1 卷第 3 期。

1943 年 3 月 27 日，郭沫若的《新文艺的使命》发表于《新华日报》。

1944 年 7 月 15 日，朱光潜的《文学上的低级趣味》发表于《时与潮文艺》第 3 卷第 5 期。

1986 年 10 月 13 日，柯灵的《现代散文放谈——借此评议梁实秋“与抗战无关论”》发表于《文汇报》。

3 日，徐盈的小说《新的一代》、穆木天的长诗《昆明！美丽的山城！》发表于《抗战文艺》第 3 卷第 1 期。同期“每周论坛”刊载 4 篇关于建立敌后区域文艺的论文：蕻（端木蕻良）的《两个后防》、蓬（蓬子）的《敌人的文化麻醉政策》、荪（罗荪）的《过去在敌人后方的文化工作》、虹（葛一虹）的《展开沦陷区域的文化工作》。此外，老舍的《答客问》、应清的战地报告《大军来去中的富水沿岸》、靳以的随笔《我怀念广州》、宋之的的杂文《从鲁迅想到书报审查》等也发表于该期。

胡风抵达重庆。

5 日，罗荪的《“与抗战无关”》发表于重庆《大公报》。

6 日，梁实秋的《“与抗战无关”》发表于《中央日报》。

赵清阁的《制作军歌之我见》、狄遒的《对于小说作者的要求》、罗鸣的小说《连长》、于定勋的剧本《军衣》、潘孑农的杂感《初写山城》、工常的大鼓词《秀才放火烧日兵》、秦银光的诗歌《武汉，如今的屠场》、路翎的散文《一片血迹与泪迹》等发表于《弹花》第 2 卷第 2 期。

10 日，《抗战文艺》第 3 卷第 2 期出版，针对“与抗战无关”论发表了宋之的的《谈“抗战八股”》、姚蓬子的《什么是“抗战八股”》、《一切都“与抗战有关”》、魏猛克的《什么是“与抗战无关”》等论文。编者在《编后记》中说：“因为最近有人提出目前可以写‘与抗战无关’的文章，而且说，‘空洞的抗战八股，那是对谁都没有益处的’。我们认为这是抗战走入更为艰苦的新阶段，要想从战斗的现实逃避开去的一种新倾向，然而这倾向却不能让它抬出头和生长，因为这是与抗战十分有关的，所以在‘论坛’里对于这种意见作了一个严正的批判。”此外还刊载魏伯的小说《伟大的死者》，胡绍轩的《戏剧艺术与宣传》，须旅的论文《通俗文艺的二三问题》、应清的战地报告《轰炸下》、程朱溪的杂文《我们需要新的歌》、吴伯箫的散文《忆寿州》、黄药眠的诗歌《忆南方》、沙雁的诗歌《咀败北论者》、徐中玉的书评《〈北方的原野〉和〈太行山边〉》。

11日，陈白尘的《地瓜与抗战》和罗荪的《再论“与抗战无关”》发表于《国民公报·星期增刊》。

12日，安娥的《“无关”与“有关”》发表于《新蜀报》。

13日，金满城的《替梁实秋辩护》发表于《新蜀报》。

14日，通俗读物编刊社与抗战文艺编刊社共同召集扩大的通俗文艺工作者的自我批判座谈会，题目为《抗战以来的通俗文艺之检讨》。

水（张恨水）的《老板与厨子——也谈谈“与抗战无关”》发表于《新民报》。

15日，穆木天的《把握住我们的目标而有效地运用我们的武器》、彭慧的《立立要上学》、全民的《嘉陵江畔祭鲁迅先生》发表于《文化岗位》第1卷第5期。

16日，《文艺阵地》第2卷第5期出版，刊载骆宾基的报告文学《东战场的别动队》（连载至2卷12期），鲁夫的长诗《大别山》，[苏]卢博尔作、罗稷南译的论文《在两条战线之间的人》，袁水拍的书评《蒲风的明信片诗》，于逢的报告文学《溃退》，严既澄的《南归志感》，S.Y（刘盛亚）的《求名者（卐字旗下之七）》，雪桐的速写《再会了地狱中的“天堂”》，丁明的《内地的文化巡礼》，司徒宗的《黎明前》等。茅盾在《编后记》中说：“首先我们要致哀悼的，诗人蒲风大概已经牺牲在华南战地了”，“蒲风的死，是中国诗坛上一个严重的损失！”“骆宾基把他参加东战场别动队的经过写出来了。他是作为一个战斗员去参加的，所以他这长篇连载特有意义。他这长篇原来没有总题目，现在这总题目是编者给大胆加上去的。”

萧蔓若的《大时代中的小纪事》发表于《东方杂志》第35卷第24号。

《中苏文化》第3卷第3期刊有侯外庐的《苏联外交与现阶段的欧洲局势》，韬实的《苏土关系的未来趋势》，葛一虹的《组织文化集团访问苏联》等。

王军的《火的堡垒》、秋赤的《梦淑》、西雷琴的《活着的生命》发表于《文艺新潮》第1卷第3期。

17日，王余杞的小说《钢铁与灰烬》发表于《抗战文艺》第3卷第3期。同期还刊载了诗歌座谈会纪要《我们对于抗战诗歌的意见》。该座谈会参加者有厂民、老舍、方殷、何容、蓬子等。此外还发表了长虹的诗歌《新中国是一个新天下》，胡绍轩的街头报告剧《长江血》，孙钿的战地报告《不能遗忘的好伙伴》，爱伦堡作、戈宝权译的《一九三八年七月十八日》，“每周论坛”栏目刊载了蓬的《翻译抗战文艺到外国去的重要性》，猛的《关于翻译作品到外国去》，权的《加紧介绍外国文艺作品》，荪的《也还需要批评》。

19日，沈起予的《复芝冈兄》发表于《新蜀报》。

25日，冯玉祥的《我们应该怎样为持久抗战而奋斗》，老向的大鼓词《割爱除奸》，沙雁的《通俗文艺论》发表于《抗到底》第19期。

本月

谢颂羔主编的《世界著名小说选》（第4集）由上海广学会出版。

沈毅勋编选的《新诗》由上海新潮社出版。选辑有臧克家的《闲》、郭沫若的《悼》、卞之琳的《古镇的梦》、戴望舒的《灯》、田间的《午夜工》、蒲风的《不流泪的卢亚里》、王统照的《上海战歌》、宗白华的《街头女》、林庚的《春之忆恋》、穆木天的《守堤者》、老舍的《慈母》、陈梦家的《秋夜曲》等。

高兰的《高兰朗诵诗》由汉口大路书店出版。收有《是时候了，我的同胞》、《放下你那枝笔》、《我们的祭礼》等。书前有穆木天的《赠高兰》、陈纪滢的《序高兰朗诵诗集》及作者自序。

华铃的《玫瑰》由五洲书报社出版。收有《玫瑰》、《苦》、《他走了》等。

杜青编选的《报告》由上海国际书店出版。收有《广安门之夜》、《要密》、《最近的山西》、《流民》、《在广州》、《截击》、《一个沦陷的城市》、《残杀之后》、《从重庆到成都》等21篇通讯报道。

王家齐的戏剧集《侵略的毒焰》由重庆艺文研究会出版，为抗战戏剧丛书2。收有二幕舞台剧《国债》（一名《献金》）、一幕舞台剧《侵略的毒焰》、《四平街》。

刘念渠的戏剧集《后方》由重庆艺文研究会出版，为抗战戏剧丛书 3。收有街头剧《失去自由的人们》、《后方》，一幕舞台剧《马百计》，默剧《活捉》。

时代剧社编选的《时代剧选第四集》由上海时代剧社出版。

大华烈士编译的军事小说集《硬汉》由香港逸经社出版，收有 [英]E.A.W. 梅孙的《硬汉》和 [法] 大仲马的《布禄将军的名誉》等 7 篇小说。

本年

蒲风的讽刺诗集《黑陋的角落里》由香港诗歌出版社出版，共分“政治”、“陈迹”、“社会”、“拾遗”4 编。收有《不侵略中国领土的》、《说谎者》、《牌照》、《黑陋的角落里》和《兔子死了》等 29 首诗歌。书末附有著者后记。著者后记末署“一九三八年一月廿七决心从军后一日”，著者在后记指出，诗歌大多是“对现社会现实黑暗的一方面讽刺”，诗人也发表了自己对于讽刺诗的意见：“我以为以后讽刺诗不仅不应被人冷视，而且理应能够更进一步，以冀有成了！”

杨昌溪主编的《川军滕县血战前后》（邓孙部抗战实录）由上海金汤书店出版。书前注昌溪、枕戈编。

长江、胡兰畦的《川军在前线》由战时出版社出版。

鹰隼（阿英）的三幕话剧《桃花源》由上海风雨书屋出版。作者在书末《跋》中写道：“看到了田汉兄译的武者小路实笃的三幕剧《桃花源》”，因其中以“人道立场”反对暴力，而其中事实也“不太切合今日的中国”，并且说明写作的目的是为了“警惕一部分仍旧在做着梦，以为在目前的中国依旧有‘桃花源’存在的中国人”。

1939年

一月

1日，周作人被刺客袭击。周作人与同事在寓所内谈话，突有青年闯入屋内，对准周氏发枪，子弹打中左腹毛衣扣，周没有受伤。翌日伪警察署派便衣三人进驻周家护卫。

《文艺月刊》第2卷第9、10期发表张恨水的《证明文件》，王平陵的《荒村之火》，端木蕻良的《卓雅》等。

重庆戏剧工作者举行盛大火炬游行演出，纪念“剧协”成立一周年。上演剧目有《自由魂》、《民族公敌》、《群魔乱舞》、《怒吼吧中国》、《为自由和平而战》、《全民总动员》、《最后的胜利》和《中国万岁》等。

庆祝元旦露天音乐大会10时在中央公园举行。郭沫若发表演讲。合唱团合唱抗战歌曲。

中英文艺综合月刊《绿洲》创刊。上海乐华图书公司总发行，文化服务社总代理。新年创刊号发刊词写道：“都需要我们一群文艺工作者，跑到每一个社会的角落里，运用自己的武器，去刻画和描摹一幅全面性的形象，用以警惕，鼓舞和引导大众，奔向光明的坦途。”同期刊载拓荒的《“文艺大众化”之路》，真尼的小说《办公室里的邵永清》，钱昌年的小说《末路》，吴茜的《寒夜梦》，东风的《海底的忧郁》，江采蘋的诗歌《沙漠中的滴水》，沈伟的独幕剧《在生死线上挣扎》。同期还有英文创作刊载，W.C.Yates著的The Ragged Hero，W.Twain.Shaw的To Silly To Be Beautiful等。

《新华日报》(华北版)在晋东南沁县创刊。

草明的小说《被拯救的灵魂》、绀弩的诗歌《不死的枪》、天蓝的诗歌《队长骑马去了》、林焕平的《日本文坛的末运》,发表于《文艺阵地》第2卷第6期。

臧克家的诗歌《匕首颂》发表于《大公报·战线》第335号。

刘春华的散文集《而立集》由上海迅报馆出版。

虚生的《再论通俗文艺与"地方性"》、薇杰翻译的《集体化的农业在苏联》、孙科的《完成我们的神圣使命》发表于《中苏文化》第3卷第4期。

何容的《民众也可以接受新的》、清阁的《检讨过去策励未来》、钱金戈的散文《日落》、冰莹的小说《倭寇的暴行》、包起权的剧本《寒衣曲》、老舍的诗歌《一九三九元旦》、老向的鼓词《两弟兄》发表于《弹花》第2卷第3期。

朱自清的《新语言》发表于《今日评论》第1卷第1期。

烈轲的《跳出了污毒的心脏》、祖文的《两种异乡人》发表于《东方杂志》第36卷第1号。

2日,《新华日报》发表社论《汪精卫叛国》,声讨汪精卫叛国投敌。

4日,全国文艺界抗敌协会在永年春召开会议欢迎新到重庆的郭沫若、胡风等。主席华林致欢迎词后,胡风、郭沫若等人发言,指出抗战期间文艺宣传应该认清对象、务求通俗等。后联合全国出版界、各报馆通讯社、各报社、各文化团体发起讨汪肃奸运动大会,推举胡风、姚蓬子、老向、王平陵和宋之的等为筹备会代表。

茅盾携家眷由昆明经成都飞抵迪化,在杜重远主持的新疆学院任教。《文艺阵地》由楼适夷代编。

楼适夷(1905—2001),原名楼锡春。曾用笔名楼建南。浙江余姚人。中国著名作家、翻译家、出版家。曾加入左翼作家联盟,参与编辑刊物《前哨》、《文学导报》和《文艺新闻》。主要作品有短篇小说集《挣扎》、《病与梦》和《第三时期》,中篇小说《她的彷徨》,散文集《四明山杂记》等。

6日,华北同学工作队在国泰大戏院演出由陈白尘编剧,钱千里、杨育英参演的四幕剧《群魔乱舞》,连演三天。这是各界抗敌后援会战时服务团为前线抗战将士募集鞋袜而组织的演出,群众积极参与。

政治部孩子剧团来渝。

7日,郭沫若在中国青年记者学会重庆分会欢迎席上作《日本在崩溃途中》的演讲。

芝的《抗战文艺当把握建国意识》、一的《加强文艺上的抗战意识》、蓬的《文艺上的反汉奸斗争》发表于《抗战文艺》第3卷第4期。此外，还发表有侯风的报告文学《血债》、韦君宜的《牺牲者的自白》、梅林的小说《一个战士的前身》、彭慧的报告文学《一包烧饼》、厂民的诗歌《中州平原》、高兰的通讯《桂林三日记》等。

8日，《大公报·战线》第244号刊载文艺界杂讯："桂林文抗分会因筹款无着，暂停组织，另由夏衍、杨朔、丽尼等成立文艺界联谊会。"

杨朔（1913—1968），原名杨毓瑨，字莹叔。山东蓬莱人。现代著名作家、散文家。代表作品有《荔枝蜜》、《樱花雨》、《香山红叶》、《泰山极顶》、《画山绣水》、《茶花赋》、《海市》、《铁骑兵》等。杨朔对散文诗化理论有着精辟阐述并付诸实践，形成了自己的独特风格。

宗白华应中国教育学术团体联合办事处邀请，在商业职业学校礼堂发表讲演《中国艺术与人生》。

郭沫若在重庆商会大礼堂作《从近卫内阁总辞职谈到日本对内外诸问题》的演讲。

江月的《〈群魔乱舞〉观感》发表于《新华日报》，认为该剧"主题有积极方面的意义，号召广大民众打击汉奸傀儡民族叛徒，应该是一个重要的原因"。"人物的创造，自然也是使剧本得到成功的一个原因。演出方面，无论导演、演员、布展、灯光、效果，都有相当可观的收获。"

10日，"文协"举行诗歌座谈会。诗歌界、作曲界30余人到会。胡风、贺绿汀分别报告一年来诗与歌的概况，讨论"诗与歌的问题"。

《救亡日报》在桂林复刊。郭沫若任社长，夏衍为总编辑。

11日，《鲁迅风》周刊在上海创刊。编辑人署冯梦云，发行人署来小雍（来岚声），实际编辑起初是文载道。中国文化服务社经售。同年5月20日第14期改为半月刊，金星书店、天马书店经售。9月5日出至第19期停刊，共出19期。10月11日复刊。巴人在《发刊词》中引用毛泽东的话赞誉鲁迅是"中国的第一等圣人"，阐明鲁迅的斗争精神和学术业绩，表示要"沿着鲁迅先生所走的、所指示的路走去"。主要撰稿人有许广平、唐弢、巴人、陈望道（齐明）、郑振铎（源新）、王统照（息梦、默坚、剑先）、文载道、锡金、石灵、柯灵等。创刊号刊载柯灵的《逆旅》、景宋的《〈鲁迅风〉与鲁迅》、唐弢的《鲁迅的杂文》、石灵的《圣诞树下》、文载道的《岁寒漫笔》等。

七七图书馆为筹募基金，在国泰大戏院公演由应云卫任执行导演，赵丹、英茵等主演的《上海屋檐下》。

12 日，柯灵的《苏州拾梦记》发表于《自学》第 2 卷第 1 期。

罗洛的评论《上海屋檐下》发表于《新民报》。文章认为该剧充分表达了在日寇欺凌下，同胞们失业、贫困、饥饿、彷徨的生活苦境。

13 日，七七少年剧团在社交会堂公演。节目有《人命贩子》、《荣誉大队》、《扬子江的怒吼》和孩子剧团助演的《帮助咱们的游击队》、《梨膏糖》。中国电影制片厂合唱团参加歌咏。

14 日，“文协”成都分会成立。冯玉祥、老舍、李劼人、谢文炳、周文、罗念生、周太玄、熊佛西、叶雄、任钧、邓均吾、陈翔鹤、刘盛亚、刘开渠、葛保华、萧军、朱光潜、郭子雄、顾绶昌、萧蔓若、陶雄、毛一波等 60 余人参加。冯玉祥代表总会致词。老舍报告总会情况。周文报告筹备经过。李劼人、周文、萧军、罗念生、谢文炳、刘开渠等被选为理事。

任钧（1909—2003），原名卢嘉文。笔名卢森堡、孙博等。广东梅县人。1928 年开始发表作品，著有诗集《冷热集》、《战歌》、《任钧诗选》、《为胜利而歌》，诗论集《新诗话》，译著长篇小说《乡下姑娘》、《爱的奴隶》，专著《俄国文学思潮》、《艺术方法论》、《托尔斯泰最后日记》等。

15 日，钱钟书的《冷屋随笔之一》发表于《今日评论》第 1 卷第 3 期。

钱钟书（1910—1998），原名仰先，字哲良。后改名钟书，字默存，号槐聚。江苏无锡人。中国近代著名作家、文学研究家。他熟练掌握多种外文，包括英语、法语、德语、拉丁语、意大利语、希腊语、西班牙语等。深入研读中国的史学、哲学和文学经典，同时对西方新旧文学、哲学、心理学等进行广泛阅读和研究，有多部享有声誉的学术著作。代表作品有《围城》、《人兽鬼》、《管锥编》、《谈艺录》和《写在人生边上》等。

［美］辛克莱和［苏］派夫伦料合著、俞荻译的《国际集体创作〈金卢布〉的写作经过》发表于《文艺》第 2 卷第 6 期。

16 日，虚生的《论通俗文艺与“地方性”》，冯玉祥的诗《过忠县》，老向的《关于抗日千字文》，苏子涵的《一九三九年的开始》，朱凤的散文《母亲的心》发表于《抗到底》第20期。

《中苏文化》第3卷第5期发表韬实的《盲人的赛跑——张伯伦的罗马之行》，陈立夫的《沟通中苏文化应有之认识》，宋之的的四幕剧《自卫队》等。

萧蔓若的小说《牺牲精神》发表于《文艺阵地》第2卷第7期。同期还刊载黎锦明的《别面报告》、田间的诗歌《小鬼：写我们的四个小勤务同志》和《进行曲：我们行军生活素描》、锡金的诗歌《怀乡病》、丁玲的报告文学《冀村之夜》、艾青的短论《给画家们》、茅盾的短论《公式主义的克服》、司马文森的报告文学《模范老爷》、任钧的短剧《出发之前》、杜埃的《论新形势与作家生活实践之强化》等。

萧蔓若（1908— ），笔名吴亦、林映。重庆璧山人。1928年肄业于重庆私立艺术专门学校。曾任中华全国文艺界抗敌协会成都分会常务理事，分会会刊《笔阵》及《文学新报》主编。著有长篇小说《解冻》和短篇小说《牺牲精神》等。

朱雯的《仇恨》发表于《东方杂志》第36卷第2号。

17日，钱玄同在北平逝世。

钱玄同（1887—1939），原名钱夏，字德潜，号疑古。浙江吴兴（现浙江湖州市）人。语文改革活动家，文字音韵学家，中国“五四”新文化运动的倡导者。1906年赴日本早稻田大学学习，与章太炎、秋瑾等人交往。次年入同盟会。1908年，始与鲁迅、黄侃等人师从章太炎学国学，研究音韵训诂。1910年回国后相继担任中学教员、浙江省教育总署教育司视学、北京高等师范附中教员、高等师范国文系教授、北京大学教授、《新青年》编辑、北平师范大学中文系教授和系主任等。他在语言文字学方面的主要贡献集中体现在语文改革活动和《说文》研究等。他坚决反对文言文，提倡白话文，率先在《新青年》发表致陈独秀的白话信，大力提倡用白话作文。他是国语运动的积极参加者。1919年，他成为“国语统一筹备会”会员，并任常驻干事。1925年，与黎锦熙一起创办并主持《国语周刊》。“国语统一筹备会”于1928年改组为“筹备委员会”，于1935年又改组为“国语推行委员会”，他一直担任常务委员。1931年，任国音字母讲习所所长。1932年与黎锦熙共任《中国大辞典》总编纂。

郭沫若在文化界座谈会发表《战时文化工作》的讲演，指出第二期抗战文化人应该努力的方向：文化人到乡村去，到敌人后方去。文化人要向外移，文艺要大众化通俗化。

中华全国文艺界抗敌协会召开座谈会。阳翰笙等 20 余人到会。通过 2 月初召开年会等五项决议。

全国电影界抗敌协会召开理事座谈会，决定呈中央宣传部教育局通告海外党部侨民抵制麻醉影片流行，推举阳翰笙、史东山、沈西苓、潘孑农、崔万秋 5 人起草报告。

18 日，中央电影制片厂制作的《敌机狂炸重庆》在重庆各大影院放映。

巴人的《略论教化之类》、骆宾基的《夜与昼》、曹天风的《悼鲁迅先生》、石灵的《论“身边”与“琐”》、风子的《拾得的梦》发表于《鲁迅风》第 2 期。

19 日，重庆市戏剧界在国泰饭店举行座谈会。曹禺、应云卫、史东山、沈西苓、宋之的、葛一虹、赵铭彝、陈白尘和赵丹等 20 余人出席，欢迎新近来渝的阳翰笙、郑伯奇、万籁天、郑君里等。阳翰笙、郑伯奇、万籁天报告戏剧动态，并决定下次座谈会讨论第二期抗战中演剧运动的问题。

郑君里（1991—1969），又名郑重、千里。祖籍广东中山，生于上海。中国著名电影演员、导演。主要作品有《一江春水向东流》（1947）、《乌鸦与麻雀》（1949）、《我们夫妇之间》（1951）、《宋景诗》（1955）、《林则徐》（1957）、《聂耳》（1959）、《枯木逢春》（1961）等。

21 日，白朗的小说《牺牲》，台静农的杂文《谈“倭寇底直系子孙”》，李希达的《疯》，徐仲年的小说《岭上梅》，李辉英的小说《宿营》，效厂的论文《关于小调》，关伯箫的通信《送寒衣》，孙钿的战地报告《战歌》，任钧的诗歌《战时杂咏》，长虹的诗歌《时代的全面》，应清的战地报告《新的风气》，蓬的《关于士兵的精神食粮问题》、《危险的倾向》，寒的《关于讽刺》，猛的《杂文型的报告文学》，荪的《强调现实主义》发表于《抗战文艺》第 3 卷 5、6 期合刊。

白朗（1912—1994），女，原名刘东兰。奉天盛京（今辽宁沈阳）人。1931 年在哈尔滨参加反日大同盟。曾任《国际协报》记者和文艺副刊主编。创办《文艺》周刊。1941 年到延安。1945 年加入中国共产党。曾任延安《解放日报》编辑，中华全国文艺界抗敌协会延安分会理事，《东北日报》副刊部部长兼东北文艺家协会出版部副部长，《东北文艺》副主编。建国后，历任东北文艺家协会副主席，中国文联第二届委员，中国作协第一、二届理事。是第一届全国人大代表。著有散文集《月夜到黎明》、《我们十四个》、《西行散记》，短篇小说集《伊瓦鲁河畔》，中篇小说《为了幸福的明天》和长篇小说《在轨道上前进》。

郁达夫的杂感《几个问题》发表于《星洲日报·晨星》。

22日，国立戏剧学校在法国泰戏院公演以赵侗将军为题材的四幕剧《凤凰城》。该剧由曹禺等导演，剧校师生全体参加，有名曲《流亡之歌》辅助剧情。赵侗、王卓然等在现场发表演讲。公演收入6000余元全部捐赠华北游击队。

沈从文的《一般或特殊》发表于《今日评论》第1卷第4期。

23日，中华戏剧界抗敌协会重庆分会为义卖献金在演武厅社交会堂进行公演。剧目有话剧《菱姑》、三幕剧《国旗飘飘》。参加演出者均系有经验的演员。

钟锄云的《〈凤凰城〉上演之意义》发表于《新民报》。

史轮的《塞北民歌》发表于《新华日报》。

25日，孩子剧团为纪念"一·二八"公演。节目有《国歌》、《儿童舞》、《不愿做奴隶的孩子》、《快板》、《捉汉奸》、《梨膏糖》、《帮助咱们的游击队》、《独唱》和《孩子血》等。《新华日报》为孩子剧团开辟专栏，刊载有戈宝权的《写在孩子剧团公演之前》、吴新稼的《关于纪念"一·二八"的演出》、孩子剧团的《为纪念"一二八"给全国小朋友的一封信》、《"一二八"纪念给前线将士的信》、何忆娴的诗歌《纪念一二八》和范钦宪的短文《"孩子们，动员吧！"》。

戏剧界以全国剧协名义举行座谈会欢迎孩子剧团。阳翰笙、郑伯奇等莅会。座谈会拟于短期内出版内容充实的剧刊一种。王礼锡报告欧洲文艺界同情中国抗战的情况；郑伯奇报告西北文艺界近况；老舍报告成都分会成立经过；阳翰笙报告华南及上海文艺界的情况；王平陵报告各地组织分会的情形；姚蓬子报告会务近况。

王礼锡（1900—1939），原名王庶三。江西安福县人。早年就读于江西心远大学。1929年在上海组织神州国光社。这一时期创作大量诗歌，后结集为《市声草》。1930年前往日本，开始编印《读书杂志》。1931年回沪，在神州国光社倡导展开中国社会史的讨论，轰动一时，论文后结集为《中国社会史的论战》。1933年去伦敦、巴黎等地考察，创作许多散文和诗歌，收入《海外杂笔》、《海外二笔》和《去国草》等。抗战爆发后，在英参加组织全英援华会，任副会长。1938年回国。次年，参加"文协"派出的作家战地访问团，任团长。在这期间，写有许多日记，报道战地访问团的情况，后收入《作家战地访问团史料选编》。1939年北上时，在洛阳病逝。主要作品有《李长吉评传》、《读书生活文选》和《海外二笔》等。

巴人的《论“没有法子”》、成仿吾的《纪念鲁迅》、陈伯达的《纪念杰出的文豪》、宗珏的《文学的战术论》(连载)发表于《鲁迅风》第3期。

26日，中国电影制片厂怒潮剧社排演《中国万岁》。

28日，重庆各界纪念“一·二八”七周年暨响应国际反侵略运动大会。郭沫若发表演讲。

中华全国戏剧界抗敌协会为纪念“一·二八”举行戏剧宣传大会。重庆市各戏院一律排演抗敌剧或有民族意义的剧目。话剧则分为舞台剧与街头剧两部分。舞台剧方面，怒潮剧社、孩子剧团、三民主义青年团战时服务总队和七七宣传队等参加演出。

《抗战文艺》第3卷第7期文艺简讯刊载消息：任钧拟在成都创刊《书的形式》诗刊，并向各地诗歌工作者征稿。本期刊载有胡风的《略观战争以来的诗》、台静农的报告《国际的战友》、洛兰的译文《敌军官阵中杂记》、陶雄的小说《守秘密的人》、吴伯箫的通信《夜发灵宝站》、王冰洋的散文《妻孥》、蓬的《关于民众的文艺读物》、荪的《创造语言》、殷的《杂谈诗歌》。

本月

晋察冀边区各界发起《晋察冀一周》(1月10日—17日)写作运动。《晋察冀一周》编委会成立，并在《抗敌报》刊登征稿启示。

张仕章的中篇小说《革命的木匠》由上海真理与生命社出版。

何家槐编选的散文集《战斗中的一年》由第八集团军总司令部战地服务队出版，收有记述第八集团军1938年抗战情况的报道，以及柳青、麦新等的作品。

杨村彬的剧本《秦良玉》和熊佛西的剧本《后防，中华民族的子孙》由四川省立戏剧教育实验学校编纂委员会出版。

包起权的剧本《肉弹》(又名《苦心》)由独立出版社出版。

徐訏的剧本《月亮》由上海珠林书店出版。

夏衍的四幕话剧《一年间》(又名《天上人间》)由汉口生活书店出版。

吴祖光的剧本《凤凰城》由重庆生活书店出版。这是其第一个多幕剧本。取材于东北义勇军抗击日寇的故事，并以抗日英雄苗可秀为蓝本。

吴祖光（1917—2003），又名吴召石、吴韶。祖籍江苏武进，出生于北京。现代著名剧作家、导演、著名学者、戏剧家、书法家、社会活动家。主要代表作有话剧《凤凰城》、《正气歌》、《风雪夜归人》、《闯江湖》，评剧《花为媒》，京剧《三打陶三春》，导演的电影《梅兰芳的舞台艺术》、《程砚秋的舞台艺术》等。

赵景深的《小说戏曲新考》和陈遵统编选的《宋明爱国文学》由上海世界书局出版。

二月

1日，《读书月报》在重庆创刊。艾寒松、史枚编辑。从第1卷第8期开始，改由胡绳担任编辑。该刊宗旨是“帮助青年自动学习，推进战时的学术”。

风子的《心的故事》，文载道的《悼钱玄同先生》，锡金的《教士的工作》，石灵的《论打落水狗》，宗珏的《文学的战术论》，茅盾、萧乾的《乱离中的作家书简》，源新的《民族文话》（连载至第12期）发表于《鲁迅风》第4期。

萧红的小说《黄河》和穆木天的《文艺大众化与通俗文艺》发表于《文艺阵地》第2卷第8期。

卢梦殊的《掘战壕》发表于《东方杂志》第36卷第3号。

《中苏文化》第3卷第6期刊载韬实的《国联的决议与日本的诡计》，［俄］高尔基作、葛一虹译的演讲稿《我为什么是快乐的呢》。同期还发表有罗烽的小说《三百零七个和一个》和勃莱克著、马蒙翻译的《梅耶荷德剧场的解体》。

葛一虹（1913—2005），笔名黄芜茵。上海嘉定人。1933年参加左翼戏剧联盟及剧作家协会。历任《新演剧》杂志编辑，中华全国文艺界抗敌协会理事、戏剧家协会监事。皖南事变后赴香港任中苏文化协会研究委员会副主任，《中苏文化》杂志文艺栏目主编。1949年后，历任《戏剧报》编委，《戏剧论丛》主编，《外国戏剧》主编，中国戏剧出版社社长、总编辑。中国艺术研究院顾问、话剧研究所所长，田汉研究会副会长、田汉基金会常务副理事长。著有专著《苏联艺术讲话》、《战时演剧论》、《中国话剧通史》，剧本《红缨枪》，译著苏联多幕剧剧本《带枪的人》、《生命呼喊》，中篇小说《新时代的黎明》，译文集《作家与社会》等。

卞之琳的《进城·出城》、张振亚的《从严肃到文艺》、刘白羽的《突击运动》、何其芳的《日本人的悲剧》发表于《文艺突击》第 1 卷第 4 期。

《文艺月刊》第 2 卷第 11、12 期合刊出版。刊载有梁宗岱的《谈抗战诗歌》、沙雁的《螺山村》、黄华霈的《三百里黄水》等。

3 日，艾青的《除夕》发表于《新华日报》。

苏菲的《绿的记忆》发表于《战地》第 1 卷第 10 期。

4 日，《新华日报》发表社论《加紧沦陷区的文化工作》，指出开展沦陷区文化工作的方法：一是要发行各种通俗的石印或油印的报纸、刊物及读物等，将壁报等作为宣传工具；二是要在敌人后方建立起救亡室或者文化站等以开展讨论会、座谈会等；三是组织各种文化工作队，诸如宣传队、演剧队、战地服务团等。并指出敌后急需大量文化工作人员，号召从事救亡工作的文化人到敌人后方去。

猛的《参加壁报工作》，荪的《汉字之障》，蓬的《新的趣味》，以及王余杞的小说《警报》，白澄的报告《传令兵靳勒书》，王礼锡的通信《英国文化界的援华运动》，明凡的报告《别离》，周文的短论《改编民歌的一点意见》，H·M·muguyev 作、白澄译的《一颗炸弹》发表于《抗战文艺》第 3 卷第 8 期。

5 日，力扬的《朝鲜义勇队》发表于《新华日报》。

微因的散文《彼此》和钱钟书的《冷屋随笔之二》发表于《今日评论》第 1 卷第 6 期。

6 日，中华戏剧界抗敌协会召开常务理事会。张道藩、应云卫、傅少舫、潘孑农等 20 余人到会，讨论日常事务，决定组建抗敌剧团。并拨款 3000 余元，罗致在渝旧剧伶人，既于宣传抗战有利，也可救济失业逃难的戏剧同人。

8 日，景宋的《鲁迅先生的日记》、《鲁迅先生早期日记》，文载道的《献辞》，巴人的《说笋之类》，柯灵的《关于〈鲁迅日记〉》，丰子恺、何家槐的《乱离中的作家书简》发表于《鲁迅风》第 5 期。

9 日，白朗的诗歌《警报》和梅丽莎的《歌谣运动在麻城》发表于《新华日报》。

10 日，魏孟克的《关于诗的朗诵》和戈茅的《关于报告文学与地方通讯的一点意见》发表于《新华日报》。同时还发表有“文协”决议：一、成立图书室，着手购置及捐募书报杂志；二、组织座谈会；三、加强与各团体文艺活动的联系。

赵清阁的《文艺通俗化与实际行动》、魏孟克的随笔《写什么好呢》、赵化龙的小说《打倒我们共同的敌人》、胡绍轩的剧本《病院枪声》、王莹的散文《成长与死灭》、秦光银的诗《北方的寒夜》、天成的报告《父子》发表于《弹花》第2卷第4期。

11日，袁勃的《村堡垒》发表于《新华日报》第4版。

12日，重庆青年座谈会在市商会大礼堂召开。怒吼剧社、青白剧社、戈兴剧社、青年职业互助组会、战时书报供应所和通俗读物编刊社电子歌咏队等招待新近来渝的三民主义青年团战时服务总队、孩子剧团和七七少年剧团等团体。

应中国教育学术联合办事处的邀请，老舍在重庆市党部发表《创作之经验》的演讲。

13日，复旦剧社在永年春招待新闻界，王洁之、洪流和邵伟等报告该社历史。剧社成立14年以来，曾先后在京沪公演20次。此次公演剧目《古城之怒吼》，意在唤醒市民加强抗战意识，所得全部劳军。

14日，吉力的《梁实秋的"自由"》发表于《文汇报·世纪风》。

爱伦堡作、戈宝权译的《他们是谁？》，卞之琳的《五个东北工人》发表于《群众》周刊第2卷第14期。

15日，边区文协召开第3次执委会扩大会议，留住边区中心地带执委委员、原有会员团体代表、四分区文协、西北战地服务团、前线记者团、文艺工作团、海燕社和战地社等代表参加。一致通过边区文协改名为"晋察冀边区文化界抗日救国会"，统一各地名称，重新确立组织系统与工作方针，并改选叶正宣等人为常委，拟出版《边区文化》旬刊。

巴人的《杂家，打杂，无事忙，文坛上的"华威先生"》，黄峰译的《高尔基日记断片》（连载至第8期），[苏]左勤克作、金人译的小说《重逢》，剑先的《旧诗偶录》等发表于《鲁迅风》第6期。

戈茅的《老伯伯》发表于《新华日报》第4版。

《绿洲》第1卷第2期刊载郁伊的小说《征税主任》、若及的小说《正义的殉道者》、巴彦的小说《奔》、阿莺的诗歌《我遥望着云天》、华萼的独幕剧《潮湿的爆竹》。同期还刊载了2月2日绿洲文艺座谈会的会议记录《展开"文艺通讯运动"》。会议表示，"袭用'绿洲'二字的本意，就是想从本刊作中心发展开去，成为一个文艺的集团，通过这集团联络'孤岛'一切的文艺青年"。

16日，《文艺战线》月刊在延安创刊。周扬主编。成仿吾、艾思奇、沙可夫、沙汀、李伯钊、何其芳、周扬、柯仲平、荒煤、刘白羽、夏衍、陈学昭、卞之琳、周文、冯乃超和丁玲等 16 人为编委。刊物署“延安文艺战线社出版”，实际上是在延安编辑，由生活书店在桂林出版，主要面向国统区发行，夏衍为发行人。出至第 1 卷第 6 期终刊。刊物刊载了一批有影响的创作和批评的文字，在根据地和国统区拥有广大读者，对沟通两个地区的文艺作出了积极贡献。周扬在发刊词《我们的态度》中指出，“我们的愿望是：在战争的紧急情况下，集合大家的力量，在文艺的领域内来做一点切切实实于民族有益的工作”。“在共同的工作中，我们首先要培植民主主义的风气。”“对创作上的主张是以现实主义为依归。说出关于抗战的各方面的真实，这就是我们对于作家的要求。”“杜绝宗派思想，强调大众化、民族化。”创刊号刊载荒煤的小说《只是一个人》，刘白羽的小说《五台山下》，沙汀的《贺龙将军印象记》，卞之琳的《石门阵》，田间的《这一代》，天蓝的《夜，守望在山岗上》，艾思奇的《抗战文艺的动向》，成仿吾的《一个紧要的任务——国际宣传》，严文井的《圣经》，[苏]爱伦堡著、克夫译的《在法西斯蒂西班牙》。

《中苏文化》第 3 卷第 7 期发表韬实的《张伯伦结束西班牙抗战的企图失败了》，葛一虹译的《苏联文学中的工农红军》，亚历山大、伊斯巴齐的《钢琴》等。

《文艺新潮》第 1 卷第 4、5 期刊登有适夷的《迎春》、林菲的《春在我们的心头》、巴人的《论“眼高手低”》、白曙的《在远方》、高潮的《时代的悲剧》等。

“文协”成都分会会刊《笔阵》创刊。初为半月刊。《笔阵》编辑委员会编辑，“文协”成都分会发行。编委会由 11 人组成：常务编委是陈翔鹤、顾绶昌、萧军；编委有李劼人、邓均吾、罗念生、毛一波、曹葆华、叶菲洛、任钧和周文。

《文艺阵地》第 2 卷第 9 期刊载魏伯、碧野的小说《五行山血曲》，厂民的诗歌《路》，骆滨基的速写《诗人的忧郁》，适夷的书报述评《花溅泪》，王礼锡的《英国作家对中国抗战的表示》，迦费亚思作、戴望舒译的《玛德里》。

厂民（1914—2003），原名严汉民，笔名厂民。江苏武进人。毕业于上海正风文学院。1941 年参加工作。历任延安文艺界抗敌协会、鲁迅艺术文学院研究室和中央党校四部创作员、教师，华北联合大学、华北大学文学系教师，中国作协专业作家，《人民文学》副主编，《新观察》主编，黑龙江省文联副主席，中国作协第二、三、四届理事及第五、六届名誉委员和《诗刊》主编、顾问。1934 年开始发表作品。1949 年加入中国作家协会。著有散文集《在城郊前哨》，诗集《唱给延河》、《生命的春天》、《小沈庄》、《朝鲜在战斗》、《风雪情怀》、《迎新曲》、《英雄与孩子》、《同一片云彩下》、《严辰诗选》、《严辰诗歌六十年》等20余部，报告文学集《光荣的岗位》、《时代新人》(合写)，选编《信天游选》、《民歌选集》，电影纪录片撰稿《英雄战胜北大荒》等。

寒波的《洪流》发表于《东方杂志》第36卷第4号。

18日，“文协”国际宣传委员会举行首次谈话会。王礼锡、王平陵、戈宾权、郑伯奇、胡风、姚蓬子等人到会，决定致函世界各文学团体及文学杂志，致谢世界对中国抗战表示同情的作家，并计划系统介绍中国的抗战文艺运动，选译抗战文艺作品。聘林语堂等为驻法代表，胡天石为驻日内瓦代表。

黄药眠的小说《陈国瑞先生的一群》发表于《抗战文艺》第3卷第9、10期合刊。小说缘起于黄药眠在武汉看见国民党群体虽然口头承诺抗战，心里却另有所想。小说主要描写了在国难之中的陈国瑞等人堕落迷乱的生活。同期还刊载了欧阳山的小说《皱眉的射手》、罗烽的小说《横渡》、草明的《战地随笔》、冯雪峰的论文《关于“艺术大众化”》、杨维铨的报告《二月四日》、王礼锡的通信《英国文化界的援华运动》、洛蚀文的通讯《从上海寄到重庆》、王平陵的《撒旦的世界》、黄河清的诗歌《国际讽刺诗习作两首》、曹葆华的诗歌《宣示》、王冰洋的散文《龙须》、卢鸿基的《谈〈战时艺术〉》、以及“每周论坛”：蓬的《作家到战地去》、荪的《组织作家战地工作去》、蓬的《作家“受训”》、芝的《旧酒与新酒》等。

黄药眠(1903—1987)，笔名药眠。广东梅县人。著名文学家、诗人、文艺理论家、教育家、美学家和新闻工作者。1927年开始发表作品。著有诗集《黄花岗上》、《英雄颂》，论文集《战斗者的诗人》、《论约瑟夫的外套》、《沉思集》、《迎新集》、《批判集》，散文集《黑海——美丽的黑海》，小说集《暗影》、《再见》，回忆录《动荡，我所经历的半个世纪》，长诗《悼念》等。

19日，边区文救会召开第一次文艺座谈会，征集文化团体和文化工作者的意见。战地社、铁流社和海燕社参加。内容多为文艺团体间的联系、分工及出版刊物等问题。

20日，冯至的《谈读尼采》发表于《今日评论》第1卷第7期。

老向的《奇巧会》，亦五的小说《小玲儿》，冯玉祥的《读苗烈士遗书》，徐中玉的《抗战以来文艺发展的总结》发表于《抗到底》第21、22期合刊。

23日，全国文艺界抗敌协会国际宣传部开会讨论“文章出国”问题，决议由王礼锡和戈宾权负责，并请多名作家参加这项工作。

25日，王西彦的小说《希腊主义者》，庄端源的小说《马戏班》，张恨水的随笔《无法安贫焉能知命》，雷石榆的报告《正义的交响》，思芩的诗歌《夜袭》，“每周论坛”：荪的《我们底“文坛总动员”》，群的《要通俗也要深刻》，蓬的《一个例子》，虹的《文艺作品的总检阅》等发表于《抗战文艺》第3卷第11期。该期还发表有理事会决议：因通俗读物委员会委员穆木天等不在重庆，推黄芝冈、马祖武、向林冰、阎哲吾、李一非、谢冰莹、罗荪、老向、欧阳山、何容、杨骚、陈白尘、郑际生、胡绍轩、郑伯奇、老舍等16人为委员，由老舍召集会议。

向林冰（1905—1982），原名化南，字象离。笔名向林冰、纪玄冰。河南省内黄县人。中国近现代思想史家、哲学史家。他自学成“家”，曾任复旦大学、东北大学、东吴大学、山东大学教授。其主要著作有《中国哲学史纲要》、《中国知行学说简史》、《中国哲学思想》、《哲学要论》、《古代儒家哲学批判》、《困知录》、《论语新探》等，并与侯外庐、杜国庠等合作撰写多卷本《中国思想通史》。

向林冰的《“旧瓶装新酒”的几个枝节问题》发表于《新华日报》第4版。

26日，文救会召开文艺界作家座谈会，30多位作家出席。会上提出并认同三民主义的创作方法，准备向全国文艺界发出号召。

28日，王礼锡的《别锡兰朋友们》发表于《新华日报》第4版。

本月

王统照的散文集《游痕》和李健吾的《希伯先生》由上海文化生活出版社出版。

灵犀的散文集《杂写》由上海社会日报馆出版。

张泽厚的《扑灭倭寇》由成都跋涉书店出版。

莫洛等著的《叛乱的法西斯》由海燕诗歌社出版。

大民会宣传部编的独幕话剧《人间地狱》由大民会总本部出版。

顾仲彝据美国奥尼尔同名剧本改译的三幕话剧《天边外》由上海商务印书馆出版。

张善琨以华成公司名义出品的《木兰从军》上映，引起“孤岛”电影界的轰动，受到观众的热烈欢迎。欧阳予倩借古喻今，在改编时添加了一些虚构情节，借以突出花木兰的英勇和智慧。

陈安仁的《宋代的抗战文学》由商务印书馆出版。内容主要包括宋代文学的主流、主战派的抗战文学和晚宋诗人的战斗诗篇等。

赵清阁的《抗战戏剧概论》由广东中山文化教育馆出版，论述了什么是戏剧、抗战戏剧的功能和使命、大众化及演剧的方式和剧本的作法等问题。

三月

1 日,《宇宙风乙刊》散文小品半月刊在上海创刊。林憾庐、林语堂、陶亢德编辑，西风社发行。第 5 期后改由宇宙风社发行。1940 年 1 月 15 日第 21 期改为月刊，周黎庵加入编辑，同时改由大兴公司代发行。1940 年 9 月 1 日第 28 期起又恢复为半月刊。1941 年 12 月 1 日第 56 期，改为林语堂主编，编辑者为林憾庐和周黎庵，宇宙风社发行。同期终刊，共出 56 期。该刊倾向一如《宇宙风》,以“趣味”为中心。创刊号刊载巴金的《公式主义者》、丰子恺的《中国就像棵大树》、靳以的《旅中短记》、郁达夫的《回忆鲁迅》。

萧蔓若的小说《癫女人》、崔万秋的报告《战时日本文坛动态》、常任侠的论文《论诗的朗诵与朗诵的诗》、草明的《战地随笔》、杨骚的诗歌《国际时调》等发表于《抗战文艺》第 3 卷第 12 期。

李广田的《力量》、罗念生的《捉汉奸记》、陈敬容的《后方小都市》、任钧的《给我们永远滚开吧，你不要脸的民族叛徒!》、萧蔓若的小说《意外》发表于《笔阵》第 2 期。

任钧的短剧《中华儿女》，适夷的书评《〈北方〉》，莱奥诺夫作、适夷译的《站在新人类的水准上》发表于《文艺阵地》第 2 卷第 10 期。

亢德的《关于“无关抗战的文字”》,Bernarb sexton 作、息梦译的《豺与群鼠》，林憾庐的《怀鲁迅》，石灵的《寄某弟报告近况书》发表于《鲁迅风》第 7 期。

韦尔思著、更新译的《新加速剂》发表于《东方杂志》第 36 卷第 5 号。

4 日，“文协”成都分会小说研究组在泡桐树街十五号谢宅召开第一次研讨会。20 余人到会。题目为“我的创作谈”。

8 日，巴人的《一个反响——关于〈关于“无关抗战的文字”〉》，Michael

Joseph 作、宜闲译的《猫的智慧》，齐明的《因〈花溅泪〉的演出说到新女性》发表于《鲁迅风》第 8 期。

九戒（王任叔）的《“无关”而“有关”》发表于《文汇报・世纪风》。

12 日，政治部孩子剧团邀请朝鲜三一少年团、七七少年剧团和江北儿童团等集体学习。陶行知发表讲演，沙梅教歌。

14 日，“文协”举行晚会。40 余人到会。邵力子、安娥、老舍、王平陵、姚蓬子和王礼锡等分别报告会务和参加国际宣传工作的情形。同时讨论文艺界如何参加精神总动员的问题，晚会节目有大鼓、京戏和口技等。

15 日，巴人的《白鹭》，风子的《黎明之前》，柯灵的《〈横眉集〉后记》，[法] Andre Maurois 作、宜闲译的小说《文人岛游记》，宗珏的《抗战中的新文学主潮》，郁达夫、黎烈文的《乱离中的作家书简》发表于《鲁迅风》第 9 期。

玲子的《抗争》、何冷君的杂文《抗战八股与文坛华威先生》、风默的诗歌《远征》、扬玖的散文《寄》发表于《绿洲》第 3 期。

16 日，沙汀的小说《联保主任的消遣》，严文井的小说《儿子与父亲》，何其芳的报告文学《日本人的悲剧》，刘白羽的《记范筑先将军》和《从民族解放运动中看新文学的发展》，[苏] 爱伦堡作、克夫译的《真理》，卞之琳的诗歌《慰劳信》，张振亚的《评田间底近作》发表于《文艺战线》第 1 卷第 2 期。同期发表周扬的《从民族解放运动来看新文学的发展》，文章认为“中国新文学从开始就和民族解放运动密切地联系着，这个联系贯彻了新文学的全部历史”。华北事变后，反帝作品的数量激增，作品内容表现许多“新的特征”。这些特征“表现了新文学和民族解放运动之更深的结合”，抗战以后，“这个结合的程度就达到了它的最高点了”。

陈白尘的《日记招领》和贺绿汀的《新中国音乐启蒙时期歌咏运动》发表于《中苏文化》第 3 卷第 8、9 期合刊。该期推出高尔基诞辰七十一周年纪念，收入 S・Dinomov 作、丽沙译的《论高尔基的剧作》。

隋树森的散文《一日过三峡》、沅君的《告内地的宣传者》、丰子恺的《艺术必能建国》、老舍的《答客问》发表于《宇宙风乙刊》第 2 期。

黄药眠的诗歌《囚徒之春》、碧野的报告文学《儿童队员之死》、黄绳的论文《关于文艺大众化的二三意见》发表于《文艺阵地》第 2 卷第 11 期。

何容的《也谈通俗韵文》、老向的《睡不醒》、苏子涵的小说《国旗》发表于《抗到底》第23期。

沙雁的小说《山城的歌声》、冰莹的《在野战医院里》、王泊生的独幕剧《汉宫魂》、梦鸥的独幕剧《守住我们的家乡》、王平陵的《战时作品的现实性》、杨村彬的《戏剧怎样才能抗战》、陈纪滢的《漫谈文艺作品》发表于《文艺月刊》第3卷第1、2期合刊。

刘麟生译的《黎白里考夫上尉》发表于《东方杂志》第36卷第6号。

许钦文的《模型》、巴金的《民富渡上》、秋赤的《穿过了坟墓》、王军的诗歌《无题》、罗洪的《后死者》发表于《文艺新潮》第1卷第6期。

17日，吴梅逝世。

吴梅（1884—1939），字瞿安，号霜厓，别署癯安、逋飞、厓叟等。江苏长洲（今苏州）人。近代戏曲理论家和教育家，诗词曲作家。历任北京大学、中山大学、中央大学、金陵大学教授。吴梅一生致力于戏曲声律研究和教学。主要著作有《顾曲麈谈》、《曲学通论》、《中国戏曲概论》、《元剧研究》、《南北词谱》等。又作有传奇《风动山》、《绿窗怨记》、《东海记》、《血飞花》（又名《苌弘血》）、《义士记》（又名《西台恸哭记》）五种（后二种未刊行），杂剧《轩亭秋》、《暖香楼》、《湘真阁》、《落茵记》、《双泪碑》、《无价宝》、《惆怅爨》（内含短剧四种）七种。

22日，全国戏剧界抗敌协会第一届年会在新寰球戏院举行。400余人到会。张道藩致开幕词，后由各机关长官暨代表致训词，修正会章，改选理监事。大会选举张道藩、田汉、洪深、熊佛西、阳翰笙、朱双云、余上沅、郑用之、吴漱予、金山、赵丹、宋之的、郑君里、袁牧之、唐槐秋、梅兰芳、万家宝、方治、王平陵、傅心一、王莹、丁玲、万籁天、王亚明、陈白尘、章泯、潘孑农、周伯勋、沈西苓、陈礼江、余克稷和姜公伟为理事。欧阳予倩、周信芳、顾一樵、向培良、凌鹤、孙师毅、阿英、冼群、顾仲彝、葛一虹和吴祖光等为监事。下午会议由总会暨分会代表报告会务工作，通过提案及宣言。晚6时，举行晚会游艺节目等。有孩子剧团的《捉汉奸》，董莲枝的《南京浩劫》，山药蛋的大鼓《牯岭孤军》，还有汉剧、川剧和平剧等。潘孑农以宁波土音唱《打严嵩》，老舍说笑话并与洪深合唱《黄鹤楼》。11时晚会结束。

巴金的散文《石龙——柳州》、景宋的《从女性的立场说“新女性”》、巴人的《再论“没有法子”》、胡风的《乱离中的作家书简》发表于《鲁迅风》第10期。

23 日，中国电影制片厂摄制的《重庆的防空》在国泰电影院公映。

25 日，宋之的创作、应云卫导演的国防四幕剧《民族光荣》在国泰大剧院上演。该剧描写游击区内农民大众因敌人和汉奸的压迫而奋起抗争的故事。

26 日，“文协”香港办事处在香港大学中文学院礼堂举行成立大会。叶灵凤、楼适夷、陆丹林、黄绳、穆时英和戴望舒等 71 人到会。推选许地山为大会主席，楼适夷、许地山、欧阳予倩、戴望舒、叶灵凤、刘思慕、蔡楚生、陈衡哲和陆丹林等 9 人为干事，陈占元、简又文为候补干事。

29 日，章泯创作，赵丹导演，白杨、顾而已、魏鹤龄和施超等主演的五幕国防剧《战斗》在国泰演出。

徐訏的《晨星两三》、石灵的《皱纹》、罗洪的《群像》、顾颉刚的《乱离中的作家书简》发表于《鲁迅风》第 11 期。

30 日，舒湮的散文集《战斗中的陕北》由文缘出版社出版。

31 日，中国文艺社在永年春举行精神动员座谈会。文艺界、新闻界 150 余人到会。华林主席报告后，郑伯奇、谢冰莹、白条、储安平、姚蓬子和王平陵等相继发言。

本月

陈瘦竹的长篇小说《奈何天》由长沙商务印书馆出版。

老舍的长篇小说《骆驼祥子》单行本由上海文化生活出版社出版。小说于 1936 年 9 月 16 日开始在《宇宙风》第 25 期连载，至 1937 年 10 月 1 日第 38 期登完。

臧克家的诗集《泥淖集》由重庆生活书店出版。

邹荻帆的诗集《尘土集》由上海文化生活出版社出版。收有《十月的原野》和《江边》等诗歌。

丁玲的散文集《一年》由重庆生活书店出版。丁玲在序言中说：这集子里都是一年的零碎，本来是替《西线生活》写的几篇，后来一看，还有几篇也可放在一道，另出一册。不敢说是作品，只不过是替服务团记录一下罢了。所以仍只能作生活实录读。

鹰隼（阿英）的散文集《剑腥集》由上海风雨书屋出版。收有《周作人诗纪》、《甲午中日战争日记》和《鬼的故事》等。

房沧浪的散文集《倭营历险记》由生活书店出版。

刘良模的散文集《十八个月在前方》由香港青年协会书局出版。主要内容是对抗日前线情况的记述，包括到苏州去服务、第一次的流浪生活、伤兵的领袖、大家来服务军人和长沙的大火等章节。

巴金的《旅途通讯》（上）由上海文化生活出版社出版。

向隅等集体创作的《歌剧集》由上海辰光书店出版。

史轮等合著的戏剧集《白山黑水》由汉口生活书店出版。收有京剧、话剧以及丁玲的《略谈改良平剧》等。

王为一的戏剧《为自由和平而战》、塞克的戏剧《突击》、王莹等执笔的五幕话剧《台儿庄之战》由生活书店出版。

顾一樵的戏剧《古城烽火》由重庆正中书局出版。

集体创作、胡春冰整理的戏剧《黄花岗》由广东戏剧协会出版。

野风等人编选的《第一年代》由上海美商华盛顿印刷出版公司出版。

李何林的《近二十年中国文艺思潮论》由重庆生活书店出版。

郑君里的《论抗战戏剧运动》由生活书店出版，包括战区演剧、敌后演剧和后方演剧等。

洛蚀文编选的《抗战文艺论集》由上海文缘出版社出版。收有周扬、郭沫若、冯雪峰、茅盾、丁玲、老舍、胡风、以群、穆木天和丰子恺等人的论文。

四月

1日，中苏文化协会在永年春举行茶话会招待重庆文化界。邵力子主持。会议决定收集抗战材料，准备5月在莫斯科举办中国抗战展览会，特设资料组，专门搜集有关抗战材料如书籍、杂志、文艺作品、木刻、漫画和照片等，以增加苏联对我国抗战情势的了解。

中华全国木刻界抗敌协会主办的第三届全国抗敌木刻展览会在社交会堂开始展出，展期3天。7日的《新华日报》为这次展览出了专刊。中铁、大化和云龙合写

《一年来的中国木刻界抗敌协会》，回顾了中华全国木刻界抗敌协会的成立，从组织、出版、展览、供应和研究等方面谈了一年来取得的成绩，也谈了“除了财力上人力上的贫乏以外，我们不能不承认理事会的分工合作的组织形态，很不充实，以致减低了工作效率”。此外，还发表了张望的《中国木刻十年》和铸夫的《中国的新兴木刻运动》等。

《名著选译月刊》创刊。编辑人林龙光，发行人林鹤钦。名著选译月刊社发行，艺文印刷局印刷。创刊号刊载了 Catulle Mendes 作、南登山翻译的小说《失去了的情话》。

杨骚的诗歌《这一首活的讽刺诗》发表于《中苏文化》第 3 卷第 10 期。同期还发表了老舍对苏广播的文稿《抗战中的中国文艺》、章泯的《论战时演剧宣传》、沙蒙的译文《二十年的苏联演剧》。

黄宁婴的诗歌《再生的歌唱》、林焕平的《论一九三八年的日本文学界》、黄绳的书报述评《希伯先生》发表于《文艺阵地》第 2 卷第 12 期。

华林的《抗战中的总动员》、谢冰莹的剧本《野战医院》、何韬的小说《突围》、老向的《抗战童谣》、砀叔的报告《一只血底耳朵》、老舍的杂感《生日》、赵天的《〈凤凰城〉观读感》发表于《弹花》第 2 卷第 5 期。

刘大杰的《汉末文人思想的转变》，丰子恺的散文《活的艺术》，钦文的《鲁迅先生的报复手段》，徐訏的散文《悼殊青》，谢冰莹的独幕剧《野战医院》，安特列·马尔劳著、朱雯翻译的长篇报告文学《人的希望》（连载至 13 期）发表于《宇宙风乙刊》第 3 期。

一炬的《自由的一天》发表于《东方杂志》第 36 卷第 7 号。

梁实秋的《梁实秋告辞》发表于《中央日报》。

芦荻的《驰驱集》由诗歌出版社出版。

林语堂编选的《现代幽默文选》由大厦书店出版。

2 日，钱钟书的《冷屋随笔之三》和柳无忌的《明日的文学》发表于《今日评论》第 1 卷第 14 期。

3 日，中华全国戏剧界抗敌协会举行第二届理监事宣誓就职典礼。30 余人到会。推选张道藩为主任；郑用之、应云卫、宋之的、洪深和朱双云等为常务理事；余克稷为文书；宋之的和章泯为话剧组正副主任；洪深和傅新以为歌剧组正副主任；

萧崇素和富少舫为杂剧组正副主任。

5日，苗埒的《从“无关抗战的文字”说起》、锡金的《向着普希金的铜像》、萧红的《乱离中的作家书简》发表于《鲁迅风》第12期。

秋赤的《谈谈文艺大众化问题》、巴金的《在柳州》、宜之的《兵姑娘》、路易士的《寒夜》发表于《文艺新潮》第1卷第7期。

8日起，怒吼剧社在国泰大戏院公演五幕国防名剧《民族万岁》，应云卫、沈西苓和赵丹导演，魏鹤龄、钱千里和柏森等80余人参演。

9日，“文协”举行第一届年会。于右任、叶楚伧、邵力子和郭沫若等会员160余人参加。邵力子、叶楚怆、于右任和郭沫若等被选为主席团代表。邵力子致开幕词，指出现在我们要使“名士”变成“战士”，运用我们的武器，去打倒甘为敌人爪牙的汉奸文人，负起文艺作家对于抗战建国的重大责任。老舍报告会务。“文协”各部——总务部、组织部、研究部和出版部都做了工作总结，分别以《总务部报告》、《组织概况》、《研究部报告》和《出版状况报告》为题，发表于《抗战文艺》第4卷第2期。最后讨论会章和选举理事，并提出每年3月27日为中华文艺节和“组织战地文艺工作队”的提案，由胡风起草《致全世界反法西斯侵略战争的作家电》（发表于《抗战文艺》第4卷第2期）。

为纪念“文协”成立一周年，《新华日报》发表社论《用笔来发动民众捍卫祖国》。第4版刊登胡风的《在艰难里打下了基础的一年》、欧阳山的《抗战必胜新文艺运动必成》、潘梓年的《对于文艺作家努力的几点意见》、葛一虹的《抗战戏剧的发展》、袁勃的《在斗争中的诗歌运动》等。

《新民报》推出“文协”周年纪念特刊，刊载蓬子的《组织部部队——我对于文协年会的一个提案》、李陵的《调整我们的笔阵》、王礼锡的诗歌《宣言——为文协周年作》等。

周正仪的独幕剧《告别》发表于《今日评论》第1卷第15期。

10日，留渝剧人为《救亡日报》募集基金在国泰咖啡厅演出四幕剧《一年间》招待新闻界人士，阳翰笙报告《救亡日报》自创刊以来在文化岗位上的作用和筹募基金公演的目的。

梅林的《抗战文艺一年来底产量》、白朗的《庞杂的控拆》、安娥的《“下乡”与“入伍”》、胡秋原的《论新形式与旧形式》、老舍的《怀友》、周文的《成都抗战文艺运动鸟瞰》、罗荪的《抗战前后的武汉文坛》等发表于《抗战文艺》第 4 卷第 1 期。

12 日，宋之的、沈西苓、凌鹤、章泯和应云卫等联合导演的《一年间》在国泰大戏院公演。应云卫担任舞台监督，演员有王荔、王为一、白杨，朱铭仙、宋之的和章泯等。此次公演系为《救亡日报》筹募基金。

风子的《童年》，巴人的《不必补充》，苗埒的《女难》，白危、曹靖华的《乱离中的作家书简》发表于《鲁迅风》第 13 期。

15 日，《戏剧岗位》戏剧月刊在重庆创刊。熊佛西主编。刘念渠和王小涵参与编辑。华中图书公司发行，唐性天为发行人。该期刊载有熊佛西的独幕剧《搜查》和论文《政治・教育・戏剧，三位一体》，任钧的散文《台下散谈》，刘念渠的《论戏剧工作者的自学》，E.G.Hatch 作、徐昌霖译的《印度的一种民众剧》。

改选后的“文协”第二届理事会举行第一次会议。叶楚伧、邵力子、张道藩、郭沫若、老舍、郑伯奇、阳翰笙、胡风、安娥和孔罗荪等 15 人为常务理事。老舍和华林为总务部正副主任；王平陵和老向为组织部正副主任；姚蓬子和孔罗荪为出版部正副主任；胡风和郑伯奇为研究部正副主任。

16 日，老舍应军委会政治部的邀请，在中央广播电台发表题为《抗战与文艺》的演讲。

郭沫若设宴欢迎参加《一年间》演出的留渝剧人，100 余人参加，场面热烈。

刘白羽的小说《金融篇》、石灵的散文《无花果树》、司马文森的粤北散记之一《战工第八十三队》、景宋的《话剧在上海》、巴人的《展开文艺领域中反个人主义斗争》、适夷的短论《一年的感想》和《暗阴的光》、杜埃的短论《当前的工作总则》发表于《文艺阵地》第 3 卷第 1 期。

刘白羽的小说《总的破坏》、梁彦的小说《战士的家》、艾思奇的《旧形式运用的基本原则》、卞之琳的报告文学《晋东南麦色青青》、野蕻的报告文学《小鬼们》、柳青的报告文学《王老婆山上的英雄》、天蓝的诗歌《队长骑马去了》、张振亚的书评《读〈边区自卫军〉》发表于《文艺战线》第 1 卷第 3 期。

艾思奇的《旧形式运用的基本原则》认为运用旧形式的目的，“不是要停止于旧形式，而是为创造新的民族的文艺”，“旧形式能成为民众的东西，不在于它的格律化的方面，而在于它的强调现实的手法”；运用旧形式，就得把它“反映现实的优良的手法从它的格律的限制里解放出来，也就是把现实主义归还给我们的民族文艺传统”，“我们文艺人，一方面是民众的教育者，而另一方面却又要同时向民众学习”。

沙雁的《山城之触》发表于《东方杂志》第 36 卷第 8 号。

老向的散文《重庆的鼠》发表于《宇宙风乙刊》第 4 期。

葛一虹的《苏联电影戏剧在中国的影响》、夏高阳的独幕剧《冲向前去》、沙梅译的《青年作曲家——斯特旁诺夫写的新歌剧》发表于《中苏文化》第 3 卷第 11 期。

18 日，全国文艺界抗敌协会举行第一次常务理事会。老舍、王礼锡和胡风等出席。老舍主持。决议充实各部机构、议定办事细则、《武汉日报》征求作品办法、编纂全国战史、通知各地会员所属刊物每月必须刊载总会消息和调整各地分会组织等。

中华全国戏剧界抗敌协会楚剧宣传队第二队来渝，在国大戏院公演楚剧。

23 日，精神动员协进会成立大会在重庆市商会大礼堂举行。叶楚伧、邵力子、郭沫若、叶溯中、罗敦伟、程沧波、潘梓年和老舍等为主席团成员。

《文化岗位》第 2 卷第 1 期刊载穆木天的《展开地方文艺运动动员地方文艺壮丁》，李乔的《炭》，马子华的《风》等。

25 日，姚雪垠的小说《红灯笼的故事》、郁达夫的随笔《在警报声里》、吴伯箫的通讯《踏过响堂铺》、力扬的诗《黎明》、臧克家的诗《祖国叫我们这样》等发表于《抗战文艺》第 4 卷第 2 期。

本月

林箐（阳翰笙）的长篇小说《火线上》由昆明火线出版社出版。

李辉英的中篇小说集《抗战的前奏》由火线出版社出版。

张天翼的短篇小说集《同乡们》由上海文化生活出版社出版，为文季丛书之一，收有《夏夜梦》、《侣伴》、《同乡们》和《陆宝田》等。

王亚平的诗集《祖国的血》由长沙民众书店出版。

力扬的诗集《枷锁与自由》由生活书店出版，分“枷锁”和“自由”两辑。

刘白羽的短篇小说集《蓝河上》由上海文化生活出版社出版。

巴金的散文集《旅途通讯》（下）由桂林文化生活出版社出版。

杨刚的散文集《沸腾的梦》由上海美商好华公司出版。收有《五月，民族斗争的顶点》、《生命的受难》、《北平呵，我的母亲》、《抗战与中国文学》、《上海——巨大爆裂的前夜》和《一九三九年第一天的上海》等。

周俊元的散文集《宜渝道上》由华中图书公司出版，为作者从宜昌到重庆的沿途游记。

徐仲年的散文集《沙坪集》由正中书局出版。前有范存忠的序言和作者的“卷头小语”，收有诗歌、论文和剧本等。

茅盾的《炮火的洗礼》由重庆烽火社出版。

李健吾的戏剧《十三年》由上海文化生活出版社出版。

塞克的戏剧《歼灭》和王为一的独幕话剧《宣传》由生活书店出版。

蔡冰白编剧、张昊作曲的四幕歌唱剧《上海之歌》由上海现代出版社出版。

祝实明的《文学与战争》由重庆国论社出版。共分 4 章，分别论述战争文学的定义、文学与战争的关系、战争文学的内容和作家对战争的态度等问题。

苏雪林编选的《写作经验谈》由上海中学生书局出版。收有苏雪林的《文学的创作和时间》、马仲殊的《从名著到创作》、穆木天的《诗歌创作上之二三问题》、谷剑尘的《剧本的题材》、徐蔚南的《小说的技巧》、顾森千的《作家成功的要件》、赵景深的《写作和真诚》、黄庐隐的《写作的原动力》、汪倜然的《写作即是工作》、叶永蓁的《写作上的五条“条例”》、何家槐的《草稿》、罗洪的《底稿和修改》、许杰的《写作是实际生活的反映》。

［美］史沫特莱著、哲非编译的报告文学《在游击队中》由上海言行出版社出版，为战地报告文学丛书。收有史沫特莱的《在游击队中》和《在北平游击队中》等。

［瑞士］阿拍尔·米宁著、巴金翻译的《一个国际志愿兵的日记》由平明书店出版。

巴金翻译的《巴塞罗那的五月事变》由上海平明书店出版。著作记述了西班牙内战期间，在反法西斯阵线内部右翼分子发动的一次反对共和国的叛乱活动。

五月

1 日，《中国诗坛》复刊。复刊号中称，广州陷落使得第 3 卷第 1 期在炮火中被毁。虽然为社员众多的诗歌团体，但向来无门户之见和宗派思想，“为拥护与完成诗歌的统一战线，我们愿与全国服役的诗歌紧紧地握起手来”。

艾芜的小说《春天的原野》、袁水拍的《爬着的人群及尾奏》、司马文森的粤北散记之二《江边》、黄绳的短文《关于作品的批判》、任生的独幕儿童剧《小俘虏》发表于《文艺阵地》第3卷第2期。

袁水拍（1916—1982），原名袁光楣，笔名马凡陀。江苏吴县人。现代著名诗人。1934年毕业于苏州高中，翌年考入上海沪江大学，3个月后转到银行界工作。抗日战争爆发后，在香港、重庆等地从事抗日救亡宣传，历任重庆美术出版社编辑、中华全国文艺界抗敌协会候补理事兼会刊主编，同时从事诗歌创作。1942年加入中国共产党。解放战争期间，在上海从事新闻工作，先后担任《新民报·晚刊》、《大公报》编辑，发表300多首政治讽刺诗。以嬉笑怒骂方式揭露国民党政府的黑暗，反映人民群众的疾苦，深受读者欢迎。1949年调北京《人民日报》工作，担任文艺部主任，兼任《人民文学》、《诗刊》杂志编委，参加武训历史的调查和《武训历史调查记》的编写工作。1961年调离人民日报社，任中共中央宣传部文艺处处长。著有通讯文集《华沙·北京·维也纳》，论文集《文艺札记》，诗集《马凡陀的山歌》、《沸腾的岁月》、《歌颂与诅咒》等12种，译作《马克思主义与诗歌》、《巴黎的陷落》等13种。1976年初曾任文化部副部长，后因与“四人帮”有牵连，被停职审查。1982年因病去世。

陈残云的诗歌《野火》发表于《中国诗坛》复刊号。

陈残云（1914—2002），原名陈福才，笔名方远、准风月客。祖籍广东广州。著名小说家、剧作家。1933年，在香港《大光报》发表第一篇短文《一个青年的苦恼》。主要作品有《香飘四季》、《山谷风烟》、《羊城暗哨》和《热带惊涛录》等。

陈瘦竹的《湖上恩仇记》发表于《东方杂志》第36卷第9号。

老向的散文《香港想像记》、钱歌川的散文《槟城的元夜》、冰莹的散文《红萝葡和黄萝葡》、徐訏的散文《专一与永久》、毕树棠的书评《〈骆驼祥子〉》发表于《宇宙风乙刊》第5期。

John Gunther著、严安孚翻译的传记《曼纳尔奎松》发表于《名著选译月刊》第2期。

宋之的的《关于艺术作品的民族性问题》发表于《大公报·战线》第335号。

5日，陈梦家的《白话文与新文学》发表于《今日评论》第1卷第20期。

苗埒的《再论文艺大众化问题》，许钦文的《来客》，何为的《皖南琐记》，李守中的诗歌《中华》、《号角》等发表于《文艺新潮》第 1 卷第 8 期。

14 日，《星岛周报》创刊。金仲华、冯列山、叶启芳、戴望舒、张光宇、罗忒士和周新组成编辑委员会。夏衍的独幕剧《娼妇》发表于该期。

15 日，《南风》在上海创刊。林微音任编辑，发行人为周乐山。商务出版社出版，中国图书公司总经销。创刊号刊载赵景深的《诗三章》，邵洵美的《伟大的作品》，林微音的小说《成熟的幼稚病》（连载至第 4 期），周乐山的散文《墓记》，[美] 萨洛扬作、路龙环翻译的《蛇》和 [英] 斯坦勒 · 霍登作、芳信翻译的戏剧《亲爱的死者》。

邵洵美（1906—1968），原名云龙，后改名洵美。浙江余姚人，出生于上海。新月派诗人、散文家、出版家和翻译家。主要作品有诗集《天堂与五月》、《花一般的罪恶》、《一朵朵玫瑰》和论文集《火与肉》等。

野风等人编选的《第一年代续编》由香港美商未名书店出版。

16 日，陈骏的《黄牛》发表于《东方杂志》第 36 卷第 10 号。

20 日，《文友》在上海创刊。刘守筠为编辑。上海文友月刊社发行。创刊词指出："文友，它里面所含的，有的是"道"，有的是"实"，另一部分就是风月，在风月里面，我们会感到一种不鸣的共鸣，和深心的向往。"创刊号刊载杨彦岐的小说《富贵病》，风子的杂文《关于黑暗面的把握》，[美] 赛珍珠作、凌仁译的小说《爱国者》。

香港戏剧界黄花岗演出委员会为庆祝欧阳予倩五十寿辰公演《黄花岗》。

王礼锡的散文《香港竹枝词》、舒湮的散文《和朱德一起过年》、徐訏的杂文《论"空话与实干"》、周新译的《慕尼克第二幕剧》、杨彦岐译的《逃出了纳粹的魔掌》发表于《宇宙风乙刊》第 6 期。

艾青的诗歌《吹号者》、司马文森的粤北散记之三《来自东江的童话》、曹葆华的《我们是诗作者》和《题未定》、潘梓年的《文艺作家的努力》发表于《文艺阵地》第 3 卷第 3 期。

何家槐的《战地小记》，李健吾的《记野蕻》，沈尹默的《和知堂诗五首》，柯灵的《行程》，骆宾基的《两只箱子》，石灵的《说酸葡萄》，锡金的《诗随感》，[日] 长谷川如是闲作、云译的散文《弱点即长处》，吉力的《读〈骆驼样子〉》发表于《鲁迅风》第 14 期。

21 日，臧克家的《随枣行》发表于《群众》第 3 卷第 1 期。

王礼锡的诗歌《毒炸后》发表于《星岛周报》第 2 期。

25 日，［英］勃脱兰著、林淡秋等译的报告文学集《华北前线》由上海文缘出版社出版。

乔木的《青年颂》，卞之琳的《日华亲善·渔猎》发表于《文艺突击》新 1 卷第 1 期。

28 日，钱钟书的《冷屋随笔之四》发表于《今日评论》第 1 卷第 22 期。

本月

张恨水的小说《蜀道难》发表于《旅行杂志》第 13 卷第 5 期（连载至第 12 期）。

端木蕻良的小说《科尔沁旗草原》，王统照的诗文集《欧游散记》由上海开明书店出版。

周楞伽的小说《净火》由上海洪流出版社出版。

刘纯安的小说《角落里》，朱沫的小说《生的意志》，萧乾的小说集《灰烬》，朱雯的小说集《逾越节》由文化生活出版社出版。

张天翼和艾芜等的小说集《遥远的后方》由大时代出版社出版。

臧克家的散文集《乱莠集》由良友复兴图书印刷公司出版。

程晓华的散文集《常沅十八滩》由战时文化出版社出版。

吴涵真的散文集《苦口集》由香港国讯社出版。

陈白尘的戏剧《乱世男女》由重庆上海杂志公司出版。副标题为《大时代的小喜剧》，并引用鲁迅先生的话："但因为翻起来的是沉滓，沉滓又究竟不过是沉滓，所以因此一泛，他们本相倒是越加分明，而最后的运命，也还是仍旧沉下去。"

［俄］克鲁泡特金著、巴金译的《我底自传》由上海开明书店出版。译者"前记"云："它温暖我的心，它也会温暖无数青年的心。它帮助过我的知识的发展，它也会帮助无数的青年的知识的发展。"

［丹麦］勃兰克斯著、侍桁译的《十九世纪文学之主潮》由商务印书馆出版。

六月

1 日，《锻冶厂》在四川罗江县创刊。四川罗江国立第六中学第四分校锻炼厂月刊社编辑发行，各埠书店代售。李广田是实际负责人。出至第 10 期停刊。发刊词写道："我们一方面要锻冶我们的手艺，希望能为这'抗战建国'的大时代画一些光荣的记号，一方面要锻冶我们的整个生命，使我们的力量变得更坚强，更有韧性，以期为国家民族多尽一些应尽的责任。"该期刊载李广田的散文《和青年同学谈创作》和陈翔鹤的散文《怀〈静静的顿河〉上卷译者赵广湘》。

艾芜的小说《回家后》、雷石榆的诗歌《春在洛阳》、黎锦明的散文《河口得画》、司马文森的粤北散记之四《野火》、杨朔的报告文学《火石》、艾青的作家论《梦·幻想与现实》、劳夫译的《萧罗姆·阿莱克汉》发表于《文艺阵地》第 3 卷第 4 期。

屠仰慈的小说《蔡大嫂》、钦文的散文《锦江的藏银》、徐訏的独幕剧《契约》发表于《宇宙风乙刊》第 7 期。

登太编选的《鲁迅访问记》由文化励进社出版。收有当时文艺理论方面的论争文章 29 篇，其中有茅盾的《关于"论现在我们的文学运动"》、《关于引起纠纷的两个口号》和《再说几句》。

Multatuli 著、南登山译的小说《谢嘉》发表于《名著选译月刊》第 3 期。

5 日，野蕻的《落花》、石灵的《论"信手写来"》、风子的《心上的暗影》、萧军的《鲁迅杂文中底"典型人物"》、列车的《报告文学和文艺通讯》、旅冈的《论〈夜莺曲〉》、李辉英的《焚书》发表于《鲁迅风》第 15 期。

锡金的《文艺通讯是什么》、白曙的诗歌《夜的交响》、端木蕻良的《关于〈科尔沁旗草原〉》、莫洛的诗歌《变》发表于《文艺新潮》第 1 卷第 9 期。

9 日，晋察冀边区《抗敌报》出版"纪念高尔基逝世三周年"专刊。

11 日，冯至的《查拉图斯特拉的文体》发表于《今日评论》第 1 卷第 24 期。

戈茅的《不死的山城》、于鸣的《首都文化在血火中前进》发表于《群众》周刊第 3 卷第 4 期。

15 日，杨彦岐的散文《蓝色的故事》，邬曦的散文《褪色的旧笺》，罗春的《散文三篇》，[英]奥登作、邵洵美翻译的诗歌《他们携带着恐怖》发表于《南风》第 2 期。

16 日，厂民的诗歌《献给成都市民》，力扬的《把强盗们撵出去》，方殷的诗歌《我走在这废墟之上》，司马文森的粤北散记之五《三个女壮丁》，天虚的报告文学《饿》，穆木天的《建立民族革命的史诗的问题》，［俄］高尔基作、适夷译的故事诗《少女与死》发表于《文艺阵地》第3卷第5期。

《文艺月刊》第3卷第5、6期合刊载有王平陵的《女优之死》、克非的《关于文学的朗诵》、沙雁的《送作家战地访问团》。

葛一虹的《高尔基一个革命的人道主义者》、胡风的《高尔基在世界文学史上加上了什么》、杨骚的《高尔基与诗歌》、章泯的《高尔基与戏剧——关于蒲雷曹夫》、［俄］高尔基作、塞克翻译的《囚徒之歌》发表于《中苏文化》第3卷第12期。

知堂的纪念散文《最后的十七日》发表于《宇宙风乙刊》第8期。

涟清的《楼房上》发表于《东方杂志》第36卷第12号。

20日，辨微（周木斋）的《本性难移》，丁谛的《记隐飞》，巴人的《站在壁角里的人》，巴金的《写在罗淑遗著的前面》，文载道的《历史》，锡金的《诗琐论》，［俄］高尔基作、劳人译的《结论》，［苏］左勤克著、金人译的《家庭幸福》，［美］辛克莱著、黄峰译的《辛克莱日记断片》（连载至第18期）发表于《鲁迅风》第16期。

老向的《释国民公约》、冯玉祥的诗《师生杀敌》、贾午的通讯《山中抗敌见闻琐记》发表于《抗到底》第24期。

25日，田野的《八路军军医院》发表于《八路军军政杂志》第1卷第6期。

沈从文的《一种态度》发表于《今日评论》第2卷第1期，指出新的文学艺术应该表现出一种综合的新的理想和生存态度。

林山的《战斗与劳动》、雷加的《三个人的阵地》、骆方的《野火》发表于《文艺突击》新1卷第2期。

28日，边区戏剧界抗敌协会成立。边区文救会召开戏剧问题座谈会，各剧团代表为了开展和统一将来边区的戏剧运动，提出建立边区戏剧界抗敌协会。大会选出9位代表任边区剧协的执行委员，3个代表任常委。

本月

洪涛、筱薇的小说《谁的罪恶》由大众出版社出版。

洪涛的小说《囚徒的梦》由大众出版社出版。

巴彦的小说集《创痕》由大时代出版社出版。

张天虚的散文集《运河的血流》由重庆读书生活出版社出版。分“赴前线去”、“平汉到陇海”、“遭遇的处女战”、“台儿庄巡礼”、“山头的争夺战”、“李家圩的撤退”等18节，记述抗战初期华北和华东战况。

钱能欣的散文集《西南三千五百里》由商务印书馆出版。

王任叔的文艺理论著作《文艺短论》由上海珠林书店出版。收有《论文学作品中之定命论思想》、《从怀古谈起》和《作家与世界观》等读书札记和与文艺相关的随感。

朱维之的《中国文艺思潮史略》由上海开明书店出版。此书为著者在沪江大学暑期学校的讲稿，包括北方现实思潮的发达、佛教思潮的勃兴、唯美主义的高潮、古典主义、浪漫主义和写实主义等。

［美］辛克莱著、郭沫若译的《煤油》由上海国民书店出版。

七月

1日，艾芜的小说《受难者》，周文的《我的歌颂》，马若濮的戏剧《山场上》，适夷的《跟随着抗战前进》和书报述评《意大利的脉搏》，王礼锡的诗抄《小心里的仇恨》，司马文森的粤北散记之六《乡村自卫团》，黄绳的《抗战文艺的典型创造问题》发表于《文艺阵地》第3卷第6期。

老舍的《一封信》、郁达夫的《回忆鲁迅》、夏丏尊的《诗》、谢闻玄的散文《岳阳·洞庭湖·岳阳楼》发表于《宇宙风乙刊》第9期。

李存业的散文《落草》、马麟彩的小说《傲慢的矗立在原野上》发表于《锻冶厂》第2期。

张春风的《满洲乐土》发表于《东方杂志》第36卷第13号。

5日，《文艺新潮》第1卷第10期刊有锡金的论文《连环图画制作的诸问题》，贺依的杂文《几种大手》，何为的《皖南散记》，陈一明的《难得放心》。

7日，楼栖的诗歌《征怀》和缪白苗的诗歌《夜赠》发表于《中国诗坛》第2期。

15日，老向的《自上自今自始》、清阁的《精神动员是力量不是口号》、梅林的小说《旅行家》、赵天（赵清阁）的小说《凤》、包起权的讽刺诗《警报》、青谷的书评《古城烽火》发表于《弹花》第2卷第6期。

傅彦长的小说《肠胃的隐居时代》，朱维基的长诗《九转》，邵洵美的《结算》，[西班牙]加尔德伦著、葛麟武译的《有四十八个孩子的人》发表于《南风》第3期。

《抗敌报》第1版刊载《边区剧协成立宣言》全文。

16日，易丹的小说《迁厂》、黄大姊的长诗《离吉安去安义》、穆木天的短评《建立后方文艺》、杨村彬的《抗战剧本写作问题》发表于《文艺阵地》第3卷第7期。

徐訏的小说《胡子》、知堂的散文《野草的俗名》、浑介翻译的林语堂的散文《我的信仰》发表于《宇宙风乙刊》第10期。

萧森的小说《黄山自卫军》、何容的《关于暴露黑暗》、史痕的《作家的访问》发表于《文艺月刊》第3卷第7期。

20日，石灵的《狭的天地》，巴人的《鲁迅与高尔基》，巴金的《关于〈爱国者〉》，[俄]高尔基作、荃麟译的《菲多·田亚廷》等发表于《鲁迅风》第17期。巴金认为赛珍珠的《爱国者》"里面没有一个真实的中国人。有的只是捏在外国人手里的灯影"，"到处都是对我们这次抗战的有意或无意的误解"。同时反驳了林语堂关于"白克夫人是中国最有力的宣传者"的说法。

25日，冯乃超的《歌唱吧，中国的儿女们！》发表于《现实》第1期。

马寒冰的《印度救护队访问记》发表于《八路军军政杂志》第1卷第7期。

本月

《七月》第4集第1期出版。七月社发表《愿再和读者一同成长》，回顾了《七月》的历史，指出"战争前进了，文艺运动前进了，我们当然希望《七月》能够更健康、更有力量，但同时也明白地知道，它不过是整个文艺战线上的堡垒之一，无论它的影响如何，在关联的形式上它只能是一个岗位"。"当然，文艺界统一战线在民族战争里面的前进，当不会仅仅止于政治上的共同目的'抗敌'一点，就是创作方法，也会趋向接近的罢。""在今天，我们底微小的目的是：希望在同情我们的作家底合作和批评下面，在爱护我们的读者底监视和参加下面，多少能够使进步的文艺发展，为光荣的祖国效命。"该期刊载有庄涌的诗《同蒲路——敌人的死亡线》,绿川英子的《失去了的两个苹果》,艾青的诗歌《骆驼》,田间的诗歌《“荣誉战士”》，秋江的《血染的雨天》，老舍的《五四之夜》，宋之的的散文《从仇恨生长出来的》、杂文《拉住说》，曹白的游击生活报告《在敌后穿行》，丁玲的军中生活特写《警卫团生活小景》，萧军的人物特写《夹谷》，贾植芳的《悼黄浪萍君》，欧阳山的杂文《南泉默写》,胡风的《民族革命战争与文艺》,白危的《毛泽东断片》，雨霞的速写《某城风景》，姚苡的小说《李陵》，贾植芳、曹白的战讯（《从中条山寄到重庆》、《从 ×× 河寄到重庆》）等。

郭源兴（郑振铎）等著的短篇小说集《十人集》、王行岩的小说《突围》、柯灵的小说集《掠影集》、巴人的《扪虱谈》、容庐（王统照）的散文集《繁辞集》、白曙等的散文集《松涛集》、孔另境等的散文集《横眉集》、石灵的戏剧《当他们梦醒的时候》，由上海世界书局出版。

由女铎月刊社编辑的短篇小说集《女铎小说集》（第三辑）由上海广学会出版。

蔡元培等著的散文集《自传一章》由上海宇宙风社出版。

巴金的散文集《感想》由重庆烽火社出版。收有《感想一（在孤岛）》、《感想二（在广州）》、《失败主义者》、《国家主义者》和《和平主义者》等。

柯灵的《望春草》，魏金枝的《怎样写作》由上海珠林书店出版。

叶尼的戏剧集《没有男子的戏剧》由浙江丽水潮锋出版社出版。

［日］小泉八云著、白水译的《浪漫派文学与古典派文学在风格上的关系》发表于《中国公论》第 1 卷第 5 期。

八月

1 日，王西彦的小说《涡河的黄昏》、欧阳山的小说《三水两农夫》、陈豫源的独幕剧《抽水马桶》、臧克家的诗歌《一百一十四个》、雷加的报告文学《老鼠夹子》、洁孺的《论民族革命的现实主义》、李励文的报告文学《从汕头出来》发表于《文艺阵地》第 3 卷第 8 期。

风子的散文《瓜蔓集》、钦文的散文《一条腿》发表于《宇宙风乙刊》第 11 期。

［苏］奴西诺夫著、以群翻译的论文《文学的本质》，向林冰的《苏联哲学在中国》，曹靖华译的《我是劳动人民的儿子》发表于《中苏文化》第 4 卷第 1 期。

陈翔鹤的《论读古书》、张方成的《机遇》、张胜时的《炮烟》发表于《锻冶厂》第3期。

何其芳的散文集《还乡日记》由上海良友复兴图书印刷公司出版。

苏州新报社编选的《吴船集》由苏州新报社出版。

汪志瑶的《还乡》发表于《东方杂志》第36卷第15号。

老舍的《通俗文艺的技巧》、欧阳山的小说《英烈传》、老向的《回头岸》、沙雁的小说《〇三八五黑皮车》、贾午的报告《战地归来》发表于《抗到底》第25期。

5日，《人世间》半月刊在上海创刊。徐訏、陶亢德主编。丁君发行。人世间社出版。该期刊载有文载道、朱雯、柯灵、浑介、陶亢德等人的《目前孤岛刊物内容问题商谈》，柯灵的《雨街小景》，徐訏的《我们所最爱的》、《真话》和小说《眉毛的故事》，李健吾的《话翻译》，赵景深的《译文与风格》，赵家璧的《关于翻译》等。

10日，《文艺新潮》第1卷第11期刊载田青的小说《唐驼背》，寄虹的文艺通讯《掠夺》，征骅的诗歌《最后一课》，雪萍的《战士墓》等。

15日，傅彦长的散文《杨梅的呼啸》，沙雷的《诗三首》，[美]萨洛扬作、路龙环翻译的《笑》发表于《南风》第4期。

16日，《新华日报》第4版整版均为谈论电影《马门教授》的文章。《马门教授》通过教授马门的遭遇，反映德国纳粹迫害犹太人和人民群众反抗纳粹统治的故事。《马门教授》送审批准后，8月5日在唯一电影院放映。驻渝德国大使馆向当局抗议，"唯一影院公映之《马门教授》影片，系煽动仇德"，要求"剪裁或禁令停映"。重庆社会局竟遵其所旨，禁令停映，并派一队警察来执行此令。市政府张贴告牌："违抗命令，停止营业三日。"舆论哗然。电影检查所复审《马门教授》，在群众压力之下，原样演出。《新华日报》的文章叙述了事件始末，对当局的禁演进行谴责。该期刊有吴克坚的《从〈马门教授〉影片说到我们的外交方针》，企程的《介绍〈马门教授〉》，朔望的《漫谈电影》，吴敏的《〈马门教授〉影片事件的始末》，闵廉的《电影与抗战》。

《文艺月刊》第3卷第8、9期刊有克非的《只是过渡的问题》、老舍的《残雾》、林羽的《古庙中》。

司马文森的粤北散记之九《新时代的旧渣滓》、黎锦明的随笔《他看见什么》、蒲风的诗歌《再见从化河》、袁水拍的报告《鸽铃》和书报述评《青年突击队诗刊》、黄绳的《当前文艺运动的一个考察》发表于《文艺阵地》第3卷第9期。

周正仪的《到底他叫什么名字》发表于《东方杂志》第36卷第16号。

20日，《人世间》第2期刊载胡曲园的杂文《自由与理性》、知堂的杂文《谈关公》、谢闻玄的散文《三峡水色》、毕树棠的论文《汉英对照浮生六记》、徐訏的《猪肉的价值》等。同期还有徐訏和亢德的《关于本刊》，称出版后，外面都以为是《人间世》复刊，并解释了《人世间》与《人间世》之间的关系，因考虑到林语堂等不在上海故而取名为《人世间》。

23日，戈茅的《论文学界的殷忧》发表于《新华日报》第4版。

24日，萧红的《轰炸前后》，巴人的《与天佐论个人主义书》，景宋的《鲁迅先生与海婴》，Isaae Eksler作、胡岚译的《梭罗珂夫访问记》，Luppol作、应服群译的《新旧知识分子在俄国》，辨微的《警觉和认识》发表于《鲁迅风》第18期。

26日，作家战地访问团团长王礼锡在洛阳逝世。

30日，“文协”致作家战地访问团慰唁电。“惊闻礼锡噩耗，同人等莫不哀泣。此间待兄等归来，当筹开追悼大会。望将礼公沿途笔记文件，妥为保存，备出专集。当地长官热忱衰恤，同人感荷实深，即希兄等代总会致谢。事毕，盼之的兄偕全团继续前进，完成礼公遗志。途中一切珍摄，无任祷祝。”

31日，《大公报·战线》第354号载：“作家战地访问团已过黄河去山西。齐同赴新疆。碧野在洛阳阵中日报工作，姚雪垠、臧克家已联袂去安徽。”

本月

柏山的小说《义路》发表于《七月》第4集第2期。小说描写了抗日军队“理发员”吕华员被惩罚去喂马，后来开小差被追回来的故事，侧面展现了新四军的战斗生活。同期设有“M.高尔基——作品与人”栏目，刊发了高尔基作、王春江译的《时钟》，高尔基作、杨芳洁译的《塞马加是怎样被捉去的》，Y.加奈次基作、胡风译的《列宁与高尔基》，鹿地亘的《对于人的爱》，此外还刊载有S.M.的战役报告《从攻击到防御》（连载至第4集第3期），曹白的游击生活报告《半个十月》，天蓝的诗《G.F.木刻工作者第二章》，辛克的诗歌《我爱那一幅旗》，庄涌的诗歌《给筑路的农夫》，陶雄的剧本《总站之夜》，黄既的陕北通讯《到安塞去看病》，朱声的陕北通讯《开荒》，孟丝萑的杂文《“子曰”与牙牙夫斯基》等。

杨辛克（1917—2006），又名杨光汉、屠一夫，笔名滴川。贵州省松桃苗族自治县人。1930 年夏考入南京中央大学实验中学读书。1933 年 9 月与同班同学发起纪念“九一八”事变两周年活动，并发出“要求当局出兵抗日”的呼声，被开除学籍。此后，转赴北平继续进行抗日活动和求学，参加“一二・九”抗日救亡大游行。同年 8 月到东北军学兵队学习。12 月，“西安事变”时，负责东城门保卫工作，监视城内动静。此后，到云阳镇前方指挥部参加红军，先后任甘肃庆阳县红军大学三科教员，延安保安司令部随营学校教员，延安抗大学员，晋东南边区 129 师 385 旅干部教育干事、干训班指导员、支部书记，山西昔阳中心县县长。解放后，随军西进贵州，历任贵州省工商厅工矿处副处长，贵州省人民政府工业厅副厅长等。

杨朔的小说《帕米尔高原的流脉》由生活书店出版。

艾芜的小说集《逃荒》由上海文化生活出版社出版。

老舍的短篇小说集《火车集》由上海杂志公司出版。

茅盾的《茅盾短篇小说集》（第二集）由开明书店出版。

马子华的小说集《飞鹰旗》由重庆读书生活出版社出版。

吕漠野的诗集《燕子》由中正书局出版。

王者编选的《诗歌选》由奉天文艺书局出版。

缪崇群的散文集《废墟集》由上海文化生活出版社出版。收有《北南西东》、《春天的消逝》、《宝贝》和《废墟上》等。

索非的散文集《人体旅行记》由上海文化生活出版社出版。

胡嘉的散文集《滇越游记》由长沙商务印书馆出版。分上下两编，上编包括昆明、西山、滇池和个旧等地的游记；下编为越南游记。

江上青的散文集《万里风云》由香港棠棣社出版。

董每戡的戏剧《保卫领空》由成都中国空军出版社出版。

董辛名的戏剧集《游击队的母亲》由浙江永嘉游击文化社出版，封面有“三个不同类型的抗战戏剧”字样。收有独幕剧、街头剧和默剧。

欧阳予倩据俄国列・托尔斯泰的《黑暗之势力》改编的五幕剧《欲魔》由上海现代戏剧出版社出版。

李健吾据美国 W・C・Fitck 的《真话》改编的三幕喜剧《撒谎世家》由上海文化生活出版社出版。

李南桌的《李南桌文艺论文集》由重庆生活书店出版。

［英］司各脱著、施蛰存译的长篇小说《劫后英雄》由昆明中华书局出版，系张梦麟主编的世界少年文学丛书。

九月

1日，刘白羽的小说《一个和一群》、方敬的诗歌《长征》、适夷的散文《悼王礼锡先生》、李育中的随笔《受难的地域》、司马文森的粤北散记之十《吹号手》、巴人的论文《中国气派与中国作风》、锡金的《诗歌的技术偏至论者的困惑》、叶素的书评《〈五台山下〉》、葛一虹译的《关于剧作底题材》发表于《文艺阵地》第3卷第10期。

欧阳健的《张老五》发表于《东方杂志》第36卷第17号。

郁达夫的《回忆鲁迅》、叔永的《峨眉杂忆》、忆融的翻译小说《胖太太自述》发表于《宇宙风乙刊》第12期。

李广田的《"旧形式"利用——一个名词的商榷》，李蓝山的散文《投入故乡的怀抱》，吴昌福的小说《吉田的悲哀》发表于《锻冶厂》第4期。

《中苏文化》第4卷第2期推出"苏联戏剧特辑"。收有郑伯奇的《苏联戏剧给予中国抗战戏剧的参考》，［苏］Y·Soboev著、章泯译的《苏联戏剧概况》，［苏］M·Leoine作、葛一虹翻译的《第三次五年计划中的苏联剧场》，［苏］亚斯里埃维支原作、曹葆华译的《关于"政治诗"》（连载至第3期）。

冼群的《戏剧学基础教程》由金华充实丛书社出版。共8章，分别讲述戏剧的性质、内容、形式以及剧种、剧本、导演、演员、舞美、剧务等问题。

5日，萧红的《长安寺》，钟望阳的《离别》，巴人的《鲁迅先生的学习精神》，［日］新庄嘉章著、云译的《纪德的小说论》，［俄］果戈理著、鲍鹤群译的《死魂灵》，［苏］P·Pavlenko著、胡岚译的《我们如何生活》发表于《鲁迅风》第19期。

徐訏的小说《赌窟里的花魂》，张宪的翻译《德国沉舰记》，杨彦岐的翻译《一夜飞航旧金山》发表于《人世间》第3期。

萧蔓若的《误解以外——关于朗诵诗杂谈》，厉歌天的《给笔阵》，砀叔的《出卖孩子的母亲》发表于《笔阵》第10期。

10日，鲁藜的诗歌《在春天祖国的西北角》、力群的散文《给我的伙伴们》、张季纯的独幕剧《插翅虎》发表于《西线文艺》第1卷第2期。

鲁藜（1914—1999），原名许图地。福建同安人。1933年加入反帝大同盟，后参加左联。1938年入延安抗大学习，历任晋察冀军区民运干事、战地记者、天津市文协主席、中国作协天津分会副主席和中国作协第四届理事。1932年开始发表作品。代表作有诗集《醒来的时候》、《时间的歌》、《红旗手》、《鹅毛集》和《鲁藜诗选》，短篇小说集《枪》等。

束胥的《八股习题》、刘林的《我们的枪下》、金吉的《买报》发表于《文艺新潮》第1卷第12期。

12日，丁谛的《记桃李园》和章榴的《买美金票的人》发表于《人世间》第4期。

15日，中央电影摄影场制作的《中华女儿》在国泰上映。沈西苓导编，罗学濂监制，赵丹等主演。

16日，金曼辉的小说《铁蹄下》，丁玲的小说《旧眼模糊中之信念》，孔厥的小说《调查》，天蓝的诗歌《哀歌》，吴伯箫和卞之琳的报告文学《从我们在前方从事文艺工作的经验说起》，[苏]G.勃洛甫曼著、克夫译的《苏联文学当前的几个问题》发表于《文艺战线》第1卷第4期。

周而复的小说《播种篇》，吴蔷的随笔《老黑马》，雷溅波的诗歌《昆明，在朝阳光明的路上》，司马文森的粤北散记之十一《滃江的水流》，巴人的短评《视野》，[俄]法捷耶夫作、适夷译的《创造新的纪念碑的形式》发表于《文艺阵地》第3卷第11期。

朱东润的《我的母校》，绪君的《谈洗澡》，唐弢的《字和词·土语和成语》（连载至14期）发表于《宇宙风乙刊》第13期。

沙雁的小说《前夜》，覃子豪的报告文学《钱塘江上》，克非的《谭讽刺》，老舍的四幕剧《残雾》发表于《文艺月刊·战时特刊》第3卷第10、11期合刊。

25日，国际反侵略大会中国分会在重庆举行第二届理事会首次会议，研讨反侵略运动的工作方针。沈钧儒、郭沫若等60余人参加。邵力子主持会议，通过会同有关机构组织中国抗战国际宣传团，赴欧洲各国访问宣传等提案。

《戏剧战线》在成都创刊。成都戏剧战线社编辑。创刊号刊载侯枫的《我们集中在戏剧战线上》，杜秉正的《评〈一年间〉》，李束丝的戏剧《丑恶的肖像》，董每戡的独幕剧《未死的人》，田寝的译文《苏联演剧报告》等。

藻萍的《谈谈当前的国文教师》、丰树的《李文蔚袭击的本领》、水草平的《到泥土喷着香气的时候》发表于《笔阵》第 11 期。

本月

齐同的小说《新生代》（第一部）由重庆生活书店出版。齐同指出，将“一二·九”到“七七事变”思想变化的重要线索写出来，“便是‘新生代’的全部企图”。

骆滨基的小说集《夏忙》由重庆烽火社出版。

罗淑的小说集《地上的一角》，孙毓棠的诗集《宝马》，沈从文的散文集《昆明冬景》，[法]罗曼·罗兰著、李健吾译的剧本《爱与死的搏斗》由上海文化生活出版社出版。

丁玲的短篇小说《一天》由上海青年文化社出版。

徐訏的散文集《春韭集》由夜窗书屋出版。

于伶的戏剧《夜上海》由上海剧艺社出版。

章泯的戏剧《黑暗的笑声》由上海杂志公司出版。

顾仲彝的戏剧《人之初》（一名《金银世》）由上海新青年书店出版。

马彦祥编选的《最佳独幕剧选》由重庆上海杂志公司出版。

十月

1 日，宋之的率领的全国文化界战地作家访问团抵达晋城。

《文艺新闻》创刊于上海，半月刊，蒋策（锡金）任编辑。创刊号载有锡金的诗《送行》，光子的《生活日记》，沙旅的《落叶》等。

陈翔鹤的小说《傅校长》，臧克家的杂记《在第一线上》，适夷的《说“通俗小说”》，[苏]潘菲洛夫著、鲍介译的《论革命的语言》发表于《文艺阵地》第 3 卷第 12 期。

《中苏文化》第 4 卷第 3 期推出鲁迅逝世三周年纪念特辑，刊载景宋的《鲁迅先生的日常生活》，萧红的《鲁迅先生生活散记》，郑伯奇的历史小说《辛亥之秋》。

陈浮的散文《市楼独唱》、余小可的散文《杭州柿子》、亢德的《悼王礼锡先生》

发表于《宇宙风乙刊》第 14 期。

朱鸿勋的小说《麦子秀穗的时候》、孙耀东的朗诵诗《走向北方》、张洪仁的散文《五丁关》发表于《锻冶厂》第 5 期。

2 日，作家战地访问团葛一虹、李辉英、白朗等由前方归来。“文协”在中国文艺社召开座谈会欢迎，胡风、葛一虹、孔罗荪、储安平等 20 余人参加。李辉英报告了访问团在前方的情形。座谈会议定返回者以访问团名义参加王礼锡追悼会，并商讨出版王礼锡遗著等问题。

5 日，叶紫在湖南病逝。

叶紫(1912—1939),原名余昭明,湖南益阳人。小说家。1933 年 6 月,叶紫在《无名文艺月刊》创刊号上发表短篇小说《丰收》,迅速走红。1935 年，在鲁迅支持下，叶紫自费出版短篇小说集《丰收》,收入《奴隶丛书》。后写作和出版中篇小说《星》及短篇小说集《山村一夜》。他病逝时，只有 28 岁。叶紫逝世后，其家庭生活更为困窘。夏衍、艾芜、立波等 15 人在《文艺阵地》第 4 卷第 3 期发表《为援助叶紫先生遗族募捐启事》。“先生不独为青年文艺家之秀出，且身世之凄凉，身世之艰苦，实集人生之惨痛于一身，而为社会损害之结果”。希望社会给予叶紫家属以援助。同期刊载夏明的报告《叶紫之死》。

8 日，渝各界追悼王礼锡大会举行。

辛劳的《野操》，何为的《瓯江夜渡》，白曙的《哨岗上的玫瑰》发表在《文艺新闻》第 2 号。

9 日，中华全国戏剧界抗敌协会公布第二届戏剧节（10 日至 15 日）的戏剧活动内容。怒潮、复旦和华北宣传队等 15 个剧团表演话剧；平剧、川剧和汉剧等 8 个团体表演歌剧。张道藩指出这次演出的目的是捐募寒衣、讨逆除奸、宣传兵役、加强生产建设和表扬抗战英雄史迹。沈钧儒特别提出募捐寒衣和讨逆除奸问题，号召要把反汪运动变成广泛的群众运动。郭沫若以团结的精神来勉勖戏剧界同人，要求务必反映中华民族的真实感情。14 日,《红灯》、《渡黑河》和《冰天雪地》等剧目在国泰戏院上映。15 日，各剧团分赴四郊，在街头乡村演出。参加公演的剧目有《死里求生》、《三江好》和《捉汉奸》等。此次戏剧节中,《中国魂》有日俘参与表演。

力扬的《叙事诗·政治讽刺诗》和戈茅的《谈诗的写作》发表于《新华日报》

第 4 版。

10 日，新川、国泰两大剧院同时公映中国电影制片厂香港分厂制作的电影《孤岛天堂》。赵英才创作，蔡楚生编导。主要演员有黎莉莉、李清、蓝马、李景波、洪虹和姜明。

《抗战文艺》第 4 卷第 5、6 期合刊出版。“诗特辑”刊载有力扬的《原野》，罗烽的《遗产》等，此外，还刊载了向林冰的《现阶段通俗文艺的缺陷及其克服》、吴祖光的独幕儿童剧《孩子军》、陈白尘的独幕哑剧《游击队过关》等。

舒非的《建立抗战剧评》、洪深的《如何培养戏剧干部》、刘念渠的《演剧、剧场及观众》发表于《戏剧战线》第 2 期。

“文协”成都分会在清华同学会礼堂举行鲁迅晚会。

16 日，林语堂的《关于我的长篇小说》、许钦文的散文《骗子》、姚散生的散文《桂林风景线》、罗昔的独幕短剧《黑暗的天堂》发表于《宇宙风乙刊》第 15 期

傅东华的《文法稽古篇》（连载至第 21 号）、王平陵的《在收容所里》发表于《东方杂志》第 36 卷第 20 号。

19 日，重庆在大樑子一团大戏院召开鲁迅逝世三周年纪念会。邵力子报告大会意义，王平陵报告大会筹备经过，胡风报告鲁迅先生生平，郭沫若、沈尹默等朗诵悼念诗歌，表演戏剧《过客》。秦博古、董必武、吴玉章、叶剑英、叶挺、吴克坚等千余人参加。邵力子说：“鲁迅先生的死，是我们的莫大损失。鲁迅先生的精神将永远埋在我们的深心。我们虽然哀悼鲁迅先生，但我们却继承了鲁迅先生的遗志：中国已经团结起来了！”苏联塔斯社的罗果夫说：“鲁迅先生的死，不但是全中国人民的损失，而且是全世界先进人类的损失！鲁迅先生的作品，是和世界最有名的作家高尔基、罗曼·罗兰、巴比塞等一样地被人重视！”“鲁迅先生是苏联的真实朋友，是苏联文学流进中国来的介绍者。他的死，特别给全苏联人民以无限的悲哀，在今天，和贵处一样，苏联也有无数的人在哀念鲁迅先生！”陈绍禹在会上发表演说，演说词发表于 20 日的《新华日报》。

《文艺新闻》第 3 号刊载萧军的《成都文协筹备纪念鲁迅》，端木蕻良的《哭迅师》，姚雪垠的《红灯笼的故事》。

《新华日报》发表社论《纪念伟大的民族战士鲁迅先生》，概述了鲁迅的贡献，指出：“鲁迅先生是伟大的，鲁迅先生是不朽的。毛泽东同志曾告诉我们，鲁迅先

生有政治的远见，有斗争的精神和牺牲的精神，这几个特点的综合，就形成了一种伟大的‘鲁迅精神’。当此纪念鲁迅先生逝世三周年时，我们每一个真诚的人，都应该继续‘鲁迅精神’的这种伟大传统，来坚持我们的民族抗战，这也就是我们纪念这个伟大的民族战士的唯一的有效方法!”该期登出纪念专版,刊载胡风的《鲁迅先生,日本,汪精卫》、欧阳山的《怎样纪念我们底巨人》、罗荪的《反虚伪的精神》、草明的《不妥协的人》、戈宝权的《鲁迅先生与苏联——一并介绍鲁迅先生的作品在苏联的情形》、潘梓年的《纪念为自由而奋斗的战士》。

《笔阵》刊出《鲁迅逝世三周年纪念特辑》，周文、萧军、孟引等发表纪念文章。

香港举行鲁迅逝世三周年纪念晚会。刘思慕、叶灵凤、戴望舒、刘火子、林焕平和陆丹等参加。刘思慕讲话，林焕平和杨刚发表演讲。救亡社记者叶文津报告陕北鲁艺学院、鲁迅小学以及鲁迅图书馆的概况。

20 日，戈茅的《鲁迅底创作方法》发表于《新华日报》第 4 版。

26 日,《文艺新闻》第 4 号刊载锡金的《空屋子》,M·捷堂诺夫作、见鹤译的《中国作家写些什么》，田青的《花园上的花》等。

28 日，王礼锡追悼大会举行。300 余人到会。

本月

彭燕郊的诗歌《战斗的江南季节》，孙钿的诗歌《我们还会见到》，周而复的小说《开荒篇》，甘棠的小说《鳜鱼梗子》，贾植芳的战地随笔《距离》，绀弩的战地随笔《巨像》，林果的战地随笔《三个鸡蛋》，钟煊的诗《我是初来的》，K. 达斯尼斯拉夫斯基作、川麟译的《论戏剧与观众及其它》,刘念渠的《关于剧本创作》,T. 巴克作、张元松译的《基希及其报告文学》(连载至第 4 集第 4 期)，王朝闻的行军通讯《二十五个中间的一个》，曹白、周而复的战讯(《流转中寄到重庆》、《从延安寄到重庆》)等发表于《七月》第 4 集第 3 期。同期推出纪念鲁迅先生逝世三周年专题,刊载力扬的《鲁迅先生与一八艺社》,欧阳凡海的《思想的雏茎》,力群的《木刻工作者的纪念》，胡风的《断章》等。

艾芜的短篇小说集《萌芽》由重庆烽火社出版，为烽火小丛书。

骆宾基的长篇小说《边陲线上》由文化生活社出版。

鲁迅的《阿 Q 正传》由上海三通书局出版。

郁达夫的短篇小说集《空虚》由益智书店出版。

朱炳荪的长篇小说《晦明》由北京和平印书局出版。

张恨水的长篇小说《满城语》(第一集)出版。

耿小的长篇小说《烟雨芙蓉》由作者自刊。

贺宜的中篇童话《凯旋门》由上海少年出版社出版。

阎重楼的长篇小说《奋斗的生命》由上海文艺出版社出版。

陈启肃的四幕话剧《第二号汉奸》由福建省政府教育厅战时国民教育巡回教学团出版。

鲍雨的戏剧集《蔡金花》由浙江丽水上海潮锋出版社出版。

十一月

1 日，辛劳的诗歌《棉军衣》，林珏的散文《忆旧》，巴人的杂文《翻书杂记》，[俄]高尔基作、林淡秋译的小说《他们怎样捉住塞马伽的》，[英]C·D·Lewi s 著、朱维基译的《一个对于诗的希望》发表于《文艺新潮》第 2 卷第 1 期。

田涛的小说《射手》、穆木天的诗歌《秋风里的悲愤》、曹葆华的《西北酌饮》、萧红的《鲁迅先生生活散记》、景宋的《鲁迅先生的娱乐》、司马文森的粤北散记十三《一个英雄的经历》、臧克家的人物速写《十六岁的游击队员》、巴人的《怎样对坏人斗争》、适夷的《世界的与民族的》发表于《文艺阵地》第 4 卷第 1 期。

杜铁的诗歌《在北方》发表于《新华日报》第 4 版。

唐弢的散文《论会话》、顾启源的散文《谈作家与浪漫》、徐訏的散文《夜》、司马圣的译文《捷克鞋王拔佳》、程靖宇的译文《结婚的爱》发表于《宇宙风乙刊》第 16 期。

马麟彩的小说《桃子》、陈翔鹤的短论《抄书二则》、苏学常的小说《月夜》发表于《锻冶厂》第 6 期。

5 日，中苏文化协会新疆分会在迪化成立。盛世才、李溶和苏联驻迪化总领事为名誉会长。王宝乾任会长。沈雁冰、张仲实等为理事。

“文协”作家访问团由宋之的率领，离开洛阳赴襄樊工作。

6 日，戈茅的诗歌《边塞吟》发表于《新华日报》第 4 版。

7 日，《中苏文化》推出“苏联十月革命 22 周年纪念特刊”，载有朱德的《纪念伟大的十月革命二十二周年》、毛泽东的《苏联利益与人类利益的一致》、韬奋的《苏联民主的特点》等。

10 日，孙怒潮的戏剧《空军魂》由成都中国空军出版社出版。

姚雪垠的《雁门关外的雷声》、黄药眠的诗《给朝鲜的少年》、曾克的小说《奔》、莎寨的小说《乔麦田里》等发表于《抗战文艺》第 5 卷第 1 期。

陈纪滢的《建立我们的士兵文学》、欧阳山的小说《爸爸打仗去了》、罗荪的散文《江上》、清阁的杂感《忆王礼锡先生》和小说《凤》、人一的诗《哀思鲁迅先生》、老舍的《诗四首》发表于《弹花》第 3 卷第 1 期。

15 日，《小说月刊》创刊。刘龙光、俞亢咏编辑，林鹤钦发行，上海艺文印刷局发行。创刊号刊载俞亢咏、林鹤钦的《发刊词》、林鹤钦的《发行人弁言》、渭尔的《会心的微笑》、涵颖的《安蕾》、俞亢咏的《飞将军》、苏仁的《同床异梦》等。

光未然的报告文学《敌后方的一个孩子剧团》、董辛名的话剧《敌人的兽行》、田禽的话剧《牧师之家》、李束丝的话剧《飞》、董每戡的《现在为什么演剧》发表于《戏剧战线》第 3 期。

光未然（1913—2002），原名张光年。湖北省光化县人（现老河口市）。现代著名诗人、文学评论家。先后担任《剧本》、《文艺报》、《人民文学》主编，创作了大量文学作品和艺术评论。《黄河大合唱》是其代表作。

亚公的《学海沉浮诗纪》，涸鱼的《水》，［法］Roger Verce 作、焕明译的《吞金》，Marjorie Marks 著、必炽译的《五年级的空座位》等发表于《新文苑》第 1 卷第 1 期。

张庚的《话剧民族化与旧剧现代化》发表于《理论与现实》第 1 卷第 3 期。这是作者在延安鲁艺的一次报告记录。文章认为旧剧应跟上时代，从内容到形式进行现代化改革，话剧要从拥有观众出发，进一步实现民族化，正面提出“话剧民族化与旧剧现代化”的主张。同期刊载孔嘉的《鲁迅先生整理中国古文学之成绩》，全面系统地评述鲁迅整理中国古代文学的成绩和对古籍整理工作的精辟见解。

16 日，《文艺战线》第 1 卷第 5 号推出艺术创作者论民族形式专题，发表萧三的《论诗歌的民族形式》、冼星海的《论中国音乐的民族形式》、罗思的《论美术上的民族形式与抗日内容》、柯仲平的《论文艺上的中国民族形式》、何其芳的《论文学上的民族形式》、沙汀的《民族形式问题》。

萧三(1896—1983),原名萧子暲,萧子升之弟。笔名爱梅等。湖南省湘乡县人。现代著名诗人、翻译家。主要作品有《毛泽东同志的青少年时代》和《革命烈士诗抄》等。

荒煤的小说《支那傻子》发表于《文艺战线》。17 岁的河南少年张红狗怀着深仇大恨参加抗战，当上司号员，最后倒在血泊中。日军对于“这个中国游击队员底勇敢予以很高的赞扬。但是在人头下面悬挂了一块木牌，上面写的四个大字却是‘中国傻子’”。同期刊载贾芝的诗歌《小播谷及其他》，沙汀的报告文学《到华北前线去》，何其芳的《一个太原的小学生》，艾利赫・卫乃特著、温剑风译的散文《巴萨隆那之夜》等。

奚如的小说《萧连长》发表于《文艺阵地》第 4 卷第 2 期。前沿阵地失守，到处都在误传萧连长临阵逃脱。事实上，萧连长正带领战士夺回前沿阵地，师长命令旅长将萧连长正法。旅长打算放走萧连长，而萧连长却说：“我底身子是还有用的！……今天祖国正需要我！我可以改名换姓……当个新兵去！……”同期刊载曾克的散文《战斗的心曲》、巴人的《民主与现实》、适夷的短评《为了民族的十月》。

林语堂的散文《希特勒与魏忠贤》、丰子恺的《教师日记》(连载至 19 期)、毕树棠译的小说《没有裤子的人》发表于《宇宙风乙刊》第 17 期。

朱契的《川南纪行》发表于《东方杂志》第 36 卷第 22 号。

19 日，臧克家的《回来吧，我的弟兄！》发表于《新华日报》第 4 版。

20 日,何容的《论旧形式》、草明的小说《一场教训》、冯玉祥的诗《旅途杂咏》、贾午的报告《战罢》发表于《抗到底》第 26 期。

22 日，葛一虹的《现阶段演剧运动的任务》发表于《新华日报》。

23 日，中国电影制片厂前往西北拍摄《塞上风云》。

中国电影制片厂怒潮剧社制作，老舍编剧、马彦群导演的四幕国防剧《残雾》在国泰大戏院上映。

戈茅的《关于〈残雾〉》发表于《新华日报》。评论老舍在国泰大戏院公映的剧作《残雾》，是一部幽默的四幕讽刺剧。

25 日，尹雪曼、夏照滨等组织的“西北文艺笔会”召开第一次座谈会，讨论题目为“文艺作品与生产建设”。

26 日，作家访问团由南阳抵老河口。

萧军的《成都纪念鲁迅续报》、毁堂的《略论朋友之道》、沙旅的报告《三人》、杨行的小说《金发》、姚雪垠的《红灯笼的故事》发表于《文艺新闻》第 5 号。

魏东明的《战斗中文艺创作的历程——写给战斗中的作家们》（上）发表于《大公报·战线》第 448 号。

27 日，向林冰的《再论新阶段通俗文艺的缺陷及其克服——通俗读物编刊社十二月份全体工作大会报告》开始连载于《大公报·战线》第 449 号。

28 日，“文协”晋东南分会在武乡举行成立大会。朱德等 40 余人出席。刘白羽、荒煤、袁勃等 14 人为理事。李伯钊、蒋弼、孙泱、王玉堂和洪荒等 5 人为常务理事。

卫戍政治部抗敌剧团为募集寒衣在国泰大戏院上演三幕国防剧《故乡》。

本月

《文学集林》第 1 辑《山程》出版发行。文学集林社编辑发行，开明书店销售。刊载有李健吾的小说《死的影子》，罗嘉的小说《后死者》，芦焚的散文《骑士》，石灵的论文《言志载道及其他》，郑振铎的《跋脉望馆钞校本古今杂剧》，［俄］赫尔岑著、巴金译的散文《一个家庭的戏剧》，方逸之译的《奥勃洛摩夫》（连载至第 2 辑）。

艾青的诗集《他死在第二次》由重庆上海杂志公司出版。

东方曦（孔另境）的《秋窗集》由秋鸣社出版。

吴天的戏剧集《孤岛三重奏》由上海现代戏剧出版社出版。

许幸之的戏剧集《小英雄》由上海光明书局出版。

田汉等执笔的文艺理论集《抗战与戏剧》由重庆独立出版社出版，系战时综合丛书的第 5 辑。收剧论 18 篇，其中有田汉的《谈战时戏剧的新与旧》、《旧剧的整理与运用》、《旧剧的改良与创作》3 篇。分为总论、战时戏剧的特殊任务、抗战剧本的写作、话剧的新形式、旧剧的运用、儿童剧论和结语等 8 章。

唐弢的文艺理论集《文章修养》由上海文化生活出版社出版，系少年读物小丛刊第 1 集。

鲁迅的译文《译丛补》由鲁迅全集出版社出版，系鲁迅全集单行本翻译之部，收有外国作家的论文、小说、杂文、诗等。

欧阳凡海编译的《科学的文学论》由读书出版社出版。

十二月

1日，《刀与笔》在浙江金华创刊。刀与笔社编辑兼出版。创刊号采用李桦的版画，并附录文字："起来！不愿做奴隶的人们。"该期刊载王西彦的小说《或人手记》，聂绀弩的长诗《收获的季节》，李桦的木刻理论《青年木刻工作者怎样修养自己？》。

《文艺阵地》第4卷第3期发表夏明的《叶紫之死》，适夷的《悼叶紫》，夏衍、艾芜、立波、奚如、戴望舒等15人联名发出的《为援助叶紫先生遗族募捐启事》。

罗洪的小说《我们十五个人》发表于《文艺新潮》第2卷第2期。同期刊载刘白羽的诗歌《走向战地》，白薇的诗歌《捷克你的悲剧》，锡金的《诗歌的口语化》，［苏］吉尔波丁著、吴天译的《捏克拉索夫》。

厂民的诗歌《江之子》、彭慧的诗歌《长沙会战》、关露的诗歌《夜莺》、穆木天的《关于抗战诗歌运动》、黄绳的《诗歌的语言》、巴人的《略评新生代第一部》发表于《文艺阵地》第4卷第3期。

李广田的散文《母与子》、张胜时的小说《黑》、蔡志勋的短论《学习伟大的鲁迅先生》发表于《锻冶厂》第7期。

陈东林的散文《萧伯纳的新作〈日内瓦〉》发表于《宇宙风乙刊》第18期。

易丹的《空草儿》发表于《东方杂志》第36卷第23号。

10日，《西线文艺》第1卷第5期刊载集体创作、寒梅执笔的小说《重逢》，适怀的散文《初冬》，萧枫的小说《校长》，蔡若虹的诗歌《墓场上的蕃薯》，朱奇平的独幕剧《鸡毛店》，胡采的《论文艺评论家李南桌（上）》，［苏］亚弗勤科著、白澄译的小说《一个例外的流浪儿》。

田汉的44场大型京剧剧本《江汉渔歌》（连载至第5期）发表于《抗战文艺》第5卷第2、3期合刊。1940年桂林六艺书店出版单行本。该剧取材于《汉阳志》，展现金兵南犯之际，汉阳太守起用民间豪杰并联络江汉渔民配合守军大胜金兵的故事。此外，本期还刊载有黑丁的小说《痛》，梅林的小说《地牛》，王西彦的小说《牛车上的伙伴》，野蕻的散文《半殖民地的女儿》，卢鸿基的杂文《崇争论》，周而复的杂文《汉奸画像》，P.Pavlenko 著、李葳译的《我们怎样提拔新作家》。

《文艺新闻》第 6 号刊载袁水拍的《老少年与〈老少年〉》，洛凡的《一个战士的死——叶紫》，费贝的《高尔基的档案》等。

11 日，怒潮剧社召开座谈会欢迎从前线返渝的老舍。

15 日，渭尔的《虽在缧绁之中》、醴兰的《海的恩惠》、邹尧生的《琴妮》、苏仁的《谣言》等发表于《小说月刊》第 2 期。

16 日，骆宾基的小说《千人塔下的声音》、韩北屏的散文《九龙岗》、曹葆华的诗歌《一个礼赞》、司马文森的粤北散记之十四《记尚仲衣教授》、巴人的短评《关于学习》、适夷的《思想的深度》、周钢鸣的《文艺批评的新任务》发表于《文艺阵地》第 4 卷第 4 期。

17 日,《文艺新闻》第 7 号推出高尔基童年特辑。收有锡金等人的《〈高尔基童年〉放映感想》、戈宝权的《高尔基与中国》、铭的《〈高尔基童年〉电影脚本选译》。

20 日,中缅文化协会在重庆成立。罗家伦任会长。朱家骅、邵力子等任名誉会长。缅甸访华团出席成立大会。

李束丝的独幕剧《禁烟》、侯枫的四幕战时活报剧《敌机救国》、田禽翻译的《化妆论》发表于《戏剧战线》第 3 期“新年特大号”。

21 日，中央电影制片厂摄制，史东山编导的兵役宣传片《好丈夫》在新川大戏院试映。

《中苏文化》推出“斯大林先生六十寿辰专号”，刊有吴玉章的《斯大林传》，曹靖华译的《斯大林论列宁》，S.Y 译的《银幕上的斯大林》。

23 日，“文协”举行招待会，欢迎南北两路慰劳团和作家访问团的作家。邵力子、郭沫若等各界人士 140 余人参加。郭沫若报告会议意义，预言将来各战地归来的作家笔友将创作更多更好的作品，并提议向已故作家访问团团长王礼锡致哀。老舍报告参加北路慰劳团的经过，畅谈战地观感，并谈及西北地区文艺活动极度贫乏，呼吁设法解决西北文化恐慌问题。南路作家姚蓬子报告沿途观感，认为战区宣传工作应加强，文化食粮异常缺乏。最后，作家访问团副团长宋之的发表讲话，盛赞晋东南军民的抗战精神。

《文艺新闻》第 8 号刊载了应为的《贫穷·饥饿》，舛千的《人间悲剧》，毕郊的《萧军努力“侧面”创作》等。

26日，《新华日报》发表《积极加强战地文化工作》的社论。社论从南北两路慰劳团及作家战地访问团返渝谈起，肯定了抗战以来战地文化工作的长足进步，但也指出“我们战地文化工作还未做到理想地步”。社论表示，“在第二期抗战的今日，敌人对我们的进攻，以政治为主，以军事为辅，而文化麻醉政策，则是敌人的进攻手段之一。所以我们目前在战区，特别是在文化知识水准落后的地区，为了要动员群众和发动游击战争，为了要反对敌人的文化进攻，战地的文化宣传工作及与敌人的文化宣传战，实占有重要的地位”。“讲到加强目前战区的文化宣传工作，我们首先应该使得目前战区的文化工作与目前的军事形势配合起来，并能积极帮助目前的军事进展”；其次，“揭破敌人的文化麻醉政策，使得一般人民不为敌人的政策所混淆，而粉碎敌人以文化进攻的阴谋”，再者，“还要组织民众和训练民众，使得这些民众能和在前线作战士兵一样，组成一个伟大的力量，而予敌人以顽强的打击”，并要“动员大批的文化工作人员和热心从事于救亡工作的人到战区去”，“扩大战地文化宣传和服务的组织”；第三就是要“组织各种文化工作队、宣传队、演剧队、歌咏队、战地服务团等，固定地或是流动地在战区工作”。

本月

《七月》第4集第4期刊载青苗的小说《马泊头》。写中条山麓的小乡镇马泊头，凡有良知的人都拒绝和皇军合作。在日寇铁蹄践踏下，这里的人口逐渐减少。男人们除老朽跑不动的以外，大都加入了中条山游击队。同期还有欧阳凡海的小说《巢》、鲁藜的诗集《延河散歌》、S.M.（阿垅）的诗集《从南到北的巡礼》、天蓝的诗歌《无题》、柏山的散文《晚会》、王元的散文《苦孩子》、曹白的散文《离庄即景》、萧军的杂文《死者的血渍》、周行的《关于〈华威先生〉出国及创作方向问题》、吴伯箫的战地通讯《夜摸常胜军》、孔厥的陕北通讯《农民会长》、卢鸿基的美术时评《抢做通俗代表的论客》等。

文学集林社第2辑《望》出版发行，刊载林柯的戏剧《沉渊》、端木蕻良的小说《生活指数表》、萧红的《鲁迅先生生活略忆》、西谛的《劫中得书记》、黄伯昂的《直立起来的“科尔沁旗草原”》。

田一文的散文集《金底故事》由重庆烽火社出版。

钱君匋的散文集《战地行脚》由重庆烽火社出版。

徐仲年的散文集《流离集》由重庆正中书局出版。

王克道的散文集《从伪满归来》由重庆独立出版社出版。

胡兰畦编选的散文集《战地二年》由劳动妇女战地服务团出版。收有“劳动妇女战地服务团”成员数十人创作的战地报道67篇。卷首有胡兰畦的《回顾二年》和《我们的工作环境与工作方法》两篇文章及序，书末附有《战地二年纪念歌》。

丁布夫、黄震遐的散文集《光荣的记录》由中国空军出版社出版。

韩侍桁的文艺论集《浅见集》由昆明中华书局出版，包括《现时期文艺批评之诸问题》和《文学革命者的胡适的再批判》等。

舒湮编选的《世界名剧精选》由上海光明书局出版。

本年

《文艺新闻》周刊在上海创刊，署名“蒋策编辑”。

《西线文艺》月刊创刊。第二战区文化抗敌协会西线社编辑兼发行，山西民族革命社出版，战地书报供应社总经售。

绿原的短篇小说《爸爸还不回来》发表于《时事新报》副刊。

绿原（1922—2009），原名刘仁甫，又名刘半九。湖北黄陂人。著名作家、诗人、翻译家、编辑家。1939年，绿原流亡到战时首都重庆，在《时事新报》副刊发表处女作——《爸爸还不回来》。1941年8月，在《新华日报》发表诗歌《送报者》。此后作品以诗歌为主，参与组织“诗垦地社”。1942年，绿原考入从上海迁到重庆的复旦大学外文系。胡风在桂林编辑《七月诗丛》，主动托人邀请他将诗作编入第一辑，年底为他出版首部诗集《童话》。从此，绿原成为“七月诗派”后期的重要代表。著有《童话》、《集合》、《又是一个起点》、《人之诗》、《人之诗续篇》、《另一支歌》、《我们走向海》和《绿原自选诗》等诗集；《绕指集》、《非花非雾集》、《苜蓿与葡萄》、《再谈幽默》、《寻芳草集》、《半九别集》和《绿原说诗》等文集。主要译作有《浮士德》、《里尔克诗选》、《请向内心走去》、《拆散的笔记簿》、《日安课本》、《德国的浪漫派》、《现代美学析疑》、《叔本华散文选》、《莎士比亚的少女和妇人》和莎士比亚新剧《爱德华三世·两个贵亲戚》等。

曾卓在《文群》副刊发表第一首诗作《别》。

曾卓（1922—2002），原名曾庆冠。原籍湖北黄陂，生于湖北武汉。1936 年参加中学生组织的读书会，开始学习写作并参加进步学生运动。1938 年武汉沦陷前夕，流亡到重庆继续求学。同年加入中国共产党。1939 年，在《文群》副刊发表第一首诗作《别》。1941 年，与邹荻帆、姚奔等人组织诗垦地社，合编《诗垦地》丛刊，并加入中华全国文艺界抗敌协会。1944 年出版第一本诗集《门》。1947 年重庆中央大学历史系毕业后,在中学教书,并主编汉口《大刚报》文艺副刊《大江》。1949 年后，曾任武汉《长江日报》副社长、武汉文联副主席。1955 年因胡风案受到审查。1979 年平反。后任湖北作协副主席、武汉市文联副主席等。他的诗歌凝练自然，富于哲理，感情真挚深沉。代表作品有《小鲁滨逊的一天》、《门》、《痛苦与欢乐》、《在现有的基础上向前》、《悬崖边的树》。

姚雪垠的《四月交响曲》由桂林前线出版社出版，收有《春到前线》、《四月交响曲》、《母子篇》、《悼梁雷》4 篇报道。

张次溪的小说集《灵飞集》由天津书店出版，收有赛金花墓表、挽联、诗曲以及系年小录等。

李白凤的《南行小草》由独立出版社出版。

筱薇的《泪里的花叶及其他》由上海大众出版社出版，收有诗歌及散文。

丁玲等的独幕大众剧《守住我们的家乡》由剧友社出版。收有丁玲的《重逢》，陈渭的《太阳旗下》，塞克的《争取最后的胜利》，保罗的《夺回广武卫》，左明的《王八蛋才逃》，夏野士的《守住我们的家乡》，阿元的《为国旗而牺牲》，黑丁、曾克的《游击队的母亲》等。

谢迟等的戏剧集《站在岗位上》由剧友社出版。收有谷剑尘等人的《流亡者之歌》，光未然的《难民曲》和《沦亡以后》，骆驼的《从军行》，谢迟等人的《站在岗位上》，宋之的的《上前线去》，张季纯的《群力》等剧本。

董辛名的戏剧《胜利的启示》由浙江永嘉前哨剧团出版。

易乔的戏剧集《恋爱问题》由上海剧艺社出版。收有《恋爱问题》等 4 个剧本。

西线社编选的《抗战中的戏剧》由金华充实丛书社出版。

于伶、包可华根据美国埃尔麦原著改编的 3 幕 9 场话剧《上海一律师》由上海现代戏剧出版社出版。

西北影业公司上映迁至成都后的第一部纪录片《华北是我们的》。陈晨摄影、瞿白音剪辑并撰写解说词。影片主要记录晋东南地区从 1938 年冬至 1939 年春这一时期的情况。《华北是我们的》是国民党统治区唯一一部反映抗日根据地军民抗日生活和斗争的影片。重庆《新华日报》的评论文章指出：影片《华北是我们的》，"将在抗战文化史的电影部门中写下最光荣的一页"。

老舍等的《通俗文艺五讲》由重庆中华文艺界抗敌协会出版。

瞿白音等的《人物的性格描写》由上海国民书店出版。收有瞿白音和史坦尼斯拉夫斯基的两篇戏剧论文。

宁调元的《民族诗话》由上海风雨书屋出版。该书介绍明末诗人彭期生、姚奇胤、徐孚远、夏允彝、龚用园等的生平和作品。

［英］彼得·弗来敏等著、哲非译的《红色的延安》由言行出版社出版。收有 4 篇报告文学。

黄铁球编译的《最近世界文学动态》（上下卷）由广东国民大学出版社出版。该书大部分译自 1937 年《巴黎时报》的"各国文学动态"栏目，作者为 Pierre Berland 等人，评介了苏、德、意、英、美及中、法、日等 20 国的文学动态。

1940年

一月

1日，晋东南鲁迅艺术学校成立。李伯钊任校长。

《新音乐》月刊创刊。李绿永、赵沨主编。该刊在国统区有较大影响。不久，周恩来在重庆曾家岩办事处接见《新音乐》编者，“他谈到重庆的文学、戏剧、美术都有定期的刊物，就是音乐方面还没有。他说我们要把刊物作为推动各地抗日歌咏运动的联络工具，有组织地开展工作，使各地群众性的新音乐运动活跃起来，配合当地的青年运动工作，起到团结青年，教育青年的作用，把广大青年争取到抗日战线上来”。“他特别强调我们把边区（主要指陕甘宁边区）的新歌介绍给国统区的人民，使歌咏运动注入新血液，说这样‘意义不小’”。①

钟望阳的小说《作风》，黎君亮的小说《法静》，吴冰的诗歌《声雁》，史跃的《那是正事》，黄峰的《意大利的黑衫文学》，坚卫的速写《生活在活的河流上的》，周文的报告文学《在重庆遇轰炸记》，［苏］高尔基作、适夷译的中篇自传《老板》发表于《文艺新潮》第2卷第3期。

陈诚的《我国抗战前途之展望》发表于《大公报》第3版。该文从“关于抗战的性质”、“和战的问题”、“有无胜利之把握”、“抗战到底的程度”和“保持胜利的条件”五个方面对抗日战争进行分析。

《中苏文化》第5卷第1期开辟“列宁逝世十六周年纪念特辑”。纪念文章有

---

① 李凌：《忆周总理和新音乐运动二、三事》，《人民音乐》1978年第1期。

礼长林翻译的苏联建筑杂志社论《对于列宁的纪念》,曹靖华辑译的《列宁的故事》,［苏］皮列斯特尼夫著、赵克昂译的《列宁、斯大林关于一个国家内社会主义胜利的学说》,［苏］舍格洛夫著、罗世文译的《列宁的“哲学笔记”》,［俄］包哥廷作、葛一虹译的《我怎样描写列宁》,［俄］且尔诺瓦作、李葳译的《列宁在伦敦》等。此外还刊载了外庐的《中山先生关于第一次帝国主义战争史论》,翦伯赞的《文化史的教训与中国前进文化》,［苏］卡达耶夫著、曹靖华译的《我是劳动人民的儿子——中篇连载之四》等。

王西彦的小说《玉蜀黍的悲剧》,杜埃的《文学与社会生活的将来》、《文学领域的宪政运动》、《确立文艺政策》,仇山的《两种脸谱》等发表于《文艺阵地》第4卷第5期。

萧军的《依然十里杏花红》发表于《新民报》第4版。

2日，中国艺术展览会在莫斯科东方文化艺术博物馆开幕。苏联外交人民委员会、全苏对外文化协会、艺术委员会、苏联画家及中国大使馆人员等参加了开幕式。全苏对外文化协会召开盛大招待会，庆祝展览会开幕。5日内有7000多人观看。阿·托尔斯泰称：“余入会场后，恍如置身神仙境界，至以为乐。”苏联雕塑家莫基那对中国传统绘画的超绝手法，甚为推崇。老画家格拉巴说：“苏联人民对于为国家独立而战之中国人民,寄以无限之同情。”莫斯科交通研究院学生留言:“具有如此先进文化如此伟大艺术之民族，非其他民族所能奴役者也。”

3日,《新华日报》召开欢迎会，欢迎老舍和宋之的等从前线归来的慰劳团和作家战地访问团的作家，并征求大家对报纸创刊两周年的意见。

4日,陕甘宁边区文化界救亡协会第一次代表大会开幕。毛泽东为大会题词:“为建立中华民族的新文化而斗争！”并作了题为《新民主主义的政治与新民主主义的文化》的报告，提出我们今天的新文化要有“民族的形式，新民主主义的内容”。报告后发表于同年2月15日《中国文化》创刊号。2月20日，题名改为《新民主主义论》发表于《解放》第98期。

中华全国音乐界抗敌协会举行年会。100余人到会。洪兰友、吴伯超、胡彦久等39人当选为理事，杨仲文等17人当选为监事。

铸夫的诗歌《珠江颂》,M·瓦西尔斯加作、谷音译的《一个波兰女作家眼中的红军》发表于《新华日报》第4版。

萧军的《遵循着他们的指示》，苏文的《出路》，竹叶青的诗歌《归来吧——遥寄寒星》发表于《新民报》第 3 版“新民座谈”专栏。

5 日，洛甫在陕甘宁边区文化界救亡协会第一次代表大会作题为《抗战以来中华民族的新文化运动与今后任务》的报告。

陕甘宁边区文化协会第一次代表大会通过组织“中国现代文学社团：延安鲁迅研究会”的提案，成立由艾思奇、周扬、萧军、周文、丁玲等组成的筹备委员会。1941 年 1 月 15 日该研究会正式成立。艾思奇、陈伯达、罗烽、艾青、欧阳山、周立波、草明等加入。研究会成立后展开多方面的鲁迅研究活动。延安鲁迅文化出版社出版《鲁迅研究丛刊》。该会还推动、协助延安和各抗日民主根据地成立一些鲁迅研究小组、鲁迅文化基金募捐会和鲁迅学校等团体机构，对鲁迅研究工作的开展发挥了积极的作用。

龚鸾的《评“泪眼模糊中之信念”》发表于《新华日报》第 4 版，对丁玲的短篇小说进行评价。

王冰洋的《抗战第二期的诗过程》（连载至 7 日）发表于《大公报》第 4 版“战线”专栏。

6 日，戈茅的《简论文艺批评》和章罂的《关于延安的戏剧——片断的介绍》发表于《新华日报》第 4 版。

小矛的《文艺杂谈》与邱泽仁的《青年试笔》（连载）发表于《新民报》第 3 版“新民座谈”专栏。

7 日，胡风作《今天，我们底中心问题是什么？——其一：关于文学与政治，创作与生活的小感》。该文后发表于《七月》第 5 集第 1 期。内容分四个部分：一、“要从逻辑公式的平面上跨过”；二、“从创作里面追求创作与生活”；三、“生活、感觉、艺术的思维”；四、“抒情的放逐”。

《文艺新闻》第 9、10 号合刊刊载张慧的《救救孩子》，高尔基著、达译的《学者论》，R. 阿尔勃蒂作、黄药眠译的《你没有死》等。

林绥的诗歌《猓猓》发表于《大公报》第 4 版“战线”专栏。

万力的《顽固分子》、郑萍的《响应冬赈运动》、苏文的《闲话展望》（连载）发表于《新民报》第 3 版“新民座谈”专栏。

8 日，陈时的《生与死》发表于《新华日报》第 4 版。

《抗敌报》本期开辟“文化界”专栏，介绍反扫荡中边区的文化运动，刊载司徒新的《新文字与冬眠》和《边区的诗运》等。

任钧的诗歌《明天的祖国》、野蕻的《战场上的追逐者》、陈烟桥的《现阶段的木刻与漫画——作为一年来的总结算》(连载至10日)发表于《大公报》第4版“战线”专栏。

邱泽仁的《社会的毒酵》和火心的诗歌《笔——献给几位有色盲的朋友》发表于《新民报》第3版“新民座谈”专栏。

9日，璞的《吃：的故事》发表于《新民报》第3版“新民座谈”专栏。

10日，武良儁的《鬼的故事》发表于《大公报》第4版“战线”专栏。

柔魂的《替他们留下一点根苗》发表于《新民报》第3版“新民座谈”专栏。

魏伯的小说《抗争》、高阳的小说《达布赤克草地》、逢美的诗抄《高原的云》发表于《西线文艺》第1卷第6期。

11日，臧克家的诗歌《我们走完了“一九三九”年——给孙陵雪垠》和放然的《宣抚官是猫头鹰——军中散记之一》发表于《大公报》第4版“战线”专栏。

西萤的《忘不了这一次的太阳》和菱丹的《谈谈“穷鬼”》发表于《新民报》第3版“新民座谈”专栏。

12日，长之的散文《黑暗与光明》发表于《大公报》第4版“战线”专栏。

13日，马彦祥的《抗战戏剧的发展检讨》(连载至16日)、漠艾的散文《夜》、方殷的诗歌《村人》发表于《大公报》第4版“战线”专栏。

14日，刘念渠的《“黑暗的笑声”》和谷溪的《同火车赛跑》发表于《新华日报》第4版。

15日，边区政府庆祝成立二周年。抗敌剧社为纪念大会演出由刘肖芜编剧的话剧《两年间》和由刘佳编剧、徐曙作曲的歌剧《春之歌》，联大文艺学院演出《参加八路军》，西战团演出《模范公民》，抗大文工团演出京剧《亡宋鉴》。

中国左翼作家联盟综合性文艺刊物《文学月报》在重庆创刊。端木蕻良、罗荪、戈宝权等先后任主编。茅盾、欧阳山、宋之的、沙汀、老舍、陈白尘等为主要撰稿人。该刊为16开本，读书出版社发行。内容包括文艺理论、诗歌、小说、散文、剧本等。曾推出《鲁迅先生逝世四周年纪念特辑》、《美国文学特辑》、《苏联抗战特辑》等。1941年12月出至第3卷第2、3期合刊停刊，共出15期。

孔罗荪（1912—1996），原名孔繁衍。笔名叶知秋、罗荪。上海人。1930年肄业于哈尔滨政法大学。历任《国际协报》副刊《蓓蕾》、《紫线》和《战斗》旬刊主编。参与发起成立中华全国文艺界抗敌协会，并任理事兼出版部副部长和《文学月报》主编。1949年后，曾先后担任南京文联副主席，上海文联、作家协会秘书长，《文艺报》主编，中国作家协会书记处常务书记，中国文联第四届委员。1988年曾获中国作家协会文学编辑荣誉奖。1928年开始发表作品。著有杂文集《野火集》、《小雨点》、《决裂集》、《喜剧世界》,《战斗需要力量》等，评论集《文艺漫笔》、《文学散论》、《罗荪文学论集》，短篇小说集《寂寞》，散文杂文集《罗荪文学评论集》、《火花集》、《罗荪近作》等。

舒群的《海的彼岸》、欧阳山的小说《扯旗树》、黑丁的《火场》、力扬的诗《他们战斗在西班牙》、戈茅的《红鼻子和老马的故事》、白朗的《中条山上的小战士》等发表于《文学月报》第1卷第1期。

舒群（1913—1989），又名李书堂。黑龙江哈尔滨人。1932年参加革命工作，同年加入中国共产党。1935年到上海,加入“左联”,开始发表作品。1936年在《文学》发表小说《没有祖国的孩子》。抗日战争爆发后，抵达陕北，在八路军总部任随军记者。1940年起，先后任延安鲁迅艺术学院文学系教员、系主任,《解放日报》第4版主编，东北文工团团长。1949年后，担任东北局委副主任，东北大学副校长，并筹办东北电影制片厂，任厂长。后来曾任中国作家协会秘书长，文工团团长，一度在鞍山钢铁公司做党的工作。舒群创作过《第三战役》和《这一代人》两部长篇小说。因为50年代后期受到错误对待,作品随着作家遭逢厄运。前者原稿在“文革”中被抄，下落不明，未能出版。后者1962年出版，印数很少。

《笔部队》文学月刊在桂林创刊。桂林前线出版社出版。第1期由孙陵编辑。第2期由前线出版社编辑委员会编辑。该刊强调文学的时代性和战斗性，反映抗战部队的生活。辟有论文诗、散文、速写、报告、笔杆枪杆化、枪杆笔杆化等专栏。主要撰稿人有舒群、艾芜、周立波、田涛、孙陵、黄药眠、靳以、巴金等。舒群的剧作《海的墓》、艾芜的中篇《母亲》、臧克家的《大别山》发表于创刊号。同年5月停刊，共出2期。

陈子展的《捶碎罢，谁关此门》和金叶的《语碎江南》发表于《大公报》第4版“战线”专栏。

16日，曾敏之的苗山杂记之二《芦笙会》、石灵的戏剧《大上海在火焰中》、巴人的《民族形式与大众文学》、周正仪的小说《归来后》、适夷的短评《抗日·团结·进步》、杜埃的《文艺的批判任务》、黄绳的《生活的实在》、马若璞的报告文学《战地拾零》、孙艺秋的《祖国战斗曲》和《别离在战斗的时候》、胆石的《拉纤者》发表于《文艺阵地》第4卷第6期。

穆木天的《艺术作品的历史性》、刘念渠的《计划的编剧》、冯玉祥的《萧排长田富》发表于《文艺月刊·战时特刊》第4卷第1期。

臧克家的诗歌《我们的笔部队——为欢迎作家访问团诸朋友作》和戈宝权的《关于书和外国语言（一）》发表于《新华日报》第4版。

17日，纶的《解衣衣战士》和戈宝权的《关于书和外国语言（二）》发表于《新华日报》第4版。

潘孑农的《检讨过去一年间的抗战电影》（连载至19日）和罗烽的《新的战士——战地小诗之十一》发表于《大公报》第4版"战线"专栏。

18日，戈茅的《文学与政治》、坚的《如何做到有效的禁烟》、方殷的诗歌《血，流在祖国的土地上》发表于《新华日报》第4版。

19日，朔望的《"当历史的火车头急转的时候……"》发表于《新华日报》第4版。

甲萨克·爱克斯勒作、汪亚梭译的《肖洛霍夫访问记——〈静静的顿河〉是怎样写成的》（连载）发表于《新民报》第3版"新民座谈"专栏。

20日，峡风的《我们怎样学习写作——一个写作学习会的简略报告》、克默的诗歌《送米奇》、汉的《谈"说好话"》发表于《新华日报》第4版。

蓬子的《争取作家的生活保障》，罗荪的《提高稿费运动》，汝龙的小说《一日》，适夷的《文艺阵地的一年》，田汉的剧本《江汉渔歌》，A.Brown作、王礼锡译的《跟着码头工人前行》，草明的小说《诚实的小俘虏》，孙滨的诗歌《鸡毛信》，王冰洋的散文《远客》，邹荻帆的诗歌《草原上》，臧云远的《青年吴子玉》，李蕤的杂文《人与禽兽》，作家战地访问团的《在洛阳》等发表于《抗战文艺》第5卷第4、5期合刊。

臧云远（1913—1991），笔名季沅、辛苑。山东蓬莱人。1932年参加中国作家左翼联盟。在日本曾任东京《杂文》《质文》文艺刊物编委。历任汉口《自由中国》主编，重庆全国文协及文工会研究员和创作员，济南华东大学教授、艺术系主任，青岛山东大学教授兼艺术系主任，南京艺术学院副院长。江苏省政协委员。著有诗集《炉边》、《云远诗草》，诗剧《苗家月》，长诗《静默的雪山》，组诗《延安灯火》等。

林焕平的《从“心病者”等说起》发表于《大公报》第 4 版“战线”专栏。

鲍希文的《从剧本荒谈到创作难》、杨枫的独幕剧《两代》、晓村的独幕剧《兄与弟》、董每戡的《敌》等发表于《戏剧战线》第 5 期。

21 日，白雪的《豆潮》发表于《大公报》第 4 版“战线”专栏。

范恒的《文盲运动》发表于《新民报》第 3 版“新民座谈”专栏。

22 日，S.Y 的《杂感》、泽仁的《〈文学与生活〉读后记》、汉子的《“新村”使他们何往》发表于《新民报》第 3 版“新民座谈”专栏。

文甫的《从“工”字说起》发表于《新民报》第 3 版“新民座谈”专栏。

24 日，方然的通讯《延安底文艺工作》在《新华日报》发表，从四个方面介绍了延安文艺工作的状况。一、文艺工作所受的重视；二、文艺工作者与组织；三、文艺工作及其基本原则；四、文艺工作面临的困难。

田榕的《由蟋蟀想起》发表于《新华日报》第 4 版。

之江的《武则天》发表于《新民报》第 3 版“新民座谈”专栏。

25 日，《戏剧与文学》在上海创刊。于伶、林淡秋、满涛等主编。戏剧与文学社编辑出版，共出 4 期。岳昭的《一年来的上海文艺界》、于伶的《一年读剧记》、林淡秋的小说《一个青年的梦》等发表于创刊号。

戈茅的诗歌《第四年代》和吉的《真理不是掩得住的》发表于《新华日报》第 4 版。

卢吞的《天下太平了？》、湛卢的《某种“文人”的分析》、慕春的诗歌《冬夜三更》发表于《新民报》第 3 版“新民座谈”专栏。

26 日，诗歌半月刊《行列》在上海创刊。朱维基、沈孟天编辑。上海金星书店出版。主要撰稿人有朱维基、关露、白藏、锡金、杨棣、紫曙、芳信、雷石榆、徐野等。同年 4 月停刊，共出 6 期（5、6 期系合刊）。代表性作品有锡金的《给戏剧家》、《冻死骨》，关露的《自我有了生命以来》，雷石榆的《我知道你不会爱我》，芳信的《瞧，那些士兵》、《骑士歌》等。

邱泽仁的《艺术起源及其形成》和火心的《生活在马路上的穷鬼们！》发表于《新民报》第 3 版“新民座谈”专栏。

27 日，重庆《新蜀报》召开座谈会。这次会议主要是为响应“文协”发动的“保障作家生活”运动，就提高稿费、保障版税等问题交换意见。老舍、阳翰笙、葛一虹等参加。姚蓬子“提出今天的讨论纲要，第一是‘怎样提高稿费’，第二是‘怎样保障作家的版税’，第三是‘请求政府对于作家的生活保障’”。老舍对于提高稿费和保障版税问题，提出了自己的意见：“我想，好不好由文协出面，邀请文化当局，出版界和报馆杂志的负责人来谈谈这个问题，从中再以友谊来促进这个运动。”侍桁赞同老舍的观点，但补充说:“光是友谊恐怕是不成的”，除了友谊，同时还“应当对出版界表示作家自己的决心”。座谈会还讨论了四个项目：规定最低限度的发表费和定稿费；如何切实保障版税；由“文协”出面邀请各方面以友谊的态度商量一个办法；要求“文协”向当局建议积极救济和保障作家的生活。

吴之杰的《羊》发表于《新华日报》第4版。

毛兰的《老舵手》和罗烽的诗歌《柿子红了——战地小诗之十二》发表于《大公报》第4版“战线”专栏。

火心的《谈诗的力量》、康百泉的《理论与行动》、邱泽仁的《红炉之光》（连载）发表于《新民报》第3版“新民座谈”专栏。

29日，臧克家的诗歌《枷锁与自由——为X战区妇女杂志作》和泰的《记着，血的教训》发表于《新华日报》第4版。

任钧的诗歌《祖国的道路》发表于《大公报》第4版“战线”专栏。

狷而为的《闲谈二则：“艺术家”与“工匠”、艺术家与材料》、卞梁的《参观王铭章塑像记》、培真的诗歌《我的路》发表于《新民报》第3版“新民座谈”专栏。

30日，黑生的诗歌《他们开向北方去了》和企程的《从镜子说起》发表于《新华日报》第4版。

姚雪垠的《血的蒙城》、罗烽的《人和小样——战地小诗之十三》、李辉英的小说《良民》（连载至22日）发表于《大公报》第4版“战线”专栏。

秋蛰的《晓雾——成都文化工厂一日》、复生的《冬夜感》、水生的《夜的速写》发表于《新民报》第3版“新民座谈”专栏。

31日，萧红与端木蕻良从重庆到香港。在港期间，萧红创作了《呼兰河传》和《马伯乐》等。

本月

柯灵的小说《湮》发表于《文学集林》第3辑。

柯灵（1909—2000），原名高季琳，笔名朱梵、宋约。原籍浙江绍兴，生于广州。中国电影理论家、剧作家、评论家。1931年来到上海，曾主编《明星半月刊》，发表了大量反映社会现实的杂文。抗战爆发后，任《救亡日报》编委，主编《文汇报》副刊《世纪风》、《民族呼声》等刊物，刊载史沫特莱的长篇报告文学《中国红军在前进》，杂文《暴力的背后》。《世纪风》以鲜明的政治立场，成为孤岛上海的一座文学堡垒。因受到日伪胁迫，1939年5月停刊。上海沦陷期间，柯灵编辑的《万象》杂志，具有浓厚的文学色彩。张爱玲有多篇小说发表在上面。1944年至1945年夏，柯灵两次被日本宪兵逮捕，后经营救脱险，撤到后方。抗战胜利后，柯灵回到上海，任《文汇报》主笔，主编《读者的话》，又兼编《新民晚报》副刊《十字街头》，同时参与创办政治性期刊《周刊》。在此期间，柯灵参与组织发起中国民主促进会，后被选为中央常委。1948年，柯灵出走香港，参与创刊香港《文汇报》。1949年4月到达北平，参加第一次全国文代会。后历任《文汇报》副社长兼副总编辑，文化部电影局上海剧本创作所所长，上海电影研究所所长，中国作家协会上海分会专业作家，《上海电影》、《大众电影》主编等职。从1954年起，历任全国政协第二、三、四、五届委员，第六、七届常务委员。晚年他笔耕不辍，出版了《柯灵散文选》、《柯灵六十年文选》、《长相思》、《香雪海》等，90年代他开始收集资料执笔撰写小说《上海百年》，惜未完成。2000年6月19日，柯灵病逝于上海。

芦焚的小说《城主》发表于《文学集林》第3辑。

绀弩的小说《夜戏》，黄桦沛的小说《倮倮先生》，徐盈的小说《汉夷之间》，冀汸的诗歌《跃动的夜》，S.M.的通讯《在黄昏里走着》，贾植芳的《嘉寄尘先生和他的周围》，曹白的《访南江义勇军第×路》，A.拉佛勒斯基作、周行译的《高尔基论社会主义的现实主义》，M.高尔基作、苏民译的《在盐场上》，黄舞莺的演剧时评《重庆舞台与重庆观众》等发表于《七月》第5集第1期。

周信华的小说《风云幻变》和《挽救》由上海徐家汇土山湾印书馆出版。

臧克家等著的短篇小说集《五行山血曲》由文艺突击社丛书出版。收有萧红的《黄河》，臧克家的《在第一线上》，魏伯、碧野的《五行山血曲》，刘白羽的《一个和一群》，罗洪的《我们十五个人》，舒群的《血的短曲》，王西彦的《涡河里的黄昏》，司马文森的《吹号手》等 12 篇小说。

周文的短篇小说集《周文短篇小说选》由上海开明书店出版。收有《雪地》、《恨》、《薛仁贵征东》、《冬天到春天》、《一家药店》、《一天几顿》、《热天》、《三等车上》、《父子之间》、《山坡上》、《红丸》、《三个》、《俘虏们》、《在白森镇》等 14 篇。

徐訏的散文集《西流集》由上海夜窗书屋出版。

胡愈之的散文集《南行杂记》由重庆生活书店出版。

黎烈文的散文集《胜利的曙光》由重庆烽火社出版。

郁达夫等著的散文集《回忆鲁迅及其他》由上海宇宙风社出版。

吴天的散文集《怀祖国》由上海文艺新潮社出版，为文艺新潮社小丛书。收录《在殖民地》、《怀祖国》、《失业者》、《别》、《热之国》、《台湾的女儿》等 16 篇。

瞿秋白遗著《街头集》由上海霞社出版。

柯灵的杂文集《市楼独唱》由北社出版，为“杂文丛书”第 2 种。

沙汀的报告文学《随军散记》由知识出版社出版。

鄂北前线社编著的报告文学集《鄂北前线》由重庆鄂北前线社出版。收录有关枣庄战役的报道 36 篇。

陶雄的报告文学《航空圈内》由成都中国空军出版社出版。收录《当热烈氛围拥抱住中国飞机场的时候》、《“天皇”小史》、《生日》、《囚虏之音》、《两年来活跃祖国银空的“铁雨战士”》等 6 篇。

杨先凯编选的报告文学《湘北大捷纪实》由重庆独立出版社出版。本书从《大公报》、《中央日报》、《扫荡报》等报刊选录 5 篇关于 1939 年 10 月湘北会战报道的文章，有《湘北会战概述》、《湘北会战地理形势》、《湘北会战经过》、《湘北血战别记》和《湘北大捷的意义》。

梅子的《山西一角》和未明的戏剧《珠江怒潮》由福建漳州抗战新闻社出版。

于伶的戏剧集《江南三唱》由上海珠林书店出版。

于伶的戏剧《花溅泪》由上海现代戏剧出版社出版。

易乔编选的《好剧本》（第 1 辑）由上海剧艺出版社出版，分为创作之部和翻译之部。创作剧本有田汉的《女记者》、尤兢的《一袋米》等，翻译剧本有莫里哀的《都会流行症》等，每剧前有舞台布置图，后附导演说明、排演须知、简短本事和编者序言。

鲍希文等著的独幕剧集《被击落的武士道》由成都中国空军出版社出版。收有鲍希文的《被击落的武士道》、田深的《悔罪男》、侯枫的《血祭》、田禽的《活捉日本鬼子》、孙达生的《自作孽》等5个剧本。

长虹戏剧出版社编选的《认清敌人》由长虹戏剧出版社出版。著者有马若濮、陈明、张可、欧阳凡海等人。收有《山场上》、《弄假成真》、《翻车》、《认清敌人》、《动员》、《我们放开恩怨》、《"九·一八"以来》、《梦底毁灭》等8个剧本。

独幕剧创作丛刊社编选的《风波亭》由上海剧艺出版社出版。收有《裂痕》、《良辰吉日》、《风波亭》等6个剧本。

叶尼等著的华侨戏剧集《奖状》由上海现代戏剧出版社出版。收有叶尼的独幕喜剧《奖状》、二幕剧《春回来了》、街头剧《串好的把戏》，夏枫的《后台》，王绍清的《椰林小景》等5个剧本。

洪深改编的三幕喜剧《寄生草》由重庆上海杂志公司出版。

胡春冰的五幕六场大悲剧《中国男儿》由上海光明书局出版。本书正文前有舒湮的《〈光明戏剧丛书〉总序》，著者自序，书后有洁孺的"代跋"。

末明的《珠江怒潮》、《在铁蹄下》、《民族火焰》由漳州抗战新闻社出版，分别为抗敌独幕剧丛书之2、3、5。

欧阳凡海的四幕剧《抗战第一阶段》由桂林石火出版社出版。

于伶的五幕剧《花溅泪》由上海现代戏剧出版社出版，为现代戏剧丛书10。卷首有代序和剧中插曲《舞女曲》。

于伶的《江南三唱》由上海珠林书店出版。收有《丰收》、《太平年》、《一袋米》、《狂欢之夜》、《回去》、《鸽笼中人》等6个独幕剧。前3剧组成"江南三唱"。

王统照的《去来今》由上海文化生活出版社出版，收有小说、散文和短论等。

罗庸和叶玉华合著的《唐人打令考》由昆明北京大学出版。分缘起、唐人酒令之一斑、打令与抛令、歌令与舞著词、敦煌舞谱释词、唐以后打令之流传及演变等6节。系国立北京大学40周年纪念论文集抽印本。

捣峰的《一年来的上海文艺界》发表于《上海周报》。

老舍的《抗战戏剧的发展与困难》发表于重庆《扫荡报》。

[苏]奥斯特洛夫斯基著、王语今译的长篇小说《从暴风雨里所诞生的》在《文

学月报》连载。

二月

1 日，延安三万余人举行“讨汪大会”，毛泽东在会上发表《团结一切抗日力量，反对反共顽固派》的演说。

殷梦萍、张煌主编的《东线文艺》创刊。

林珏的小说《网房子》，寒波的通俗小说《两县长》，洪波的流亡散记《房产》，江天的诗歌《他缴不掉我们的心》，周文的报道《鲁迅，成都的纪念》，叶素的《关于通俗》，［苏］罗西科夫作、易林译的《关于作家的阶级性》发表于《文艺新潮》第 2 卷第 4 期。该期刊出“米价和生活特辑”。

巴人的《两个口号》，适夷的《关于作家生活保障》，雷加的报告文学《一个会唱莲花落的青年队员》，李乔的《饥寒褴褛的一群》，锡金的诗抄《迎宪政》、《米价》，令狐令德的《A 群二等射手之歌》、《炉中之铁》，木以圭的《远方》，田涛的小说《山野火烟》，何其芳的《给艾青先生的一封信》，斯拉狄支作、孙用译的《春天要来了》发表于《文艺阵地》第 4 卷第 7 期。

陈翔鹤的《〈在风沙中挺进〉序》，方敬的《一个伤兵》，瞿亚先的《青年团结歌》，李崇宵的《诗两首》(《警报前后》、《奔波在长道上的马群》)，刘志正的《对话》，徐中干的小说《马的故事》等发表于《锻冶厂》第 8 期。

孙科的《国际现势与中国》、梁寒操的《民国廿九年的奋斗》、张友渔的《现阶段抗战军事的特征》发表于《中苏文化》第 5 卷第 2 期。该期推出“苏联廿二周年纪念特辑”，收有外庐辑的《中山先生论“革命军”的精神并如何推赞苏联红军》、赵克昂译的《红军——苏联人民的军队》、礼长林译的《社会主义社会的军队》、邱铁生译的《苏联建国现阶段与军队》、李孟达译的《苏联正在建设强大的海军》、陶甄译的《苏联红军在波兰》、葛一虹译的《红军与艺术》、曹靖华译的《我是劳动人民的儿子——中篇连载之五》等。

老舍的杂感《旧残雾的演出谈到剧本荒》、草明的小说《荣誉大队》、姚蓬子的小说《一个哨兵》、左明的剧本《大义灭亲》、雷石榆的叙事诗《霍蒲宁和高田直》发表于《弹花》第 3 卷第 3 期。

2日，萧军的《文坛春秋录》发表于《新民报》第3版“新民座谈”专栏。

3日，老舍、胡风、高兰、方殷、罗荪等22人在中苏文化协会举行诗歌座谈会。胡风任主席。方殷报告缘起，讨论如何推行诗歌运动的问题。

汉的《屠刀和金子》发表于《新华日报》第4版。

丁玲的《秋收的一天》（连载，转载自《中国妇女》）和竹天的《一个缉私的故事》发表于《新民报》第3版“新民座谈”专栏。

4日，《新华日报》发表社论《给文艺作家以实际帮助！》，该文提出：“第一，必须提高文艺工作者的政治地位；第二，必须给文艺作家以生活上的保障和改善；第三，政府和社会人士必须给文艺作家以提高自己作品水平的可能和工作上的便利。”

王亚平的《两种小动物》发表于《新华日报》第4版。

王莹的《寄祖国》和罗烽的《在索泉岭上——战地小诗十四》发表于《大公报》第4版“战线”专栏。

罗曼的诗歌《垦》发表于《新民报》第3版“新民座谈”专栏。

5日，茅的《瘟人与混人》发表于《新华日报》第4版。

牧丁的《他们是这样地生活》和艾漠的《生活的歌》发表于《新民报》第3版“新民座谈”专栏。

6日，“文协”成都分会举行年会。萧军、沙汀、李劼人等当选为理事。

朔望的《关于手杖》发表于《新华日报》第4版。

《抗敌报》第4版开辟“老百姓”专栏，刊载“1940年民谣”，共20多首，还有田间的街头诗6首，以及春联选辑。

7日，瓦西路思卡作、李威译的《向东方去》发表于《大公报》第4版“战线”专栏。

8日，毕文超的《谎言故事》和泰的《拔牙齿》发表于《新华日报》第4版。

9日，冯玉祥的《春礼劳军歌》发表于《新华日报》第4版。

毛兰的《山城之晨》和铁玄的《苏联文坛短讯》发表于《大公报》第4版“战线”专栏。

10日，老舍的《艺术家也要杀上前去》、方殷的《给哨兵》、王亚平的《从一首竹枝词想起》、沙汀的《一段日记》发表于《新华日报》第4版。

老舍的《供给文化粮食——一封公开信》和王亚平的诗歌《棕色的马——遥寄我的父亲》发表于《大公报》第 4 版“战线”专栏。

11 日，“文协”桂林分会举行普希金纪念会，讨论新诗的形式问题。

张恨水的小说《水浒新传》开始在上海《新闻报》连载，至 1941 年 12 月 27 日结束，受到读者的欢迎和好评。章士钊特地送七律一首以示祝贺。

12 日，企的《投石子》，克寒的《 × 路军大战邯长路》，红田作、企程译的童话《“他的”先生》（连载至 13 日）发表于《新华日报》第 4 版。

芦焚的小说《刘爷列传》（连载至 15 日）发表于《大公报》第 4 版“战线”专栏。

史轮的《政治时事和艺术》和周奋的《让我们的小学校成为业余的宣传队吧》发表于《抗敌报》“文化界”专栏。

13 日，王亚平的《兰》发表于《新华日报》第 4 版。

15 日，《中国文化》在延安创刊。这是陕甘宁边区文化协会主办的一本综合性学术刊物，内容包括文艺评论和文学创作等。主要撰稿人有周扬、冼星海、丁玲、茅盾、王实味等。中华文化社编辑、出版，新华书店发行。该刊发表许多党和文化界重要领导人的文章，对当时的文艺有重要指导意义。它辟有“研究”、“短评”、“杂感”、“哲学讲座”、“创作”等专栏。1941 年 8 月出完第 3 卷第 2、3 期合刊后终刊，前两卷各 6 期，共出 15 期。创刊号刊载毛泽东的《新民主主义的政治与新民主主义的文化》、艾思奇的《论中国的特殊性》、周扬的《对旧形式利用在文学上的一个看法》、吴玉章的《文学革命与文字革命》、何思敬的《论孙中山底思想底研究问题》、陈伯达的《杨子哲学思想》、冼星海的《民歌与中国新兴音乐》、萧三的《高尔基底社会主义的美学观》、胡蛮的《鲁迅对于民族的文化和艺术问题底意见》、沙汀的《记贺龙将军》、何其芳的诗歌《一个泥水匠的故事》、野蕻的报告文学《黄狗》等。

徐盈的小说《黑货》、罗烽的小说《迂崇汉》、李雷的诗歌《汾河湾的故事》、葛一虹的文艺短论《关于民族形式》、姚蓬子的文艺短论《组织文化游击队》发表于《文学月报》第 1 卷第 2 期。

良友的诗歌《青年的乐园——为抗大作》和吉的《谨防扒手》发表于《新华日报》第 4 版。

端木蕻良的《微沫》（连载至 20 日）发表于《大公报》第 4 版“战线”专栏。

16日，柳明的《旧历新年杂感》发表于《新华日报》第4版。

严文井的小说《一家人》，刘白羽的《在黄河的一弯上》，魏伯的《我们眼下原弥熊师团》，周扬、老舍的《关于文协的工作》发表于《文艺战线》第1卷第6号。

适夷的《单纯和精炼》，锡金的《形式的产生》，曹葆华的《抒情十章》，陈残云的《马夫》和《杨村江畔》，鲁岳的《北运河上》，方殷的《给保卫中条山的战士们》，吴沅璞的《南洋锄奸团》，罗洪的小说《这时代》，欧阳凡海的《鲁迅的初步思想·文学观·社会意识的检讨》（连载至12期），闻歌的《杂论阿Q》，田青的《阿三张飞》，Sillan著、柱常译的《为大众》发表于《文艺阵地》第4卷第8期。

17日，艾漠的诗歌《赠别》和凌江的诗歌《工作》发表于《新民报》第3版“新民座谈”专栏。

18日，边区音乐家协会筹委会成立。由吕骥、周巍峙、抗敌剧社三方面组成。筹委会公布《音协工作纲领》，提出“加强音乐作品的现实化和大众化，用全力将文化深入到民间去，使音乐成为广大群众的运动”。

丘琴的《一颗亮星——唐聚五将军挽歌》、石光的《悼唐聚五将军》发表于《新华日报》第4版。

19日，茅的《说狗》发表于《新华日报》第4版。

20日，蓬子的《作家不必一定上前方去》、夏照滨的《文艺作品与生产建设》、尹雪曼的散文《硕鼠篇》、碧野的小说《回归见亲娘》、杨骚的论文《关于文艺批评落后的二三见解》、王亚平的长诗《湘北之战》、李辉英的小说《归来》、田涛的报告文学《“的卢”马》、莎寨的报告文学《文明人所走过的地方》、作家战地访问团的《汉奸和红枪会代表的谈话》等发表于《抗战文艺》第5卷第6期。

闵廉的《打架和调解》发表于《新华日报》第4版。

21日，“文协”举行第一次戏剧座谈会。胡风、光未然，葛一虹等参加，围绕“对当前戏剧工作的意见和感想”主题，讨论了戏剧创作问题和戏剧演出中的“噱头主义”等不良倾向。

[苏]T.OKS著、王语今译的《王爱梅——外国人编的中国故事》（连载至22日），冯振乾的诗歌《横过洞庭湖》发表于《大公报》第4版“战线”专栏。

22日，今的《骗子》发表于《新华日报》第4版。

葛一虹的《从“华北是我们的”与“好丈夫”说到我们抗战电影制作的路向》

发表于《新华日报》第4版。

罗烽的《战地小诗》发表于《大公报》第4版“战线”专栏。收有《肥料》、《他们没有休息》、《新冢》、《战马之骸》、《旗》、《骆驼》等6首。

23日，马铃梆的诗歌《颂石油河》发表于《大公报》第4版“战线”专栏。

24日，力扬的《谈诗底形象和语言》、方殷的诗歌《推磨者》、戈茅的诗歌《小哨兵》、袁勃的诗歌《母鸡与小孩——这是晋察冀X区的一个活生生的故事》、王亚平的诗歌《苹果熟的时候——中条山的战争佳话》、光未然的诗歌《素描二篇》发表于《新华日报》第4版。

挣扎的《竹梁纸业》发表于《大公报》第4版“战线”专栏。

艾漠的诗歌《银色的鸽子》和赵一无的诗歌《“树皮”诗抄》发表于《新民报》第3版“新民座谈”专栏。

25日，力扬创作《关于诗的民族形式》，反对萧三在《论诗歌的民族形式》中提出的诗要“成形”的理论。这篇文章后发表于《文学月报》第1卷第3期。

《文艺新闻》第11号刊载老舍的《诗二章》、田汉的《湘北农民》、辨微的《充数的折扣》等。

吉光的《孩子的愚问》、奚如的《殉难者》、柳明的《学习与计划》发表于《新华日报》第4版。

“文协”成都分会召开理事会，决议出版《文讯》周刊。

方龄贵的《送一位远征的友人——给到×北工作的L》发表于《大公报》第4版“战线”专栏。

胡亚的《夜路》(连载)发表于《新民报》第3版“新民座谈”专栏。

侯枫的《我们需要一座小剧场》、每戡的《本刊是大家的》、束丝的《半年一谈》、孙达生的独幕剧《抢救》、张天予的《到前方去》、杨村彬的《抗战演剧当前诸倾向》、李束丝的街头歌剧《彩船曲》等发表于《戏剧战线》第6期。

国馨的《黄河》(代发刊词)、念兹的《一九四〇年文艺工作者的任务》、海萍的报告文学《敌寇总崩溃前夕的晋南》、淼焱的报告文学《西行列车》、冰莹的报告文学《裸体杀敌的战士》、徐仲年的小说《疯》、老向的通俗韵文《石匠》、卢冀野的诗歌《蜀秦道上》等发表于《黄河》创刊号。

26日，宰的《恨煞秦桧》发表于《新华日报》第4版。

覃子豪的诗歌《走马塘的歌人》发表于《大公报》第 4 版“战线”专栏。

金雨的《诗五首》发表于《新民报》第 3 版“新民座谈”专栏。

27 日，安娥的《马上行》（连载至 28 日）发表于《大公报》第 4 版“战线”专栏。

28 日，顾惜年的诗歌《开关者》、郭小川的诗歌《牧羊人的小唱——塞上草之二》、碧野的《悼叶紫》发表于《大公报》第 4 版“战线”专栏。

29 日，林珊的诗歌《日本的国策悲鸣》、林火的《两个朝鲜兄弟》发表于《新华日报》第 4 版。

姚雪垠的《战地春帆——一束礼物送给 ××》发表于《大公报》第 4 版“战线”专栏。

30 日，天虚的诗歌《抗战文艺运动在今天》、雷石榆的诗歌《创作与修改》、若耶的小说《七月海港》、如瑛的小说《信》发表于《文化岗位》第 2 卷第 2 期。

本月

综合性文艺月刊《戏剧与文学》在上海创刊。于伶、林淡秋主编。6 月停刊，共出 4 期。

《诗》月刊在桂林复刊。周为、婴子、胡明树编辑。

“文协”广东曲江分会成立。

“文协”贵阳分会成立。谢六逸、王亚明、蹇先艾、李青崖等为理事。

徐訏的长篇小说《荒谬的英法海峡》由上海夜窗书屋出版。

束纫秋的小说《投机家》由香港读书生活出版社出版。

黑丁的小说集《北荒之夜》由香港海燕出版社出版。收有《九月的沈阳》、《北荒之夜》、《回家》、《原野》、《雾》和《永恒的记忆》等 6 篇小说。

新中华文艺社编选的《鹰》由香港新中国文艺社出版。

曼锄的小说《游丝集》由西安新中国文化出版社出版。

沈叔兰的《新木兰从军》由重庆生活书店出版。收有《新木兰从军》、《周排长以少击众》、《日本兵大闹沽口》等 6 篇故事。

绛燕的诗歌集《微波辞》由重庆独立出版社出版。共分 2 辑。收有《泽畔吟》、《克复兰封》、《病榻》、《航海吟》、《春夜小唱》等 30 首。书前有徐仲年的序。

周作人的散文集《秉烛谈》由上海北新书局出版。

任苍厂的《随笔小品散文》由上海南光出版社出版。分“冥想”、“实感”、“凝想”、“印象”、“叙事”、“写景”、“记事”、“对话”8部分共25篇。

白朗等著的日记合集《我们十四个》由重庆上海杂志公司出版。作者等14人在1939年6月中旬到9月初在抗战前线访问，本书是访问期间写下的日记合集。

刘念渠、宗由的戏剧《北地狼烟》由重庆中央青年剧社出版。

周剑尘的戏剧《西太后》由上海剧作协社出版。

魏如晦的戏剧《碧血花》（又名《明末遗恨》、《葛嫩娘》）由上海国民书店出版。

独幕剧创作丛刊社编选的《小夜曲》由上海剧艺出版社出版。收录了鹰隼的《斗争》，李时建根据鲁迅先生的《明天》改编的《小夜曲》，吴永刚的《林冲雪夜歼仇》，周贻白的《朱仙镇》，李希殷的《孤雏》，I.L.遏理趣著、庸人译的《锦囊妙计》6个剧本。

马彦祥的独幕剧《海上春秋》由香港申萱出版社出版。

马彦祥（1907—1988），原名履，笔名尼一、司徒劳。原籍浙江鄞县，生于上海。戏剧活动家、戏剧导演、戏剧理论家。1925年考入复旦大学中文系，1928年毕业。在复旦大学学习期间师从洪深学习戏剧理论和欧洲古典戏剧名著，并参加复旦剧社的演剧活动。曾参加申酉剧社。1929年参加上海剧艺社。1930年去广州，参加广东戏剧研究所，主编《戏剧》双月刊。1932年在天津主编《戏剧电影周刊》。1934年后任齐鲁大学副教授、南京国立戏剧专科学校导师，参加组织中国戏剧协会，导演《雷雨》、《日出》、《汉宫秋》等，演出《回春之曲》等。抗日战争爆发后在上海参加《保卫卢沟桥》的集体创作，并和洪深一起导演，任上海救亡演剧一队队长。在桂林主编《抗战戏剧》半月刊，导演《夜光杯》、《黑地狱》等剧。1937年底被选为中华全国戏剧界抗敌协会理事。1939年到达重庆，先后导演《残雾》、《国家至上》、《李秀成之死》等剧，创作并导演《国贼汪精卫》，兼任国立戏剧专科学校教授。1942年在江安国立戏剧专科学校任教。1943年任重庆中央青年剧社社长，演出《南冠草》、《少年游》等剧。抗日战争胜利后在北平主编《新民报》副刊《天桥》，任中华全国文艺界协会北平分会秘书长。1948年赴华北解放区，出席第一届华北人民代表大会，华北人民政府成立后被任命为戏剧音乐工作委员会主任委员。1949年后任文化部戏曲改进局副局长、艺术局副局长、艺术研究院顾问、文化部顾问，中国文联第一至四届委员，中国戏剧家协会第一、二届常务理事和第三届副主席等职。是第一至三届全国人大代表，第五、六届全国政协委员。

许幸之据法国小仲马的《茶花女》改编的五幕剧《天长地久》由上海光明书局出版。

陈适的《离骚研究》由长沙商务印书馆出版，论述《离骚》的渊源、内容、外形、注家和影响等问题。

黄仲苏的《陈迹》由昆明中华书局出版。收有《春光犹在人间》、《月夜听莺记》、《饥饿》、《太戈尔诗选译》、《小说艺术》、《左拉与自然主义》、《强硬的抗议》、《忠告》、《希望与忍耐》、《同情》、《林琴南先生》、《作家与作品》等 20 篇。本书是笔记、游记、通讯、论文、译文的合集。

白村的《享有文坛信誉的茅盾》发表于《生活》半月刊。

［法］巴尔扎克著、穆木天译的小说《从妹贝德》由长沙商务印书馆出版。本书是《人间喜剧》巴黎生活场景的组成部分。

中华全国文艺界抗敌协会发起“保障作家生活”运动。

三月

1 日，“文协”桂林分会会刊《抗战文艺》（桂刊）创刊。该刊只出一期就因故停刊。创刊号刊载鲁彦的《别忘记团结的重要》、孟超的《保卫西南与文艺工作》、芦荻的散文《广州忆记》、孙陵的速写《春祭》、云彬的杂文《谈鲁迅风》、司马文森的散文《农民——羊城草之二》、臧克家的诗歌《呜咽的云烟》、林向的诗歌《徒步的旅人》、林林的报告文学《笔立在昆仑关的峰巅》、黄药眠的报告文学《昆仑关之行》。

李斗山的诗歌《你又来了——为纪念“三一”节而作》发表于《新华日报》第 4 版。

《文艺新潮》第 2 卷第 5 期刊载“关于现实主义讨论特辑”，分设“论谈”、“诗”等栏目，发表有叶素的《文艺工作与宪政运动》、闻歌的《现实主义的“发凡”》、马拉的《忆》、坚卫的《王将官》、高岗的诗歌《送第三个》。

锡金的《诗歌，语言的创造》和《和假诗坏诗斗争》，西渻的《关于讽刺诗》，司马文森的《善良的将军》，周钢鸣的《论诗和诗人》，木以圭的《你回来吧》，邹绿芷的《豫西北剪影》，李雷的《琴声》，曹葆华的《西北道上》，周熙的《兴集的文艺》,高岗的《耶玛》,Elsa triolet 作、柳无垢译的《玛耶可夫斯基回忆》发表于《文艺阵地》第 4 卷第 9 期。

晓夫的《柴尔道布哈诺夫——读猎人日记》和力扬的《雾的冬天》发表于《大公报》第 4 版“战线”专栏。

朱双云的《平剧界的延年益寿汤》，张恨水的散文《江南之冬》，炎的散文《黄鱼》，张十方的小说《泥棒》，秋涛的诗《月夜送 T · K》、《深思 Meditation》、《留别“火焰山”》发表于《弹花》第 3 卷第 4 期。

2 日,戈茅的诗歌《石匠》和延安 15 岁童工侯金保的诗歌《我和菜油机的生活》发表于《新华日报》第 4 版。

3 日，萧乾的《前桥书简》发表于《大公报》第 4 版“战线”专栏。

企的《拜伦的告诫》发表于《新华日报》第 4 版。

李蕤的《题材和主题》、陈烟桥的《绘画漫谈》(连载至 5 日) 发表于《大公报》第 4 版“战线”专栏。

5 日，蔡元培在香港逝世。

蔡元培 (1868—1940)，原名蔡阿培，字鹤卿，后改为仲申，号孑民，曾用笔名蔡民友、蔡振、周子余。浙江绍兴山阴县 (今绍兴县) 人，原籍浙江诸暨。文学评论家、学者、教育家。1912 年任南京临时政府教育总长，主张采用西方教育制度。1917 年任北大校长，支持新文化运动，提倡学术研究，宣传劳工神圣，主张“以美育代替宗教”，“思想自由，兼容并包”，实行教授治校。1927 年任国民政府常务委员、大学院院长，后任中央研究院院长等职。1932 年，与宋庆龄、鲁迅等组织发起中国民权保障同盟,积极开展抗日爱国运动。文学著作除《石头记索引》外,生前未辑成集出版。后出版有《蔡元培美学文选》、《蔡元培选集》、《蔡元培全集》、《蔡元培遗文类抄》等。

S.M. 的《呼气篇》发表于《大公报》第 4 版“战线”专栏。

贾寅晓的《寄》,张彬译诗二首《夜有一千双眼》、《不虚此生》发表于《新民报》第 4 版“新民座谈”专栏。

6 日,张志渊的童话《鹰和它的奴隶》发表于《大公报》第 4 版“战线”专栏。

7 日，白薇的诗歌《反战词 : 一个日本兵士》发表于《新华日报》第 4 版。

石光的散文《向北方》发表于《大公报》第 4 版“战线”专栏。

金雨的《我们站在广播台上》和铁军的《几年光荣的“三八”节》发表于《新民报》第4版“新民座谈”专栏。

8日，在华日本人民反战同盟西南支部在桂林公演日语反侵略名剧《三兄弟》，共演5日，观众达六七千人，收入约万元。所得收入半数慰劳抗战将士，半数作为该部基金。3月22日，《新华日报》以《今天，剧坛上爆发了一朵灿烂的血花》为题，记叙了这次演出的盛况。“今天，中国剧坛，日本人民的剧坛，全世界剧坛，爆发了一朵灿烂的血花，两个民族只有一个敌人，被压迫者与被侵略者联合起来打倒共同的敌人吧！”

《中苏文化》第5卷第3期推出“三八妇女节特辑”。收录宋庆龄的《向全世界妇女申诉》、张晓梅的《纪念三八妇女节》、刘清扬的《纪念三八要加紧训练妇女干部》、韩幽桐的《妇女与中国宪政》等。此外还刊载了孙科的《制宪经过及宪法中的几个重要问题》、曹靖华译的《我是劳动人民的儿子——中篇连载之五》等。

9日，厂民的《从劫案说起》和王亚平的《她带来故乡的春天》发表于《新华日报》第4版。

艾漠的诗歌《夜之曲》发表于《新民报》第4版“新民座谈”专栏。

10日，吴岩的小说《忏悔录》、钟望阳的小说《妻》、沙汀的小说《联保主任的消遣》、叶尼的戏剧《复工之前》、郭风的越滇纪行之一《查关》发表于《戏剧与文学》第1卷第2期。

郭风（1917—2010），回族。原名郭嘉。祖籍福建莆田。1936年毕业于莆田师范学校。1944年毕业于福建师范大学中文系。在散文、散文诗和儿童文学方面创作颇丰，迄今已结集出版作品50多部。有童话集《红菇们的旅行》、《郭风散文选集》，散文集《黄巷集》等。郭风的作品写景绘物，使人如临其境，在大自然的遨游中，时时以独特的审美视角，抒发自我感知，留下心灵的轨迹。给大地、海洋、阳光、树木、花草增添了主体情感。早期作品质朴清新，饶有天趣，贮满诗情画意，是风景画家、风俗画家与抒情诗人才能的神奇统一。其作品先后两次荣获全国儿童文学作品奖，两次荣获全国少数民族文学骏马奖，并译成俄文在苏联地区出版。

吉光的《“养肥了再杀”》发表于《新华日报》第4版。

罗忠悔的诗歌《疑团》和戈雨的《聪明人和傻子》发表于《新民报》第4版“新民座谈”专栏。

11 日,吴世昌的《游击铁军抗战记》和方殷的《诗歌散话》(连载)发表于《大公报》第 4 版“战线”专栏。

洪溶的诗歌《星期日》、洪宝书的《一行生活的空白》、罗曼的《看戏》发表于《新民报》第 4 版“新民座谈”专栏。

12 日,杨波的《悼蔡元培先生》和杨枝的《我为什么写“春鹅”》发表于《新民报》第 4 版“新民座谈”专栏。

《中苏文化》推出“孙中山先生逝世十五周年纪念特刊”,载有孙科的《怎样完成总理的遗志》、于右任的《总理这样教训了我们》、赵克昂的《中山先生论苏联》等。

13 日,王碧的《办夜工——青年公务员生活之一》发表于《新华日报》第 4 版。

骆明的诗歌《雁的歌》和杨力的《丐儿》发表于《新民报》第 4 版“新民座谈”专栏。

14 日,冯玉祥的诗歌《倭陆相轻视人命重视犬猫》和蓝喆的《生活味》发表于《新华日报》第 4 版。

杨绍万的童话《虫类社会的新闻》(连载至 19 日)发表于《大公报》第 4 版“战线”专栏。

15 日,毛泽东的《新民主主义论》发表于《中国文化》创刊号。边区文艺界组织认真学习。

晋西戏剧界民间戏剧研究会在兴县召开成立大会。40 余人参加。主席风起报告后,全体向壮烈殉难的研究会发起人朱希默哀 4 分钟。推选正副主任二人,通过相关议案:一、用大会名义发表宣言;二、以研究会名义加入晋西各界宪政促进会;三、号召成立晋西戏剧界救亡协会;四、出会刊等。

葛一虹的《民族遗产与人类遗产》发表于《文学月报》第 1 卷第 3 期。该文批判宣扬以民间形式为源泉的“新国粹主义”,认为它抹杀了新文学的功绩,呼吁坚持我们科学的世界观和我们现实主义的创作方法。同期,还刊载了草明的小说《追悼》、寒波的小说《炸毁》、罗荪的《关于现实主义》、力扬的《关于诗的民族形式》等。

田曲的《猪》发表于《新华日报》第 4 版。

刘盛亚的《不容乱弹》、谭吐的《船在风浪中》、苏文的诗歌《别》发表于《新民报》第 4 版“新民座谈”专栏。

16 日,孟辛(冯雪峰)在《文艺阵地》第 4 卷第 10 期发表《论两个诗人及诗的精神和形式》。他以艾青的诗集《北方》、《他死在第二次》和柯仲平的叙事诗《边区自卫军》、《平汉路工人破坏大队的产生》作为批评对象，认为诗人的精神和大众的精神结合着，他就是本质上的诗人，但他认为艾青受法国象征派的影响，对诗的精神是有损害的，而柯仲平形式清新，更具有新的生命力。该期还刊载巴人的《现象与本质》，叶素的《报告的疲乏》，萧涵的小说《萧宁》，林果的报告文学《喜筵》，梁丙的散文《邻家》，紫秋的报告文学《殉难》，艾青的《诗二首》，方敬的《清晨》、《募捐》和《看护女》，臧克家的《烈士墓旁》，高岗的《在南宁》，王扬的《我背靠着旗杆》等。

韩侍桁的《抗战文艺的再出发》、陈晓南的《太行山的落日》、雷石榆的《誓语》发表于《文艺月刊·战时特刊》第 4 卷第 2 期。

任耕的《“外行”的话》和方觉的诗歌《给》发表于《新民报》第 4 版“新民座谈”专栏。

吴直由的《寒山钟声》（连载至第 37 卷第 7 号）发表于《东方杂志》第 37 卷第 6 号。

17 日，顾曼欧的诗歌《我要走》和牧丁的《关于诗——门外小语二章》发表于《新民报》第 4 版“新民座谈”专栏。

19 日，吉光的《英雄事业》发表于《新华日报》第 4 版。

欧阳山的《散步》（连载至 20 日）发表于《大公报》第 4 版“战线”专栏。

20 日，长虹的《传说和现实》（连载至 22 日）发表于《大公报》第 4 版“战线”专栏。

刘盛亚的《山岳底呼唤》（连载）和悄寒的诗歌《一声蹭耳的惨叫》发表于《新民报》第 4 版“新民座谈”专栏。

21 日，罗铁鹰的诗歌《他埋下一粒种子》和田仲济的《读书琐记》发表于《新华日报》第 4 版。

22 日，徐铁石的诗歌《李么娘》发表于《新华日报》第 4 版。

24 日，重庆各界举行蔡元培追悼大会。蒋介石主祭。毛泽东、董必武送挽联。

向林冰在重庆《大公报》副刊《战线》发表《论“民族形式”的中心源泉》。该文提出“以民间形式为民族形式中心源泉的命题”。第一，“流行民间的文艺形式，不是大众生活的偶然道伴”，是“习闻常见的自己作风与自己气派”；第二，“由于‘存在决定意识’，所以‘喜闻乐见’应以‘习见常闻’为基础”；第三，“‘内容决定形式’这是解决民间形式与民族形式中间的矛盾，使民间形式内部的民族形式的胚胎发育完成而彻底肃清其反动的历史沉淀物的唯一钥匙”；第四，“民族形式的提出，是中国社会变革动力的发现在文艺上的反映。“五四”以来的新兴文艺形式，由于是缺乏口头告白性质的‘畸形发展的都市的产物’，是大学教授，银行经理，舞女，政客以及其他小‘布尔’的适切的形式（黄强先生在其《当前文艺运动的一个考察》所评定），所以在创造民族形式的起点上，只应置于副次的地位”。该文是在毛泽东的《新民主主义的政治与新民主主义的文化》在延安《中国文化》上发表，提倡民族形式之后，国统区较早一篇讨论民族形式的文章。引起重庆文艺界的强烈反响，由此展开一场热烈讨论。

王亚平的《耗子的故事》发表于《新华日报》第 4 版。

震飞的诗歌《待遇》发表于《新民报》第 4 版“新民座谈”专栏。

25 日，西北文艺会议第一次年会召开。黄星、宋奇、秋空、祁东海等参加。讨论了“文艺作品表现生产建设的意义、生产建设的文艺作品的内容、生产建设文艺作品的表现手法、今后工作的展望”，对文艺作品与生产建设的关系作了深入讨论。

《文艺作品与生产建设：西北文艺笔会第一次集体讨论》发表于《大公报》第 4 版“战线”。

罗荪作《关于现实主义》。文章对史笃发表在《文艺新潮》第 3 卷第 2 期上的《关于现实主义》一文提出批评。史笃认为《焦土礼赞》是现实主义的。罗荪认为史笃没有划清现实主义与客观主义的界线，《焦土礼赞》是客观主义，而不是现实主义。

罗的《结婚的女子何辜》和张碧瑜的《红胡子号兵》发表于《新华日报》第 4 版。

丹霞的《翠翠》发表于《新民报》第 4 版“新民座谈”专栏。

高乃同的《“蔡元培启事”》、鲤庭的《戏剧漫谈》、冰莹的《建立生产文学》、淼焱的报告文学《焦家庄》、冰莹的《敌人是这样虐待“俘虏”的》、蒋明的小说《老岳的死》、柳亚子的诗歌《海上的雪》、冯玉祥的诗歌《春礼劳军歌》、紫翼的诗歌《过太行山》、程少怀的诗歌《大时代中成长着的女儿》、高天的诗歌《阴山下》发表于《黄河》第 2 期。

26 日，老舍的长诗《剑北篇》发表于《大公报》第 4 版“战线”专栏。

加强的诗歌《告别内江》发表于《新民报》第 4 版“新民座谈”专栏。

27 日，向林冰在《新蜀报》发表《国粹主义“简释”》，反对葛一虹的观点，重申民间形式是民族形式中心源泉的观点。

袁础的《“眼高手低”谈》发表于《新华日报》第 4 版。

风涛的《春暖花开的时候》发表于《大公报》第 4 版“战线”专栏。

裴令的《童年的乐土》和杨力的《深夜》发表于《新民报》第 4 版“新民座谈”专栏。

28 日，张十方的《疯——东京的囚徒之一章》发表于《新华日报》第 4 版。

子禾的长诗《朋友送你回去底第一个故乡》（连载）发表于《新民报》第 4 版“新民座谈”专栏。

29 日，田曲的《交友之道》发表于《新华日报》第 4 版。

周扬的《新文艺和旧形式》（连载至 30 日）发表于《大公报》第 4 版“战线”专栏。

30 日，汪伪“中央政府”在南京成立。

郁达夫的《毁家诗纪》发表于香港《大风》旬刊，记述他和妻子王映霞的感情波折。王映霞不满，后也在《大风》发表《给编者的三封信》和《给郁达夫的一封信》。两人感情不和加剧，不久正式离婚。

曹禺、宋之的合著的四幕剧《黑字二十八》（原名《全民总动员》）由重庆正中书局出版。

田涛的短篇小说集《荒》由上海文化生活出版社出版。收录有《在骡车上》、《离》、《闹》、《荒》、《谷》、《隐》、《暮霭》、《乡村》和《分出后》9 篇小说。

蓬子的《读者并不短视的》，罗荪的《再论保障作家生活》，艾芜的小说《秋收》，欧阳山的小说《洪照》，罗烽的小说《专员夫人》，梅林的小说《婴》，黄芝冈的论文《论民族形式》，魏伯的长诗《在黄河上》，蓬子的《诗四章》，孙施谊的独幕剧《人约黄昏》和导演手记《关于〈人约黄昏〉》，沙汀的散文《过去》，作家战地访问团的《中条山中》，马宗融的论文《阿拉伯文学对于欧洲文学的影响》，老舍、宋之的的四幕剧《国家至上》，[德] 歌德作、梁宗岱译的诗歌《谟罕默德礼赞歌》，陶斐克哈肯作、张秉铎译的《伊朗诗人费尔岛西的罗密欧与朱丽叶》等发表于《抗战文艺》第 6 卷第 1 期。

梁宗岱（1903—1983），祖籍广东新会县，出生在广西百色。小时候就广泛接触古典文学名著《水浒》、《三国演义》等。父亲常在灯下课以“四书”、“五经”

和唐宋八大家文，故早年文思畅通，立志献身于文学。同时受其父影响，对制药治病很感兴趣。启蒙在广西百色小学，一年后回乡。在新会大泽读中学，后到广州东山培正中学。在培正时，主编校刊《培正学校》和《学生周报》，并加入文学研究会。1923年秋，入岭南大学学习文科。次年赴意大利留学并游览欧洲，学习德、英、法、意等国语言，在刊物发表译作。回国后，受聘任北京大学法学系主任，清华大学讲师，南开大学、复旦大学教授。抗日战争胜利前夕，到广西与友人创办广西西江学院，任代理院长。1950年10月出席广西人民代表大会。曾被诬入狱。出狱后受聘中山大学教授、广州外语学院教授。文化大革命期间遭受迫害。翻译过莎士比亚的诗歌和歌德的《浮士德》等名著。代表作有《梁宗岱选集》、诗集《晚涛》、词集《芦笛风》和论文集《诗与真》等。梁宗岱是我国现代文学史上一位集诗人、理论家、批评家和翻译家于一身的杰出优秀人才。

本月

国民政府行政院公布方案，决定设立学术审议委员会。4月产生第一届委员，蒋梦麟、王世杰、竺可桢、周鲠生、颜福庆、茅以升、傅斯年、冯友兰、马寅初、邹树文、吴有训、马约翰、滕固、吴稚晖、朱家骅、张君劢、张大齐、郭任远、陈布雷、胡庶华、程天放、罗家伦、张道藩、曾养甫等当选。

《华西文艺》在成都创刊。华西文艺社编辑，共出5期。主要作者有陈静波、常任侠等。创刊号刊载白堤的散文《海的女儿》、岳军的小说《遥远的风雪》、荒草的诗歌《峨嵋的春天》等。

高咏的小说《“保险”》，郁天的小说《伪警》，雷蒙的诗《母亲》，方然的诗《邓正死了》，田间等的《街头诗小集》(九首)，平羽的战地报告《第一枪》，宋之的的战地报告《长子风景线》，东平的战地报告《王凌岗的小战斗》，江丰的《鲁迅先生与中国的新兴木刻运动》，卢鸿基的美术时评《从能动的画想起》，胡风的文艺时评《关于诗与田间底诗》，木枫的速写《一〇六号桥》，荆有麟的速写《在大炮厂里》，朱凝的速写《野店之夜》，J. 卡梭作、张元松译的《法国文学的革命传统》，罗曼·罗兰作、杨芳洁译的《瓦尔米》等发表于《七月》第5集第2期。

师陀的长篇小说《马兰》，雨田的小说《十诫》，李健吾的短篇小说集《使命》，田涛的短篇小说集《荒》由上海文化生活出版社出版。

张天翼的长篇童话《富翁岛》由上海文光书局出版。

张天翼的小说《跳动》由香港奔流书店出版。

徐訏的小说《镜子的疯》发表于《大风》第63期。作品讲述一面突然疯了的镜子，男人照出现裸女，女人照出现裸男，折射和讽刺了人们的性心理。

田涛的短篇小说《荒》由文化生活出版社出版。

李辉英的短篇小说集《火花》由商务印书馆出版。

巴金等著的短篇小说集《中国勇士》由香港奔流书店出版。收鲁迅的《理水》、茅盾的《神的灭亡》、郭沫若的《中国勇士》、周木斋的《黑翟出走了》、曹聚仁的《孔老夫子》、陈子展的《楚狂与孔子》、非广的《"子见南子"以后》、巴金的《丹东的悲哀》等21篇小说。

老舍选编的短篇小说集《大时代的小故事》由重庆文摘出版社出版。收录端木蕻良的《找房子》、《火腿》和《生活指数表》，老舍的《一封家信》，萧红的《朦胧的期待》，靳以的《被煎熬的心》等12篇小说。

蓬子的短篇小说集《浮世画及其他》由上海良友复兴图书公司出版。

白桃的短篇小说集《父子英雄》由重庆生活书店出版。收有《父子英雄》、《汉口的一位小朋友》、《绥远的一个哨兵》、《太湖边上的女英雄》和《台儿庄大战的两勇士》等。

白桃的短篇小说集《新女英雄》由重庆生活书店出版。收有《不做汉奸的小孩》、《胡老头组织自卫队》、《新女英雄》、《民众杀敌的故事》和《八百壮士》等。

吴树滋的《忠孝节义故事选》由上海世界书局出版。收有《输财救国的卜式》、《牧羊北海的苏武》、《精忠报国的岳飞》等63篇故事。

林英强的散文诗集《麦地谣》由上海文艺新潮社出版。

小岵的《小难民自述》由长沙商务印书馆出版。本书是"七七"事变后，13岁的小姑娘小岵与家人从南京逃难到昆明的途中日记，共16篇。

董每戡的戏剧《敌·孤岛夜曲》由成都航空委员会政治部神鹰剧团出版。

周贻白的戏剧《北地王》由上海亚星书店出版。

顾仲彝据法国莫里哀原著改编的五幕剧《生财有道》由上海剧场艺术出版社出版。

顾仲彝改编的戏剧《恋爱与阴谋》由上海光明书局出版。

周贻白的四幕剧《北地王》由上海亚星书店出版。

陶雄的四幕剧《总站之夜》由成都中国空军出版社出版。

朱双云的《平壤孤忠》、王进珊的一幕二场剧《双照楼》、王平陵的三幕剧《狐群狗党》由重庆中国戏曲编刊社出版。

锡金的二幕剧《横山镇》由戏剧书店出版。

杨扬的独幕剧合集《被摧残的生命》由上海杨明书店出版。收有《一齐向内转》、《被摧残的生命》、《孤岛之秋》、《宁静的江南》4 个剧本。

徐訏的五幕诗剧《潮来的时候》由上海夜窗书屋出版。

唐绍华编选的《一百种抗战剧本说明》由重庆正中书局出版。著录 1937 年 8 月至 1939 年 7 月出版的抗战剧本 100 种。著录项目包括书名、剧种类别、编著者、出版者及剧情简介等。

黄峰的《世界革命文艺论》由上海文学新潮社出版，介绍了各国文学概貌，分别叙述国防文学在苏联、英国的革命文学、大动乱时代的英国小说、西班牙的新兴文学等。

郭沫若的《周易的构成时代》由长沙商务印书馆出版，为孔德研究所丛刊之二。

田禽的《怎样写剧》由重庆生活书店出版，介绍了戏剧的样式和方法，怎样收集材料、怎样描写人物、戏剧的结构、戏剧的创作方法等。

约莱士等著、章泯译述的《戏剧本质论》由重庆上海杂志公司出版。收有《斗争说》、《论斗争与危机说》等戏剧论文。

四月

1 日，综合性半月刊《战国策》在昆明创刊。本刊由西南联合大学教授林同济、陈铨、雷海宗等创办。《代发刊词》称："本社同人，鉴于国势危殆，非提倡及研讨战国时代之'大政治'（High politics）无以自存自强。而'大政治'例循'唯实政治'（Real politics）及'尚力政治'（Power politics）。'大政治'而发生作用，端赖实际政治之阐发，与乎'力'之组织，'力'之驯服，'力'之运用。本刊如一'交响曲'（Symphony）以'大政治'为'力母题'（Leitmotif），抱定非红非白，非左非右，民族至上，国家至上之主旨，向吾国在世界大政治角逐中取得胜利之途迈进。此中一切政论及其他文艺哲学作品，要不离此旨。”主要撰稿人除编者外有何永、沈从文、贺麟等。刊载的重要文章有林同济的《战国时代的重演》和《学生运动的末路》、陈铨的《论英雄崇拜》和《尼采的道德观念》等。该刊从第 6 期起未按时出刊，在 1941 年 7 月出至第 17 期停刊。

林同济（1906—1980），笔名耕青。福建福州人。16 岁在北京崇德中学毕业，考入清华学校高等科。20 岁赴美留学，专攻国际关系和西方文学史，兼及文学、哲学。从 1928 年起，先后获得密西根大学学士学位、加利福尼亚大学硕士学位和博士学位。后在密勒士大学及加利福尼亚大学讲授中国文化史。1934 年回国后，任天津南开大学政治学教授。1937 年至 1942 年任云南大学文学院院长。1942 年至 1945 年任北碚复旦大学比较政治学教授。期间与雷海宗等创办《战国策》杂志，言论倾向右翼，坚持反苏立场，人称“战国策派”，是抗日战争期间有影响的知识分子派别。客观上与国民党政府政策合拍，甚至被认为有法西斯主义倾向。郭沫若的《斥反动文艺》将“战国策派”划为蓝色，指其为国民党的文化特务。1945 年应美国国务院文化部之邀，赴美讲学。1947 年游历欧洲，访问英、法、德、意等国的文史哲学者和作家。1948 年回国，在上海创办海光图书馆。1949 年以后，任复旦大学外文系教授，讲授英国文学史、英美小说、英国戏剧、莎士比亚读评、翻译理论等课程。1980 年赴美讲学期间病逝。主要著作有《李长吉诗歌研究》和译作《哈姆雷特》等。

美术文艺综合月刊《耕耘》创刊。郁风任主编。

洪波的《猎獐》发表于《戏剧与文学》第 1 卷第 3 期。

沈从文的散文《烛虚》发表于《战国策》第 1 期。

王亚平的诗歌《呐喊——讨汪朗诵诗》发表于《新华日报》第 4 版。

萧蔓若的小说《缝》、方敬的诗歌《丰收》、菲洛的诗歌《张伯伦的中装》、文启蛰的《新阶段的青年文艺运动》、萧军的《笔利谈及其他》、罗念生的《日本留学生》等发表于《笔阵》新 1 卷第 1 期。

锡金的《诗歌与戏剧》、逯斐的戏剧《歧途》、厂民的散文《在崖边》、田青的报告文学《审奸记》、施若霖的小说《振作》、雷石榆的诗歌《让我再想起你》、锡金的戏剧《还要怎样》、荒牧的诗歌《我们是不容易到这里的》等发表于《文艺新潮》

第2卷第6期。

魏伯的小说《在失去自由的地带》、林绥的诗歌《三月》、向云的诗歌《沉沉的夜》、胆石的诗歌《洞庭秋》、方然的诗歌《忆》、曲江韬的诗歌《复活了唐河信公路》、胡明树的诗歌《泛滥了，粤江》、郭小川的诗歌《滹沱河上的儿童团员》、岳瑟的报告文学《进城，出城》、叶拉的报告文学《通过平汉路》、朱波的《王店维持会里》、张煌的《捕》、叶素的《悼蔡孑民先生》、辛石的《加紧文艺的反攻》、黄绳的《革命特质的认识》、孟辛的《形式问题杂记》发表于《文艺阵地》第4卷第11期。

雪炎的《雾》发表于《大公报》第4版“战线”专栏。

翦伯赞的《论中华民族与民族主义》、向林冰的《民间形式的运用与民族形式的创造》、葛一虹译的《西乌克兰民族文学》、沙汀的小说《小鬼》、曹靖华译的《我是劳动人民的儿子——中篇连载之七》等发表于《中苏文化》第6卷第1期。

2日，田曲的《脸谱》发表于《新华日报》第4版。

4日，田工的诗歌《孩子哨兵》发表于《新华日报》第4版。

周钢鸣的《报告文学写作法》由重庆生活书店出版。本书即《怎样写报告文学》一书改名重版。

为庆祝中国儿童节，抗敌剧社创作并演出由吴畏编剧的儿童剧《儿童万岁》。

华实的《歌》发表于《大公报》第4版“战线”专栏。

5日，陈亚光的诗歌《新中国的儿童》和小侠的《逃走了》发表于《新华日报》第4版。

臧克家的诗歌《国旗飘在鸦雀尖》和白中帆的《草坡上》发表于《大公报》第4版“战线”专栏。

6日，《新华日报》“桂林文艺界同人声讨汪逆”专栏刊载《我们声讨汪逆！》。编者在按语中说：“这是文艺界联合讨汪的第一声，我们希望这个运动，能普及到全国整个的文艺界中去吧！用我们的笔杆儿，来杀尽无耻的汪逆汉奸卖国贼！”该期还发表夏衍的《要表示我们民族的意志》、艾芜的《把它当成一面镜子》、李桦的《要提防“文化进攻”》、冰兄的《连狗狐蛇鼠也不如》、宋云彬的《痛骂铸像是不够的》、孟超的《怎样反汪》、林山的《扑杀另一种狗》、林林的《打倒伪宪政》、周行的《除恶务尽》、周钢鸣的《更要努力》、胡愈之的《汉贼不两立》等。他们自称是“文艺界联合讨汪的第一声”，号召“与日寇汉奸斗争到底”。“文协”及各分会也纷纷撰文或通电声讨汪精卫的投敌叛国行为。

戈茅的诗歌《“没有功夫唾骂”》发表于《新华日报》第 4 版。

王亚平的诗歌《汨罗江向东流》发表于《大公报》第 4 版“战线”专栏。

7 日，“文协”在重庆国泰饭店举行成立二周年大会。在渝会员及来宾 100 余人参加。邵力子、于右任等发表讲话。老舍代表理事会报告一年来的会务，将研究、出版、组织、总务和经费情况逐一详细报告。

茅的《读书与自由》发表于《新华日报》第 4 版。

8 日，黎晨的诗歌《“失去了老家”》，周而复的《战斗生活小景》发表于《新华日报》第 4 版。

庄瑞源的《冲破了黑暗的包围》（连载至 9 日）和张十方的《日本文坛散拾》发表于《大公报》第 4 版“战线”专栏。

9 日，吉光的《夜》发表于《新华日报》第 4 版。

草明的《一席酒》发表于《大公报》第 4 版“战线”专栏。

10 日，《学习生活》在渝创刊。赵冬云、楚云编辑。《发刊词》称：“帮助大众学习科学，认识生活，这就是本刊出版的目的。”认识生活“是一件非常重要的事情”，“不学习科学，我们就不能真正认识生活”。“本刊将要以全部的力量来从事科学大众化的工作，要用最通俗的文字把哲学，自然科学，文学等各方面的知识介绍给读者”。

葛一虹在《新蜀报》发表《民族形式的中心源泉是在所谓“民间形式”吗？》，反对向林冰的民间形式是民族形式中心源泉的观点。他认为“旧形式的顽强的存在，是中国封建社会长期停滞，以及半封建的旧经济与旧政治在中国尚占优势的反映”。“这种形式，‘习见常闻’，可是并不能新鲜活泼，当我们已经有了比较进步与完整的新形式的时候，它仍然能拥有大量的观众和读者，这自然不是一件光荣可夸的事情”。作者对“五四”以来的新文艺作了充分的肯定，还指出：“忠实的描写生活，把生活的真实在文学上显示出来，这种作品的形式便不会不是民族的。”当然，这“应该受着作家的进步的世界观，及其所持的现实主义的指导的”。

刘念渠的《看“岳飞”杂感》发表于《大公报》第 4 版“战线”专栏。

11 日，雷加的《游击区内》发表于《大公报》第 4 版“战线”专栏。

戈泰的《日寇铁蹄下的平津》，冯玉祥的《郭县长》，雷加的《苦难中》发表于

《新华日报》第 4 版。

12 日,《新华日报》第 4 版刊载王亚平的《耕耘与收获》。

13 日，刘东明的《旧传统兴起与新趋势——民族形式谈之一》(连载至 15 日) 发表于《大公报》第 4 版“战线”专栏。

14 日,“文协”在中苏文化协会举行诗歌晚会，纪念马雅可夫斯基逝世十周年。胡风致词，郭沫若发表演讲，臧云远报告生平，最后进行了诗朗诵。

重庆文艺界在嘉陵宾馆举行茶会，欢迎来华访问的美国作家海明威夫妇。

“文协”香港分会举行会员大会。会议决定分会会刊《文艺周刊》轮流刊于香港版《大公报》、《星岛日报》、《珠江日报》副刊，选举许地山、戴望舒、杨刚、袁水拍、施蛰存、徐迟等 9 人为理事，陆林丹等人为候补理事。

中华全国美术协会在生生花园举行临时会员大会。60 余人到会。张道藩任主席。通过决议：一、凡在战区之理事，由大会当场推人代理；二、开除方君璧等 4 人会员资格；三、决定 5 月中旬举行第二届年会，推定汪日章、吕斯百、许之骐、郎鲁逊、周圭、赵望云、袁留莘等 15 人为筹备委员。

《新华日报》第 4 版刊发多篇文章纪念马雅可夫斯基，有戈茅的《纪念马雅可夫斯基》(附照片),[苏] 杜勃罗夫斯基著、范剑涯译的《伟大的人民之子——马雅可夫斯基》(附马雅可夫斯基的笔迹),[苏] 马雅可夫斯基作、CK 译的《甚么是好的甚么是坏的》,[苏] 马雅可夫斯基作、春江译的《诗人的自由——“好”一诗的断片》等。

15 日,“文协”延安分会会刊《大众文艺》月刊在延安创刊。周文主编。1940 年 12 月 25 日出至第 2 卷第 3 期停刊,共出 9 期。该期刊载柳风的小说《妻的条件》。

以群的小说《一个人底成长》、何鹏的《论语言问题》、欧阳山的《最大的赞美——南泉默写》、沙汀的报告文学《老乡们》、戈宝权的《关于马雅可夫斯基》等发表于《文学月报》第 1 卷第 4 期。

田曲的《两种孩子》发表于《新华日报》第 4 版。

洛甫的《抗战以来中华民族的新文化运动与今后任务》、艾思奇的《抗战中的陕甘宁边区文化运动》、萧三的《高尔基底社会主义的美学观》、吴玉章的《新文字与新文化运动》(连载至第 4 期)、林木的短评《拆字先生的“时代精神”》、崇基的短评《〈日出〉在延安上演》、荒煤的报告文学《抬一口棺木回来吧》、曹葆华的诗歌《西北哨兵》、贾芝的诗歌《我们笑了》发表于《中国文化》第1卷第2期。

何永佶的《论大政治》、王迅中的《日本军部与元老重臣》、沈从文的《白话文问题》、曹卣的《镜子》、尹及的《偷天火者》、吉人的《补遗："这个好"仿希腊神话（2）》等发表于《战国策》第2期。

束丝的《关于本期专号及其他》、汪漫铎改编的《瑞娜》、董每戡的《该为谁做工》、李束丝改编的《魔水之河》、萧荪的《旧账》、钱儁夫改编的《夜》、刘念渠的《无月之夜》、王克的《死的胜利》、王栩和金芒合著的《茶叶蛋》、商周的独幕剧《一个也不饶》等发表于《戏剧战线》第7、8期合刊。

16日，中华全国电影界抗敌协会举行第二届年会。港、沪、蓉、渝各地代表600余人到会。张道藩、郑用之、罗学濂、郭沫若、阳翰笙、罗明佑、甘雨耕、徐浩、罗静予9人组成主席团。主席张道藩致开幕词。金擎宇报告该会筹备情形。郭沫若发表演讲。旅港代表罗明佑介绍华南电影界动态。大会通过了会章，改选了理事。张道藩、史东山、应云卫、罗明佑、郑用之、蔡楚生、孟君谋、孙渝、罗学濂、阳翰笙、金擎宇、司徒慧敏、沈西苓、孙师毅、罗静予、王瑞麟、马彦祥、袁从美、潘孑农、郑君里、余仲英、黎民伟、甘雨耕、刘念渠、贺孟斧、苏怡、高占非等27人被选为理事，郭沫若、田汉、洪深、欧阳予倩、周克、夏衍、吴蔚云、王士珍、谭友六、何非光、裘逸伟、夏云瑚、洪伟烈、杜桐荪、周伯勋等15人被选为监事。大会还通过多项提案，通电慰劳前方将士和声讨汪逆。

金枚的《帽子》发表于《新华日报》第4版。

老迟生的《论公式主义及抗战文艺运动之回顾与前瞻》、史笃的《再关于现实主义》、仇如山的《各尽所能》、叶素的《关于文艺补助金》、高岗的《资本新论》、一心的《隆福伯》、郭嘉桂的《地瓜》、邹荻帆的《稻草床》、厂民的《新的墓铭》、羽军的《川江纤夫曲》、征骅的《拉夫》、令狐令德的《摇篮曲》，钟灵的《美术工作者在延安》、寒波的小说《绝路》、适夷的《记"文阵"二年》发表于《文艺阵地》第4卷第12期。

程铮的诗歌《建坟颂》和《江村夜泊》、戈茅的《小时三章》(《哲学家》、《学者》、《诗人》) 发表于《大公报》第4版"战线"专栏。

赵伯阳的《话剧运动在皖北》、谷明的《祖国大地的黎明》、江村的《飞》发表于《文艺月刊·战时特刊》第4卷第3、4期。

18 日，戈茅的诗歌《春天》和毕乃莲的《宁愿苦的，不要坏的——儿童谈电影》发表于《新华日报》第 4 版。

罗荪的《笔墨的游戏》发表于《大公报》第 4 版“战线”专栏。

19 日，周扬的《小形式问题》发表于《新华日报》第 4 版。

流金的《参谋长——群相之一》（连载至 20 日）发表于《大公报》第 4 版“战线”专栏。

20 日，《新华日报》副刊《文艺之页》第 7 期发表重庆漫画界《画讨汪逆》专页。编者在《写在画前》中说：“汪逆傀儡伪组织已在南京成立了，这是汉奸卖国贼的丑行中之更罪恶的丑行！我们特借《文艺之页》的篇幅，请留居在重庆的十几位漫画家，来给这些卖国群丑铸一次画在纸上的铁像，来暴露出这些背叛祖国利益和出卖自己灵魂的汉奸们的罪恶和丑行！我们谨在此感谢诸位作者，并愿唤起全国的读者们，加强反汪运动，来打击和扑灭这一群无耻的汉奸卖国贼！”刊载赵望云、黄尧、张望、陈烟桥、黄茅、铸夫、李可染和张文元等人的作品。

影质的小说《客家佬》、高塞的《扩大提高稿费运动》、孟引的小说《一个这样的传说》、S.Y 的《怀乡病》、质夫的战地报告《战地花果》、任耕的独幕剧《夜》、般若的《眉心的轮廓画》等发表于《华西文艺》第 2、3 期合刊。

田汉的戏剧《江汉渔歌》由重庆上海杂志公司出版。

21 日，《文学月报》社在重庆“文协”召开座谈会，就民族形式问题展开讨论。罗荪、光未然、黄芝冈、胡绳、姚蓬子等人发言。罗荪说：“目前在重庆所引起讨论的似乎尚只偏于一局部的问题，还没有更深入一步地来做一个整个的理解和研究。”他希望通过座谈，使“问题的讨论，得以推进一步”。以群反对向林冰以民间形式作为民族形式的中心源泉的观点，提出：“应以新文学到现在为止所达到的成就为基础来创造民族形式，即以新文学底既有成就为基干，再加上其他的成分做枝叶”，“一定要说‘源泉’的话，那末当然是以新文学底既有成就为民族形式的中心源泉，因为民族形式根本是新文学本身的一个发展”。向林冰对以群的意见提出反批评，坚持民族形式的中心源泉是民间形式的观点。葛一虹认为要民族化，“应该向现实生活中去学习”，不能“向旧形式中去学习”。座谈会记录后发表于 5 月 15 日《文学月报》第 1 卷第 5 期的“文艺的民族形式问题特辑”。

向林冰的《封建社会的规律性与民间文艺的再认识——再论民族形式的中心源

泉之一》在《新蜀报》发表。他指出与葛一虹等人“分歧的核心”是在对民间文艺形式的理解。他对比了与葛一虹的分歧。葛一虹认为：一、封建社会中没有内在的对立或矛盾；二、民间文艺是封建文艺的肯定契机；三、民间文艺没法子逃避死灭的命运；四、在缔造民族形式上民间形式须要被排除。他认为：一、人民大众是反封建的内在革命动力；二、民间文艺是由于封建统治的本质矛盾，在封建文艺内部孕育出来的自己否定契机；三、民间文艺随人民大众的解放而趋于生长完成；四、在缔造民族形式上民间形式为中心源泉；五、根据科学的世界观和现实主义的创作方法。

23 日，高兰的诗歌《老仆人的悲哀》发表于《大公报》第 4 版“战线”专栏。

24 日，文艺奖助金管理委员会召开第一次会议，决定文艺界委员名额增加为 11 至 15 人，并聘请张道藩、郭沫若、舒舍予、程沧波、王芸生、林风眠、王平陵、华林、胡风、姚蓬子、李抱枕等 11 人为委员，吴云峰为秘书。办公地点暂时在九道门中央社会部。

沈向的《画情》和尹雪曼的《第三个春天》发表于《大公报》第 4 版“战线”专栏。

25 日,《现代文艺》月刊在福建永安创刊。福建改进社主办,前 3 卷由王西彦编辑，第 4 卷由靳以编辑。1942 年 12 月 25 日出至第 6 卷第 3 期终刊。每卷 6 期，共出 33 期。《发刊词》表明此刊是为抗战文艺运动建立的一个战斗单位，旨在为东南地区培养新的文艺战士。主要撰稿人除编者外还有艾青、巴金、唐弢、葛琴、张天翼、艾芜、曾卓、绿原、黎烈文等人。该刊刊登的作品体裁多样，有短论、诗歌、小说、杂感、散文、研究等栏目。刊载的重要文章有张天翼的《关于文艺的民族形式》、葛琴的小说《生命》、王西彦的中篇小说《意外》、[匈牙利] 霍尔发斯的小说《第三帝国的兵士》、邹荻帆的长诗《草原交响乐》等。创刊号刊载荃麟的中篇小说《英雄》、艾青的诗歌《兵车》、唐弢的杂感《株连草》、王西彦的小说《死在担架上的担架兵》、葛琴的小说《生命》等。

方百在《新蜀报》发表《民族形式的“中心源泉”不在“民间形式”吗？》，对葛一虹的《民族形式的中心源泉是在所谓“民间形式”吗？》提出质疑。

王统照的诗集《江南曲》由文化生活出版社出版，收创作于 1937 年至 1938 年的诗歌 14 首，列为“文学丛刊”第六集之一。

老舍的话剧《残雾》由商务印书馆出版。

《新华日报》刊登文艺作家奖助金管理委员会消息。郭沫若、张道藩、老舍、胡风、华林、姚蓬子和王平陵等参加。共分三组征求抗战文艺作品，第一组负责音乐、绘画和雕塑；第二组负责电影与剧本、民众读物和报告文学；第三组负责小说和戏剧。

S.M. 的《战争和奇事》发表于《大公报》第 4 版“战线”专栏。

V. 庞区—勃鲁维特区著、沙金和葛一虹译的《列宁论艺术》，［俄］卢那卡尔斯基著、葛一虹译的《列宁论造像艺术底宣传》，［俄］马耶可夫斯基著、穆木天译的诗歌《专在开会的人们》，［俄］马耶可夫斯基著、高寒译的诗歌《给一个法官》，欧阳山的短篇小说《愁城》，［俄］卡达耶夫著、曹靖华译的《我是劳动人民的儿子》等发表于《中苏文化》第 6 卷第 2 期。

石三的《论文学与政治》、陈鲤庭的《演剧，形象，思想》、胜寒的《生产文学及其实践》、孙伏园的《别香斋先生》、易水寒的《弥陀寺颂》、董文渊的小说《安家沟》、叶鼎洛的戏剧《汉奸的跳舞》、高天的《送温暖到前线》、卢冀野的诗歌《北征之曲》、张剑魂的诗歌《黄河颂》、沙坪的诗歌《在汉水的流线内》、程南秋的歌词《艺术宣传前奏曲》、高乃同的报告文学《前方的流汗》、冰莹的杂感《关于“保障作家生活”》等发表于《黄河》第 3 期。

26 日，《新华日报》发表社论《文化界努力的方向》，指出汉奸文化运动不仅依靠敌寇的枪炮、金钱及其为奴隶的“文人”来发展，还要利用“国内存在着的文化上开倒车”的现象来扩散，大声呼吁“以抗战团结进步，来消灭投降分裂倒退”，并提出文化界当前的四个任务：一、“总的方面，是为着争取抗战建国的胜利”。二、“文化运动要能够有力的服务于政治，则它本身必须不断的进步发展，因此，应努力提高文化的一切部门。在科学的立场上，来批判地研究中国历史与中国历史的艺术，来认识抗战过程中的社会发展，来看作为指导全民族斗争的指南针，发动自然科学的研究，来解决长期抗战建国过程中的物质上的困难，大量地用一切有用的形式，进行艺术的创作，努力使艺术走向大众，反映现实，更广泛地深入地进行抗战教育和普及教育。这样努力从各方面来提高文化的各部门，为创造民族的民主的科学的大众的中华民族的新文化，也就是为创造广大民众需要的新的民主主义的文化而斗争”。三、“政治上的民主自由，是文化运动进步和发展的基本条件”。因此，必须“反对有背这条件的形成和发展的倒退现象，反对政治上文化上的开倒车”。四、应对文化工作者在生活上、工作上给予帮助。

碧野的《边塞之夜》发表于《大公报》第 4 版“战线”专栏。

27 日,《新华日报》第 2 版刊发国内简讯:林语堂由美乘轮抵菲律宾，将返国。

28 日，良武携的《活死人——一个伪军供给的材料》(连载至 30 日)和任钧的诗歌《春天的歌》发表于《大公报》第 4 版“战线”专栏。

29 日，王亚平的《招摇过市》发表于《新华日报》第 4 版。

30 日，力军的《五月的歌》发表于《新华日报》第 4 版。

张白山的《记大久保》发表于《大公报》第 4 版“战线”专栏。

本月

四川省立图书馆在成都成立。

鲁迅的短篇小说《药》由上海无名出版社出版，是余子实主编的英汉对照文学小丛书之一。

小的(耿小)的小说《风火家人》由北京义茂书局出版。

冯玉奇的小说《陌头柳色》由上海春明书店出版。

顾明道的长篇小说《荒唐女侠》(6 集)由文业书局出版。

耿小的长篇小说《磊落》由北京大华书局出版。

巴金的长篇小说《秋》(激流之三)由上海开明书局出版。

林淡秋的短篇小说集《黑暗与光明》由上海光明书局出版。

白朗的长篇小说《老夫妻》由重庆中国文化服务社出版。

艾芜开始创作长篇小说《故乡》。1945 年 8 月完稿，曾连载于香港华商报。1947 年 4 月由上海自强出版社出版。

王统照的诗集《江南曲》由上海文化生活出版社出版。

王一之的诗集《美洲蝶影》由著者出版。收有悼念茂漪的诗歌 60 余首。书前有周瘦鹃的题词和作者自序。

韩北屏的《人民之歌》由桂林前线出版社出版。收《健壮的歌唱》、《西去的洪流》、《年青的红枪手》等 23 首。书末附著者后记。

唐弢的散文集《投影集》由上海文化生活出版社出版。

李辉英的散文集《山谷野店》由重庆独立出版社出版。

阿英编校的散文集《现代十六家小品》由上海光明书店出版。本书在《现代小品文钞》的基础上增选了鲁迅、郭沫若等6人的作品，共计16人的100余篇散文。

靳以的散文集《火花》由重庆烽火社出版，为烽火小丛书第17种，共收散文20篇。

春华的散文集《都市罪恶史》由上海大风书社出版。收《沉醉在酒和女人堆里的男人》、《异迹》、《梦也似的》、《绿板窗》、《南北极》、《洋琴鬼》等27篇。

王德亮的散文集《余烬》由重庆中国文化服务社出版。收《章太炎对苏省选乡贤之意见读后》、《代私立大学鸣不平》等8篇散文。

钱笑子的报告文学《见闻一斑》由著者自刊。记述抗战爆发后，著者流亡内地的经过和见闻。收录《我与逃》、《从南京到重庆》、《奇事一则》等8篇。

余上沅、王思曾合著的戏剧《从军乐》由重庆正中书局出版。

彭子仪的戏剧《文天祥》由上海国民书店出版。

葛一虹的戏剧《红缨枪》由重庆中国文化服务社出版。

顾一樵的戏剧《岳飞》和老舍的戏剧《残雾》由重庆商务印书馆出版。

舒湮的戏剧《精忠报国》（又名《岳飞》）由上海光明书局出版。

陈治策等著的戏剧集《飞行专家》由航委会政治部神鹰剧团出版。收有陈治策的二幕剧《飞行专家》、杨村彬的一幕二场剧《野火》、董每戡的一幕二场活报剧《谁为谁做工》、孙达生的独幕剧《抢救》。

蒋旂的独幕剧合集《上海小景》由上海国民书店出版。收据方光焘译的《父归》改编的《穷途末路》、《良辰吉日》、《玲玲之死》，据唐纳的《中国万岁》第一幕改编的《上海小景》。书前有序。

罗永培的戏剧集《正气》由长沙商务印书馆出版。收古装独幕剧《正气》、五幕剧《中华民族不会亡》、独幕剧《血十字》。

祝文豪、朱超然编选的《全沪申曲集》由上海新鸣广告公司出版。收有《西湖十景》、《骂奸商》、《斩经堂》、《木兰从军》、《六月雪》等15段申曲唱词。书前有黄树洲的《漫谈申曲》、凌幼祥的《对于申曲的我见》、陈君敖的《申曲名家小传》等。

徐沉泗、叶忘忧选编的《丁玲选集》由上海万象书屋出版。共收录短篇小说7篇、散文8篇及其他人评论丁玲的文章7篇，为现代创作文库第19辑。

楼适夷的《文学的新道路》由上海光明书局出版，本书系 1934 年 8 月至 9 月 1 日在全苏作家大会上的报告和讨论发言的选集，共收 29 篇。

文学集林社编辑的《译文特辑》由文学集林社出版。收《做生意》、《鸽巢的历史》、《小城纪事》、《一个家庭的戏剧》、《中国的小说》、《在文学里的儿童》等。

楚风编辑部编选的《文坛的风波》由汉口大楚报社出版部出版。收有由张望的《武汉哪里有文坛？》一文所引起的辩论文章。

易君左的《杜甫今论》由重庆独立出版社出版，论述了杜甫的“国家至上主义”的思想及诗歌创作。

［苏］爱伦堡等著、梅益译的《她有一只来福枪》由上海光明书局出版。收《她有一只来福枪》、《庆祝》、《提督意外的震惊》等 8 篇小说。

［苏］亚非诺甘夫著、曹靖华译的戏剧《恐惧》由上海文化生活出版社出版。

五月

1 日，国民政府教育部学术审议委员会第一次大会通过“补助学术研究及奖励著作发明案”。规定就学术著作、科技发明、艺术创作每年进行一次评比，并选拔若干种予以奖励。

《抗敌报》每周增刊发表邓康的通讯——《五十九个殉难者》，记述日寇于 4 月 16 日野蛮枪杀我望都县柳坨村 59 名抗日干部和群众的惨案。6 日，《抗敌报》报道望都群众奋勇参军，建立柳坨排，誓为死难烈士复仇。

沈从文的《废邮存底》，丁泽的《留得青山在——“工人无祖国”吗？》发表于《战国策》第 3 期。

戈茅的诗歌《五月交响乐——为“五一”纪念而作》发表于《新华日报》第 7 版。

熊佛西的剧本《害群之马》、任划的《播种的人》、杨枫的《各行其是》、赵越的《为什么发动小剧场运动》、陈治策的《欧美各国的近代小剧场》发表于《戏剧岗位》第 1 卷第 5、6 期合刊。

史笃的《略论新民主主义的文学》、何为的报告文学《长途跋涉的行列》、厂民的诗歌《他们去了》、马拉的《眼泪》、逯斐的《小任克》发表于《文艺新潮》第 2 卷第 7 期。

2日，孙艺秋的诗歌《将军——记汤恩伯将军在城固的演讲》发表于《大公报》第4版“战线”专栏。

4日，西北青年救国会、中华民族解放先锋队、陕甘宁边区青年救国联合会、晋西北青年救国联合会、山东青年救国联合会等10个组织联合上书蒋介石要求坚持团结抗战，反对分裂。

晋西文化界抗日救国联合会召开成立大会。大会就文艺、戏剧、新闻等方面的工作进行了讨论，并决议成立各协会分会。

5日，宗白华的《我所见到五四时代的一方面》、以群的《新文艺的成果》、胡风的《文学史上的五四》、姚蓬子的《“五四精神”》、黄芝冈的《胡适之先生的主张》、王平陵的《“五四”与文艺运动》、杨骚的《五四精神和旧瓶主义》、常任侠的《五四运动与中国新诗的发展》、向林冰的《大众化内容与通俗化形式》、郑伯奇的《五四运动与文学革命》等发表于《中苏文化》第6卷第3期。

6日，尹雪曼的《画像零篇——莽原什记之五》（连载至7日）发表于《大公报》第4版“战线”专栏。

唐一帆的《抗战与绘画》、欧阳健的《沉滓的泛起》发表于《东方杂志》第37卷第10号。

7日，向林冰在《新蜀报》发表《民间文艺的新生——再论民族形式的中心源泉之二》，再次对比与葛一虹在民间文艺看法上的分歧。

罗烽的诗歌《山中生活》发表于《大公报》第4版“战线”专栏。

8日，力扬的《举起我们的投枪》、艾青的《仇恨的歌——为汪精卫组织伪政府而作》、丘琴的《就是他》、王亚平的《告诉你》、光未然的《去你的》、厂民的《兄弟，就这么干吧！》、冯玉祥的《捉汪》、方殷的《火祭——为叛逆了的汪精卫作》、陆绍祥的《孩子们的——恨》、戈茅的《一头驴子》、邹绿芷的《讨汪檄》等诗歌发表于《新华日报》第4版。

9日，谷溪的《书怀——春日杂感之一》发表于《新华日报》第4版。

安娥的《过公路》（连载）发表于《大公报》第4版“战线”专栏。

10日，《抗敌报》在“抗敌报每周增刊”第2版刊载“不当伪军”、“日寇汪伪政权最后的一出丑剧”栏目，收录了漫画并配有诗歌。

11日，《新华日报》第2版刊发国内简讯：林语堂夫妇10日晨由菲抵港。

13日，杨君辰的《汪精卫——屠杀人民的凶手》，[苏]莱拜台夫·库马奇作、蔚青译的《刈禾机歌》发表于《新华日报》第4版。

14日，中华全国文艺界抗敌协会晋西分会成立。

15日，艾芜的短篇小说《纺车复活的时候》发表于《文学月报》第1卷第5期。抗战爆发后，洋货倾销得到缓解，受洋货打击的农村手工业一度得到复苏。小说描写了一群性格各异的农村姑娘，靠她们的聪明能干，刻苦勤劳使农村的纺车复活并欢快地运转起来。该期还刊载白尘的戏剧《未婚夫妻》、光未然的《文艺的民族形式问题》以及座谈记录《民族形式问题座谈》等。

梁永裕的《马儿沟之夜》、蒋曼冰的《董营长》、明德的《黄河之夜——伟大的李队长》发表于《笔部队》第1卷第2期。

陈铨的《论英雄崇拜》发表于《战国策》第4期，鼓吹权力意志论和英雄史观。

蓬子的《历史的残酷》，以群的《新文学之路》，安娥的三幕歌剧《战地之春》，蒋弼的小说《多多村》，荒煤、梅阡、黄钢合著的《关于敌后文艺工作的意见》，黄芝冈的《再论民族形式》，以群的《渡漳河》，吴伯箫的散文《引咎篇》，华山的报告文学《山坡上的太阳旗》，臧克家的长诗《走向火线》，孙艺秋的诗歌《江岸小辑》，方殷的诗歌《五月的风》，何容的《八仙捉妖》，老舍的会务报告《文协第二年》，徐迟的《香港分会通讯》等发表于《抗战文艺》第6卷第2期。

林谷的《别墅》发表于《大公报》第4版“战线”专栏。

16日，姚雪垠的《论典型人物的造型》(连载至17日)发表于《大公报》第4版“战线”专栏。

18日，金启华的《五月之光》和刘黑的《春雨》发表于《大公报》第4版“战线”专栏。

19日，中华全国美术协会在生生花园举行第一届年会。滕固、马衡、唐又精、汪日章、林风眠等80余人到会。主席张道藩报告大会筹备经过，继由代表致词，后修改会章，选张道藩等31人为理事，华林等15人为监事。通过相关提案：一、致敬电；二、决定9月9日为美术节；三、请教育部明年4月举办第三届全国美术展览会；四、请教育部拨款十万元奖励抗战期间美术作品；五、请教育部增加中小学校美术课时间；六、请教育部从速设立最高艺术研究机关等。

谷溪的《姑妄言之》发表于《新华日报》第4版。

碧野的诗歌《四季相思泪》发表于《大公报》第 4 版“战线”专栏。

20 日，向林冰完成《新兴文艺的发展与民间文艺的高扬——再论民族形式中心源泉之三》。他认为新兴文艺运动是中国人民大众反帝反封建政治斗争的一环，因此只有正确地配合着民族文艺遗产的批判改造运动，只有绝对信赖人民大众的文艺创作力与欣赏力，才能合理发展。

张国泰的《顺风旗》发表于《新华日报》第 4 版。

老舍的诗歌《剑北篇》，冰译的《苏联人民是世界文化的继承者》，特特罗许钦夫著、葛一虹译的《马克思论文学》等发表于《中苏文化》第 6 卷第 4 期。

21 日，毛兰的《宝鸡的一夜》发表于《大公报》第 4 版“战线”专栏。

22 日，《新华日报》第 4 版刊发文章《我们怎样在湘北干戏剧工作——一位前线同志的来信》。同期还发表有师田手的《儿童夜火会》。

叶挺芳的诗歌《给桐油华》发表于《大公报》第 4 版“战线”专栏。

阿福的《张二黑》、倪尼的《八路军》、碧野的《我们坚决像铁》等发表于《抗敌报》的《每周增刊》“老百姓”专栏。

23 日，《新华日报》第 2 版刊发国内简讯：林语堂二十二日偕妻女乘机飞渝。第 4 版刊发 G·珂拉贝尼克夫作、蔚青译的《苏联诗歌中的斯大林》，刘白羽的《黑马》(连载至 24 日)。

以群的《血的纪念——五四杂感》和臧克家的诗歌《在桐柏山迎望着》发表于《大公报》第 4 版“战线”专栏。

24 日，《新华日报》第 2 版刊发中央社讯《林语堂昨抵渝，将埋头写小说》。

逯斐的诗歌《跨上战马去吧——送亚平兄北上》和映雪的《实话》发表于《新华日报》第 4 版。

华实的《破鞋》发表于《大公报》第 4 版“战线”专栏。

25 日，文龙的《五月与中国新文艺运动》，[法] 梅里美著、黎烈文译的小说《掷骰戏》，苏虹的报告文学《黄呢大衣》，艾青的诗歌《鞍鞯店》，辛劳的诗歌《五月的黄昏》，骆滨基的短篇小说《男女间》，夏琪的散文《车站》发表于《现代文艺》第 1 卷第 2 期。该期还推出“勒尔蒙托夫特辑”。

艾思奇的《五四文化运动的特点》、周扬的《关于“五四”文学革命的二三零感》、丁玲的小说《入伍》、葛陵的报告《青菜及其他》等发表于《中国文化》第 1 卷第 3 期。

苏明的《火——乡土记》和张煌的《一个警惕》发表于《大公报》第 4 版“战线”专栏。

董每戡的《社谈之一章》、黄岳的《战时农民演剧论》、李柬丝译的《莎士比亚在苏联》、左军的《开展军队中的演剧运动》、梁翰尼的《关于建成小剧场》、张徹的独幕剧《最后的一个人》、杨枫的独幕剧《秘密战争》发表于《戏剧战线》第 9 期。

沙坪的《关于诗——给写诗的伙伴们》、《五月的漳河》，冰莹的《壮烈的五月》，沙雁的《沉默的胜利者》，岳军的《在黄河前线》，淼焱的《战士底手》，叶鼎洛的《汉奸的跳舞》（连载），沙茫的《骑兵》，田稼的《滚滚的沁河》，沙河的《血的季节》，剑魂的《悼森下九郎之死》，剑云的《青年在后方》，郑元瑞的《哀江南曲》，G.A.Hogg 的《建立“中国人的中国”》，堵述初的《脱险后的贺绿汀先生》，楚云的《第一等人》，膺固的《惨痛的回忆》，刘宗殷的《临潼行军》等发表于《黄河》第 4 期。

26 日，茅盾由新疆抵达延安。在延安居留近 5 个月，参加“文协”分会组织活动，并在“鲁艺”讲课。

长之的诗歌《梦中故都行》和一文的《散文两篇》发表于《大公报》第 4 版“战线”专栏。

27 日，向林冰完成《民族形式的三个源泉及其从属关系——再论民族形式的中心源泉之四》。文章认为：“民间文艺形式的批判的运用，新兴文艺大众化传统的批判继承，世界文艺的批判的移植，此三者就是缔造民族形式的三个源泉。”在三者之中，“民间文艺形式的批判的运用”是最重要的。

张十方的《蚤》发表于《大公报》第 4 版“战线”专栏。

28 日，谏如流的《诗二章》（《祝福一个游击的战友》、《我爱国旗》）发表于《大公报》第 4 版“战线”专栏。

29 日，李岳南的诗歌《哀河北》发表于《大公报》第 4 版“战线”专栏。

30 日，李施的《没有晚餐的晚上》发表于《大公报》第 4 版“战线”专栏。

冯年的《破路队》和倪尼的《月亮地》等发表于《抗敌报》“每周增刊”的“老百姓”专栏。

景舫的《搬家》发表于《群众》周刊第 4 卷第 15 期。

31 日，郭沫若创作《“民族形式”的商兑》，后发表在 6 月 9、10 日的重庆《大公报》。郭沫若文章分为 4 个部分：一、凡是世界上进步的适合我们的东西，都可以拿来用，尽量的摄取，经过我们本民族的创作，自然就成了“民族形式”；二、为了动员和教育大众，旧有的形式，甚至是士大夫形式都可以利用；三、不应该抹杀新文艺的价值，民族形式的中心源泉不必要也不可能是民间形式，旧的形式只是利用来教育民众的，民众有了教育的精神，就要抛弃旧形式；四、新文艺要把握时代的精神，反映现实生活，用词不能过于欧化，要投入到大众当中，去学习大众的语言，体验大众的要求，形式便自然能够大众化了。

于伶的五幕剧《女儿国》由上海国民书店出版，收录《我做了一个梦》和《由〈女儿国〉谈起》等。

陈陇的诗歌《忆五卅纪念大会》发表于《新华日报》第 4 版。

王统照的《母爱》(连载)和孙陵的《光荣的勋章》发表于《大公报》第 4 版“战线”专栏。

本月

诗季社在长春成立。梁山丁、杨叶、张戈禾等发起，成员有金音、冷歌、徐放等。该社成立后即创办《诗季》季刊，共出版两期。梁山丁主编。长春市益智书店发行。该社主要成员在东北沦陷时期积极提倡乡土文学。梁山丁、张戈禾等分别创作较有影响的小说集。他们在诗歌创作上追求乡土色彩，注重描绘乡情乡景。《诗季》发表的诗歌相当一部分是直面人生，抒写诗人对光明的渴望和追求。同年 11 月，该社出版山丁的诗集《季季草》，内收新诗 28 首。这些小诗充满东北泥土气息，清新质朴。在此前后，金音、冷歌、徐放的诗集如《塞外梦》、《船厂》、《南城草》也相继出版。这些诗集富有东北地方色彩，真实细微地描写了沦陷区人民的内心痛苦。该社成员还创作有一定数量的长篇叙事诗，对东北叙事诗的发展起到了推动作用。1941 年底，山丁编辑《近代世界诗选》。1942 年，该社停止活动。

老向的长篇小说《全家村》由上海宇宙风社出版。

张个侬的长篇小说《南北异人传》由南方书店出版。

姚雪垠的短篇小说集《红灯笼故事》由上海大路出版公司出版。

巴人的短篇小说集《皮包和烟斗》由上海光明书局出版。收《皮包和烟斗》、《保镳黄得胜》、《查夜》、《白鹭》、《惊梦》、《龙种》、《老石工》、《天才》、《故居》等

17 篇小说。

黑丁的小说集《火场》由上海大路出版公司出版。收有《痈》、《火场》、《野祭》和《特殊贸易》等小说。

常杰森的长篇小说《雍正剑侠图》由新天津报社出版。

程造之的长篇小说《地下》由香港海燕书店出版。

骆宾基的《东战场别动队》由昆明大路出版公司出版。

新作家五人小说集：路翎的《"要塞"退出以后》、胡明树的《猺山里》、何剑熏的《肉搏》、萧荑的《国文教员》和扬波的《"最后一课"》，艾青的诗歌《浮桥》，邹荻帆的诗歌《雪与村庄》，绀弩的散文《阳光的踪迹》，曹白的敌后生活报告《我的路》，S.M. 的报告文学《斜交遭遇战》，人物记三篇：欧阳凡海的《记吴承仕先生》、洪流的《聋诗人》，壬王元的《难民船中的旅伴》，黄既的独幕宣传剧《客店》等发表于《七月》第 5 集第 3 期。

路翎（1923—1994），原名徐嗣兴。原籍安徽省无为县，生于江苏苏州。中国现当代著名作家。两岁时随家迁至南京。少年亡父，故改随母姓，寄居舅父家中。抗战逃难中接触到苏联作品，开始尝试写作。后因写作宣传抗日的《实战日记》被学校开除。17 岁时以短篇小说《"要塞"退出以后》和《一个青年经纪人底遭遇》受胡风赏识而于文坛初露头角，自此成为三十年代七月派的主力作家。1940 年后曾在矿区生活工作，因此创作了一批以此为题材的作品，其中《卸煤台下》颇有成就。1940 年任国民政府经济部矿冶研究所职员、煤焦办事处职员，南京中央大学文学系讲师。1942 年后，未满 20 岁的路翎进入创作高峰期，创作了被邵荃麟评价为"在中国的新现实主义文学中放射出一道鲜明的光彩"的《饥饿的郭素娥》和当时篇幅最长的长篇小说《财主底儿女们》，表现旧家庭出身的知识分子的心路历程。1949 年后历任中国青年艺术剧院创作组组长，中国剧协剧本创作室专业作家。1955 年受胡风案牵连，划为反革命集团成员，中断写作 20 多年。1980 年平反，后任中国戏剧出版社编审，中国作家协会第二、四届理事。路翎是七月派中作品最多、成就最高的作家。他的创作，善于揭示社会的复杂内涵，描写人物心理的多层性。在整个现代文学史上，路翎是不可多得的优秀作家。

端木蕻良的中篇小说集《江南风景》由重庆大时代书局出版。收中篇小说《江南风景》和《柳条边外》。《江南风景》写抗日后方江南某小镇的各种势力的明争暗斗。

《柳条边外》以东北某地一支抗日武装作为描写对象。

田涛的长篇小说《子午线》由上海大地出版公司出版。

不里的小说《新人》由上海新地书店出版。

黄琨、华扬合著的《石大娘》由浙江丽水活页文摘社出版。收《石大娘》、《王兄张弟》两篇抗战故事。

臧克家的诗集《淮上吟》由重庆上海杂志公司出版。

司马文森的散文集《粤北散记》由昆明大路出版公司出版。

刘思慕的散文集《樱花和梅雨》由香港大时代书局出版。

司马文森的《天才的悲剧——记尚仲衣教授》由桂林南方出版社出版。

姜蕴刚的《怀旧京及其他》由成都国魂书店出版。收《怀旧京》、《回忆到庐隐》、《谈哭》、《悼亡二继华》、《花瓶》等5篇文章。

铁沙的通讯报道集《浙东烽火》由绍兴抗战建国社出版。收《战斗中的萧山》、《钱江南岸的卫星》等12篇。

萧军的戏剧《幸福之家》由重庆上海杂志公司出版，为宋之的主编的戏剧创作丛书之二。

魏如晦的戏剧《五姊妹》和《桃花源》由上海亚星书店出版。

陈白尘的戏剧《汪精卫现形记》由重庆中国戏曲编刊社出版。

蒋旂的戏剧集《上海小景》由上海国民书店出版。

白薇、疯子等著的独幕剧集《街灯下》由上海新地书店出版。为拓荒主编的新地文艺丛刊第2种。收《夜深曲》、《街灯下》、《饥寒线》、《别有天地》、《南面王》、《晓》、《导师》等7个剧本。

朱雷的独幕剧《为祖国飞行》由上海光明书局出版。收有《为祖国飞行》、《黑死病》和《圣诞之初》3个剧本。卷首有顾仲彝的序，末有著者后记。

沈蔚德编选的《抗战独幕喜剧选》由重庆正中书局出版，为国立戏剧学校主编的国立戏剧学校战时戏剧丛书之六。收有钟锄云的《李仙娘》、何治安的《皇军与美人》、李庆华的《可怜虫》、王思曾改编的《炸药》4个剧本。书前有余上沅的“发刊旨趣”和作者小引。

燕园集编辑委员会编辑的《燕园集》由北平燕园集出版委员会出版。该集是燕京大学师生的创作汇编。收有陆志韦的《白话诗用韵管见》、郭绍虞的《新诗的用途》、白帝的《春梦再篇》、汪玉岑的《牵牛花》、吴兴华的《沉默》、张菌陈的《圆明园》、张敏珍的《望着向海的人》等。

六月

1日,《新中国戏剧》月刊在桂林创刊。左军主编。桂林前线出版社发行。该刊主要发表剧本、戏剧名人介绍、戏剧艺术讲话等方面的文章以及各地剧坛情报。刊载的代表性作品有欧阳予倩的《改革旧戏的步骤》、焦菊隐的《论新歌剧》、夏衍的《给一个战地戏剧工作者的信》、左军的《新阶段的新课题》、孟超的《戏剧底真实》、《强调与歪曲》等。该刊于1947年7月17日出至第2期后停刊。

辛平的诗歌《献给抗大四周年》发表于《新华日报》第4版。

丰村的短篇小说《痣》、石璞的随笔《人谱》、丁伯骝的剧本《暗无天日》等发表于《笔阵》新1卷第3期。

桑常山的《文艺作品的选择与阅读》、刘公宪的《给我的她》、王香臣的《深沟里的死尸》发表于《锻冶厂》第9期。

沈从文的《读英雄崇拜》、丁泽的《行行复行行》发表于《战国策》第5期。

2日,风涛的《静静的江上》、雷石榆的《新相思曲》发表于《新华日报》第4版。

4日,文艺奖助金管理委员会举行会议,推选张道藩、老舍等负责筹办全国抗战文艺展览会。

青苗的诗歌《哥萨克》发表于《大公报》第4版"战线"专栏。

5日,在华日人反战同盟西南支部巡回工作团在重庆国泰大戏院上演日语名剧《三兄弟》。桂林戏剧界、巴蜀小学、义民妇女服务团参加节目。演出时全场满座,盛况空前。《新华日报》为祝贺这次演出发表该剧编者鹿地亘的《"三兄弟"的故事》,洪深的《戏剧以上的戏》,力扬的《反对侵略战争》,季凡的《写在〈三兄弟〉在渝演出之前》,蔡馥生的《单说"懂得"是不够的》。编者认为这个剧的演出,"将增加我们对于日本被压迫人民的了解和同情,促进中日两国人民战斗的联合,并且以共同的力量来加速消灭日本军阀财阀们的血腥统治"。

张白山的《火线之夜》(连载)发表于《大公报》第4版"战线"专栏。

6日,雪邨的《女指导员》和汗清的《一个欢乐的夜晚》发表于《新华日报》

第 4 版。

7 日，力扬的诗歌《张伯伦底破伞》和定一的短剧《敌工部的一个客人》发表于《新华日报》第 4 版。

9 日，《新华日报》在一心花园召开民族形式问题讨论会。以群、蓬子、黑丁、戈宝权、臧云远、葛一虹等 18 人参加。潘梓年主持。葛一虹、艾青、沙汀、光未然、潘梓年等人发表讲话，主要围绕民族形式是什么，它和大众化、通俗化之间的关系展开讨论。葛一虹认为民族形式不仅仅是形式问题，语言问题固然重要，但更为重要的中心问题是“生活的内容”，所以民族形式就是要把“抗战的生活很现实很具体的描写出来”。艾青认为民族形式就是中国化，而且这种中国化是科学化的现代语，是一刻也没有离开中国现实的，表现中国社会发展的。沙汀同意艾青的观点，认为应该把形式看成“现实主义的口号”，但是沙汀也认为民族形式应该是“能为一般大众所接受所享受的”，所以，“对于旧东西，应该是从过去的历史或好的语汇上，去采取利用”。对待旧形式的态度，光未然也持和沙汀相同的观点。他认为要解决文艺大众化问题，一方面要“扫除文盲，普及教育工作”，另一方面，作家必须认识到“中国文化的根本问题是民间问题，读者的对象应该是广大的民众”。在对待新文艺的态度上，他认为“二十年来的新文艺，所走的道路是不够的”，既不能全盘抹杀其功绩，也不能否认它的缺点。最后，潘梓年作总结发言，指出“新文艺运动与通俗化、大众化运动”的关系尤为重要。新文艺运动与大众化运动各有千秋，前者是提高中国文艺水平的问题，后者主要是教育问题。两者之间不能划等号，但应该是很亲密的关系，所以不能说通俗文艺是降低了艺术性的作品。同时，潘梓年还批驳了向林冰所谓的“先要提高大众知识，或扫除文盲然后再建立大众文艺”的“等待主义”观点。这次座谈会纪要以及潘梓年的长篇发言发表于 7 月 4 日、5 日的《新华日报》。

戈宝权（1913—2000），曾用葆荃、北泉、北辰、苏牧等笔名。江苏东台人。1928 年至 1930 年，在上海大夏大学读书。1935 年至 1937 年，任天津《大公报》驻苏记者。1938 年至 1945 年，在汉口和重庆任《新华日报》和《群众》杂志的编辑和编委。1946 年至 1948 年，任生活书店和时代出版社编辑。1949 年至 1954 年，任中国驻苏大使馆临时代办和参赞。1954 年至 1960 年，任中苏友好协会副秘书长。1961 年以后，历任中国社会科学院文学研究所和外国文学研究所研究员和学术委员。此外，还担任过《译文》、《世界文学》、《文学研究》、《文学评论》编委，当选为中国作家协会理事。戈宝权从三十年代初期即开始翻译和研究外国文学。他翻译过俄国、苏联、东欧以及亚、非、拉各国的文学作品50余种，产生了很大影响。在解放战争期间，他表现出积极的革命倾向，翻译《哥尼斯堡之陷落》等歌颂苏联红军和苏联革命的作品。1949年以后，他写过中外文学关系史、翻译史的论文若干篇，主要有《普希金在中国》、《冈察洛夫和中国》、《屠格涅夫和中国文学》、《托尔斯泰和中国》、《契柯夫和中国》、《高尔基和中国革命斗争》、《罗曼·罗兰与中国》、《泰戈尔和中国》等。许多被译成俄、英、法、德、葡、日、西班牙等语言，引起国外学术界的重视。曾先后被授予法国巴黎第八大学荣誉博士、莫斯科大学名誉博士和苏联各国人民友谊勋章。编著有《戈宝权译文集》和《戈宝权中外关系史论文集》。

《大公报》开辟“屈原纪念特刊”，刊载郭沫若的《关于屈原》、方殷的诗歌《哀屈原》等文章。

10日，《新华日报》推出“屈原纪念特刊”，纪念这位伟大的诗人逝世2218周年。刊登的纪念文章有郭沫若的《革命诗人屈原》、臧云远的《屈原艺术的发展和评价》、戈茅的《关于屈原》。

陈白尘的戏剧《罗国富》发表于《新演剧》复刊号。

陈纪滢的《纪念大诗人屈原》和关吉罡的《纪念屈原先生》发表于《大公报》4版“战线”专栏。

11日，臧云远为纪念屈原而作的《诗的灯塔》发表于《大公报》第4版“战线”专栏。

12日，李岳南的《站河北》（连载）发表于《大公报》第4版“战线”专栏。

14日，林采的诗歌《我爱白马》发表于《新华日报》第4版。

邵家夫的《一个小兵的回忆》、庄栋的《陕北文化动态》、唐逸的《白秀》、罗烽的诗歌《山本站在我们这一边了》、江村的诗歌《山村在默默的呼吸》发表于《大公报》第4版“战线”专栏。

15日，陈原的《高尔基论文学的语言》、王西彦的《炼冶》、张天翼的《论“无关”抗战的题材》等发表于《文学月报》第1卷第6期。

何为的散文集《青弋江》由文艺新潮出版社出版。

罗烽的诗歌《决死队的同志们》发表于《大公报》第 4 版“战线”专栏。

老梅的《炼狱》发表于《东方杂志》第 37 卷第 12 号。

16 日，为纪念高尔基逝世四周年，《新华日报》第 2 版刊发文章《各文化团体定期纪念世界文豪高尔基》。

映雪的《苦与乐》发表于《新华日报》第 4 版。

罗烽的诗歌《不解》发表于《大公报》第 4 版“战线”专栏。

17 日，熊复编译的戏剧《在法国一个法庭上》发表于《新华日报》第 3 版。

18 日，“中苏友协”、“文协”等 11 个文化团体举行盛大茶话会，纪念高尔基逝世四周年。300 余人参加。发表的文章有《新华日报》社论《纪念高尔基学习高尔基》、臧云远的《战斗的美学观》、力扬的《高尔基与诗歌》、戈茅的《风景画和风俗画》、潘梓年的《“沉默”了的战士》等。是日，桂林也举行纪念会，欧阳予倩主持，100 余人到会。《新华日报》在社论中指出，高尔基是“无产阶级艺术最伟大的代表者”，他的作品不仅“代表劳动群众说话，代表他们迫切的要求”，“暴露社会现实的丑态”，而且“要求改变现实，改造现实使其前进。并指示出前进的方向与道路”。此外，高尔基还是一个“革命实行家”，“对于中国人民解放事业，具有极大的热烈的同情心”，他“痛恨帝国主义对中国的压迫”。他在 1934 年各国作家联合发表的“反对日寇侵略中国的抗议书”中呼吁“反抗日寇侵略中国”，要求“给中国的笔友兄弟们以言论出版的自由”。“我们纪念高尔基，我们同时怀念与高尔基心心相印的鲁迅”，“高尔基的一生奋斗，是丰富的，艰苦的，英勇的，坚定的，同时也是胜利的”。因此，“我们纪念高尔基，我们更应该学习高尔基”！

《中苏文化》第 6 卷第 5 期推出“高尔基逝世四周年纪念特辑”，并载罗烽的《荣誉药箱》、艾青的诗《火把》、老舍的诗《西安》等。

19 日，公兰谷的《从冷寂到活跃——一个公路的传记》发表于《大公报》第 4 版“战线”专栏。

20 日，关于戏剧民族形式的讨论会在重庆纯阳洞一心饭店举行。田汉主持，阳翰笙、葛一虹、光未然、陈白尘、黄芝冈等参加。葛一虹、黄芝冈等在大会上发言。葛一虹回顾了之前关于民族形式问题的论争，批评了向林冰民族形式的中心源泉是民间文艺的观点，认为这是“要抹杀中国的新文艺的劳绩”。黄芝冈对同月 9 日潘梓年在《新华日报》举办的民族形式座谈会上的发言提出反对意见，认为不能仅仅把民族形式看作是“一种新的文艺的手法或体裁”，而应该注意它的“内容”和“现实”。只有根据“波澜壮阔的内容和血淋淋的现实”,才能寻出文艺的新形式。

艾青的抒情长诗《向太阳》由香港海燕书店出版,列为胡风主编的“七月文丛”之一。

林语堂著、张振玉译的长篇小说《京华烟云》由东风书店出版。林语堂在该书《著者序》中写道：“既非对旧式生活进赞同，亦非为新式生活做辩解，只是叙述当代中国男女如何成长，如何过活，如何爱，如何恨，如何争吵，如何宽恕，如何受难，如何感受，如何养成某些生活习惯，如何形成某些思维方式，尤其是在此谋事在人，成事在天的尘世生活里，如何适应其生活环境而已。”

萧红的散文集《萧红散文》由重庆大时代书局出版。收《一天》、《皮球》、《三个无聊的人》等 17 篇散文。

石灵的戏剧《风雪之夜》发表于《戏剧与文学》第 1 卷第 4 期。

戈茅的《发扬儿童文艺》发表于《新华日报》第 4 版。

风露的《我眺望着巴尔虎的草原》和许汝祉的《光明与黑暗》发表于《大公报》第 4 版“战线”专栏。

21 日，黄药眠的《中国诗歌运动》发表于《大公报》第 4 版“战线”专栏。

22 日，曹禺的《保养厂的一天》发表于《大公报》第 4 版“战线”专栏。

23 日，中华全国木刻界抗敌协会在七星岩举行会员大会。19 人参加。会议选举张在民、廖冰兄、黄新波、陈仲纲和刘建庵任常务理事，温涛、黄超、周令钊和黄少痴等 9 人为理事。

24 日，林采的诗歌《到平原去》发表于《新华日报》第 4 版。

青苗的《英灵》和洪流的《信》发表于《大公报》第 4 版“战线”专栏。

25 日，王西彦的小说《折翅鸟》，荃麟的小说《吉甫公》，文龙的短论《培植文艺新军》，莫荣的短论《还是生活第一》，维山的论文《文艺与政论》，艾青的诗歌《赌博的人们》，高岗的诗歌《山巅》，许印滴的散文《海的怀念》，石滨的《〈扯旗树〉和〈洪照〉——欧阳山先生底创作方法的检讨》，[匈牙利] 霍尔法斯作、黎烈文译的《第三帝国的兵士》(连载至第 2 卷第 6 期)等发表于《现代文艺》第 1 卷第 3 期。

张庚的《戏剧与观众》，E.M. 耶鲁斯拉夫斯基著、克夫译的《关于艺术的起源问题》，茅盾的《关于〈新水浒〉——一部利用旧形式的长篇小说》，何干之的《团圆主义文学》，胡蛮的《欧化的中国美术之批判》等发表于《中国文化》第 1 卷第 4 期。

陈铨的《德国民族的性格和思想》，林同济的《花旗外交》发表于《战国策》第 6 期。

27 日，端木蕻良应香港《大公报》杨刚函约创作的长篇小说《都市花絮》开始在《大公报》副刊第 869 期连载。

28 日，雷石榆的诗歌《守住岗位——童话长诗“小蛮牛”第五节》和海银的《夜》发表于《新华日报》第 4 版。

穆时英被人击毙于上海福州路。

穆时英（1912—1940），笔名伐扬、匿名子。浙江慈溪人。现代小说家。父亲是银行家。穆时英自幼随父到上海求学。1929 年开始小说创作。1930 年，在《新文艺》发表第一篇小说《咱们的世界》。后《南北极》经施蛰存推荐在《小说月报》发表，自此成名。1932 年，在《现代》杂志创刊号发表小说《公墓》，同年出版第一本小说集《南北极》。1933 年，出版第二本小说集《公墓》。从此与刘呐鸥、施蛰存等人形成中国文坛的新感觉派。此后陆续出版小说集《白金的女体塑像》、《圣处女的感情》、《夜总会里的五个人》和《上海的狐步舞》。这些作品成为现代派的代表性作品，但是作品中也流露出明显的颓废感伤气息。随着当时社会政治思想的激变，穆时英参加国民党图书杂志审查委员会，参加编辑《文艺画报》，抗日战争爆发后赴香港。1939 年，穆时英回到上海，参加汪伪政权主办的《中华日报》副刊《文艺周刊》和《华风》，并主编《国民新闻》。1940 年 6 月 28 日，疑被国民党特工人员暗杀。现在对其在汪伪政权里的真实身份以及死因还存在争论。

30 日，王玉祥的《机工》发表于《新华日报》第 4 版。

本月

《国文月刊》在昆明创刊。西南联大国文系编辑，开明书店出版（41 期后改由开明书店编印）。该刊为主要面向中学生的辅导性读物。主要撰稿人有余冠英、朱自清、吕叔湘、沈从文、陈梦家、闻一多等。其中较有影响的作品有余冠英的《谈新乐府》、朱自清的《文病类例》、闻一多的《乐府诗笺》、叶绍钧的《论写作教学》、陈梦家的《书语》等。《国文月刊》曾先后在昆明、曲江、桂林、重庆等地出版。

1949 年 8 月在上海停刊，共出 82 期。

吕叔湘（1904—1998），原名吕湘，字叔湘。江苏省丹阳市人。1922 年至 1926 年在国立东南大学主修西洋文学，其间曾借读于北京大学。毕业后在多校任中学教员，主要教授英语。1935 年 7 月考取江苏省公费留学。1936 年 2 月赴英国留学，先后在牛津大学人类学系、伦敦大学学习。1938 年回国后任云南大学文史系副教授，后又任成都华西协和大学中国文化研究所研究员、成都金陵大学中国文化研究所研究员。抗战胜利后全家随金陵大学迁回南京。1948 底离开金陵大学到开明书店。1950 年 2 月，吕叔湘应聘任清华大学中文系教授。1952 年起任中国科学院语言研究所研究员，中国科学院哲学社会科学学部委员，语言研究所副所长、所长、名誉所长。1978 年至 1985 年任《中国语文》杂志主编。1980 年至 1985 年任中国语言学会会长。1980 年起为美国语言学会荣誉会员。1983 年主持翻译著名语言学家 L.R. 帕默尔的著作《语言学概论》。1987 年获香港中文大学荣誉文学博士学位。1994 年 4 月被聘为俄罗斯科学院外籍院士。第三至七届全国人大代表，第五届全国人大常委、法制委员会委员，第二、三届全国政协委员。1983 年 5 月拿出多年积蓄的 6 万元，作为中国社会科学院青年语言学家奖金的基金。吕叔湘先生是我国语言学界的一代宗师，70 多年以来一直孜孜不倦地从事语言教学和语言研究，涉及一般语言学、汉语研究、文字改革、语文教学、写作和文风、词典编纂、古籍整理等众多领域。

山丁的短篇小说集《山风》由长春文丛刊行会出版。

王少静的长篇小说《学校黑幕》由上海博文书店出版。

陶雄的短篇小说集《0404 号机》由香港海燕书店出版。

沈英的长篇小说《天堂》（又名《大学风光》）由天津华北商行图书部出版。

贺宜的短篇小说《真实的故事》由上海东方出版社出版。

陈铨的短篇小说集《蓝蝴蝶》由重庆商务印书馆出版。

聂绀弩的短篇小说集《夜戏》由福建永安改进出版社出版。收《酒船》、《旁听》、《山芋》、《夜戏》和《弟弟》5 篇小说。

赵宗濂的短篇小说集《在草原上》由北平辅仁文苑社出版。收录《雨》、《过年》、《彩票》、《一支火枪》、《一个老人》、《丰收》、《同行的御者》、《鬻奶》、《在草原上》、《信》、《秀儿》、《在饭馆里》、《离婚》、《一个丈夫》、《庞大哥》等 15 篇小说。

贺宜的童话故事集《真实的故事》由上海东方出版社出版。

覃子豪的诗集《自由的旗》由时代出版社出版。

钟敬文的诗集《未来底春》由上海言行社出版。收有《时代》、《未来底春》、《樱花曲》、《我底诗笔》、《高尔基翁底死》、《忆西湖》、《故乡》、《五月》等17首诗歌。

柯仲平的叙事长诗《平汉路工人破坏大队的产生》由读书生活出版社出版。

罗洪的散文集《流浪的一年》由上海宇宙风社出版。

王耕庄的杂文集《说大》由浙江碧湖立大出版社出版。收录《说大》、《说大续篇》、《三类人》、《大愚若智》、《深虚若藏大怯若勇》、《释若》、《种族有悟》、《看红叶有悟》、《一件小事》、《论恩怨施报》等10篇杂文。

臧克家等著的报告文学集《火并》由新中国出版社出版。收录报告文学13篇。

夏枫的戏剧集《中国海的怒潮》由昆明大路出版公司出版。收《云翳》、《中国海的怒潮》、《海外儿女》、《开幕之前》、《金门岛之一夜》5个独幕剧，以及街头剧《街头小景》。

王光鼎的戏剧集《群魔》由广东梅县战场剧刊社出版。

恽涵的戏剧《卓文君》由上海毓文书店出版。

陈铨的戏剧《黄鹤楼》由长沙商务印书馆出版。

于黑丁、曾克的独幕剧《游击队的母亲》由重庆生活书店出版。

独幕剧创作丛刊社编的《月光曲》由上海剧艺出版社出版，为独幕剧创作丛刊第2辑第1种。收有杨帆译的《家庭》、陆亚居的《租妻》、曾耶的《月光曲》、龚炯的《逼》4个剧本。

吴永刚的五幕剧《林冲夜奔》由上海国民书店出版。书前有《〈林冲夜奔〉本事》、《林冲夜奔》舞台设计图，书末附贻白的《关于林冲的故事》及吴永刚的《“林冲雪夜歼仇记”设置后记》。

冼群的两幕三场情景剧《烟苇港》由桂林六艺书店出版。

张季纯的戏剧集《卫生针》由重庆华中图书公司出版。收有报告剧《狗东西》、街头剧《卫生针》、儿童剧《打日本》、街头剧《一双手》4个剧本。

摩矩（张若谷）编的《集纳选集》由上海集印出版社出版。分创作、素描、评论3辑，共收73篇作品。所收作品均发表于《中美日报》副刊《集纳》。

陈铨编译的《西洋独幕笑剧改编》由上海商务印书馆出版。收独幕喜剧8

种，均根据西洋剧本改写。其中有英国 A.Bennett 的“A God Woman”，奥国 Schnitzler 的“Literatur”等。

七月

1 日，挥戈文艺社在成都成立。以“挥戈”命名是取中国古代鲁阳挥戈退日的传说宣传抗日。主要成员有陈道谟、徐季华、安安、赁常彬、敖雪祺、谢宇衡、胡文熹等。文艺社创办《挥戈文艺》月刊，陈道谟任主编，徐季华任副主编。该刊主要刊登诗歌散文，其中较有影响的有创刊号登载的芜鸣的文章《谈“梦里写作”》，强调文艺不能脱离广大人民群众的现实要求，不能败坏读者的抗日反蒋情绪，否则就会如痴人说梦脱离群众。此外，陈道谟的诗《窗》、徐季华的特写《激流中的浪花》、散文《院落》、安安的诗作《月明之夜》等，在四川文坛产生一定影响。除创作外，该社还十分关心各项社会公共活动：为张天翼捐献稿费、召开鲁迅逝世纪念等。诗人力扬曾称赞《文学月报》：“《挥戈文艺副刊》是一批进步文艺青年的刊物，内容丰富，尽到了为民族抗日战争而欢呼的一份力量。”后来该社的活动受到国民党威胁，陈道谟等人被监视。该社于 1942 年春夏之交被迫解散。

黄河滨的《怪现象》发表于《新华日报》第 4 版。他撰文写道：“战前有数不清的书报摆在青年的面前，但却不曾有人去读。抗战三年的今天，学生们都争先恐后的找旧报来读，然而大人先生们却来阻止，使孩子们的精神这样的饥渴！这‘现象’不‘怪’吗？而且战前学生们埋头读死书，一切不闻不问。但战争却把他们改变了，他们把眼光放大来观看广大的世界，但这些学校当局的大人先生们却来压制学生，让学生们与现实脱离，安分守己的读死书这‘现象’不更‘怪’吗？”文章揭露了当局对文化的控制和限制。

刘盛亚的小说《纪念碑》、龙夫的小说《三人行》、谢文炳的小说《同是患难中人》、菲洛的诗歌《移陵》、方强的《平价米》等发表于《笔阵》新 1 卷第 4 期。

方敬的《谈诗歌》，孙耀东的《诗两首》(《掐黑麦穗》、《前进在祖国的土地上》)，吕登洲的《露营》等发表于《锻冶厂》第 10 期。

2 日，丁东的《昆明大学生是怎样生活的》发表于《新华日报》第 4 版。

4 日，《新华日报》第 2 版刊载葛一虹的《目前文艺界底二三问题》。第 4 版刊载曾克、秀沅记的《民族形式座谈笔记》和《新文艺民族形式问题座谈会上潘梓年同志的发言》。

6日，徐铁石的诗歌《我想念一个更美丽的春天》发表于《新华日报》第4版。

端木露西的《蔚蓝中的一点黯澹》发表于《大公报》第3版。

7日，郑伯奇的《略谈三年来的抗战文艺》、胡风的《民族战争与我们——略谈三年来文艺运动底情势》、葛一虹的《抗战戏剧的特征及其三年来之战斗成果》、罗荪的《抗战三年来的创作活动》、白桃的《抗战三年来的中国教育》、曹靖华的《抗战三年来苏联文学之介绍》、向林冰的《抗战三年来的中国哲学论争》、孙科的《今后三年的展望》等发表于《中苏文化》"抗战三周年纪念特刊"。

重庆《大公报》为纪念抗战三周年刊出《抗战三周年》的社评，收录何应钦的《三年来之抗战经过》、老舍的《三年来的文艺运动》、范旭东的《和他再拼三年》、谷春帆的《抗战三年来之金融——是不是有助于物资转移》等文章。

《抗敌报》第4版刊载田间的诗歌《向前面进攻》，第8版的"老百姓"专栏刊载以"纪念抗战三周年"为主题的《纪念抗战三周年》，林冬苹的《"七七"画十景》、《眼下边区的头等大事》等。

8日，周恩来为冼星海题词："为抗战发出怒吼，为大众谱出呼声。"

陈纪澄的《三年礼赞——略论文艺各问题》发表于《大公报》第4版"战线"专栏。

9日，李子新的小说《三个小英雄》发表于《新华日报》第4版。

10日，朱光潜的《流行文学三弊》、陈铨的《尼采的思想》发表于《战国策》第7期。

《大公报》刊出题为《窒息之上海》的社评。

14日，孙平的《行军》发表于《新华日报》第4版。

徐盈的《记木棉》发表于《大公报》第3版。

15日，晋察冀边区剧协第二次代表大会召开。共有18个剧社的40余位代表参加。联大校长成仿吾发表讲演。沙可夫针对边区剧运工作及今后工作的方向作了报告。

综合性文艺月刊《文艺世界》在上海创刊。穆长编辑。上海文艺世界社出版。1940年11月31日停刊，共出5期。主要撰稿人有丁谛、赵景深、黎锦明、泽夫等。该刊主要发表文艺理论、散文、古典文学研究、剧作、译作等方面的文章。代表作品有胡山源的《明季义民别传》中的《柳敬亭》、《何刚》、《陆愉》，黎锦明的《漫论文艺的发展》、《战场的梦》，圣旦的《长岭关》，赵景深的《危城》等。

16日，郭沫若的《三年来的文化战》发表于《大公报》第3版。

《文艺阵地》改出《文阵丛刊》。《文阵丛刊一：水火之间》刊载有骆宾基的小说《水火之间》、巴人的小说《一个老地主的故事》、源新的《保卫民族文化运动》、维山的《关于形象》、辛石的《七七致辞》、叶素的《纪念高尔基》、荆有麟的报告文学《收获》、唐弢的《溃羽杂记》、锡金的《那六个走掉的》、周钢鸣的《论现阶段演剧艺术》、寒波的《一个赌窟的消灭》、朱荑译的《高尔基与马雅可夫斯基》、贺依的书评《边陲线上》等。

17日，长流的《缅北风光》（连载）和冯玉祥的诗歌《哭张将军自忠》分别发表于《新华日报》第2版和第4版。

郭沫若的《三年来的文化战（续）》发表于《大公报》第3版。

18日，黄饶的诗歌《七个‘七七’——七七抗战建国三周年》发表于《大公报》第4版“战线”专栏。

19日，刘白羽的小说《二十棵树》（连载至21日）发表于《大公报》第4版。

20日，晋察冀边区文艺界抗敌协会成立，成仿吾当选为代表。

22日，喻培厚的《“蔚蓝中一点黯澹”之商榷》发表于《大公报》第3版，针对端木露西的《蔚蓝中一点黯澹》而写。周冷的《我们这一连人——战斗散曲》、罗烽的散文《夜及其他》、青苗的《旗》发表于第4版。

23日，为纪念蒲松龄诞辰三百周年，《大公报》第4版刊载王冰洋的《蒲松龄的文艺劳作——纪念蒲松龄氏诞生三百周年而作》，介绍蒲松龄及其文学价值。

24日，牧原的诗歌《北征》和贻征的诗歌《为张自忠将军而歌》发表于《大公报》第4版“战线”专栏。

25日，“文协”晋察冀边区分会成立。成仿吾、田间、沙可夫、魏巍、周而复、康濯等当选为委员。沙可夫、田间、何洛、魏巍、康濯为常委。沙可夫为主任。该协会设立了鲁迅研究会和鲁迅文学奖金。在组织建立模范村剧团、开展连队戏剧运动、组织讨论民族形式问题方面做了大量工作，对边区抗战文艺运动的开展起了很大作用。并先后出版《晋察冀艺术》（合作）、《晋察冀文艺》、《文艺小丛书》（《文学修养》6册、《怎样写诗》10册）等书刊。

艾芜的小说《意外》发表于《现代文学》第1卷第4期。

冷波的《三年来剧运的回顾》发表于《黄河》第6期。

茅盾的《论如何学习文学的民族形式》、杨松的《关于马列主义中国化的问题》、尹达的《中华民族及其文化之起源》、刘春的《什么是伊斯兰教》、陈伯达的《论"新哲学"问题及其他》、艾思奇的《哲学是什么》、立波的《湘西苗民的过去和风俗》、荒煤的《刘伯承将军会见记》、何其芳的诗歌《过同蒲路》,夏蕾的《生产插曲》发表于《中国文化》第1卷第5期。

《现代文艺》第1卷第4期出版。本期分"短论"和"诗选"专栏,收录莫荣的《扩大视野》,艾芜的小说《意外》,石滨的《民族传统与世界传统——民族形式问题中的一个问题》,聂提的散文《虾的捕捉》,郭风的诗歌《收获》,彭燕郊的诗歌《七月献诗》、《清晨》,司马文森的小说《为了单调的原故》,[美]杰克·伦敦著、许天虹译的小说《强者的力量》等。

夏里仁的《陆地部队》、青苗的诗歌《当我死时》、周冷的《陨星(上)》发表于《大公报》第4版"战线"专栏。

陈铨的《尼采心目中的女性》发表于《战国策》第8期。

26日,周冷的《陨星(下)》和臧云远的长诗《民族战歌》发表于《大公报》第4版"战线"专栏。

27日,《新华日报》刊载"革命文豪鲁迅六十诞辰,港文化界筹备纪念"的消息。

王亚平的《纪念诗人莱蒙托夫》和刘北汜的《年龄的手》发表于《大公报》第4版"战线"专栏。

28日,中国文化协会成立于南京。

张西曼的诗歌《爱、拉、立三国加入苏联》发表于《新华日报》第4版。

"中日文化协会"在南京成立,是日本帝国主义借助汪伪推行对华文化侵略的主要工具。

[苏]高尔基著、王语今译的《意大利的童话》,艾芜的《凉亭》(连载)发表于《大公报》第4版"战线"专栏。

29日,田涛的短篇小说《一座山头》和蒙沙的《沙漠之歌》发表于《大公报》第4版"战线"专栏。

30日,木桦的《生活底教训》发表于《新华日报》第4版。

《新华日报》第 2 版刊载“陕甘宁边区戏剧协会改选理事，决议开展剧运深入农村”的消息。

孙科的《团结努力对世界负大责任》，希金贝尔著、叶文雄译的《论孙逸仙》，陈传纲译的《列宁论合作社》，艾炯译的《论斯大林宪法》，宣谛之译的《苏联境内各民族之自决》，翁秀民译的《苏联国内贸易的计划与实施》，翦伯赞的《论明代倭寇及御倭战争》，草明的《受辱者》，洪遒的《论尼古拉车·尔尼雪夫斯基》，周行译的《车尔尼雪夫斯基论英国作家》发表于《中苏文化》第 6 卷第 6 期。

刘季的《乡城》发表于《大公报》第 4 版“战线”专栏。

31 日，骆方的《王老汉》发表于《新华日报》第 4 版。

王平陵的《文坛上的误解》和晏明的长诗《悼——张自忠将军挽歌》发表于《大公报》第 4 版“战线”专栏。

本月

《文坛月刊》在广东韶关创刊。李金发任主编，后改由卢森主编，“文协”广东分会发行。

《文艺丛刊》由生活书店出版。茅盾、楼适夷任主编。

武汉文艺协会成立，由“武汉作家协会”改组而成。该协会实行干事和监事制。谢希平、张榆芳、姜钟叙任常务干事；朱庆麟、何庸、马腾、潘化龙、蔡乙青、罗英任干事；马长风、张望、田钦廉、杜晦、冯腾任监事；田钦廉任监事会主席。该会标榜“集合武汉的文艺工作者，向着建设新的文艺前途而迈进，埋头苦干是精神，不高喊口号是特点”。本年 8 月创立会刊《文艺》月刊。朱庆麟编辑。1944 年出至第 3 卷第 8 期停刊。本年 10 月与武汉青年剧团合作演出《雷雨》、《父归》等。该社于抗战胜利前夕停止活动。

燎原社的《燎原文艺丛刊》在上海创刊，由海燕书店出版。

《东南风》半月刊在汉口创刊，由“选萃”发行。

巴金的小说《秋》由上海开明书店出版。内容主要讲述克安在外面私设公馆，把戏子带回家中寻欢作乐；克定私下纳妾，偷卖祖产；淑英逃婚出走，觉英调戏丫环；在周枚病入膏肓之际，周伯涛聘娶冯乐山的侄女；淑珍不堪折磨投井自尽，觉民更坚定地办报，抨击吃人的礼教，觉新听从克明的意见，娶翠环为妻，卖掉高公馆，高公馆最后彻底崩溃。

周文的小说《救亡者》由长沙商务印书馆出版。

王秋萤的小说《小工车》发表于《新满洲》7 月号。小说描写在敌伪统治下，某矿区小工车的售票员冯云祥不取媚于日本人，导致一家人悲苦的命运，揭露了敌伪统治下人民的悲惨生活，同时也反映出矿工们为了自由生活而进行的斗争。

丘东平的短篇小说集《红花地之守御》由上海一般书店出版，共收短篇小说 10 篇。

朱雯的短篇小说集《不愿做奴隶的人们》由重庆烽火社出版。

顾道明的小说《磨剑录》由上海明道出版社出版。

关露的小说《新旧时代》由上海光明书局出版。这是作者自传体小说三部曲中的第一部，第二部《黎明》因刊物停刊而未出完，第三部《潮》未能发表。小说反映作者童年时代至青年时代的生活。讲述“我”在母亲的影响下受到民主主义熏陶，“我”终于成为家庭的反叛者，走上革命的道路。

王任叔的小说《佳讯》由长沙商务印书馆出版，为文学研究会创作丛书。

王峋孤编的小说《香妃》由上海大方书局出版。

宋之的的小说选集《控诉》由上海一般书店出版，本书为《赐儿集》一书改名出版。

臧克家的诗集《呜咽的云烟》由桂林创作出版社出版，为孙陵主编的创作小丛刊第 1 辑。

江宁的长诗《难民行》由上海流火出版社出版。分为“东方巴黎的苦难”、“过吴淞”、“海劫”3 章。

杨刚的长诗《我站在地球中央》由上海文化生活出版社出版，为巴金主编的文学小丛刊第 2 集。

光未然的诗歌《黄河》由重庆生活书店出版。该诗后来经冼星海作曲，改名为《黄河大合唱》。

萧红的散文集《回忆鲁迅先生》由重庆妇女出版社出版。该书同时收录景宋的《鲁迅和青年们》和许寿裳的《鲁迅的生活》。

何为的散文集《青弋江》由上海万叶书店出版。

缪崇群的散文集《夏虫集》由文化生活出版社出版,系巴金主编的“文学丛刊”第6集第10册。共分3辑，收有《夏虫之什》、《初访》、《西门》、《夜行》、《白发》、《轰炸下》、《血印》、《默念》等23篇。

孙陵的散文集《从东北来》由桂林前线出版社出版。收有《亡国的教育和文化》、《心的伸述》、《战斗在冰雪中的人们》等10篇。

陈学昭的散文集《延安访问记》由北极书店出版。收著者记述访问延安的经过及见闻报道10篇。

朱雯的散文集《百花洲畔》由上海宇宙风社出版。收有《故乡,我怀念着你！》、《第一颗炸弹》、《书室遗像》、《百花洲畔》、《孤岛大年夜》等24篇。

司马文森的《一个英雄的经历》由重庆生活书店出版。收通讯报道《土地》、《大时代中的小人物》、《渣滓》等8篇。

思远等编著的报告文学《江南的新生》由新生代出版社出版，为新生代丛书第2种。收有绿野的《一支铁的洪流》、范敏的《战斗的故事》、张应衡的《模范医院的生长》、方之平的《新四军在茅山的故事》、长白的《江南的新生》5篇报道。记述了江南的抗战情况。

冷波的戏剧《死守中条山》由西安新中国文化出版社出版。

夏衍的戏剧集《小市民》由桂林新知书屋出版。共收入《重逢》、《中秋月》、《都会的一角》、《赎罪》、《娼妇》5个剧本。

巴人的四幕悲剧《前夜》由香港海燕书店出版，为中国悲剧丛书之一。

李健吾的三幕话剧《这不过是春天》由上海文化生活出版社出版，为文季社编的文季丛书之十。

骆宾基的戏剧《水火之间》由重庆生活书店出版。

柯林的戏剧《沉渊》由文化生活出版社出版,系巴金“文学丛刊”第6集第14册。

梦甘的通俗宣传唱词《金鸡岭》由金华国民出版社出版。收有《马秀才训子》、《王得胜骂阵》、《割爱除奸》、《八百壮士守闸北》等10篇。

[法] 罗贝著、韦丛芜译的童话集《睡美人》由上海北新书店出版。共收录7篇故事。

八月

1日，国立中央图书馆在南京开馆。蒋复璁为馆长。到40年代末，该馆藏书达93万册。

“文协”桂林分会与中国木刻界抗敌协会联合举办为期一个月的暑期文艺写作研究班。其宗旨是“推广战时文艺研究，扩大文艺影响”。欧阳予倩主讲“怎样建立新的戏剧”，宋云彬主讲“鲁迅杂文的研究”，艾芜主讲“世界几个名作家写作法研究”，陈闲主讲“文艺作品的欣赏”，周钢鸣主讲“文艺写作的任务”，司马文森主讲“写作过程的分析”，鲁彦主讲“短篇小说研究”，林林主讲“诗的写作研究”，夏衍主讲“剧作随谈”，吴晓邦主讲“舞蹈的创作、批评及欣赏”，温涛主讲“木刻艺术”，新波主讲“绘画艺术”，聂绀弩主讲“语文问题及语文运动”，孟超主讲“临时演讲”。

诗与散文社在昆明成立。成员有潞汀、杨少廷、万仞山、方玲等。创办《诗与散文》月刊。杨少廷任发行人。创刊号的发刊词《前奏曲》写道：“我们，也站稳岗位，服务民族，崇高的理想，没带半点野心，寓‘学习于工作’，幼稚的心燃烧火的激情，不忘现实，不忘国家，只想把它——诗与散文呢——灌溉出美丽的奇葩，我们不怕风、霜、雨、雪的击砸。……为祖国的自由、独立我们要贡献出最后的力。”《诗与散文》主要刊登诗歌、散文，也发表一些杂感、速写、报告等。该刊发表的作品，既表达对时代呐喊的战斗激情，也抒写在大后方生活的真实感受，无论是精致的散文还是犀利的杂文，都充满年轻人的朝气和勇敢。该刊得到闻一多的支持，他为《诗与散文》题写刊名。巴金、马子华、李乔也给该刊极大支持。1946年停刊。

为纪念鲁迅诞辰60周年，《宇宙风乙刊》第27期刊出“鲁迅特辑”。

文艺综合月刊《天地间》在上海创刊。上海文华出版社编辑出版，主要以发表时论和杂文为主。主要撰稿人有柯灵、丁谛、萧红、老舍、乐天、林语堂等。柯灵的《昼夜》，老舍的《英国人》，萧红的《长安寺》，林语堂的《美国三大罪恶论》等是其中的代表作。1941年3月20日停刊，共出版9期。

为纪念鲁迅先生诞辰60周年，《文艺阵地》第5卷第2期刊载一批纪念鲁迅的文章：适夷的短评《一个检阅》、《伟大的平凡》、《走向鲁迅》，景宋的《民元前的鲁迅先生》，冯雪峰的《鲁迅与中国民族及文学上的鲁迅主义》，唐弢的《鲁迅思想与鲁迅精神》，萧三的《鲁迅与中国青年》，端木蕻良的《论鲁迅》，欧阳凡海的《驱除寂寞》，周木斋的《鲁迅与中国文学》，巴人的《关于鲁迅杂想》，袁水拍的《迎迓》，朱维基的《鲁迅先生六十诞辰》，骆滨基的《鲁迅先生诗抄》、《水火之间二》。还附有陈烟桥的画作《鲁迅与民族革命战争》、《鲁迅与高尔基》。

青苗的《黄河的激流》发表于《东方杂志》文艺专题第 37 卷第 15 号。

扬波的《六十年间的鲁迅》、丘垤的《祝先生》、罗睺的《芙蓉我诅咒你》、莫洛的诗歌《题照（外二章）》、洪钟的《山径中》等发表于《笔阵》新 1 卷第 5 期。

《新音乐月刊》第 2 卷第 1、2 期合刊出版，内有“民族形式特辑”，收有绿永的《论新音乐的民族形式》和赵沨的《音乐的民族形式》。绿永讨论了 4 个问题：一、音乐“民族形式”的意义；二、缔造音乐民族形式的主要要素；三、关于各种要素的基本理解；四、怎样创造新音乐的民族形式。作者写道：“我们认为比较中肯的还是这样：‘缔造音乐民族形式的主要要素，是经过批判以后的民族音乐优秀传统的全部，包括各式各样的旧形式，和旧形式的各式各样的独特要素，和五四以来新形式的健康要素，还有此刻还未被民间旧形式所包纳的，然而已经在大众中间创造着运用着的，表现新事物新感情的生动活泼的音响，乐汇和样式，再加外来的适合取用的要素。”赵沨的文章对如何创造民族形式从四个方面作了概括：“现实主义的创作方法”；“继承新音乐运动光荣的传统”；“接受民族音乐传统的宝贵遗产”；“武装西洋音乐高度技术，理论水准”。本期除刊载了天兰作词、冼星海作曲的《打到鸭绿江大合唱》（原名《九·一八大合唱》）外，还刊载了冼星海的一封信，其中写道：“新兴音乐是要建立在音乐界统一战线里，同时要互相了解互相帮助才能完成我们新音乐运动的任务。老实说，现在中国音乐刊物太少，中国音乐界还没有团结得更坚固。”此外，还登有《民歌研究会组织大纲》。研究会的宗旨是：“我们为了利用民歌及发展民歌创作民歌，使民歌更适合抗战的需要，且使它完成为中国的新音乐艺术适用的宝贵素材而研究民歌。”

黄华沛的散文诗《飞鹅领》和一文的《向天野》发表于《大公报》第 4 版“战线”专栏。

马君武病逝。

马君武（1881—1940），原名道凝，字厚山，又名同，字君武。广西桂林人。幼年进过私塾。1899 年，考入广西体用学堂。1900 年，考入广州法国教会主办的丕崇书院学习法文。1901 年，考入上海震旦大学学习。1905 年，加入中国同盟会。1907 年，赴德国留学。1909 年，参加南社。1911 年回国，此后一直在国民政府任职。1939 年任广西大学校长。1940 年 8 月 1 日病逝，终年 60 岁。其译著有《法兰西革命史》、《民约论》、《物种原始》等，著有《马君武诗集》。

2 日，尹雪曼的《我的师傅》发表于《大公报》第 4 版。

3 日，为纪念鲁迅诞辰 60 周年，重庆文化界举行纪念会。郭沫若、沈钧儒、田汉、葛一虹、张西曼等出席并发言。成都、桂林等地相继举行鲁迅 60 诞辰纪念。《新华日报》发表社论《我们怎样来纪念鲁迅先生？》。文章指出："我们要继承他创作的光荣传统和他一生所报为民族为人民和求进步而斗争的精神。"同时该报还发表了戈宝权的《略谈鲁迅先生与苏联——为纪念鲁迅先生六十诞辰而作》（附木刻像）、潘梓年的《"中国文化革命的伟人"》、罗荪的《自觉的声音》、葛一虹的《鲁迅论大众文艺——纪念鲁迅先生六十诞辰，并为目前争议中的民族形式之一问题而作》等。

孙陵的《怀钟天五君》发表于《大公报》第 4 版"战线"专栏。

4 日，"文协"桂林分会邀请欧阳予倩、夏衍、鲁彦、林林等举办暑期文艺写作研究班，讲授关于抗战时期文艺的问题。

风露的《生长在塞外的一群》（连载）和子冈的《鬼子的生日》（连载）发表于《大公报》第 4 版。

5 日，沈从文的《新的文学运动与新的文学观》、陈铨的《尼采的政治思想》发表于《战国策》第 9 期。

泰羊的《江南的步哨》发表于《大公报》第 2 版。[苏]高尔基著、立波译的《白海——波罗的海运河的完成》（连载）发表于第 4 版"战线"专栏。

陈伯达的《青年人的方向》和吴敏的《青年与思想自由》发表于《新华日报》第 4 版。

6 日，向林冰的《关于民族形式问题敬质郭沫若先生》（连载至 21 日）发表于重庆《大公报》副刊《战线》。文章称郭沫若的《"民族形式"商兑》使民族形式愈加难以理解。全文分四个部分："'习见常闻''喜闻乐见'"；"所谓'经'与'权'的问题"；"'变文'与一般民间文艺的来源问题"；"'好多朋友定会惊讶'的民间文艺评价"。

赵伦莽的《再谈木棉》发表于《大公报》第3版。谏如流的诗歌《西麓山下》发表于《大公报》第4版“战线”专栏。

泰的《资本和利息》发表于《新华日报》第4版“老实话”专栏。

7日，《新华日报》第4版刊载《田汉先生和朱德总司令诗》。

9日，骆方的《汉宜公路的遭遇》发表于《新华日报》第4版。

10日，郭楚垠的《六月底家乡》发表于《新华日报》第4版。

13日，《新华日报》第2版发表消息：中苏文协桂林分会扩大向苏联写信运动，桂文化界纪念鲁迅六十诞辰。吕志澄的诗歌《“八·一三”三周年》发表于第4版。

田汉的《抗敌演剧青年的要求》、张季纯的《抗战演剧的检讨》、刘念渠的《以清算过去迎接第四年》、侯枫的《从成都到上海》、余上沅的《抗战三年来的国立剧校》、熊佛西的《适应抗建需要而成立的四川省立剧乐学校》、董每戡的《抗战三年来的空军剧运》、戈禾的《抗战三年来的“孩子剧团”》、杜秉正的《现阶段的空军剧本》、田鲁的《怎样创造伟大的抗战剧本》、李束丝的五幕剧《堕落性瓦斯》等发表于《戏剧战线》第10、11期合刊。

15日，沈从文的《小说作者和读者》发表于《战国策》第10期。

［俄］谢德林著、曹葆华译的《自我牺牲的兔子》发表于《大众文艺》第1卷第5期。

鲁马的诗歌《一个老贫农的死》，张高峰的诗歌《儿童哨》，梅丽莎的《灰烬中的火星》发表于《新华日报》第4版。

《中苏文化》第7卷第1期出版，分为“半月中苏”、“苏联论中国抗战”、“苏联研究”、“中苏文艺”几个专栏。刊载有张友渔的《中国在战斗中纪念“八一”》，谭丕模的《明代的民族文学》，狄娜莫夫著、葛一虹译的《论卢那卡尔斯基》，曹靖华的《论卡达耶夫》，戈宝权译的《斯大林论作家》等。

军区政治部发表《关于各分区剧社（抗敌剧社在内）执行创造铁军工作的指示》。

16日，张春风的《夜戏》发表于《东方杂志》文艺专题第37卷第16号。

沙雁的《哨兵棚》、胡考的《姚正花》、丰村的《西线的死》发表于《文艺月刊·战时特刊》第4卷第5、6期。

17日，揭波的《“新”人物》发表于《新华日报》第4版。

徐盈的《瞻驿运》发表于《大公报》第3版。

18日，佚名的《敌后文化动态》发表于《新华日报》第4版。

20日,《野草》月刊在桂林创刊。夏衍任主编。聂绀弩、孟超、宋云彬等组成编委。1943年6月1日出至第6卷第5期停刊,共出29期。1946年10月1日在上海复刊,改为双月刊。第5期起迁往香港。1948年6月出至复刊第10期停刊,前后共出42期。该刊是抗战期间主要发表杂文的刊物,兼及短篇创作、评论和翻译作品。《野草(代发刊语)》表明创办宗旨:"我们虽然自称善于憧憬光明,却同时也善于忘却灾难。前线和敌占区正在一枪一弹搏击敌人,在敌后方倒有人穷奢极乐,豪华郁丽,坐汽车、上馆子,走私货发大财,口里说是抗战建国,心里想的甚至手里做的却可以是抗战建家。"《野草》的题名取自"野火烧不尽,春风吹又生"。"弄一点笔墨,比起正在用血去淤塞侵略者的枪口,用生命去争取自由的一大群青年人,正如培阿根所说'以花边去比喻枪炮了,然而'英伦的雾'以致'美国人的狗'一类的东西正大量在印',这事教育我们,即使是花边也有硬软好坏的分别,有的只准备给太太们做裙带,有的却可以给战旗做镶边"。创刊号刊载夏衍的《旧家的火葬》、云彬的《谈做父亲》、林林的《崇高的忧郁》、陈子秋的《海外之忆》、绀弩的《白兔》、李石锋的《"大人"和"小孩"》、华嘉的《再谈儿童的天性》等。

黄华沛的散文诗《山》发表于《大公报》第4版"战线"专栏。

22日,铁玄的《苏联文坛近讯》发表于《大公报》第4版"战线"专栏。

23日,玄琛的《做人》发表于《新华日报》第4版。

高集的《雨水和苗芽(连载)》发表于《大公报》第4版"战线"专栏。

24日,裴多菲著、企程译的诗歌《回家》发表于《大公报》第4版"战线"专栏。

25日,《现代文艺》第1卷第5期出版。本期分"短论"、"诗选"、"鲁迅先生六十诞辰纪念"专栏,收录了南荒的《神话与现实》,葛琴的小说《出奔》,[美]H.D梭罗作、白石译的《论艺术与美》,彭燕郊的诗歌《珍珠米收获》,高岗的诗歌《老鞋匠》,郭风的诗歌《枪》,聂绀弩的小说《姐姐》,田涛的报告《中条山下》,荃麟的《纪念鲁迅先生六十诞辰》,肖天的《鲁迅先生六十诞辰纪念在上海》等。

刘白羽的小说《四箱子弹的缘故》,艾思奇的《当前文化运动的任务》,N.乌拉索夫著、张仲实译的《论社会主义社会底动力矛盾问题》,加里宁著、萧三译的《论艺术工作者应学取马克思、列宁主义》,和培元的《逻辑史鸟瞰》,艾思奇的《哲学是什么》,成仿吾的《华北联大底任务与工作》,实甫的《读书随笔》发表于《中国文化》第1卷第6期。

V. 凯利的《日本内阁之更迭》,波尔蒂列夫的《侵华战争三年以后》,G.Aslanova 作、梁纯夫译的《苏联怎样解决了民族问题》等发表于《中苏文化》第 7 卷第 2 期。

徐訏的小说《鬼恋》由成都东方书社出版。

邹荻帆的长诗《木厂》由文化生活出版社出版，系巴金主编的“文学丛刊”第 6 集第 15 册。共分四部分。第一部分 : 我生活在木厂 ; 第二部分 : 斧锯刨凿繁杂的交响、木厂里的造访客、夜 ; 第三部分 : 悬梁者、水葬、做棺材的人 ; 第四部分 : 再会吧木厂。

李屏周的诗歌《诗二首》(《太太》、《囤积居奇的人们》)发表于《新华日报》第 4 版。

宋云彬的散文集《破戒草》由桂林创作出版社出版，收文章 14 篇，为孙陵主编的创作小丛刊第 1 辑第 2 种。

陆蠡的散文集《囚绿记》由上海文化生活出版社出版。

巴人的散文集《生活、思索与学习》由香港高山书店出版，分“‘生活、思索与学习’丛抄”，“‘生活、思索与学习’支抄”，“边风录”，“公论之侧”四辑，共收录杂文 59 篇。

夏衍的戏剧《心防》由桂林新知书店出版。主要讲述当上海沦为“孤岛”后，新闻工作者刘浩如知道,“孤岛”人民的心理防线不能倒。他组织演出,办补习学校，利用与租界当局的关系巧妙地进行爱国宣传。汪精卫公开叛国投敌，斗争环境变得更加复杂。在这个过程中，他遭受敌伪特务的暗算受伤，但仍顶住敌人的威逼利诱，帮助战友识破敌人诡计，鼓励他们增强信心在这条战线坚持斗争。

高岗的诗歌《坟》发表于《大公报》第 4 版“战线”专栏。

荃麟的四幕话剧《麒麟寨》由福建永安改进出版社出版。

26 日,《新华日报》发表葛一虹的《纪念礼锡》，叙述了王礼锡在伦敦时对祖国的思念,回国后献身抗战的事迹,表达了对王礼锡的怀念。“他所留给我们的印象，我们想是不会磨灭的。”

诚的《一个小职员的呼声》发表于《新华日报》第 4 版。

老舍的《去年今日》发表于《大公报》第 4 版“战线”专栏。

27 日,《新华日报》登载“渝文艺界定期追悼张曙”的消息。

史沫特莱到达桂林。“文协”桂林分会举行欢迎会。

萧萧的《货牌子》发表于《新华日报》第 4 版“老实话”专栏。

程黎林的《红露照子》和常任侠的诗歌《水稻子》发表于《大公报》第 4 版“战线”专栏。

28 日，为痛斥日寇暴行，“文协”致书全世界作家。《新华日报》发表“致全世界作家书”。“大轰炸夜以继日，重庆市内外火光冲天，连续数日，闹市家宅尽成灰烬，被难灾民，露宿街衢，似此摧残文化，违反人道，破坏公法，诚灭绝人性之兽性，为全人类之公敌”。希望全世界作家给予“谴责与制裁”。

任钧的诗歌《我们的赞美——献给空中和地上的英雄们》和姚奔的《江潮》发表于《大公报》第 4 版“战线”专栏。

29 日，以群的《新现实和新主题》、杨槐的《鲁迅先生六十冥诞在成都》、古元的《陕北农村风光》、沙汀的《在侯家坞——敌后日记抄》发表于《新华日报》第 4 版。

安娥的《鄂陕行纪》发表于《大公报》第 4 版“战线”专栏。

30 日，张周的小说《闯关》（连载）发表于《大公报》第 4 版。

31 日，王独清病逝。

王独清（1899—1940），陕西长安人。现代诗人。生于没落的封建官僚家庭。1913 年，考进三秦公学学习英文。16 岁开始写笔记式杂文和政论文章。后被《泰镜日报》聘为总编辑。1915 年离家到上海。不久东渡日本，开始接触外国文学。两年后返回上海，任《救国日报》编辑。1920 年赴法国留学，研究考察欧洲古典建筑艺术。1922 年底回国，1926 年去广州，经郑伯奇介绍加入创造社，任理事，并主编《创造月刊》，成为该社后期主要诗人之一。同时任广东中山文科学长。1929 年 9 月任上海艺术大学教务长。1930 年主编《抗战月刊》。1937 年回到故乡，1940 年病逝。著有诗集《圣母像前》、《死前》、《埃及人》、《威尼市》、《锻炼》、《独清诗选》、《我从 CAFE 中出来》等。

臧克家的诗歌《黎明鸟》发表于《大公报》第 4 版“战线”专栏。

本月

高长虹到重庆参加“文协”。

因国民党要求复旦大学教授入党并按时上下班，胡风离开复旦。10 月，郭沫若领导的文化工作委员会成立，经周恩来提名，胡风任专任委员。

《新华日报》华北分馆出版的针对沦陷区的宣传刊物《中国人》周报创刊。每期 4 版，前 3 版为要闻言论，第 4 版为文艺副刊《大家看》。赵树理既是编辑，又是主要撰稿人，其文学形式多样，有小说、杂文、戏剧、寓言、童话等，代表性作品有《“你索”(伊索)寓言》,古体诗《避者》、《乞丐歌》,章回体小说《再生录》等。

巴金的小说《利娜》由上海文化生活出版社出版。

罗烽的短篇小说集《横渡》由商务印书馆出版。

任何的小说《伟大的教养》由上海海燕书店出版。收《某家》、《夹缝》、《父亲头上的伤疤》、《供状》等 7 篇小说。

王西彦的小说集《夜宿集》由长沙商务印书馆出版。收《车站旁边的人家》、《夜宿》、《两姊妹》、《泡》、《寻常事》、《找寻道路的人》等。

徐转蓬的小说集《下乡集》由上海商务印书馆出版。收《女店主》、《打酒》、《磨坊》、《铁匠》、《母亲们》、《诬害》、《菌》、《喜酒》、《生之欲》、《巫婆》等。

侯元庆的戏剧集《毁灭及冬瓜汤》由上海中国业余戏剧研究社出版。收有三幕剧《毁灭》和独幕喜剧《冬瓜汤》两个剧本。

穆尼的戏剧集《金丝鸟》由上海朔风书屋出版。收录三幕剧《金丝鸟》，独幕悲喜剧《七个单调的人》和独幕悲剧《弥撒曲》。

[苏]卡达耶夫著、曹靖华译的小说《我是劳动人民的儿子》由上海生活书店出版。

[苏]赫尔岑著、巴金译的小说《一个家庭的戏剧》由文化生活出版社出版，为文化生活丛刊第 26 种。

[俄]克鲁泡特金著、巴金译的《克鲁泡特金全集》第四卷《面包与自由》由上海平明书店出版。本书于 1927 年 11 月曾由上海自由书店以《面包略取》为书名出版，译者署名“芾甘”。

薛慧子的报告文学《鄂赣实地视察记》由南京中央电讯社出版。

李长之的《道教徒的诗人李白及其痛苦》由长沙商务印书馆出版，论述了唐代诗人李白的生活和创作，着重分析李白受到的道家思想的影响，以及这种影响对其生活和创作产生的作用。

冯雪峰的《鲁迅及其他》由桂林充实出版社出版。该书由邵荃麟代编，后来冯雪峰抽掉一篇，加入《关于鲁迅在文学上的地位》和另外两篇论文，后改名为《过来的时代》。

郭沫若的《民族形式“商兑”》由桂林南方出版社出版，收录随笔 8 篇。

胡适的《论鲁迅》由生活出版社出版。这是《文艺丛刊》为纪念鲁迅诞辰 60 周年的纪念专号，收有适夷的《伟大的平凡》、景宋的《民元前的鲁迅先生》、冯雪峰的《鲁迅与中国民族及文学上的鲁迅主义》、端木蕻良的《论鲁迅》等。

九月

1 日，《新诗歌》月刊在延安创刊。萧三主编。公木刻制印刷。该刊是延安诗歌会会刊。创刊号署战歌社和山脉文学社合编，第二期正式以新诗歌会名义编印。该刊致力于诗歌的大众化和民族化工作，提倡群众性的街头诗歌和朗诵诗，主要刊载诗歌作品和关于诗歌运动方面的研讨文章。主要撰稿人有郭小川、柯仲平、孙剑冰、朱子奇、罗失、萧三等。用油印 4 开小报的形式发行。公木的《百团大战歌》，萧三的《我记得》，郭小川的《我与枪》，鲁黎的《献给毛泽东》，朱子奇的《毛泽东》、《斗争会》等发表于该刊。1941 年 5 月 21 日终刊，共出 6 期。创刊号刊载隐夫的《原上草》、赵锋的《红枣的故事》、海棱的《巧连环》、瑜启的《献给生产大队》、罗夫译的《遗嘱》、铁夫的《雨》、萧三的《梅花》、公木的《孤儿叹——调寄小白菜》、若望的《黄河水手谣》、陆荆的《手车——旅途手记之一》、刘御的《我们也来写诗了》等。

熊佛西的《写给一位青年》、叶仲寅的《铁蹄下的小主人》、子玄的《萌芽》、艾绥的《火炕》、张季纯的《给演员》、王小涵的《给导演》等发表于《戏剧岗位》第 2 卷第 1 期。

雷海宗的《历史警觉性的时限》发表于《战国策》第 11 期。

2 日，卢云的《山涧夜曲》（连载）发表于《大公报》第 4 版“战线”专栏。

3 日，为纪念在桂林遇难的音乐家张曙，郭沫若、老舍等文化界人士 50 余人发起的音乐家张曙追悼会在中国电影制片厂举行。郭沫若着重谈了张曙的功绩，并指出：“离开了民族的精神，没有文化，离开了民族的精神，没有一切！”周恩来说：“张曙先生之可贵在于和聂耳同为文化战线上两员猛将，这文化战线包括着文艺、诗歌、漫画、木刻、音乐各个部门，给全民的抗战起了伟大的推动作用。救亡歌咏便是最显明的，代表了大家发出了反抗的怒吼，代表大众发出了要求团结的呼声。张曙先生便是这样的工作中的一个，这功绩是永远永远不磨灭的。”接着他谈及当前的局势：“无论从日本方面，轨迹方面和我们自己国内方面，我们都具备了绝对可能克服困难的条件。只要很好地动员全力，正确地发挥张曙先生的勇敢精神，挺得住，再接再厉，自然慢慢地就有办法。”田汉等人也在会上发表讲话。

4 日，茅盾的书评《关于〈新水浒〉——一部利用旧形式的长篇小说》、李嘉的诗歌《悼念一个青年歌手——献给故张曙先生》、秋远的《曾是一个乞丐的人》、汪弈的《失去了青春的人群》发表于《新华日报》第 4 版。

碧野的《芬芳的苹果》发表于《大公报》第 4 版“战线”专栏。

5 日，臧克家的诗歌《柳荫下》发表于《大公报》第 4 版“战线”专栏。

7 日，李辉英的《蠢》（连载）发表于《大公报》第 4 版“战线”专栏。

9 日，许地山的《中国文字改革的关键何在？——拼音字和象形字的比较》发表于《新华日报》第 4 版。

10 日，中共中央发出《关于发展文化运动的指示》，指出发展文化运动在目前有头等重要性，因为它不但是当前抗战的武器，而且是在思想上干部上准备未来变化与推动未来变化的武器。

聂清的《江岸守御》发表于《大公报》第 4 版“战线”专栏。

11 日，敏的《说和做》发表于《新华日报》第 4 版“老实话”专栏。

邹荻帆的诗歌《草原交响乐》发表于《大公报》第 4 版“战线”专栏。

12 日，白薇的诗歌《歌两首》（《反攻》、《空室清野》）发表于《新华日报》第 4 版。

许营的《捕虎记——世说新语之一》和李长之的诗歌《怀李太白》发表于《大公报》第 4 版“战线”专栏。

13 日，丁玲的小说《入伍》（连载至 9 月 22 日）发表于《新华日报》第 4 版。

贻徽的诗歌《重庆——昨日、今日、明日》发表于《大公报》第 4 版“战线”专栏。

14 日，聪的《奢侈品与奢侈人》发表于《新华日报》第 4 版“老实话”专栏。

《抗敌报》记者发表通讯《老乡！把这两个日本女娃娃送到敌人那里去》。

辛代的《野老》发表于《大公报》第 4 版“战线”专栏。

15 日，《文学月报》第 2 卷第 1、2 期合刊出版，分“文艺短论”、“创作”专栏。收录的文艺短评有罗荪的《历史文件》，葛一虹的《文艺界底团结与文艺底进步》，茅盾的《关于“民族形式”的通信》，黄舞莺的《昨日和今日》，林焕平的《抗日的现实主义与革命的浪漫主义》;创作有罗烽的中篇小说《粮食》,雷加的《水塔》,余仁的《日常生活》,[波兰]望达·华布莱夫斯卡作、小畏译的小说《幸运的维采克》,基沃夫作、李葳译的《反映在波兰文学中的波兰》，何其芳的报告《曾经是地主的农民》；诗歌有孙滨的《我们活跃在生产线上》，鲁藜的《为着未来的日子》，方殷的《战地散歌》，企程译的《裴多菲诗三章》，黄鲁的《阳光》，林间的《野火》等。

茅盾的《关于“民族形式”的通信》批评向林冰等关于以民间形式为中心源泉的观点：一、把“五四”新文学看作完全不适应于“中国土壤”的错误观点；二、批评了那种以为“新文艺不能深入大众,主要在于形式”的观点。并且强调指出:一、应当重视民族形式的内容；二、不能脱离内容来谈形式问题；三、更不能只顾形式，“内容无论怎样都行”的观点。

维山的《论典型的创造》，[苏]罗丝托夫著、俞荻译的《诗人莱蒙托夫的奋斗生涯》发表于《文艺新潮》第2卷第9期。

聪的《病》发表于《新华日报》第4版“老实话”专栏。

马兴局的《阿拉伯的诗歌泉源》发表于《大公报》第4版“战线”专栏。

陈铨的《尼采的道德观念》发表于《战国策》第12期。

16日，燕如的《月夜寄书》发表于《新华日报》第4版。

上官碧的《烛虚》和陈烟桥的《谈绘画的表现》发表于《大公报》第4版“战线”专栏。

17日,铁玄的《鞭刑和奴性》和高咏《诗二章》发表于《大公报》第4版“战线”专栏。

18日,《中苏文化》第7卷第3期出版。本期分“‘九·一八’九周年纪念特刊”、“苏联研究”、“中苏文艺”。收录有冯玉祥的《怎样纪念“九·一八”的九周年》,张友渔的《“九·一八”以来的日苏关系》，周文伯的《苏联对“九·一八”事变之两点评论》，老舍的诗歌《颂洛阳》，爱克斯莱尔作、戈宝权译的《〈静静的顿河〉是怎样创造出的》，郑伯奇的《哈尔滨的暗影》等。

为纪念“九一八”,《大公报》第4版“战线”专栏刊载辛代的《遥寄》、高兰的《九年》和相关纪念文章。

19日，杨令德的《横眉集》发表于《大公报》第4版“战线”专栏。

20日，综合性月刊《大陆》在上海创刊。裘重编辑。大陆月刊社出版。该刊主要发表史话、杂文、诗歌、故事新编、长篇连载、译作等。主要撰稿人有包天笑、阿英、裘重、许钦文、火山舞客、恩维铭等。包天笑的《创影楼笔》、《孔夫子在上海》，阿英的《南明佚史两种》，裘重的《岳飞之死》，许钦文的散文《永安山居》，柳无垢的《在马曼城》，S.Y的《峨峭烟雨图》，芳信、朱维基等翻译的雪莱、普希金的诗歌等，在当时产生一定的影响。1941年11月停刊，共出版11期。

《野草》第1卷第2期出版，推出“吴检斋先生殉国一周年纪念特辑”。收录云彬的《吴检斋先生成仁一周年》、林林的《吴检斋先生断片》、秦似的《人语与鬼话》、伯韩的《平庸一些》、黄药眠的《温泉游》、秋帆的《纪德所成就的》、司马文森的《今别离》（二章）等。

春江译的《惠特曼诗三首》（《给某总统》、《更好的》、《故乡的怀念》）发表于《大公报》第4版“战线”专栏。

21日，山蒂的《生之挣扎》（连载）和任钧的《物价问题——后方小唱》发表于《大公报》第4版“战线”专栏。

22日，冯玉祥的诗歌《诗二首》（《新靓旧》、《助粮》）发表于《新华日报》第4版。

罗静予的《论电影的国策——并呼吁迎接电影技术的大革命》发表于《大公报》第4版“战线”专栏。

23日，扬禾的《怀念》发表于《大公报》第4版“战线”专栏。

24日，令狐青的《幽灵》（连载）发表于《大公报》第4版“战线”专栏。

今轲的速写《孩子们底苦难》发表于《新华日报》第4版。

25日，茅盾的《旧形式、民间形式与民族形式》，郭沫若的《“民族形式”商兑》，徐格洛夫著、杨松译的《黑格尔底哲学》（连载至第2期），F.高罗霍夫著、张仲实译的《论社会主义时代生产关系底完全适应于生产力》，胡蛮的《中国美术上底“文艺复兴”隋、唐时代的美术》，尹达的《关于殷商社会性质争论中的几个重要问题》，艾思奇的《什么是辩证法》，伯达的《吃人的妖怪及其他》（连载至第2期），萧三的诗歌《礼物》发表于《中国文化》第2卷第1期。

茅盾的《旧形式、民间形式与民族形式》从四个方面驳斥向林冰：第一，“如果我国固有的文艺形式而有所可取”，“那么，一切旧形式皆当有分，不应只推崇民间形式”；第二，“向先生的‘中心源泉’论，表面上虽似欲建立民族形式，实际上却是延长了应该被淘汰的封建社会文艺形式的寿命”；第三，“我国固有文艺形式中的一些‘特征’，实在都是封建社会经济的产物”，“要在这上面建立”或“导引出民族形式来，那就不免是大笑话了”；第四，“向先生口里虽然一再说民族形式‘将以大众为主体的抗战建国’为其内容，但从向先生的整套接受民间形式这一主张看来，则向先生心目中的抗战建国的归宿，实在还是换汤不换药的旧中国。”

斯远的《韧性的战斗》、南荒的《两种微笑》、魏伯的小说《号兵冯玉珂》、欧阳凡海的《最近文学创作的一般倾向》、夏琪的报告《马和爱马者》、王晨牧的诗歌《疯妇》、郭风的诗歌《驿路》、严杰人的诗歌《英雄树》、任生的小说《卖饼师——中国童话之一》、杨洪的书评《〈风陵渡〉》等发表于《现代文艺》第 1 卷第 6 期。

28 日，力扬的《吕丽》发表于《大公报》第 4 版“战线”专栏。

29 日，程秀山的《史坦尼斯拉夫斯基的演剧体系在延安》发表于《新华日报》第 3 版。

沙里特·爱尔坦夫著、企程译的《泥做的炸肉片》（连载）发表于《大公报》第 4 版“战线”专栏。

30 日，国民党以政治部改组为由，撤销第三厅。郭沫若的厅长职位也被撤销。

荒煤的报告文学《刘伯承将军会见记》发表于《新华日报》。

陈荒煤（1913—1996），原名陈光美。湖北襄阳人。中国当代作家、文艺评论家。20 世纪 30 年代初，先后在武汉、上海参加左翼戏剧家联盟活动，后转入中国左翼作家联盟。1934 年开始小说创作，著有短篇小说集《忧郁的歌》和《长江上》，被视为左翼文学的新人。1938 年秋赴延安，在鲁迅艺术学院戏剧系、文学系任教。曾带领该院文艺工作团赴华北抗日前线采访，创作《陈赓将军印象记》、《刘伯承将军印象记》等报告文学作品。延安文艺座谈会后又创作《模范党员申长林》等，后结集为《新的一代》。抗日战争胜利后，到晋冀鲁豫边区文联、北方大学文艺研究室工作，主编《北方文化》。1949 年后，长期担任文化界领导工作。先后任中南军区文化部部长、中南军政委员会文化部副部长、文化部电影局局长、文化部副部长等职，主要负责电影工作，同时撰写文艺评论。1952 年论文集《为创造英雄人物的典型而努力》出版。文化大革命中长期遭受迫害。粉碎“四人帮”后，历任中国社会科学院文学研究所副所长、顾问，文化部副部长、顾问，中国作家协会副主席和中国电影艺术研究中心主任等职。著有短篇小说集《忧郁的歌》、《长江上》、《在教堂里唱歌的人》，报告文学集《新的一代》、《陈赓将军印象记》、《刘伯承将军印象记》，论文集《为创造新的英雄典型而努力》，电影文学评论集《解放集》、《回顾与探索》、《攀登集》、《探索与创新》、《点燃灵魂的一簇圣火》，散文集《梦之歌》、《永恒的记念》、《冬去春来》、《难忘的梦幻曲》，话剧剧本《总动员》(合作)、《扑食》、《我们的指挥部》，主编《中国现代文学史汇编》、《中国新文学大系》、《当代中国电影》丛书等。

《新华日报》第 4 版发表罗荪的《关于保障作家问题》，引起强烈反响。此后《新华日报》发表多篇文章和社论，论述保障作家权益和生活的问题。此外还有草明的《辩论喜剧》。

本月

国民党公布《战时图书杂志原稿审查办法》。

郭沫若等著的小说集《楚霸王自杀》由昆明新流书店出版，为施方穆主编的八十佳作集之八。收录短篇小说 8 篇。

沈起予等著的短篇小说集《难民船》由昆明新流书店出版，为施方穆主编的八十佳作集之二。收有沈起予的《难民船》、《妻的一周间》，吴组缃的《樊家店》、《某日》，胡载球的《光荣的战死》，谢冰心的《冬儿姑娘》，魏金枝的《山地》等。

苏群的短篇小说集《海的彼岸》由重庆烽火出版社出版，系《烽火丛刊》第 21 种。共收 9 篇作品:《手铐》、《松花江的支流》、《婴儿》、《夜景》、《祖国的伤痕》、《画家》、《一位工程师的第一次工程》、《谎》和《海的彼岸》。

陈慎言的小说集《幕中人语》由北京华龙印书馆出版。

吉用良的小说《琼花劫》由上海慧协书店出版。

碧野等著的短篇小说集《滹沱河夜战》由昆明新流书店出版，系八十佳作集之六。收有周文的《三个》，碧野的《募捐》、《滹沱河夜战》，宋越的《关饷》，戴辛万的《满洲琐记》，金山城的《黑暗的一角》，香非的《糖羹》，葛琴的《犯》，芦焚的《迷茫》，萧乾的《刘粹刚之死》，罗淑的《生人妻》。

萧乾(1910—1999)，蒙古族。原名萧炳乾。祖籍黑龙江省兴安岭地区，生于北京。现代著名作家、记者、文学翻译家。1926 年在北京崇实中学学习，参加共青团，任崇实中学学生会主席兼校刊编辑。1930 年考入辅仁大学英文系学习。1931 年任英文周刊《中国简报》文艺版主编，翻译和介绍中国文学作品。后转入燕京大学新闻系学习，1935 年毕业。开始任《大公报·文艺》主编，并兼旅行记者。1939 年受英国伦敦大学东方学院邀请赴伦敦任教，同时兼《大公报》驻英记者。1942 年入英国剑桥大学英国文学系读研究生，进行英国心理派小说研究。1944 年放弃剑桥学位，担任《大公报》驻英特派员兼战地随军记者，成为当时西欧战场上唯一的中国记者。在战火纷飞的欧洲战场采访，撰写了《银风筝下的伦敦》、《矛盾交响曲》等大量描写欧洲人民反法西斯斗争的通讯。1945 年赴美国旧金山采访联合国成立大会、波茨坦会议和纽伦堡对纳粹战犯的审判。1946 年回国继续在《大公报》工作，兼任复旦大学英文系和新闻系教授。新中国成立后，历任《人民中国》（英文版）副主编、《译文》杂志编辑部副主任、《人民日报》文艺版顾问、《文艺报》副总编等职。1954 年参加第一次全国文代会筹备工作。1961 年任人民文学出版社编辑。1979 年起，历任中国作协理事，中央文史馆馆长，全国政协委员、常委，民盟中央常委等职。萧乾是世界闻名的记者，卓有成就的翻译家、作家，也是著名的中外文化交流使者。晚年多次出访欧美及东南亚国家进行文化交流活动，有 300 多万字的回忆录、散文、特写、随笔及译作。主要著译作有《篱下集》、《梦之谷》、《人生百味》、《一本褪色的相册》、《莎士比亚戏剧故事集》和《尤利西斯》等。1998 年 10 月出版的《萧乾文集》（1 – 10）收录了他的主要著译作。

杨朔等的小说集《火并》由昆明新流书店出版，系施方穆主编的八十佳作之十。收有白朗的《清偿》、舒昂的《侍读记》、陈骏的《小冤家》、徐盈的《征兵委员》、杨朔的《火并》、天虚的《火网里》、净泉的《稻场上》、米田的《苟同志》等 11 篇小说。

徐迟等著的短篇小说集《差半车麦秸》由昆明新流书店出版，系施方穆主编的八十佳作之九。收有徐迟的《在前方——不朽的一夜》、姚雪垠的《差半车麦秸》、草明的《梁王底烦恼》、青子的《黑》、屈曲夫的《逼》、聂绀弩的《酒船》、李欣的《乡居杂记》、李辉英的《福地》、次霄的《我怎样轰炸出云舰》、荃麟的《海塘上》。

王西彦的短篇小说集《报复》由福建永安改进出版社出版，系现代文艺丛刊 3。收有《报复》、《曙》、《生意经》、《蛊惑》、《丢掉了女儿》、《长夜》、《失去手指的人》、

《小喜剧》、《四个鸡蛋》、《弥月礼》10 篇小说。

第三集团军总司令部编的《忠勇的故事（第三集）》由郑州第三集团军总司令部出版。收抗战故事 19 篇。

艾青的诗集《旷野》由重庆生活书店出版，分为《旷野集》、《马槽集》。前集收《旷野》、《冬天的池沼》、《船夫与船》等 24 首，后集收《太阳》、《春》、《生命》等 13 首。

韩北屏的诗集《人民之歌》由前线出版社出版。收录《西去的洪流》等 23 首诗歌。

江流的三幕剧《未走之前》由雨果书屋出版，为星光文艺研究社编的浪花剧艺丛书。

《世界文化史丛书》由商务印书馆出版。收录有《印第安人兴衰史》、《尼罗河与埃及文明》、《种族与历史》等。

杜蘅的《诗的本质》由长沙商务印书馆出版。收录诗论 3 篇，论述了中外诗歌的性质、特点、内容与形式，是作者多年诗歌创作的经验之谈。

张若谷的《十五年写作经验》由上海谷峰出版社出版。该书分四部分介绍作者学生时代的写作、记者时代的写作、写作的技术以及经验，还有对各种文体的研究。

高博林的《圣经于文学研究》由长沙商务印书馆出版。该书从“创世纪”与神话研究、新旧约故事的研究、诗歌研究、结论等部分来论述圣经与文学的关系以及在文学中的地位。

王小谷的新旧诗体合集《阿霞从军侧影》由温州日报社出版。

李公朴的报告文学《华北敌后——晋察冀》由山西太行文化出版社出版。作者从 1939 年 10 月底开始对晋察冀边区进行历时半年的旅行访问，本书是访问中的见闻报道，记述了晋察冀边区人民的抗敌斗争和生活。

杨赞中编选的报告文学集《中国新青年奋斗的一年》由重庆青年出版社出版。记述了 1938 年至 1939 年各地三青团的活动。

于国桢的报告文学《河北归来》由洛阳大华书报供应社出版。本书记述了著者在河北的见闻。

［俄］普式庚（普希金）等著、巴金译的诗集《叛逆者之歌》由上海文化生活出版社出版。

［瑞士］巴斯哈特等著、哲民编译的《延安视察记》由言行出版社出版。

十月

1日,《斯文》半月刊在成都创刊。成都金陵大学文学院中国文学系编辑出版。该刊为学术性刊物,主要刊登文学论文和古典诗词。其中较有影响的有周荫棠的《真孔子与真文化》、刘国钧的《曹操与其时代之思想》、倪青原的《释思想》、朱声的《中国抗战文学论》、佘贤勋的《中国民族文学论》等。

力夫的小说《救赎着贞操的人》和冰莹的《"八·一三"的回忆》发表于《黄河》第7期

陈铨的《狂飙时代的德国文学》、沈从文的《谈家庭》发表于《战国策》第13期。

苏雪林的《老年》发表于《东方杂志》文艺专题第37卷第19号。

公木的《百团大战歌》、张蓓的《殉难在中国的土地上》、萧三的《我记得》、隐夫的《"不断革命论"——断了!——悼托洛茨基先生》、天兰的《连枷歌》、塞克的《小桃树》、刘御的《八行诗》、海棱的《神话》、胡征的《鸡毛信》、萧三的《我没有闲心》、黎帆的《山之歌》、者羽的《山枣核》、公木的《论"发辫小脚"与"圆颅方趾"》、子奇的《夜——小诗之一》、子分的《革命与爱——记一个老战士的谈话》等发表于《新诗歌》第2期。

《笔阵》新2卷第1期推出"鲁迅先生逝世四周年纪念特辑"。刊载王余杞的《纪念鲁迅先生》、丁易的《由鲁迅先生逝世想到"化装魔术"》、谭吐的《"学习鲁迅"种种》、毛一波的《作家与后世》、杨枝的《纪念鲁迅的几种人》、菲洛的《管"自己生活"》、扬波的《鲁迅先生创作辑录编者述略》、金枚的诗歌《祭》、车瘦舟的诗歌《鲁迅颂》等。

2日,高扬的《背盐夫》发表于《新华日报》第4版。

3日,吕志澄的诗歌《米》和拓的《从鞋说起》发表于《新华日报》第4版"老实话"专栏。

张煌的《旗的童话》(连载)发表于《大公报》第4版"战线"专栏。

4日,中共中央组织部部长陈云、副部长李富春签署《中央组织部审查丁玲同志被捕被禁经过的结论》。

江雪的《妇女战歌》发表于《新华日报》第4版。

6日,老考的诗歌《石匠》发表于《新华日报》第4版。

蒋必舞的诗歌《两兄弟》发表于《大公报》第4版“战线”专栏。

7日，扬的《“国粹”沦丧》发表于《新华日报》第4版“老实话”专栏。

祝绍渝的《米》和林绥的《奴隶之歌》发表于《大公报》第4版“战线”专栏。

8日，《新蜀报》副刊《蜀道》举行文艺座谈会，讨论“从三年来的文艺作品看抗战胜利的前途”。会议由副刊主编姚蓬子主持。田汉、黄芝冈、沙汀、叶以群、宋之的、罗荪、戈宝权、潘孑农等22人出席。大家总结了武汉会战以前抗战文艺的情形：“作家都抱着一种天真的兴奋的情绪，歌唱胜利、憧憬光明。”武汉失守后，才清醒地认识到“胜利不会廉价获得”，“暴露黑暗是为了消灭黑暗”。作家的态度依然是乐观的、积极的，和抗战初期并没有改变。座谈会指出“摆在作家面前的任务是如何更深入的去认识现实、把握现实，如何从光明与黑暗交织中去正确理解光明，理解黑暗”。

晋察冀边区文救会第一界代表大会开幕。成仿吾、何干之、邓拓等任执行委员。叶正萱、康濯、田间、罗东等9人为常委。沙可夫、何干之、叶正萱等作报告。

张白山的《战地笛韵》（连载）发表于《大公报》第4版“战线”专栏。

10日，茅盾应周恩来之邀离开延安，11月到达重庆。

《中苏文化》第7卷第4期推出“苏联戏剧电影专号”。本期分“特载”、“对于苏联戏剧电影之观感特辑”、“苏联剧本”几个专栏。收录有田汉的《怎样从苏联戏剧电影取得改造我们艺术文化的借鉴》，葛一虹的《苏联电影与苏联戏剧给予了我们什么》，郑伯奇的《苏联电影给予中国电影的影响》，王平陵的《从苏联电影谈到中国电影》，沈西苓的《关于苏联电影的杂志》，司马文森的《我对苏联电影的观感》，适夷的《为“高尔基童年”的放映》，乌利亚宁斯基作、王语今译的《驿站》，包哥廷作、葛一虹译的三幕剧《带枪的人》，古舍夫作、萧三译的三幕诗剧《光荣》，戈宝权译的《列宁与斯大林论电影》等。

杨绍万的《从海边走来》发表于《大公报》第4版“战线”专栏。

11日，丁玲的《作家与大众》、李嘉的诗歌《战斗底秋天》、塞克的《戏剧工作者的纪律问题》发表于《新华日报》第4版。

12日，何剑熏的《企业家》（连载）、毛兰的《海潮的欢声》、任钧的诗歌《有福气的人》发表于《大公报》第4版“战线”专栏。

13日，“文协”桂林分会召开周年纪念大会。欧阳予倩、艾芜、林林、宋云彬、黄药眠、夏衍、司马文森、周钢鸣、李文钊、聂绀弩、欧阳凡海、孟超、冯培澜、秋江、林山、莫宝锵、陈此生、芦荻、谷斯范等 19 人当选为理事。《救亡日报》推出纪念特刊。

聪的《远见》和奚如的小说《李平》(连载至 14 日)发表于《新华日报》第 4 版。

黄佩华的散文诗《鞭痕》发表于《大公报》第 4 版“战线”专栏。

14 日，黎疾的诗歌《女神》和丁林的《漓江桥》发表于《新华日报》第 4 版。

15 日，茅盾的《关于〈呐喊〉和〈彷徨〉的读书杂记》、方纪的《关于〈蜕变〉——门外杂谈》发表于《大众文艺》第 2 卷第 1 期。

《文学月报》第 2 卷第 3 期推出“鲁迅先生逝世四周年纪念特辑”、“莱蒙托夫一百二十六周年诞辰纪念特辑”。收录光未然的《鲁迅与中国文学遗产》，冶秋的《怀想鲁迅先生》，莱蒙托夫作、穆木天译的长诗《恶魔》，莱蒙托夫作、李嘉译的《关于商人卡拉西尼科夫之歌》，日丹诺夫作、铁弦译的《莱蒙托夫》等。此外还有以群的《扩大和深化鲁迅研究的工作》，葛一虹的《保卫鲁迅先生》，罗荪的《学习和研究》，沙汀的《一件小事》，李广田的《养鸡的县官》等。

胡紫的《民族形式与新文艺运动的战斗传统》、荒原的《月下小品二章》、岳军的小说《左瘸子》、毛一波的《燕归来》、黎方的诗歌《芭蕉与樱桃》、白易的诗歌《朝阳》、白堤的诗歌《警报》、彝铭的诗歌《雨后》等发表于《华西文艺》第 5 期。

白薇的诗歌《战士歌》发表于《大公报》第 4 版“战线”专栏。

16 日，杨明的《乔儿沟的骚乱过去了》和华的《最好的魔术》发表于《新华日报》第 4 版。

成都金陵大学文学院中国文学系主编的《斯文》第 1 卷第 2 期出版。收录周阴棠的《真孔子与真文化》、倪青原的《释语言》、吴徵铸的《李白菩萨蛮忆秦娥词考》等。

17 日，宋净婷的《昆明的秋》发表于《大公报》第 4 版“战线”专栏。

沙人的《矿山上》发表于《新华日报》第 4 版。

18 日，田榕的《结婚即失业》发表于《新华日报》第 4 版。

田间的诗歌《我们越来越想你了——在晋察冀纪念鲁迅先生逝世四周年》发表于《抗敌报》第 4 版。

19 日，“文协”、中苏文协、中国文艺社等 12 个团体为纪念鲁迅先生逝世四周年在重庆巴蜀小学广场举行纪念大会。周恩来、冯玉祥、沈钧儒、郭沫若、老舍、陈访等 300 余人参加。冯玉祥发表讲话，指出鲁迅的伟大的精神有：一、“真”，对大众对国家民族从不讲半句假话；二、“硬”，无论在日常生活还是事业中，他都有一种硬碰硬的态度；三、“韧”的战斗精神，越是失败越来劲，越困难越战斗，韧战到底。胡风概括鲁迅先生：“第一是爱民众的精神”；“第二是坚决的精神，他在任何艰难困苦的情形底下，都是战斗到底的”；“第三是自信精神，他在任何场合都有坚决的自信”。《新华日报》发表社论《悼念青年的导师鲁迅先生》，同时刊载叶剑英的《我也来纪念鲁迅》，茅盾的《纪念鲁迅先生》，丁玲的《“开会”之于鲁迅先生》，冯玉祥的《悼〈伤兵之母〉》、《纪念鲁迅》等。

“文协”桂林分会、中苏文化协会桂林分会、生活教育社、“木协”等举行鲁迅逝世四周年纪念会。200 余人参加。欧阳予倩主持，陈此生、刘季平讲话。

丁玲主持延安文化界“鲁迅逝世四周年纪念大会”并发表讲话。

萧红应香港《大公报》副刊编辑杨刚约请，创作哑剧《民族魂鲁迅》。

文艺月会在延安成立。丁玲、舒群、萧军发起。其宗旨是“提高文艺创作，展开文艺讨论”，使文艺月会成为“以文艺批评和创作来充实延安文艺堡垒的先锋队”。该会由作家们轮流担任主席，负责安排每月一次的讨论会。并创办会刊《文艺月报》，丁玲、舒群、萧军负责。共出 17 期，刊登了许多创作和文论，并开展平等自由的争论。该会的主要活动是每月一次的讨论会，每次围绕一个议题展开讨论。曾先后举行过“纪念鲁迅”、“三年来的文艺活动”、“创作和理论上的优缺点”、“文艺的民族形式”、“延安作家的创作生活问题”等问题的讨论。该会还重视对群众文艺小组的辅导，经常组织作家深入基层文艺小组，讲解和解答各种创作问题，帮助修改作品，极大地推动了延安群众文艺的健康发展。

20 日，在渝作家在中苏文协举行招待会欢迎美国青年作家贝克。老舍致词，胡风等向贝克介绍中国抗战文学的情况。贝克来华后著有《中国战场巡礼》。

“文协”在中苏文化协会举行鲁迅逝世四周年纪念晚会。胡风主持。常任侠朗诵《这样的战士》、《复仇》。老舍朗诵《阿 Q 正传》片段。阳翰笙、黄芝冈等也朗诵诗文，表达对鲁迅的怀念。

《新华日报》第 3 版刊登“渝文艺界今开晚会研究鲁迅先生作品”的简讯。第 4 版刊载袁础的《我们应着重阅读鲁迅的杂文》，风涛的诗歌《倘若我死时》，一鸣的《十个可怜的孩子》。

绀弩的《略谈鲁迅先生的〈野草〉》、林青的《管自己的生活》、何家槐的《无所适从》、云彬的《奴隶篇》、徐迟的《谈香港》、王余杞的《秋到桂湖》、加因的《关于国立》等发表于《野草》第1卷第3期。

古安瑞的《红河岸边的音息》（连载）发表于《大公报》第4版“战线”专栏。

21日，“文协”召开理事会。考虑到重庆已入雾季，作家纷纷返城的情况，理事们讨论了今后的研究及出版工作。理事会对七月成立的“文协”晋察冀分会给予高度评价，称之为在敌后建立的巨大文艺堡垒，特致电庆贺。“文协”举行小规模茶会，欢迎外国友人。老舍、胡风、卢鸿基等人对目前抗战中作家与画家的生活作了简要叙述。

袁勃的《晋察冀边区的文艺运动》、聪的《三两颜色开染坊》、玄琛的小说《侍病小记》发表于《新华日报》第4版。

穆旦的《出发——三千里步行之一》发表于《大公报》第4版“战线”专栏。

22日，全国木刻十年纪念展览会在桂林举行，展出木刻作品500余幅，木刻书报150余幅，木刻史料图片近百种。8000多人前来观看。

23日，碧野的《草原上的夜祭——一个中篇小说的缩影》（中篇连载）发表于《大公报》第4版“战线”专栏。

24日，绿晃的小说《老张》，戈茅的《五个日本兄弟》发表于《新华日报》第4版。

25日，陈伯达的《关于“孝”》，S.柯列斯尼柯瓦著、张仲实译的《苏维埃社会主义社会底动力》，范文澜的《中国经学史的演变》（连载至第3期），温济泽的《自然科学与社会科学的关系》，艾思奇的《论事物的运动变化》，陈伯达的《关于文艺民族形式的论争》，默涵的《“习见常闻”与“喜闻乐见”》，林伯渠、吴玉章、徐特立、茅盾等16人的《鲁迅文化基金募捐缘起》等发表于《中国文化》第2卷第2期。

《现代文艺》第2卷第1期出版。本期分“短论”、“短简创作”、“诗选”、“作家生活”专栏。收录细言的《“不是驴子”》、斯远的《爱与憎》、张天翼的《关于文艺的民族形式》（连载至第2期）、艾芜的《外套》、王西彦的中篇小说《眷恋土地的人》、雨田的《秋声》、邹荻帆的《悦来场》、臧克家的《十二月的风》、唐弢的《停棹小唱》、艾青的《夏日书简》、欧阳凡海的《我底生活纪程》、艾芜的《我的近况》等。

《中苏文化》第 7 卷第 5 期出版。本期分“特载”、“半月中苏”、“苏联研究”、“鲁迅先生逝世四周年特辑”。收录孙科的《两大民族联合起来创造新的世界》、冯玉祥的《中国人民致苏联人民书》、胡风的《论民族形式问题底提出和争点》、聂绀弩的《鲁迅——思想革命与民族革命的倡导者》、张友渔的《为反帝反封建而斗争的鲁迅先生》、欧阳凡海的《从〈鸭的喜剧〉与爱罗先珂来看鲁迅》、张西曼的《学习鲁迅》等。

张西曼的诗歌《题苏联戏剧电影专号》和赵浩生的《某城记事》发表于《新华日报》第 4 版。

穆旦的《原野上走路——三千里步行之三》发表于《大公报》第 4 版“战线”专栏。

26 日，万湜思的《袁发富是怎样死的》（连载）和萧乾的《滇缅公路开放前的一瞥》发表于《大公报》第 4 版“战线”专栏。

27 日，“文协”举行诗歌晚会。50 余人参加。胡风任主席。常任侠、老舍等朗诵诗歌。艾青就三年来的抗战诗歌发表了意见。

长虹的诗歌《把诗解放出来》和绿晃的小说《囚犯的故事》（连载至 28 日）发表于《新华日报》第 4 版。

王亚平的诗歌《西北抗战歌谣集》（连载）（分为：旧的不再唱、抗战歌谣之产生和西北歌谣的特色三个部分）和黎焚黛的诗歌《雨夜》发表于《大公报》第 4 版“战线”专栏。

28 日，秀鹤的《“纳粹”与“国粹”》发表于《新华日报》第 4 版。

春江译的《不准侵略中国》和老向的童谣《募寒衣》发表于《大公报》第 4 版“战线”专栏。

29 日，洛那的《雨夜篇》发表于《大公报》第 4 版“战线”专栏。

30 日，戏剧半月刊《小剧场》在上海创刊。海风编辑出版社出版。1941 年 1 月停刊，共出 5 期。该刊辟有小说论坛、座谈、剧评等栏目。陈白尘、李健吾、欧阳予倩、夏衍、姚克、唐突、丁黑等在该刊发表大量历史剧评论，并对西方演剧体系进行介绍。该刊还经常发表剧讯和剧作家书简，反映当时的戏剧动态和演出情况。

老舍的诗歌《长安观剧》、寿真的《给我们一本鲁迅的传记！》、蓝星的《平凡的庄稼人》、潘孑农的《关于文艺奖助金》发表于《新华日报》第 4 版。

吴昌生的《草原客》和叶挺秀的诗歌《禾苗的海洋》发表于《大公报》第 4 版“战线”专栏。

31 日，王智的《流亡的回忆》和追明的《我的母亲》发表于《新华日报》第 4 版。

本月

《大众文艺》月刊在上海创刊。上海大众文艺出版社出版。该刊主要发表论文、诗歌、杂文、小说等。主要撰稿人有江流、柳木森、何容等。其中何容的《通俗文艺的用语问题》、柳木森的《初学写剧者的修养》、傅梅的《戏剧是怎样一种武器》等产生较大影响。1941 年 4 月停刊，共出版 6 期。

《文迅》月刊在贵阳创刊。《文迅》月刊社编辑，文迅书局出版。主要撰稿人有艾芜、金克木、李广田、朱自清、戈宝权等。主要刊载小说、诗歌、散文、译作、文论等。登载的小说有艾芜的《小家庭的风波》、碧野的《水阳江的沉郁》、汪曾祺的《落魂》、端木蕻良的《门房》、王西彦的《幸福之岛》等；诗歌有柯达的《我们不是诗人》、吴越的《昨夜》、金克木的《霜天晓角》、臧克家的《冬天》等。另外，朱自清、吕荧、李广田、杨晦、刘西渭等也在该刊发表大量作品。戈宝权、戴望舒、冯至等发表不少译作。1946 年迁重庆，1947 年迁苏州、上海，1948 年 12 月停刊，共出版 19 卷 101 期。

汪曾祺（1920—1997），江苏高邮人。作家、散文家、戏剧家。京派作家的代表人物。他出生于江苏高邮城镇旧式地主家庭，从小受到良好的传统教育和艺术熏陶，中学时代就读于高邮县中学和江阴南菁中学，表现出对文学强烈的兴趣。后肄业于西南联大。历任中学教师、北京市文联干部、《北京文艺》编辑、北京京剧院编辑。在短篇小说创作方面颇有成就。著有小说集《邂逅集》，小说《受戒》《大淖记事》，散文集《蒲桥集》。被誉为“抒情的人道主义者，中国最后一个纯粹的文人，中国最后一个士大夫”。

综合性月刊《青年生活》在桂林创刊。林植主编，科学书店总经销。该刊主要刊登文学作品和文艺理论作品，指导和推动青年文艺运动的开展。主要撰稿人有艾青、司马文森、茅盾、艾芜、严文井、宋云彬等。代表性作品有艾青的《青晨》、司马文森的《文艺习作散记》、邵荃麟的《文学的形象性》、茅盾的《“天府之国”

的意义》、骆宾基的《老女仆》等。1944 年 6 月停刊，共出 5 卷 1 期，共 25 期。

文学月刊《新文艺》在上海创刊。林智石编辑，上海新文艺月刊社编辑出版。主要撰稿人有杨骚、周楞伽、孙陵、周木斋、史沫特莱、赵景深、丁谛等。该刊发表小说、诗歌、剧本、译作等。较有代表性的作品，文学批评方面有杨骚的《关于文艺批评落后的二三见解》，周木斋的《文学的主观与客观》；小说方面有周楞伽的《投机家专列》、《年青的一代》，钱今昔的《爝火》；散文方面有孙陵的《船》，赵景深的《记江阴二作家》。该刊第 3 期为“创作特辑”；第 1、2 期分别设“鲁迅先生逝世纪念”、“托尔斯泰逝世 30 周年纪念”等专栏。1941 年 1 月停刊，共出 3 期。

木枫的小说《边疆动脉》、张潮的小说《独眼马》、周而复的小说《雪地》、S.M. 的《巨人底悲哀》、孔嘉的《纪钱牧斋遗事》、艾青的诗歌《哀巴黎》、欧阳凡海的《鲁迅的幼年期》等发表于《七月》第 5 集第 4 期。

李冰炉主编的《狼烟文艺丛刊》在上海创刊。

但娣的《安荻和马华》发表于《华文大阪每日》第 6 卷第 12 期。文章讲述东北沦陷区码头工人马华和妻子安荻的悲惨生活。马华被迫做劳工，历经各种艰险，最终惨死异乡，留下妻子和女儿在水深火热中煎熬。

张煌的短篇小说集《北方的故事》由桂林创作出版社出版。收有《旗的故事》、《武田特务》、《斯密斯》、《南运河上的风暴》、《皇军十万》5 篇小说。

巴金等著的短篇小说集《初恋》由上海三通书局出版。收有巴金的《初恋》、张资平的《小兄弟》、叶绍钧的《夏夜》。

张天翼等著的短篇小说集《幽默小说选》由上海奋升书店出版。收短篇小说 6 篇，其中有张天翼的短篇小说《包氏父子》。

林语堂 1939 年在美国出版长篇小说《京华烟云》，郑陀、应元杰将其译成中文，由上海春秋出版社出版。

屈曲夫的短篇小说集《三月天》由上海文化生活出版社出版，系巴金主编的文学丛刊第 6 集。收有《逼》、《雾》、《碰》、《三月天》4 篇小说。

焦惟思的《夜之歌》由长虹书店出版社出版。收录《无题三部曲》、《忆》、《等待》、《归》、《英雄的美》等 34 首诗歌。

斯因的诗歌《祖国的吼声》由成都西部文艺出版社出版，系西部文艺丛书 5。收录《它在吼怒了》、《和平的卫士》、《六月的歌》、《女英雄》等 21 首诗歌。

张醉丐的诗集《张醉丐打油诗》由北京华龙印书馆出版。

夏丏尊的散文集《平屋杂文》、《平屋随笔》由上海三通书局出版。

周木斋的散文集《消长集》由上海北社出版。收《事世间无桃园》、《道义、功力和厉害》、《中国的二英雄》、《虚无的现实》等24篇杂文。

以群的散文集《生长在战斗中》由重庆文化服务社出版。

艾芜的散文集《杂草集》由福建永安改进出版社出版。系"现代文艺丛刊"之一。

巴人的《论鲁迅的杂文》由上海远东书店出版。本书分叙说、鲁迅思想发展的三个时期、鲁迅杂文的形式与风格、鲁迅的思想方法、战斗文学的价值和附录六个部分。文章讨论鲁迅杂文的思维形式，并对鲁迅杂文如何继承发展中国质素等方面均有比以前研究者更深的讨论。该书是上海"孤岛"时期出版的较有影响的研究鲁迅杂文形式和风格的理论专著。

蔡元培等著的《中国新文学大系导论集》由上海良友图书印刷公司出版。本书是《中国新文学大系》各集导言的汇编。包括蔡元培的总序，胡适、郑振铎、茅盾、鲁迅、郑伯奇、周作人、郁达夫、洪深、朱自清等做的10篇导言，是研究现代文学的重要资料。

静君编的报告文学集《良口之战》由广东曲江新军杂志社出版。收有1940年5月对日良口之战的记叙文章16篇。

石利之著、何揆一编校的报告文学集《神秘的陕北》由西安西北出版社出版。收录报道陕北解放区的文章13篇。

实报社编的《畅观》由北京时报社出版。辑录《实报》13年来"畅观"版所载的掌故轶事、名人事迹等102则。

陶菊隐的《新语林》由昆明中华书局出版。收录著者曾在报刊发表的有关民国初期知名人物及北洋军政人员的轶事、梨园趣闻和其他琐事等18篇。

马翎的戏剧《生离死别》由上海青年戏剧社出版。

周贻白的戏剧《李香君》由上海国民书店出版，系历史剧丛之三。

曹禺的戏剧《正在想》由重庆文化生活出版社出版，系大时代文艺丛书。

曹禺的戏剧《蜕变》由长沙商务印书馆出版。剧本主要描写伤兵医院医术高明的丁大夫，工作认真负责，而院长秦仲宣、庶务主任马登科等人贪污腐化，导致医院秩序混乱。丁大夫无法正常工作，决定辞职。梁专员来医院视察，了解情况后，竭力挽留丁大夫并采取整顿措施，使医院在短时期内发生很大变化。作品塑造了一位医术高明、医德高尚的女大夫形象，反映抗战初期全国人民抗日情绪高涨，鞭笞腐败邪恶，表达作者对社会变革的希望。

严恭的独幕剧集《闹元宵》由桂林六艺书店出版。收《闹元宵》、《凶手》两个剧本。

易乔的三幕剧《巾帼英雄》(又名《木兰从军》)由上海潮锋出版社出版。

朱之倬的四幕剧《林友芬》由桂林民族出版社出版。

范烟桥根据张恨水同名小说改编的剧本《秦淮世家》由上海大众影讯社出版。

朱东润的《读诗四论》由长沙商务印书馆出版。收有《国风出于民间论质疑》、《诗大小雅说臆》、《古诗说摭遗》、《诗心论发凡》等 4 篇关于《诗经》的论文。

[苏] 康敏学院文艺研究所编、楼适夷译的《科学的艺术论》由重庆读书生活出版社出版。

[法] 莫泊桑作、李青崖译的小说《羊脂球》由上海三通书局出版。系三通书局编辑部编的三通小丛书。

[苏] 肖洛霍夫著、金人译的小说《静静的顿河》出版。

于黑丁在周恩来的安排下，从重庆抵达延安，并任“文协”延安分会秘书长以及《谷雨》编委。

秦牧从香港抵达韶关。次年 6 月到桂林，后来在立达中学当教师。

秦牧（1919—1992），原名林觉夫。广东澄海人。散文家。1938 年春到广州参加抗日救亡宣传活动，辗转于粤桂两省，开始在广州报刊发表作品。1941 年在桂林的中山中学教书，并从事写作，开始涉足文坛。历任《中华论坛》、《再生》、《中国工人》杂志编辑。1941 年参加中华全国文艺界抗敌协会。1944 年加入中国民主同盟。1945 年担任民盟中央机关刊物《再生》编委。1946 年至 1948 年，在香港从事写作。1949 年 8 月，参加中国人民解放军粤赣湘边区纵队。建国后，秦牧历任广东省文教厅科长，中华书局广州编辑主任，《羊城晚报》副总编辑，《作品》主编，暨南大学中文系主任，广东省文联副主席，中国作协广东分会副主席，中国文联第四届委员，中国作协第三、四届理事，中共十二大代表。1963 年加入中国共产党。粉碎“四人帮”后，创作了大量作品。结集而成的散文集有十多部。自选集《长河浪花集》是其散文的代表作。1977 年 10 月，秦牧被借调到北京国家出版局，参加新版《鲁迅全集》注释审订工作，是定稿负责人之一。这一时期秦牧任中国作家协会理事、全国文联委员、广东省文联副主席和执行主席、作协广东分会副主席、《作品》杂志主编，兼任暨南大学中文系主任，并被选为中国当代文学研究会副会长，中国当代文学学会顾问。1992 年逝世，享年 73 岁。

十一月

1 日，国民党三厅改组后，成立政治部文化工作委员会。郭沫若为主任，阳翰笙为副主任，原三厅领导的 10 个抗敌演剧队分别划归各战区政治部领导。

《戏剧春秋》月刊在桂林创刊。田汉主编兼发行人，欧阳予倩、夏衍、杜宣、许之乔任编辑（第 2 卷起，洪深加入编辑）。桂林白虹书店出版，桂林集美书店总销售。其宗旨是介绍和整理抗战需要的戏剧理论；对抗战戏剧进行批评介绍；发表新剧作；发表抗战戏剧工作报告和通信。茅盾、胡风、欧阳予倩经常为该刊撰稿。该刊对戏剧运动起了很大的推动作用。1942 年 10 月 30 日停刊，共出 10 期。创刊号分“戏剧春秋”和“剧本”两个栏目，收录田汉的《发刊词》、华嘉的《要更进一步的团结》、宋之的的《剧场杂拾》、杜宣的《关于剧作上唯“噱头”的倾向》、欧阳予倩的《战地鸳鸯》、田汉的新平剧《岳飞》等。

《抗战文艺》第 6 卷第 3 期出版，登载的小说有蓬子的《绝望》，文若的《小市民》；诗歌有老舍的《剑北篇》，艾青的《广场》，孙滨的《孩子》；译著有［苏］克雷莫夫著、曹靖华译的《油船“德宾特号”》（连载至第 7 卷第 4、5 期合刊），［俄］托尔斯泰著、郭沫若和高植译的《沙姆涉佛的游击战》（《战争与和平》的章节之一）等。另有郑伯奇的《关于民族形式的意见》和编后记。

《新诗歌》月刊第 3 期出版。收录郭小川的《我与枪》，鲁藜的《献给毛泽东》，刘御的《秋收小调》，陆荆的《一个口号》，朱子奇的《小诗二章》，斯太尔斯基作、艾韦译的《给斯大林》，葛民的《我想写诗》，隐夫的《无题——给一位我所怀念的电讯工作者》，苏东风的《生命离不了土地》，柳风的《短歌三首》，舒史的《草原曲》，刘御词、吕骥曲的《边区工人曲》等。

郭小川（1919—1976），原名郭恩大。笔名郭苏、伟倜、健风、湘云、登云、丁云、晓船、袖春等。中国现代著名诗人。出生于河北省丰宁满族自治县凤山镇一个知识分子家庭。父母均系教师。幼年随父读过两年私塾。1933 年春，日寇进攻热河，全家逃亡到北平。1933 年夏，他取名克什格（蒙语：吉祥），考入官费的北平蒙藏学校。1934 年春，用郭恩大名字考入北平东北中山中学。1935 年夏，取名郭伟倜，考入该校高级师范班。1936 年夏，取名郭健风，考入北平东北大学工学院补习班。1937 年“七七事变”后离开北平到达太原，同年 9 月 20 日报名参加八路军，被分配到一二〇师三五九旅。1937 年加入中国共产党。1941 年至 1945 年，在延安马列学院、中央党校三部等单位学习，进修马列主义和文艺理论。1948 年到 1954 年，先后任冀察热辽《群众日报》副总编辑兼《大众日报》负责人；《天津日报》编辑部主任。1955 年到 1961 年，任中央作协党组副书记、作协书记处书记兼秘书长、《诗刊》编委。1962 年调《人民日报》任特约记者。1970 年，随中国作家协会到湖北咸宁五七干校劳动锻炼。1976 年 10 月 18 日，在一场意外的火灾中不幸逝世，终年 57 岁。主要著作有《平原老人》、《投入火热的斗争》、《致青年公民》、《鹏程万里》、《将军三部曲》、《甘蔗林——青纱帐》、《昆仑行》等。

《自由中国》新 1 卷第 1 期出版。论坛专栏收录金槼的《向文艺家奖助金保管委员会进一言》、新波的《画余杂谈》、云彬的《想到写出》、郭沫若的《短简》；创作专栏中小说有黑丁的《军渡》、曾克的《宋二刀子》、田涛的《恐怖的笑》、碧野的《小鹰》、李辉英的《神父之死》；散文有绀弩的《黄牛》、谷斯范的《舵手》、碧野的《友情》、王亚平的《三百五十加伦》、司马文森的《荣誉的队》；诗歌有臧克家的《无名的小星》、罗烽的《在索泉岭上及其他》、戈茅的《在早晨》；报告文学有布德的《轰炸散记》、罗荪的《轰炸书简》、雷石榆的《战地房东》；书报评价专栏有柳叶长青的《〈呜咽的云烟〉》、《〈黑土〉》、孙陵的《〈突围记〉跋》、《〈自由中国〉小史》；作家书简专栏有巴金的《不久就可出来》、靳以的《第三次和死面对》、郭沫若的《“霍曼与宾绿苔”》、张天翼的《正赶一个长篇童话》、姚雪垠的《敌人几次冲过来》、黎烈文的《现代文艺西彦负责》、王西彦的《无时不想再跑战地》、铁弦的《郭先生拟出刊物》、罗烽的《预祝你成功》、戈茅的《拟往芜湖一带》。

老向的小说《殷家寨》发表于《黄河》第 8、9 期合刊。

陈铨的《狂飙时代的席勒》发表于《战国策》第 14 期。

丁易的小说《订婚》，安安的诗歌《明月之夜》，车瘦舟的报告文学《不容易忘掉的》等发表于《笔阵》新 2 卷第 2 期。

王绳祖的《伦敦档案局印象记》、周阴棠的《真孔子与真文化》(连载)、倪青原的《释语言》、刘国钧的《曹操与其时代之思想》等发表于《斯文》第1卷第3期。

2日，戏剧春秋社在重庆召开关于戏剧民族形式的座谈会。郭沫若、阳翰笙、杜国痒、胡风、老舍、郑伯奇、茅盾、田汉、洪峰等30余人参加。郭沫若谈道:“追求适合新内容的新的民族形式，无非是到达世界文学的一个过程。”田汉谈到话剧的民族形式问题时指出，“我们的话剧或歌剧现在都在追求着一种形式，这种形式必须回答两个问题：一、在革命的实践上能组织鼓动更广泛的民众。二、在创作方法上能配合日益波澜的生活内容。这一种形式我们叫它民族形式。”盛家伦在谈到新民族歌剧的音乐改造问题时，指出两点：“乐器西洋化！形式中国化！”

戏剧春秋社桂林分社召开座谈会。宋云彬、聂绀弩、易庸、夏衍、欧阳予倩、黄药眠、蓝馥心、姚平、许之乔、杜宣等参加。座谈会讨论了民族形式的原则问题。宋云彬说：“记得有人提出过民族形式的三个原则，是：民主的，科学的，大众的，我以为这说法比较具体。”夏衍认为：“民族形式的定义，可以把欧阳先生与宋云彬先生刚才所发表的意见综合起来，得出这样一个结论：以现代中国大众生活所有的东西作为内容;以现代中国大众所喜爱,所理解的形式作为形式。”欧阳予倩说:“在创造民族形式的过程中，采纳各种形式的长处——不管是外来的，还是旧有的，是必须的。但在采集旧的形式方面来说，我极反对旧瓶装新酒的办法。”会上，一些人对向林冰的民间形式是民族形式的中心源泉提出批评，表示同意郭沫若《“民族形式”商兑》中的观点。

江明的《牢守着自己的岗位》发表于《新华日报》第4版。

秦军的《白马滩》(连载)发表于《大公报》第4版“战线”专栏。

4日，凌磊的诗歌《巨声颂》、雪原的报告文学《白塔血》、任维严的《老战士鲁迅》发表于《新华日报》第4版。

7日，新文学协会在延安成立。

沙汀主持“文协”举办的小说晚会。会上收到一张要求揭发兵役弊端的纸条，从而启发沙汀创作短篇小说《在其香居茶馆里》。

《抗敌报》刊登“抗敌报革新启示”，将《抗敌报》更名为《晋察冀日报》。

《中苏文化》出版“苏联十月革命廿三周年纪念特刊”。本期分“苏联国庆纪念与中苏邦交”、“苏联建设中之文化革命”、“苏联的新社会法则及其科学研究”、“苏联的史地科学”、“苏联新社会与先进科学”、“苏联新社会与新文艺”。收录孙科的《纪念苏联十月革命并加强中苏之提携互助》,冯玉祥的《庆祝苏联友邦的国庆纪念日》,于右任的《苏联十月革命二十三周纪念祝词》,张冲的《苏联第廿三周年国庆致苏联人民书》,张西曼的《庆祝社会主义的苏联》,罗可托夫编、曹葆华译的《斯大林论苏联的先进文化》、《斯大林论文学与艺术》,向林冰的《论苏联三个五年计划中的理论斗争》,张友渔的《苏联的新闻与新闻政策》,耶洛夫斯基作、丘琴译的《苏联历史科学上当前的紧急任务》等。

为庆祝军区成立三周年暨首届艺术节,联大文艺学院、联大文工团、抗敌剧社和西战团联合演出侯金镜根据高尔基小说改编的话剧《母亲》。崔嵬导演。主要演员有胡朋、丁里、崔嵬、牧虹、张铮和凌子风等。

张西曼的诗歌《贺苏联廿三周国庆》发表于《新华日报》第4版。

刘北汜的《黑牙齿》发表于《大公报》第4版“战线”专栏。

9日,张西曼的诗歌《学习鲁迅》和秀鹤的《果树园的故事》发表于《新华日报》第4版。

10日,丁玲、萧军等组织发起延安文艺月,并于1941年1月1日创办会刊《文艺日报》。

胡风、老舍、黄芝冈、应云卫、葛一虹等60余人举行题为“怎样表现主题与怎样创造人物”的戏剧晚会。胡风任主席。

袁水拍的诗歌《看了苏联农业展览会之后》与夏蕾的《陕北生产插曲》发表于《新华日报》第4版。

高植的《倚闾》发表于《大公报》第4版“战线”专栏。

11日,《新华日报》第2版发表题为《渝戏剧界聚会讨论写作问题》的简讯。

若望的诗歌《黄河水手谣》和华的《惨剧一种》发表于《新华日报》第4版。

12日,“文协”、中苏文化协会等团体联合主办盛大晚会,邀请中华交响乐团演奏名曲,并放映《白云故乡》。

秋子的诗歌《拉纤的人》发表于《新华日报》第4版。

田稼的《山村往事》和黎焚黛的诗歌《故乡》发表于《大公报》第4版“战线”专栏。

13日,卡尔·却派克著、秀鹤译的《文字论战纲要》和熙明的《荒·城——

易门现状》发表于《新华日报》第 4 版。

14 日，苏风的诗歌《她们三个在一起——给平汉铁路工人破坏队的三个女游击队员》发表于《新华日报》第 4 版。

15 日，《文学月报》第 2 卷第 4 期出版。收录的诗歌有石星的《祭歌》、力扬的《播种》、厂民的《夜织》、力群的《三月的天空》；文艺短论有欧阳山的《关于“新”的现实主义》、毕端的《“现实的正确描写”》、罗荪的《再谈“关于现实主义”》；小说有青苗的《血的微笑》；翻译有伏尔克夫作、白澄译的《〈战争与和平〉是怎样写成的？》等。

一文的《在南方》发表于《大公报》第 4 版“战线”专栏。

16 日，巴宙的《牛津大学赠授诗哲泰戈尔荣誉博士典礼记》发表于《宇宙风乙刊》第 33 期。

张煌的《一个老矿主的遭遇——敌军日记第三节》（连载）发表于《大公报》第 4 版“战线”专栏。

韩亦奇的《亲故主义》和刘乃敬的《文与意思》等发表于《斯文》第 1 卷第 4 期。

17 日，“文协”举行小说座谈会。沙汀、胡风、老舍、梅林、欧阳山、罗烽、陈铭枢等 70 余人出席。老舍在会上朗读《骆驼祥子》片段，欧阳山宣读论文《抗战三年来的小说》。

古黎的诗歌《公文》发表于《新华日报》第 4 版。

毛兰的《夜雨中》发表于《大公报》第 4 版“战线”专栏。

20 日，《新华日报》第 3 版刊载“苏联人民纪念托尔斯泰逝世三十周年”的消息；第 4 版刊载列宁作、戈宝权译的《列宁论托尔斯泰》，伏尔科夫作、南原译的《〈战争与和平〉是怎样写成的？》，蓝星的《创作的路》等。

综合性文学期刊《文艺界》在上海创刊。唐弢主编，天一书店出版，该刊仅出一期创刊号《丽芒湖上》（以杂志所载的韦佩翻译的拜伦诗作《丽芒湖上》命名）。刊载芦焚的小说《傲骨》、柯灵的《脔割》、巴人的《地主性格》、风子（唐弢）的随感《笑》、姚克的《归国杂记》、景宋的《悼念一个朋友》、方小白的《一个平凡的故事》、许广平的《鲁迅先生在北平的反帝斗争》、文载道的《鲁迅先生旧诗》、袁骏的五幕剧《小城故事》等。

张煌的诗歌《安息吧，朋友们！》、鲁琳的《自由之歌》、饶震飞的诗歌《风雨夕》、孟引的短篇小说《在卷烟间》、何苦的《母亲》等发表于《笔阵》新 1 期。

22 日，陈烟桥的简讯《现代木刻为什么流行》发表于《新华日报》第 4 版。

23 日，《抗战文艺》编辑部举行“一九四一年文学趋向的展望”座谈会。艾青、郭沫若、老舍、田汉、黄芝冈等参加。会议主要围绕“新现实与新风格”、“新内容与新形式”、“创造历史性的作品”、“扩大文艺战线的队伍”等问题展开讨论。欧阳山、葛一虹、艾青等分别从小说、戏剧、诗歌方面对 1941 年做了展望。该座谈记录以《一九四一年文学趋向的展望》为题发表在《抗战文艺》第 7 卷第 1 期。

24 日，“文协”举行诗歌会。艾青任主席。老舍、任钧、徐迟、长虹、王平陵、艾青等 70 余人参加。会议讨论了诗的语言问题。艾青、光未然、常任侠等朗诵诗歌。

高兰的诗歌《悼伤兵之母江女士》发表于《大公报》第 4 版“战线”专栏。

25 日，陈伯达的《两大中心思想的斗争》、范文澜的《原始公社到中央集权的封建制度》、周文的《文化大众化实践当中的意见》（连载至第 4 期）、胡蛮的《中国美术上的新机运》、艾思奇的《论质量的互相转变》（上）、张仲实的《怎样研究〈资本论〉》、杨思仲的《学习马克思、恩格斯、列宁底批评态度与批评方法》、黄钢的报告文学《我看见了八路军》（连载至第 4 期）发表于《中国文化》第 2 卷第 3 期。

黑丁的短篇小说《军渡》、巴金的散文《轰炸中及其他》、臧克家的诗歌《石滚河》、曾卓的诗歌《晨》、布德的小说《爱与仇》、陈畸的《血与仇恨》、萧天的《香港文艺纵横谈》等发表于《现代文艺》第 2 卷第 2 期。

流金的《一个心和那个心所说的故事——献给我所爱的朋友 M》发表于《大公报》第 4 版“战线”专栏。

26 日，何军的诗歌《生产之歌》发表于《新华日报》第 4 版。

黄华沛的散文诗《诗人的眼泪》和金启华的诗歌《碑——纪念托尔斯泰逝世三十周年》发表于《大公报》第 4 版“战线”专栏。

27 日，曹卤的《孤岛来的姑娘》发表于《大公报》第 4 版“战线”专栏。

林火的通讯《火车站》发表于《新华日报》第 2 版。

29 日，《新华日报》第 2 版刊载“延安文化界纪念鲁迅逝世四周年，电请全国定十月十九为鲁迅节”的消息。时翼的《忆九溪》和六子的小说《选举村长》发表于《新华日报》第 4 版。

30 日，云骧的小说《秋收后的一个故事》发表于《新华日报》第 4 版。

本月

周作人任伪华北政务委员会总署督办，后又任伪南京政府国府委员等。

戴万平从上海到苏北根据地，任鲁迅艺术学院华中分院文学系教授，后调任苏中区党委宣传部主编《抗敌报》。

顾冷观编的《东南风》月刊在上海创刊，“联华”发行。

维克主编的《祖国文艺》月刊在成都创刊。

田涛的短篇小说集《大别山荒僻的一角》由长沙商务印书馆出版。收有《受伤的战士》、《大别山荒僻的一角》、《船上》、《蚊子》、《突击》、《苦难》、《射手》、《李小棚》、《毁灭的宋皇城》等。

臧克家等著的短篇小说集《猴子栓》由上海三通书局出版。收有臧克家的《猴子栓》、李守章的《人与人之间》、叶圣陶的《多收了三五斗》、黑樱的《五月的支那》、蔡希陶的《普姬》。

斯因、休琴合著的短篇小说集《中尉夫人》由成都西部文艺社出版。收斯因的《中尉夫人》、《梨园》、《夏底扬子》，休琴的《梦茜之死》。

王统照、鲁彦合著的短篇小说集《五十元》由上海三通书局出版。收有王统照的《五十元》和鲁彦的《屋顶下》。

张恨水的长篇小说《秦淮世家》、《欢喜冤家》分别由上海三友书社和香港晨报社出版。

古丁的长篇小说《平沙》由满日文化协会出版。

老舍的长篇小说《文博士》由香港作家书社出版。

王亚平的诗集《红蔷薇》由长沙商务印书馆出版，收新诗 13 首。

沙汀的《随军散记》由上海知识出版社出版，记述了贺龙的前线生活。

叶圣陶的散文集《圣陶随笔》由上海三通书局出版。

苏雪林的散文集《屠龙集》由重庆商务印书馆出版。

柯灵的散文集《市楼独唱》由上海北社出版。系列车编的杂文丛书第 2 种。收录杂文 23 篇，大多抒发对现实的感触。《闻歌有感》抨击反动宣传，《西崽世界》鞭笞民族败类，《佳话拾零》暴露卖身投靠官僚的丑恶行径，《少年中国》赞扬青年的抗日爱国行为，《“自由谈”谈》、《我要控诉》、《乐祸篇》、《文人与妓女》等暴露孤岛时期上海文坛的黑暗，《有怀》、《生死》、《死的哀怜》等抒发对友人的怀念之情。作者在前记中写道："我们寄生在这样的地方，名曰'孤岛'，实际上是'失地'别称，糜烂而恐怖，所过的只不过是半奴隶的生活。然而耻于低首，不甘噤默，有些愤懑和感触，禁不住要呐喊几声，表示抗议，这就是我的一些杂文的由来。"作品风格清丽，文笔潇洒。

鲁彦的散文集《随踪琐记》由上海三通书局出版。收录《厦门印象》、《西行杂记》、《关中琐记》。

王西彦的《一段旅程》由桂林石火出版社出版。收《牛》、《废墟》、《和平的古城》、《歌唱台儿庄》、《没有传票的人》等。

冼群的戏剧集《代用品》由重庆华中图书公司出版。收录《代用品》、《大惊小怪》、《芙蓉与牡丹》、《寒衣》等 4 个剧本。

张惠良的戏剧集《三民主义青年团实验戏剧集》由重庆上海杂志公司出版。

宋之的的五幕剧《鞭》由重庆生活出版社出版。

房崇领选辑的《抗战新诗选辑》由天水教育部战区中小学教师第七服务团出版。收录臧克家、老舍、郭沫若、艾青等 47 位诗人的 53 首诗歌。

阿英的《近代国难史丛钞》由上海潮锋出版社在 1940 年 11 月到 1941 年 6 月陆续出版。

王任叔的《文学读本续编》由上海珠林书店出版。

林如斯、林无双合著的《吾家》由上海港社出版。

丰子恺的《续护生画集》由上海佛学书局出版，收漫画 60 幅。

［日］中河与一等著、高汝鸿（郭沫若）译的短篇小说集《结冰的跳舞场》由上海三通书局出版。系三通书局编辑部编的三通小丛书，共收 6 篇短篇小说。

十二月

1 日，中国青年通讯社在延安成立。

"文协"诗歌朗诵队举行联欢大会。光未然任主席。臧云远、方殷、安娥、李嘉等 30 余人出席。柳倩、任钧、戈宝权等发言。徐迟、丘琴、方殷等朗诵自己的诗歌。

《戏剧春秋》第1卷第2期推出“戏剧的民族形式特辑”，刊载易庸的《戏剧的民族形式问题》、黄芝冈的《中国戏是不是历史剧》。

茅盾的《中国青年已经从十月革命中认识了自己的使命——答“国际文学”社问》，沙汀、严文井的《对于“如何写人物”问题的回答》发表于《大众文艺》第2卷第2期。

《抗战文艺》第6卷第4期推出“鲁迅先生逝世四周年纪念特辑”，刊载景宋的《民元前的鲁迅先生》、《信》，曹靖华的《鲁迅先生与翻译》，郭沫若的《写在菜油灯下》，吴组缃的《副官及其他》，蓬子的《鲁迅先生的爱和憎》，艾青的《播种者》，欧阳山的《一个人静悄悄地》，冶秋的《〈阿Q正传〉》，罗荪的《关于鲁迅的〈明天〉》等。同期还刊有沙汀的小说《在其香居茶馆里》，魏伯的小说《多多河》，艾青的《诗论》，任钧的诗歌《重庆颂》等。

沙汀的《在其香居茶馆里》通过四川小镇回龙镇在兵役问题上当地上层人物之间的争斗，揭示出兵役问题的黑幕。联保主任方治国向县兵役科告密邢幺吵吵的儿子四次缓役，致使其被抓壮丁。邢幺吵吵在其香居茶馆找方治国“吃讲茶”，正当剑拔弩张之时，有人传消息说，经邢幺吵吵大哥的疏通，人已经“开革”出来。小说成功地使用白描和讽刺手法，将一场冲突浓缩在很短的时间里，层次分明，情节变化多姿，有很强的艺术吸引力。

萧三的《诗到难成便是才》，柯仲平的《留守兵团开发三边盐田歌》，朱德的《过太行口占》，董必武的《步朱总司令由前线返洛阳过太行原韵》，叶剑英的《和朱总司令太行山口占》，田汉的《恩来先生见示朱总司令太行南下绝句拜和两章》，郭沫若的《奉玉阶总戎太行口占五绝书赠以为纪念》，孙剑冰的《秋雨》，朱子奇的《毛泽东》，李雷的《原野小歌》，罗夫的《大抗议》，公木的《希望》，石夫的《画一张毛主席吧，同志》等发表于《新诗歌》第4期。

曹伯韩的《关于止水》、曹聚仁的《从陶潜到蔡邕》、云彬的《替陶渊明说话》、绀弩的《从沈从文笔下看鲁迅》、司马文森的《〈南线〉后记》、严杰人的《谈名》、黄野芸的《射箭》、蔚子的《我爱漂亮》、秦似译的《马奇诺防线的精神和法兰西人民的精神》、林山的《不算诗论》、艾芜的《民间文艺及其启示》等发表于《野草》第1卷第4期。

任钧的《敌机去后》发表于《大公报》第4版“战线”专栏。

程会昌的《杂家名实辩证》、倪青原的《释意义》、佘贤勋的《杜茶村》等发表于《斯文》第 1 卷第 5 期。

“文协”诗歌朗诵队举行联欢大会。光未然任主席，方殷、安娥、臧云远等 30 余人参加。

“文协”举行戏剧晚会。胡风主持，讨论“怎样发扬戏剧上的现实主义”。

3 日，莫路的诗歌《梅爱文》发表于《新华日报》第 4 版。

4 日，野风的《候车》发表于《新华日报》第 4 版。

6 日，高扬的《关于写通讯的几个问题》发表于《新华日报》第 4 版。

风子的《读〈夜上海〉与演〈夜上海〉》发表于《大公报》第 4 版“战线”专栏。

7 日,“文协”在中法比瑞同学会举行“来渝作家茶话会”,欢迎新近来渝的茅盾、巴金、冰心、徐迟等。周恩来、郭沫若、吴文藻、田汉等 70 余人到会。大家表示要为抗战胜利而奋斗。

为庆祝诗歌朗诵队的成立,姜桂圃创作《诗歌朗诵队成立大会记》。文中对“诗歌朗诵大会”成立的经过、成员、个人提出的朗诵方法作了说明。赵沨的《诗歌朗诵会（提纲）》对诗歌朗诵会成立的意义、目的和方法作了介绍。两篇文章都发表于《大公报》第 4 版“战线”专栏。

8 日，延安新诗歌会正式成立。乔木、何其芳、公木、郭小川等 11 人被选为执行委员。

“文协”在中苏文化协会举行小说晚会。黄芝冈任主席。老舍、茅盾、胡风、以群、沙汀、黄芝冈、胡绳、常任侠、徐盈、潘梓年等 60 余人出席。主要讨论小说中的人物描写问题，包括对人物的看法，现实里面的人和作品里面的人，从发展中看人物，人物的特征等。以群认为应该从人的社会关系和矛盾中，而且从矛盾的发展中去理解人的本质。作品里面的人是经过概括和提炼的，因此比现实中的人更为真实，作者在写作中对题材应作主观加工，否则便流为市侩的现实主义。同时，作者的主观亦需与客观真实配合，才不致沦为标语口号的公式文学。

木桦的诗歌《狂暴的西北底风沙》和王景生的《我们在饥饿中》发表于《新华日报》第 4 版。

张翘的《相片簿》发表于《大公报》第 4 版“战线”专栏。

“文协”桂林分会小说组召开座谈会，艾芜作报告。

9日,《新华日报》刊载“文协”讨汪通电,怒斥汪精卫的卖国行径。乔木的诗歌《青年颂》发表于第4版。

10日,“文协”桂林分会组织的文艺讲习班正式开班。上课时间定为每周的星期三与星期五下午。

张高峰的诗歌《狂流——山西沁水》发表于《新华日报》第4版。

高兰的诗歌《冬天来了》发表于《大公报》第4版“战线”专栏。

11日,老考的诗歌《传令员和大红马》发表于《新华日报》第4版。

沈向的《寒夜寄简——一封寄到北平的信》和任钧的《电灯亮了——后方小唱》发表于《大公报》第4版“战线”专栏。

12日,韦岗的《引火的人——记杉本与吉的投诚及其死》和郭海如的《买米》发表于《新华日报》第4版。

任钧的《雾季——后方小唱》发表于《大公报》第4版“战线”专栏。

15日,“文协”、国际反侵略分会等八个团体举行联合晚会。会上演奏《黄河大合唱》。

荒煤的《一个厨子的出身及其他》(连载)发表于《大公报》第4版“战线”专栏。

《文学月报》第2卷第5期出版“苏联文学专号”。收录江布尔作、张郁廉译的诗歌《献给中国人民》,铁弦编译的《最近苏联的文艺论战》,[拉脱维亚]拉齐斯作、王语今译的小说《渔夫之子》,[立陶宛]季拉作、亚克译的诗歌《我的国家》,戈宝权译的《肖洛霍夫及其〈静静的顿河〉》,[苏]卡达耶夫作、靖华译的《小笛和水罐》等。

《中苏文化》第7卷第6期刊载孙科的《利用国际时机促成我抗战胜利》,艾青的《新的伊甸集》,N.葛兹作、周行译的《论〈战争与和平〉》。

16日,朱契的《玉垒纪行》发表于《东方杂志》第37卷第24号。

17日,优秀电影艺术家、戏剧导演沈西苓病逝。

沈西苓(1904—1940),原名沈学诚,笔名叶沉。浙江省德清人。中国30年代著名电影戏剧艺术家,能编会导,能诗善画,又懂翻译,是少见的全才艺术家。他所编导的影片都不同程序地反映了现实生活,有鲜明的抗日爱国思想。他的《十字街头》和袁牧之导演的《马路天使》标志着中国左翼电影发展的第一个高峰。1928年加入创造社。1929年与夏衍组织上海艺术剧社。1930年2月,和许幸之等人组织发起中国第一个左翼美术团体——时代美术社。3月，与鲁迅等人联合发起中国左翼作家联盟。1936年，任明星影片公司二厂编导。在夏衍的协助下，将爱尔兰剧作家西恩·奥凯西的《求诺和孔雀》改编为《醉生梦死》，并亲自执导。1937年抗日战争爆发后，赴前线参加新闻片拍摄工作，并导演话剧《保卫卢沟桥》。1938年1月，中华全国电影界抗敌协会成立，当选为第一届理事。与夏衍、于伶、凌鹤等集体创作《撤退赵家庄》等，积极从事国防戏剧运动。此外，还创作了《在烽火中》、《罗店夜战》等独幕剧。当上海成为孤岛后，他和姐姐沈兹九一道离沪赴汉，后迁居重庆等地，导演舞台剧《民族万岁》、《塞上风云》和《一年间》。此外还有剧著《烽火》和论著《街头演剧》等。

19日，《新华日报》报导："文协"受贵阳《中央日报》、宜昌《武汉日报》之托，征求选评抗战长篇小说。"文协"在《抗战文艺》第4卷第3、4期合刊发布征文通告，"征十万字以上的创作小说"，题材限于"前线的战斗形式"、"沦陷区的生活动态"和"后方生产建设的进展过程"。选中者奖金一千元。S.M.的《南京》，陈瘦竹的《春雷》获奖。

20日，"文协"诗歌朗诵队举行扩大座谈会，讨论怎样朗诵。

罗夫的《羊皮袄》发表于《新华日报》第4版。

碧野的《采棉的故事》发表于《大公报》第4版"战线"专栏。

21日，"文协"举行诗歌晚会，50余人到场。黄芝冈任主席。老舍、力扬、艾青谈诗歌创作经验。光未然、方殷、李嘉、任钧等朗诵诗歌。

中华全国漫画家抗敌协会举行成立大会。高龙生、陆志庠、张光宇等出席。大会通过章程，推举理事9人，常务理事5人，并决定于短期内举办鲁少飞个人速写画展，第二次全国漫画展览以及继续出版抗战漫画月刊、丛书、会报等。

23日，雷萌的《铁轨上的蔷薇——新旅纪程之四》（连载）发表于《大公报》第4版"战线"专栏。

25日，张庚的《什么是戏剧》发表于《大众文艺》第2卷第3期。

陈伯达的《新道德观》，徐特立的《怎样进行自然科学的研究》，N.鲍皋斯洛夫斯基著、吴伯箫译的《俄国伟大的学者和批评家》，艾思奇的《论质量的互相转变》（下），唐乔的《释"尊孔新义"》，崇基的《自由亡国论》）发表于《中国文化》第2卷第4期。

诃朗的《文艺通讯员运动》,骆漠的《作家的寿命》、王西彦的小说《静水里的鱼》、蹇先艾的散文《离散》、姚奔的诗歌《骑马的人》、穆木天的诗歌《寄慧》、严杰人的《播音部队》、谷斯范的小说《山寨夜话》、田涛的报告《血》、S.Y 的小说《自由》等发表于《现代文艺》第 2 卷第 3 期。

26 日，虚江的诗歌《笑》发表于《新华日报》第 4 版。

文化工作委员会在中国电影制片厂举行音乐晚会。贺绿汀率育才学校音乐组参加演出。周恩来、叶剑英等出席。周恩来应育才学校陈贻鑫同学之请，在其纪念册上题词："为新中国培养出一群新的音乐天才"。

27 日，丁野的诗歌《山村》、张顺的《售票处》、碧野的《遥祭》(连载)发表于《大公报》第 4 版"战线"专栏。

28 日，政治部文化工作委员会在重庆国泰戏院举行第一界文艺讲演会，对一年来的工作进行回顾。会议检讨了 1940 年文艺对抗战建国的贡献，确立今后的努力方向。郭沫若任主席。茅盾、老舍、洪深、田汉、史东山、马彦祥、赵沨、龚啸岚等分别就各部门情况发表演讲。

29 日，子冈记的《一年来艺坛的清算》发表于《大公报》第 3 版。

《晋察冀日报》第 4 版刊载《〈晋察冀日报〉万岁》、《贺〈晋察冀日报〉三周年》以及晋察冀边区党委的贺函。

30 日，延安新华广播电台开始播音。这是中国共产党领导的第一座广播电台。1943 年春停播，1945 年 9 月恢复播音。

李嘉的诗歌《夜过秦岭——赠别西北》、林伊乐的《夜，火堆，生活底流》发表于《新华日报》第 4 版。

本月

国民党中央文化运动委员会成立。张道藩任主任委员。

陈白尘的《戏剧创作讲话》由上海杂志公司出版。分 8 讲：什么是抗战戏剧、生活、人物形象、主题与题材、结构、对话、学习、形式问题等。末附《一个最低限度的戏剧图书目录》。

《木艺》在桂林创刊。中华全国木刻界抗敌协会编。创刊号刊载刘建庵的《对当前木刻运动的几点意见》及李桦、建庵、冰兄、温涛和新波的《十年来中国木运总检讨》。

《七月》杂志第6集第1、2期合刊出版。小说专辑收录丁玲的《县长家庭》、雷加的《她们一群》、若望的《站年汉》、孟引的《小灵魂》;诗专辑收录孙钿的《旗底歌》、田间的街头诗集《多一些》、彭燕郊的《岁寒草》、艾青的《公路》、又然的《女人之子》、杨云琏的《给SC》;报告文学收录郑康的《五十九个殉难者》、牢寒的《六天间的游击报人》、刘亚洛的《学习在我们自己的工厂里》。此外还有S.M.的散文《粗暴起来》、青苗的速写《心谏》,胡考的速写《去吧》等。

高咏的长篇小说《随粮代征》由上海文化生活出版社出版。

巴金的长篇小说《火》第一部由上海开明书店出版。共分三部:《火》、《冯文淑》(1941年1月上海开明书店出版)、《田惠世》(1945年7月重庆开明书店出版)。第一部以抗战初期的上海为背景,学生冯文淑、朱素真、刘波等加入到救助伤员和募集物资等抗战活动,反映了"八一三"抗战中上海人民奋起抵抗的英勇事迹。第二部描写上海失守后,冯文淑、朱素珍、刘波等随战地服务团转移,到大别山地区展开抗日救亡运动,之后又投入到保卫武汉的斗争。第三部描写基督教徒田惠世既宣传爱国又宣传宗教,后来由于信仰动摇而在绝望中死去的故事。小说表达了作家在抗日战争时期的民族忧患和人生思考。

郭沫若等著的短篇小说集《孟夫子出妻》由上海奔流书店出版。其中有巴金的《丹东的悲哀》,书名另题为《历史小品集》。

赵孟原编的《小说家》由长春艺文事务出版社出版。收录小松的《部落民》和田兵的《江上之秋》等6篇小说。

罗烽的短篇小说集《粮食》由重庆中国文化服务社出版。收有《粮食》、《遇崇汉》、《专员夫人》、《荣誉药箱》和《临危的时候》。

王萍草等著的短篇小说集《年关》由安徽中原出版社出版。收有王萍草的《野店》,李园的《我愿你安息》,白埃的《江流》、《淮上(二)》和李春舫的《年关》。

文若的短篇小说集《割弃》由重庆生活出版社出版。收有《割弃》和《小市民》。

艾青的诗集《土地集》由微光出版社出版,系黎明丛书甲辑之一。收有《迎》、《高粱》、《山城》、《沙》、《无题》、《夜》、《月光》、《低洼地》、《土地》、《仇恨的歌》、《鲁迅》和《哀巴黎》。

刘火子的诗集《不死的荣誉》由微光出版社出版。系艾青、刘火子合编的黎明丛书甲辑之二。

灰马的诗集《夏夜短曲》由山山书屋出版。

徐訏的《海外的鳞爪》由上海夜窗书屋出版。

唐弢的《短长书》由上海北社出版。收录《文苑闲话》、《关于〈鲁迅全集〉的校对》等 34 篇。《短长书》系《战国策》别名，因本书大部分写于抗战时期，故称“短长书”。

唐弢（1913—1992），浙江镇海人。中共党员。初中毕业。1929 年任上海邮局邮务员，左联行政秘书。从 20 世纪 30 年代开始从事业余创作，以散文和杂文为主，风格接近鲁迅。1933 年起发表作品，后结识鲁迅。抗日战争爆发后，在上海坚持抗日文化活动，参加编校、出版《鲁迅全集》。曾大力支持《鲁迅风》周刊发行，并编辑《文艺界丛刊》。抗日战争胜利后，与柯灵合编《周报》，参加反迫害、反内战、反饥饿民主运动。《周报》被禁后，开始编辑《文汇报·笔会》。1949 年后，致力于鲁迅研究和中国现代文学史研究。历任复旦大学、上海戏剧专科学校教授，上海市文化局副局长，中国作家协会上海分会书记处书记，《文艺新地》、《文艺月报》副主编等。1959 年任中国社会科学院文学研究所研究员，第二、三、四届全国政协委员，第四、五届全国人大代表，中国作家协会理事。杂文思想艺术风格深受鲁迅影响，针砭时弊，意味隽永。先后出版杂文集《推背集》、《海天集》、《投影集》、《劳薪集》、《识小录》、《短长书》、《唐弢杂文选》等，散文随笔集《落帆集》、《晦庵书话》等，论文集《向鲁迅学习》、《鲁迅的美学思想》、《海山论集》等，主编《中国现代文学史》，另辑有《鲁迅全集补遗》、《鲁迅全集补遗续编》。1978 年兼任中国社会科学院研究生院教授、硕士生和博士生导师。1992 年 1 月 4 日在北京病逝，终年 78 岁。

丰子恺的《甘美的回忆》由上海开华书局出版。收录《佰豪之死》、《出了中学以后》、《寄宿舍生活的回忆》、《旧话》、《甘美的回忆》、《画家的少年时代》等。

赵景深的《海上集》由北新书局出版。

吾生的报告文学《回到人间》由西安胜利出版社陕西分社出版。著者自述去而复离延安的经过，攻击污蔑中国共产党。

S.M. 的报告文学《闸北七十三天》由香港海燕书店出版。报道 1937 年 8 月 13 日至 10 月 27 日中国军队在上海与日军作战的情况。

宋之的的话剧《雾重庆》（又名《鞭》）由重庆生活书店出版。作品描写了抗战初期一群满怀抗日救国热情的大学生从北平流亡到重庆，希望有所作为。然而雾都迎接他们的却是失业、饥饿、疾病和死亡。经过一段时间的痛苦挣扎，沙大千、林卷好、老艾、万事修各自的思想发生变化，走上了不同道路。沙大千受官僚袁慕容勾引，成为发国难财的奸商；林卷好鄙视丈夫所为，弃家出走；自命清高的老艾，贫困交加死于肺病；万事修则批命论相，冒充"活神仙"骗取钱财，最后成为权贵的帮凶；年轻有为的林家棣毅然走上抗日前线。剧作善于表现人物性格特征，在人物关系的微妙变化中展开戏剧冲突，意味深长。

宋之的的四幕话剧《刑》由重庆大东书局出版。

冼群的三幕话剧《小三子》由重庆华中图书公司出版。

老舍、宋之的合著的四幕话剧《国家至上》由重庆上海杂志公司出版。

吴英年编辑的《独幕剧选》由江西上饶战地图书出版社出版。

舒强的独幕儿童剧《活捉日本鬼》由重庆生活书店出版。

欧阳山等著的戏剧集《敌人》由上海剧友社出版。

吴天的四幕悲剧《海恋》由上海国民书店出版。

胡绍轩的剧本选辑《病院枪声》由重庆华中图书公司初版。收录《病院枪声》、《航线上》两个剧本。

卢冀野的《民族诗歌论集》由重庆国民图书出版社出版。收录《民国以来我国的民族诗歌》、《边疆文学鸟瞰》、《中国文学史上之妇女》、《民族诗风之倡导者》和《民族诗歌谈屑》等5篇文章。

冰心离开昆明抵达重庆。

本年

北社成立。这是"孤岛"时期由中共上海地下组织领导的文学团体。由当时中共江苏省委书记、上海工人运动委员会书记刘宁一领导。主要成员有陆相贤、陈公琪、朱善钧。"北社"致力于宣传新民主主义，出版有《新民主主义的理论和实践》、《论弱小民族》、《中国革命问题》、《论国共合作》等政治小册子。该社出版文学、政治兼容的《北斗》杂志，陆相贤任主编。编辑出版《杂文丛书》，共两辑。第一辑有周木斋的《消长集》，陆相贤的《浪淘沙》，柯灵的《市楼独唱》和唐弢的《短长集》。第二辑因社会环境因素只出版了陆相贤的《两极集》。他们积极参与"孤岛"的文学活动。1941 年 12 月太平洋战争爆发，日军进入租界，北社终止活动。

突兀文艺社成立于重庆北碚兼善中学。最初是学生文艺团体，后来加入复旦、同济、国立剧专、育才等大中学校，发展成为跨校的学生文艺团体。期间得到茅盾的大力支持，并为该社题写刊名。主要成员有穆仁、田苗等。创办《突兀文艺》，编辑出版《突兀文艺丛书》。1948 年停止活动。

国际剧团成立于沈阳。由沈阳业余话剧团和奉天放送话剧团合并而成。李乔、金山龙任编导，该剧团虽然没有明确纲领，但在东北沦陷区仍承继"五四"文学精神开展剧艺活动。1941 年解散。

中国佛教学院建立。周叔迦任院长。出版《佛学月刊》和《中国佛教学院年刊》。

欧阳维德选编的短篇小说集《一天的工作》由上海文学编译馆出版。

李辉英的短篇小说集《夜袭》由重庆中国文化服务社出版。

徐訏的小说《吉普赛的诱惑》由上海夜窗书屋出版。

冯玉奇的小说《孤岛泪》由上海广艺书局出版。

沈从文的小说《绅士的太太》由上海三通书局出版。

朱平君的小说《一个苦儿努力记》由国光书店出版。

周文的小说《在白森林》由上海良友图书公司出版。

李熏风的小说《北京明星》由新华书局出版。

陈慎言的小说《名人与美人》由北平义文书局出版。

贺宜的小说《木头人》由上海少年出版社出版。

张天翼等著的短篇小说集《新生》由昆明上海新流书店出版。

刘云若的小说《同命鸳鸯》由上海广艺书局出版。

周信华的小说《一条胡同》由上海徐家汇土山湾印书馆出版。

巴金的长篇小说《毁灭》由香港良友图书公司出版。

洪灵菲的《转变》由上海亚东图书馆出版。

顾仲彝的《殉情》由上海光明书局出版。

袁水拍的诗集《人民》由新诗社出版。

王统照的诗集《江南曲》由文化生活出版社出版。

马荫影的诗集《航》由中国诗坛社出版。

刘行之的诗集《狂飙》由桂林三户图书社出版。

卞之琳的诗集《慰劳信集》由昆明明日书社出版。

钟鼎文的诗集《三年》由安徽文化工作社出版。

郁达夫等著的散文集《回忆鲁迅先生及其他》由宇宙风出版社出版。

徐訏的《成人的童话》由上海夜窗书屋出版。

韬奋的散文集《萍踪忆语》由上海韬奋出版社出版。本书收录作者 1935 年夏游历美国的报道 37 篇。

唐弢的散文集《投影集》由文化生活社出版。

汪漫铎的戏剧《兄弟之间》由重庆中央青年剧社出版。

张道藩的戏剧《狄四娘》由中国图书杂志公司出版。

陈白尘的独幕剧《中秋月》由上海戏剧出版社出版。1936 年曾发表于《文学丛报》第 3 期。

韩侍桁的文艺论文集《浅见集》由中华书局出版。

曹宝华、天蓝译，周扬校的《马克思、恩格斯、列宁论艺术》在延安出版，系《鲁迅丛书》之一。

［俄］普希金著、陈冰夷译的小说《暴风雨》由上海时代出版社出版。

［俄］陀思妥耶夫斯基著、耿济之译的长篇小说《卡拉马佐夫兄弟》由上海良友图书印刷公司出版。

［德］席勒著、顾仲彝改编的戏剧《恋爱与阴谋》由光明书局出版。

《大地文艺丛刊》由大地编辑社编辑出版。收有田涛的《子午线》，骆宾基的《东战场别动队》，司马文森的《粤北散记》等。

《中国戏剧丛书》在 1940 年 1 月到 7 月由上海中国图书馆陆续编译出版。弋弋、柳木森主编。收录中外剧作多种，其中较著名的有袁牧之等著的《独幕剧选》，柳木森译的四幕剧《旅行》。

《中国诗艺社丛书》在 1940 年至 1944 年 3 月由重庆独立出版社陆续出版。徐中年主编。该丛书收入诗集多种，有孙望的《小春集》、程铮的《风铃集》、汪铭竹的《自画像》、吕亮耕的《金筑集》、李长之的《星的颂歌》、杜蘅的《哀西湖》、绛燕的《微波辞》等。

《文艺新潮社小丛书》在 1940 年 2 月至 1941 年 7 月由上海文艺新潮社陆续出

版。钱君匋主编。全套丛书分两辑。第一辑有吴天的《怀祖国》，黄峰的《世界革命文艺论》，何为的《青弋江》，［俄］普希金著、瞿秋白译的《茨冈》，易卜生著、石灵译的《鲍志远》，［俄］高尔基著、适夷译的《老板》等；第二辑有丰子恺的《大树画册》等。

《光明文艺丛书》在1940年至1947年由上海光明书局陆续出版。光明文艺丛书社主编。收入中外文学创作、翻译多种。主要有林淡秋的《黑暗与光明》，巴人的《皮包和烟斗》，蒋天佐的《低眉集》，戴平凡的《苦菜》，［苏］莱奥诺夫著、楼适夷译的《文学的新道路》，［苏］爱伦堡等著、梅益译的《她有一支来福枪》，［苏］高尔基著、梅益译的《钟》等。

《戏剧理论丛书》在1940年至1942年由重庆独立出版社陆续出版。其中有周彦的《下乡演剧的实践》，胡绍轩、张惠良的《现阶段戏剧问题》，刘念渠的《战时旧型戏剧论》，阎哲吾的《战时剧团组织与训练》，赵清阁的《编剧方法论》，杨村彬的《新演出》等。

《现代文艺丛刊》在1940年至1946年由福建永安改进出版社陆续出版。该丛书共出三辑，计22种。第一辑有聂绀弩的《夜戏》、葛琴的《生命》、王西彦的《报复》、唐弢的《劳薪集》、艾芜的《杂草集》、邵荃麟的《麒麟寨》等；第二辑有蹇先艾的《幸福》、雨田的《罪》、黎烈文的《第三帝国的士兵》等；第三辑有王西彦的《一双鞋子》、姚奔的《给爱花者》等。

邵荃麟（1906—1971），原名邵骏远，曾用名邵逸民、邵亦民，笔名荃、力夫、契若。浙江慈溪人，出生于四川重庆。中国文艺理论家、现代文学评论家、作家。早年就读于上海复旦大学经济系，参加学生爱国运动。1926年加入中国共产主义青年团，同年加入中国共产党。曾参加1927年上海工人第三次武装起义。1934年任反帝反战大同盟宣传部长。同年，被捕入狱。1937年经中共党组织营救出狱后，从事革命文艺创作和翻译工作。早期作品有《糖》、《车站前》等，揭露国民党反动派的腐败和日本军国主义的罪恶，反映人民大众的生活和斗争。1938年任中共浙江省委文化工作委员会书记，先后在杭州、金华、丽水等地参与领导抗日宣传和文化工作，并编印刊物。主编《东南战线》，并为《现代文艺》、《现代青年》、《改进》、《抗战戏剧》等刊物撰写文章，创作四幕话剧《麒麟寨》等。1941年1月“皖南事变”后，转移到桂林工作，任中国共产党文化工作组组长，主编《文化杂志》，创办《青年文艺》,积极扶持文艺新作,对青年作者做了大量辅导工作。创作有短篇小说集《英雄》、《宿店》,独幕剧集《喜酒》等,受到文学界的重视。抗日战争胜利后转赴香港,任中共香港工作委员会文委委员、工委副书记,后任中共中央香港分局文委书记。主编《大众文艺丛刊》,参与领导香港和国民党统治区的文艺运动,积极从事文艺界的统一战线工作,团结争取了大批文艺工作者回大陆参加祖国建设。1949 年后,历任政务院文化教育委员会计划局局长、副秘书长,中共文教委员会委员,中共中央宣传部副秘书长兼教育处处长。1953 年起担任中国作家协会副主席兼党组书记、作协创作委员会第一副主任。被选为第一、二、三届全国人大代表,中华全国文学艺术联合会委员等。1962 年 7 月,他在大连主持召开“农村题材短篇小说创作座谈会”,强调“现实主义深化”,提倡人物形象多样化,除正反两类人物形象外,还应该写中间状态的人物。这对于克服农村题材小说创作的浮浅单调现象起了积极作用。后因此受到公开批判。文化大革命中遭残酷迫害。1971 年 6 月 10 日含冤病死狱中。主要著作有短篇小说集《英雄》、《宿店》、《喜酒》;剧本《麒麟寨》;翻译有《被侮辱与被损害的》、《阴影与曙光》等。出版有《邵荃麟评论选集》。

卞之琳赴昆明,在西南联大外文系任教。

纪弦任香港《国民时报》副刊《新垒》编辑,后进国际通讯社,做日文翻译。

陈大悲在南京汪精卫伪政府外交部任职,后去武汉组织话剧团。

陈企霞赴延安,先后在青委宣传部《解放日报》工作。

赵树理在华北《新华日报》负责校对工作。

1941年

一月

1日，文艺月刊《文艺月报》在延安创刊。延安“文艺月会”编辑出版。编务主要由舒群、萧军负责，丁玲曾参与头两期的编辑，从第7期开始由萧军负责。1942年9月1日出至第17期停刊，共出17期。该刊为延安“文艺月会”会刊。“文艺月会”是丁玲、舒群、萧军在“文协”延安分会成立后组织发起的文艺研究团体，旨在“提高文艺创作兴趣，展开文艺讨论空气”。刊物的主要撰稿人有萧军、丁玲、艾青、罗烽、黄既、吴伯箫、逯斐、立波、高阳等。创刊号刊载何其芳的《对于〈月报〉的一点意见》、荒煤的《第一声呼喊》、丁玲的《大度·宽容与〈文艺月报〉》、李雷的《对于诗的一点感想和意见》、周文的《谈初步的研究》、又然译的《莫洛托夫是怎样关心着艺术家的？》等。

《中苏文化》推出“中苏文化文艺特刊”，载有孙科的《抗战建国之基本认识》、郭沫若的《中国艺术的展望》、老舍的四幕剧《张自忠》等。

“文协”发布《致苏联文艺界书》。其中谈到中国文艺工作者在抗日战争中没有因困难而放弃斗争，且在斗争中不断出现着新的作家，还谈到苏联文艺（尤其是高尔基）对新文艺产生的影响，最后表示中国作家准备走艰苦奋斗的道路，争取抗战胜利。该信发表于本日出版的《抗战文艺》第7卷第1期。

1940年11月23日，《抗战文艺》编辑部举行“一九四一年文学趋向的展望”座谈会，郭沫若、田汉、王平陵、老舍、宋之的、以群、艾青、阳翰笙、欧阳山、黄芝冈、葛一虹、罗荪、蓬子、冯乃超等人参加并发言。座谈会记录《1941年文学趋向的展望》发表于《抗战文艺》第7卷第1期。该期还刊载沙汀的报告《敌后杂记》、吴组缃的小说《鸭咀涝》、欧阳山的小说《流血纪念章》、田汉的历史歌剧《新儿女英雄传》、王平陵的诗歌《希腊颂》、杜谷的诗歌《江·车队·巷》、吴伯箫的散文《引咎篇（二）》、老舍的《三年写作自述》、欧阳山的《我写大众小说的经过》、艾青的《为了胜利——三年来创作的一个报告》、沙汀的《这三年来我的创作活动》等。

熊佛西的《囤积》、林孝木的《海边》、林运元的《激浪》、陈澄的《遗志》、张植顺的《牺牲者》、熊佛西的《写给一位戏剧青年》、向培良的《编剧概说》、汪漫铎的《戏剧结构新论》、陈白尘的《民族形式问题在剧作上》、丁伯骝的《写剧的基本条件》、丁易的《中国诗歌、音乐及戏剧之关系》等发表于《戏剧岗位》第2卷第2、3期合刊。

夏衍的《谈自己》、肖今度的《从陶潜说到蔡邕》、耳耶的《鲁迅的褊狭与向培良的大度》、胡明树的《"良心的存在"》、华嘉的《寒夜之什》、楼栖的《穷途》、绀弩的《怎样做母亲》、令狐厚的《岁末纪事》、周孟译的《盼望着北方——非洲的民间故事》、焦明译的《果戈理的〈结婚〉在德国上演》等发表于《野草》第1卷第5期。

柳存仁的《北大与北大人》、许钦文的《鲁迅先生的蜜月》、沈承灿的《在战后法国旅行》、刘渡黄的《战时伦敦日记（续）》、曙山的《山家风光》等发表于《宇宙风乙刊》第36期。

冰莹的《新年献辞》，陈澄之、李旭等的《1941年文艺工作者应有之努力》，叶鼎洛、李旭等的《抗战以来我所最爱读的书籍》发表于《黄河》第11期。该期还推出"诗歌特辑"，收有老向的《悼周夫人》、汉声的《夜渡》、赵清阁的《生日》、高咏的《过黄河》、陆沉的《流亡者》、鲁白雁的《光荣的战士》、苏文的《1941年》、席征庸的《蔡清从军记》、冰莹的《黄河信箱》等。

雷海宗的《中外的春秋时代》、陈雪屏的《唯我观的剖析》、公孙震的《鬼谷残经》、沈来秋的《国防经济力的分析》、陈铨的《尼采的无神论》、林良桐的《民主政治与战国时代》、郑潜初的《厌看对配式的艺术》、郭岱西的《偶见》、蒋廷黻的《致战国策》发表于《战国策》第15、16期合刊。

4日，田野的《侦察员的故事》、汉夫的《元旦街头杂感》、逢吉的《矿工》发表于《新华日报》第 4 版。

5 日，“文协”诗歌朗诵队在渝举行朗诵会。该队由一部分诗人、音乐家发起，陈纪滢、光未然、方殷等负责组织。

许涤新的《一九四〇中国经济的鸟瞰》，刘希宁的《一年来的日本》、瀚若的《粮食问题的症结及其对策》、杨超伦的（通讯）《大青山抗日根据地剪影》、曾琦的《祝卅而立之中华民国》等发表于《群众》周刊第 5 卷第 17、18 期合刊。

6 日，皖南事变爆发。

平子的《平淡的一周间》，普式金著、向葵译的《囚徒》发表于《新华日报》第 4 版。

7 日，惊秋的《陕甘宁边区新文化运动的现状》（连载至 8 日）发表于《新华日报》第 4 版。该文对边区文化作了全面介绍，全文分十个部分：一、滋长中的大众文化；二、学术研究；三、群众文艺的道路；四、戏剧、歌咏及其他；五、两种文学运动；六、鲁迅在延安；七、文化团体举略；八、刊物一览；九、文化人、文化生活；十、结语。此外，该版还发表了浣春的《夜》，孙滨的《起来》，海棱的《追念白求恩医生》，周而复的《雪地》（连载至 13 日）。

8 日，《七月》杂志召开座谈会，讨论“作家的主观与艺术的客观性”问题。茅盾、胡风、戈宝权、以群、罗荪、宋之的、胡绳、艾青、光未然、力扬等 14 人参加。座谈会还讨论了什么是世界观、世界观是怎样形成的、世界观的发展等问题。座谈记录以《作家的主观与艺术的客观性》为题发表在《文学月报》第 3 卷第 1 期。

9 日，《晋察冀日报》副刊《晋察冀艺术》创刊。该刊为周刊。田间等主编。

10 日，沙汀的小说《老烟的故事》，草明的小说《遗失的笑》，孔厥的小说《收枪》，艾青的诗歌《玛蒂夫人家》，袁水拍的诗歌《未爆发的夜》，[美]惠特曼作、徐迟译的《芦笛之歌》，茅盾的散文《风景谈》，时晓的独幕剧《今天》，梅行的速写《船夫》，张天翼的《论〈阿 Q 正传〉》，以及“列宁逝世纪念特辑”（左琴科作、靖华译的《列宁的故事》，罗曼·罗兰、萧伯纳、高尔基、巴比塞等作，葛一虹译的《关于列宁》，戈宝权辑译的《列宁论文学・艺术与作家》）发表于《文艺阵地》第 6 卷第 1 期。

冯玉祥的诗歌《新华日报三周年》，田汉的诗歌《你像曲——祝新华日报三周年纪念》等发表于《新华日报》第 4 版。

12 日，“文协”桂林分会召开民族形式讨论会。讨论民族形式的提出、提出中心源泉的经过、构成民族形式的基本条件等问题。周钢鸣与艾芜是主要发言人。

林兆南的诗歌《冲锋号》发表于《新华日报》第4版。

13日，高扬的《变》，W·惠特曼作、春江译的《我赞美一个人》发表于《新华日报》第4版。

14日，旅港著名人士张一麐、许地山、端木蕻良、金仲华、范长江等400余人联合致电林森、蒋介石，要求制止内战，反对枪口对内。

15日，延安鲁迅研究会成立。丁玲、周文、周扬、周立波、舒群、艾思奇、陈伯达、范文澜等参加。研究会成立由10人组成的《鲁迅研究丛刊》编委会。关于该会的成立经过，萧军写有《鲁迅研究会成立经过》一文，刊载于《中国文化》第2卷第6期。

《奔流文艺丛刊》在上海创刊。林淡秋、石灵等编辑。"奔流文艺丛刊社"编辑出版，上海文国服务社总经售。为应付租界当局的书报检查，丛刊每辑更换书名，分别题为《决》、《阔》、《渊》、《汛》、《沸》、《激》。同年7月30日出至第6辑停刊，共出六辑。创刊号刊载何为的小说《大地脉息》、田青的小说《戆大》、方晓白的小说《离》、何辱谦的小说《知己》、辛劳的诗歌《土地》、叶素的散文《朱亚之》、柯灵的《从目莲记说起》、姚克的《给上海学校剧团的一个建议》、锡金的《谈诗小札》、蒋天佐的《论民族形式与阶级形式》、陈烟桥的《新兴木刻的创作谈》。

16日，苏雪林的《家》发表于《东方杂志》第38卷第2号"文艺专题"。

W·惠特曼作、春江译的《啊，船长！我的船长！》，田工的《战士的母亲》发表于《新华日报》第4版。

许钦文的《鲁迅先生与乌鸦炸酱面》、文载道的《鲁迅书简读后记》、南史的《江左少年夏完淳传》、中流的《广西县长训练班纪事》、欧阳竟的书评《谈何其芳的散文》等发表于《宇宙风乙刊》第37期。

18日，周恩来为抗议国民党顽固派发动"皖南事变"而题词："为江南死国难者志哀"；题诗："千古奇冤，江南一叶；同室操戈，相煎何急？"刊载于本日《新华日报》第2、3版。

21日，戈宝权译的《列宁的故事》（连载至31日）发表于《新华日报》第4版。

24日，高咏的诗歌《××唱》发表于《新华日报》第4版。

25日，《中苏文化》第8卷第1期推出"列宁逝世十七周年纪念特辑"，刊载［苏］L·车尔涅夫斯基作、叶文雄译的《列宁逝世十七周年》，［苏］S·米列尔等作、曹靖华译的《列宁的故事》，[丹麦] M·A·纳克舍作、葛一虹译的《列宁对西方艺术家的影响》，王昆仑的《文化交流与文化战斗——致苏联文化界书》，《苏联作家协会国外联络委员会副主席亚布莱丁先生致本刊编辑同人书》，《本刊编辑同人覆亚布莱丁先生并致苏联作家协会书》等。同期还刊载有“进入五十年代的中国与苏联”专题，其中包括[苏] V·阿瓦林作、叶文雄译的《论中苏友谊的建立与发展》，佛利夫桑作、苏凡译的《社会主义工业化时期科学在生产发展中的作用》，孙科的《加倍努力以争取胜利》，张友渔的《一九四一年抗战形势展望》，寿进文的《中国战时金融的回顾与展望》，吴觉农的《苏联农业的发展与中国》，许涤新的《苏联社会主义经济的发展及其对于世界的影响》等。

杨松的《列宁论中国》、张仲实的《列宁底著作遗产》、胡蛮的《新文字运动和新字母问题》、中国历史研究室编写的《封建制度开始时代》、焕南的《科举与选举》、《想到“血洗”》、艾思奇的《论对立的统一》、伯箫译的《俄国伟大的学者和批评家》(续完)发表于《中国文化》第2卷第5期。

厂民的诗歌《人民行列中的一员》、柳倩的诗歌《在太阳下》、郭风的《棕榈》、蹇先艾的小说《变》、一文的《那个害臊的家伙》、也耶的报告文学《和死亡相对》、胡彤的《清算》、邹荻帆的长诗《草原交响乐》等发表于《现代文艺》第2卷第4期。

李又然的诗歌《路》发表于《新华日报》第4版。

28日，逢吉的诗歌《掮运夫》，陆诒的《回瞻“一二八”》，黄家驹的《“一二八”的回忆》，张十方的《卖血者》发表于《新华日报》第4版。

30日，明操的诗歌《赠别》，凌秋的《悼曹华》发表于《新华日报》第4版。

本月

“文协”成都分会在春熙路青年会举行年会。叶菲洛任主席。年会举行选举，刘开渠、刘盛亚、厉歌天、苏子涵、洪毅然、罗永培等被选为理事，李劼人、刘盛亚被推为成都分会总理事。

国立中央图书馆重庆馆舍落成。2月1日起，昼夜开放阅览。

郭沫若的《郭沫若代表作》(第二集)由上海三通书局出版。收《贾长沙痛哭》、《司马迁发愤》、《楚霸王自杀》、《秦始皇将死》、《中国的勇士》。

张天翼的短篇小说集《包氏父子》，罗皆等著的短篇小说集《鹧鸪声》，野蕻的短篇小说集《落花》，冰心的《冰心散文》，[日]菊池宽等著、查士元译的散文《无名作家日记》由上海三通书局出版。

老舍的短篇小说集《歪毛儿》，沈从文的短篇小说集《如蕤》由上海艺流书店出版。

冯玉奇的长篇小说《艺海双珠》由上海华英书局出版。

张秀亚的短篇小说《皈依》由山东兖州保禄印书馆出版。

林语堂著、郑陀和应元杰译的《京华烟云》由上海春秋社出版部出版。

葛琴的短篇小说集《生命》由福建永安改进出版社出版。

王秋萤的短篇小说集《去故集》由长春文丛刊行会出版。

欧阳山等著的短篇小说集《一缸银币》由生活书店出版。

欧阳山等著的小说戏剧集《第一流（续编）》由上海地球出版社出版。

黄尧的中篇小说《一个中国兵》由重庆民间出版社出版。

徐訏的长篇小说《一家》由上海夜窗书屋出版。

姚灵犀的长篇小说《采菲新编》由天津书局出版。

萧红的长篇小说《马伯乐》，[苏]高尔基著、适夷译的小说《奥古洛夫镇》，[苏]阿·托尔斯泰著、蒋学模译的小说《粮食——保卫沙里津》由重庆大时代书局出版。

胡危舟的诗集《投枪集》由桂林诗场社出版。

张厚植、宋念慈编的诗文合集《抗战文艺选（第一集）》由杭州正中书局出版。

林山的诗集《战斗之歌》由生活书店、新知书店、读书生活出版社出版。

阎海文等著的《我的自传》，李束丝的独幕剧集《魔水之河（残月）》由成都铁风出版社出版。

张昌焕编的《抗建剧选》由浙江省教育厅出版。

老舍的四幕剧《张自忠》，郑延谷的三幕剧《最后的敬礼》由重庆华中图书公司出版。

章泯的五幕剧《夜》由重庆大东书局出版。

金明的独幕剧集《夜与梦》由上海雨果书屋出版。

二月

1 日,《戏剧春秋》第 1 卷第 3 期推出“追悼沈先生西苓”专题,刊载编者的《沈先生传略》,欧阳予倩的《追念西苓沈先生》,夏衍的《悼念西苓》,熊辉的《哀西苓》等。同期还刊载张客的报告文学《一个演出检讨会》、山尊的《演出了“四十一”》、夏衍的剧本《冬夜》、易庸的《命令反攻》、曹葆华译的《导演论》、天蓝译的《演员论》、瞿白音译的《拉辛论》。此外还有“戏剧的民族形式问题再辑”,包括田汉记录的《戏剧的民族形式问题座谈会前会》、《戏剧的民族形式问题座谈会中会》等。

《野草》第 1 卷第 6 期推出“左拉纪念特辑”,刊载 D・萨斯莱夫斯基作、秦似译的《论爱密尔・左拉》,A・法朗士作、秦似译的《左拉殡仪演词》、《宣读于左拉纪念会的信》等。同期还刊载耳耶的《蛇与塔》,陈此生的《发老姣与卖疯》,余惺夫的《妇女・家庭・“大政治”》,司马文森的《夜记》,唐诃的《关于鲁迅先生的二三点滴》,绀弩的《〈历史的奥秘〉题记》,林原的《蝶庐散记》,黄药眠的《一位民族英雄的会见》等。

吴芾的《读曲日记》、刘大绅的《闲居杂忆》、杨申生的《清代的百戏》、予且的《法苑纪游》、周木斋的《病》、李宗吾的《吊打校长奇案》、纪蒲的书评《民主政治在危机中》等发表于《宇宙风乙刊》第 38 期。

老向的小说《两个学徒》、彭华士的诗歌《夜宿黄河边》和《过无定河》、孙伏园的《可食的虫类》、刘汲古的《全国文协茶会归来》、冷波的戏剧《狂欢之夜》等发表于《黄河》第 12 期。

萧军的《再:“说起”》、萧军的《补白五条》、黄既的《小题目》等发表于《文艺月报》第 2 期。

3 日,引原的《扬子江边的噩耗——衰子建》、马焰的《敌人的汽车来了》发表于《新华日报》第 2 版。

5 日,洪深全家服毒自杀,幸郭沫若等闻讯带医生前往抢救,生命得以挽救。洪深遗书写道:“一切都无办法,政治、事业、家庭、经济,如此艰难,不如且归去。”此事经《新蜀报》报道,在社会上引起巨大反响。

吉峰的《生死恨》发表于《新华日报》第 2 版。

9 日,希明的《船夫》发表于《新华日报》第 2 版。

10日，重庆《新蜀报》副刊《七天文艺》创刊。文化工作委员会主办。1944年10月终刊，共出130多期。

沈起予的报告文学《人性的恢复》，[美]纽加斯作、袁水拍译的《给我们这一天》，[苏]特瓦多夫斯基作、方土人译的《母亲和儿子》，宋之的的独幕剧《转形期》，茅盾的散文杂感《"家"与解放》，卢鸿基的《想到儿童》，桐生的《"发明观念"》千冬的《白云谈》，方敬的《诗二首》，徐盈的小说《劝善的》，严文井的小说《刘明的苦闷》，密莱特作、章泯译的《论戏剧对话》，莫什梁克作、礼长林译的《哈桑湖畔》等发表于《文艺阵地》第6卷第2期。

12日，健民的《朋友啊！捉住今天！》，V.理定作、春江译的《肖像》（连载至14日）发表于《新华日报》第2版。

13日，雷石榆的《昆明街头诗》、黛秋的《高尔基是怎样读书的》发表于《新华日报》第2版。

15日，张煌的报告文学《骗》，卡本德作、陈君涵译的《一个威尔斯的女郎》，亚克译的《古乔治亚民谣二首》，奥斯特洛夫斯基作、王语今译的《从暴风雨里所诞生的》，雷加的诗歌《鸭绿江》，陈伯达的《关于文艺民族形式的论争》，邹荻帆的《在阳光下面》，方然的《秋收集》，江村的《碉堡》，严杰人的《指挥所里的参谋长》，胡征的《紫花藤》等发表于《文学月报》第2卷第6期。

林淡秋的小说《隔壁戏》、林珏的小说《世家子》、辛劳的诗歌《年夜》、洛雨的诗歌《冬风》、司马文森的《南方之歌》、洪波的《舵工老桂》、无咎的《略论巴金的〈家〉三部曲》等发表于《奔流文艺丛刊》第2辑。

16日，张春风的《故园》发表于《东方杂志》第38卷第4号"文艺专题"。

吕思勉的《论上古秦汉文学的变迁》、柳存仁的《马神庙的塑像》、许钦文的《跛子篾匠》、堵述初的书评《臧克家的〈淮上吟〉》等发表于《宇宙风乙刊》第39期。

25日，文艺月刊《中国文艺》在延安创刊。"文协"延安分会编辑出版。周扬主编。只出一期。创刊号刊载本刊编辑部的《我们的抗议》，周扬的《抗战以来创作的成果和倾向》，立波的《谈阿Q》，丁玲的《什么样的问题在文艺小组中》，邢立斌的《夜景》，何其芳的《叫喊》，贺敬之的《生活》，荒煤的《新的一代》，严文井的《小松鼠》，葛陵的《宿处》，姚时晓的《竞选》，[美]窝特·惠特曼作、曹葆华译的《走过的道路的回顾》，[美]窝特·惠特曼作、天蓝译的《欧洲》等。

赵君启的报告文学《沙包头》,杨洪的书评《〈他死在第二次〉》,靳以的散文《雾城远简》，邹荻帆的诗歌《给一个女同志》，柳倩的《收割与播种》，高咏的《雨夜进军》，姚散生的《归来》，黎焚薰的《茶楼》，白蕖的《关于书评》，莫荣的《描写农民》，范淹的《多产与难产》，碧野的小说《葬礼》，寒波的小说《爵士》，[德国] S. 褚威格作、许天虹译的《杜思退益夫斯基的生平》，F·杜思退益夫斯基作、许天虹译的《圣诞树和婚礼》等发表于《现代文艺》第 2 卷第 5 期。

26 日，冯雪峰在浙江义乌被捕，关进上饶集中营。后经周恩来、董必武等多方营救，1943 年夏出狱。

28 日,谢冰莹的《本刊的过去与将来》、叶鼎洛的《戏剧与宣传》、李朴园的《我的写剧经过与经验》、唐陀的《1940 年西安剧坛巡礼》、何济翔的《最近的湖南剧运》、穆文的《不是剧评——看过〈雷雨〉之后》等发表于《黄河》第 2 卷第 1 期戏剧专号。

本月

“文协”举办捐款劳军义卖活动。老舍的剧本《面子问题》手稿以及郭沫若等 40 余人的墨迹 100 多件义卖共得 3000 余元，全部捐献劳军委员会。

鲁迅艺术学院华中分院在盐城成立。

《台湾新民报》被迫改为《光南新闻》。1944 年 3 月又被迫改为《台湾新报》。台湾新文学运动自萌芽到发展的一块重要园地就此消失。

田间在《晋察冀日报》副刊《晋察冀艺术》第 7 期发表《“民族形式”问题》，引起边区文艺界对此问题的讨论。

赵清阁的小说散文集《凤》由重庆华中图书公司出版。

林淡秋等著的小说散文集《阔》由奔流文艺丛刊社出版。

黄枫的长篇小说《葛嫩娘》由上海大方书局出版。

戴平凡的短篇小说集《苦菜》由上海光明书局出版。

程小青的短篇小说《裹棉刀》，程小青的短篇小说《珠项圈》，程小青的短篇小说《恐怖的活剧》由上海世界书局出版。

华魂的《华魂诗集》由万县华盛公司出版。

魏冰心编的《抗战诗歌选》由正中书局出版。

萧军的《侧面（从临汾到延安）》由香港海燕书店出版。

林语堂的《语堂随笔》由上海人间出版社出版。

林栖的《蠹鱼集》由北京沙漠书报社出版。

徐訏的五幕剧《月光曲》由上海夜窗书屋出版。

巴人的五幕剧《两代的爱》（又名《杨达这个人》）由上海海燕书店出版。

陈白尘根据艾芜同名小说改编的三幕剧《秋收》（又名《大地黄金》）由桂林上海杂志公司出版。

罗海沙、晋枫等执笔的集体创作的独幕剧《怒海余生》由成都铁风出版社出版。

魏如晦的四幕历史剧《海国英雄》（又名《郑成功》）由上海国民书店出版。

陈治策的独幕喜剧集《干不了也得干》，周尚文的独幕喜剧集《红日西沉》由成都铁风出版社出版。

刘静沅的三幕剧《海潮红》，杨村彬的四幕剧《解放者》由重庆华中图书公司出版。

［法］罗曼・罗兰著、傅雷译的小说《约翰・克利斯朵夫》（四册）由上海商务印书馆出版。

［苏］N・韦尔霍格拉特斯基著、什之译的小说《上海——罪恶的都市》由上海读书出版社出版。

［苏］高尔基著、适夷译的戏剧《仇敌》由上海国民书店出版。

［法］梅礼美著、田汉改编的戏剧《卡门》由现代戏剧出版社出版。

三月

1日，《文艺月报》第3期刊载陈企霞的《旧故事的新感想》，批评何其芳在一次关于诗的报告中有关诗的主题的论述。何其芳在该刊第4期发表《给陈企霞同志的一封信》，反驳了陈的批评。

吕思勉的《关于中国字的一个提议》，陈毅的《看画》，金启华的《诗经战歌今唱》，吴经熊作、徐诚斌译的《李白与杜甫》，徐訏的《〈生与死〉再版后记》等发表于《宇宙风乙刊》第40期。

10日，《中苏文化》第8卷第2期推出“苏联红军节第二十三周年纪念特辑”，包括N·弗伦克尔作、叶文雄译的《列宁与红军》，吴鲁里赫作、岳光译的《苏联红军底新纪律法规》，P·塔拉斯索作、赵铭彝译的《苏联戏剧界与红海陆军》，卡达耶夫著、曹靖华译的《两座堡垒》，叶嘉陵的《苏联红军领袖伏罗希洛夫传》等。同期还刊载汶山译的《苏联集体农庄制的胜利》，陈正祥编译的《苏联的亚洲地理：西伯利亚的地理》，孟昌译的《高尔基文学论文选辑》，章泯的剧本《孤村暗影》，陈白尘的《封锁线上》，长虹的诗歌《凿石头的工人及其他》等。

12日，晋察冀边区文艺界协会致电全国文化界，为洪深自杀事件抗议国民党当局摧残文化。

16日，老舍的《致西南的文艺青年书》，沈从文的《变变作风》，穆旦的诗歌《智慧的来临》、《还原作用》发表于《大公报》副刊《文艺》第4版。

吴勉的《华胄》发表于《东方杂志》第38卷第6号。

周木斋的《多多益善》、今是的《"王道"西渐》、老向的《谈睡》、赵景深的《小说琐话》、予且的《法律上的干女儿——法苑纪游之一》、杨申生的《清末洋戏之传入——清代百戏之三》、竺磊的《评〈日报期刊史〉》等发表于《宇宙风乙刊》第41期。

19日，立波的《谈阿Q》发表于《新华日报》第2版。

20日，《抗战文艺》第7卷第2、3期合刊刊载一组"关于小说中人物描写的意见"的文章，其中包括巴金、靳以、胡风、叶以群、茅盾、老舍、草明、吴组缃等人的文章。他们从不同角度谈了塑造人物形象的感想，有巴金的《关于两个"三部曲"》、靳以的《我对于创造人物的意见》、胡风的《一个要点的备忘录》、叶以群的《关于小说中的人物描写》、茅盾的《关于小说中的人物》、老舍的《略谈人物描写》、草明的《我怎样创造小说里的人物》、吴组缃的《如何创作小说中的人物》等。该期还刊载有艾青的长诗《溃灭》的第三部《荒废的田园》、杨骚的诗《蜀道》（上）、徐迟的诗剧《生命爬出来了》、吴组缃的小说《鸭咀涝》（上篇续完）、艾芜的小说《信——浦隆与老爷家一家的纪事》、沙汀的小说《磁力》、梅林的《三对夫妇》、洪深的剧本《醉梦图》、茅盾的论文《戏剧的民族形式问题》、方令孺的散文《忆江南》、韦荌的散文《旅途》、孔嘉的《读〈日知录校记〉》、卢鸿基的《随思录》、张静庐的《出版界旧事》、长虹的《几句话》等。

21日，速流的《略谈现中国的"诗"》发表于《新华日报》第2版。

24 日，岂岚的诗歌《长江的水流长又长》发表于《新华日报》第 2 版。

方敬的诗歌《邮片——寄慰劳信集的作者》发表于《大公报》副刊《文艺》第 4 版。

25 日，文化工作委员会在中苏文化协会举行戏剧批评座谈会。凌鹤主持。阳翰笙、张骏祥、葛一虹、凤子、章罂等参加。会上探讨《国贼汪精卫》、《天长地久》、《乐章进行曲》、《秦良玉》等剧中的问题，还研究了剧运中出现的重要问题。

彭燕郊的诗歌《黄昏及其他》,郑笛华的《开荒》,郭风的《证件》,杨廉坤的《囚徒》，青苗的小说《柳河上》，禾风的《孤岛小景》，白蕖的短论《艺术形象的锻炼》，荇采的《过大的要求》，文婪的《从浮泛到深沉》，庄艟的《重庆的作家》，玛耶喀夫斯基作、邹绿芷译的诗歌《一个非凡的冒险》，L·铁摩菲叶夫作、庄寿慈译的《普式庚的抒情诗》等发表于《现代文艺》第 2 卷第 6 期。

杨刚的小说《拯救》、钟望阳的小说《钱念华》、吴岩的小说《浪花里长大的》、高文的小说《阿庚嫂》、山民的《关于批评问题》、柯灵的《浮尘（其一）》、史笃的《论批评的相对性与绝对性》发表于《奔流文艺丛刊》第 3 辑。

26 日，陈大文的《〈雾重庆〉给予我们的启示》和鲁琳的诗歌《悼漓江死者》发表于《大公报》副刊《文艺》第 4 版。

27 日，“文协”举行成立三周年纪念会。老舍、胡风、巴金、阳翰笙、姚蓬子、华林等 50 余人出席。老舍任主席，并报告本届改选事宜及响应捐款劳军的情况。

28 日，何其芳的《夜歌》发表于《大公报》副刊《文艺》第 4 版。

31 日，刘剑的《祖传金家第四代》、齐乐观的《敌区行》、碧野的《献》、增荣的《战斗吧,朋友!》、清译的《英国作家被俘虏在纳粹牢狱里的生活》、翁北溟的《漫谈江西文化》等发表于《黄河》第 2 卷第 2 期。

本月

国民党书报审查机关先后查封国统区《学习生活》、《新闻记者》、《国民公报》等数十种报刊和全民通讯社等。

巴人等著的短篇小说集《灵魂受伤者》,张天翼等著的短篇小说集《落魄》,[日]片冈铁兵等著、高汝鸿译的小说《小儿病》,[苏]梭罗古勃著、韦漱园等译的小说《邂逅》由上海三通书局出版。

王平陵的短篇小说集《夜奔》由长沙商务印书馆出版。

钟望阳的短篇小说集《小圈子中的人物》由上海文国社出版。

徐君梅编的短篇小说《黑旗将军刘永福》由福建省政府教育厅出版。

萧艾的短篇小说集《落叶集》由北京中华图书文具社出版。

谢希平的中篇小说《风暴之前》由汉口大楚报社出版。

徐哲身的长篇小说《鸳鸯女侠传》由上海春明书店出版。

舍郎的长篇小说《花落谁家》由新艺书店出版。

丁谛等著的短篇小说集《不绝的弦歌》由上海华华丛刊社出版。

周印心等著的短篇小说集《舍生取义》由上海艺风社出版。

鉴人的诗集《血花》由战斗诗歌社出版。

汪玉岑的诗集《夸父》出版。

管火陵的诗集《骊歌》由诗新地社出版。

王季思的《击鬼集》由浙江青年读书通讯社出版。

唐弢的《劳薪辑》由福建永安改进出版社出版。

澹静的《期望》由成都西南印书局出版。

李大超主编的《我的母亲（上册）》由曲江中国文化馆出版。

秦佩珩的《椰子集》由上海南强书屋出版。

赵清阁的五幕剧《女杰》由重庆华中图书公司出版。

董每戡的三幕剧《天罗地网》由成都铁风出版社出版。

阿英的三幕剧《不夜城》由上海剧艺出版社出版。

唐绍华的独幕剧集《日落》由重庆中国戏曲编刊社出版。

苏北行政专员公署情报宣传本部编的四幕剧《麦收》、《救命的保甲·流浪的妹妹》由苏北行政专员公署情报宣传本部出版。

李仲融的二幕诗剧《苏格拉底之死》由香港海燕书店出版。

徐訏的五幕剧《何洛甫之死》由上海夜窗书屋出版。

丁伯骝的四幕剧《洪炉》由重庆青年出版社出版。

艾芜著《文学手册》由桂林文化供应社出版。

[德] E·F 著、白明译的散文《希特勒遇刺记》由重庆大时代书局出版。

[苏] 高尔基著、以群译的小说《英雄的故事》由上海杂志公司出版。

四月

1日，许钦文的《周鲁迅的妹子》、柳亚子的《柳亚子（自撰）年谱》、魏如晦的《近代国难史籍录》、陈毅的《走内线》、柳存仁的《自由之神——北大和北大人》、陈友琴的《四川的滑杆儿》等发表于《宇宙风乙刊》第42期。

迈斯的《韩康的药店》、绀弩的拟剧《范蠡与西施》、云彬的《江有典的"史处"——读书札记之一》、耳耶的《装腔作势的男人》、赵令芹的《献策的策士》、林山的《什草》、王伯圉的《谈苦与闷》、胡静的《走曲线的中国社会》、令狐厚的《男女与职业》、湘洪的《由女子的美谈到女子职业问题》以及《玛雅可夫斯基纪念》专辑等发表于《野草》第2卷第1、2期合刊。

雷加的《七次巡回座谈会底经过与检讨》、何其芳的《给陈企霞同志的一封信》、萧军的《说"吉利话"》等发表于《文艺月报》第4期。

2日，国民党五届八中全会通过《动员财力扩大生产实行统制经济以保障抗战胜利案》和《积极动员人力物力财力确立战时经济体系案》。

8日，中文晚报《华商报》正式创刊。范长江任社长，胡仲持任总编辑。宋庆龄为该报题词："为坚持抗战作有力之后盾，为保持团结作有效之喉舌，为实现民主作正义之呼吁，为人民幸福作公正之申诉，给予侵略者以严重之打击。"

何其芳的《论"土地之盐"》发表于《新华日报》第2版。

卞之琳的《读诗与写诗》发表于《大公报》副刊《文艺》第4版。

10日，东平的《用战斗的顽强性……》（连载至13日），虚江的《夜》发表于《新华日报》第2版。

14日，S.E.《纪念玛耶珂夫斯基逝世十一周年》，牧原的《玛耶珂夫斯基礼赞》发表于《新华日报》第2版。

16日，李金发的《烟与人生》、赵景深的《小说琐话》、公西华的《费厄泼赖》、易安的《穷得开心》、刘大绅的《闲居杂忆》、阿茨的书评《西星集》等发表于《宇宙风乙刊》第43期。

欧阳健的《在南中国海》发表于《东方杂志》第38卷第8号。

王思会的《抗战戏剧的写作问题》、梅林的《小狮子》、仲年的《告青年作家》、苏雪林的《偷头》发表于《文艺月刊》第11年4月号（总第111号）。

20日，《中苏文化》第8卷第3、4期合刊推出“中山先生逝世十六周年纪念”特辑，刊载孙科的《我们的国，我们的党，我们革命的将来》，梁寒操的《以争取革命胜利纪念国父》等。该刊还有“苏联论中日战争选辑”，刊载P·克拉伊诺夫的《最近一年的中日战争》，A·奥斯特洛夫斯克亚的《抗战中中国农业建设的现状》，V·罗果夫的《抗战中的中国工业与交通》，L·波勃洛夫斯克亚的《中国抗战根据地四川与西康》、《建设中的广西经济地理》，杜巴索瓦的《中国的抗战文化建设》，U·特维多夫的《战争对于日本劳动生产率的影响》，N·瓦加诺夫的《日本的粮食问题》等。该刊还有茅盾的《抗战期间中国文艺运动的发展》，常任侠的《略谈苏联编中国艺术简史纲目》，岳光译的《苏联编中国艺术简史纲目》，拉几金作、朱谱萱译的《苏联农业新地图观》，陈正祥编译的《苏联的亚洲地理》，K.E.特苏作、庄栋译的诗歌《爱沙尼亚诗选译》，卡达耶夫作、曹靖华译的《梦》，F·康提巴作、贾芝译的《极北地方的果子》，M·左琴科作、庄启东译的《一个不识字的女人》，V·伊伦可夫作、倪明译的《人价》，B·高尔巴扶夫作、寿慈译的《洗衣妇病了》，E·加布利洛维支作、卢鸿基译的《阵地插曲》等。

21日，汪曾祺的诗歌《昆明小街景》发表于《大公报》副刊《文艺》第4版。

25日，穆旦的诗歌《中国在哪里》发表于《大公报》副刊《文艺》第4版。

青苗的小说《鬼域——罗夫先生的手记》、王西彦的小说《家鸽》、高岗的诗歌《马灯》、彭燕郊的诗歌《恋歌》、郭风的诗歌《春天》、许杰的散文《跳蚤的故事》、李岳南的散文《爷爷和茶叶》等发表于《现代文艺》第3卷第1期。同时本期还推出“迭更司特辑”。

海客的小说《苍茫》、洪波的小说《杨师》、晓歌的小说《一个朋友》、田青的小说《阿昌》、应服群的报告文学《暴风雨之夜》、骆宾基的《后方》、北望的《从萧军的〈侧面〉看到的一侧面》、吴天的剧本《月夜》发表于《奔流文艺丛刊》第4辑。

26日，“文协”筹办的渝各界文化团体联欢晚会在广东酒家举行。200余人到会。老舍任主席，并在会上朗诵《阿Q正传》中的一段。冯玉祥也朗诵了新作。

27日，文化工作委员会在重庆抗建堂举行文艺演讲会，总题为《文艺创作方法论》。老舍、孙伏园、郭沫若分别针对小说、散文、诗歌创作问题发表演讲。

30日，冰莹的《我的创作经验》、萧离的《小号兵》、王志超的《我怎样离开了北平》、斌人的《彻底现实主义者的文人——郁达夫》、蒂克的《悼黎风》，左成信的《我守卫在黄河上》等发表于《黄河》第2卷第3期。

本月

《华商报》在香港创刊。夏衍任编委并主编文艺副刊。

《杂文丛刊》在上海创刊。同时成立杂文丛刊社，其成员大多是暨南大学文学院、东吴法学院等校的学生。第7辑起改名《棘林蔓草》。

冀汸的诗歌《月季花》，艾漠的诗歌《自己的催眠》，白莎的诗歌《冬天》，路翎的短篇小说《家》，钟夜的小说《金刚及其它》，青苗的小说《绿林》，S.M.的《真——关于战争文学》，吕荧的《人的花朵（艾青·田间合论）》等发表于《七月》第6集第3期。

楚风编辑部编选的短篇小说集《楚风创作选》由汉口大楚报社出版。

杨时中的长篇小说《神州亚森萝苹》（第一册）由上海沪江书社出版。

文德铭的短篇小说集《家与国》由重庆指南编辑社出版。

柳宁的《一个无产者的自传》由重庆胜利出版社出版。

张恨水的长篇小说《绿珠小姐》（第一集）由上海志新书局出版。

黎烈文的短篇小说集《保姆》由上海好友出版社出版。

任钧的诗集《后方小唱》由重庆上海杂志公司出版。

洪波、疯子合著的诗集《飘零集》由上海新地书店出版。

予且、巴人等著的《家的拾摭》由上海奔流书店出版。

寇嘉弼的独幕剧集《一出戏》由重庆华中图书公司出版。

侯枫的独幕剧集《我们的游击队》，万迪鹤的五幕剧《和平天使》由重庆独立出版社出版。

于伶、荒煤等著的独幕剧集《狂欢之夜》由上海激流书店出版。

魏如晦编选的《现代名剧辑选》（又名《现代名剧精华》）由上海剧艺出版社出版。

昌言编选的《现代最佳剧选第四集》由上海现代戏剧出版社出版。

老舍的三幕剧《面子问题》，丁西林的《等太太回来的时候》由重庆正中书局出版。

汪巩的四幕剧《炮火升平》，［法］高莱特著、戴望舒译的小说《宝宝》由上海光明书局出版。

包蕾的六幕剧《雪夜梦》由上海少年出版社出版。

路江编的独幕剧集《第一流》，梅衣编的独幕剧集《第一流（续）》由上海地球出版社出版。

徐渠的三幕剧《蠹》（又名《生意经》）由上海文国社出版。

［法］安德烈·莫洛亚著、吴奚真等译的散文《法国的悲剧》由重庆时与潮社出版。

［俄］托尔斯泰著、孟克之译的小说《杀妻的故事》由上海长风书店出版。

［美］赛珍珠著，蒋旗、安仁译的小说《永生》由国华编译社出版。

［法］莫洛怀著、魏华灼译的小说《雪莱传》由上海商务印书馆出版。

［美］史坦培克著、聂淼译的小说《怒火之花》（上下册）由上海世界文化出版社出版。

五月

1 日，《华北文艺》月刊在晋东南辽县麻田村创刊。蒋弼主编。1941 年 10 月出至第 1 卷第 6 期停刊。

晋察冀边区文化艺术综合刊物《五十年代》创刊。创刊号刊载成仿吾的《代发刊词》，田间的长诗《铁的子弟兵》，何干之的《鲁迅的方向》，何洛的《易卜生在中国》，克夫译的《列宁与文学遗产问题》等。

胡风编选的《民族形式讨论集》出版。共收集了 29 篇论文以及两个座谈会记录。编者将文章分为 11 组：第一组、提出问题；第二组、关于旧形式的作用；第三组、各部门创作者的意见；第四组、戏剧民族化论文；第五组、关于“中心源泉”论的前哨战；第六组、对“五四”新文艺传统的评价；第七组、“中心源泉”论者的大规模反攻；第八组、对于“中心源泉”论的批评及“中心源泉”论者的反批评；第九组、展开详细见解的两篇论文；第十组、两个座谈会记录；第十一组、从大众化方面对“中心源泉”论的再批评。

何文介的《杀人》、《和尚》、《西方与东方》，邢光祖的《论味（上）》，许公陵的《画中有诗的农民画家米勒》，姬妮的《关于米勒之死》，予且的《抚养问题》，冯和仪的《牺牲论——俗人哲学之二》,杨彦岐的《香港半年》等发表于《宇宙风乙刊》第44期。

茅盾的《大题小解之一》,宋云彬的《人间史话(一)》,李洪辛的《臭虫·大兵·狗》,孟超的《周作人东渡》,觉夫的《“利己主义”塍话》,禹鼎的《陶希圣目中的契丹政客》,东郭迪吉的《梁山泊与知识分子》,余所亚的《前线马瘦,后方猪肥》,[苏]莱兹涅夫作、庄寿慈译的《普式庚》,[丹麦]V.安徒生作、秦似译的《丹麦官僚》,[英]汤姆司·哈定作、王者译的《诗二首》等发表于《野草》第2卷第3期。

黄既的《老马夫》,又然的《鞭尸》,草明的《屈服的聪明人》,艾青的诗歌《三国公约》,丁玲的《干部衣服》,雪苇的《关于“延安星期文艺学园”的产生》,刘白羽的《思索》,陈企霞的《我射了冷箭吗?——答何其芳》,D.查斯拉夫斯基作、陈适译的《爱弥儿·左拉》发表于《文艺月报》第5期。

孟超的《查太顿的悲哀》、罗永培的《略论苏联电影》、朱自清的《关于诗的比喻和组织》发表于《笔阵》新2期。

4日,郭沫若的《青年哟,人类的春天!》发表于《新华日报》第2版。

9日,晋察冀边区文学、音乐、美术、戏剧各协会和文化俱乐部召开民族形式问题座谈会。会议持续至14日。文艺界人士及各文艺团体代表150余人出席。大会推选成仿吾、常青、沙可夫、杨朔、何干之、周巍峙、金肇野、汪洋、陈山等9人为主席团。沙可夫致开幕词,常青致闭幕词。讨论内容:一、旧形式的估价及其利用;二、五四以来新文艺的估价;三、民族形式的创造;四、社会价值与艺术价值。会议期间联大文工团演出果戈里的《巡按》,西战团演出田汉改编的《复活》,抗敌剧社演出曹禺的《雷雨》。

13日,在上海主持文化生活出版社的陆蠡被日本人逮捕,从此下落不明。年仅35岁。

15日,边区文协召集文艺工作者在文化俱乐部举行创作会议。杨朔、田间、金肇野、孙犁等参加。会议决定成立文学创作会,推杨朔、田间、周而复为委员,并发表《文学创作会纲领》。

16日,中共中央机关报《解放日报》在延安创刊。由《新华日报》和《今日新闻》合并而成。博古任社长、杨松任总编辑。同年9月16日创办副刊《文艺》。1947年3月27日停刊。

许钦文的《鲁迅先生创作的八大原则》、堵述初的《从鲁迅第一篇小说看他的作风》、何文介的《论读书之害（姑妄言之）》、绪君的《谈作文》、姚苡的《李长吉诗研究》、王岿的《留美考试记》、姚伊的书评《上海屋檐下》等发表于《宇宙风乙刊》第 45 期。

黄缘芳的《刘东生的〈月下老问世间配偶〉杂剧》发表于《东方杂志》第 38 卷第 10 号。

17 日，茅盾的长篇小说《腐蚀》在香港《大众生活》开始连载（新 1—20 号）。单行本于本年 10 月由上海华夏书店出版。救同会主编的《大众生活》在香港复刊。邹韬奋仍任主编。千家驹、金仲华、茅盾、夏衍、乔木、胡绳等为编委。复刊词称：现在摆在全国人民面前的紧迫问题，就是根本消灭分裂的危机，巩固团结统一，建立民主政府，而使抗战最后胜利。

19 日，欧阳山的《马列主义和文艺创作——文艺思想和形象性漫谈之一》发表于《解放日报》第 2 版。

20 日，滕固去世。

滕固（1901—1941），江苏宝山（今属上海）人。美术史家、小说家。1918 年上海图画美术学校毕业。1919 年秋赴日留学。1920 年考入日本东洋大学。留学期间与田汉、郁达夫、郭沫若、张资平等相识，经常探讨人生与艺术问题。1921 年 1 月 4 日，文学研究会在北京成立，滕固加入为会员。同年 5 月，与沈雁冰、郑振铎、陈大悲、欧阳予倩等 13 人发起成立民众戏剧社，出版《戏剧》。著有短篇小说集《壁画》、《迷宫》、《外遇》、《平凡的死》，中篇小说《银杏之果》、《睡莲》，诗文合集《死人之叹息》等，以及论著《中国美术小史》、《唐宋绘画史》等。1941 年 5 月 20 日因病在重庆逝世。

《中苏文化》第 8 卷第 5 期推出“玛耶可夫斯基逝世十一周年纪念特辑”，刊载萧爱梅的《论玛耶可夫斯基》，春鸣的诗歌《给苏联革命诗人玛耶可夫斯基》，O·拍斯克作、赵华译的《玛耶可夫斯基审美观点的批判》，包略克等作、苏凡译的《玛耶可夫斯基的作诗法》，A. 斐夫拉尔斯基编、张西曼译的《玛耶可夫斯基和戏剧的年表》，张西曼译的《高尔基论未来主义》等。该期还刊载有孙科的《中国的前途》，冯玉祥的《振作革命精神》，王昆仑的《论抗争的五月》，VOKS 特稿、千冬译的《中国人民的伟大朋友》，V. 罗果夫作、叶文雄译的《中国战时财政状况》，赵华译的《中国战时工业的发展》，达维道夫作、岳光译的《炮火氛围里的日本工人》，I. 李明作、孙琪译的《列宁论外交政策》，赵华译的《关于社会主义下生产关系与生产力适应的论争》，M. 鲁宾斯坦作、余鸿达译的《社会主义与技术进步》，E.Fyodorov 作、沈依真译的《苏联的北极远征队的科学工作》，E. 克林克尔作、袁竹夫译的《北极探险的四个同志》等。

周彦、徐昌霖的四幕剧《烽火梵音》，梁鹄的三幕剧《溃》，沙羿的独幕剧《自由万岁》，熊佛西的《写给一位戏剧青年的第五封信：讨论演出诸问题》，张骏祥的《导演与演员》，阎哲吾的《战时剧团演出行政》，星漪的《个人对于效果的经验》，叶仲寅的《怎样扮演一个角色》等发表于《戏剧岗位》第 2 卷第 4、5、6 期合刊。

伯达的《反新形式的旧礼教》、萧三的《列宁论文化与艺术》、野渠的《我们被扣在同官的几天》、王思华的《关于社会主义与共产主义社会发展的动力问题》、王实味的《文艺民族形式问题上的旧错误与新偏向》、叶蠖生的《从安阳发掘成果中所见的殷墟时代社会形态之研究》、艾青的《赌博》、崇基的《光明》、默涵的《黎明之前》、萧军的《鲁迅研究会成立经过》发表于《中国文化》第 2 卷第 6 期。

21 日，逄美的《秋天的道路》，李立方的《农民的儿子》，贾芝的《牧牛》，章炼锋的《我做着这样的梦想》，李雷的《小诗二章》，罗夫的《我是带着日光来的》，胡征的《讨论会》，井岩盾的《阳光下的孩子》，张铁夫的《窝窝头和白银子的故事》，朱子奇的《斗争会》，孙剑冰的《课堂上》，Y. 马雅可夫斯基作、冯牧译的诗歌《家》等发表于《新诗歌》第 6 期。

23 日，丁玲的《什么样的问题在文艺小组中》发表于《新华日报》第 2 版。

25 日，司马文森的小说《蠢货》、田涛的小说《邱老恒的厄运》、彭燕郊的诗歌《篝火》、邹绿芷的诗歌《夜》、姚奔的诗歌《在风雨的夜里》、郭风的诗歌《江》、唐弢的《再真实些》、姚隼的《夜酒楼》等发表于《现代文艺》第 3 卷第 2 期。

29 日，邹韬奋、茅盾、范长江、于毅夫、金仲华、沈志远、沈兹九、韩幽桐等人在香港联合发表《我们对国事的态度和主张》，谴责国民党的投降政策和对文化事业的摧残。文章提出主张：第一、坚持抗战国策，要求其更须彻底肃清抗战阵营中的妥协分子；第二、团结更需诚意，必须取缔一切助长分裂的宣传与行动，谋求抗日各党派间精诚团结；第三、民主政治须即实施。

30 日，诗歌工作者定本日为“诗人节”，以表达对屈原的纪念。“文协”在重庆中法比瑞同学会首次庆祝此节，于右任、郭沫若、阳翰笙、老舍、姚蓬子、孔罗荪、周钦岳、潘梓年等200余人到会。老舍报告了诗人节的筹备经过。郭沫若对屈原作了介绍。高兰朗诵诗歌。

《新华日报》第2版发表《诗人节缘起》。文章指出，“我们决定诗人节，是要效法屈原的精神”，“诅咒侵略，讴歌创造，赞扬真理”。该版还刊载郭沫若的《蒲剑·龙船·鲤帜》、申的《吊屈原》、李石锋的《从“咚咚……”说到屈原》、柳倩的《纪念与任务——祝贺第一个诗人节》等。

冰莹的《俘虏收容所参观记》、武田进的《我是怎样轰炸南京的？》、山本浩一的《在收容所里》、林一鹏的《浪人浪事》、乔延龄的《日本天皇是什么东西？》、鹿地亘的《寄自火线上的信》、片冈正雄的《忏悔》、中野宇秋的《一个俘虏的日记》、山下义一的《故乡》、田中照子的《森下九郎同志遇难一周年纪念》、井村芳子的《我的感想》等发表于《黄河》第2卷第4期。

闻歌的小说《上进》、柳青的小说《二等兵》、臧克家的小说《天下第一乐事》、佐思的《民族的健康与文学的病态》、东方明的《内地文艺界的动态》、铁夫的《永久的人性和小老婆》、李昂的《排斥“异端”》等发表于《奔流文艺丛刊》第5辑。

31日，延安新诗会与文化俱乐部为纪念屈原召开座谈会。齐燕铭、范文澜、萧三、艾青等在会上讲话。与会者一致赞同成立屈原研究会，并计划重新翻译屈原作品。

中苏文化协会在重庆举行文化界联合晚会，苏联驻华大使潘友新及重庆文化界沈钧儒等800余人出席。中央宣传部长梁寒操致词，称苏日中立协定无碍中苏邦交。

本月

台湾作家张文环、黄得时等组织启文社，创办《台湾文学》季刊。

《乐观》月刊在上海创刊。周瘦鹃主编。

延安文化俱乐部组织延安业余剧团。陈明等7人为常委。剧团为庆祝十月革命节排演法国名剧《祖国》。

延安“星期文艺学园”开学。学园由丁玲提议组建，是适合文艺青年业余学习，类似讲习班的组织。主持人为罗烽、雪苇。

宋之的等著的短篇小说集《小夫妻》由香港群社出版。

欧阳山等著的短篇小说集《长子》由上海华新图书公司出版。

巴林的长篇小说《今》由著者自刊。

冯玉奇的长篇小说《荳蔻女郎续集》，冯玉奇的长篇小说《个中苦》由上海春明书店出版。

萧红的长篇小说《呼兰河传》由重庆上海杂志公司出版。

许啸天的短篇小说集《含着泪笑吧》由上海春风书店出版。

吴奚如的长篇小说《汾河上》由上海北野书店出版。

周楞伽的短篇小说集《沉沦》由上海群立出版社出版。

陶菊隐的短篇小说集《密司马》由上海中华书局出版。

程小青的中篇小说《舞后的归宿》由上海世界书局出版。

张恨水的长篇小说《金银世界》由奉天广艺书局出版。

陈道谟的诗集《诚实的歌唱》由成都挥戈文艺出版社出版。

锡金的诗集《黄昏星》由泽上社出版。

白金、李駖子合著的诗集《忏悔书·无弦琴》由上海中国图书杂志公司出版。

夏衍的《此时此地集》由桂林文献出版社出版。

周作人的《药堂语录》由天津《庸报》社出版。

芦焚的《上海手札》由上海文化生活出版社出版。

袁俊的五幕剧《小城故事》由重庆文化生活出版社出版。

许晴的独幕剧《王玉凤》由新艺社出版。

罗伦的四幕剧《风陵渡》由青年出版社出版。

赵清阁的独幕剧集《过年》由重庆独立出版社出版。

陈效胥的《死守临城》由长沙湖南教育厅第一巡迴戏剧教育队出版。

葛一虹选编的独幕剧集《走》由重庆新生图书文具公司出版。

周贻白的四幕剧《花木兰》，顾仲彝的四幕剧《梁红玉》由上海开明书店出版。

吴天的独幕剧集《囤户》由上海文国社出版。

姚亚影的戏剧集《浪淘沙》由重庆华中图书公司出版。

陈启肃的戏剧集《徘徊着的女人》由福建省政府教育厅戏剧教育委员会出版。

赵如琳等改编的独幕剧集《谣传》由广东曲江动员书店出版。

夏衍的四幕剧《愁城记》由上海剧场艺术出版社出版。

［英］W.H. 奥邓著、朱维基译的诗歌《在战时》由上海诗歌书店出版。

［奥］显尼志勒著、施蛰存译的《女难》由上海神洲国光社出版。

［俄］赫尔岑等著、巴金等译的小说《海（血痕）》由上海中流书店出版。

［苏］高尔基著、耿济之译的小说《家事》由上海良友复兴图书公司出版。

［美］奥纳尔著、杜秉正译的小说《铁人航空队》由成都铁风出版社出版。

［美］史密斯著、亢德和云玖译的小说《滇缅公路》由上海亢德书店出版。

六月

1 日，《时代文学》月刊在香港创刊。周鲸文、端木蕻良主编。香港时代批评社发行，共出 4 期。

黄裔的《消夏集——记起了“西游记”》、王杰的《周末乱弹》、秀兰的街头诗《耗子的故事》、商引的街头诗《弃婴》等发表于《新华日报》第 4 版。

《文学月报》第 3 卷第 1 期推出“美国文学特辑”，其中包括惠特曼作、王春江译的《黎明的旗子》，袁水拍译的《休士近作诗二章》，斯丹贝克作、秋蝉译的《苍茫——“愤怒的果实”之一章》等。该期还刊载洪深的剧本《樱花晚宴》，力扬的《雾季诗抄》，曾卓的《受难的山城》，芦冰的《雪的原野》，薏冰的《交通大队》，马子华的《丛莽中》，文若的《仇恨》，张白山的《王参议》等。

魏如晦的《关于〈杨娥传〉》、许钦文的《无妻之累》、胡运公的《物价有必涨之理乎》、秦佩珩的《明末第一流外交家左萝石》、白云的《钱牧斋与清史》、向长清的《论中国诗中的象征》、玄裳的《北碚散记》等发表于《宇宙风乙刊》第 46 期。

何家槐的《信徒·先知·救世主》，云彬的《从章太炎说到刘申叔》，秦似的《“立此存照”以后》，艾芜的《人和土地菩萨》，孟超的《从战国时代的社会背景说到纵横术》，东郭迪吉的《焦大与屈原》，［俄］高尔基作、孟昌译的《论语言》，［法］罗曼·罗兰作、秦似译的《忆高尔基》等发表于《野草》第 2 卷第 4 期。

6 日，梵庄的街头诗《奇怪的梦》、布谷的街头诗《割麦栽秧》、林春的街头诗《贝当的悲哀》发表于《新华日报》第 2 版。

8 日，汉夫的《辱骂鲁迅和鲁迅论辱骂》发表于《新华日报》第 4 版。

9 日，延安“五四”中国青年节征文奖揭晓。文艺类获甲等奖的有梁彦的小说《磨麦女》、邢立斌的散文《回家》等；获乙等奖的有狄耕的小说《圆圈之外》、王抗的散文《一个向导》等；戏剧类获甲等奖的有刘幕昆的《良民》等。

海棱创作的陕北民间故事《巫神及其他》发表于《新华日报》第 2 版。

10 日，茅盾的散文《白杨礼赞》，冰庭的剧本《老三》，邹绿芷的《故园草》，刘映元的诗歌《乌拉特歌》，金生水的诗歌《韩江月夜》、《黑土》，严杰人的诗歌《鼠的画像》、《无题》、《夜桂林》，洁泯的诗歌《中国夜曲》，柳倩的小说《牺牲者》，刘白羽的小说《枪》，柳风的小说《麦收》，丰村的小说《爷爷》，黄文俞的《鲁迅先生的初期思想》，沈起予的《人性的恢复（续）》，［苏］克拉特作、王春江译的小说《穆尔塔》，犹黎·卢金作、杨振麟译的《肖洛霍夫在 1940 年》，sholom Aleichem 作、方土人译的《高等学校》，米莱特著、章泯译的《剧本的情节研究》等发表于《文艺阵地》第 6 卷第 3 期。

周恩来的《周恩来致大公报张季鸾王芸生两先生书》、陈驰的《论经济与政治》、一丁的《用唯物辩证法观察森林》、荒煤的《新的一代》发表于《群众》周刊第 6 卷第 5、6 期合刊。

秀兰的街头诗《快给我们呼吸自由》发表于《新华日报》第 2 版。

15 日，冯玉祥的诗《大隧道》发表于《新华日报》第 2 版。

伍禾的《过故居》，王晨牧的《河岸》、《衡阳城中》，流萤的《奇怪的孩子》发表于《诗创作》第 1 期。

17 日，《文艺新哨》创刊。徐西东、吴凤楼、罗洛汀等编。1942 年 10 月 15 日出至第 2 卷第 2 期终刊。周为的《四狗》、幻冰的《忆亡友》、凤楼的《召唤》、封羽的《都市之夜》发表于《文艺新哨》创刊号。

18 日，中苏文化协会、文化工作委员会、“文协”等十单位为纪念高尔基逝世五周年举办纪念会。梁寒操任主席。郭沫若等作讲演。曹靖华报告高尔基生平。《新华日报》刊载时评《高尔基——列宁的至友》，戈宝权的《回忆高尔基》，秀兰的《高尔基还活着》。

20 日，刘白羽的小说《太阳》，萧三的《关于高尔基的二三事》，尹达的《关于殷商史料问题》，叶蠖生的《在青铜时代的埃及社会》，丁玲的《我在霞村的时候》，陈唯实的《史大林发展了关于否定之否定的问题》，乐天宇的《遗传正确应用的商讨》，F.Schneide 作《高尔基——伟大的人道主义者》，［意大利］健尔麦南多原作、又燃重译的《一段亲笔题字的故事》等发表于《中国文化》第 3 卷第 1 期。

22日，《诗创作》杂志社在桂林大华饭店招待全市诗歌工作者。李文钊主持。20余人参加。主要讨论了诗歌的倾向问题，并商定定期召开座谈会，研究中外诗人的作品。

欧阳山的《马列主义和文艺创作》发表于《新华日报》第4版。

25日，《中苏文化》第8卷第6期文艺专号推出“高尔基逝世五周年纪念”、“莱蒙托夫逝世百年纪念”、“中国第一次诗人节纪念”特辑。其中，“高尔基逝世五周年纪念特辑”包括“陪都文化界纪念会”的组稿：梁寒操的《我们为什么要纪念高尔基》，冯玉祥的《学习高尔基说老实话的精神》，郭沫若的《写在高尔基逝世五周年的一天》，曹靖华的《高尔基生平》，B·卜亚力克作、艾平合译的《斯大林与高尔基》，I·鲁波尔作、叶文雄译的《高尔基的文学遗产》，M·犹诺维支作、赵华译的《高尔基的俄国文学史》，J·贝赫尔作、叶文雄译的《高尔基——不灭的火把》，S·勃廉特保作、苏凡译的《高尔基与托尔斯泰关于戏剧的“论争”》，N·华克沙诺夫作、叶岱译的《高尔基与音乐》，罗斯肯作、礼长林译的《高尔基的生活与创作年表》，瞿定秀译的《高尔基著作的中译表》等；“中国作家的认识与影响”包括茅盾的《高尔基与现实主义》，戈宝权的《回忆高尔基》，巴人的《关于高尔基一事》，常任侠的《海燕的歌人》，安娥的《我对高尔基的第一个印象》，葛一虹的《从M·高尔基说起》等；“高尔基作品选择”包括秦似译的《少女与死》，苏凡译的电影剧本《宣传员》，叶文雄译的《给孩子》，曹靖华译的《文学史片言》，敏之译的《高尔基论文艺的翻译选辑》等。

“莱蒙托夫逝世百年纪念特辑”包括莱蒙托夫作、葛一虹译的《生命之杯》，库司泰·卡太格洛夫作、李嘉译的《在莱蒙托夫的石像前》，伯林斯基、车尔尼雪夫斯基、托尔斯泰、契诃夫、海尔岑、高尔基作，谷辛译的《旧俄及苏联作家论莱蒙托夫》，V·尼阿斯达德作、黎璐译的《关于莱蒙托夫》，A·托尔斯泰作、思光译的《伟大的诗人》，D·勃拉果夷作、苏凡译的《伟大的诗》，斯特拉赫作、小畏译的《关于莱蒙托夫的名作〈商人之歌〉》等。

“中国第一次诗人节纪念”特辑包括郭沫若的《蒲剑·龙船·鲤帜》、高长虹的《论屈原》、安娥的《吊屈原》、王昆仑的《端节乡居》、沅的《第一次诗人节剪影》、耶草的《柏庄》、昭的《“小朋友迎头赶上去”!》等。

蹇先艾的小说《重逢》、碧野的小说《春天的故事》、邹荻帆的诗歌《紫姑》、彭燕郊的诗歌《殡仪》、郭风的诗歌《都市》，邹绿芷的散文《故园草》、相棱的杂感《才子气与呆子气》等发表于《现代文艺》第 3 卷第 3 期。

30 日，《斯大林演说》、《莫洛托夫广播宣言》、《英国共产党宣言》、《加拉彻同志谈英国共产党政策》、《美国共产党宣言》、《吾人当予法西斯匪徒一蹶不振之还击——真理报社论》、《解放日报社论：德国法西斯侵犯苏联世界政治的新时期苏必胜德必败》等以及周恩来的《论苏德战争及反法西斯的斗争》，吴克坚的《为建立反法西斯的国际统一战线而斗争》，汉夫的《英美目前应持的态度》，西民的《日寇怎样决策》，梓年的《苏德战争与中国抗战》等发表于《群众》周刊第 6 卷第 7 期。

本月

晋察冀边区第一届文代会开幕，随后成立文联。

《七月》第 6 集第 4 期出版，诗专辑收有罗冈的《种子》，鲁莎的《滚车的人》，艾烽的《江岸》，彭燕郊的诗集《风雪草》（内含《冒着茫茫的雪呵》、《透明的日子》、《稻草铺》），艾漠的诗集《跃进》（内含《走出了南方》、《在西北的路上》、《夜》、《马车》），孙钿的《行进》；小说专辑收有路翎的《何绍德被捕了》，鲁莎的《草原上的故事》，雷加的《屈辱者和他的挚爱的人生》，谢狱的《偶遇》，杨禾的《麦收》；此外，还刊载有曹白的《冬夜》，胡风的《棘源草》，M. 高尔基作、吕荧译的《普式庚论草稿》，柏山的《我对于写作的学习》等。

卢生（王统照）的短篇小说集《华亭鹤》、杨刚的短篇小说集《桓秀外传》、靳以的短篇小说集《洪流》由上海文化生活出版社出版。

木圭的短篇小说集《背上了十字架》由上海大华图书公司出版。

黄穆的短篇小说集《乡下先生》由上海新地书店出版。

谢冰莹的短篇小说集《梅子姑娘》由西安新中国文化出版社出版。

何心的短篇小说集《杀婴》由南京作家出版社出版。

张恨水的长篇小说《秘密谷》由上海百新书店出版。

卿秉渊的短篇小说集《旧仇新憾》由成都国魂书店出版。

张恨水的长篇小说《夜深沉》由上海三友书社出版。

菲力等著的诗集《摘果录》由北京艺术与生活社出版。

冯玉祥的《抗战诗歌集（第三集）》由三户图书社出版。

宋寒衣的诗集《昨日的行脚》由诗歌出版社出版。

老舍等著的诗集《怒》由香港堡垒书店出版。

征凡的诗集《哀儿之歌》由野风社出版。

艾青的长诗《火把》由烽火社出版。

周黎庵的《葑门集》由庸林书屋出版。

聂绀弩等著的《范蠡与西施》由桂林科学书店出版。

绀弩的《历史的奥秘》由桂林文献出版社出版。

西风社编的《默祷》由上海西风社出版。

林语堂的《有不为斋文集》由人文书店出版。

林语堂的《中国文化精神》由上海国风书店出版。

林语堂的《中国圣人》由上海朔风书店出版。

林语堂的《进行集》由上海西风社出版。

林淡秋的《交响》由香港海燕书店出版。

白朗的《西行散记》由重庆商务印书馆出版。

沈有乾的《西游回忆录》由上海西风社出版。

周彦的独幕剧集《正式结婚》由重庆华中图书公司出版。

熊佛西的三幕剧《世界公敌》（原名《害群之马》）由重庆青年出版社出版。

马翎的独幕剧《序幕曲》由上海中华影剧研究班出版。

马彦祥的四幕剧《国贼汪精卫》由重庆青年出版社出版。

徐訏的戏剧集《孤岛的狂笑》由上海夜窗书屋出版。

［苏］高尔基著、楼适夷译的小说《人间》由重庆开明书店出版。

［俄］果戈理著、蔡芳信译的戏剧《钦差大臣》由上海国民书店出版。

七月

1 日，通俗文学期刊《万象》月刊在上海创刊。万象书屋出版，中央书店发行。平襟亚为发行人。1941 年 7 月至 1943 年 6 月前 24 册由陈蝶衣编辑。1943 年 7 月至 1945 年 6 月停刊的后 19 册由柯灵编辑。共出 44 期（有具体详细出版日期的有4卷43期，另有一期号外未标注出版日期）。在《万象》上发表作品的作家主要有平襟亚、郑逸梅、程小青、张恨水、徐卓呆、孙了红、包天笑、范烟桥、周瘦鹃、丁谛（吴调公）、且予、魏如晦、傅雷、王统照、楼适夷、李健吾、柯灵、沈从文、黄裳、端木蕻良、施蛰存、吴伯箫等。

许钦文的《鲁迅先生的说理谈情》、魏如晦的《关于〈杨娥传〉（下）》、何文介译的《我怎样写〈走出了黑夜〉》、陈毅的《际遇》、曙山的《“割股殉亲”与“跳轿拒婚”》、王布帆的《记怪人——李子湘》、钱士青的《云南起义纪念日之回忆》、予且的《我不敢做少女的监护人》、绪君的《〈水浒〉谈屑》等发表于《宇宙风乙刊》第47期。

杜宣的《演员与观众》、馥心的《“油”》、白林的《“跳”》、田汉记录的《戏剧的民族形式问题座谈会中会（续完）》、张庚的《演剧与观众》、麦大非的独幕剧《慈父》、范政的一幕儿童剧《谁拿的》、舒模的报导《战地演剧记实》发表于《戏剧春秋》第1卷第4期。

罗烽的《高尔基论艺术与思想》，虞迅的《骨肉——一个伤员语录》，淘着的《我们的日子》，萧军的《第八次文艺月会座谈拾零》，郭小川的《想的碎片》，陈适译的《法朗士在左拉墓前的演说》发表于《文艺月报》第7期。

6日，亨利·巴比塞作、山屋译的《论写作与战争》发表于《解放日报》第2版。

7日，香港《华商报》全文刊载郭沫若、许地山、茅盾、巴金、夏衍、胡风、景宋写给萧伯纳、罗曼·罗兰、托马斯·曼、赛珍珠、海明威等30多位英美作家的信，呼吁世界民主力量大团结，建立国际反法西斯联合阵线。

郭沫若的《金刚坡下》发表于《新华日报》第5版。

8日，文化工作委员会在重庆抗建堂举行文艺演讲会，探讨新形势下抗战文艺的新任务。郭沫若致开幕词。郑伯奇、阳翰笙、应卫云、王云阶、叶浅予分别就文学、戏剧、电影、音乐、美术等方面发表演讲。

木风的《伸出我们的手——献给正在战斗中的苏联朋友》发表于《新华日报》第2版。

9日，叶知秋的《文学抗战的四周年》，石楠的《论新诗》发表于《新华日报》第2版。

中华书局创办人陆费逵在香港九龙逝世。

陆费逵（1886—1941），字伯鸿，幼名沧生。祖籍浙江桐乡，生于陕西汉中。早年任职于商务印书馆，后参与创办中华书局，任经理、董事长。在中华书局任职三十年里，先后编辑出版《中华大字典》、《辞海》等重要书籍，为中国的文化出版事业作出了重要贡献。

10日，怀霜的《略观外国文学的绍介和抗战文艺的出国》发表于《新华日报》第2版。

11日，《新华日报》第2版刊载郭沫若、沈钧儒、茅盾、郁达夫、曹靖华、陶行知、田汉、胡愈之、老舍等264人签名的《中国文化界致苏联科学院会员书》，表达了“我们要英勇的并肩作战，扑灭人类的公敌”的决心。

12日，刘白羽的《同志》发表于《新华日报》第2版。

13日，田间的《最后的一颗手榴弹》发表于《新华日报》第4版。

15日，《自由中国》新1卷第2期推出“纪念托尔斯泰特辑”，包括本社短论《纪念托尔斯泰》，萧星的《托尔斯泰小传》，编者辑录的《托尔斯泰语录》，托尔斯泰著、寒江译的小说《天谴》，E·焦特林作、禾康译的《托尔斯泰之家》等。该期还刊载邹荻帆的诗歌《太阳照着的旅途》，吕亮耕的《中国的领海》，骆滨基的小说《吴非有》（连载至第5、6期合刊），彭慧的小说《还家》，田涛的小说《巷战》，艾芜的《从文艺史实来看文艺中国化》，金槊的《从现实生活论文艺作品中国化》等。

伍禾的《大街》、《马戏团》，胡危舟的《香港小姐》、《搥石的孕妇》，贺敬之的《十月》发表于《诗创作》第2期。

16日，魏如晦的《何绍基与太平天国》、陈毅的《石像上的联语》、何文介的《提高教员薪给》、许钦文的《瓮菜与蕻菜》、胡永公译的《论充绅士之害》、予宰译的《关于侦探小说》和《人物与身材》、忆善译的《时间之谜》、云玖译的《电影观众》等发表于《宇宙风乙刊》第48期。

梁谦武的《游粤北仁化丹霞山》，柳存仁的《卢沟晓月》发表于《东方杂志》第38卷第14号。

17日，周扬的《文学与生活漫谈》发表于《解放日报》第2版。

20日，贺麟的《英雄崇拜与人格教育》、冯至的《一个对于时代的批评》、王季高的《现实主义——从张伯伦到罗斯福》、孙毓棠的《战国时代的农业和农民》、陈铨的《文学批评的新动向》、林同济的《廿年来中国思想的转变》、岱西的《偶见》

和《念滕若渠》发表于《战国策》第 17 期。

22 日，周木斋逝世。

周木斋（1910—1941），名朴，号树瑜。江苏武进（今常州）人。散文家。出生于世代书香门第，祖父是前清举人。青年时就读于江苏省立第一中学。1931 年任上海大东书局编辑并开始从事写作，在《涛声》、《申报》、《太白》、《人间世》、《文学》、《芒种》等刊物发表作品。著有杂文集《消长集》、《消长新集》。1940 年抱病撰写《中国近代政治发展史》。1941 年 7 月 22 日因病逝世。

24 日，丘东平逝世。日军向苏北盐阜区发动“扫荡”，“鲁艺”华中分院教导主任、作家丘东平及戏剧家许晴在战斗中牺牲。学院 50 余人遇难。

丘东平（1910—1941），广东陆丰人。小说家。曾参加“左联”，留学日本。1932 年发表处女作《通讯员》。著有小说《给予者》、《第七连》、《长夏城之战》、《火灾》、《忧郁的梅冷城》、《一个连长的战斗遭遇》等。

许晴（1911—1941），原名许多。江苏扬州人。1931 年在联华影业公司五场演员养成所从事影剧工作。1932 年受中共地下组织派遣到北平创办“卿云书店”，任经理。1937 年参加上海文化界救亡协会组织的战地服务团。1939 年在安徽省总动员委员会工作，不久担任津浦路东各县联防办事处教育科长，盐城县教育科长，华中鲁艺戏剧系主任。著有《汪、平沼协定》、《重庆交响曲》、《怒吼吧，长江》、《王玉凤》、《惊弓之鸟》等剧本。1941 年 7 月 24 日，在率领鲁艺华中分院师生撤出盐城途经五区北秦庄时，遭到日伪军突然袭击，为掩护学生突围壮烈牺牲。

严文井的《一个钉子》发表于《解放日报》第 2 版。

25 日，《中苏文化》第 9 卷第 1 期出版“抗战四周年纪念特刊”，封面为“蒋委员长在庐山号召全民奋起”的照片，刊载有孙科的《从抗战建国说到世界改造》、孔祥熙的《抗战四年来的国民经济》、冯玉祥的《我们不放松日寇》、于右任的《在世界巨变中完成七七历史任务》、陈绍宽的《海军四年中抗战工作之检讨及今后发展方针》、吕超的《从抗战四周年说到中国国民对于国际动态应有的认识》、梁寒操的《伟大的历史转捩点》、张冲的《纪念七七要争取最后胜利》、翦伯赞的《苏德战争的爆发、展开及其对中国抗战的影响》等。同期还设有“抗战四年来之新文艺运动特辑”，收有老舍的《文章入伍，文章下乡》、以群的《抗战以来的中国报告文学》、艾青的《抗战以来的中国新诗》、卢冀野的《抗战以来的中国诗歌》、葛一虹的《抗战以来的中国戏剧》、史东山的《抗战以来的中国电影》、陈烟桥的《抗战以来的新兴木刻》、林昼的《抗战以来的漫画运动》、吴晓邦的《在抗战中生长起来的舞蹈艺术》、徐迟的诗歌《献诗》、邹绿芷的《走向豫西北》、黄雨秋的小说《老黄忠》、张煌的《秘密》、荆有麟的《新的血液》等。

王西彦的小说《门槛》、青冰的小说《女人的故事》、青苗的小说《母亲》、邹绿芷的诗歌《林中》、高岗的诗歌《班长、牧师、牛》、梦白的散文《山野间》等发表于《现代文艺》第 3 卷第 4 期。

30 日，路丁的小说《新路》、田涛的小说《忏悔》、长虹的《七七诗》、齐人的《战时中国画坛》、艾娟的文艺通讯《沦陷中的华北文艺》、殷乘兴的《大别山的文化运动》、价夫的报告文学《我们在白马山上》、果子的报告文学《“日支亲善”——发生在北宁铁路客车上的三个平凡小故事》、冰莹的《纪念“七七”》、长虹的《七七诗》、叶鼎洛的《今后中国艺术形态上应走的途径》、曼洛的《中条山突围记》等发表于《黄河》第 2 卷第 5、6 期合刊。

林淡秋的小说《渣》，吴岩的小说《魇》，宣心照的小说《幽灵》，方晓白的小说《路》，殷参的《大和田廉及其他》，仇山的《“排斥异端”》，君西的《八尺楼随笔》，［苏］斐尔曹夫作、金人译的《论 A·托尔斯泰的历史小说》等发表于《奔流文艺丛刊》第 6 辑。

本月

《当代创作文库》由上海新象书店出版。收王统照、庐隐等 20 位作家作品选集共 20 部。

“文协”晋西分会主编的《西北文艺》创刊。

程小青的中篇小说《矛盾国》、《白衣怪》由上海世界书局出版。

季孟（芦焚）的中篇小说《无望村的馆主》由上海开明书店出版。

程造之的长篇小说《沃野》由重庆海燕书店出版。

寒谷等著的短篇小说集《地药箭》由上海三通书局出版。

老舍等著的小说戏剧集《第一流（三编）》由上海地球出版社出版。

洛雨的诗集《壁字》由文原出版社出版。

卢森的诗集《疗》由诗时代出版社出版。

金音的诗集《塞外梦》和冷歌的诗集《船厂》由长春学艺刊行会出版。

徐野的诗集《仰望着这颗星辰》由行列社出版。

一文的《向天野》由重庆文化生活出版社出版。

庄瑞源的《乡岛祭》由上海文艺新潮社出版。

秦似的《感觉的音响》，林林的《崇高的忧郁》由桂林文献出版社出版。

向培良的独幕剧集《大时代的插曲》由长沙商务印书馆出版。

梁仁远的三幕喜剧《点金术》由江西泰和力学书店出版。

唐绍华的五幕剧《党人魂》(又名《黄花岗》) 由重庆中国戏曲编刊社出版。

李束丝的四幕剧《堕落性瓦斯》由成都铁风出版社出版。

舒湮的四幕剧《董小宛》由上海光明书局出版。

[日] 国木田独步等著、周作人等译的小说《少年的悲哀》，[英] 哈代等著、曾虚白等译的小说《娱妻记》，[苏] 高尔基等著、徐懋庸等译的小说《秋夜》由上海启明书局出版。

[美] 汉明威著、谢庆尧译的小说《战地钟声》由上海林氏出版社出版。

[法] 褚威格著、陈占元译的小说《马来亚的狂人》由福建永安改进社出版。

[美] 马克・吐温著、刘正训译的小说《傻子旅行》由上海光明书店出版。

[英] 笛福著、石中译的小说《鲁滨孙飘流记》由长春广益书店出版。

[苏] 高尔基等著、许幸之等译的《高尔基五周年逝世纪念特辑》由世界文艺社出版。

[俄] 柴霍甫等著、效询译的小说《盗马者》由上海黎明书局出版。

[英] S・N・Behrman 等著、陶秦译的电影文学剧本《魂断蓝桥》由上海观众出版社出版。

八月

1 日，陈毅的《书中的偏见》、何文介的《万年历》、杨申生的《清代的博戏》、张佛言的《钗头凤本事考及其他》、何瑞瑶的《孝园居士——戴季陶》、刘导鸿译的《中国文学和中国朋友》、予宰译的《时装百年史》、火野的《女人灾篇》、竺磊的书评《野鸭》等发表于《宇宙风乙刊》第 49 期。

张停的《〈文学与生活漫谈〉读后漫谈集录并商榷于周扬同志谈“美”》，江东的《“爬楼梯”与“叠罗汉”》，萧戈的《护病工作——伟大、艰苦和光荣！》，萧军的《艺术家的勇气——栖迟录之三》，郭尔德别鲁戈作、高原译的《托尔斯太晚年的生活及逝世》发表于《文艺月报》第 8 期。

3 日，“文协”延安分会召开会员大会，总结分会三年来的工作。三年来，分会出版了《大众文艺》、《中国文化》等杂志，向华北敌后根据地派出五次文工团等。《解放日报》第 2 版、《中国文化》第 3 卷第 2、3 期合刊均报道了大会情况。

《解放日报》第 1 版发表社论《努力开展文艺运动》。

4 日，许地山在香港病逝。

许地山（1893—1941），名赞堃，字地山，笔名落华生。祖籍福建龙溪，生于台湾。小说家、散文家、学者。1913 年受聘到缅甸仰光华侨创办的中华学校任职。1917 年考入燕京大学。1923 年赴美留学，获文学硕士学位。1921 年参与发起文学研究会，并发表短篇小说《命命鸟》、《商人妇》、《黄昏后》等。对印度文学、佛教和道教颇有研究，曾在燕京大学、清华大学、北京大学任教。1935 年任香港大学中国文学教授，对该校文科教学改革颇有贡献。著有散文集《空山灵雨》，短篇小说集《缀网劳蛛》，创作集《危巢坠简》、《杂感集》，编著有《印度文学》、《大藏经索引》、《中国道教史》（上）等。

刘白羽的《激昂的弦琴》（连载至 5 日）发表于《解放日报》第 2 版。

5 日，陈纪滢的《新诗朗诵运动在中国》（上、下）（连载至 6 日）发表于《大公报》第 4 版。

11 日，绿原的《送报者》发表于《新华日报》第 2 版。

12 日，周扬讨论鲁迅早期思想的论文《精神界之战士——论鲁迅初期的思想和文艺观，为纪念他诞生六十周年而作》（连载至 14 日）发表于《解放日报》第 2 版。文章认为，“他是同时主张文学表现人生而又作人生教科书的。这是完全的现实主义的观点。……他初期的浪漫主义正燃烧了改革现实的热情，而他后来的现实主义也充满了对显示未来的眺望，只是后来他在思想和艺术上更成熟，他的现实主义便发展到了最高度，为中国新民主主义文学奠下了坚牢而不可摇动的基石”。

14 日，冯玉祥的《读报的感想》发表于《新华日报》第 2 版。

15日，社会科学与文学艺术综合月刊《文化杂志》在桂林创刊。邵荃麟主编。1943年5月停刊，共出16期。

杨明的《英雄及其纪念碑等等》、胡风的《为一个外国刊物写的自传》、田汉的《山居书简》、蔚子的《由中国海员底肤色扯起》、斯庸的《帽子与脑袋》、孟超的《诗人节从屈原谈起》、罗高的《沉渣再泛偶感》、梅雨的《人狗之叹》、云彬的《辞“作家”》和独幕剧《言志》等发表于《野草》第2卷第5、6期合刊。

幻冰的《河沙》、姚散生的《祖国的旗》、冯橹的《我的歌》、艾金的《火柴》发表于《文艺新哨》第1卷第2、3期。

16日，毕树棠的《意教士眼中的古中国》、柳存仁的《理想中的北京大学》、玄裳的《我也谈谈钱牧斋》、魏兆铭的《流离札记》、杨申生的《清代的骨牌戏》、何文介的《论女用手袋等》、志穆的书评《战地钟声》、萧然译的《政治与年龄》、云玖译的《“性”性的伦摆舞》，忆澄译的《我眼光中的女人们》等发表于《宇宙风乙刊》第50期。

王平陵的《抗战四年来的小说》,任钧的《诗散谈》,楚湘的《雨夜》发表于《文艺月刊》第11年第8月号。

20日,《中国文化》第3卷第2、3期合刊刊载“抗战四周年纪念专号”,收有《中华全国文艺界抗敌协会延安分会第五届大会记录》，欧阳山的《抗战以来的中国小说》，艾思奇的《抗战以来几种重要哲学思想的评述》，李伯钊的《敌后文艺运动概况》,叶蠖生的《抗战以来的历史学》,胡蛮的《抗战以来的美术运动》,张庚的《剧运的一些成绩和几个问题》，和培元的遗著《论新哲学的特性与新哲学的中国化》，张仲实的《苏联斯大林文艺奖金底获得者》等。

25日，郁天的小说《七小姐》、彭燕郊的诗歌《磨》、邹绿芷的诗歌《溪晚》、姚奔的诗歌《我在嘉陵江岸上》、施稔的散文《斗牛》、郭风的散文《桥》、静闻的杂感《文艺断想》、相棱的杂感《李陵与周作人》等发表于《现代文艺》第3卷第5期。

30日，陈宜生的《忠仆》发表于《东方杂志》第38卷第17号。

周恩来的《抗战四年》、董必武的《联合起来扑灭法西斯蒂》、徐冰的《苏联一定胜利》、王梓木的《培养青年的民族气节》、孟同的《论科学工作人员的态度》、柯仲平的诗歌《人类宣言》、心清译的《斯大林同志与〈联共(布)党史简明教程〉——联共党史研究资料》等发表于《群众》周刊第6卷第8、9期合刊。

31 日，欧阳凡海的《谈生活之深入与创作问题》发表于《新华日报》第 4 版。

本月

张恨水的长篇小说《蜀道难》、《平沪通车》由上海百新书店出版。

司马文森等著的创作合集《寂寞》由桂林文献出版社出版。

丁玲著的《丁玲代表作》由上海三通书局出版。

吴奚如的短篇小说集《萧连长》由桂林三户图书馆出版。

徐君藩的短篇小说集《惊天动地》由福建省政府教育厅出版。

靳以的短篇小说集《遥远的城》由重庆烽火社出版。

罗淑的小说散文集《鱼儿坳》由上海文化生活出版社出版。

刘云若的长篇小说《春水红霞》由励力出版社出版。

谢冰莹的《冰莹抗战文选集》由建国出版社出版。

杨纪的《南战场之旅》由商务印书馆出版。

胡山源的《打鬼》由世界书局出版。

沈从文的《烛虚》由文化生活出版社出版。

绀弩的《蛇与塔》由桂林文献出版社出版。

郭沫若的《我的结婚》由香港强华书局出版。

穆穆的独幕剧集《生涯》由北平艺术与生活社出版。

沈蔚德编的四幕剧《民族女杰》(原名《新烈女传》)由重庆正中书局出版。

吴方桂的四幕剧《民族至上》由福建漳州抗战新闻社出版。

袁俊的五幕剧《边城故事》由上海文化生活出版社出版。

宋之的的独幕剧集《转形期》由桂林上海杂志公司出版。

张仲友的二幕剧《国家至上》由军事委员会政治部出版。

吴重翰的四幕剧《国殇》由长沙商务印书馆出版。

魏如晦的五幕历史剧《洪宣娇》由上海国民书店出版。

残痕的四幕剧《通缉书》由重庆正中书局出版。

姚君的独幕剧集《婉君戏曲集》由北平艺术与生活社出版。

[意]凡宰地著、巴金译的《我的生活故事》由上海文化生活出版社出版。

［俄］托尔斯泰著、杨时英译的小说《三隐士》由上海启明书局出版。

［挪］易卜生著、石灵译的戏剧《鹰革尔夫人》由上海金星书店出版。

［美］马克·吐温著、刘正训译的小说《傻子旅行》由上海山城书店出版。

九月

1日，综合性文艺刊物《笔谈》半月刊在香港创刊。茅盾主编。每月1日、16日出版。1942年12月1日终刊，共出7期。它以登载随笔、小品文为主，兼及其余。抗战爆发后，小品文创作仍很繁荣，刊物数量很多。茅盾主编的《笔谈》艺术性较高，在海内外影响较大。《笔谈》设有"杂感·随笔"、"掌故·轶闻"、"游记与印象"、"书报春秋"、"杂俎"、"时论拔萃"等栏目，内容丰富多彩。主要撰稿人有茅盾、郭沫若、柳亚子、胡风、戈宝权、袁水拍、叶以群、高荒、陈此生、林焕平、骆宾基、楼适夷、柳无垢等。董必武、胡乔木也曾为该刊撰文。第1期刊载了茅盾的《大地山河》、《国粹与扶箕的迷信——纪念许地山先生》，胡风的《"举一个例"》、《一种"骂"》，柳亚子的《羿楼日札》，扬刚的诗《寻求》、《愿望》，袁水拍的《暴发户的上海·贫困的上海》等。

艾芜的小说《山野》，荃麟的小说《歌手》，罗烽的小说《遗憾》，曹卣的小说《祖国高于一切》，邹荻帆的诗歌《他躺在金黄色稻草床上》，吕亮耕的诗《谁给你们带来饥饿和贫穷》，巴金的杂文《鱼儿坳》，孙陵的长诗《大风雪》，［苏］肖洛珂夫著、庄寿慈译的《静静的顿河》发表于《自由中国》新1卷第3期。

《宇宙风乙刊》第51期推出《周木斋先生纪念特辑》，收有《周木斋先生生平》、《周木斋先生遗影》、《周木斋先生之签名式》，唐弢的《悼木斋》，柯灵的《伟大的寂寞》，东方曦的《哭木斋》，文载道的《这是残忍的》等。同期还发表有秦佩珩的《关于郑成功》、赵邻芳的《记南宗孔子世家》、何瑞瑶的《孙哲生先生》、杨彦岐的《读书偶记——论香港生活》、望月的《读书偶记——河内散记》、杨申生的《清代的马将及骰子戏》等。

晋驼的《蒸馏》，雪苇的《关于"第八次文艺月会座谈拾零"——给萧军同志的公开信》，又然的《外国语》，L. 拜特与 A. 杜支合著、吴伯箫译的《舍甫琴科》发表于《文艺月报》第9期。

2日，茅盾的《悼许地山先生》发表于《新华日报》第2版。

3日，灼石的小说《二不浪夫妇》（连载至5日）发表于《新华日报》第2版。

6日，《大公报》主笔张季鸾在重庆病逝。12日，《大公报》第1版、第2版刊载讣告，并刊载《季鸾先生哀思录》。16日，刊载《本报全体同人昨公祭张季鸾先生》并附祭文。

张季鸾（1888—1941），名炽章，字季鸾，以字行。笔名一苇、榆民、老兵等。陕西榆林人，生于山东邹平。著名报人。1905年考取官费留学日本。1908年回国。1910年在上海协助于右任创办《民立报》。1911年任南京临时政府秘书。1916年应聘上海《新闻报》驻北京记者。1918年出任《中华新报》总编辑。1926年，与吴鼎昌、胡政之购得天津《大公报》产权，组织新记公司，任总编辑兼总经理。1936年主持创刊《大公报》上海版。1937年创办《大公报》汉口版。1938年将该报迁至重庆，出版并主持重庆版。

7日，柳倩的诗《战斗就是力量——为国际青年反法西斯节日作》发表于《新华日报》第4版。

11日，《解放日报》在文化俱乐部邀请作家座谈，白朗、荒煤、舒群、罗烽、艾青、刘白羽、萧三、吴奚如、艾思奇、周扬、欧阳山等50余人参加。丁玲、杨松先后说明座谈会的意义和目的，并报告三四月来文艺栏的工作和扩充以后编辑上的问题。艾青、萧三、荒煤、艾思奇等相继发言，一致主张加强延安文艺界团结，发扬民主作风，建立创作批评，提高文艺理论与创作水平，把反形式主义、主观主义的运动开展到文艺战线。《解放日报》1941年9月12日第2版报道了该活动的具体情况。

14日，郭沫若、阳翰笙、冯乃超、安娥、臧云远、方殷、姚蓬子等30余人举行新诗座谈会。主席冯乃超致词后，臧云远作报告，安娥、姚蓬子、罗荪、任钧、方殷等相继发表意见。郭沫若对于《诗经》与《楚辞》的语言发表了自己的见解。

茅盾的《如何欣赏文艺作品》和洁明的《文艺与文艺新军》发表于《新华日报》第4版。

15日，《文艺生活》月刊在桂林创刊。司马文森主编。文献出版社出版。1943年7月15日出满3卷后停刊。1946年1月1日在广州复刊，出光复版第一号。司马文森、陈残云编辑。文艺生活社出版。同年7月1日被查禁，8月迁往香港出版。

1948年1月出至第18号为避免国民党迫害迁至香港出版海外版。1949年9月共出53号。建国后迁广州继续出版，出穗新1号至新6号。艾芜的《轭下》，司马文森的《王英和李俊》,孟超的《鸡鸭二题》,伍禾的诗歌《行列》发表于《文艺生活》创刊号（第1卷第1期）。

胡风的《“举一个例”》，云彬的《回忆太戈尔》，天吏的《“仕而优则学”》，高友群的《行路者》，愈之的《新策士葬送了希特勒》，[俄]卢那察尔斯基作、阿南译的《论堂·吉诃德》，[美]史坦倍克作、碧珊译的《五分钱一箱》等发表于《野草》第3卷第1期。

16日，《解放日报》副刊《文艺》创刊。丁玲主编。1942年3月11日出至第100期，曾连续三天刊出“百期特刊”。次年3月从101期起改由舒群主编，出至第111期停刊。

郭沫若的《龙战与鸡鸣》、胡风的《两种灵魂》、林焕平的《战时日本的文化动态》发表于《笔谈》第2期。

罗念生的《特罗亚妇女引言》、任钧的《诗散谈》、翟宗沛的《同是天涯沦落人》发表于《文艺月刊》第11年9月号。

18日，“文协”等17个文化团体为“九一八”事变十周年发表纪念宣言，谴责日寇。

田间的《那些工人》，艾青的《诗的形式》，远征的《运河里的水》、《蚕期》，穆木天的《我们的死者们》发表于《诗创作》第3、4期合刊。

21日，胡拓的诗《太阳照在她底头顶上》、林立的《变》、戈宝权的《没有钱的犹太人——果尔德文学活动二十五周年纪念》发表于《新华日报》第4版。

23日，刘白羽的小说《激昂的弦琴》（连载至25日）发表于《新华日报》第4版。

25日，庄瑞源的小说《解决》、李岳南的小说《打春苗》、拾风的小说《洪师傅》、郭风的诗歌《公路》、厂民的诗歌《伟大的慈心》、施稔的《鱼鬼》、彭燕郊的《村里》等发表于《现代文艺》第3卷第6期。

26日，在渝诗人举行诗歌座谈会。阳翰笙任主席。到会者有黄芝冈、陈白尘、臧云远、安娥、姚蓬子等。臧云远作关于诗的样式问题的报告。常任侠对中国古代的诗体详加分析。姚蓬子、凌鹤、李嘉、任钧、黄芝冈等也发表了意见。

30日，周恩来的《“九一八”十年》，汉夫的《抗议公开宣扬希特勒主义——

斥法西斯主义的〈大地政治学〉谬论》，杨松的《关于〈联共（布）党史简明教程〉一书与马克思列宁主义底宣传》，戈宝权译的《六月二十二日的莫斯科》，澈涯的《日本帝国主义铁蹄下的朝鲜青年》，王希哲的《我应该怎么办呢？》，泉的诗歌《我歌颂国际青年节》等发表于《群众》周刊第6卷第10期。

冰莹的《一个女兵的自传（中卷）》、碧野的小说《于陵》、辣辣的小说《夜——在泰国》、沙雁的诗歌《夜登江轮》、剑文的诗歌《怀济南》、杜波的《绥西前线上的生产运动》、王玮的独幕剧《爆炸》、冰莹的《写给青年作家的信》、叶鼎洛的《我的艺术生活和写作经验》、李朴园的《"民族的"戏剧，剧运的坦途》等发表于《黄河》第2卷第7期。

本月

重庆文艺界为郭沫若五十寿辰与创作二十五年举行纪念会。

鲁藜的诗集《春在北方》，山莓的诗集《绿色春天》，田间的《小叙事诗集》，鲁莎的诗歌《小歌》，冀汸的诗歌《旷野》，杜谷的诗歌《泥土的梦》，丁玲的短篇小说《入伍》，路翎的小说《祖父底职业》和《黑色子孙之一》，萧荑的小说《教育家》，黄既的小说《岳王镇没有好风景》，彭燕郊的《春天——大地的诱惑》，曹葆华译的《萨尔蒂可夫小说集》，吕荧的《鲁迅的艺术方法》，[苏]马耶可夫斯基作、原松译的《我底自白》等发表于《七月》第7集第1、2期合刊。

欧阳凡海的长篇小说《没有鼻子的金菩萨》由香港海燕书店出版。

苏苏（钟望阳）的长篇小说《车车的儿子》由上海少年出版社出版。

周信华的长篇小说《江北人》由山东兖州保禄印书馆出版。

秋萤的短篇小说集《小工车》由奉天文选刊行会出版。

李薰熹的诗集《遥寄》由希望书店出版。

彭桂萼的诗集《边塞的军笳》由警钟社出版。

司马文森的《过客》和何家槐的《冒烟集》由桂林文献出版社出版。

曹白的《呼吸》由海燕书店出版。

王尘无遗著《浮世杂拾》由上海长城书局出版。

蹇先艾的《离散集》由桂林今日文艺社出版。

江上风的《惊蛰集》由南京中国作家联谊会出版。

林语堂的《偶语集》由上海朔风书店出版。

苏北行政专员公署情报宣传本部第二科编撰的独幕剧《苏北之花》由苏北行政专员公署情报宣传本部第二科宣传股出版。

唐绍华的三幕剧《财奴》由重庆国民图书出版社出版。

郑伯奇的四幕剧《哈尔滨的暗影》由桂林上海杂志公司出版。

吴天的独幕剧集《海内外》由上海珠林书店出版。

朱雷的独幕剧集《晚祷》由上海光明书店出版。

［苏］A·托尔斯泰著、适夷译的《彼得大帝》由香港远方书店出版。

［美］魏斯脱著、杜秉正译的小说《破晓的巡逻飞行》由成都铁风出版社出版。

十月

1日，魏如晦的《丁汝昌遗墨及其他》、赵景深的《小说琐话》、赵令仪的《读书日记》、刘桂儒的《孔家店与梁山泊》、何瑞瑶的《冯焕章将军》、许钦文的《谈许钦文》、陈东林的《战时欧洲的艺文谈》、徐诚斌的《关于〈战地钟声〉的书评》等发表于《宇宙风乙刊》第52、53期合刊。

《笔谈》第3期刊载茅盾的《谈一件历史公案》、胡风的《气节与“看齐”》、戈宝权译的《在一个动员站内》等。

星田的《边区底边境上——有这样的事发生着……》、江东的《“江同志”——他难道不知道我是“江科长”？》、陈亦的《疯子——一切为了修养呀……》、瑶的《小题目·小文章》、温馨的《朱苦鬼》、杜可鲁的童话《小青蛇》、韦君宜的童话《结婚——而且用袖子把眼睛横着一抹，竟是哭了！》、又然译的《一位伟大人物的侧面——马克思》以及《中央文委关于组织文艺小组对延安各机关学校的通知》发表于《文艺月报》第10期。

邢立斌的《回家》（连载至4日）发表于《新华日报》第2版。

5日，新中国剧社在桂林成立，主要成员有洪深、田汉、欧阳予倩等。10日该社在桂林首次公演陈白尘的《大地回春》。

丁玲的《战斗是享受》，伍辛的《生活是战斗过来的——读高尔基〈我怎样学习的〉》，雪韦的《关于思想在文学中的地位》发表于《新华日报》第4版。

8日，靖华译的《A. 托尔斯泰自传》（连载至9日）发表于《新华日报》第4版。

10日，第四届戏剧节召开。每年秋季至次年春季，重庆进入“雾季”，敌机无法空袭，重庆戏剧界乘机开展演出活动。至1945年的几年“雾季”中，重庆共演出中外名剧100多个，大大推动了戏剧创作、批评和演出活动的开展。

田汉的《南山之什》，郭沫若的《题六骏图》和《短简》，曹华的《忆保罗》，欧阳予倩的《书刘保罗先生》，拟庄的《蔡碧青同志小传》，马峦的《悼碧青》，杜宣的《一个马戏班女艺人之死》、《迎第四届戏剧节》，冼群的《关于前方的演剧》，洪深的《导演的任务》，张客的独幕剧《逃》，路风的独幕剧《一家人》，碧青遗著《将〈军毡〉用到舞台装置上》，狄纳莫夫作、宗玮译的《莎士比亚新论》，M. 莫罗梭夫作、秦似译的《莎士比亚剧作在苏联舞台》等发表于《戏剧春秋》第1卷第5期莎士比亚纪念辑。

11日，中华剧艺社在渝成立。应卫云任理事长和社长。陈白尘、陈鲤庭、张骏祥、贺孟斧、辛汉文、孟君谋，陈白尘、赵慧深任理事。刘郁民任秘书并主持日常工作。

《新蜀报》推出《中华剧艺社成立特刊》，其中有郭沫若的《戏剧运动的开展》。

13日，布列赫特作、天蓝译的独幕剧《告密的人》（连载至16日）发表于《新华日报》第2版。

15日，何家槐的《斗龙与割毒》和《旧事重提——关于“铁血剧团”和剧运》，尚钺的《升钉》，林辰的《鲁迅与韩愈》，孟超的《论“阿金”像》，小秋的《忆鲁迅先生》，吴明的《略谈二三事》，绀弩的《腌狗记》，野邨的《狗》，［法］J.R. 布洛克作、秦似译的《今日的法国文化》等发表于《野草》第3卷第2期。

隋树森的《滞蜀闲话》发表于《东方杂志》第38卷第20号。

《文艺生活》的同人们在杂志第1卷第2期上发表文章《不死的鲁迅，永生的鲁迅——为纪念鲁迅先生逝世五周年作》，此外，此期还刊登了欧阳予倩的《〈忠王李秀成〉自序》、郭沫若的《轰炸后》、司马文森的《雨季（一）》等。

16日，许钦文的《怀秉舟》、魏如晦的《弹词与鼓词》、杨申生的《西洋博戏之输入》、张默生的《张宗子论》、愚公的《南宋陷金的民族诗人》、何瑞瑶的《使苏归来的杨耿光》等发表于《宇宙风乙刊》第54期。

《笔谈》第4期刊载骆宾基的《站在犀牛岭上》、玄珠的《小市民画像》、以群的《女宣抚员》等。

《文艺月刊》第 11 年 10 月号刊载马彦祥的《舞台上的真实感受》、王平陵的《提高演剧的水准》、江兼霞的《我们的剧坛》。

19 日，鲁迅逝世五周年。“文协”等 8 个团体联合在抗建礼堂举行纪念晚会，1000 余人参加。冯玉祥任主席并致开幕词。曹靖华以“鲁迅与翻译”发表演讲。孙伏园以“鲁迅的少年时代”发表演讲。郭沫若以“鲁迅与王国维”发表演讲。

《新华日报》第 4 版推出纪念专刊，刊头为“鲁迅的方向是中华民族新文化的方向”。以《鲁迅先生与新文化运动》为题，发表毛泽东在《新民主主义的政治与新民主主义的文化》中关于鲁迅的论述：“二十年来，这个文化新军的锋芒所向，从思想到形式（文字等），无不起了极大的革命。其声势之浩大，威力之猛烈，简直是所向无敌的。其动员之广大，超过中国任何历史时代。而鲁迅，就是这个文化新军的最伟大与最英勇的旗手。鲁迅是中国文化革命的主将，他不但是伟大的文学家，而且是伟大的思想家与伟大的革命家。鲁迅的骨头是最硬的，他没有丝毫的奴颜与媚骨，这是殖民地半殖民地人民最可宝贵的性格。鲁迅是在文化战线上，代表全民族的大多数，向敌人冲锋陷阵的最正确、最勇敢、最坚定、最忠实、最热忱的空前的民族英雄。鲁迅的方向，就是中华民族新文化的方向。”此外，还刊载芦蕻的《学习鲁迅精神——纪念青年导师鲁迅逝世五周年》，郭沫若的《OE 索隐》，廖化的《“不行”之所在——纪念杂感》，艾云的《鲁迅先生避难在北平——关于研究鲁迅的资料断片》，欧阳凡海的《鲁迅先生在北京的经济情况》，张望的木刻画《鲁迅精神不死——为纪念鲁迅先生逝世五周年而作》等。

延安各界在中央大礼堂举行鲁迅逝世五周年纪念大会。萧军主持。萧三、丁玲等讲话。

延安戏剧界举行第二次代表大会。50 余人到会。张庚代表剧协作工作报告。

20 日，阿文的剧评《〈大地回春〉的剧作和演出》（连载至 21 日）发表于《新华日报》第 2 版。

21 日，麦播的诗《打扫战场》、孙伏园的《鲁迅逝世五周年》、梓年的《研究鲁迅》发表于《新华日报》第 2 版。

23 日，丁玲的《我们需要杂文》发表于《解放日报》第 4 版。

25 日，周为的诗歌《收获的季节》、陆维特的诗歌《嘉陵江上的军械船》、卢云的诗歌《给石工大队》、王璠的诗歌《蝉鸣》、李岳南的《草原牧歌》、南宫东郭的《送客》、赵君启的《城中》、巴金的《伤害》、赵家璧的《上海出版界近讯》、谷虹的书评《〈呼兰河传〉》发表于《现代文艺》第4卷第1期。

27日，《新华日报》第2版刊载《中国诗歌界致苏联诗人及苏联人民书》。该信引用马雅可夫斯基的诗句："同法西斯蒂讲话，/要用烈火代言词，/用刺刀代唇舌，/用子弹代讽刺"，并指出"你们保卫祖国的英勇战斗，可歌可泣的英雄故事，正是人类历史行为中的一篇悲壮的伟大的诗章"。"我们屈原、杜甫爱世爱国精神的继承者，对你们的普希金、莱蒙托夫、尼克拉索夫、马雅可夫斯基战斗精神所熏陶的苏联人民，伸出热烈的友谊的手。让我们抗战的歌声互相穿过世界的屋脊，让我们手携手地打击人类中的丑恶——那东方西方的野兽吧！"冯玉祥、郭沫若、田汉、冰心、老舍、冯乃超、长虹、穆木天、胡风、王统照、姚蓬子、卞之琳等150人署名。

30日，陈澄之的小说《战争的母亲》、里戈的小说《在第九号厂里》、臧克家的诗歌《最后的讽刺》、长虹的诗歌《青年王进的下落》、北鸥的诗歌《秋天的黄河》、李朴园的散文《丑奴儿》、北冰的《襄河之恋》、路丁的《九月二十一日》、蔓锄的《动员激流中的韩城》、非予的《敌人统治下的北平》、李英才的《剧的热流在陕南》、冰莹的《写给青年作家的信》（续）发表于《黄河》第2卷第8期。

康闵的《关于鲁迅先生晚年的论战》、温馨的《凤仙花》（连载至11月4日）发表于《新华日报》第2版。

本月

由原诗歌总会改组而成的延安新诗歌会成立。萧三、柯仲平等为主要负责人。

《文讯》月刊在贵阳创刊。文通书局编辑并发行。

《文艺春秋》月刊在上海创刊。

《新流文丛》在上海创刊。

袁犀的短篇小说集《泥沼》由奉天文选刊行会出版。

蹇先艾的短篇小说集《幸福》由福建永安改进出版社出版。

梅林的短篇小说集《婴》由桂林文化生活出版社出版。

欧阳山的短篇小说集《流血纪念章》由重庆华中图书公司出版。

翁北溟的短篇小说集《抗战姑娘》由江西泰和青年文学日报社出版。

冯清文的中篇小说《在西北原野》由重庆胜利出版社出版。

高庆辰的中篇小说《中华儿女》由成都铁风出版社出版。

张秀亚的长篇小说《幸福的泉源》由山东兖州保禄印书馆出版。

茅盾的长篇小说《腐蚀》由上海知识出版社出版。

司马文森的长篇小说《菲菲岛梦游记》由桂林文化供应社出版。

石军的长篇小说《沃土》由长春满日文化协会出版。

萧蓝的诗集《孩子的泪》由青年诗工作者丛刊社出版。

徐迟的诗集《最强音》由桂林白虹书店出版。

鲁迅先生纪念委员会编的《鲁迅三十年集》由上海鲁迅全集出版社出版。

司徒的《京俗集》由朔风书店出版。

列车的《两极集》由上海北社出版。

孟超的《长夜集》由桂林文献出版社出版。

丰子恺的《子恺近作散文集》由成都普益书店出版。

曾昭抡的《缅边日记》由文化生活出版社出版。

黄炎培的《蜀南三种》由重庆国讯书店出版。

赵清阁的三幕剧《反攻胜利》由重庆正中书局出版。

徐訏的四幕剧《母亲的肖像》由上海夜窗书屋出版。

董每戡的《每戡独幕剧作》由贵阳文通书局出版。

欧阳予倩的五幕历史剧《忠王李秀成》由桂林文化供应社出版。

金素仁的三幕剧《夜猫张》由西安正义出版社出版。

米叶的三幕历史剧《靖康耻》由军事委员会政治部出版。

舒强的独幕儿童剧《为了大家》，章泯的独幕剧集《期望》由桂林文学出版社出版。

[美] 斯坦贝克著、胡仲持译的小说《愤怒的葡萄》由重庆大时代书局出版。

[苏] 高尔基著、白澄译的小说《书的故事》由重庆五十年代出版社出版。

[美]马克·吐温著、铎声和国振合译的小说《顽童流浪记》由上海光明书局出版。

十一月

1日，何其芳、周立波、严文井等在延安鲁艺组织文学社团“草叶社”，并出版双月刊《草叶》。

《笔谈》第5期刊载林焕平的《记轿夫李七》、戈宝权译的《关于谢夫琴柯的故事》、余岗的《甘肃妇女》等。

许钦文的《在给鲁迅先生责骂的时候》、何瑞瑶的《于佑任先生的须和字》、陈毅的《中国的儒风》、张默生的《默僧自述》、刘桂儒的《延师课赌》、李信之的《从情书说到读书》、汪运周译的《肺痨与天才》、胡运公译的《萤光灯的奇特用途》、胡雨荷的《美国的离婚城》、李嘉璧译的《当钞票不值钱时》、周霭华译的《报纸与死亡》、景明译的《吸烟与卫生》、陈东林的《英作家伍尔夫自杀》等发表于《宇宙风乙刊》第55期。

冯牧的《欢乐的诗和斗争的诗——对于我们诗底创作的几种现象底感想》、布琴的《汇报》、萧军的《致敬：延安东方各民族反法西斯大会》、逯斐的《迫害》、贾芝译的《人底列宁——〈人，革命领袖〉的一节》发表于《文艺月报》第11期。

5日，朱子奇的《十月》、袁水拍的《即兴诗二首》、田间的《敢死队员》发表于《诗创作》第5期特大号上。

6日，江自流的《街头剧》发表于《新华日报》第2版。

7日，鹿地亘作、欧阳凡海译的诗歌《和苏联站在一起》，禾波的诗《希特拉自取灭亡》，柳倩的诗《致红色的战斗员——献给正在战斗中的苏联士兵兄弟》，爱伦堡作、雨鲸译的《贼喊捉贼》发表于《新华日报》第4版。

8日，郭沫若的诗《不准进攻苏联》、张西曼的诗《保卫最坚强的民主堡垒！——为友邦苏联二十四周国庆作》、冯玉祥的《苏联国庆纪念日祝词》发表于《新华日报》第6版。

10日，《抗战文艺》第7卷第4、5期合刊出版，刊载消息称郭沫若从事文艺创作即将二十五年，阳翰笙、孙师毅、老舍、姚蓬子等数十人为其“二十五年来在新文艺运动上之艰苦战斗与巨大贡献”将发起举行纪念会。该期还刊载杨骚的剧本《钉子》、于伶的剧本《四种病人》、张天翼的论文《谈人物的描写》、任钧的论文《略谈中日战争爆发以来的日本文坛》、孙伏园的《往事》、巴金的《忆范兄》、张恨水的《当年此夜在南京》、叶知秋的《"哭泣文学"种种》、佩弘的《重庆一瞥》、沈起予的小说《五婆的悲喜》、碧野的小说《三次遗嘱》、老向的小说《秃油锤》、王冶秋的小说《她》、姚雪垠的小说《牛全德与红萝卜》、蓬子的诗歌《十年及其它》、金克木的《拟寓言诗五章》、常任侠的诗《麦秋》等。

15日,《谷雨》双月刊在延安创刊。"文协"延安分会编辑出版。艾青、萧军、丁玲、舒群轮流担任编务。共出6期。创刊号刊载丁玲的短篇小说《在医院中时》、柳青的小说《一天的伙伴》、吴伯箫的《书》、周扬译的《艺术与现实之美学的关系》、厂民的《我们的队伍》、何其芳的《饥饿》、庄启东的《塞外杂吟》等。

朱契的《西昌纪行——邛都胜览》发表于《东方杂志》第38卷第22号。

骆宾基的小说《幼年》、田汉的《AB对话》、邹荻帆的《平原放马歌》等发表于《文艺生活》第1卷第3期。

16日,重庆、延安、香港等文化界集会庆祝郭沫若50寿辰和创作生活25周年。《新华日报》头版刊登周恩来的《我要说的话》,将鲁迅与郭沫若并列,对郭沫若作出高度评价。周恩来说:"郭沫若创作生活二十五年,也就是新文化运动的二十五年。……鲁迅是新文化运动的导师,郭沫若便是新文化运动的主将。"指出郭沫若和鲁迅各有千秋,郭沫若的"前途还很远大……我祝他前进,永远的前进,更带着我们大家一道前进"!该期第3、4版推出《纪念郭沫若先生创作生活二十五周年特刊》,刊载有潘梓年的《诗才·史学·书征气度——为纪念郭沫若先生创作活动二十五周年而作》,邓颖超的《为郭沫若先生创作廿五周年纪念与五秩之庆致祝》,欧阳凡海的《我们应该研究郭沫若先生的作品》,张西曼的诗歌《又一个活的模范》,董必武的诗歌《沫若先生五十大庆》,田汉的诗歌《南山之什》,吴克坚的诗歌《沫若先生创作廿五周年纪念》,沈尹默的《沈尹默先生赠郭先生诗》,沈钧儒的《沈钧儒祝词》,绿川英子作、赵琳译的《一个暴风雨时代的诗人》,王亚平的诗歌《火的歌者》等。

《解放日报》第4版刊载"庆贺郭沫若先生五十寿辰"系列文章,包括周扬的《郭沫若和他的"女神"》等。

薏冰的《稻》、方韵的《歌青年》、王平陵的《维它命》发表于《文艺月刊》第11年11月号。

戈宝权译的《一个被侮辱了的少女》、胡绳的《"冻结"的新解》、茅盾的《开荒》

发表于《笔谈》第6期。

香港《星岛日报》、《华商报》、《光明报》等为郭沫若出祝寿特刊。

《万人小说》月刊在上海创刊。徐仁民编辑。

18日，蒋锡金主编的《奔流新集》(丛书)第1辑《直入》出版。

20日，《战时文艺》半月刊在成都创刊。沙坪主编。

《新华日报》第2版发表郭沫若、沈钧儒、茅盾等68人的《中国文化界人士致苏联人民书》。主要内容为祝贺十月革命二十四周年,支持苏联人民反法西斯侵略的斗争。

22日，文化工作委员会召开欢迎会，欢迎从昆明讲学归来的老舍。在会上，老舍对西南文艺状况作了详尽讲述。

23日，丁玲的《我们需要的杂文》、新茁的诗《征风》、李初梨的《我所认识的郭沫若》、江村的《现阶段文化斗争中的戏剧艺术》发表于《新华日报》第4版。

25日,艾芜的小说《山野》、一文的小说《门》、孙陵的长诗《大风雪》、王亚平的诗《生产颂歌》、彭燕郊的诗《突围在收获的秋天》、巴金的《死去》、《忆范兄》、李北流的散文《风暴之夜》、罗高的散文《山寺夜宿》等发表于《自由中国》新1卷第4期。

姚奔的长诗《十年的路——为纪念"九一八"十周年作》、巴金的《死——纪念范予兄》、齐明的《老人》、刘连的《我憎恶山》、史风云的《我患了疟疾》、平凡的《十一圩港》、靳以的《珊瑚坝》、谷虹的书评《三幕剧〈秋收〉》等发表于《现代文艺》第4卷第2期。

30日，潘梓年的《法西斯战祸给人类的教训》，汉夫的《当前的苏联外交》，茹纯的《澎湃在苏联全国的劳动热情的狂潮》，伯达的《从封建的中国到半封建的半殖民地的中国》，吴藻溪的《科学与文学》，周扬的《文学与生活漫谈》，欧阳凡海的中篇小说《金菩萨》，农泉的诗歌《十月》，米兰依诺夫作、钢地译的《共产主义青年团员是保卫祖国，保卫幸福，保卫自由的前线战士!》等发表于《群众》周刊第6卷第11、12期合刊。

冰莹的小说《一个女兵的自传(中卷)》、赵全章的小说《渡家》、郭龄的小说《大肚子》、徐国馨的诗歌《古城的秋》、殷乘兴的诗歌《战斗中的大别山》、席征庸的诗歌《送征夫》、李朴园的《大佛寺》、斌人的《文艺界的怪物——田汉》、冷波的戏剧《梅子姑娘》、姚雪垠的《怎样写人物个性》、冰莹的《写给青年作家的信》(续)等发表于《黄河》第2卷第9期。

本月

邹荻帆等主编的《诗垦地》丛刊在重庆创刊。

韩北屏主编的《诗》月刊在桂林创刊。

靳以主编的《烽火文丛》由重庆烽火社出版。

抗战剧社在延安第一届艺术节上演出大型话剧《母亲》之后，一些专业剧社又相继演出《复活》、《日出》、《大雷雨》等，由此引发关于“演大戏”的论争。

《戏剧岗位》第3卷第3、4期合刊推出“第四届戏剧节专页”，发表剧作、剧论、纪念文章等。其中有宋之的的独幕剧《微尘》，徐昌霖的独幕讽刺剧《南京板鸭》，周彦的《龙王庙》，贺孟斧的《海啸》，凌鹤的《战斗的女性》，熊佛西的《我对于今后剧运的意见》，王瑞麟的《怎样发挥抗战戏剧工作的最高功能》，应云卫的《对于今后剧运的两点希望》，马彦祥的《抗战戏剧在哪里？》，刘念渠的《零简——断片的熟悉，纪念第四届戏剧节》，郑君里的《边疆各族演剧问题》（连载），沉沙的《如何迎接今年的雾季演出高潮》，陈白尘的《〈大地回春〉代序》，田鲁的《剧谈二则》，徐昌霖译的《我演过二〇〇〇次奥赛罗》，李嘉译的《苏联戏剧中的新思想》，苏凡译的《瓦赫坦果夫译著的编读方法》，以及全国戏剧界抗战协会所作的《各地纪念戏剧节办法》等。

《中苏文化》第9卷第2、3期合刊推出多个专题。其中“郭沫若创作廿五年纪念”专题收录郭沫若创作生活二十五周年纪念筹备会编辑的《郭沫若先生五十年简谱》、《郭沫若先生二十五年著译编目》，荆有麟的《郭沫若与鲁迅》，A.N.彼得洛夫作、苏凡译的《郭沫若鲁迅与中国新文学》等；“苏联作家的笔征”专题收录曹靖华等翻译的一批苏联作家的作品，有肖洛霍夫的《在顿河流域——让我们投降吧——“德军机智的表现”》，法捷耶夫的《苏联游击战争的英雄》，A.托尔斯泰的《祛除怀疑的成见——答复戈培尔的侮蔑》，考内伊楚克的《法西斯难逃恶报》等；“苏联抗德战争特辑”专题收录陈乃昌的《论苏联抗德战争的政略》，霍斤作、张西曼译的《论骄敌的妄想》，叶文雄译的《苏维埃人民的伟大的爱国战争》，礼长林译的《法西斯主义——人类底暴敌》，爱伦堡作、靖华译的《人类同我们在一起》，莱森科作、长林译的《以舍生忘己的劳动保护丰收》，VOKS特稿、叶文雄译的《苏联红军是怎样壮大起来的》，司柏克特作、潘天觉译的《美国学者论苏联红军力量》等；“鲁迅学术特辑研究”专题收录侯外庐的《阿Q年代底问题》，欧阳凡海的《我对〈阿Q正传〉的分析》，茅盾的《“最理想的人性”》，杨荣国的《鲁迅先生的哲学思想》，荆有麟的《鲁迅的个性》等。该期还特载了《蒋委员长第二届国民参政会第二次大会开幕词》、《斯大林苏联十月革命廿四周年纪念大会演词》、《潘友新大使代表苏联政府祝贺中国国庆致林主席蒋委员长书》、《中苏文化协会反侵略会中国分会中国国民外交协会致全苏联人民电》、《中国文化界致苏联科学院会员电》、《中国戏剧电影界致苏联戏剧电影界书》、《A·托尔斯泰复本刊编辑曹靖华先生书》等。

陈瘦竹的长篇小说《春雷》由重庆华中图书公司出版。

刘云若的长篇小说《燕子人家》由新联合出版社出版。

郭秋白的《秋白诗集》由普益图书公司出版。

许幸之的《诗歌时代》由海石书店出版。

严杰人的诗集《今之普罗蜜修士》由今日文艺社出版。

郭沫若的《羽书集》由香港孟夏书店出版。

林语堂的《爱与刺》由桂林明日出版社出版。

林语堂、老舍等著的《欧美印象》由上海西风社出版。

新路文艺研究社编的《枪与蔷薇》由读者书店出版。

老舍的三幕剧《大地龙蛇》由重庆国民图书出版社出版。

丁西林的四幕喜剧《妙峰山》由桂林戏剧春秋社出版。

吴天根据巴金同名小说改编的五幕剧《家》由上海光明书局出版。

[德]瓦尔适著、吴奚真和刘圣斌译的《逃出黑暗(一个国际秘密工作者的自由)》由重庆时与潮社出版。

梁孟庚编、山丁选的《近代世界诗选》由长春满洲图书株式会社出版。

十二月

1日，周黎庵的《陶在东先生纪念》，刘桂儒的《二十世纪是一个什么时代》，许飞的《熊希龄》，巴宙的《甘地与泰戈尔》，熊式一的《介绍诗人宾阳》，宾阳作、少溪译的《爱国说》，陈毅的《忙和闲》，何文介的《关于寡妇的话》，胡雨荷的《佛兰克林劝友人娶妻书》等发表于《宇宙风乙刊》第56期。

《笔谈》第 7 期刊载胡风的《棘源村断想》，适夷译的《契诃夫高尔基通信抄》，林焕平的《“国学救国论”》。

萧军的《我的态度》，古阿飞的《“奥勃洛莫夫精神”和我们》，乔治桑作、高阳译的《〈鬼池〉自序》，何路的《从闲眺到开会——似乎威信比错误还重要》，申霞的《猪》，江东的《计划在菜畦里——烟叶，西红柿，一只母鸡》，文文的《我的新居》，延安文抗文艺小组工作委员会编的《文艺小组工作、工作提纲及其组织条例》以及编者的《为本报诞生十二期纪念献辞》发表于《文艺月报》第 12 期。

2 日，徐昌霖的《〈天国春秋〉底上演》，柳亚子与郭沫若的唱和诗、海燕的通讯《记难民纺织厂》发表于《新华日报》第 2 版。

3 日，林同济、陈铨等主办的《战国》创刊，附刊于重庆《大公报》。1942 年 7 月 1 日出至第 31 期终刊。该刊系林同济、陈铨等继《战国策》半月刊后创办的刊物，刊载“战国策派”的创作和文艺论文。代表性的论文有林同济的《寄语中国艺术人》、《民族主义与二十世纪》、《从战国重演到形态历史观》，陈铨的《再论英雄崇拜》、《民族文学运动》，雷海宗的《历史的形态》等。

6 日，《新华日报》第 2 版推出悼念丘东平专题，有胡风的《悼东平》、西民的《在战地的东平同志》、欧阳凡海的《悼东平并悼天虚》、圣门的《他是给予者》等。

7 日，《新华日报》第 4 版推出《棠棣之花》剧评专页，刊载欧阳凡海的《论历史剧》、章罂的《从〈棠棣之花〉谈到评历史剧》、舜瑶的《正义的赞诗、壮丽的画图！》、均高度评价郭沫若的剧作《棠棣之花》。

日本海军偷袭珍珠港，太平洋战争爆发。

10 日，延安诗会成立。艾青、高长虹、艾思奇等 7 人当选理事。

《文学月报》第 3 卷第 2、3 期合刊推出“苏联抗战特辑”，包括爱伦堡作、铁弦译的《疯狂的狼群》，巴甫连诃作、王语今译的《伟大的日子》，S·基尔珊诺夫作、铁弦译的诗歌《一切为着保卫》，D. 别德内宜作、铁弦译的诗歌《十字军的出征》，尤淇的《英雄曲》等。该期还刊载老舍的《敬悼许地山先生》，荆有麟的《母亲的影响》，碧野的小说《乌兰不浪的夜祭》，黄雨秋的《制度》，启霖的《封锁线》，陵的《二排长》，黄钢的《黑田义光》，葛陵的《谁是散传单者》，梅行的《日本人自己的遭遇战》等。

吴宓的《改造民族精神之管见》和雷海宗的《战国时代的怨女旷夫》发表于重

庆《大公报》副刊《战国》。

13 日，香港《大公报》、《华商报》晚刊因九龙失陷停刊。

14 日，延安文艺界举行丘东平追悼会。艾青、丁玲、高长虹、荒煤等 70 余人参加。欧阳山作《东平底生平和艺术》报告。

郭沫若的《我怎样写〈棠棣之花〉》发表于《新华日报》第 4 版。

15 日，佩韦的《要求于每一个真正的中国人》，秦似的《我的信仰》，令狐厚的《不能缄默》，冬青的《因为太情急了》，澹台灭闇的《拥护〈忠王李秀成〉》，耳耶的《记一个叫做托尔斯山的青年》，赵晖的《记孩子的照相》，余所亚的《谈讽刺画家》，云彬的《杂谈》，东郭迪吉的《历史的窗纸》，绀弩的《给战死者》，彭燕郊的《我的悼念》，肖今度的《东平琐记》，M. 维丁作、秦似译的《托尔斯泰的历史意义》，绥拉菲莫维支作、孟昌译的《宣誓》，R. 史特恩斯基作、秦似译的《暴力在塞尔维亚土地上》，I. 爱伦堡作、孟昌译的《当巴黎跳舞的时候》等发表于《野草》第 3 卷第 3、4 期合刊。

田汉的《祝福郭沫若诗人·与沫若在诗歌上的关系》，穆木天的《在风暴中微笑吧》，邹荻帆的《车及其他》，罗冈的《巨树的拆倒》发表于《诗创作》第 6 期。

孙钿的小说《一幅写生画》、欧阳予倩的《寄慰苏联战士》、梅林的散文《故乡及其他》等发表于《文艺生活》第 1 卷第 4 期。

16 日，《解放日报》第 4 版刊登消息："延安文艺界于十四日午后二时，在文化俱乐部举行追悼青年作家丘东平大会，参加者七十余人，艾青，丁玲，欧阳山，高长虹，吴奚如，陈荒煤，刘白羽等均到会。欧阳山报告了《东平底生平和艺术》。"

17 日，《新华日报》第 2 版登载挽联："银幕英才凭作育，剧坛奇迹足讴歌"，追悼剧作家沈西苓。该期还有潘孑农的《沈西苓氏传略初稿》，熊辉的《哭西苓》，等悼念文章。

陈铨的《指环与正义》和公孙震的《知与力》发表于重庆《大公报》副刊《战国》。

19 日，林庚白在香港去世。

林庚白（1898—1941），原名学衡，字浚南。福建闽侯人。诗人。1909 年考入京师大学堂预科，早年与同光体诗人唱和。1941 年底赴港。1941 年 12 月 19 日在香港被日本宪兵枪杀。著有《丽白楼诗话》、《虎尾后集》。

24 日，林同济的《士的蜕变（文化再造中的核心问题）》发表于重庆《大公报》

副刊《战国》。

25 日，日军攻占香港。香港文艺工作者陆续返回内地。

莫洛的诗歌《光》、郭风的诗歌《被系住的木船》、张凡的诗歌《生命的颂歌——纪念一个孩子的生日》、潘凌的散文《幽灵》、雨田的散文《母亲》、靳以的散文《两路口》、舒凌的散文《我坐在公路车上》、田庄的《我们怎样打了胜仗》等发表于《现代文艺》第 4 卷第 3 期。

28 日，伍辛的《展开诗的研究》、董必武的《和柳亚子诗》发表于《新华日报》第 4 版。

31 日，公孙赞的《此后天下，此后中国（附带着几条刍议）》发表于重庆《大公报》副刊《战国》。

本月

上海商务、中华、世界、开明、大东五大书局被封。

《中苏文化》第 9 卷第 4、5 期合刊推出“历史的教训”专题，包括塔尔廉作、苏凡译的《寿终正寝的开始》，果罗捷茨基作、叶文雄译的《一九一八年乌克兰人民反对德国侵略者的爱国战争》，席贡作、叶文雄译的《一九一八年白俄罗斯人民反对德国侵略者的爱国战争》，N·列奥尼道夫作、焦敏之译的《俄罗斯人民什么时候并且怎样击退了德国强盗》，VOKS 特稿、徐昌霖译的《反映于俄罗斯文学中的一八一二年的爱国战争》等。该期还刊载有孙科的《预祝苏联抗战胜利》，冯玉祥的《苏联友邦的前途是光明灿烂的》，李济深的《苏联廿四周年国庆纪念日献词》，何香凝的《正义是一定胜利的》，梁寒操的《真理必胜》，屈武的《苏德战争的形式及其前途》，侯外庐的《苏联反抗纳粹战争底历史任务》，翦伯赞的《苏联战争的现阶段》，田古农的《从政治上观察苏德战争》，沈志远的《抗战中的苏联革命纪念》，陈乃昌的《苏联抗战与民族解放运动》，张西曼的诗歌《保卫最坚强的民主堡垒》，郭沫若的《苏联友人歌》，白洛夫作、孙琪译的《斯大林论苏联底军力与经济力》等。

王朝闻的《再艺术些》，高尔基著、曹葆华译的《论文学》，瓦克坦戈夫作、于敏译的《艺术与民众》，雪尔特科夫著、曹葆华译的《托尔斯太底艺术观》等发表于《解放日报》“文艺专题”。

爵青的短篇小说集《欧阳家的人们》由长春艺文书房出版。

刘白羽等著的短篇小说集《新作家》由长春益智书店出版。

李雷的长篇叙事诗《荒凉的山谷》由改进出版社出版。

查显琳的诗集《上元月》由辅仁文苑社出版。

何嘉的诗集《战斗季》由南窗书屋出版。

梁冰的诗集《流浪》由长汀印刷合作社出版。

钱钟书的《写在人生边上》，吴天的六场话剧《春雷——新的传奇》由上海开明书店出版。

赵景深的《海上集》由北新书局出版。

巴金的《龙·虎·狗》，[苏]托尔斯泰著、方敬译的小说《伊凡·伊里奇之死》，[俄]果戈理著、耿济之译的戏剧《巡按使及其它》由上海文化生活出版社出版。

陈白尘的五幕剧《大地回春》由桂林文化供应社出版。

曹禺的三幕剧《北京人》由重庆文化生活出版社出版。

江流的三幕剧《自由的兄弟》由重庆正中书局出版。

孟超的独幕剧集《我们的海》由桂林白虹书店出版。

骆文宏的五幕剧《湖上曲》由重庆独立出版社出版。

[美]希晋著、孙晋三译的《柏林日记（上、中、下册）》由上海时与潮社出版。

本年

王志之的短篇小说集《攻到多伦去》由成都大江出版社出版。

于海亭的长篇小说《秋影泪痕》由大连关东出版社出版。

冯玉奇的长篇小说《舞宫春艳》由大文书局出版。

曹乃文的长篇小说《恨相逢》由上海文化报社出版。

陆坚的长篇小说《米夫子》由大地图书杂志公司出版。

李山野的长篇小说《红粉小牛》由昌明书店出版。

赵恂九的长篇小说《他的忏悔》由大连实业洋行印刷部出版。

奚识之的长篇小说《四朵花》由智识书店出版。

李薰风的长篇小说《北国春秋》由鸿文书局出版。

敬乐然的长篇小说《少女忏悔录》由益智书店出版。

刘云若的长篇小说《小扬州志》由天津书局出版。

覃晓晴的长篇小说《三个奇异的国家》、韦燕章的《回到第一次收复的名城》(又名《劫后还乡记》)由桂林文化供应社出版。

刘云若的《情海归帆》由京津出版社出版。

陶晶孙的《晶孙全集(一)》由上海晓星书店出版。

查显琳的诗集《上元月》由辅仁文苑社出版。

何嘉的诗集《战斗季》由南窗书屋出版。

欧阳天岚的诗集《见习吹号手》由诗时代社、诗歌与木刻社编辑并出版。

梁冰的诗集《流浪》由长江印刷合作社出版。

萧铁的《离乱草》出版(出版社不详)。

宋之的的《凯歌》由重庆中国文化服务社出版。

富容华编的《学生时代》由力行文学研究社出版。

谢冰莹的《写给青年作家的信》由西安大东书局出版。

虹南编的《游击区故事》由杭州增智书局出版。

曹聚仁的《大江南线》由上饶战时图书出版社出版。

欧阳凡海的四幕剧《抗战第一阶段》由桂林石火出版社出版。

阮章竞的独幕剧《转变》由太行韬奋书店出版。

董每戡根据[意]哥尔多尼原著改编的三幕剧《新女店主》由成都铁风出版社出版。

[法]莫泊桑著、李青崖译的小说《首饰》由上海启明出版社出版。

[法]孟佛莱著、陈占元译的《红海的秘密》由福建永安改进出版社出版。

[日]桑木或雄著、顾森千编译的散文《爱因斯坦传》由上海正中书局出版。

[苏]爱伦堡等著、高扬等译的《战争与文学》由上海海燕书店出版。

[法]莫泊桑著、李青崖译的小说《橄榄田集》、《天外集》,[日]鹤见祐辅著、李冠礼和肖品超合译的《读书三味》由长沙商务印书馆出版。

本卷主要作家人名索引

G

L

P

Q

T

W

X

本卷后记

本卷分工如下：

1937年：葛真、朱国印、曹先希、罗晴

1938年：许永宁、赵静

1939年：王锡靓、宫明杉

1940年：张雨童、方泽

1941年：钦佩、朱元军

许永宁在编撰期间组织联系，并做了相当多的对初稿的整理工作；孙伟、赵静、广隶完成全书的修订及补充内容的文字，并协助统稿。

李怡规划全书、统稿。

需要说明的是，中国现代作家笔名、别名情况相当复杂，有的作家笔名、别名有多种写法（如骆宾基、骆滨基），也有不同作家使用相同笔名（如胡风、唐弢皆使用过风子笔名）。为了将这些差异完整地保留下来供学者进一步探究，我们在本卷索引中不作归并处理，皆原貌留存。

李怡

补充于2015年8月